御製

佛光恩照　三千大千　隨緣徧滿
恒沙法界　普度衆生　悉證菩提
身心安泰　年時豐稔　風雨調順
日月升恒　乾坤清寧　百昌蕃熾
上下樂利　中外協和　庶物咸亨
萬善圓成　情與無情　同登正覺

大清雍正十三年四月初八日

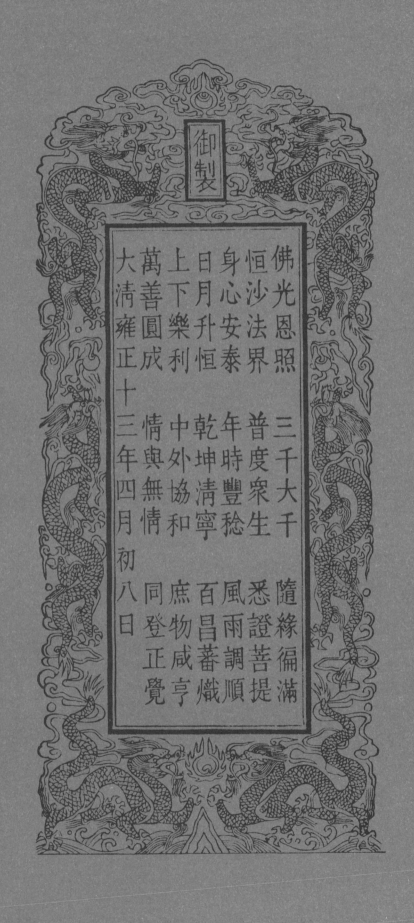

第一〇三册　小乘論（一五）

阿毗曇心論

東晉僧伽提婆共慧遠譯

清刻龍藏佛說法變相圖

阿毗曇心論卷第一

尊者法勝造
東晉僧伽提婆共慧遠譯

界品第一

前頂禮最勝　離惱慈哀顏　亦敬順教衆
無著應眞僧

說曰法相應當知何故應知法相者常定知常定相彼曰定智有定智相則爲決定以是故說法相應當知問世間亦知法相此極愚亦知堅相地濕相水熱相火動相風無礙相空非色相識如是一切不應已知復知若已知復知此則無窮無窮者此事不然云何說法相應當知答世間不知法相若世間知法相者一切世間亦應決定而不決定法相者常定不可說知法相而不決定若然者不決

定亦應決定但不爾是以世間不知法相復次堅相地無常相苦相非我相若不爾者堅相應有常相樂相有我相而不爾是故堅相即無常相苦相無我相若世間於地知堅相者無常相苦相無我相亦應知而不知是故世間不知地堅相問前說法相應當知此法云何答

若知諸法相　正覺開慧眼　亦爲他顯現

是令我當說

問佛知何法答

有常我樂淨　離諸有漏行

諸有漏行轉相生故離常不自在故離我壞敗故離樂慧所惡故離淨問若有常我樂淨離諸有漏法者云何衆生於中受有常我樂淨答

計常而爲首　妄見有漏中

衆生於有漏法不知相已便受有常我樂淨如人夜行有見起賊相彼亦如是問云何是有漏法答

若生諸煩惱　是聖說有漏

若於法生身見等諸煩惱如使品說是法說有漏問何故答

所謂煩惱漏　慧者之假名

煩惱者說漏漏諸入故心漏連注故留住生死故如非人所持故是故說有漏問此更有名耶答

是名爲受陰　亦復煩惱諍

是法說盛陰說勞說諍問何故答

煩受諍起故　是彼應當知

身見等諸煩惱勞於衆生故說煩惱受身故

說受忿怒心故說諍從身見等生諸有漏法是生勞故說勞生受故說受生諍故說諍已說盛陰陰相今當說

若遠離煩惱　無漏諸有爲　一切雜受陰
是陰聖所說

謂法離身見等諸煩惱亦解脫諸漏有爲從因生故是一切及前說盛陰此總說陰是五陰色痛（應云覺也）想行識問色陰云何答

十種謂色入　亦無教假色　是分別色陰
牟尼之所說

十種謂色入者眼色耳聲鼻香舌味身細滑亦無教假色者如業品說此色是色陰分別色陰時是世尊說

所名曰識陰　此即是意入　於十八界中
亦復說七種

謂識陰即是意入亦界中七種分別眼識耳鼻舌身意識及意

餘則有三陰　無教三無爲　謂是說法入
亦復是法界

餘則有三陰者痛陰想陰行陰無教三無爲者虛空數緣滅亦非數緣滅此總說法入亦復是法界如是此法說陰界入但陰一向有爲界及入有爲無爲已說陰界入一一相今當說

界中一可見　十則說有對　無記謂八種
餘則善不善

界中一可見者色界此可視在此在彼是故可見當知十七不可見十則說有對者十界有對眼色耳聲鼻香舌味身細滑是各各相對各各相障礙處所若有一則無二是故有

對當知八無對無記謂八種者眼耳鼻香舌味身細滑此非樂報可記亦非苦報可記故曰無記餘則善不善者色聲意法及六識善身動是善色不善身動是不善色餘色無記如是聲口動淨心七識界善不善煩惱相應是不善餘無記法界謂心相應彼如心說若不相應如雜品說

有漏有十五　餘二三三有　欲有中有四十一在二有

有漏有十五者五内界五外界五識界漏止住故餘二者意界意識界法界此或有漏或無漏若漏止住是有漏異則無漏三三有者意法識界是三有中可得欲有色有無色有欲有中有四者香味鼻識舌識是一向欲有中攝非色無色有離欲摶食故一切香味是性摶食十一在二有者欲有色有十一界内五色聲細滑及是境界識此非無色中以離色故

有覺有觀五　三行三餘無　有緣當知七法入少所入

有覺有觀五者五識界與覺觀俱麤故覺觀相應三行三者意法識界此三行若欲界及初禪是有覺有觀若中間禪是無覺少觀是上無覺無觀餘無者謂餘界非覺俱亦非觀俱不相應故有緣當知七者七界有緣有此緣故故曰有緣如人有子謂之有子彼亦如是眼識緣色耳識緣聲鼻識緣香舌識緣味身識緣細滑意識緣諸法法入少所入者若心心數法是有緣餘則無緣

九不受餘二　爲無爲共一　一向是有爲

當知十七界

九不受者受名謂若色根數亦不離根是心心數法所行於中止住故異則不受於中九界不受聲心法界非於中心心數法止住餘二者五内界若現在是受於中心心數法止住過去未來不受非彼心心數法止住色香味細滑若不離根及現在是受如心心數法根中止住彼中亦爾不離根故餘則不受爲無爲共一者一法界有爲及無爲於中三種有常故不可説有爲餘法界無常故有爲有爲無爲合施設故是以爲無爲共一一向是有爲當知十七界者十七界無常故一切有爲是故一向有爲問如是分別法相已云何攝法爲自性爲他性答自性問何故答

諸法離他性　各自住已性　故説一切法

自性之所攝

諸法離他性者謂眼離耳如是一切法不應説若離者是攝已故非他性所攝各自住已性者眼自住眼性如是一切法應當説若住者是攝故説一切法自性之所攝已施設自性所攝於中可見法一界一陰一入所攝如是一切法復次此義契經品當廣説

行品第二

已説諸法自相如法生今當説問若諸法自性所攝者亦當以自力故生答

至竟無能生　用離等侶故

一切法不能自生所以者何諸行性劣無勢力故如羸病人不能自力起問若不自力起當云何起答

一切衆縁力　諸法乃得生

如羸病人由他扶起彼亦如是如心由伴生今當說

若心有所起　是心必有俱　心數法等聚
及不相應行

心者意意者識實同而異名此心若依若緣若時起彼心共俱心數法等聚生問何者心數法等聚答

想欲更樂慧　念思及解脫　作意於境界
三摩提與痛

想者事立時隨其像貌受欲者受緣時欲受更樂者心依緣和合不相離慧者於緣決定審諦念者於緣憶不忘思者功德惡俱相違於心造作解脫者於緣中受想時彼必有是作意者於緣中勇猛發動定者受緣時心不散痛者樂不樂俱相違緣受

一切心生時　是生聖所說　同共一緣行
亦復常相應

一切心生時是生聖所說者此十法一切心生時共生是故說名大地同共一緣行者一切心共俱同一緣行不相離亦復常相應者各各共俱及與心俱常相應共行離增減故故曰相應已說心數法謂通一切心中不通今當說

諸根及覺觀　信猗不放逸　進護衆煩惱
或時不相應

諸根者善根無貪無恚無愚癡覺者於心麤相續觀者於心細相續信者成實眞淨猗者善心時於身心離惡故快樂不放逸者作善時方便不捨進者作事專著護者作事行以不行求以不求自守無爲衆煩惱者如使品

說此法非一切心中可得或時相應或時不相應問何故說心數答意謂之心彼眷屬故說心數已說諸心數法相如所生今當說

不善心品中　心數二十一　穢污二損減
欲界非不善

不善心品中心數二十一者不善名若心生欲界諸煩惱除欲界身見邊見是轉成不愛果故謂不善此心品中當知有二十一心數法十大地覺觀二煩惱無慚無愧睡掉不信放逸懈怠穢污二損減欲界非不善者謂心品是欲界穢污非是不善如身見邊見相應此心品中當知有十九心數法除無慚無愧一向不善故

善不共二十　無記有十二　悔及於眠心
是能以爲增

善不共二十者不共名謂心獨一無明煩惱生是二十心數除一煩惱餘如前說善名謂淨心能轉成愛果此心共俱當知有二十大地覺觀信進猗不放逸善根護慚愧無記有十二者不穢污心品中有十二心數法十大地覺觀悔及於眠心是能以爲增者悔名事不成恨爲悔是善不善彼相應心品中增悔餘心數法如前說眠名滅心一向令不自在爲眠是一切五品中生彼盡增益餘心數法如前說若悔眠不行三品中是增二餘心數法如前說問此欲界心相續說色界云何答

初禪離不善　餘知如欲有　禪中間除覺
於上觀亦然

初禪離不善餘知如欲有者初禪無不善彼中有四品善穢污不共無記是如欲界說善

中二十無記十二穢汚十九已離不善當知
亦離無慙無愧一向不善故不共有十八禪
中間除覺者中間禪無覺彼一向除覺餘如
初禪說於上觀亦然者第二第三第四禪亦
復無觀及無色界於中一切除觀覺前已除
已說心數法由伴生色今當說
極微在四根　十種應當知　身根有九種
餘八種謂香
極微在四根十種應當知者謂極微在眼中
是知有十種地種水火風種色種香味細滑
種眼根種身根種耳鼻舌極微亦如是身根
有九種者謂餘身根極微九種彼有一根種
餘如上說餘八種者於中餘非根色中極微
有八種問此極微何界說答謂香欲界中有
香色界中離香彼一切除香味種餘種如欲
界說問前已說若心生彼中心心數法生及
心不相應行於中已說心數法心不相應行
云何答
一切有爲法　生住變異壞
一切有爲法各各有四相生住異壞世中起
故生已起自事立故住已住勢衰故異已異
滅故壞此相說心不相應行問若一切有爲
法各有四相者是爲相復有相答是亦有四
相彼相中餘四相俱生生爲生住爲住異爲
異壞爲壞問若爾者便無窮答
展轉更相爲
此相各各相爲如生生各各相生如是住住
各各相住異異各各相異壞壞各各相壞是
以非無窮後四相各行一法前四相各行八
法生者生八法前三後四及彼法餘亦如是

已說諸行伴如由伴生今當說

所作共自然　普徧相應報　從是六種因

轉生有爲法

一切因盡在六因中此因生一切有爲行於中所作因者生法時不障礙不留住由此故生不相似法如由地萬物得生共因者諸行各各相伴由此故生如心心數法心不相應行及極微種自然因者謂彼自已相似如習善生善習不善生不善習無記生無記如物種隨類相因一切徧因者謂諸煩惱轉相續生如見我審入計著由此見故於我有常無常審入計著謗陰相審入計著於陰相猶豫受有常樂淨等生諸煩惱如是說諸一切徧如使品說相應因者心及心數法各各力於一緣中一時行相離則不生報因者謂行生於生中轉成果如善愛果不善不愛果由此故生已說諸因諸法隨因中生今當說

若心因報生　心數及煩惱　是從於五因

興起應當知

若心心數法因報生及諸煩惱是從五因生報因生者從所作因生彼生時相似不相似物不障礙故生從共因生伴力故生彼各各相伴及心不相應行共伴從自然因生彼有相似前生無記法從相應因生俱一時一緣中行從報因生彼善不善謂此果穢汚心心數法除報因無記故是從一切徧因生由此故生餘四因如前說

是彼不相應　諸餘相應法　除其初無漏

是從四因生

是彼不相應者若色從報生及心不相應行

是從四因生所作因共因報因自然因穢汚色及心不相應行亦從四因生所作因共因自然因一切徧因諸餘相應法除其初無漏是從四因生者餘心心數法除其初無漏亦從四因生所作因共因自然因相應因

謂餘不相應　因生當知三　及諸餘相應

初生無漏法

謂不相應法前所說於中餘若有自然因除初無漏是從三因生所作因自然因共因初無漏相應亦從三因生所作因共因相應因是前無自然

於中不相應　應從二因生　若從一因生

生者必無有

於中不相應應從二因生者初無漏品中色心不相應行從二因生所作因共因已說一切有爲於中若從一因生者必無有已說諸因如此因如來定知諸法相覺力教化故說緣今當說

次第亦緣緣　增上及與因　法從四緣生

明智之所說

次第緣者一一心生相續無間緣緣者心心數法境界緣彼故心心數法生增上緣者是所作因一切萬物萬物生時不作罣礙但自所作爲要是說增上緣因緣者共因相應因自然因報因一切徧因已說諸緣諸法隨緣生今當說

心及諸心數　是從四緣生　二正受從三

謂餘說於二

心及諸心數是從四緣生者心心數法從四緣生前開導故生是彼次第緣境界是彼緣

緣除其自已餘一切諸法是彼增上緣二正受從三者無想定滅盡定是從三緣生於中入定心是彼次第緣於中自地前生功德是彼因緣及彼俱生生住異壞亦彼因緣彼增上緣如前說謂餘說於二者離彼餘心不相應行及色從二緣生因緣及增上緣問以何故此諸法謂之行答

多法生一法　一亦能生多　緣行所作行
如是應當知

多法生一法一亦能生多者無有一法能自力生但一法由多法生多法亦由一法生以是故謂緣行所作行如是應當知

業品第三

已說諸行已性及由諸因緣生今謂此有因能嚴飾果種生種生差別可得今當說

業能莊飾世　趣趣在處處　是以當思業
求離世解脫

業能莊飾世趣趣在處處者三世於五趣中種種身差別嚴飾是世嚴飾事惟業是以當思業求離世解脫

身業及口意　有有之所造　從是生諸行
嚴飾種種身

身業及口意有有之所造者謂身口意業生生所造作從是生諸行嚴飾種種身此業相今當略說

身業教無教　當知二俱有　口業亦如是
意業惟無教

身業教無教當知二俱有者身業性二種有教性無教性於中有教者身動是善不善無記善從善心生不善從不善心生無記從無

記心生無教者若作業牢固轉異心中此種子生如善受戒人不善無記心中彼猶相隨惡業人惡戒相隨口業亦如是者口業性亦二種意業惟無教者意業性一向無教所以者何不現故思微相續故問此五業幾善幾不善幾無記答

教當知三種　善不善無記　意無教亦然餘不說無記

教當知三種善不善無記者身口教說三種善不善無記於中善身教者行施持戒等善心作身動不善身教者殺生不與取非梵行等不善心作身動無記身教者無記心作身動如威儀工巧伎術如是口動善者如不虛言饒益相應應時言等從善心生口業不善者如妄言兩舌惡口綺語等從不善心生口業無記者從無記心生口業意無教亦然者意業無教亦三種善不善無記善心相應思是善不善心相應思是不善無記心相應思是無記餘不說無記者餘有二身無教及口無教彼二種善不善無無記所以者何無記心羸劣彼不能生強力業謂轉異心中彼相似相隨是故身無教口無教無無記問無記業何等性何處繫答

色有無記二　隱沒不隱沒　隱沒繫在色餘在於二界

色有無記二隱沒不隱沒者身口業是色性以業色性故二種隱沒及不隱沒隱沒者謂煩惱所覆亦從諸煩惱生異者是不隱沒隱沒繫在色者若隱沒一向繫色界所以者何思惟斷煩惱能起身口業此欲界思惟斷煩

惱一向不善不以不善煩惱能起無記業餘在於二界者不隱沒無記業亦繫在欲界亦繫在色界意業如心說是餘處分別故今不說

身口業無教　當知善不善　三相禪無漏　調御威儀戒

身口業無教當知善不善者業若色性於中若無教性是善不善三相禪無漏調御威儀戒者無教戒有三相無漏禪生調御威儀無漏者謂戒道共俱行止語正業正命禪生者謂禪俱行離惡調御威儀戒者謂欲界戒

無教在欲界　教依於二界　當知非心俱　謂餘心俱說

謂欲界無教是非心共俱所以者何謂受戒唯善心不善心無記心隨行而不與善不善無記共俱教者亦在欲界亦在色界但非心共俱所以者何由身故色界無教及無漏與心共俱所以者何由心故此非餘心中隨行

已分別諸業若成就業今當說

無漏戒律儀　見諦所成就　禪生若得禪　持戒生欲界

無漏戒律儀見諦所成就者見諦謂無漏見見聖諦初生無漏見時見於欲界苦諦是故一切聖人成就無漏戒禪生若得禪者謂得禪是成就禪戒持戒生欲界者若受戒者彼成就欲界戒已略說成就如過去未來現在可得今當說

謂住威儀戒　無教在於今　當知恒成就　或復盡過去

謂住威儀戒無教在於今當知恒成就者若

住威儀戒一切時成就 無教戒彼終不離至
命盡所縛或復盡過去 者或成就過去無教
戒若盡不失謂初已盡 是成就過去過去者
假名爲盡

若有作於教 即時立中世 當知成過去
已盡而不捨

若有作於教即時立中世若作身口教爾時
即成就現在教現在者假名中世當知成過
去已盡而不捨者若彼教已盡不失爾時即
成就過去

謂得禪無教 成就滅未至 中若入正受
教亦如前說

謂得禪無教成就滅未至者若得禪彼成就
過去未來所以者何如彼禪成就戒亦復爾
中若入正受者現在假名中彼若入定爾時
成就現在無教所以者何與定俱故教亦如
前說者如住威儀戒若作教爾時成就現在
教若不作教爾時不成就教若盡不失爾時
成就過去若不盡設盡便失爾時不成就住
禪戒亦復如是

悉成就當知 得道若未至 中間在道心
盡不捨前世

悉成就當知得道若未至者一切得道成就
未來無漏無教所以者何如彼無漏心成就
戒亦復爾中間在道心者已合道若入於定
爾時即成就現在盡不捨前世者前世是過
去彼於此無教若盡不失如得聖果及退者
成就過去無教

若作惡不善 立戒成就二 至彼纏所纏
盡已盡當知

若作惡不善立戒成就二者如此住威儀戒或住禪戒或住無漏戒或作不善濁重纏爾時於不善中起無教即成就教及無教若非濁重纏不起無教問幾時成就答至彼纏所纏若纏所纏隨可得成就盡已盡當知者彼纏若盡教及無教亦隨盡

處不威儀戒　無教成就中　惡而不愛果
亦復過去盡

處不威儀戒無教成就中惡而不愛果者若住不威儀戒爾時成就不善無教不善名不愛果亦復過去盡者滅非不滅

有教現於時　是說成就中　亦復盡過去
善於上相違

有教現於時是說成就中亦復盡過去者教謂如前說善於上相違者如住威儀戒說不善如是住不威儀說善至彼善心

若處中所作　即成就中世　亦復過去盡
或二亦復一

處中者不威儀亦非不威儀住是居中容彼如善住說善或復二有教及無教或一向教或善不善或一問云何得色界戒云何捨爲根本禪得爲餘方便答非一向根本禪若得

色界中善心　得定威儀戒　是失彼亦失
無漏有六心

色界中善心得定威儀戒者若得色界善心或離欲或不離欲彼一切得色界戒所以者何一切色界善心中戒常共俱問云何失答是失彼亦失問無漏云何答無漏有六心無漏戒無漏六地心共得問云何失答是失彼亦失六地者未來禪中間禪根本四禪問此

戒幾時捨答

調御威儀戒　是捨於五時

二時覺所說　禪生及無漏

調御威儀戒是捨於五時者威儀戒五時捨

罷道犯戒死時邪見增法沒盡禪生及無漏

二時覺所說者禪戒二時捨退及上生無漏

戒亦二時捨退及得果問餘業云何捨答

不善戒有二　善無色亦然　穢汚說一時

若業在於意

不善戒有二者不作方便及死時善無色亦

然者善無色業亦二時捨善根斷時及上生

穢汚說一時若業在於意者穢汚意業一時

捨離欲時已說諸業性及成就如此業世尊

種種分別今當說

若業與苦果　當知是惡行　意惡行增上

貪瞋恚邪見

若業與苦果當知是惡行者謂業是不善盡

說是惡行不善者苦果意惡行增上貪瞋恚

邪見者不善思願是意惡行復三種說意惡

行貪瞋恚邪見

此相違妙行　最勝之所說　若於中最上

是名爲十道

此相違妙行最勝之所說者此相違一切善

業及無貪無恚正見若於中最上是名爲十

道者若於不善業中若業最上者是說業道

如殺生不與取邪行妄言兩舌惡口綺語貪

恚邪見於中殺生者衆生想捨衆生意斷他

命求方便成業不與取者物他所有他想不

與輙取邪行者婦女他所有犯於道若自所

有時時犯非道妄言者異想意欺誑他說兩

舌者增他故親相離方便說惡口者以瞋於他不愛言綺語者不善心無義言貪者欲界欲恚者忿怒邪見謗因果此是是業道餘者非業道謂此行方便求及飲酒等不正業思願者是根本業此以彼十爲道

若業現法報　次受於生報　後報亦復然
餘則說不定

謂業能成現法果時則不定問如世尊說三業樂報苦報不苦不樂報此云何答

若欲界中善　及色界三地　是應有樂報
受者定不定

若欲界中善及色界三地是應有樂報者欲界善業生報與樂俱及色界初禪第二第三亦生報與樂俱此總說樂報問此亦是定耶答受者定不定若定若不定是四地中善一切有樂報

生不苦不樂　謂在於上善　若受於苦報
是說不善業

生不苦不樂謂在於上善者第四禪地善業及無色中是不苦不樂報是生報與不苦不樂俱於中無樂痛若受於苦報是說不善業者不善業是苦報必與苦痛俱受報此亦定不定如上問世尊說四業黑黑報白白報黑白黑白報不黑不白無報此業云何答

色中有善業　是白有白報　黑白在欲界
黑報說不淨

色中有善業是白有白報者色界善業是白報一向不諍故及離不善故彼一向極妙報是謂白有白報黑白在欲界者欲界善業黑白黑白報所以者何是不善所壞羸劣故故

說黑白彼雜受報愛不愛故說黑白報黑報說不淨者不善謂不淨是黑增惡故鄙賤故是說黑報

若思能捨離　是盡無有餘　彼在無礙道
謂是第四業

謂道能滅此三業是無礙道若有思此思是第四業於中四思思惟道滅第二業十三有二道見諦道四思惟道九是無漏思不增惡故不黑不可樂故不白與無窮相違故無報

問世尊說身口意曲穢濁此云何答

曲生於諂僞　穢從瞋恚生　欲生謂爲濁
世尊之所說

曲生於諂僞者若業從僞生是曲欺誑故穢從瞋恚生者若業從恚生是穢一向諍故欲生謂爲濁世尊之所說者若業從欲生是濁一向塵垢故問如世尊說三淨身口意此云何答

淨一切妙行　滿者是身口　謂無學意滿
即是無學心

淨一切妙行者若有妙行是一切淨離煩惱不淨故問滿云何答滿者是身口無學意中身口妙行是謂滿善除一切罣礙故謂無學意滿即是無學心者若無學意滿是無學心所以者何無學心者已逮得牟尼相故已說諸業假名果今當說

善惡不善業　是俱有二果　善或成三果
一果謂餘說

善惡不善業是俱有二果者善業成二果所依果及報果無漏業亦有二果所依果及解脫果不善業亦有二果所依果及報果善或

成三果者謂善有漏業能除諸煩惱是三果所依果報果及解脫果一果謂餘說者謂餘無記業是一果所依果無餘問造色相是身口業是業何四大造答

自地若有大　依於身口業　無漏隨力得
是彼謂之果

自地若有大依於身口業者若欲界諸業是依於欲界大此所造故色界業亦如是問無漏諸業云何答無漏隨力得是彼謂之果者無漏色若依四大得即依彼地若住欲界得道彼身口業欲界四大造如是一切地謂力隨色界欲及無色界彼若命終生無色中若未得而得身口業是身口業即彼地四大造問如世尊說三障業障煩惱障報障是相云何答

無間無救業　廣能生煩惱　惡道受惡報
障礙亦應知

此三法障礙者必不受聖法是故說障礙問此業何等最大惡答

若業壞僧者　是說爲極惡

謂業壞僧是業最惡是阿鼻大地獄住劫問何者最大妙答

第一有中思　當知彼最大

非想非非想處於有第一彼地攝思是大妙極大果彼八萬劫壽報

阿毗曇心論卷第一

音釋

猗　於其切輕安也
羸劣　羸力追切尫羸也劣力輟切弱也
輒　陟葉切專也
諂僞　諂丑琰切佞言也僞危睡切詐也
逮　徒耐切及也

阿毗曇心論卷第二

尊者法勝造

東晉僧伽提婆共慧遠譯

使品第四

已説諸業諸煩惱今當説

一切有根本　業侶生百苦　九十八使者

文尼説當思

譬怨不識則害成若識則得離諸煩惱亦然當知如怨家問云何知答

一切諸使品　當知立二種　見諦所斷種

亦思惟所斷

若有使者盡見斷及思惟斷謂從見道是見斷從思惟道是思惟斷於中

説二十八結　是繫在見苦　謂當見苦時

斷滅盡無餘　見習斷當知　十九滅亦然

增三見道斷　十説思惟上

是謂九十八使已説種界今當説

第一煩惱種　在欲當知十　二種種有七

餘八見道斷　在欲界當知　四是思惟斷

謂餘在二界　是亦當分別

在欲界當知四是思惟斷者此三十六使是欲界繫謂餘在二界是亦當分別者餘六十二使於中三十一色界繫三十一無色界繫

已説界諸使今當説

受邊見邪見　及與吾我見　二盜應當知

是煩惱説見

從因相續不識諸法性於中或有常想或有斷想斷常是二邊世尊之所説於中若見受邊是謂受邊見誹謗眞實義此見是邪見若有情識類愚於中計我是謂身見有漏法受

第一此見是見盜非因見因此見是戒盜此五煩惱是慧性故說見

欲猶豫瞋恚　慢癡說非見　是界差別故
轉行種種名

欲猶豫瞋恚慢癡說非見者欲名愛念想思於諸行中樂著猶豫名如前所見於中或思惟瞋恚名所作相違忿怒慢名自與癡名所有不識此五煩惱說非見是謂一切諸煩惱是界差別故轉行種種名者是十煩惱或從苦行或從習或從滅或從道於中若從苦行者是見苦斷如是至道餘思惟斷

下苦於一切　離三見行二　道除於二見
上界不行恚

下苦於一切者下苦是欲界苦於中行一切十煩惱凡愚於欲界苦不了因見斷不了果見常謗果謗苦邪見苦受第一見盜謂法於法非因計因戒盜自見欲他見恚從見中或疑自見舉慢不了無明離三見行二者習及滅各七行身見行於現五陰習者細微不現是故於中不行滅亦如是受邊見者亦行於現戒盜行於果彼亦非習滅道除於二見者身見邊見不行於道有漏境界故戒盜者行於道似道故終竟不解至不見正道上界不行恚者如欲界分別色無色界亦爾除其恚彼中無恚意止柔輭故諸見及疑非思惟所斷餘欲界四思惟所斷色界三無色界二問云何彼緣境界答

普徧在若因　疑見及無明　是一切種使
樂在一切中

見苦斷種及見習斷疑見及無明此煩惱是

普徧一切五種行於自地所以者何一切有漏法是苦習性問何故行於自地非他地答非境界故不行於上離欲故不行於下是謂欲界十一一切徧煩惱色無色界亦爾餘不一切徧自種境界故

初煩惱五種　四説爲第二　境界於上界

未離慧所説

欲界見苦斷邪見謗色無色界苦見盜受第一戒盜受解脫方便疑惑無明不了見習斷邪見謗色無色界因見盜於因受第一疑或無明不了如是色無色界一切地乃至無所有處

邪疑是俱生　及不共無明　息止道三斷

當知無漏緣

見滅斷邪見謗於滅是緣滅故無漏緣如是

疑惑於滅及彼相應無明無漏緣如是見滅斷不共無明謂不欲於涅槃彼亦無漏緣見道斷亦復如是是十八使無漏緣問云何有漏種諸使所縛答

若種在欲界　一切諸徧使　緣縛於自地

在上界亦然

諸一切徧使是於自地中緣使一切種

其餘諸結使　當知自種緣　所使於自界

及是相應品

其餘諸結使當知自種緣所使於自界者一切不徧使自於種中緣諸法即彼所使及是相應品者一切徧及不一切徧是一切自品中相應所使

若無漏所行　及他地緣惱　是相應所使

境界解脫故

若無漏所行及他地緣惱是相應所使者若使無漏緣及上地緣是自品相應所使非緣使所以者何境界解脫故此使不縛於境界無漏諸法解脫一切煩惱上地諸法解脫下地煩惱問此使當言不善爲無記答

已身見邊見　此相應無明　是欲中無記
色無色一切

已身見邊見此相應無明是欲中無記者欲界身見邊見及相應無明是無記所以者何已身見數數行若當不善者欲界衆生應無有樂多作不善故復次若不善者相違於福此中計我人行福令我得樂不善者相違於善是以身見非不善斷見是無常見厭於生死是亦非不善是故非不善有常見亦不違於善如身見是故非不善餘欲界煩惱一向不善色無色一切者色界無色界諸使盡無記所以者何正受所壞故不善者受苦痛報彼中無苦痛問一切諸煩惱盡縛自所有境界爲不答

貪欲瞋恚慢　知或過去縛　未來受一切
餘二世盡受

貪欲瞋恚慢知或過去縛者謂過去愛恚慢是不必於前一切自境界起愛者不能於前一切法中起非以不見生故未來受一切者謂未來愛恚慢縛一切有漏法所以者何緣一切有漏故餘二世盡受者見疑及無明總緣一切法是故縛過去未來諸有漏法現在使不定故不說若有者受自相彼應說如過去已說諸使境界次第今當說

次第是轉生　自地於自地　上地亦生下

此事當分別
次第是轉生自地於自地者一切諸煩惱於自地煩惱次第緣可得一一次第生一切上地亦生下此事當分別者梵天上命終次第生欲界一切若彼中穢汚心命終此中一向穢汚心相續如是一切地已說諸使自相如此煩惱世尊教化故多種說今當分別問世尊說七使欲愛恚有愛慢見疑及無明此云何答

欲界五種欲　此說欲愛使　色無色如上
有愛當分別

欲界五種欲此說欲愛使者見苦習滅道思惟斷色無色如上有愛當分別者色界愛五種無色界亦爾

恚即是恚使　五種如前說　憍慢及無明
十五在三界

恚即是恚使五種如前說者瞋恚亦如是五種憍慢及無明十五在三界者慢欲界五種色界五種無色界五種無明亦爾

見使三十六　說普在三界　疑使有十二
此七有異名

見使三十六說普在三界者欲界十二見五見苦斷二見習斷二見滅斷三見道斷色無色界亦爾疑使有十二者欲界有四見苦習滅道斷色無色界亦爾此七有異名者此煩惱說扼受流漏問以何等故答

扼縛及受流　漏一切無窮　諸扼及受流
煩惱是說漏

繫一切衆生故說扼受生具故說受流下一切衆生故說流漏一切無窮故說漏已說種

種相相應根今當說
諸使在三界　盡護根相應　隨地諸根使
相應於色有
諸使在三界盡護根相應者一切九十八使
盡護根相應諸煩惱後時依於無求而止隨
地諸根使相應於色有者梵天及光曜有喜
根彼地諸使喜根相應及護根徧淨有樂根
彼地諸使樂根相應及護根
邪見及無明　欲界中樂苦　瞋恚疑惟苦
謂餘一向樂
邪見及無明欲界中樂苦者欲界邪見無明
樂根相應及苦邪見者作惡業爲喜淨業爲
憂彼相應無明亦爾瞋恚疑惟苦者疑憂慼
爲本不決定故不喜瞋恚亦爾謂餘一向樂
者欲界餘使一向樂相應非苦彼歡喜爲本

二熏堅著身　見斷惟應意　欲界諸煩惱
此根是相應
二熏堅著名諸煩惱思惟斷彼身痛相應及
心痛於中身痛者樂根及苦根心痛者喜根
及憂根俱有護根一切身痛思惟斷意俱有
見斷惟應意者見諦斷結惟意相應欲界諸
煩惱此根是相應者是謂欲界諸煩惱已分
別相應根上煩惱今當說
無慚亦無愧　睡悔及與慳　嫉掉眠煩惑
故說上煩惱
此八事說上煩惱諸使是煩惱於中此上從
中起此是使垢依於使問何者使垢答
一切煩惱俱　說睡及與掉　無慚不善俱
無愧亦復然
一切煩惱俱說睡及與掉者掉名於心不止

息是一切煩惱相應煩惱是不止息睡雖名
沉意彼亦一切煩惱相應以沉心便生煩惱
無慙不善俱無愧亦復然者無慙名行惡時
不慙他無愧名自惡不猒不羞此二上煩惱
一向不善相應非無記
謂苦在於意　悔思惟所斷　眠惟在欲意
餘各自建立
謂苦在於意悔思惟所斷者悔名作善作惡
事不成而悔不可說是喜故一向苦相應是
意憂根相應從惡行生故說思惟斷苦相應
故當知是欲界眠惟在欲意者眠意閉故眠
是一向欲界在意地彼於欲界一切煩惱相
應一切諸煩惱行於眠時餘各自建立者謂
餘二上煩惱嫉及慳嫉名見他樂生熱慳名
守護惜著彼俱自建立非餘煩惱相應問諸
煩惱幾識相應答
欲瞋恚無明　當知依六識　謂欲思惟斷
色中隨所得
欲瞋恚無明當知依六識謂欲思惟斷者欲
界思惟所斷愛恚無明六識相應色中隨所
得者愛無明色界隨所可得梵天上四識彼
中此二煩惱四識相應餘煩惱在意識中已
說諸煩惱如所斷今當說
一時斷煩惱　而於中解脫　無量時所得
正智之所說
一時斷煩惱而於中解脫者此煩惱無礙道
一時斷非已斷復斷無量時所得正智之所
說者此得盡數數如欲界見斷五時得盡證
自分及四沙門果如是一切如賢聖品說
欲界中解脫　聖說四斷智　離色無色界

當知五斷智

求盡無餘謂之斷智於中若欲界見苦習所斷若盡得無餘解脫是一斷智見滅斷二見道斷三思惟斷四色無色界見苦習斷一斷智見滅斷二見道斷三色界思惟斷四無色界思惟斷五問以何等故於斷名斷智答智果故說斷智如瞿曇姓中生亦名瞿曇此亦復爾問此諸使爲心相應爲不相應答相應所以者何

心爲使煩惱　障礙淨相違　諸妙善可得當知相應使

心爲使煩惱者若使心不相應不以煩心若煩心者是故相應障礙者若使心不相應不障礙諸善法若障礙者善法不生不障礙便生是故相應淨相違諸妙善可得者若使不相應不與善相違若不與善相違者善心亦應生若不相違非是煩惱性亦不應作患若相違常相隨不生善不相隨則生善因此事故是相應使

賢聖品第五

已說使品賢聖品今當說

如此聖斷勞　衆恐怖之本　等方便正智今當說善聽

不停心者無能起正見是以

始自身處所　繫縛心令定　亦欲縛識足及盡煩惱怨　是方便於身　眞實相常定諸痛及此心　法亦如是觀

此身不淨相無常相苦相無我相是相定眞實彼自身一處繫心離心亂始眞實觀身相次觀痛後觀心彼伴彼依及彼相應餘心數

法觀亦諸心不相應行如其性如其相所有
如是彼身痛心法意止次第生
入法中總觀　同觀諸法相　此四是無常
空無我非樂
入法中總觀同觀諸法相者入法意止中彼
聖總觀諸行相觀諸行相已增長養心生無
垢智眼一切身痛心法總觀問云何答
此四是無常　空無我非樂
此身痛心法展轉相生故無常不自在故空
非主故無我惡災患故苦
從是名暖法　即是意中生　行是十六行
正觀四眞諦
從是名暖法即是意中生者彼如是觀生善
暖於中當生無漏智火能燒一切行薪問彼
何行何境界答行是十六行正觀四眞諦彼

行是十六行境界四眞諦四行觀苦諦此苦
性劣從因縁生故無常無常力所壞故苦内
離人故空不自在故無我四行觀習此習成
相似果故因行相續故習一切生死無窮可
得故有不相似事相續故縁四行觀滅此滅
覆一切患盡故滅除一切煩惱火故止勝一
切法故妙捨生死故離四行觀道此道至非
品故道非顛倒故如一切聖所履故迹生死
患轉出故乘是謂彼行十六行境界四眞諦
善根謂之暖法
彼起已成立　生頂及于忍　得世第一法
依倚於一相
彼起已成立生頂及于忍者若已成暖法於
中復於欲界生善根如頂亦十六行觀四眞
諦勝暖法故説頂已增上頂生善根名爲忍

亦十六行觀四眞諦堪任故說忍若忍已成立得世第一法依倚於一相一切世俗功德中最勝生善根名世間第一法開涅槃門故於凡夫意中最勝故說第一法問以何等故說依倚於一相答於凡夫意中更無有比二功德若有者彼亦應開涅槃門而不開是故說依倚於一相問彼幾行何緣何地所攝答

彼行苦四行　說攝依六地

彼行苦者彼即緣苦諦非餘四行者謂行苦諦境界無常爲首所以者何如初無漏心緣彼亦復爾說攝依六地者彼法攝於六地未來禪中間禪根本四禪非欲界不定界故非無色界無見道故問餘善根何地所攝答

忍亦攝六地　餘則依於七

忍亦攝六地者諦順忍六地所攝如世間第一法餘則依於七者暖及頂七地所攝此六及欲界未除欲欲界已除欲色界

世第一法次　必興起法忍　忍次生於智
俱觀於下苦

世第一法次必興起法忍者世間第一法次第生無漏法忍名苦法忍彼未曾觀今觀時堪任故曰忍是謂初無漏無礙道忍次生於智者彼次第生苦法智同境界受眞實性解脫道問彼忍及智何緣答俱觀於下苦下苦者欲界苦彼同緣

上苦亦如是　因滅道亦然　是正觀諸法
說十六淨心

上苦亦如是者上苦是色無色界苦彼亦如是生忍無礙道智解脫道苦未知忍及苦未知智因者是習諦彼亦如是生四道如苦習

法忍習法智習未知忍習未知智滅者滅亦如是生四道滅法忍滅法智滅未知忍滅未知智道亦然者道亦如是生四道道法忍道法智道未知忍道未知智是正觀諸法說十六淨心者是見法見法者謂之正觀是見異名

從法行利根　此在十五意　從信行當知鈍見亦在中

從法行利根此在十五意者彼十五心頃若利根是說從法行從信行當知鈍見亦在中者即彼十五心頃若鈍根是說從信行

未離欲界欲　趣向於始果　捨六趣至二二向九無漏

未離欲界欲趣向於始果者彼從信行及從法行趣沙門果時若未離欲俱趣須陀洹果捨六趣至二者欲界煩惱九種微微微中微上中微中中中上上微上中上上彼若凡夫時已離六種彼於後若趣證是俱趣第二果三向九無漏者若已離九種是俱趣阿那含果

若至十六心　是名住於果　信解脫輭見見到說利見

若至十六心是名住於果者十六心名道未知智心相應彼生已說住於果未曾離欲界欲俱須陀洹已曾離六品俱斯陀含盡離九品俱阿那含信解脫輭見見到說利見者若彼趣時從信行鈍根是信解脫若彼從法行利根是見到

未盡思惟斷　極生生死七　家家有二盡俱在道迹果

未盡思惟斷極生生死七者彼信解脫及見到未離欲界思惟所斷煩惱是生生死七彼有天上七生及人中故說極生生死七家家有三盡者若三種盡上微上中上上是說家家彼天上及人中或生二家或生三家後般涅槃故說家家俱在道迹果者極七有及家家當言俱住須陀洹

六盡一往來　離八謂一種　九滅盡不還
已出欲汚泥

六盡一往來者若有六種盡上三中三是斯陀含彼餘一生天上一生人中一往來已般涅槃故說斯陀含離八謂一種者若八品盡是一種彼餘惟一生無餘故說一種九滅盡不還者若一切九品盡是阿那含彼不復來欲界故說阿那含所以者何已出欲汚泥

如是九煩惱　若在上八地　彼雙道所滅
世尊之所說

如是九煩惱若在上八地者如欲界九種煩惱輭輭至上上上界亦如是八地中梵世光曜徧淨果實無量空處無量識處無所有處非想非非想處彼雙道所滅世尊之所說者此一切煩惱欲界及色無色界雙道所滅以無礙道滅解脫道得證問此道爲世俗爲無漏答

有垢無垢道　俱能離八地　住中說身證
謂獲滅盡定

欲界地一色界地四無色界地三亦世俗道滅亦無漏凡夫從世俗道尚得遠離況復賢聖住中說身證謂獲滅盡定者住於八地無欲中謂學得滅盡定是身證所以者何法似

涅槃身所觸故說身證

金剛喻定次　必逮得盡智　生意我生盡

離於一切漏

金剛喻定次必逮得盡智者金剛喻定名非想非非想處離欲時第九無礙道最後學心於中一切諸煩惱永盡無餘一切聖行畢竟故說金剛喻三摩提此次第生盡智最初無學智生意我生盡離於一切漏者彼生定意我一切生盡彼於爾時無著解脫於一切漏

問無著有幾種答

無著有六種　是從信生五　逮得於二智

當知時解脫

無著有六種者世尊說六無著退法念法護法等住必昇進不動法於中若輭智及輭進是得退具便退故說退法輭智及輭進數數惡身惡身已念壞故說念法輭智而廣進進力常自護心故說護法中智及等進是不壞不損等住於中道故說等住少利而廣進彼必得不動故說必昇進利智及廣進是始得不動故說不動是從信生五逮得於二智者於中五曾從信行彼有二智盡智及無學等見當知時解脫者彼當知時解脫是求時不能一切時隨所欲學善

不動法利根　是不時解脫　獲得於三智

成就等解脫

不動法利根是不時解脫者謂一向利根是不動法彼不時解脫能一切時隨所欲學善不求時獲得於三智者彼有三智盡智無生智無學等見成就等解脫者謂此五無著時解脫是成就等意解脫謂不動法是成就不

動解脫
慧解脫當知　不得滅盡定　惟有俱解脫
成就滅盡定
慧解脫當知不得滅盡定者此六無著若不成就滅盡定是說慧解脫是慧力解脫非定力惟有俱解脫成就滅盡定者此六無著若得滅盡定是說俱解脫彼俱力解脫慧力及定力已說賢聖人法今當說
從信行諸法　及從法行法　聖道見諦道
是盡同一相
從信行法從法行法是說見道
於中諸根法　是名未知根　謂餘有學法
佛說已知根
於中諸根法是名未知根者於見道法中謂根根數如心及痛信等五根是未知根謂餘有學法佛說已知根者離見道學法諸餘學法中即彼根說已知根
當知無知根　在於無學中　已得果便捨
前道應當說
當知無知根在於無學中者無學法中即彼根說無知根已得果便捨前道應當說者此無漏法昇進得果時捨無礙道所攝及解脫道
已盡爲解脫　得攝於一果　不穢汚第九
滅盡應當說
已盡爲解脫得攝於一果者無礙道至解脫道於其中間得煩惱盡但得果時一切煩惱盡得一解脫果不穢汚第九滅盡應當說者說諸煩惱九種道所滅但不穢汚第九無礙道一時斷不漸漸

若有相似名　彼能獲不動　無著及信脫
彼同性增道

若有相似名彼能獲不動者謂無著不能一切得不動惟必昇進得彼是相似名無著及信脫彼同性增道者謂信解脫一向性必昇進是增益諸根速得見到非餘問云何知漸漸見諦答

建立功德惡　次第見眞諦

非以見功德時見惡亦不以見惡時見功德亦非初總觀彼惡亦非一時一切猒亦非總功德諸功德亦非一時合是以建立功德惡次第見眞諦問云何知有爲無爲果答以無礙道力得有爲無爲果無礙道力得有爲果及無爲果是故以無礙道力得有爲無爲果

阿毗曇心論卷第二

音釋

誹謗（誹府尾切非議也謗補曠切訕也）　忿（敷粉切怒也）　扼（於革切與軛同）

阿毗曇心論卷第三

尊　者　法　勝　造

東晉僧伽提婆共慧遠譯

智品第六

智慧性能了　明觀一切有　有無有涅槃是相今當說

謂智賢聖品已略說有無有境界今當說

三智佛所說　最上第一意　法智未知智及世俗等智

此三智攝一切智於中法智名謂境界於欲界苦習滅道無漏智境界是初受法相故曰法智從法智根現見已非根現亦見未知智未知智名謂境界色無色界苦習滅道無漏智境界是後受法相故曰未知智等智名謂有漏智是多取等諦知男女長短爲首

苦習息止道　二智如可得　此名與四智解脫師所說

此二智法智未知智若行於諦如是相似名所說苦諦境界說苦智習諦境界說習智滅諦境界說滅智道諦境界說道智解脫師所說也

若智觀他心　是從三中說　盡無生智二境界在四門

若智觀他心是從三中說者他心智謂有漏境界是等智境界欲界道是法智境界色界道是未知智盡無生智二者無學二智盡智無生智於中所作已竟受無學智是盡智不復更作受無學智是無生智是亦法智未知智問盡智無生智何諦境界答境界在四門此二智四諦境界苦習滅道已說十智行今

當說
二智十六行　法智未知智　如是行或非
是說爲等智
二智十六行法智未知智者法智性是十六行四行受苦四行習四行滅四行道未知智色無色界亦爾如是行或非是說爲等智者暖頂忍第一法中攝等智行無漏行二諦所攝十六行第一法攝四行聞思及餘思惟等智十六行離此餘等智非十六行謂施戒慈如是比
四智有四行　決定行所說　正觀他心智
此或是或非
四智有四行決定行所說者苦智四行如上說習滅道智亦如是正觀他心智此或是或非者無漏他心智四行如道智有漏非

盡智無生智　離空無我行　說有十四行
受相爲最勝
盡智無生智離空無我行說有十四行者盡智無生智十四行除空無我行所以者何彼行等諦我已作不復更作空無我者不以此行受相爲最勝者非一切無漏智在十六行十六行者是總行更有無漏智受十六相如身意止是自相智不在十六行前受十六行此自相行於諸無漏智前受故勝已說十六行如此智所得今當說
第一無漏心　或有成就一　二或成就三
於上增益一
第一無漏心或有成就一者第一無漏心苦法忍相應未離欲成就一等智已離欲成就他心智二或成就三者第二無漏心苦法智

相應未離欲成就三法智苦智等智已離欲成就他心智於上增益一者於上四時中增說一四時得苦未知智得未知智習法智得習智滅法智得滅智道法智得道智思中不得智問此智何地所攝答

九智聖所說　依倚於上地　禪中有十智無色地中八

九智聖所說依倚於上地者未來禪中間禪無他心智根本禪攝故禪中有十智者根本四禪中有十智無色地中八者無色地中有八智除法智他心智法智者境界於欲界不以無色境界於欲界他心智行乘色無色地中無色已說地修今當說修有二種得修行修得修者謂功德未曾得而得得已諸餘功德彼所倚亦得得已後時不求而生行修者謂曾得功德今現在前行問此諸智云何修答

若已得爲修　智者諸聖見　彼即當來修諸忍亦如是

若已得爲修智者諸聖見彼即當來修者見諦道中謂智現在前修即彼當來修法智乃至道智諸忍亦如是者忍亦如是苦法忍現在前修即苦法忍當來修非智非餘忍如是一切

是於三心中　得修於等智　或修七或六最後心所說

是於三心中得修於等智者即見諦道中三心頃當來修等智苦未知智習未知智滅未知智行此三諦時得修等智所以者何此三諦習已觀非道諦謂地見道即彼地等智及

欲界或修七或六最後心所説者道未知智離欲修七智謂阿那含果所攝未離欲修六智除他心智彼中非想非非想道得沙門果是以不修等智

十七無漏心　於上思惟道　當知修於七

六修增益根

十七無漏心於上思惟道當知修於七者須陀洹果上思惟道十七心頃修七智此道未來禪所攝是以無他心智盡智無生智是無學智以故無餘七智必修所以者何彼意此功德常不空若不修者曾得已捨復未更得於其中間應空而不空是以必修六修增益根者增益根名謂信解脱增益諸根逮得見到彼有九無礙道九解脱道是一切無礙道一切解脱道修六智此説未離欲是以無他心智爾時學道不學斷煩惱彼未曾得修功德非已曾得是以不修等智

得不還果時　遠離於七地　思學諸通道

解脱修習八

得不還果時者若得不還果修八智彼中要得根本禪是以修他心智餘智如前説遠離於七地者四禪三無色離欲時一切九解脱道修八智於中一切修下地禪思學諸通道解脱修習八者三通如意足天眼天耳一切九解脱道修八智所以者何攝根本禪故此無礙道中　及滅第一有　彼八解脱道

説者修習七

七地離欲時一切無礙道中修七智除他心智所以者何此無礙道修滅結習他心智非滅結以故不修非想非非想處第一有彼離

欲時八解脱道中修七智除等智所以者何等智於非想非非想處轉還以非敵故離於第一有　六修無礙道　乘上應當知修習於下地

離於第一有六修無礙道者第一離欲時九無礙道中修六智除他心智及等智乘上應當知修習於下地者此修一切地當知修自地諸智及下地所攝謂依初禪離欲彼修二地功德自地所攝及未來禪如是至無所有處

漏無漏一切　諸地修功德　初無學心中此未知智意

漏無漏一切諸地修功德初無學心中者得無著果時九地及自地亦一切諸地於中修所以者何非想非非想處地煩惱相違一切地有煩惱意不明淨無煩惱意明淨是以離彼修一切問此無學初心何智相應答此未知智意是初無學心未知智相應彼作是念我生已盡是非想非非想處生緣所以者何最後盡故是以苦未知智相應問又世尊言見智慧此三爲一種爲種種答此是慧之差别慧性所有但以事故世尊或説見或説智

問此義云何答

謂決定能知　諸忍非智性　盡智則非見無生智亦然

謂決定能知諸忍非智性者修行八忍能求故見能視故慧但非智不決定故所以者何用始緣故盡智則非見無生智亦然者盡智無生智視故慧決定故智但非見不求故無所爲故餘無漏慧種三性所有見智及慧

善俗有漏智　在意及諸見　當知此則見
說一切是慧

善俗有漏智在意及諸見當知此則見者意識地中善有漏慧三性見智及慧五見煩惱性此見所有觀察故亦不離智及慧餘有漏慧種非見性所有所以者何無記意識相應慧種非見性所有不觀察故穢汚慧種亦非見性所有煩惱所壞故五識相應慧種亦非見性所有不觀察故亦不離智性說一切是慧者謂前所說離如忍中離智盡智無生智離見除善意識地及五見已餘有漏慧離見慧不如是所以者何一切智種一切見種即是慧種故問一一智幾智緣答

法智未知智　曉了於九智　因智及果智
是二智境界

法智未知智曉了於九智者法智觀九智緣九智除未知智所以者何未知智者非欲界果非欲界因非欲界滅非欲界道未知智亦如是九智緣除法智因智及果智是二智境界者習智是因智彼有漏他心智及等智緣同習故餘非緣無漏故苦智亦如是此即果智

道智是九智　解脫智無緣　餘一切境界
決定智所說

道智是九智者道智境界九智不緣等智有漏故餘盡緣同道諦故解脫智無緣者解脫智是滅智非緣智緣無爲故餘一切境界決定智所說者餘有四智緣一切十智等智緣十智境界一切法故他心智亦緣十智具他心境界故盡智無生智亦緣十智一切有爲

境界故問又世尊言未知智如離非想非非想處得無著果未知智是彼道非以此可知未知智是彼道非餘耶答亦有法智是色無色界道問何者答

若息止及道　法智之所行　是滅於三界

非欲未知智

若息止及道法智之所行是滅於三界者謂滅法智及道法智在思惟道是滅於三界結或有法智離色無色界欲謂此重見惡是於欲界思惟滅及道離色無色界欲非苦智非習智所以者何不同苦習同於滅道故問頗有未知智滅欲界不答非欲未知智無有未知智能滅於欲界所以者何無彼重見惡而非此問神通智性所有彼亦應當說一一幾智答

如意足等智　天眼耳亦然　六於宿命中

五說他心智

如意足等智天眼耳亦然者如意足說等智天眼天耳亦如是無漏智不以此行六於宿命中者宿命通有六智法智憶法智分未知智憶未知智分等智憶俗苦智憶過去苦習智憶過去習道智憶過去道五說他心智者他心智通有五智法智知他心中法智及彼相應心心數法未知智亦如是等智知他俗心心數法道智知他無漏心心數法他心智五

九智漏盡通　聖人之所說　八境界於身

法十九智一

九智漏盡通聖人之所說者漏盡通無漏九智一切漏相違故問又世尊言身身觀意止

觀者是慧此意止何智性所有答八境界於身八智觀身色假名爲身是八智所知除他心智及滅智若智緣色者是身意止此二智不緣色法十者法意止有十智離色痛心餘法謂法是境界有十智自相境界及一切總智是法意止九智二者痛及心九智除滅智謂智緣痛是痛意止謂智緣心是心意止問諸如來有智力云何如來力施設智及如來四無所畏智性所有如所說我等正覺此諸法未等正覺不見此相如是一切此亦應當分別一一幾智性所有答

是處非處力　及無畏第一　此是佛十智
餘此中差別

是處非處力及無畏第一此是佛十智者佛有十智是處非處力是處智名受諸法眞實相眞實行受知此法如是相如是行是謂是處智非處智名諸法他相他行不可得則知非此法如是相如是行是名非處智是佛十智初無畏亦十智等正受故餘此中差別者是處非處力差別有十力初無畏差別有四無所畏處非處智是境界差別故十種分別初無畏亦境界差別故四種分別問四辯亦智性所有此亦應當分別一一幾智答

法辯辭辯一　應義辯俱十　願智是七智
智最勝所說

法辯辭辯一者法辯名覺諸法名是等智非以無漏智受名世俗中名是假號無漏智不以此行辭辯名覺正說此亦等智是俗中假號應義辯俱十者應辯名觀及現無所罣礙方便智是十智義辯名覺諸法眞實彼亦十

智受眞實相故經師云辟應二辯應一等智法義二辯十智
問願智
有幾智答願智是七智智最勝所說願智有七智除他心智盡智無生智願智者利捷疾境界於三世受一切諸法是七智性所有有人云一等智

定品第七

問如是知諸智此智當云何答

智依於諸定　行無罣礙行　是以思惟定
欲求其眞實

智依於諸定行無罣礙行者如燈依油離風處光焰甚明如是智依於定意離諸亂智光甚明必定無疑行於緣是以思惟定欲求其眞實

決定說四禪　及與無色定　此中一一說
雜味淨無漏

決定說四禪及與無色定者有八定四禪及四無色定此中一一說雜味淨無漏者初禪有三種味相應淨無漏如是一切諸定問云何味相應云何淨云何無漏答

善有漏是淨　無熱謂無漏　氣味愛相應
最上無無漏

善有漏是淨者謂善是淨故說淨無熱謂無漏者煩惱假名熱謂定無煩惱是無漏氣味愛相應者謂禪無色定愛相應是以具足共相應共行是說味相應最上無無漏者最上非想非非想處彼中無無漏不捷疾行故是有二種餘各三種問禪何性所有答

五支有覺觀　亦復有三痛　若干種四心
謂之是初禪

五支者謂五支攝受初禪令堅固亦從此得

名覺觀喜樂一心覺名當入定時初生善功德始麤心思惟觀名令心細相續相連喜名於定中悅樂名已悅於身心中安隱快樂一心名於緣中心專不散此種住定時是支及受時捨時是故五支初禪有覺觀者有覺有觀即是初禪問以受五支今覺觀何用答支者謂善是於五支中說穢污及無記亦有覺有觀而不是善亦復有三痛者初禪有三痛樂根喜根護根於痛中樂根是身痛喜根是意地護根在四識若干種者梵世中若干種有上有下是說具足生處四心者初禪有四心眼識耳識身識意識謂之是初禪者此一切諸法謂是初禪已說初禪第二禪今當說

二痛若干種　二禪有四支　五支是第三
此禪說二痛

二痛者第二禪有二痛喜根及護根若干種者於中身有若干種已離覺觀有若干心或時入喜根或時入護根但喜是根本邊有護根二禪有四支者第二禪有四支內淨喜樂一心內淨名是信於離中生信已得初禪離便作是念一切可離餘支如前說此種於第二禪是支五支是第三者第三禪有五支樂護念智一心樂者意識地中樂根護者已樂於樂不求餘（有人云護雖有義不應立支也）念者是護方便不捨智者不令樂一心者定此種於第三禪中是支此禪說二痛者第三禪有三痛樂根及護根樂根是根本護根是邊

離息入息出　第四有四支　此支謂說善
亦復分別種

離息入息出者息入者來息出者去是第三

禪中無所以者何彼由定力故身諸毛孔合第四有四支者第四禪有四支不苦不樂護淨念一心求離苦樂不苦不樂餘如前說問何禪是支相應答此支謂說善善禪支相應支非穢汙亦非無記亦復分別種者謂種隨處已說當知是餘處不應有如初禪有覺有觀四心說此種餘一切地無第四禪離息入息出是三中無不應說已說四禪四無色定謂餘今當說問如世尊言有根本依若未離欲未有根本依而有無漏功德是無漏功德何地所攝答未來禪所攝又世尊所說有三定有覺有觀無覺少觀無覺無觀於中初禪是有覺有觀第二禪是無覺無觀謂無覺少觀定是何地所攝答是中間禪所攝是未來禪中間禪相今當說

相應有覺觀　俱在未來禪　觀相應中間

明智之所說

相應有覺觀俱在未來禪者未來禪中有覺有觀觀相應中間明智之所說者中間禪少有觀而無覺彼漸漸心息止

無依而二種　除其味相應　中禪有三種

俱爲說一痛

無依而二種除其味相應者未來禪一向善有漏及無漏有漏者淨無漏即無漏中禪有三種者中間禪有三種味淨無漏生死居故俱爲說一痛者未來禪及中間禪俱有一痛護根非根本地故已說諸定餘功德於中攝今當說

三摩提有通　無量修一切　除入及諸智

解脫於中起

三摩提者三三摩提空無願無相無漏心繫縛故有通者有六通如意足智天耳智他心通智憶宿命智生死智漏盡通智無量者四無量慈悲喜護無量衆生境界故曰無量修一切者十一切入地一切入水火風青黃赤白一切入無量空處一切入無量識處一切令盡具解故一切入除入者八除入內未除色想不淨觀少境界一無量境界二除色想少境界三無量境界四復除色想青黃赤白觀除入除淨境界故故曰除入及諸智者諸智有十如前說解脫者八解脫未除色想不淨思惟一除色想不淨思惟二淨思惟三四無色及滅盡定境界背不向故說解脫於中起者此諸功德九地中可得及於中起（其人云應十地）已說諸功德隨地可得今當說

一慧悲及護　慈亦有五通　說徧四禪中
六中有現智

一慧悲及護慈亦有五通說徧四禪中者一慧謂他心智三無量及五通是一切功德根本四禪中非餘六中有現智者現智是法智六地中有根本四禪未來禪中間禪

除入中說四　於中亦有喜　初解脫及二
功德初二禪

前四除入喜等初第二解脫此功德初第二禪中非餘

除入謂有餘　及與解脫一　亦八一切入
佛說最上禪

後四除入淨解脫前八一切入是功德第四禪中非餘

餘脫即名說　二一切亦然　滅盡最在後

餘九謂無漏

餘脫即名說二一切亦然者餘四解脫自名所說及二一切入亦如是無量空處解脫無量空處一切入於無量空處中所攝如是至非想非非想處滅盡最在後者滅盡定非想非非想處所攝所以者何謂未離彼欲亦入餘九謂無漏者謂餘無漏法九地所攝如三三摩提七智漏盡通是九地所攝四禪三無色未來及中間等智是十地所攝此亦非想非非想處可得以定數故問此功德幾有漏幾無漏答

三解脫當知　有漏及無漏　定智已分別
謂餘盡有漏

三解脫當知有漏及無漏者無量空處無量識處無所有處解脫是有漏無漏定智已分別者定如契經品說無漏智及諸通如智品說謂餘盡有漏者餘一切功德一向有漏如三通威儀法故色聲受相故無量衆生緣故一切入意解希望故三解脫亦如是非想非非想處非捷疾行故想智滅離覺觀故除入亦意解希望故已說諸功德相成就今當說

未能度於欲　成就味相應　度下未至上
成就淨諸定

未能度於欲成就味相應者謂地若未離欲於彼地成就味相應度下未至上成就淨諸定者謂離欲界欲若未生梵世上地彼成就淨初禪及初禪地有漏功德如是一切盡當知

住上應當知　無漏成就禪　求得諸功德
知非無欲中

住上應當知無漏成就禪者謂離下地欲彼住上地亦成就下地無漏如見諦離欲住梵世上地成就無漏初禪及初禪地定等諸無漏功德如是一切盡當知世俗功德繫在隨生處無漏在斷中是以離生處捨有漏功德不捨無漏求得諸功德知非無欲中者已說離下地欲成就上功德當知非一切功德離欲時得如如意足智天眼智天耳智無記性所有故及滅盡定此功德求得非離下地欲時得已說成就因緣今當說定種有二十三八味無相應八淨七無漏問此一一種幾種因答

妙無漏無染　七種謂之因　淨味相應禪
當知因有一

妙無漏無染七種謂之因者一一無漏七種自然因自地相應因共因淨味相應禪當知因有一者味相應初禪於味相應初禪因非餘非善因不相似故非餘地穢污因行相違故淨初禪於淨初禪因非穢污因不相似故非無漏因亦不相似故非餘地淨因自地果報故及自地繫縛故如是一切盡當知已說因緣次第緣今當說問一一次第生幾種答

無漏禪次第　與起六種禪　七八九有十
起禪亦空定

無漏初禪次第生六種自地淨及無漏如是第二第三禪無漏無所有處次第生七自地二下地四上地一無漏第三禪次第生八自地二下地二上地四無漏無量識處次第生九自地二下地四上地三餘無漏次第生十自地二下地四上地四

淨六有七八　九十生十一　味相應諸禪
與二乃以十
淨六有七八九十生十一者淨非想非非想處次第生六自地味相應及淨下地四淨無漏無所有處無量識處非味相應離欲故如是一切盡當知一切自地味相應味相應諸禪與二乃以十者味相應禪次第生三自地味相應及淨不生餘各各相違故如是一切自地二下地一淨（其人云不應有下地一淨）一切味相應死時生已說次第緣緣緣今當說問一一幾種緣答
淨以無漏禪　必緣一切地　穢污相應禪
獨緣於巳地
淨以無漏禪必緣一切地者淨及無漏禪一切地緣一切種穢污相應禪獨緣於巳地者味相應禪緣於自地味相應禪及淨非無漏愛無無漏緣亦不樂於他地
無色無有力　緣下有漏地　善有根本地
穢污如味禪
無色無有力緣下有漏地者無色定不能緣下地有漏法極寂靜故問何謂無色不能緣下地有漏法答善有根本地淨及無漏根本無色是自地緣及上地非下地緣穢污如味禪者如味相應禪說無色亦然
謂餘於色界　無量等功德　是必欲界緣
世尊之所說
謂色界餘功德如無量等一切入除入及解脫惟緣欲界緣無量苦衆生青等諸色此則欲界所以者何神通二界緣故問世尊所說熏禪是云何答熏一切四禪無漏者熏有漏

是無漏力故受淨居果報問若一切四禪熏者以何等故下三禪中無淨居果答

若能熏諸禪　是依第四禪　三地愛盡故
淨居果實中

若得第四禪是能熏禪第四禪者先熏餘者後謂得第四禪離三禪欲以是故下地無有淨居果實中有問世尊言有願智是云何答

無著性不動　是得一切定　彼由定力故
能起頂四禪

於中若彼意生功德願智不諍辯首諸功德願智者如所願入定或過去或未來或現在或有爲或無爲是一切盡知不諍者欲令他意不起諍便不起辯者諸法義及味決定無疑不罣礙無所畏問是願智不諍及辯何地所攝答

二地有願智　無諍依五地　法辭辯依二
二辯依於九

三地有願智者願智三地所攝第四禪初禪及欲界入第四禪知初禪及欲界說無諍依五地者無諍五地可得根本四禪四及欲界欲令一切不諍法辭辯依二者法辯名緣味是欲界及梵天世非上地離覺觀故辭辯名是味撰智彼亦二地中可得欲界及梵天世二辯依於九者義辯及應辯九地中可得四禪四無色及欲界已說初禪當知已說未來及中間此是初禪眷屬故問云何得此定答

斷欲亦復生　而得於淨禪　穢污退及生
無漏惟斷欲

斷欲亦復生而得於淨禪者淨初禪二時得離欲時及上地沒生梵天世如是一切盡當

知穢污退及生者穢污味相應是退時得若欲界及梵天世纏退於爾時得味相應初禪生時得者若上地命終生欲界及梵天世於爾時得味相應初禪如是一切盡當知無漏惟斷欲者無漏惟斷欲時得謂聖得離欲於爾時得無漏初禪如是一切盡當知問此功德誰能斷煩惱答

無漏除煩惱　亦復定中間　一切定中間

相應於護根

無漏除煩惱者無漏初禪八地除煩惱如是一切盡當知亦復定中間者定中間名謂下地除欲以方便道故終不得根本地至未得離欲餘不能除一切定中間相應於護根者一切定中間護根相應終不得喜至不得義問變化心有幾謂有如意足能變化答八四

禪果欲界四禪果初禪地問彼誰成就答

下地變化意　成就彼種果　若合三種心

上地應當說

下地變化意成就彼種果者謂若成就禪是成就彼果下地變化心問如說初禪有四心住於上地欲聞欲見彼云何見聞答若合三梵世地識現在前問彼幾時成就答若合三種心上地應當說若時彼識現在前若眼識若耳識若身識爾時成就彼識若不現在前即滅爾時不成就

阿毗曇心論卷第三

阿毗曇心論卷第四

尊者法勝造

東晉僧伽提婆共慧遠譯

契經品第八

已說定品契經品今當說

一切智所說　契經微妙義　此吾今當說
宜應善心聽

雖有一切阿毗曇契經義然諸契經應具分別今當說世尊說三界欲界色界無色界問此云何答

欲界十居止　色界說十七　無色中有四
三有亦復然

欲界十居止者此欲界十居止地獄畜生餓鬼人六欲天四天王天三十三天燄摩天兜率陀天化樂天他化自在天是衆生起欲想此處所中若可得物盡婬欲所有是以說欲界問色界云何答色界說十七色界說十七者居止梵身梵富樓少光無量光光曜少淨無量淨徧淨無罣礙受福果實無想衆生不煩不熱善見善現色究竟此處所不起欲想但成極妙色非男非女形是故說色界無色中有四者無色界四居止無量空處無量識處無所有處非想非非想處此處所無色彼離色欲是以說無色界問世尊說三有欲有色有無色有此云何答三有亦復然謂前三界分別即是三有問如世尊所說七識住是云何答

善趣是欲界　及色界三地　無色亦如是
慧知諸識住

此欲界中若趣善數如人及六欲天色界前

三地無色前三地初禪地上二禪地三二禪地上三禪地三三禪地上四禪地九於中前三地及無色前三地是說七識住何以故不壞識故惡趣中苦痛壞故不得立識住第四禪無想定壞故亦不得立識住非想非非想處滅盡定壞故不得立識住是故不說

第一有無想　衆生居說九　諸有漏四陰
是說四識住

第一有無想衆生居說九者此七識住及無想衆生非想非非想處是說九衆生居於中衆生居止是故說衆生居諸有漏四陰是說四識住者有漏色痛想行若識相續有此伴是故說識住問世尊說十二支緣起此亦應當說相答

諸煩惱及業　有體漸漸生　是名說有支
衆生一切生

於中煩惱是無明愛取名說業者行及有名說體者餘支是一切衆生漸漸生依體立煩惱煩惱所作業業所作體是故十二種分別問此支爲一時行爲漸漸答非一時十二苦陰說十二支無明爲首

彼是次第立　受於生死中　過去及未來
處中說於八

彼有支次第立於中前生時一切煩惱共有及伴說無明由此故造業業造果是行彼生種子心是識彼共生四陰相續是名色於中所依眼爲首諸根是六入根境界心和合是更樂更樂所生受是痛痛所著是愛痛具所煩勞是受彼所勞造業是有於中更受果是生彼生中無量起災害是老死如是此有支

一切生中二攝過去世二未來八現在生中
攝問世尊說六界此云何答
諸大謂有四　及與有漏識　亦色中間知
是界說生本
諸大謂有四及與有漏識亦色中間知者四
大地水火風有漏識及色中間可知謂眼所
受此六法說界問以何等故於衆多法中說
六界答是界說生本是六法生死之本此中
有士夫想於中身地所生水所潤火成熟除
爛腐臭風所起空中間飲食由風行出入識
所立此中起士夫想是生死性故說界問世
尊說四聖諦此相云何答
諸行若有果　有漏是說苦　若有因是習
苦盡謂之滅
諸行若有果有漏是說苦者一切有漏行從
因中生亦作一切苦患是故一切行說苦諦
若有因是習者一切有漏行說因是以一切
行說習諦如一女亦說母亦說女前後故如
是有漏行亦說苦諦亦說習諦已生當生故
苦盡謂之滅者一切有漏行滅休息止謂之
滅諦
若有無漏行　是說爲道諦　彼爲二事故
見著則知微
若有無漏行是說爲道諦者一切無漏行說
道諦何以故休息苦時盡是道故問何以故
說諦答彼爲二事故二事說諦自相眞實非
顛倒及見彼得非顛倒意問如前因後果以
何等故世尊前說果後說因答見著則知微
聖諦雖有前習後苦先修道後得滅但應前
見苦諦後見習諦如是應先見滅諦後見道

諦何以故苦麤習細滅麤道細是故世尊先說苦諦後說習諦先說滅諦後說道諦問世尊說四聖沙門果此幾種答

聖果有六種　最勝在九地　第三在六地

二俱依未來

聖果有六種者六種四沙門果無漏五陰及數緣滅問四沙門果何地所攝答最勝在九地最勝是無著果是九地所攝根本四禪三無色未來及中間第三在六地者不還果六地所攝具足四禪未來及中間非無色以無法智故二俱依未來者須陀洹果及斯陀含未來禪所攝以未離欲故問世尊說四道苦非速道苦速道樂不速道樂速道此何相答

從信行諸法　無煩惱遲想　從法行諸法

無煩惱速想

從信行諸法無煩惱遲想者從信行無漏法是非速鈍根輩所攝是遲若受此當知信解脫時解脫亦受同鈍根故從法行諸法無煩惱速想者從法行無漏法利根輩所攝是速若受此當知見到不時解脫亦受同利根故

根本禪地中　知假名樂想　小及難得故

餘皆是苦想

根本禪地中知假名樂想者根本四禪中利根及鈍根法說樂道何以故止觀等道故及樂行故小及難得故餘皆是苦想者餘地攝無漏是苦想所以者何以小故未來禪中間禪止道小無色中觀小是故極苦一向難得及小故說苦問世尊說四不壞淨於佛不壞淨於法僧聖戒不壞淨此云何答

自覺聲聞法　解脫亦餘因　清淨無垢信

聖戒及決定
自覺聲聞法解脱亦餘因清淨無垢信者自覺是佛彼佛無著果所攝無學功德是佛法於此法若無漏信是説於佛不壞淨已取正證聲聞彼學無學功德是説聲聞法於此法若無漏信是説於僧不壞淨涅槃中無漏信及餘有爲法如苦諦習諦信菩薩無漏功德信學無學辟支佛法信是説於法不壞淨聖戒者無漏戒是説於戒不壞淨問以何等故不壞淨一向無漏非有漏答及決定此是決定從正見中生故無漏信無漏戒定無漏有漏信者爲不信所壞有漏戒者爲非戒所壞是以不決定無漏不壞至後生是以決定故不壞淨一向無漏問世尊説修定有四有修定於現法中得樂居有修定得知見有修定

分别慧有修定得漏盡此何相答
初禪若有善　説現法是樂　若知於生死
是説名知見
初禪若有善説現法是樂者淨及無漏初禪能得現法樂居若知於生死是説名知見者生死智通是説修定知見共依五陰
慧分别當知　求得諸功德　金剛喻四禪
是名爲漏盡
慧分别當知求得諸功德者方便生功德名欲界戒聞思修功德一切色無色界善法一切無漏有爲法是一切修定分别慧金剛喻四禪是名爲漏盡者金剛喻名最後學心共相應共有第四禪所攝是説修定漏盡何義此如來自已説問世尊説四如意足四正斷四意止彼亦應當説相答

善有爲諸法　求方便等起　佛說如意足
亦現正意斷
善有爲諸法求方便等起佛說如意足者求方便等起如前修定分別慧說是一切如意足如意乘器故亦現正意斷者即此一切功德說正斷
彼亦是意止　四聖種亦然　謂有恩力生
彼聖之所說
彼亦是意止者即此法亦說意止問世尊說四聖種此云何答四聖種亦然即此法亦說四聖種問何以故此一切功德說意止正斷如意足聖種答謂有恩力生彼聖之所說此諸法謂定恩力生由定生是故說如意足精進恩力生故說正斷念恩力生故說意止少欲知足恩力生故說聖種已共分別道品自相今當說
淨信精進念　喜慧及猗覺　護思惟戒定
是法謂道品
此十法說道品非餘於中信是信根信力精進是四正斷精進根精進力精進覺支正方便念是念根念力念覺支正念喜是喜覺支慧是四意止慧根慧力擇法覺支正見猗是猗覺支護是護覺支思惟是正志戒是正語正業正命定是四如意足定根定力定覺支正定問何以此法如是多種分別答
處方便一意　輭鈍及利根　見道思惟道
佛說三十七
處者正念立緣中故說意止方便者正方便故說正斷一意者立一意故說如意足輭鈍者輭鈍意得故說根利根者利根意得故說

力見道者見道得故說道支思惟道者思惟道得故說覺支是謂分別事故佛說三十七此十法事故佛說三十七問此道品何地所攝答

禪第二未來　是說三十六　三四三十五
中間禪亦然

禪第二未來是說三十六者第二禪無正志未來禪無喜覺支餘有三四三十五中間禪亦然者第三第四禪中間禪無喜覺支無正志餘有

第一說一切　三空三十一　最上二十一
欲界二十二

第一說一切者初禪具有三十七三空三十一者三空中有三十一喜正志正語正業正命身意止彼中無餘有最上二十一者非想非非想處無七覺八道及身意止欲界二十二者除覺支道支餘有問世尊說四食摶食更樂食意思食識食是何答

諸食中摶食　是欲界三種　識思及更樂
是食謂有漏

諸食中摶食是欲界三種者欲界摶食三種香味細滑除飢渴故說食識思及更樂是食謂有漏者有漏識有漏思有漏更樂是說食有何義後生相續不斷故說食問世尊說三三摩提空無願無相此三摩提云何行幾行答

無願有十行　二行是空定　聖行中四行
說是無相定

無願有十行者無願三摩提行十行無常行苦行習諦四行道諦四行二行是空定者空

三摩提二行空及無我行聖行中四行說是無相定者無相三摩提滅諦四行問世尊說四顛倒於無常有常想心顛倒想顛倒見顛倒苦有樂想不淨有淨想非我有我想心顛倒想顛倒見顛倒此何見斷爲何性答

曉了見苦斷　四種是顛倒　三見性所有捨見正見說

曉了見苦斷四種是顛倒者一切四顛倒見苦斷以行苦處故三見性所有捨見正見說者顛倒是見性三見中最上即是說顛倒身見是說我見我是我見故邊見見有常及斷見盜不淨見淨彼一切行苦處及見性所有心想見作亂故說心顛倒想顛倒見顛倒但非性顛倒問世尊說多見六十二爲首是何見所攝答曰一切見是五見所攝身見爲首

問云何知答

誹謗於眞實　此說爲邪見　非實而見實是二見及智

誹謗於眞實此說爲邪見者謂見誹謗眞實法無此如說無施無齋無說如是一切說邪見非實而見實是二見及智者五陰中不眞實我見我觀有實是見說身見非眞實樂淨觀有樂淨是見見盜及餘邪智思惟所斷如夜有見謂是賊如竪木人像

淨見謂戒盜　是非因見因　受邊說此見依斷滅有常

淨見謂戒盜是非因見因者謂法於法非因見是因此見是戒盜如苦行至解脫受邊說此見依斷滅有常者謂見無常事見常是謂有常見謂因緣相續不識已見斷是謂斷見

謂之受邊見
建立諸誹謗　因依於二邊　若有事轉行
是正見應斷
建立諸誹謗者說邪見彼若誹謗苦是見苦
斷若誹謗習是見習斷若誹謗滅是見滅斷
若誹謗道是見道斷身見建立於苦我是我
是見苦斷見盜建立苦爲樂是見苦斷若習
是見習斷若滅是見滅斷不受正法是故見
滅斷道亦復然戒盜若行有漏處是見苦斷
若行無漏處是見道斷滅見斷滅計常是亦
見苦斷現五陰受斷滅計常非不現此中分
別一切諸見問世尊說二十二根此云何答
諸界在於內　身三及命根　是根生死依
聖人之所說
諸界在於內者眼耳鼻舌意身三者身根三

種身根男根女根及命根者命根第九是根
生死依聖人之所說者此九根生死依故說
根衆生是生死想
從痛諸煩惱　信首依清淨　九根謂無漏
是三依於道
從痛諸煩惱者樂根苦根喜根憂根護根是
諸痛從此諸煩惱故說根信首依清淨者信
根精進念定慧根依此解脱故說根九根謂
無漏是三依於道者信首五根三痛及意根
是若無漏依道故說根謂從信行法行道所
攝是未知根謂思惟道所攝是已知根謂無
學道所攝是無知根問此中幾欲界繫幾色
界繫幾無色界繫答
欲界四善八　色種性有七　諸心數者十
一心慧所說

欲界四者男根女根苦根憂根是一向欲界繫餘如界品說善八者信首五根及三無漏色種性有七者色根有七五色根男根女根餘者非色問幾性心幾性心數幾非性心非性心數答諸心數者十信首五根及五痛一心慧所說者意根是餘根非性心非性心數

問幾有報幾無報答

一及十有報　是慧之所說　十三中是報
見實者分別

一者憂根一定有報一向善不善故現在方便起是不從報生非威儀非工巧是以非無記故一向有報及十有報是慧之所說者信首五根謂有漏是有報謂無漏是無報意根及三痛謂無記及無漏是無報餘善不善是有報苦根謂無記是無報餘有報問幾是報幾非是報答十三中是報見實者分別十三根中或性是報或非色根七命根意根及四痛無記法者善不善中生故報問生時幾根最初初得報答

二或六七八　謂初時可得　欲中有報想
亦六及上一

二或六七八謂初時可得者謂漸漸成根如卵生濕生胎生是最初時二根生身根及命根化生無形得六根五色根及命根一形七二形八欲中有報想者此說是一向欲界眾生亦六及上一者色界最初得六根無色一根彼爾時一向穢汚心是以一向穢汚得心心數法非報問命終時幾根最後捨答

四捨八與九　或復捨於十　死時漸漸滅
善捨各增五

四捨八與九或復捨於十死時漸漸滅者無記心漸命終時最後捨四根身意命護根無形一時無記心命終捨八根一形九二形十善捨各增五者即彼善心加增信首五根如是色無色界隨根可得亦如是問幾見斷幾思惟斷幾無斷答

二斷無斷四　二種根有六　三微妙不斷
謂餘思惟斷

二斷無斷四者四根見斷思惟斷無斷意根及三痛二種根有六者信首五根及憂根三微妙不斷者三無漏是不斷謂餘思惟斷者九根思惟斷命根八及苦根已說諸經問今當說問世尊說六識眼識耳鼻舌身意識此識識何法答

若取諸根義　是五種心界　受一切諸法
是謂意識界

若取諸根義是五種心界者義名五種色是五識識眼識識色乃至身識識細滑受一切諸法是謂意識界者意識識一切諸法此境界一切諸法問有十法欲界相應不相應色界相應不相應無色界相應不相應有爲無漏相應不相應無爲二種善及無記此中應分別智一一智境界幾法答

五法應當知　法智之境界　未知智爲七
他心境界三

五法應當知法智之境界者五法法智境界欲界相應不相應無漏相應不相應無爲善未知智爲七者未知智境界七法色無色界及無漏相應不相應無爲善他心境界三者他心智境界三法欲色及無漏相應

有漏智有十　因果境界六　解脱智一法
道二謂餘九
有漏智有十者有漏智是等智彼一切十法
境界一切法境界故因果境界六者苦智及
習智是境界六法三界相應不相應解脱智
一法者滅智境界一法惟無爲善道二者道
智境界二法有爲無漏相應不相應謂餘九
者餘盡智無生智是境界九法除其無爲無
記是謂智解
自地煩惱定　所使於自地　一切徧是種
隨在於彼類
自地煩惱定所使於自地者欲界諸煩惱所
使於欲界梵世諸煩惱所使於梵世如是至
非想非非想處盡當知一切徧是種隨在於
彼類者通一切徧不通一切徧諸煩惱所使
隨種通一切徧亦他種如身見見苦斷此中
苦諦所斷一切使所使及見習斷通一切徧
如是至命根思惟斷此思惟所斷一切使所
使及通一切
三界煩惱定　定在於三界　二界應當知
一界亦復然
三界煩惱定定在於三界者謂法三界所攝
是定在於三界此中三界一切使所使如意
根定在三界此中一切使所使二界應當知
者謂法二界所攝是定於二界此中二界一
切使所使隨界可得如覺觀定在欲色界此
中欲色界一切使所使一界亦復然者謂法
定在一界此中一界一切使所使如憂根定
在欲界此中欲界一切使所使
此佛説契經　顯示於諸法　識智及諸使

分別此三門

此佛契經中若說諸法是三門應分別識門智門使門如欲有中五根義是六識識色界四識除鼻識舌識相應不相應故七智知五種故欲色界使所使

雜品第九

已說契經品雜品今當說

已說隨相應　一一分別法　於上衆雜義
今略說善聽　有緣亦相應　有行或與依
心及心數法　是同一義說

心及心數法此名差別一切行一緣是故說有緣更互相應故說相應境界行故說行由依生故說依

從緣生亦因　有因及有爲　說處有道路
有果應當知

有爲法中此名差別由依緣故說緣生他故說因由依因故說有因由依造有故說有爲多方便善顯現故說處依過去未來現在道路故說道路有轉成果故說有果

有惡亦隱沒　穢污下賤黑　善有爲及習
亦復名修學

有惡亦隱沒穢污下賤黑者不善及隱沒無記法此名差別不可說輩中立故說有惡煩惱所覆故說隱沒煩惱垢污故說穢污凡鄙故說下賤無智暗亂故說黑善有爲及習者善有爲法此名差別慧中生故說善行時能得功德及可行故說習及修已說心相應行心不相應行今當說

無思想二定　亦衆生種類　句身味名身
命根與法得　凡夫性所有　及諸法四相

非色不相應　說是有爲行
無思想者生無想天心心數法不起二定者無想定滅盡定無想定名猒於生死解脫想由第四禪心相續一時斷滅盡定名猒於勞務息止想由非想非非想心相續一時斷亦衆生種類者生處巳生於此處衆生依及心相似句者名會所說如所行非常謂與衰法味者句㑹　事廣說如偈及契經名者字會說義如說常命根者根及大等相續不斷得者成就諸法不捨凡夫性者未取正證離聖法是凡夫性所有四相者生住老無常非色者此一切諸法如上所說非色非色所攝不相應者無緣故說是有爲行者有爲造故說有爲行問此中幾善幾不善幾無記答
善二三種五　七應是無記　二在色當知一在無色地
善二者無想定滅盡定三種五者得生老住無常善中善不善中不善無記中無記七應是無記者七無記無想天衆生種類句味名命凡夫性所有問此中幾欲界繫幾色界繫幾無色界繫答二在色當知一在無色地二在色當知者無想定及無想天是色界一在無色地者滅盡定在無色界
二界說於三　謂餘在三界　有漏無漏五其餘定有漏
二界說於三者句味名亦在欲界亦在色界非無色界離言語故謂餘在三界者衆生種類命得凡夫性所有及四相通在三界問此中幾有漏幾無漏答曰有漏無漏五其餘定有漏五者得生老住無常在有漏中有漏在

無漏中無漏其餘定有漏者謂餘一切定有漏問此離聖法假名凡夫三界中無記此云何捨云何斷答

初無漏心中 聖不成就捨 凡夫流諸界 離欲時滅盡

初無漏心中聖不成就捨者第一無漏心中得聖法時得不成就捨凡夫流諸界者流諸界時謂處所命終此處所捨謂處所生彼處所得無記故離欲時滅盡者謂地凡夫所有若此地離欲爾時得滅凡夫性已説心不相應行無爲今當説三無爲法數緣滅非數緣及虛空於中數緣滅者解脱諸煩惱依於數緣滅有漏法離煩惱解脱數緣力智力計校事有而無是名數緣滅無罣礙之相是名曰虛空謂不障礙色是虛空

諸法衆緣起 亦從依與緣 不具以不生 此滅非是明

一切有爲法從衆緣而生無緣則不生如眼識依眼依色依空依明依地依寂然若此一切共和者便得生若餘不具便不得生如眼時眼一切時生爾時是餘事不具眼識不得生若彼眼識應當生而不生眼生已終不復更生離此緣故是有未來不復當生彼起具差違不和是非數緣滅如是一切行盡當知已説無爲因今當説問有爲法説是因此中云何因爲誰不因答

前因相似增 或俱依倚生 二因及一緣 一向已生説

前因相似增者前生法後生相似因轉增如輭善於自地輭善因及中因上因中於中因

及上因上惟上因行法時有住有增終不滅以是故非爲輭因或俱依倚生者或因俱生如相應因及共有因二因及一緣一向已生說者自然因已生當言因非不生前者後因未生者無前後若爲有者應隨時生不從因但不爾是故不有一切徧因亦如是及次第緣問謂此報者爲是衆生數爲非衆生數答報是衆生數報者衆生數法中說非不衆生數所以者何衆生數者不共有非衆生數共有是故非報問是果法云何答有爲解脫果一切有爲法性果所有由因緣故無爲解脫亦應說道果問有緣法云何行緣答有緣者共俱有緣法是相應是共俱一緣中行不別問何處行答行於他境界他境界中行非自性離自行及緣差別故問心心數法爲有處所爲無處所答無處所所以者何普因故普因生心心數法因二眼生一識若有住處者應住一眼中一識故若爾者第二眼不應見色而見是故非一眼中住如是一切盡知若如是者以是故無住處問世尊說心解脫云何心解脫爲過去爲未來爲現在答生時而解脫道生時解脫所以者何道生時諸煩惱滅是故生時解脫問道生時斷煩惱爲不答

道滅時滅結　明慧之所說

道滅時斷諸煩惱非生時所以者何道生時是未來未來道者不能行事以是故無礙道滅時斷煩惱解脫道生時解脫問世尊說有愛無有愛有愛幾種無有愛幾種答

有愛有五種　無有獨一相

有愛有五種有愛名於生不生物若愛是名

有愛此五種見苦斷見集滅道斷及思惟斷
無有獨一相者無有愛名已見斷樂於斷是
名無有愛此一向思惟斷所以者何從見愛
思惟斷此是不轉行相續中愛非愛見是故
思惟斷問世尊説三界斷界無欲界滅界此
何相答
愛處餘煩惱　滅盡是三界
愛斷是無欲界處斷是滅界餘煩惱斷是斷
界問十心欲界善穢汚無記色界善穢汚無
記無色界善穢汚無記及無漏此心幾穢汚
心中可得幾善心中可得幾無記心中答
穢汚心得十　正覺之所説　善心中得六
無記即無記
穢汚心得十正覺之所説者穢汚心中得一
切十心界及地來還時三界善穢汚及無記

此心一切得退時得無漏善心中得六者善
心中得六心欲界善求學得及身口行亦變
化心無記色界善變化心無記無色界善心
及無漏無記即無記者無記心惟得無記以
劣故問前已説道品十法此中幾根性所有
幾非根答
道品有六法　當知是爲根
此中六法根性所有信首五根及喜餘者非
根所有問諸法爲自性相應爲他性答
相應於諸法　是説謂爲他
諸法他性相應不自性非爲自性於自性伴
問若此解脱當云何答
縛中解於縛　大仙人所説
諸煩惱於縛中愚即彼不起愚縛中縛即於
中解不可以相應解相應所以者何以空故

問若斷即是解脫爲異不答如是若解脫者即是斷問煩斷非解脫不答有或斷已故縛見道及思惟苦智已生習智未生見苦所斷煩惱斷而見習所斷煩惱縛如是思惟所斷一切種更互相緣故問見四眞諦云何得不壞淨答

二解於三諦　四由見正道　興起清淨信修習於二世

二解於三諦者觀苦習滅得於法不壞淨苦智習滅相應信是名不壞淨得是及聖戒四由見正道興起清淨信者見道時具得四問幾世修答修習於二世諸法修於二世現在行修未來者得修問心共行法云何答

一切心數法　說是心共行　此相及餘法作亦應當知

一切心數法說是心共行者一切心數法說心共行心近故此相者此心有四相生住老無常亦心近故及餘法者餘心數法相亦心共行作亦應當知者無教戒如前說問斷法云何答斷諸有漏法一切有漏法斷離惡故問知法云何答知及諸無垢有漏及無漏是一切知法一切智境界故問遠法云何答過去未來是說遠不辦事故問近法云何答餘說近現在近辦事故無爲近速得故問定法云何答

無間無救業　及諸無漏行　慧者說是定

五無間業是定必至地獄故無漏行亦是定必至解脫果故餘不定問見處云何答見處必有漏一切有漏法見處五見處所故問若成就根是成就幾根答

說有十九根　謂成就極多　少成就極八
曉了根所說
說有十九根謂成就極多者十九根成就極多如二形及具根者未離欲見諦少成就極八曉了根所說者成就八根如不具身根斷善根及生無色中凡夫問幾種更樂答五種
增有對無明　處中明更樂　聖道俱有二
能與起成果
意識相應更樂是說增更樂五識相應更樂是說有對更樂穢污更樂是說無明更樂無漏更樂是說明更樂有漏非穢污更樂是說非明非無明更樂問何等道得果爲無礙道爲解脫道答聖道俱有二能與起成果二道共得果一者解縛二者得解脫此二道成果問無著住何心般涅槃答無著報心中得無爲涅槃無著一切事無所作無所爲無所求住從報心中便般涅槃問幾有答
生有及死有　根本亦復中
生有者始生時陰是謂生有死有者死時陰是謂死有根本有者除生有及死有於其中間陰是謂根本有中有者有所至陰是謂中有問說有猒有離欲云何猒云何離欲答
諸智在苦因　此忍修於猒　滅欲得無欲
說普在四中
諸智在苦因此忍修於猒者若智及忍緣苦習是說猒行猒處故滅欲得無欲說普在四中者四諦中智及忍說離欲能斷欲故

論品第十

威儀不威儀　若離復獲得　不由此致勝
能決定者答

答有從無色生色
頌得聖果時　一切離諸惡　有爲淨善法
得已而不修
答有退時得過去
道者興起時　未遠離諸惡　解脫時離惡
頌答已必定
答有謂當來修
頌光曜煩惱　興起於定時　清淨初禪中
獲得墮衰退
答有無著果修及熏修
頌見諦道中　逮得諸善法　是法亦有緣
聖者不見緣
答有欲界中修行等智
頌慧有漏果　遠離淨功德　不離從於意
此亦是彼果

答有欲界變化心
頌住無礙道　成就於諸滅　諸煩惱從彼
非如無漏見
答有修學諸通時
頌結不解脫　無垢者獲得　而不斷煩惱
謂此無垢盡
答有從光曜中生梵天時
頌無漏淨地　未曾得已得　不離欲非退
不依於見道
答有離色欲取證時得無漏無色思惟道
頌未得諸法　而逮得此法　不捨彼不得
若能知者答
答有餘初無漏心品得餘無漏功德捨凡夫
事餘者一切不得

阿毗曇心論卷第四

尊婆須蜜菩薩所集論

苻秦罽賓三藏僧伽跋澄等譯

清刻龍藏佛說法變相圖

尊婆須蜜菩薩所集論序

失述序人名

尊婆須蜜菩薩大士次繼彌勒作佛名師子如來也從釋迦文降生鞞提國爲大婆羅門梵摩渝子厥名鬱多羅父命觀佛尋侍四月具覩相表威變容止還白所見父得不還巳出家學改字婆須蜜佛般涅槃後遊教周妬國槃奈園高才蓋世奔逸絕塵撰集斯經焉別七品爲一揵度蓋十二揵度其所集也後四品一揵度訓釋佛偈也凡十一品十四揵度也該羅深廣與阿毗曇並與外國傍通大乘持明盡漏博涉十法百行之能事畢矣尋之滸然猶滄海之無涯可不謂之廣乎陟之瞠爾猶崑嶽之無頂可不謂之高乎寶渚極目猒夜光之珍巖岫舉睫猒天智之玉懿乎

富也何過此經外國昇高座者未墜於地也集斯經巳入三昧定如彈指頃神昇兜術彌妬路彌妬路刀利及僧迦羅刹適彼天宫斯二三君子皆次補處人也彌妬路刀利者光餤如來也僧迦羅刹者柔仁佛也茲四大士集乎一堂對揚權智賢聖嘿然洋洋盈耳不亦樂乎罽賓沙門僧伽跋澄以秦建元二十年持此經一部來詣長安武威太守趙政文業者學不猒士也求令出之佛念譯傳跋澄難陀禘婆三人執梵本慧嵩筆受以三月五日出至七月十三日乃訖梵本十二千首盧也余與法和對校修飾武威少多潤色此經說三乘爲九品持善修行以止觀經十六最悉每尋上人之高韻未常不忘意味也闚數仞之門晚懼不悉其宗廟之美百官之富矣

尊婆須蜜菩薩所集論卷第一

苻秦罽賓三藏僧伽跋澄等譯

聚揵度首第一之一

十力哀出世　覺知一切法　我今禮如來
法及諸聖衆　最勝之善句　諸賢善聽聞
瞿曇大衆中　有益衆生類

云何爲色相問色相云何答曰如覺知諸法云何覺知諸法答曰爲有界想爲有勝耶答曰彼有一想問一想爲有勝耶答曰一想之中著欲諸垢諸界所縛終不縛者是故諸結則衰問如中諸結爲有勝耶答曰當有逮甘露問如中當逮甘露爲有勝耶答曰依生身意受諸苦惱緣亦不起是故身意諸苦惱已過去問如中無色相問設無色相色亦無相答曰若無色相亦無彼色色相亦無相亦無汝色相問猶如汝無色相有色如是我無色相亦無相亦有色相耶或作是說漸漸與色相問一色中或與或不與此義云何或作是說若色一時漸積彼無色相或作是說漸漸分別色相此亦如本所說或作是說攝統色相問過去未來色最別無教便有無色或作是說攝繫色相或作是說及諸蓋色相或作是說壞敗色相此亦過去未來所說或作是說色相有三種可見有對不可見有對不可見無對問若諸色不可見無對欲使彼無色相耶或作是說色相往來是諸色相問過去未來義不有異或作是說色相爲色或作是說因四大義爲色世尊亦說四大緣彼四大生色陰受盛問取要言之彼則不說緣諸所有色彼一切是四大四大所造答曰此非取

要又作是說緣更生諸痛陰或作是說汝問何色相設青青爲色相設黃即彼色相也問我問一切色相設彼是色相相無勝答曰色不同一相此中有何咎設相相不同此義不然猶若地爲堅相如今地異堅異問一切色同一相猶如無常問自相無相地爲自相是故不應作是說問我無自相我問一切諸相或作是說有對色相是色爲色相有對相者猶如捻箭筈是謂有色如種穀子在地隨時溉灌彼便有色云何非色相答曰反上所說義尊曇摩多羅說諸物無對彼非色是謂非色相無對之物彼亦不生是謂無對猶如無對是對迹彼便是無對如是非色相四大所造色有何等異或作是說無所異也諸四大即是造色問如世尊言諸所有色彼一切是四大四大所造耶於此經有違答曰非所造聲更有餘根如說六更樂愚人所貪忍苦樂行從此所興樂以來於其中間不出六更樂外更有七更樂也亦無造者問若無造聲者亦不變易欲色是我所色亦是我有耶或作是說堅輭熱動是四大相猶如非地色從色造色問四大轉轉優劣色不常作欲使彼有造色耶答曰雖彼四大轉轉優劣得四大相四大所興色非得四大相彼非所興色或作是說諸緣彼四大四大所興色問四大亦因四大欲使是興色耶答曰彼雖因四大有若干所因四大是與色相問色緣色相色縛生死答曰云何得知色轉生色復不緣四大耶或作是說有漏四大所與色亦有漏亦無漏問諸有漏所造與色被四大有何差降諸無

漏所興色何等四大造耶或作是說無記四大所興復次所造色者善不善無記此亦如上所說或作是說依彼四大得興色問心心念法亦依四大欲使彼是興色耶答曰依四大諸根諸根亦依心心念法是故彼不依四大問名色者展轉不相依或作是說增上四大四大增上興色問是謂衰耗增上是謂增上不生猶如一切法展轉增上相生是故彼不生尊僧伽多羅說四大大事興因緣生色問四大各各不相離亦非大事與此義云何答曰若得不離或四大非色如風種空流離色種無香味四大非色入色造尊婆須蜜說更樂亦是四大所興色也如地色地香地味尊曇摩多羅說猶如微妙色四大得解亦及餘色是謂與色也以何等故身識入細滑入或是四大或非四大或作是說彼無因緣如明識色或青或非青是謂身識入細滑入或是四大或非四大或作是說謂四大相彼非一切從細滑得四大相不同輭堅相亦不同麤細輕重寒飢渴於彼細滑麤地所生輕者火風所造重者地所生寒者水所造飢渴火風所造問無有出地堅者細滑麤是地處所是謂有增如地平正故曰細滑如地不平正故曰堅麤也是故無麤細滑設麤細滑當成就者一切常可得如青色不可得是故不成就彼或有輕因彼復有重是故輕重不得成就若成寒者云何得生青蓮華不於彼四大得是故寒不成就若火盛則飢風爲渴本或作是說一切身識細滑入當言四大也不離四大有身識也四大轉增各各說云何無明

或作是說無智是無明也問云何無智言非智耶設是非智彼是無明草木墻壁皆不智欲使彼是無明耶答曰心念法與心相應問心所念法衆多心法相無智云何彌沙塞作是說未辯無明修行無明彼不有明時彼謂無明如不有鹽彼謂之無鹽問若彼無有明時彼便起明則有無明猶如彼器無鹽彼器謂之無鹽若不有明彼無明空便有無明若是明物是無明者云何行有緣或作是說五蓋是無明世尊亦說世間愚人無明所覆問結無有要處或作是說思惟不淨是謂無明世尊亦說比丘當思惟不淨未生欲漏便生已生欲漏倍增廣有漏無明漏亦復如是亦言無明習即是有漏習是故思惟不淨是謂無明也問非思惟不淨是無明耶彼緣思惟不淨亦是無明又世尊言如是比丘思惟不淨緣是無明無明緣愛是故無此思惟不淨是無明也問若無明緣明意有何違如所說無明緣癡或作是說四顛倒是無明問苦見斷顛倒是故無明見苦斷見結無明結亦如是無有要處或作是說一切結是無明智者是明一切結不覺知是故一切結是無明問使無有要處答曰若有十現色入要處如是有使要處或作是說實不生也邪生無明或作是說無明名者無智疑順邪也或作是說無明有六相癡順邪疑悕望欲得無要處或作是說無明於聖諦不作無智也順邪是謂無智或作是說自造有衆生是我所無明我造非有也無明相云何如上所說復作是說於此衆生愚癡無明相云何無明有緣如上

所說復次有我物有無明無明四顛倒有何差別或作是說見是顛倒無常苦有樂不淨有淨無我有我有彼相應及餘結使相應無智是無明問彼所相應無智無常有常苦有樂乃至無我有我一處顛倒見此無智是顛倒此義云何或作是說見諦所斷顛倒見諦思惟所斷無明問若苦無明見所斷彼顛倒有何差別或作是說無有差別顛倒者是無明也問若當爾者須陀洹亦無有無明也或作是說無明無有壞敗壞敗者是顛倒也問相應者或有壞敗或無壞敗此義云何或作是說無道者謂無明邪道者謂之顛倒或作是說無要者謂之無明要者謂之顛倒或作是說一切結使是無明也無明微者謂之顛倒復次一切結是顛倒顛倒微者亦是無明

云何內相云何外相答曰諸法自相壞者外相內相外相有何差別或作是說不普徧是內相普徧者是外相問設當普者虛空亦復普設內相攝持非內相還外相是故有內相有外相或作是說不壞外相壞者內相問普者亦壞餘者無常苦亦無常答曰五陰已壞一不壞無常普徧問如壞自相不壞普徧相如是不壞自相壞者外相或作是說其不相類問青象青黃者不相象欲使彼是內相是外相答曰青異不同欲使青是內相非外相或作是說現者是內相未知智是外相問彼或有未知智欲使彼是內相是外相乃至未知智究竟自相或作是說依是自相依者外相問名色各各相依亦是內相外相耶若依外相彼自相外相依外相無無常依無常或

作是說不共自相共者外相問外亦是不共無常苦別答曰五陰中云何無常外不共問如彼無常色無常痛想行識如實思惟乃至識無常或作是說與自然相應是內相不相應是外相問若外無實者今亦無也若外相有者彼亦有自相或作是說無有外相一切自相問若無外相者說法亦無外或作是說已辯自相不辯外相或作是說覺是自相不覺者外相徧有不壞象未知智所依不共不自有無有不辯造偈也猶如有此三有爲有爲相餘者亦有爲摩訶僧者說當說此無常的異相異無爲相今亦當有爲相作是說當說無量遠有爲法門一一諸相與三相相應問有何等異答曰展轉相生生者已滅亦復不住問我有二起等生展轉相生是故於中不異或作是說說已當復說問有爲相無爲相當有爲耶或作是說非此非彼遠有爲法亦當說餘此非相視有爲法此生此滅常住不變易是故不說彼當說有常當說無常或作是說當說有常問有常相者是爲有爲或作是說當說無常遠有爲法此亦如上所說或作是說當說有常當說無常起常住及彼當言無常問有無爲相今當有爲或作是說不得說有常無常以何等故諸法行成故彼無常彼法行成是故非無常數諸法縛著是故非有常非無常　聚揵度第一之一竟

聚揵度首第一之二

口口行有何等異或作是說無有異口者即口口行也問設口是口行者身非身行耶問若口與口行無異者身與身行亦無有異此

義云何少不屬身或是身行或作是說文字
說文字所載是口行問若一一字非口行者
非與口行相應耶答曰一一諸字非口行非
相應如一一字有諸義音響相應或作是說
有所言是口所作如口行中從口中者是口
語言他有喜有樂有愁憂當言是口行耶答
曰非口語使彼有喜有樂復次但作餘義義
有所思惟則生喜相或作是說口有所說口
思惟行出口者皆是口行問若思惟是身行
者思惟是口行思惟是意行是故三行無有
定處答曰我身行異心行異口行異意行異
問所作行不定處者復次聲是口行字數亦
是口行也口字數有何等異或作是說口是
善不善無記字數者無記問若曰無記語者
彼字數有何等異或作是說字數斷是口非
是字數問云何瘖瘂人與畜生有何等異欲
使彼無口行耶或作是說言是口義非字數
問如彼字數亦是義猶如自然物如風吹鈴
鳴非口行耶本入三昧或作是說口造衆行
非字數亦造行尊作是說二聲無有差別二
事相行別念知善字數斷是口敷演深義亦
是口亦是口行二聲俱不異尊曇摩多羅入
三昧乃知以何等故口善不善無記字數者
禮無記或作是說口發由心然非字數也問
字數發亦由心非不用心或作是說妙無妙
口所造然非字數問字數妙非妙所造猶如
夢中覺及從三昧起或作是說口指授教戒
然非字數也問如無記口言非指授教戒我
爲所造是故彼善不善無記然非字數也或
作是說口身行集然非字數問字數者亦集

身行尊作是説當量此二事不見彼不自相亦不見其功口意等起生妙無指授受報兩相須偈也想與識有何差别或作是説無有差别此二俱發出由心問設發出由心者必有定處若無差别者陰亦定處答曰若如汝有三心意時則有陰處或作是説此是差别是謂想是識問名有定處當説自相或作是説想爲想識爲識知問此何義爲所作或作是説想爲想識爲識問此亦是我疑想自知想識自知識有何等異或作是説心即是想心亦是識問設心當爾時則無有異想痛心有何差别或作是説想憶所作識能自識問彼想爲憶何等若憶向者是故想自憶想若憶餘者彼則有一縁或作是説名憶是想自相是識問一法俱有二名字及自相問設一法俱有二名字者彼名亦異自相亦異設名不與相同者是故想亦自亦有相識者憶名或作是説外憶爲想自相是識如此本已説尊作是説分别名自想自想憶識不惟此所作意名是外乃至眼更痛及想及心及識有何等差别當以此七方便説之尊作是説眼縁色生眼識自相受識識流馳此諸法還更以此差降意有三法識别與識共俱彼所得苦樂造諸想追本所作亦是想心所行法是心此法當言一相當言若干想或作是説當言一相若識縁青意亦當爾若不爾者正有一縁一縁相應法答曰一相無有自相問忍痛識想分别心能思惟想亦相知問一切别青實其青想亦相知心亦心知識亦識知此義云何或作是説此無量相妙非妙痛名爲想

所作自識所作自識自相問無有一緣尊作是說當言無量相設一相者法則有壞法則有亂此無有定處如此諸法而有自相猶如此有爲法不可得作無爲法無爲法亦不可得作有爲法若爾者世尊出世爲何所爲答曰不以此義佛世尊出言我使有爲作無爲無爲作有爲譬如珍寶不可言非珍寶非珍寶不可言是珍寶但分別者知譬如導方師非道不可言道道不可言非道但導者能知譬如然燈下不可言高高不可言下但照明其高下譬如醫師樂不可言苦苦不可言樂苦樂各異上亦復如是復次世尊爲衆生故說此法義猶如此有爲法於三世各有自相得知外相以何等故或起或不起此之謂也或作是說相有若干問彼相本無住是故彼有相生答曰本有此相未生問設本有相相無若干答曰如彼不種自生相者則穢相各各異生不與同相各未生是謂相若干問設彼相已生若未生者是故彼各有增減是故彼本無有而有生答曰如如來言相無若干彼則穢相生有異或不生以此生有異譬如青異無常苦異各無勝如此亦如是或作是說事有若干此亦如本所說或作是說因緣或生或不生也問或無有緣答曰別無有緣此二不等等生問初無等語耶答曰非不有語或作是說三世處或生或不生此之謂也未來處是謂未來過去世是謂過去現在世是謂現在問世與行有異耶設當世別行別者世常住若世即是行者是故彼行或聚或移或作是說一一事不同或生或不生過去

行者知過去行未來行知未來行是謂未來現在行知現在行是謂現在問如彼未來非現在設非現在常住也若現在是故彼未來知有現在則有現在若彼未來知現在者則無現在現在者便知現在知有現在如彼現在移者則有過去設無過去者則有常有過去過故汝現在知過去則有過去設當如現在知過去無有過去也汝過去知有過去則無則無過去或作是説此爲何作是説此爲何作自相相應答曰是謂住常已作自相若常不與自相相應者則無有世自相生世間若自相生世者即彼相生過去是故世無有常處答曰我相未生未來世生不壞現在世不以生無生爲異是故世有常處也問若彼相不生亦生非今有答曰若今不生亦不生無爲復次常自相相應此亦當無或生或不生是謂若無常者彼亦不生今亦無相應

相作若干種　因緣世如是　一一共相生

本相爲所作

猶如此有爲法非不無非爲不有無爲法非不無非爲不有以何等故有爲法謂之無常無爲謂之有常或作是説有爲法相有若干不有無爲法或作是説有爲法作若干種不有無爲法或作是説有爲法有因緣不有無爲法或作是説有爲法有世處所不有無爲法或作是説有爲法種種別異不有無爲法尊作是説有爲法所作相因緣則因緣相生因與緣有何差別或作是説無有差別合會所有無合會則無即是因與緣如所説因即是緣者是謂生老病死問設合會有者彼即

是緣因眼有眼識欲使彼是因非緣耶答曰非眼合會生眼識有對則有眼識是故合會亦是因亦是緣或作是說合會是因所作是緣問若合會作合會者因非緣乎答曰一一所作緣合會有因問若一一所作非因者合會亦非因耶答曰一一所作非因合會有如一一所作非合會合會有合會亦復如是或作是說自然是因非自然是緣問麥所生芽芽與麥相類耶設與麥相類者欲使四大同因業耶或作是說次第是因在遠者是緣問因緣及次第緣因緣及次第緣無有差別若善次第起不善心是因非緣耶或作是說不共是因共是緣問眼不共生眼識欲使此是因非緣麥與根芽共生莖此是緣非因或作是說生者是因更生是緣問今生無緣麥更生無因或作是說自長養是因養他是緣問若自心生善即爲自養欲使此是因非緣耶

尊作是說迴轉是說迴轉是因不迴轉是緣

無有合會 自然次第 諸共所生 自身迴轉

云何次第緣耶或作是說過去心所念法次第緣也問未來心心法中間生次第緣或作是說過去現在心心法次第緣問未來心心法若久生中間彼次第緣生或作是說一切心心法謂之次第緣問如今阿羅漢後心次第更生餘心或作是說除阿羅漢後心餘心心法謂之次第緣問滅盡三昧後心復生餘心答曰起心中間次第緣也尊作是說若心次第生心者即次第緣也何以故非色心心法有次第緣也從何法出何以故次第少者生多多者生少次第緣相云何或作是說行

施所避是次第緣相或作是說照其心是次第緣相或作是說次第心性迴轉是次第緣相或作是說次第心性蓋次第緣相次第緣當言定當言非定當言常定或作是說當言常定問如阿羅漢於今後心次第更生餘心答曰阿羅漢非有後心次第緣或作是說當言非常定問則無次第緣答曰猶如因緣無有常定必有因緣亦復如是尊作是說以觀現在次第緣彼當言常定觀現在相次第緣自有常當言已果云何得知有無教或作是說從所生知亦作是說有色不可見無對問云何審從所生知此非現在若色不可見無對無色亦不可見無對是故汝色無色無有差別或作是說常住餘得知見有無教戒成就彼所作供養我觀有無教戒觀彼所作相

問彼非觀所作無教彼觀所作智教若作有無教者諸所有無教彼一切當觀所作彼所有教最是妙行或作是說事事相觀照戒律不戒律滅盡戒有不見戒律滅見有戒律不戒律滅盡問非戒律滅盡道亦非戒律滅盡或作是說由墮罪知說禁戒時知有墮不墮者犯無量罪觀彼有此無教諸犯罪者問彼非無教憶本所犯設無教犯相者乃至無教彼一切犯罪或作是說知有勝不勝者不觀教則有無教如觀有為則有為無雖有此教我觀彼無教問彼不盡有勝無勝若觀一切無勝者欲使彼有勝耶設有者則無有勝若一切妙有勝者彼則無也或作是說生天上然後能知習行不犯然後生天上問云何習行不犯為數數不犯能知心不犯從彼修行

心然後得生天上或作是說不知何以故彼非智章彼有教義住與共相應況無教者彼依經生天如彼智章無教身身痛有何差別或作是說無教身縛身痛心縛問彼爲身根所縛或作是說無教戒數色陰所攝又身痛者是意法痛陰所攝或作是說二俱無對增減難說無教心心不相應行有何種別或作是說無教是色心不相應行非色或作是說無教者是物心不相應行非物或作是說無教非智觀物各各成心不相應行不自然法所造

口識有三種　猶如三有爲　因緣有四種

無教有三業

聚揵度第一之二竟

尊婆須蜜菩薩所集論卷第一

音釋

序

鞞駢迷切　渝音俞　揵度梵語也此云法聚揵巨焉切　漭母朗切沆漭大水貌沆下朗切　罽賓梵語也此云賤種罽居例切　瞠抽庚切直視也　睫即涉切目旁毛也　褅大計切　闚缺規切小視也

論

筈古活切箭受弦處爲筈　輭乳兖切柔也　悕香依切與希同　逮待戴切及也

尊婆須蜜菩薩所集論卷第二

苻秦罽賓三藏僧伽跋澄等譯

聚揵度首第一之三

苦由因意得　無智亦有五　色根悉具足
各各有七苦

得心心法因緣不思惟緣心心法緣自相欲使作緣或作是說無也何以故因緣心心法之所攝持不可使青國覺緣也（外國見聞皆曰國）問設當覺者青國有緣如彼覺青國則有覺若青有國作緣因緣自相則有二覺若覺若餘覺緣青國攝餘青國若覺緣青國彼亦不觀青國攝覺作緣或作是說得如所說如恐怖人不知爲誰所恐心自相作緣緣亦不自知問彼非自相作緣耶設作緣者自知有緣自相性自爾或作是說得如所說有是想有是心答曰是誰想是誰心若作是說彼即是緣若不作是說是爲想是爲心如是心不合不相應或作是說得若未來心心法作緣緣彼即是緣當熟思惟彼心心法自相作緣彼不知有緣何以故不以未來緣造有緣答曰彼不自相作緣若作自相緣者緣亦有智生自相自識或作是說得如頭腹脊有痛痛自緣相而造緣緣不自知問彼痛自相而造緣不作緣痛無處所痛自相生現其實頭腹有痛或作是說得設當不得者則有二知他人心心心各各作緣已心自作緣是故自然不知此非是妙是故已得或作是說得設當不得者心緣心無有究竟則有因緣此非是妙是故已得尊作是說得痛相心有何差別此意識境界不從中得得識若不得識受自相此

謂究竟於中有餘意識入則有壞敗

不逮心恐怖　未來想亦爾　痛及他人心

心緣痛此彼

逮心心法設心心緣此二俱前後而自作相

或是說得如覺青國一時作緣問此非譬喻

設當作緣者則有二自覺或作是說不可得

也設作緣者青與覺等無有異也覺亦復無

異是故是等是耶是故不得此非如或作是

說不可得何以故非以此轉而受諸法非一

轉非再轉故曰爲一是故可得以何等故眼

識不知眼根或作是說可見緣眼識不可見

緣眼根問耳識今知耳根彼緣不可見或作

是說攝境界是眼近者是眼根是故不知問

鼻識今知鼻根彼還境界或作是說四大是

眼非四大境界是故不知問身識今知身根

彼是四大境界或作是說依眼根識非心心

法自依是故不知問意識今不知意根彼即

是依問不可知無有一切諸法境界或作是

說若眼壞敗是眼識眼不掩眼是故彼不知

問此亦是我疑何故眼不掩眼答曰此中無

物自然自然所壞或作是說不可知設當知

者諸入則有壞敗六識未壞時或作是說彼

非此境界問此亦是我疑何以故彼非境界

或作是說色自相攝受諸眼識非色自然非

眼根是故彼不知

可見以近坐　我依彼四大　掩眼而有壞

境界是色相

耳根可見亦復如是鼻根可見當言非近坐

舌根身根可見彼是四大我所造當作是說

如此五根色一切四大所造以何等故若干

相有若干貌或作是說無有相貌猶如眼識諸所有色一切四大之所造有若干相有若干貌無所有故亦復如是或作是說處有勝故及餘處眼根乃至身根是故種種根所以種種相故是故種種貌問餘處有一貌或復有二欲使彼眼根有若干相有若干貌一切處盡是身根欲使身根作若干相若干貌或作是說四大所造色歡喜根及餘四大歡喜眼根餘乃至身根於中種種相問餘四大歡喜一眼或有餘二眼欲使眼所視處有種種相耶或作是說我作四大眼根及餘四大眼餘乃至身根於中種種相廣說如上問餘四大一眼或餘有二欲使眼根有種種貌或作是說行垢所造根因餘行垢得眼根餘乃至身根於中種種相種種貌廣說如上答曰餘因行垢而成一眼根或復成二根欲使眼根作種種根耶或作是說四大之中相應行所以有種種相者以其作種種根問或一四大或二或四答曰一切少遍有四大少多共合或作是說四大境界有增減是故妙四大所造色亦妙問頗或時地有堅相無堅相答曰一切堅相但堅相但堅相有增減譬如鐵鋌錫下至金首尊作是說始生百物有種種相所以種種相者以其有種種貌

色處諸勝者　歡喜及我造　速疾行相應
自與病生老

眼根相作此等者有何差別或作是說已眼見色見已見當見是謂眼見問此亦是我疑云何以眼見色見已見當見終不起法眼不見色不已見不當見欲使彼是眼耶答曰我

已說是設如此像亦是自然問云何不見是見自然耶答曰眼是其根或作是說黑瞳子是眼所照者作耳問曰何得知黑瞳子是眼答曰黑瞳子是本問黑瞳子非其本答曰及餘事無所攝欲彼是眼是故此事不然彼亦當異是故彼事無所攝欲使彼非眼耶或作是說四大所造色眼根歡喜因有眼識境界是謂指授教戒是謂彼作問一切五根所造色歡喜是故彼非眼根自根或作是說依眼識根有眼根依眼識是謂其事問諸不起法是眼識異不等依彼眼識欲使彼非眼耶或作是說四大是眼根眼識相依是謂其事問四大相自壞是謂四大相自壞眼根相不壞一相依眼識造衆事問如四大相自壞一相眼根如是我相眼不壞一相眼識相依而成或作是說色香味細滑所纏眼根眼識增益作衆事問今五識身各知眼根或作是說此非境界問此亦是我疑何以故或作是說彼非境界眼根無自相無有數然後成眼根問若眼根無自相者眼無有覺答曰知眼數之物是謂覺知眼如身數之物謂之猒足身猒足者非四大身有一自相或作是說所造色自然眼識增上現有增減是謂其事筭數彼時漸漸知性自然爾於中諸入亦復當爾

觀眼黑瞳子　歡喜各相依　四大皆集聚
無造無狐疑

五根亦復如是意根自相作有何差別或作是說意知諸法知已知當知眼根亦復如是意識造增上是謂其事或作是說意識相依相意根依意識是謂其事或作是說或出或

沒五識身意根依識是謂其事問無色界不生意識於彼無五識身或作是說六識身意識身增上從增上諸所生識是謂其事問名色展轉不相依復次彼識自相意根作增上是謂其事筭數彼時乃至究竟彼性自然於中意識則有壞云何爲意云何爲意識前說四事六識身相應意增上識所生智心緣彼是意識也

聚揵度第一之三竟

聚揵度首第一之四

如現在痛自身不更過去未來痛亦不樂亦不苦云何得知我苦我樂尊摩訶僧耆作是說彼痛自然自身更自然識知聞此非譬喻不有物自然所迴轉如有斷絶之物能不自相斷戟不自割指頭自不相觸此亦如是尊曇摩崛非是說心相應智慧而得知問設當爾者自然知自然一緣相應法尊彌沙塞作是說以心不相應智知之問若當爾者則有二智言有人者一部僧名作是說人知問人亦用智知設不用智知者初不知盡當有所知或作是說第一義無有知若苦若樂言知衆生者亦是邪慢言有苦有樂問阿羅漢如今不知者彼有邪慢耶或作是說痛爲意轉中間中間我自生識彼境界於中得知問如意識性彼非意境界意識者及意識識境界彼非痛性云何得知或作是說見樂見苦然後得知問愚人今亦知復不有是苦是樂或作是說依身苦樂然後得知問如彼依痛已滅云何得知是謂依樂痛是謂依苦痛猶如彼痛身不自更云何攝意或作是說心已生時緣現在痛問心欲生時未來彼非緣未來是故

彼是境界或作是說現在心次第以沒緣彼痛問次第緣沒亦不知苦亦不知樂云何得知或作是說苦樂想憑無復有餘有苦有樂彼生意中間境界生意識境界彼乘識處自性作識相有苦有樂況復衆生隨痛志亂自然智慧者　人最第一義　志所造痛身已生苦樂行

猶如此心心法内依外生諸入以何等故依内生不依外或作是說依内生問等無礙中依彼生内然不依外此義云何答曰猶如等無礙是謂内是謂外問云何此非顛倒耶如等無礙是謂内是謂外如是等無礙已生内非外或作是說内有妙事外無也此亦是我疑或作是說内自性成就然非外問外性亦自成就如自身色香味或作是說内親近非外也問無處所則無近遠已還境界二俱相近二俱相依生或作是說内生然非外問外亦復生如自身中色香味或作是說内造苦樂問外亦造苦樂如自身中色香味細滑或作是說内有上中下上中下者從心心法生問外亦有上中下上中下者從心心法生復有異蠅聲興起耳識復有異大力鼓聲或作是說内不牢固問次第因緣亦不牢固欲使彼相依生或作是說内是增上問外亦是增上等無礙中内增上非是外增上此義云何一切諸有爲法各各有增上或作是說以内故造苦惱非外如晝眉點眼而見色問如所說倍晝使大而視之高聲語我當諦聽或作是說依内諸入此師意所造與心俱有識依四大彼各各有勝諸根充足

自性依微妙　遠近及取捨　下無牢增上
師意識在後
猶如此心心法內依外緣入因緣生以何等故內有壞敗然非外或作是說此現在事猶如觀彼日影眼則有敗然日無咎問此亦是我疑以何等故眼有敗壞非日之咎或作是說內諸根縛然非外也問外亦諸根縛如自身中色香味或作是說內有吾我想問外亦有吾我想阿羅漢無有吾我想欲使彼不壞敗耶或作是說依內生諸入然非外也如上所說或作是說內得親近然非外問此無入處不有入處安有近遠已還境界二俱親近欲使依二生耶或作是說內已生然非外問外亦復生如自身中色香味或作是說自性住者然非外也問外亦自性住如自身中色香味尊作是說若自依物轉心心法在彼住者外內諸入彼諸法展轉有諸根壞敗也
現在縛諸根　依造有吾我　親近諸所造
自性是我有
如尊者舍利弗說彼諸賢眼內入無有壞敗見其色光不諦思惟亦無眼識深思惟者是或作是說次第緣是其思惟問頗次第緣無耶答曰無有不有時一切識身有現在也設有現在彼則生或作是說自然因彼是思惟問曰頗有時無自然因耶答曰無不無時不常有等問曰頗有不等耶答曰非不有等或作是說大義思惟問設無大義者云何不生識耶答曰不生問若鞭杖捶打彼不起識耶答曰以境界力彼識則起或有不起如入無想三昧滅盡三昧及餘定心者此亦如上所

說或作是說發起心者先已說竟或作是說心所憶識則其思惟此亦是我疑或作是說諸思惟是其相問志思惟無有差別或作是說心心法與心相應是其思惟問諸相應法是其思惟生諸識然識非思惟此義云何或作是說思惟衆生緣生識性起諸縛此之謂也

次第有彼緣　因大義照明　悕望作衆生

相應及諸智

生彼有思惟有何差別或作是說次第緣是彼思惟生者爲生問彼不生思惟設當生者無有差別若不生者所說非是思惟非彼眼識得生此則相違五事亦復如是或作是說彼思惟心法心相應行生彼思惟生非心相應行尊作是說彼生心心轉法彼思惟復次生者自然造法譬如燄光前後相因生云何得知燄因光或作是說有燄便有光無光則無燄於中得知燄因有光問若二俱起者云何得知燄因有光無光則無燄答曰燄所生貌然非光問云何得知燄生光然非光答曰燄所纏縛問燄所纏縛或作是說若有燄時光隨時應此亦如上所說或作是說燄壞則光壞是故得知燄因光問二俱壞者云何得知燄壞則光壞光壞燄不壞或作是說燄熾盛則有光此亦是我疑或作是說合會而有此亦是我疑或作是說燄大光大燄短光短燄則亦前已說或作是說燄不淨時光則不淨淨則光淨此亦是我疑或作是說以見光燄是其本由是得知燄因光問是光義故求索油炷欲使油炷因光耶答曰不以光故求

索油炷但以光故求索餤也以餤故求索油炷或作是說非餤故有其光也相應有光餤與光最是妙事問設二俱生是謂妙是謂非妙此義云何或作是說本與餤生光由是知之餤因光也問此非譬喻不見餤無光者答曰此亦非譬喻如覺彼餤更相緣時時無有光如其光非其餤迴轉悕望覺亦不相生則有慢意

各各壞敗相　悕望相應行　違清淨義者

合會如前說

猶如六識身必依過去自然因志不錯異緣亦不誤以何等故一人非前非後六識身二俱起或作是說一次第緣一識住問一者識相應一一識相依或作是說一者彼思惟一識則相應住問設一識相應此是一識或作是說一根依一識相應住者一識相應一一熾住如一切衆生必有所趣受報自作當受彼有未來現在所造以何等故一人不前不後五有不轉或作是說一趣結使熾盛或作是說一趣受諸報尊作是說識共相應然後轉一一識諸轉所造報行皆識種以是知之如無有衆生未曾有而生有便般泥洹以何等故衆生無有減或作是說汝筭計爾所數耶有爾所衆生不知減若不筭計者何以故不知減或作是說衆生無有窮是故不知減譬如大海水無限量千瓶往取亦無減此亦如是問大海江河及餘泉源皆往趣欲使衆生本無今有耶答曰於異方剎土衆生來到此間尊作是說於彼剎衆生無有減此義云何有衆生遊異方界執賢聖道出界到界志

性云何有何等悕望當作是觀猶如此三聚衆生有損無益以何等故三聚衆生不知有減或作是說汝爲計筭爾所數耶爾所衆生無有減若不數者誰知有減或作是說無量所造衆生此亦如上所說尊作是說在在處處無有減此事云何如阿毗曇說必有世不疑有邪聚當言滅盡設爾者此義不然如今有此盡如此三世一世中未來有損無益一世中過去有增無損以何等故未來世無減過去有滿或作是說汝計爾所數耶過去未來有爾所數耶知有減若不筭計者誰知有減或作是說過去已壞未來未生或作是說過去未來無有處所或作是說過去未來無有限量世尊作是說若二法照明何以故世無處所事相應緣生已生當壞是其事衆生增減乃是聖人存而不論者也故曰誰計豈而不說也本無今有若有斯言則亦有然而皆抑之耳佛止梵志亦其事也聖人之教進覺號也衆生無棄形而上事也如入寂靜三昧無量無邊福彼非盡淨彼三昧爲緣何等或作是說無量無邊福是其緣問今不盡淨答曰彼不自知問設自知者彼緣何等若淨無量彼非邪智耶或作是說不淨謂之淨訓心是義問若淨言淨者訓心不常無常解說訓心是義或作是說一切寂靜此之謂也彼亦如是問如今入第二福是時眼盡見黃是故一時自相壞敗或作是說淨是彼緣問誰無此三昧答曰思惟無空缺處有是三昧問一切三昧亦無空缺處欲使一切三昧作寂靜三昧耶答曰非一切自相相受非一切造無量相若自相受無量相者彼是行人三昧尊作是說淨是其緣彼以此相應如緣

然薪起烟及諸因緣各相依而生淨如是起諸相應及諸因緣當作是觀彼三昧當言不順當言順如上五事無異尊作是說當言非不順漸漸近順

食謂觀人然食非人彼愚觀者爲緣何等或作是說食是其緣問彼非愚觀非思惟食設餘思惟食者復有餘緣欲使寂靜無寂靜緣耶或作是說人是其緣問食非是人答曰如彼不自知問設自知者吾我是緣耶復次彼愚觀者食此處所悕望求索彼愚觀當言順當言不順如上二事說尊作是說當言順味愛是對若依骨鎖起若干想自知我身骨鎖亦復如是彼想爲緣何等或作是說骨鎖即是其緣問身非骨鎖答曰此亦骨鎖皮肉所纏或作是說自身是緣此骨鎖皮肉所纏問彼想非身若觀骨鎖想則緣自身欲使青緣黃色耶復次義想緣彼自身分別悕望彼相當言順當言不順如上二事說尊作是說當言順欲使有對

痛及二心　餤影光滅　未曾有聚　青食骨鎖

尊婆須蜜菩薩所集論卷第二 聚揵度第一之四竟

音釋

脅 虛業切腋下也 鉛 余專切黑錫也 瞳 徒東切目童子也 捶 工藥切擊也

尊婆須蜜菩薩所集論卷第三

苻秦罽賓三藏僧伽跋澄等譯

聚揵度首第一之五

又世尊言四事攝人攝人者其義云何或作是說衆生性壞如彼淬沙彼以此四事更共相攝故曰其義如彼沙爲水所浸各相粘著亦復如是或作是說衆生性自壞以此四事相攝各成辦是故攝人猶如作蓋斗斗攝諸子此亦如是或作是說集聚法衆生方便故曰攝人以何等故共義謂之攝人或作是說俱有戒行或作是說俱同境界或作是說俱同所見復次勸助義謂之攝人又世尊言無常是無常法云何無常云何無常法或作是說過去行無常未來現在行是無常法亦當求法亦當次往或作是說過去未來現在行無常未來行是無常法亦當往求彼法或作是說過去現在行無常未來生法不生法是無常法彼亦與法相應或作是說一切諸行亦是無常亦是無常法如所說如因是無常如果是無常法問因亦緣餘果果亦緣餘因豈彼不是無常無常法耶答曰惟因緣餘果果緣餘因如因是無常如果是無常法問如今因非無常如今果非無常法是故彼即無常即無常法復次諸行迴轉彼無常是法是無常法又世尊言諸有塵垢是塵垢法云何名塵垢云何名塵垢法或作是說塵垢展轉相緣是謂塵垢法或作是說彼塵垢相應法謂之塵垢法也或作是說塵垢雜塵垢彼迴轉法是謂塵垢法也或作是說塵垢雜塵垢彼所起身行口行是謂塵垢法或作是說一

切有漏行塵垢是塵垢法如其因是塵垢如其果是塵垢法尊作是說衆生不壞造五陰行衆惱見遍是謂塵垢法又世尊言汝今比丘生老病死終更受形生更受形逝死有何差別或作是說中陰諸形此是生更轉陰往此是生中陰壞敗謂之逝初死陰壞敗此是死或作是說出母胞胎此是生始入母胎此是更生形展轉增此是逝初死陰壞敗此是死或作是說卵膜合會生此事云何此諸根漸漸熟受生化生合會彼諸根不漸漸熟輭生賴成化生者若彼命終時不見其身卵膜合會死已見其身或作是說無有差別當說須臾頃復次趣往生時最初受陰生造陰住超越超越造陰受生處所是謂爾時命終住超越造陰受生處所陰更移轉是謂終命斷絕諸陰散落是謂死又世尊言諸比丘結常隨從彼時有死設有死是故有數說是語時此義云何或作是說愛隨從彼命終時習行彼謂死受諸有欲愛欲受欲陰色愛色受無色愛無色受無色陰已得彼陰是謂有數若欲界色無色界故曰彼有數或作是說使所纏諸使纏受陰受諸有已得此有是謂有數故曰彼有數或作是說一切結所使若力勝者當命終時便自憶彼謂死故曰彼有數染恚愚或作是說輭色因緣起諸垢色所使中色起緣色所使起增上結故曰有數或作是說色著色所使色著色死爲色所持因生色故曰有數或作是說諸欲有所須爲彼所使方便求索已得竟是故有數如是諸有所須便求索已得彼物彼便死彼便有數泥犁中若餘

惡趣或作是說愛所使造有持往生老病死彼有數或作是說垢所使結起行持往有悔意惡趣中彼有數若死時不悔便生天上或作是說敷演曰諦世尊說法若比丘使所使是謂死爲現習諦彼有數爲現苦諦於是比丘不使所使則不死爲現道諦彼有數爲現盡諦尊作是說五成陰所使唯無明有愛彼相應五陰纏裹已纏裹則有數泥犂若餘惡趣

一切諸愛使　輭色自纏裹　若復有餘愛

行諦後有五

又世尊言於是比丘色無常過去未來況復現在以何等故世尊說況復現在或作是說過去色壞敗未來色未生現在色生不壞彼名無常若壞若生及未生況復生法有壞敗故曰況復現在或作是說過去未來色無處所現在有處所故曰無常如其無處所無常況無處所故曰況復現在或作是說過去未來色不可壞現在可壞彼名無常能使壞者可壞況復能壞故曰況復現在或作是說未來色未來久遠住過去色過去久遠住現在色現在久遠一時住故曰無常若久遠住者若當久遠住況復一時住故曰況復現在或作是說壽欲終時世尊故說過去久遠人壽命長壽八十四千歲亦有阿僧祇歲者未來久遠人亦當壽極長壽八十四千歲亦有阿僧祇歲如今壽者極壽百歲出百歲者少少故曰況復現在或作是說此世尊教戒語況復衆生現在色言是我所意染著過去未來未必染著於中婬意偏多現無常故曰況復

現在尊作是說現在暫現過去未來不常住展轉往來案契經句說又世尊言比丘當取塚間五納衣少易得人無貪愛云何塚間衣易得云何少云何易得云何不貪愛或作是說人著者少故曰少處處易得故曰易得是佛所許人無貪者價數甚少故曰少 不從人求亦復無主又世尊言比丘行道甚 苦比丘乞求苦共居苦彼云何行道云 何乞求云何共居或作是說五盛陰是行道愛身是乞求結使是共居尊作是說如向者語比丘行道苦乞求苦共居苦衆生於彼流轉生死苦於此義故說行道苦於三苦甚苦身苦行苦變易苦悕望他樂亦是苦一切乞求無方便共居苦

處無常法界 生諸著塵垢 使況復現在

補納衣甚苦

聚揵度第一之五竟

聚揵度首第一之六

又世尊言如彼偈所說不可食彼食以何等故佛世尊說偈不可食或作是說世尊不以食故往但欲教化彼婆羅門是故不受問不以偈故說不可食食非其義故曰不可食或作是說彼婆羅門耕田淨意慳貪嫉妬受彼食時彼便作是念沙門瞿曇以食故而說法如採合詩頌以錢財故歎譽乞者如彼良醫歎譽藥草無病不療或作是說欲現神足變化彼婆羅門佛爲現三變化而教戒之尊作是說以二事故佛世尊說偈不受取自現其義現衆生應受化故使起護心又世尊言斷栅斷壍而住門閪門閪者義云何或作是說於此慢怠依彼門閪吾我所造如婆蹉種說如是

瞿曇沙門於法化中無有枝葉莖節皮牙皰淨牢固不可移動云何於法化中枝葉莖節皮牙皰淨言牢固者其義云何或作是說戒於此法化中枝葉莖利養是皮三昧是皰解脫是牢固問云何於法化中無有戒無有業無有利養無有三昧或作是說戒牢固是枝葉莖利養利養是牢固皮皰者三昧現其少相解脫牢固或作是說有諸邪見於此經中枝葉莖皮皰作是說如是現其義此非瞿曇世尊法化見牢固解脫牢固或作是說戒成就枝葉莖現其相類三昧成就皮皰現其相類智慧成就現其塹如是瞿曇世尊非以是故修梵行餘解脫牢固神通之德也又世尊偈言本所更歷云何色處不相類失本所更歷起慈悲或作是說自然或作是說威儀自然或作是說以二事故因本所經歷而起慈悲自識宿命或有來告語者或作是說如彼事說本因緣也又世尊言矜叔軀樹踰爾時二使者如其實事往語國主已復道而還彼云何如其實事云何復道而還或作是說四賢聖諦如其實事八賢聖道是復道而還問設道諦中云何其定處云何有別名答曰無虛偽者出要爲道或作是說如其章如其實語如其所知復道而還或作是說如見諦道實語亦復如是如思惟道復道而還亦復如是尊作是說四賢聖諦如其實語八賢聖道復道而還此諦相語勸無相物契經中清淨說是語案經說又世尊言著塚間五納衣有五事則不應法臭色壞脆饒風婆羅夜叉所居處云何塚間云何臭云何色壞云何饒風

云何婆羅夜叉答曰衣死所纏用裹死人若卧若被在身故曰塚間衣被塵垢污無色陰染不成色不淨臭處熱暑暴如此衣有希望乃至蟣爲首置彼已天神不往詰惡鬼近故曰婆羅夜叉又世尊言愛盡欲盡欲盡愛盡愛與欲有何差別或作是說無有差別愛即是欲問今無愛盡欲盡當作是說欲盡欲盡故曰愛盡欲盡或作是說愛少欲多問欲有上中下愛有中下或作是說念食爲欲於彼遂染著彼是愛故曰愛問如所說如痛貪欲愛彼便滅如是彼痛當滅彼有違或作是說得欲未得愛時得便是欲問今已得無有染未得無有欲或作是說受取爲欲不受取爲愛問受取無有欲不受取無有愛或作是說意地是愛六身識是欲問若意地愛彼欲有何差別或作是說內是欲外是愛問今內無染外無有欲或作是說敬是欲造者是愛問如所說痛中欲者彼所造是愛則有差違或作是說未得已得諸生歡喜是謂欲已得食欲諸貪著是謂愛也尊作是說和顏悅色是欲娛樂志悅意迴轉是謂愛

無有柔輭念　已得而染著　意及內諸愛
悅色所娛樂

又世尊言因是有便有是不因是有非爲不有說此語時此義云何或作是說現在無明生諸行生過去未來問猶如此現在無有或作是說無明依吾我生諸行不依則無故曰依此吾我無有或作是說不盡有餘無明生諸行已盡無餘則不生行故曰比不盡有餘無有或作是說一切衆具生無明行無衆具

則不生故曰因此具無有尊作是說自憑仰依意增益故依此說今非有無有苦諦當言過去耶當言未來耶當言現在耶或作是說當言現在不以過去未來覺苦問過去已縛未來當縛現在或有不縛欲使彼非苦諦耶復次五盛陰中起苦諦想無數世時敷演智慧苦諦習諦亦復如是或作是說當言現在非以過去未來愛而受有問過去已辯未來當辯現在愛非一切辯耶欲使彼非習諦耶復次有漏行中起習諦想無數世中敷演習諦道諦亦復如是或作是說當言現在非以過去未來道斷結問過去已滅未來當滅現在或有不滅欲使彼非道諦耶復次無漏行中已起道諦想無數世時敷演道諦

偈詩頌門闕　婆蹉喜侔叔　塚間衣及欲

因諦各有三　聚揵度第一之六竟

聚揵度首第一之七

佛有五眼　及三種生　有爲相實　不生有空

又世尊言比丘我已佛眼觀彼衆生利根鈍根可化易教少諸塵垢不聞退法者猶如此三眼云何眼謂之佛眼肉眼天眼慧眼或作是說如來三眼者當言一切佛眼耶何以故一切是如來智慧眼問如今不觀一切衆生諸所觀者幽冥處悉徧尊作是說如來聖智常住不變移一切衆生蠕動之類謂之佛眼佛眼者當言善耶當言無記耶或作是說當言善亦是無記何以故一切三眼是佛眼尊作是說當言善無有錯亂志佛眼者當言有漏當言無漏耶或作是說當言有漏當言無漏何以故三眼是佛眼尊作是說當言無漏

何以故不以有漏中間生有漏猶如此如來十智何等智是佛眼或作是說諸如來十智彼一切當言是佛眼也何以故一切如來是智慧眼或作是說法智未知智是如來常住不起不移不共一切衆生蠕動之類當言佛眼也猶如此十力何等力是佛眼或作是說根智者當言佛眼也以此知之或有衆生利根鈍根中根或作是說是一切十力當言佛眼此非如來智乃至十力猶如此諸行無數緣生以何等故生者言生或作是說生者最妙譬如以衆多事染衣裳染者是人問等無礙中是妙是非妙此義云何有染青衣是故不定或作是說雖有此緣生不縛是故生者生問緣有此生緣所縛生是故不定或作是說初無有實不生問初無有生及彼緣是故此非緣或作是說非生行生今合會行生是故合會行生或作是說若生行生如是彼緣無有方便等無礙中生所生非緣生則有差違如彼緣法生諸法無緣則不生如是不異是故當捨此然生非自然造起諸法此事不然猶如此諸行二生等生何以故言一生或作是說一者生行餘生者亦是生問此亦是我疑何以故一者非生餘行亦是生或作是說彼有一因餘者是果問雖有各各生此二非二因彼亦是果或作是說行無二生問此衆事不相應行多云何有一生或作是說此二俱不生相應則生行復次此有欲意生自然生以何等故生者言生彼非有等法或作是說生者已生行或作是說此非生餘者生乃生若生有生者則有流轉生不絶若行自

生行已自生此是自生彼云何無生者生是故此義不然猶如此三有爲有爲相起盡住無變易云何住者有變易或作是說起者名生盡者無常住老者變易是謂變易問設彼老有勝者勝者變易若無變易則無有異或作是說未來久遠住過去現在則有變易如是住便有變易問若起未起變易有勝者設無有勝則無變易復次無有一物住有變易意住有變易起最初生死者滅所生處各各相憑身住轉轉移住則有變易此事當言等耶當言漸漸等或作是說當言適等一時俱起問一時老變易則有壞敗或作是說當言漸漸等起所作於彼住便有變易漸至盡俱生漸漸生復次住衆行有爲相更不造行若得造行者則有等則俱生是故一時生老變易壞敗是故此非義云何爲苦諦相習諦相盡諦相道諦相或作是說衆惱苦諦相轉移習諦相休息爲盡諦相出要爲道諦相或作是說成就爲苦諦相迴轉爲習諦相轉住爲盡諦相能迴還爲道諦相

復次章義作實諦相於五陰聚中洋銅鐵丸受如此三苦染著憂惱如吞熱丸苦苦苦行苦變易苦如彼燒鐵丸入火與火無異如是當觀苦苦知其惱相於此苦受轉行變易惡趣之處奔走馳向是謂等有觀其習諦相行垢造行不縛等有是謂非等有當觀盡諦相修戒休息智慧生相應因滅如是修行觀道諦相以何等故過去行不復生或作是說誰見更生者若疑過去行或作是說已滅不生問現在復生耶或作是說若不相應彼不生

也問如彼過去相應有復次一相應成一果非一相應成二果是故不生云何得知言有虛空或作是說此現事問謂增上慢空無根本現在事得知亦有不可知或作是說無著無生問有著者生則可知彼無著則無生或作是說設無空者物無分齊雖有分齊是故有虛空問夢中所見一切物盡住若物所容受增容受彼展轉彼展轉是故不定亦不可究竟是故無虛空或作是說以世俗故故說此耳如衆生號薩唾那羅未㖏闍摩納婆唾㖏或作是說不可究知何以故此非智所知何以故色與空不相應無色不與空相應於此至彼無所有言空是世俗言數

佛有五眼　及三種生　二有爲諦　不生有空

世間八法攝幾陰幾持幾入如章所說有利無利衆利財利衣裳利攝四持四入色陰所攝象利馬利男女利攝十七持十一入五陰已獲所得利攝法持法入行陰所攝有名稱無名稱譽攝聲持聲入色陰苦樂攝法持法入痛陰所攝一切世間八法攝十八持十二入五陰五欲若苦若樂當言成就當言不成就或作是說樂當言成就因彼緣生欲樂問因彼緣生苦欲使成就苦耶或作是說苦當言成就世尊亦說如是摩檀提(婆羅門名)衆生欲未盡於欲苦中起娛樂樂想得諸顛倒乃至契經說問如今無有生欲樂想答曰顛倒起樂想或作是說無有苦無有成就樂假號言有苦樂慢生如種種趣或作一趣方俗殊異思惟生苦樂慢阿毗曇者其義云何或作是說契經偈決生諸法義理深邃故曰阿毗曇

或作是說四賢聖諦法能專修行故曰阿毗曇或作是說泥洹是法修行受證故曰阿毗曇或作是說十二因緣十二緣法能自覺寤故曰阿毗曇或作是說八賢聖道敷演彼義故曰阿毗曇復次諸縛著解脱永盡無餘於此義中分別諸法因有名身句身味身漸漸著漸漸住漸漸等相應是謂阿毗曇諸神形人形而作人聲當言是人當言非人聲或作是說當言此非人聲昔見揵陀越國鬼著摩竭國人語作揵陀越聲音語摩竭國鬼捉揵陀越國人作摩竭國音聲或作是說此是人聲非鬼夜叉羅剎音響是人音響選知聲響此其甲音響問非人著人形語是故有音聲復次當言此非人聲見過去人見未來人亦見方俗神著人語實無虛神阿鞞扇是離不憶所說世尊亦說此非阿拘婆羅天子阿拘婆羅天子說此偈言魔天波旬著阿拘婆羅天子說此偈言此魔所說非其天子以何等故天謂之鬼或作是說居住天上故曰天如生水中謂之水種生山澤中謂之山澤種或作是說往至天上故曰天如其乘車謂乘車人或作是說宿止天上謂之天如住城郭是城郭人若比丘著衣食起欲想瞋恚想起殺害想彼檀越主頗有罪無耶或作是說彼檀越無有罪何以故彼人作罪已不受問如世尊言若比丘彼比丘身著衣裳入無量念三昧專志不移彼檀越主得無量善業功德如是契經各相違答曰彼不作是心我作欲想問不作是念彼受我物入無量念三昧專志不移問彼不作是心施此人食食入無量三昧著檀越

衣答曰若著檀越衣食彼使獲福問不應作是說自身有患餘人受疼痛不於中間思惟不淨有非罪咎應慚不慚應羞不羞彼慚愧羞當言善耶當言不善耶當言無記耶或作是說當言善與法相應問彼不與法相應可慚便慚彼當言與法相應或作是說當不善有顛倒想爲好復次當言不善如是彼說增益魔界如所說命異身異諸所生是命作是說此義云何問生者即命耶命非生是故命非命命非命餘命餘身此事不然身亦不得異或作是說若生是命者又身非命是故身非生身不生時命異身異身與命各各異或作是說生者是命身者即生是故身是命身與命命異對異無有此若諸法因對生者此法當言與法相應生或作是說當言生曾一

時見炎光同出問此非譬喻如意炎者非光如光非炎若俱取者則有二情或作是說當言俱相應生若隻生者無初火自然猶如彼有薪然無火設復有火然復無薪是故當言相應生問如彼初火自然火當生時謂之然如生無薪或作是說此當言生設彼隻生者十二因緣則不順如彼有無明無有行如無明滅時彼便有行問彼十二因緣則不有順如有無明彼行不生行生無有無明或作是說此等俱相應生設隻生者相應無有果果無有因如俱生無有果如有果無有俱相應生問彼俱相應生彼俱無有果果無有因如俱相應生果不生若果不生無有俱相應生或作是說當言俱相應生若隻生者本亦當隻生是故當言本生若不隻生亦復不俱相

應生亦當隻生是故當言本生若不隻生亦復不俱相應生永不復生問非境界因有果彼相應生隻生先亦當隻生是故本當壞若本不壞俱相應生亦復不壞是故永不壞問已生我有壞是故本不壞問若隻不生相應亦不生是故永不生相應俱生或作是說當言相應生先有穀種後有萌芽問中間穀子盡若種穀子時時則有生答曰此非譬喻穀子腐則無或作是說當言相應生若俱起相應與果二俱起此非方便言果證猶如牛角問俱有燄光燄因有光此亦當爾答此非譬喻二燄光二俱不可得或作是說當言俱相應生設俱生者因與果則齊等問此義云何答曰若心因心彼則有齊等問我心已盡俱相應在內或作是說若一時俱相應果心彼亦展轉相因不一時俱生是故一時盡相應問或以我過去俱相應在內或時現在是故非我過去或作是說當言相應生設有相應生者如俱相應在內彼無也俱相應生是果果亦俱相應在內彼無相應俱有果是故俱應生又世尊言如是相像邪命呪術畜生蟲螺畜生呪者此義云何或作是說蛇虺蠆毒畜生是故畜生呪或作是說諸畜生趣相應呪亦是呪如鹿烏鷲呪降象出蟠龍或作是說一切邪命是畜呪復次畜生之趣常有餘悕望是畜生呪解脫名者是義云何或作是說解脫縛著淨無染污解脫或作是說心得解脫故曰解脫復次增上離三界有故曰解脫

法欲阿毗曇　二鬼及衣裳　慚愧命相應

邪命諸解脫
又世尊言痛緣有愛云何痛緣有愛或作是說樂痛起愛如是痛緣有愛問云何非求起愛答曰彼亦求樂痛有樂痛求是謂樂痛求問今云何苦痛求起愛著答曰彼亦名起苦緣起樂痛求愛又世尊言彼爲苦痛所逼娛樂欲想問云何今不苦不樂痛是愛因緣答曰不苦不樂痛息想不復興感自知息想不復更求或作是說五愛獨處愛不獨處愛復求他愛不求他愛愚愛於彼樂痛現在起不獨處愛未起求他愛苦痛起不求他愛已起獨處愛不苦不樂痛便休息想未起求他愛已起不獨處愛復起愚愛或作是說苦痛趣三惡道上彼衆生有愛自恚是故身自有愛以是愛身緣樂痛人所造是故苦痛愛是緣樂痛從人乃至徧淨天生彼衆生彼於已趣我想是故樂痛是愛緣不苦不樂痛至果實天乃至攝有想無想天生彼衆生於已自起愛是故不苦不樂痛是愛緣或作是說受樂報處當知痛如是愛緣此法當言相應起當言一一起或作是說當說相應起如緣細滑起愛與細滑相應如痛緣愛與愛相應問欲使六入緣細滑耶與六入相應或作是說當言相應起何以故亦作是說眼更痛眼更愛問眼更苦痛眼更樂痛欲使苦痛樂痛與共相應或作是說當言一一生何以故痛緣愛生非相應法各各相緣或作是說當言一一生世尊亦說眼更痛緣起眼更愛然不眼更愛緣眼更生痛或作是說當言相應生有伴侶一一生受樂報又世尊言如婆闍清明國人

如彼男女强相刼奪云何他男他女答曰妻人自守若爲人所守下至婬女華飾香丸此當言他女或女未出門嫁或復出門嫁有曰期數當出門嫁當言他女成就者其義云何或作是說一切法空則不成就問如所說人成就善法此契經有違或作是說諸有所生是成就義問學法無學法欲使彼成就耶或作是說不滅盡者是成就義問凡夫人一切法在未盡欲使彼成就耶或作是說形有所得是成就義問無垢人已得學法欲使彼得阿羅漢成就耶或作是說無棄捨法是成就義問學人不棄捨無學法欲使成就耶答曰彼已不得問汝所說無棄捨法是成就義是義不然或作是說設俱得者彼則成就是謂成就復次不相應衆生法漸漸有礙縛彼成

就猶如此人能有所忍寒熱地獄衆生復有冬夏不或作是說受地獄苦彼亦受寒熱自然所逼如苦酒中蟲在竅則死問如是行成此事不虛答曰何以故彼行受此罪苦問彼身無有苦何以故所作因緣不堪忍展轉生苦以此因緣亦生樂亦生微苦或作是說彼不俱有身體瘡痍有千苦生懊惱啼哭苦問彼不命過耶答曰行報未盡是故不死如衆生處胎以何等故泥犂畜生餓鬼及天自識宿命然非人或作是說彼道自爾以是自識宿命受陰入是故彼自識問若彼已得生餘者何以不自識或作是說諸化生者自識人處胎是故不識問設化生自識者餘者一切不自識耶答曰一切生時皆自識諸天染著亦不自識三惡趣中苦痛切身意忘自識問

此不相類何以故亦說化生天子展轉告化生天子所從來生復次一切無邊亦無定處或有衆生自識不自識者或以三昧力自識宿命或以智現在前彼當言自識宿命又世尊言若有作是想思惟不淨未生欲漏便生已生欲漏便增設爾思惟者欲漏爲增耶或作是說若未生便生已生不復生於中便增多問前生不住或作是說彼不爲多復次如未生前境界彼最初生如是未生便生如奔走境界如是增多或作是說彼不爲多但依少有中便增是增多復次得一物修行斷諸著人不相應縛選擇結使

愛著相應行　悕望取他妻　二俱憶宿命

無漏有四種

云何種種論云何畜生論或作是說種種論者復種種論是故種種論如王論下至賊論畜生論造畜生論如所說如論如象廣說或作是說無因緣論種種論無儀論畜生論復次諸論者無端緒無因緣無所應無有處是謂種種論諸所論若趣畜生及依餘是謂畜生論種種論者謂畜生論者有何差別如前所說復次諸種種論者及畜生論非種種論諸所論昔所更歷生死亦是畜生論諸所論是謂畜生論以何等故等越次取證先從法得喜然後佛僧或作是說先修行法修行法已是微妙法得法喜歎一切智乃說此微妙法然後得佛喜彼善住住此法者彼更得僧喜復次等生法智忍當言法喜不可壞如彼法喜彼得佛喜如所說於苦無恨於佛法僧是等得喜又世尊言若比丘觀十二緣起彼

則觀法云何觀十二緣起彼則觀法耶或作是說觀十二緣起亦觀法則不觀人或作是說觀十二緣起如實觀之如人見諦此謂之法復次觀十二緣起等越次取證彼已越次取證則見賢聖法諸見十二緣起彼一切觀法耶設觀法彼一切觀十二緣起耶或作是說諸觀十二緣起彼一切觀法也設觀諸法彼一切觀十二緣起觀十二緣起時彼亦觀法觀法時彼亦觀十二緣起或作是說頗觀十二緣起不觀法耶以世間智觀不等越次取證頗觀法不觀十二緣起耶空解脫門等越次取證頗觀法及十二緣起以是緣觀無願解脫門等越次取證頗不觀法不觀十二緣除上爾取事則其義也復次諸觀十二緣起彼一切觀諸法也頗觀法非十二緣起耶

及諸方便行又世尊言諸比丘我不與世俗諍世與我諍云何世俗與世尊諍或作是說世尊愍俗是故世尊不與世俗諍俗無此心我護世尊或作是說以二事故有諍訟起貪欲受意不肯離邪見取纏甚著愛欲如此法世尊以盡是故世尊不與世俗諍世俗志盡是故世俗諍或作是說猶如惡馬不隨正路行如是世俗與世尊諍又世尊現其義漸漸教化是故世尊不與世俗諍以何等故名阿掘摩是賊盡其力後逐世尊然不能還或作是說世尊前地卷後舒或作是說世尊威神使彼身重或作是說諸天使彼身重或作是說神足境界不可思議復次世尊於地上化使無色肉眼所不見是故世尊行疾自在解脫如是行時非人能測如尊者羅吒婆羅說

微法言非法云何為微法或作是說如王法輸財或作是說如諸長者斗斛稱賓復次如法難違甚微如貪利强言作想悕望利不親强親託病求物比丘佐助衆事詐病所須取服胡麻子或詐言狂癡求索無猒足及諸非法現在前者託病皆求利是謂微法又世尊言諸比丘此八部衆剎利衆婆羅門衆長者衆沙門衆四大天衆三十三天衆魔衆梵衆以何等故餘諸天不言是衆或作是說一切是衆世尊但說此世間不可思議或作是說是世尊勸化語然此諸衆數數來會盡流諸天至世尊所或作是說此衆則盡說八復次方便集會皆成衆事於彼衆皆有數皆成衆事故曰八部衆以何等故物近眼不見遠則見然耳則聞聲或作是說此非方喻境界法爾或作是說無所到是眼境界是故不與耳同復次明是眼伴曉了諸色近眼失明境界不復得明

種種論歡喜　觀彼彼觀我　無諍苦自諍
八部衆觀色

得等諦第一義諦定無有疑不可沮壞或作是說得是世俗義故曰等諦不曉了世俗是謂第一義諦或作是說名等諦說義名第一義諦復次曉了衆生心意故是等諦有此因緣曉了心意是謂第一義諦得名苦諦習諦定無有疑不可破壞或作是說得五盛陰是苦諦愛習諦問愛亦是陰中或作是說五盛陰是苦諦行垢是苦諦問行垢亦在陰中或作是說果是苦諦因緣是習諦問果緣他果緣他果此非是苦是習耶答曰苦即是習習

即是苦如果是苦如緣是習問如果非習如緣非苦是故苦即是習習即是苦復次得五陰有漏苦習問修行苦時亦有修行習耶答曰修習時不修行苦唯修行習得智通達定無有疑不可破壞或作是說得諸智耶知彼是智一一分別是通達相問智由他知知彼即是智耶通達亦復如是或作是說智即是通達耶或有通達非智知解脫物復次若智耶知及餘自然即是其事此無定義得味定無有疑不可破壞或作是說得味即是義味諸法是謂味問味味非其義云何義非其味或作是說一義之中有若干味是故味異義異問一味之中有若干義義非味乎或作是說味即是義或義非味味解脫物復次味即是義或處處有味如彼所說緣無定處自相

相應相如上說因與緣如前所說得十二緣起十二緣起法定無有疑不可沮壞或作是說得如契經所說此十二緣起如性法法常住廣說十二緣起法無明行問十二緣起諸緣起法或作是說十二緣起因十二緣起法是果問因非果果非因十二緣起非十二緣起法耶或作是說十二緣起十二緣起法起問起亦是十二緣起或作是說若十二緣起是十二緣起法耶或十二緣起法彼非十二緣起諸起空寂法或作是說諸法生時是十二緣起諸法已生十二緣起法問如是者義無有定十二緣起即是十二緣起法或作是說與十二緣起相應果實是十二緣起法或作是說已生諸行是十二緣起彼諸法生由十二緣起問彼所生不由十二緣起耶復次

諸法自相應爾十二緣起不造自相味相應法微妙法成就授決有何差別或作是説平等説如實無虚或作是説十二緣起是平等法成就十二緣起相是授決法或作是説説四聖諦是平等法順從四諦是授決法或作是説最勝功德是平等法弟子功德成就是授決法復次語不麤獷是平等法語無狐疑成就受決法慈孝於父慈孝於母有何差別或作是説恩慈於母孝養於父故無差別等智苦諦　智義自相　緣起十二　慈孝父母

云何眼識意識分別或作是説以是因緣彼境界如是眼識意識分別問不壞意識耶答曰如倒彼眼識界有意識界然界不壞如是倒彼色入法入不壞或作是説有眼識意識分別彼相類造是故造境界是意識問云何造相類設更眼識憶不忘失彼即不分別耶設不憶者云何不憶造色相類或作是説非更眼識意分別設當分別識入則壞問境界壞答曰亦説境界壞或作是説非更眼識意識分別何以故世尊亦説以二緣故生識意緣生法設彼更眼識意識分別者則增諸入意色意聲亦復如是問多有諸入或生一或生二識雖有二物意識緣想多痛生識是故彼有多或作是説若眼識定青意識亦定青相類識是眼識此意識此是眼識義云何答曰若眼增上者彼是眼識若意識增上者彼是意識或作是説設眼增上不相應緣青起識意增上彼不相應緣青起識是故相應壞果無有壞問如彼眼增上及相應或起諸識或黄相應壞果壞如是眼增上及相應意增

上定青起識有相應壞有果壞也云何世尊知彼衆生宿命或作是說劫燒流轉衆多衆生生果實天於彼各各自相告語本宿命以是得知問若衆生不生彼不自識宿命從此已來經歷皆不知或作是說衆生之類曾止住自識彼宿命餘不止宿者觀察便知問一切不共行或作是說自校計思惟則知彼意上已說或作是說佛境界不可思議或作是說十二緣起善分別說或作是說自識宿命智得其力勢或作是說微妙智得其力勢復次各各別異於彼如來神智便生得阿惟三佛故曰常住如所說難陀摩陀優婆夷說尊者我夫無常犯戒惡法生餓鬼中其婦人夢見夫主云我生餓鬼中云何餓鬼夢中作是語或作是說化作人形不作本像造如是貌問如今云何造或作是說餓鬼夢中不作本形昔造因緣有其力勢又盡思想夢輒見形言觀形像復次睡眠志不如本狂有所見或聞惡聲響諸法定有彼一切法等定邪定設諸法等定邪定彼一切法定有耶或作是說諸法等定邪定彼一切法定有耶頗彼法定有彼非等定邪定自相定有復次當言非諸法等定邪定餘人當言等定邪定噠嚫名者何等法或作是說報施之法名曰噠嚫導引福地亦是噠嚫問非以所施而生上界如所說生上界者善功德報是噠嚫業或作是說施法果報是噠嚫法故曰說檀嚫法問非以施法果處所復次割意所愛成彼施處於今所養義是檀嚫（此言財施）法如餓鬼檀嚫以何等故佛世尊是大法主或作是說如王攝統國

界誅斷刑罰如是世尊爲諸聲聞斷疑網結故曰法主或作是說如王典國民無不順如是世尊一切善法無不成辦故曰法主或作是說如王典國所作自在刑罰榜笞皆悉自在如是世尊於聲聞中法得自在療諸惡趣故曰法主或作是說如轉輪聖王施貧窮人衣裳寶物如是世尊無財衆生施以七寶故曰法主或作是說正法之主故曰法主或作是說如所說梵相應契經我所覺寤法善諷誦念供養承事依彼住如所說云何如來至眞等正覺王法比丘世尊告曰以此契經義故曰世尊法主十六婆羅門（阿逸彌勒是其二）云何得知世尊有方齒四十味味皆别或作是說或觀一切種好三十二相盡知一切相然後得知復次筭數者如觀掌器無不分别觀方

類車師子臆知方齒四十味味分别如二因緣攝生死受諸行報無色界衆生以此因緣與欲界相應不成就行垢云何彼没生此間或作是說過去行垢來生此間如彼不成就云何來生答曰若退轉時便得成就如阿羅漢不成就一切結從阿羅漢退轉時復得成就諸結問阿羅漢云何成就諸結或作是說善根功德空無有不解脱不善根無所還問如欲界中餘善根滅盡以何因緣彼善根滅何等故復還善根或作是說欲愛未盡便生彼界問如所說外神仙異學欲愛盡說欲愛已盡問愛未盡苦當言盡如所說在塵土戲童女獣之便棄去後愛未盡便有盡名如所說乃至死便盡如人言有吾我或作是說處處有一切結於彼亦有欲界結問若處處有

一切結者界有壞敗答曰猶如此間有無色界結界不有壞如是彼間有欲界結界不有壞或作是說如於此間漸漸增益彼間漸漸滅如於此間親近界便與彼合問設住彼起欲界結不爲終耶答曰如住此間起無色界結彼則不終也如是彼間起欲界結則不終也問住此間起無色界結欲界中色則不滅盡則於彼間終也問我喜言無色界有色是故彼間起欲界結無色界色不盡彼便終如阿羅漢於色界化形往至色界欲界形體都在不除欲使作彼形取阿那含生有想無想天入不用定賢聖道現在前欲作是言彼終耶復次彼行陰所纒欲界使熾盛依彼行陰於我愛未永盡愚癡不除是故生此間甚著不離非過去行而辦衆事

相有二貌行　四大亦有二　四無明愛使
相應及有第
是謂初偈 第一品始攝以結揵度
識是世尊母　邪聚及檀覼　十六婆羅門
生死是因緣 此舉七品終結揵度

尊婆須蜜菩薩所集論卷第三

音釋

淬 七內切燒而納之水中曰淬　浸 子鴆切泥也　粘 女廉切相著也　膜 慕各切肢膜也　裹 古火切包裹也　柵 楚革切　閫 苦本切門限也　蹉 七何切　皰 四皃切　塚 知隴切墳也　皃 尺救切與臭同　脆 此芮切物易斷也　虱 色櫛切　暴 蒲木切　蟣 舉豈切　蠕 而充切蟲動貌　螺 落戈切蝸螺也　虺 許委切　蠆 丑邁切蟲毒也　鷲 疾僦切大鵰也　蟠 蒲官切犬也　娛 魚俱切歡娛也　痍 弋支切傷也　懊 烏皓切恨也　緒 徐呂切　掘 其月切　獷 古猛切惡也　噠嚫 達陀葛切嚫初覲切　榜笞 榜薄庚切笞丑脂切搒笞捶擊也　寤 五故切寐覺也

尊婆須蜜菩薩所集論卷第四

苻秦罽賓三藏僧伽跋澄等譯

心揵度首第二

又世尊言彼心意執持不去乎手非二心齊等云何心意執持不去乎手摩訶僧祇作是說心自然持問攝不善心非善攝不善曇摩崛作是說心相應智慧攝問不善心善智慧攝非善智慧攝不善心相應尊彌沙塞作是說心不相應智慧而攝問心不相應智慧非心非意如所說心意所攝持跋次子作是說執持人心問人無心意如所說攝心意或作是說修不善心時善心因緣便斷如是彼心乃至不生如是彼心則有所攝問不善心修不善心時善心緣斷絕欲使善心成不善心耶答曰非不善心知善心因緣或作是說思惟增益心不淨猶如爲欲所縛思惟欲欲不淨彼欲漸少問欲與不淨二事不異或作是說思惟校計心有亂思惟心不有亂如是彼心則攝問非思惟不淨及心有亂則等清淨或作是說心意生時緣現在心如是當言心有攝持問心已生未生不緣未生或作是說不善心意作大方便不順住不善心取其一緣如是攝持彼心問如不善心不作方便如其方便無不善心是故方便無有定處或作是說過去不善心意有處所穢惡厭不用心常避如是彼心則有攝持問此義不然如二人相倚人人執持復次然二心俱等不有疑錯如然燈見明復次當親近善知識衆生類聞正法思惟校計善心因緣轉增益縛著展轉相依漸漸多如是等相應力有增益彼力

利不善心不普廣修行修行善心遂有增益如是彼心則有執持如所說心廣有覺心微有觀云何心廣或作是說有覺心盛心盛則廣是故心廣有覺或作是說五識身廣意識身微或作是說不善心廣善有漏微或作是說不修行心廣修行心微或作是說見諦所斷心廣思惟所斷心微或作是說造彼造廣便有微欲界相應心本少色界相應心微色界相應造無色界相應微或作是說泥犂心廣畜生心微畜生心廣餓鬼心微如是相像乃至有想無想天當是說復次阿毗曇說選擇三界心展轉生造廣照明有覺與梵天相應更不出梵天上齊是說何以等故五識身言有欲愛然非無欲或作是說如契經所說眼見色愛著好色問眼見色意識地愛著當

如所見說彼契經眼見色眼根成就見不淨思惟校計欲使五識身無有欲耶或作是說如所說此六愛身及眼更愛乃至意問眼更因緣起意地愛彼有眼更愛如所見說思惟六識行欲使五識身有歡喜耶或作是說五識身無三昧心無三昧心中結則熾盛三昧心不解脫是故五識身有欲非不無欲問不一切等有欲愛設當一切有者阿羅漢亦當有愛生彼阿羅漢於五識身中無有三昧修行心意便生欲愛如色愛無色愛如所喜一切十大地相應非五識身中有三昧耶或作是說不方便求五識身便有結使不方便求使欲不生是故五識身有愛非爲無愛問若我等不懃求者是故有欲一切盡相近有方便求是故一切盡成就欲或作是說無有處

所便有五識身生結使亦生非不有欲便有欲盡是故五識身有欲非爲無欲此亦如上所說或作是說觀色欲便縛眼識迴轉不於中間廣出義方便修七覺意任求無欲是故五識身欲非爲無欲或作是說五識身中不越次親近共住中間中間生意識彼則有愛彼一切是五識身全越次彼五識身休息五識身觀不淨欲使無欲是故五識身有欲非爲無欲或作是說五識身亦不有愛亦不無愛何以故世尊亦說

典六增上王　於染甚染著　不染便無染

染者謂之愚

問我受此語思惟染便有染思惟不染便無染以此契經五識身亦不有欲亦不無欲此義云何答曰若無歡喜五識身思惟染便有染思惟無染便無染是故以此契經五識身亦不有欲亦不無欲或作是說五識身不錯亂設不錯亂若有欲若無欲是故五識身亦不有欲亦不無欲問彼相應法有錯亂無色界無有錯亂欲使彼亦不有欲亦不無欲耶答曰諸相應法或有亂或無亂此義云何無色界計有吾我便有愛復次自相所攝五識身不言自相有欲無欲是故五識身亦不有欲亦不無欲猶若此心所念法俱相應生云何相應義故作是說乘載義是相應義問眼識招致意識欲使眼識與意識相應耶答曰此依餘不與同問如所說乘載義是相應義此事不然或作是說不移動義是相應義問四大不移動欲使彼各相應耶答曰此非因緣問如所說不移動義是相應義此事不然

或作是說有因緣是相應義問眼識緣意識有因緣欲使彼相應耶答曰彼依餘問如所說不移動義是相應義此事不然或作是說有因緣是相應義問眼識緣意識有因緣欲使彼相應耶答曰彼依餘問如所說不移動義是相應義此事不然或作是說一因緣義是相應義問有衆多衆生觀月初出欲使同一緣相應耶答曰彼依餘問如所說一因緣義是相應義此事不然或作是說所有悕望義是相應義問壽命煖氣生欲使彼相應耶答曰此無因緣問如所說壽命煖氣是相應義是事不然或作是說俱生義是相應義問心不相應行等生欲使彼相應耶答曰此非因緣問如所說等生義是相應義是事不然或作是說一起一住一盡彼相應此亦如上所說或作是說一悕望一因緣一時造是謂相應問此義云何答曰依一緣一時造或作是說一事所須義是相應義問忍智是一欲使彼相應耶答曰彼非一時造問如所說一事義者是相應我是事不然或作是說十義是相應義識所適處各相開避心所念法則有筭數或作是說無有相應何以故彼非一切不俱生問如所說心所念法與心相應與心縛著依心迴轉彼有違亦說俱生痛想念彼所說不與相應亦不俱生如是彼無惟說無相應亦說見諦信不壞智相應問若相相應聲二比丘亦說少有諍訟與共相應欲使彼共相應耶若已念聞聲是念者亦說眼色以二因緣生念法識更樂痛行及因緣欲使識是念耶若與聲俱生者亦說比丘心俱生

毗摩質阿須倫頸有五縛而自觀見欲使彼心俱生耶誰依意識或作是說五識身己生依盡問無色界中不生意識彼無五識身或作是說依六識身問色有增減則不可知或作是說心左右四大依意識問彼視色無有增減或作是說一切身四大依意識問所造色無有增減答曰已彼四大便有依名字尊僧迦蜜作如是說自根依身意識見一一心一切自根身心所作處處有勝復次心俱有四大當言依識識與彼四大各各相依如索繩線

如菩薩夢見五事如彼識爲依何等或作是說見聞念知是其緣問彼初不作如是大夢夢見緹麗木在齋中生問我聞阿須倫作如是大卧具我亦聞婆修提婆齋中生大蓮華或作是說曩昔三耶三佛作如是大夢彼聞其甲授決時彼是識因緣或作是說彼識見聞念知本亦經歷彼非不有緣晝相夜夢是故彼夢彼識當言顛倒當言非顛倒耶或作是說當言顛倒本無今造復次當言非顛倒等正覺果如菩薩所說安詳降母胎安詳止住安詳出母胎云何菩薩降母胎云何止住云何出母胎或作是說彼降神時便自知我處母胎止住時便自知我止住母胎後出胎時便自知我出母胎次降時亦自知是我最後處母胎住亦自知最後住更不復處出母胎亦自知更不復入母胎彼安詳心當言相應當言不相應或作是說當言相應如所說我安詳降神問著所生心不著是安詳云何著與不著相應或作是說當言不相應何以

故生心染著不染著心是安詳是故著不與無著相應問云何令安詳降神答曰自知身意如所說先起安詳心後生染著心復次本亦有安詳與中陰心相應觀身漸厚生心與何等著相應或作是說與欲相應問若爾者無入地獄或作是說或與欲相應或與瞋恚相應或作是說生惡趣中者彼與欲瞋恚相應生善趣中者彼不與染著垢相應善心便生天上復次不與諸垢著相應生心與本行相應如瓦陶輪當作是觀以何等故身根言是身識緣非因或作是說有瞋恚身根無瞋恚身識非瞋恚無瞋恚緣問有瞋恚是四大無瞋恚無教戒緣俱或作是說集聚是身根不集聚是身識非集聚無集聚緣問無集聚甚微欲使微因心耶或作是說色是身根無

色是身識色非無色緣問設當有色便有因善不善心無色欲使善是不善因耶或作是說處所是身根無處所是身識非處所無處所緣或作是說無境界是身根有境界是身識非無境界是境界緣或作是說若身根是身識緣者乃至身根彼便有身識是故有一根或作是說若身根是身識緣者身根生身識是故身根有差違或作是說若身根是身識緣者則有因緣處所不有因緣有增上緣或作是說自然因無自然身根身識復次彼非自性亦非迴轉及他衆生迴轉如一切心四因緣生有阿羅漢最後緣心以何等故阿羅漢最後心不還或作是說次第中間悕望因緣彼非後心次第緣或作是說有悕望或作是說所生因悕望復次於彼後心有四因

緣果於彼數當作是說不於中間當有無明有愛當來受此非緣言阿羅漢有如所見法心意所迴如是身壞以何等故阿羅漢善無記心終不還或作是說中間緣有悕望或作是說悕望有違或作是說因悕望復次以二事故於現法中心性得還或以本行或現在造當來亦有以三事故得還行垢得還行垢自然阿羅漢無有行垢是故阿羅漢不迴轉心定覺觀法　無欲相應意　睡眠諸義起造生四因緣

頗五識身有顛倒行耶或作是說有如旋枝輪眼識謂是輪問非眼識謂是輪色自相境界眼識意識謂是輪或作是說五識身有欲顛倒性有欲是故五識身顛倒問當言非顛倒如樂痛言有樂或作是說非移動五識身非以移動當言有顛倒見問不移動亦是顛倒如於色生邪見復次自相攝五識身不顛倒攝自相是故顛倒移動如非一心選擇有勝作是得是云何不善心心避不親近者善威儀一心者一部僧名作是說曰若心意空轉轉有實虛空一心彼便有選擇問一心無有選擇此事不異便有增益以選擇無增益或作是說非一心選擇有勝意有選擇問如一一心不選擇勝意不有選擇耶答曰如一一心意有多如是一一心無衆多有選擇衆多或作是說第一義無有心選擇行亦無不善便生善心於中遊復次善心以生則無有不善心問作是不得是復次心有選擇不應作是說吾我自性自累教化衆生便有和合以作選擇見功德彼避不善緣妙行善威儀與儀

相應頗有一心不在此彼自相不前不後作緣也或作是說有譬如五欲發意相緣欲使一時周徧耶答曰無有自然五欲一時周徧設當緣者便有三痛生或作是說譬如青青謂青國意一時作緣問此非譬喻若當作緣如青則等如覺則有耶是故彼有等是故彼有耶復次作識想心當言無也非以本作有餘識非一迴有二轉惟有一我是故無也如一切衆生一一心迴轉一自相境界過去未來心不憶不知云何得知種種二自相或作是說由義說得知問設復說義云何得知或作是說餘各各心空彼無所有便得知一心憶本所更由是得智問若一心憶彼便憶青非黄一誓頗或作是說一一取自相和合取二相由是得知復次我自性意所一一相方便迴轉如青發黄色有種種二相非所自相方便無色界沒生色界時云何欲界相應心所念法得成就或作是說悕望得不疑悕望是吾我欲界心所念法問無漏心所念法有悕望欲使無漏心所念法得成就耶或作是說得生便有彼生解脫欲界心所念法問彼無漏心所念法亦復解脫欲使得欲界成就無漏耶或作是說得生有有是欲界心所念法亦生欲界問生欲界中起無漏心所念法欲使彼得無漏成就耶復次必化作欲界形欲界心所念法迴轉無色界沒生色界時諸欲界心所念法得成就當言彼心無威儀耶當言伎術答曰當言彼伎術當言威儀諸化化形彼是伎術處化住處心非有移動當言威儀無色界欲沒時來生色界諸得善根

彼善根與誰相應云何得彼善根或作是說彼善根色界相應便得悕望已得生必得生不疑定生復次當言欲界相應當言色界相應得色有有本所觀親近生不得過去當觀亦還時云何得知一切心與十大地相應或作是說若彼無痛者則無痛界亦無想者則無心若無念者便無心無更樂者則無此三法無思惟者則不生識若無欲者一切心所念法不生若無解脱者則無解脱若無念者則無境界若無三昧者心則有亂若無智慧者境界不可分別復次阿毗曇必有實相依因緣等生諸法相應一一相應不一相應觀心果也以何等故生心不得報或作是說設生心有報者便迴轉非以報有報餘者有還是彼非報問報有福報如所說不往乃至知有福報有所照或作是說染著生心不染著是報是故非報問染著有報如所說修行無明思惟廣說等住如是衆生婬意偏多復次行垢彼心有熾盛云何彼報行頗一心亂一定或作是說或亂相應心心亂三昧相應心三昧思惟一亂相應心一三昧相應是故一心亂一心三昧問若亂相應亂三昧相應思惟彼亂相應彼三昧相應是故彼有亂彼有三昧或作是說不善心亂善心三昧一善一不善是故一亂一三昧問不善不得言三昧或作是說一心之中無有亂無有三昧意有亂有三昧無所因緣是心意是謂亂心意一緣是謂三昧惟一一心意亂三昧一切有一一分別是故一切心無亂無三昧彼非微妙不可究竟是故此非緣問若一心亂一心三

昧彼一切一一分別是故一切心有亂有三昧此非微妙是故不緣頗彼心亂是三昧耶或作是說有亂相應心亂三昧相應心及亂相應彼與三昧相應一切心十大地法是故彼有亂有三昧問三昧無亂相應亂亦與三昧相應欲使三昧與亂相應亂與三昧相應耶此非微妙是故非緣或作是說無也不善心亂善心是三昧善異不善異是故亂異三昧異問不善不得言三昧答曰無有不善三昧如所說三昧何者是謂善心獨處復次無有一心有亂有三昧此亦如上所說

滅盡三昧起心緣何等或作是說本末是緣如所說本心成具有所與起作如是心者無有與起問云何斷滅心所念作緣答曰如斷滅不善意善意中間復起不善問彼不斷滅心意便有縛著心意復次諸有此處不可思議滅盡三昧若本心本意有斷滅緣彼則有也心非爲無因是故緣起復次若心次第起心於彼次第緣欲起當言因本緣以何等故心所念法不知自然滅或作是說若自然滅者三等相應無有更樂或作是說若自知者無有二亦說二緣生識如偈所說親近自然斷滅邪見有勝攝他不異於我如餘方便若則有等以何等故心所念法自不知相應法或作是說不知二俱生設當知者生緣無生無生緣生生緣無作或作是說空一聚畜設當知者則不空則有無數聚攝一時頃二分相應法如有餘緣如有餘相應法復次不知一緣設當知者亦知自然設當知者識緣痛痛亦緣自然如所說智者彼即是痛也以何

等故心所念法不知等有法或作是說此非等有或作是說等有不自知復次若還迹者云何有因緣彼有攝持以何等故相應法謂之心內入然不餘相應法或作是說一切是內心亦是外心是一切心差降問無入處所或作是說內根及意根非餘相應法問意念心所念根如彼樂根乃至慧根或作是說由心故念迴轉猶如心流馳不住心所念法問二俱並生爲由何等生若一一續生者由痛識念生想亦生智慧或作是說心所念法如彼境界心生彼亦生念問二俱並生爲去何所若一一續生者痛識想念亦復生或作是說意心所依有識法問心亦依心欲使心非內耶答曰雖復心依心依心有識法念非依心或作是說心增益上此心念法此亦如上所說或作是說心意不自滅念便有滅如滅盡三昧問想痛於彼盡然非有心答曰心於彼滅何以故心行所念彼非有行已得休息世尊亦說誰當有人說有有想而無此言亦無是念此事不然復次想識滅有所選擇當言內入及餘相應法意識入持常住不移復次識依衆生不牢固牢固與餘法相應於中得知過去識當言內入不與餘法相應

又世尊言無常是苦云何苦痛無常苦或作是說若有常彼是苦如無常彼是涅槃問如自知苦痛彼自以苦若有常彼不自知者非有常苦耶或作是說苦痛盡時餘苦則避無常滅盡時欲使無常是樂耶或作是說苦痛生時便有苦苦痛滅時便是無常生無常是故無常苦問樂痛生時便有樂便生無常欲

使無常是樂耶或作是說彼非無常苦所攝彼苦自然彼無常非自然苦問如所說若無常是苦者此事不然答曰諸無常者彼一切是苦少有自然苦少有無常苦少有種苦復次彼非無常苦無常義異苦義異復次苦痛生時無常所逼自然苦各各自聚集又世尊言受樂痛時彼便自知受樂痛云何受樂痛時彼便自知受樂痛如上初揵度說云何自知有苦復次樂痛放逸彼境界生意識念彼識與意共同作吾我想便自知我受樂痛況復衆生以痛見逼便心憒亂以何等故心所念法不自依處所或作是說頗有見自依處所耶如心所念法問有色之物各自親近答曰有色之物極微亦極微各各不相觸是故此非問或作是說無色亦不相觸問色識有教戒不自親近或作是說選擇不觸問選擇非教戒不自親近是故此非義或作是說無對不可觸復次設當受觸者則有細滑入問如觸身根此非更樂如是彼觸者非有更入也頗緣不愁憂生樂痛耶或作是說有如人見怨家死便生樂痛問彼樂痛非緣怨家怨家緣彼樂痛是故彼愁憂或作是說無也此事不定定緣不愁憂不生苦痛問以彼因緣或生樂痛或生苦痛或緣二生不以因緣俱知二事復次無有因緣有愁憂無愁憂成就如彼或有愁憂或無愁憂或復亦不有愁憂亦不無愁憂彼或有愁憂或無愁憂或亦不有愁憂亦不無愁憂因緣合會或生樂痛或生苦痛或生不樂痛或生不苦痛頗緣愁憂生苦痛耶或作是說有如見毋死便生苦痛

問彼痛不緣母母緣彼痛是故彼愁憂或作是說無也定緣不愁憂生樂痛問以彼因緣或生樂痛或生苦痛復次無有因緣成就有愁憂無愁憂或有愁憂或無愁憂或亦不有愁憂亦不無愁憂彼因緣合會或生樂痛或生苦痛或生不苦不樂痛二牢固及一滅盡自然增上慢苦痛意不相觸無愁憂有愁憂以他人爲父起樂痛彼痛緣何等或作是說父是其緣問彼非親父答曰起如是思想問如有言是我痛我是其緣或作是說怨其緣問彼痛非怨若彼不造諸痛與因緣欲使造青耶若痛不緣青復次痛義父相是其緣怨是處所也諸身中痛彼是心痛耶設是心痛彼是身痛耶或作是說諸身中所有痛彼一切痛與心相應也問如所說有此二痛身痛心痛則有相違或作是說一切痛是心痛乃至五根增上是謂身也色增上者乃至意根增上彼是心痛心增上也或作是說諸到境界攝諸根生是謂身也無有思想諸不到境界攝由三根生彼是心有思想也或作是說諸痛依身根攝内更樂緣生是謂身痛於中有餘痛生者是謂心痛復次諸身痛與心相應頗有心痛非身痛耶諸所痛外所造痛若知長短短亦知長彼識爲緣何等或作是說若知長短彼緣短若短知長彼緣長也問長非短短非長答曰以此得知問若知有我我是緣耶或作是說若知長短彼則緣長若知長彼則緣短問如今不知如所造若知餘者識則有餘緣欲使青非緣青色耶或作是說無有不知長短短知長彼識不得言住不觀

香味更樂造長短也頗有盲人不得天眼以眼識見諸色耶或作是說有若曾與相應後獲果彼生眼識眼便壞敗是故盲人生眼識眼腐敗是故盲人眼識知色問彼眼有餘生是故不得言盲答曰非以彼眼觀若觀眼者眼則不盲從生盲者是故不盲問非以從生盲有眼識觀若觀眼不盲者覺諸識相相應有諸覺或作是說若眼沒時生眼識彼眼識壞敗彼時生眼識是故盲人攝色問不等有是故彼生眼識若盡滅生眼識若一切滅盡生眼識者彼生眼識不起眼識欲使盲人生眼識耶起眼生眼識復次不斷眼有彼迴轉亦有開避處便生眼識已得因緣迹則有相應若實相應不得言是眼識

又世尊言六塵界比丘以何等故意識言有漏耶或作是說彼界有漏所生是故言有漏也或作是說有漏生彼界故曰有漏也或作是說彼界行報故曰有漏或作是說彼界是人筭數然人非無漏故曰有漏或作是說流轉生死無有窮極故曰有漏或作是說緣彼界降母胎中不緣無漏法降母胎中是故彼界言有漏也復次彼界言有吾我此非無漏實生有漏是故彼界曰有漏也又世尊言攝諸相比丘識所攝爾時命過處所趣三惡趣展轉不止泥犂餓鬼畜生生不染污心云何生天上或作是說由諸結使生天上亦由結使或入地獄問云何造不善行耶或作是說由結使故使生天上以瞋恚故入地獄瞋恚之相當爾時或作是說以小染著亦得生天增上結使生三惡趣增上瞋恚爾時命過或

作是說行相重累生諸結使如行造不善便生惡趣如結使所纏作諸善行便生天上起不善行有諸衰耗爾時命過也或作是說一切結使拔諸善根隨行善惡各趣其道復次從上來生契經句則有違今當說要如船度彼此報行生行則受其果當於爾時無力之人不造善本是故有處所不得言最是後識合會有是死復次識與本行相應又世尊言長夜依心思惟修行善諷誦讀云何心長夜修行一心者一部僧名作是說一心長夜修行不得衆多心修行修行得生問一心如是長夜修行則不有生亦無差降思惟差降無有異展轉生思惟則有思惟展轉心意則有長益是故生意長夜思惟復次心有三行不有時乃至命終從此發意菩薩求道從是思惟乃至得無學術得利展轉心取相彼有思惟一時思惟心所念善法當觀意思惟以何等故諸相應法想及識不謂是食或作是說彼一切是食世尊教語說一切則說一切問非以說識則說一切或作是說彼一切是食是世尊勸教語問諸相應法等有生或作是說二於中還食識意心有二方便摶食樂食問諸相應法或受有或不受此義云何復次相應法或有食相或無食相如色香味聲更樂欲使二生色是眼識境界耶餘者亦爾但欲自養是食義摶食差違諸根四大得長益輭美飽彼以食想則生彼界思惟相應意所念如彼有痛彼生無有量如心有痛若此諸法以樂爲食想彼生受諸身根痛亦得行想亦得行彼則生受諸識將去識乃至識意相應身

根縛著及心所念法當言迴轉而有閙避處
痛食想復次合會造相是其相
供養及身名　長短盲意界　取非以相著
有漏意在後
以何等故諸相應法想痛是意行耶非餘相
應法法或作是說此一切由意行興是世尊
勸教語說此爲首則說一切意問說一則說
一切或作是說此世尊勸教語問諸相應法
等生力勢或作是說由意而生是故曰意行
問諸相應法法或隨意生或不隨意生此義
云何或作是說此意所作故曰意行問諸相
應法或意所作或非意所作此義云何復次
意所縛如是諸法不於中間有迴轉意識展
轉迴轉無有休止又世尊言更樂習痛習想
習行習名色習識習以何等故諸相應法更
樂習痛習想習行習名色習識習或作是說
一切相應法更樂習名色習復次更樂勝意
中名色識更樂增乃至痛有增名色增識有
增問等中間此妙此非妙此義云何以一更
樂非相由心生是故彼無也更樂增意便有
增或作是說眼緣色因緣等中間緣緣名色
生識此三集聚故曰更樂緣更樂更樂便生
痛或想或意問惟由更樂生痛復由餘更樂
生想世尊亦說有彼痛不言有彼痛便言有
想此事不然此契經有違非以心所念法展
轉相應或作是說眼緣色生眼識此三集聚
有更樂彼識等有便生痛由痛便生想緣想
便生意復次諸相應法方便便勝如二人共
行一道所至必到色聲香味細滑萌芽欲使
二俱生耶有增減如實又世尊言毗𠠎羅多

魯奚帝婆羅門如一人色住百歲及餘行痛起便盡不生色展轉不相應說此義云何或作是說色色展轉此世尊教戒語世作是相彼色是我所我著色住或作是說色亦展轉生死無記意自迴轉心所念法亦有善亦有不善或作是說色亦展轉復次色以人迴轉心所念法有實復有餘趣復次色亦展轉然色自然乃至住不死如作智他自作方便求色亦住百歲又世尊言此四顛倒想顛倒心顛倒見顛倒以何等故諸相應法不謂痛顛倒或作是說此世尊教誡語說此則盡說痛問說一則說一切或作是說此世尊勸助語如上所說結著有定問諸相應法無有勸助或作是說此世尊教誡語此教誡與世尊教誡語此教誡與世顛倒想顛倒心顛倒見顛倒然痛非顛倒或作是說此一切顛倒也復次微想顛倒中心顛倒增上見顛倒復次一顛倒心所作無常想見有常想得諸相應法或說言不顛倒或作是說不可得也如識境界迴轉心亦迴轉問設一切有常者我一定自相無境界答曰有常是識知識有常知痛想知想心知心問若一切常者非一切痛耶一切智或作是說得識自相攝是故彼非顛倒心心亦顛倒亦非顛倒問善不顛倒然善不與不善相應是故此非義復次處所相緣無由業相應是故彼有生一切顛倒一切不顛倒一無有勝自造我又世尊言三集聚更樂云何意地有三集聚更樂意界（一部僧名）作是說竟持意境界等樂問二心俱等亦說心意識一心作是說若展轉心彼無有三集聚復

次依一心境界等有更樂問亦說意緣生諸法意識三集聚更樂彼不依心意是故無三集聚若彼依心則有三心心性一部僧名作是說心滅盡時生心境界此三集聚問心生時未來未生心是故無三集聚復次過去有得意根現在得意識境界普照意識所更如是意地三集聚有更樂問云何過去現在有集聚答曰此非等集聚事集聚如是得彼事亦相應云何眼識緣善或作是說以眼識善心等起緣身教是謂眼識緣善問若彼身教自然善云何彼等起不觀身身有教旋無彼輪無有眼唯色相現故曰輪轉此謂身教若身亂是善者云何讀頌不如是耶此非故當熟觀復次非自相境界眼識非色自相境界善是故無有眼識緣善也云何眼識緣無記耶或作是說所可用眼識善不善心起除其身教及餘色處因緣是謂眼識緣無記問一一無有處所住色聲香味細滑觀其所生處復次色自相境界眼識非色自相善不善也是故一切眼識緣無記也善緣眼識不善緣無記緣有何差別此亦如上所說問若不善無記心起身教相類是故眼識無有差降非以所更造有識自相緣青心心所念法青爲意喜所更有何差別或作是說識青喜識痛青喜痛想知心念問一二共相應或作是說非一識與二相應復次眼識青自相迴轉痛痛喜忍此名數等所作心亦如是復次如是所說一識與二相應是故如是非識自性我一性自性非我自性是故無我此二有穢是故一識青善成就心造意造是故此事不相應彼

或有喜或亦不有喜亦不無喜是故或有喜或無喜或亦不有喜亦不無喜是故此事不相應頗心三時住耶答曰無也何以故心無有壞是故初時不壞永不復壞是故心空若心有增住者因緣有若干相彼上更二緣若心第三時住者青黃亦無有色相有色相亦無增減亦無悕望是故心虛空或作是說若心增上住者或時歡喜而修行道此非微妙是故心虛空或作是說若心三時作者或遭惡時悕望境界便生悕望境界過去悕望境界二悕望境界不可究竟是故心虛空或作是說若心自然彼三時住初第二過時則有增減增減有餘是故心虛空若無增減中究竟亦虛空是故永不復壞若彼不自覺知彼三時壞何以故彼自覺知初時則壞是故心虛空復次若心住三時中間心中間心中間相應心住相應心住相應亦虛空不於中間相應住中間不爲不空是故心虛空以何等故言心虛空然不及色此亦所說上偈亦說聲是色因不有命等有迴轉或作是說若色空者住無住所生之處即於彼壞敗彼不有妙是故上色住或作是說色亦虛空如心何以故若色不虛空者愛生色住恚生恚生色是故一時空則不有色此非微妙是故色虛空或作是說若色增上住者命過時心生色中陰心則有迴轉此非微妙是故色虛空或作是說若色自然三時或第二時時有增上轉有增上若初第二增時轉往若無增空是故永不有壞若彼自覺三時壞敗何以故即彼自覺初時壞敗是故色虛空復次若色增

上住者中間相應住若中間相應住者初時亦當中間相應住若中間不相應住者相應則不虛空不於中間相應住相應非不虛空是故色空

想痛二字在　梵志穢意行　眼覺境界青慢性亦虛空

如所說所觀見彼是眼所知者是識云何眼所觀識所知或作是說眼觀視色攝境界或作是說依眼生識如眼觀色識爲因緣如是所知或作是說無有眼觀視設當觀視者乃至有眼則觀如識等有生如是識知是故眼不觀視或作是說眼無所觀設當觀者乃至色有二相眼有所照一切觀視非一切觀緣是故眼不觀視或作是說眼無所觀識無所知復次眼緣色生眼識彼作觀想觀識所知世尊亦作是說復次眼無所觀設眼觀者耳所當聞鼻聞香是故三根義則有所攝是故眼無所觀觀識有何差別或作是說眼有所觀識有所知或作是說所觀照是眼攝境界是識或作是說無有差別觀識而無有異此是一義是世尊教誡語復次有此處所觀異識異二俱不同觀他識識他設當如觀餘識同者是眼是識無有差別設眼境界識亦是境界眼觀色識無巧便攝取境界此事不然也是故當捨此如眼緣色生眼識以彼眼識知有色然非眼也以何等故彼眼謂之識耶非色識當方便說如聚揵度依諸內人或作是說眼識知眼謂之眼識或作是說彼無有識復次眼緣色生眼識於彼作十世俗想謂眼識也世尊亦作是說或作是說修諸根身

識由根有識也如種種趣一趣之中由食思惟隨時自性造諸根當言身識如無色界相應諸心所念法色界爲妙高下麤細思惟此已云何彼作壞敗色想或作是說彼無有壞敗想然彼色未盡設色盡者彼謂壞敗想也或作是說彼有壞敗想彼不修色想若以離色想以離謂之壞敗色想復次彼非壞敗色想彼不入無色界定若入無色界定成就彼定彼謂壞敗色想如此五識身不知各自相依云何意識不自知相依耶或作是說知意依意識設意不知意識者則心心不相觀也或作是說知自身諸根依彼意識彼是意識境界一切諸法境界是意識也或作是說知一切身體周徧四大皆依意識彼是意識境界設不知者此亦無痛也有依意識或作是說不知若以意識知者則無三聚此非微妙是故不知或作是說不知設當知者則有二世尊亦說二因縁生諸識是故不知復次諸根則依識設意識自知相依者如是意識則有壞敗復次心俱生如是四大當言依識身彼非意識境界未壞六識身入無記心心所念法根得增益四大增益當言未得或作是說當言未得不以無記心心所念法生諸悕望問無記心性迴轉悕望則壞敗或作是說當言得也觀見諸根歡喜心者弊惡心者無記心者是故當言得也或作是說如此處所有隱沒無記心彼則成就有無記心心所念法諸根四大增益欲使我等說隱沒無記心耶復次一初心色增益一切心依色而有展轉相生乃至眼識生諸行此不微細若超越

彼念識身起眼識亦無法不縛諸根四大如種子復次技術諸藝成就威儀禮節皆以成辦威儀心無記如是伎術此則得知無記心所心法諸根四大得增益若心卒亂彼一切心解散耶設心解散彼一切心卒亂耶或作是說若心卒亂彼一切心解散設心解散彼一切心卒亂一切心染著亦卒亂亦解散彼與卒亂相應彼是解散問無有愁心不善無有三昧或作是說無有一心若亂若散意亦無有亂散頗心卒亂非解散耶心有一因緣意有所攝持頗心解散非亂耶意識無數因緣亦無所攝頗心有亂有解散耶意性無數因緣亦有所攝持頗心不卒亂不解散一緣意識無所攝持問如一一心不卒亂不解散彼不一切解散耶答曰如一一心不在意有衆多意如是一一心瞋恚無有解散亦無衆多復次若心解散彼一切心有亂也頗心亂非解散一緣迴轉譬如士夫從一路走如緣五識身自相迴轉如是想像意識或作是說如彼迴轉彼不想像或作是說若眼識青青定意識意識亦青想像識是謂眼識是謂意識者此事不然問想像意識若眼增上彼是眼識頗意增上彼是意識耶答曰有如汝眼增上諸相應青黃白黑生識諸著亦有勝如是我眼增上諸生相應眼識如意增上相應生者彼是意識或作是說若眼增上及相應青黃白黑生識著是意增上諸相應青黃白黑生識著是故相應果壞問眼增上果乃至諸生相應意增上果於中則果壞若眼青黃白黑果不壞汝眼增上諸相應青黃白黑生

諸識欲使眼增上相應不耶相應不壞是故此非義或作是說不如彼造彼想像問爲誰造想像若憶彼境界則彼是緣若不憶者爲誰造想像若憶彼境界彼即是因緣若不憶者(此中少)或作是說不如彼迴轉設如彼迴轉者則二衆多世尊亦說以二因緣生諸識問衆多生二識或一二生諸識如汝有衆多二也汝意緣生想痛識是故汝衆多二或作是說不如彼迴轉設如彼迴轉者則有不壞諸入已定是故不如彼迴轉問已逮中間無有色入法入如逮中間眼識持意識持不壞敗如是有諸入中陰中初心爲依何處色或中陰或初死或作是說初死不生作衆事問非現中陰依心而住耶答曰心無有住處心生便滅滅無所作是故彼無所依滅不生復次中陰依色心耶念法亦是依色展轉相生如大策阿羅漢最後心爲緣何等或作是說自緣意命等命想空解脫門而現在前取般涅槃或作是說一切諸行是其緣作一切諸行作不淨想無願解脫門而現在前取般涅槃或作是說涅槃是其緣涅槃滅想無想解脫門而現在前取般涅槃復次見聞念知是其緣彼心無記自無吾我想取般涅槃本行已棄永滅不起

諸根因緣本　依意增益生　心廣意遊行

中陰羅漢心(心犍度第二竟)

尊婆須蜜菩薩所集論卷第四

音釋

緹(杜兮切)　齎(祖奚切與臍同)　耗(呼到切減也)　摶(度官切捏聚也)　輭(而兗切柔也)　劂(居刈切)　箂(落哀切竹名)

尊婆須蜜菩薩所集論卷第五

苻秦罽賓三藏僧伽跋澄等譯

三昧揵度首第三

又世尊言諸比丘集聚來會有二因緣若當論經深義若當賢聖默然口不出言云何論經深義云何賢聖默然口不出言或作是說於欲不著觀欲惡露不淨是謂論經深義於第二禪賢聖默然思惟尊者大目揵連亦作是說於是比丘思惟第二禪是謂賢聖默然或作是說說十二因緣是謂論經深義思惟十二因緣是謂賢聖默然或作是說契經偈決廣布是深經義心專一不亂而聽法是謂賢聖默然或作是說棄一切惡行是深經義念棄一切行而思惟之是謂賢聖默然或作是說空無相願分別廣布是深經義思惟空無相願是謂賢聖默然或作是說分別四賢聖諦是深經義善思惟四賢聖諦是賢聖默然或作是說法論者合集人民布現等法賢聖默然者思惟不淨觀法起則起法滅則滅或作是說說法聲遠聞是謂法論思惟內事是謂賢聖默然復次集聚來會亦是其事當說諸法已說當善聽之於彼法論親近賢聖譬如戒輪定輪智慧輪解脫輪解脫智慧見慧輪乃至十二因緣輪聞此輪已持諷誦讀意不染著不猒心不亂善思惟是謂賢聖默然如所說尊大目揵連賢聖默然此是其義曇摩提那比丘尼作是說彼比丘從滅盡三昧起近三更樂寂更樂不用定更樂無想更樂云何寂更樂云何不用定更樂云何無想更樂或作是說空解脫門是寂更樂無願解

脫門不用定更樂無相解脫門是無想更樂或作是說彼從滅盡三昧起緣涅槃無漏故不用定現在前即當言不用定彼不用定彼無想寂無漏不用定不用定緣涅槃無相也復次彼從滅盡三昧起住有想無想起若干心當言近無想更樂彼住時入不用定起若干心當言近不用定更樂若住彼時起識處起若干心當言近寂更樂是謂其義於五三昧彼起若干心當言起心猶如漸漸睡眠覺便速起疾如是漸漸入滅盡三昧不漸漸起當言是觀頗有二斯陀含成就無漏一禪現在前第二禪不現在前耶或作是說有若應空者則現在前若應無願者不現在前或作是說若所依有力者則現在前若所依力少則不現在前或作是說若利根者則現在前若鈍根者不現在前或作是說若猒欲界棄欲界行則現在前若猒三界棄三界行則不現在前復次未曾有所造行入無漏三昧觀應無漏頗初禪中間近滅盡三昧耶或作是說有若得驃騫度三昧則於禪中間入滅盡三昧也或作是說若依初禪等越次取證則於初禪中間四諦所斷結使則近滅盡三昧問彼非近初禪中間入三昧彼便得近或作是說初禪中間入第二禪時梵天上諸相應結則得滅盡問必起禪中間是故彼不近禪中間或作是說若依初禪中間等越次取證彼於初禪中間四諦所斷結近滅盡三昧問此非初禪中間何以故必起世俗禪中間賢聖道而現在前復次非入初禪中間近滅盡三昧結使未盡外觀盡彼智種俱往之法當

無覺有觀即起不滅盡如樂衆生入慈三昧非一切衆生有樂彼三昧爲緣何等或作是說諸樂衆生即彼因緣問不緣一切衆生有其慈或作是說一切衆生有其樂根彼即緣問非一切衆生有樂根現在前亦有現在衆生有樂根或作是說若自更樂彼一切衆生解脫問非以此樂使衆生樂或作是說非以慈堂一切衆生有樂復次以此方便堅住其心滅諸瞋恚成就諸法問以顛倒故滅諸瞋恚復次覺諸衆生有其樂根求衆樂解脫施恩衆生皆成就之如本所說彼三昧當言顛倒當言不顛倒或作是說當言非顛倒諸樂衆生是其因緣或作是說當言非顛倒一切衆生皆樂根此是慈因緣如本所說復次當言非顛倒瞋恚滅盡如苦衆生入悲三昧非

一切衆生有苦彼三昧爲何等或作是說諸苦衆生彼即其因緣或作是說一切衆生有苦根彼悲是其緣或作是說非以悲堂故一切衆生有苦復次以此方便而堅住其心滅其害心復次覺諸衆生有苦相苦解脫并及悲一切衆生皆求使安如本所說彼三昧當言顛倒當言非顛倒或作是說言非顛倒諸苦衆生即是其緣或作是說當言非顛倒滅其害心如喜衆生入喜三昧非一切衆生喜彼三昧爲緣何等或作是說諸喜衆生是其緣或作是說一切衆生有喜根是喜其緣或作是說自得歡喜欲使一切衆生同或作是說非以喜堂故一切衆生有喜復次以此方便堅住其心滅諸愁憂復次覺諸衆生歡喜相喜解脫於一切衆生同喜如本所說彼三

昧當言顛倒當言非顛倒或作是說當言非顛倒諸喜衆生即是因緣或作是說當言非顛倒一切衆生有喜根是故是喜因緣如本所說復次當言非顛倒愁有差違又世尊言於是比丘當修安般守意斷諸觀想云何當修安般守意斷諸觀想或作是說修安般守意入第二禪已入第二禪觀已越過問亦有餘方便入第二禪是故餘方便斷諸觀想或作是說修安般守意依色界迴轉不依觀斷諸觀想此亦如上所說或作是說計出入息有一緣於中無觀無覺如是斷諸觀此亦如上所說復次安般守意緣近不緣爲若干緣無衆生彼少生業斷諸觀想又世尊言遍觀諸身覺出息遍觀諸身覺入息云何遍觀諸身出息云何遍觀諸身入息或作是說觀身盡無常覺出入息問不從三昧起耶答曰三昧不起彼方便必作不疑或作是說觀身一切不淨出息入息俱不染著亦不捨或作是說一切身中出息入息皆悉覺知或作是說一切身中觀色界觀迴轉時出息入息不攝其想亦不捨復次以此方便堅住其心以此事廣思惟之云何入第四禪盡出入息或作是說計出入息時即彼禪覺知入第四禪於中出入息能悉滅之問復以餘方便入第四禪彼出入息滅耶或作是說入第四禪時於四禪地息有迴轉唯諸毛孔無出入息問不從起三昧出入息不迴轉耶答曰起更依餘息迴轉或作是說如入初禪遂便增長第二禪微第三亦微如是漸漸息時第四禪無有復次捐棄覺彼時禪出入息不迴轉以何等

故生欲界衆生得禪於禪不退命終時便生色界已生色界得一切禪於禪不退便命終還生色界或作是說此間行對地此間起禪而生彼間設彼入三昧設生彼間者有報不以報有報問如今無有彼没還生彼間耶或作是說入第三禪淨氣味相應無漏禪淨得生彼間於氣味相應退以無漏般涅槃如是生彼間若淨禪三昧即生彼間若入氣味相應禪於彼間退若入無漏禪即於彼間而般涅槃或作是說此間入四種禪漸漸退住退增上退漸漸退住退生彼間增上退越彼間猒退般涅槃如是生彼間若入漸漸退三昧便於彼間退若入住退三昧即生彼間若入增退三昧超越彼地以無漏道於彼間般涅槃或作是說非以禪得生彼間行垢染著得生彼間若已行對死者若復住彼間以行對不死即生彼間若不以禪生彼間者非中間禪生彼間答曰無苦若依未來禪還欲愛盡於中間禪得生彼間復次此二俱非妙衆生生欲界得諸禪色愛未盡便命終生色界色愛盡無色愛未盡命終不生無色界無色愛盡便命終生無處耶問云何今受報耶答曰若愛盡報相應則無也如彼前則隨後中間相應報果生色界衆生得禪色愛未盡便命終不作方便求生欲界若不猒棄方便不增方便求者便生生色界愛盡無色愛未盡便命終不生無色界無色界愛盡命終生無處所問云何今受報耶答曰無有定受相應行報於色界行禪甚難得況無色界三昧也

更樂斯陀含　有滅盡無量　念說一切身

云何滅欲界

若一切超越識入處無有不用定云何彼無耶少有思惟或作是說彼無倚處有所恃怙無有思惟問一切三昧思惟此事或作是說彼無有樂無有常亦有不思惟此亦如上所說或作是說彼無有吾我亦不思惟此亦如上所說復次如若干種相貌便離想解脫以何等故不用定謂之護耶或作是說彼三昧無有定無有當有以有是故不用定謂之護也或作是說道護越彼道是故不用定謂之護也或作是說護是果世尊亦說修護廣布越不用定復次無量定不選擇不造利養住也云何淨是不淨義或作是說諸不淨相則是淨義問無有不淨相彼或有淨或不淨答曰所謂淨者彼是顛倒彼或有常或有無常欲使言無無常相耶或作是說淨相者言無淨問設彼無淨相者則不染著非以淨相彼染著答曰不淨作淨相則染著設彼有淨相者如彼觀之彼則染著若不如實觀者是故彼無淨相或作是說專意心念如是不淨問彼或終成或不終成欲使彼是淨欲使彼不淨耶復次色無有淨無有不淨也如彼所趣貪著不離頗捨修四禪不用定生淨居天耶或作是說無也捨修四禪得生彼間問諸有修第四禪生淨居天彼一切生淨居天耶答曰以事行故不生叙子生萠芽行事故不生復次頗依未來禪修無漏道彼滅諸結生淨居天諸修分別禪入第四禪彼一切生淨居天耶設生淨居天彼一切修分別禪入第四禪耶或作是說諸生淨居天彼一切修分別

禪入第四禪頗修分別禪入第四禪不生淨居天耶阿羅漢若無色界阿那含或作是說頗修分別禪入第四禪彼不生淨居天得修分別入第四禪淨居天上愛盡也頗生淨居天不修分別入第四禪耶依未來修無漏道彼滅諸結使也頗修分別入第四禪亦生淨居天耶得修分別入第四禪淨居天上愛未盡頗不修分別入第四禪亦不生淨居天上耶除上爾所事則其義也

云何修分別入第四禪耶或作是說入淨禪三昧以無漏思惟分別問淨禪彼非無漏思惟如無漏思惟者彼不淨禪復次無漏禪於其中間入淨禪淨禪中間入無漏禪不以無漏長養淨禪彼長養淨居禪云何知有淨居天耶或作是說修分別第四禪生淨居天如此間見修分別第四禪無色愛未盡命終然後得知有淨居天如此禪因緣復次由阿那含知世尊亦說此趣不易得猶如我凡夫人長處生死除淨居天如初第二第三禪修分別禪以何等故初第二第三禪不生淨居天耶或作是說最初得頂第四禪彼能分別禪及欲愛盡不生餘地問如不觀入思惟三昧分別四禪何故不觀入第四禪分別入地或作是說諸得利根便能分別四禪恃怙利根復越餘地問越第四禪是故不生第四禪地復次天地變易時乃至第三禪地壞然非賢地變易世界變易時此有諸賢以行報對故得生淨居天若得第四禪依初禪等越次取證諸結不相應於四禪退當言得彼諸結彼成就耶或作是說當言得問如所說以外道

滅便得賢聖道乃至究竟盡彼無或作是說當言不得以作彼賢聖道乃至究竟問不於中間生四禪地答曰此事無苦復起第四禪或作是說思惟所斷非四諦所斷何以故四諦所斷是賢聖道非思惟所斷復次依彼念復更造念復次於第四禪退何以故彼等越次取證忍智迴轉時彼等方便力不於等方便力退是故不於四禪退若得想三昧依第三禪等越次取證無想三昧不退命終後生無想衆生或作是說生果實天此三昧是彼間地問如彼越地云何復言彼地等越次取證或作是說不得無想三昧等越次取證彼意遲鈍彼三昧永寂問入第三禪意都無疑復次等越次生第四禪越次取證想三昧不廣布亦不親近復次生第四禪中

無有淨不淨　云何知方便　如得三四禪
無想名不終

如一切第四禪得念待喜以何等故謂三禪非餘禪耶或作是說此世尊教戒語也問此義云何謂第三觀禪念待喜非第四禪或作是說世尊勸助語說此則說餘問說初禪則說餘禪耶或作是說三禪中樂彼是最妙是故念待護於中不退問當護一切禪或作是說三禪中樂是妙者念待是其事　如氣味者問此非第三禪念待所以著樂第四禪亦當有念造無教如是我有禪復次彼事有勝云何第二禪相應念心不斷喜處所也如一切第四禪得護念淨以何等故得護念淨謂之四禪非餘禪耶或作是說是世尊教戒語問於中念護有淨相則一切說或作是說於中

有淨護念求護喜根或作是說威力初禪迴轉是其緣亦依第四禪得念處所護若苦若樂有覺有觀及出入息以離諸惡或作是說於彼衆生多結盡爾時護念亦護諸禪復次於中行有增心不移動樂所造念息而護三昧頗凡夫人入滅盡三昧耶或作是說凡夫入不入彼三昧此非凡夫人三昧也或作是說凡夫人緣上界得滅上界至有想無想有生入處如所緣滅有想無想處是故不入彼三昧或作是說凡夫人亦有三昧入三昧時心初得休止想心得定復次想界彼是因緣捐棄彼緣不欲三昧如憂特迦羅那子入無想定便恐懼生有想無想天是故不入三昧復次不入定也何以故如如凡夫人入三昧漸漸有力勢乃究竟凡夫人恐懼自見吾我滅盡想是故不入彼三昧頗有菩薩入滅盡三昧耶或作是說入彼三昧也菩薩發大弘誓求索一切處所若不入此三昧者則不能一切衆生處所或作是說不入彼三昧何以故彼非凡夫人三昧此凡夫人菩薩或作是說不入彼三昧也菩薩以世俗道緣上地滅下分結有想無想盡無所有緣滅有想無想處是故不入三昧世尊曇摩多羅作是說雖菩薩自說羸劣不究竟恐懼復次菩薩以智慧越彼瞋恚竟無有恨非不有三昧方便無想三昧滅盡三昧有何差別或作是說無想三昧是凡夫人三昧滅盡三昧非凡夫人三昧問我不論此事爲誰三昧復次當說三昧相貌或作是說此無想三昧廣大無邊滅盡三昧休止不起問若此俱無心所念法此二

俱非廣大休止耶或作是說無想三昧與色相應滅盡三昧與無色相應問我亦不論此三昧處所但當說三昧自相或作是說無想三昧無想衆生果滅盡三昧有想無想果問我亦不論爲是誰果但當說三昧自相或作是說無想三昧自知入有想三昧滅盡三昧想痛自知入三昧此如上所說復次如所欲二俱心所念法則有是相無相如所說有想三昧心得覺知於心三昧廣大休止色無色界相應果方便則有勝若依不用定得阿羅漢爲思惟何等相應心所念法得阿羅漢或作是說不用定相應世尊亦說如彼所有痛想行識法思惟彼法如契經本說或作是說有想無想相應自知有想無想遠有想無想不遠不用定也得有想無想欲盡或作是說

若不用定愛未盡依不用定逮阿羅漢果彼與不用定相應有想無想相應心所念法思惟得阿羅漢果若得有想無想三昧依不用定逮阿羅漢果彼與有想無想心所念法相應逮阿羅漢果復次如自思惟吾我無吾我所纏已得斷智便得愛盡思惟何等苦陰行而得盡餘苦如自由業作餘者不獲此此亦當如是以何等故無漏三昧謂之餘緣非淨三昧耶或作是說無漏三昧緣三界以無漏初禪覺智三界然淨初禪無巧便覺知梵天是故若有因緣然非淨或作是說無漏三昧者一一相生是故以此初禪得無常想則獲一切也然淨初禪不以此同或作是說無漏三昧者斷諸一切結使永盡無餘依無漏初禪滅三界結如是一切以淨初禪無巧便滅

梵天上或作是說以得無漏初禪得已無漏色然不以淨初禪而現在前亦不得第二禪復次非以淨三昧展轉而得修行增上禪淨現在前復以餘方便第二淨禪而現在前無漏初禪現在前時得增上無漏無色是故無漏三昧展轉有因緣然非淨以何等故諸三昧上氣味相應三昧與下氣味相應三昧中間因緣謂之因緣然非下上緣或作是說入三昧時起禪中間彼退不迴如欲上梯從一一梯始若從梯下亦由一一下復次入第二禪氣味相應退復有入初禪然非初禪氣味相應入第二禪慈大慈有何差別或作是說微謂之慈廣謂之大慈或作是說少所入爲慈一切徧入爲大慈或作是說慈緣身苦大慈緣身意或作是說慈緣衆生苦大慈緣救衆生苦苦復次大慈廣無有邊徧至一切衆生無不蒙賴復次如來世尊護一切衆生然非聲聞有近有遠一切衆生有所愍念欲使聲聞愍有色無色衆生若淨解脫門如自因緣入現色入及自因緣十二入此有何差別或作是說微解脫門中八現色入增上十二入或作是說少有三昧解脫門大三昧謂之現色入無量三昧十二入或作是說淨相謂之解脫門結盡八現色入無有思惟十二入復次增上是解脫門因緣十二入長諸結亦是十二入

一切苦凡夫　或菩薩威勝　無漏上下界
勝行解脫門

又世尊言無禪不智無智不禪有禪有智是謂涅槃說此語其義云何或作是說以此契

經得須陀洹得諸禪故說無智不禪須陀洹亦有斯智慧是故禪亦依彼問平等覺觀於中有禪若如契經者外亦有禪是故彼有智故說無禪不智問外亦有世俗智慧答曰若彼外有智慧者亦外涅槃故說有禪有智是謂涅槃或作是說若智慧是心地者亦無智慧彼無有一心禪故說無禪不智若無一心禪彼亦無有思惟智慧故曰無智不禪若有一心禪思惟智慧彼滅諸結使故曰有禪有智是謂依涅槃復次若有無生智得等禪法便有休止況成果實故曰無禪不智若縛著心意得便變易況當有果實故曰無智不禪彼若有止觀彼止觀觀外時時修行解脫牢固不有滅盡故曰有禪有智是謂涅槃三昧義云何或作是說緣一心所念法是謂三昧

問無想三昧滅盡三昧無有心所念法等生欲使彼非三昧耶或作是說衆多心緣一處所是謂三昧此亦如上所說復次三昧有若干相善法三昧雄雌三昧九次第禪設諸義與心等者是謂三昧頗因苦相應禪禪現在前耶或作是說無也與苦相應便有念待念待禪是故不現在前或作是說或現在前與苦相應如實知之便起念於中禪現在前復次不戲笑時依苦禪現在前此大瞋恚四等梵堂何者最勝或作是說慈最是勝慈愍衆生皆令安隱慈彼而已入慈三昧無有狐疑或作是說悲最是勝以大悲故來出世說法亦不見有大慈大悲大護或作是說護最是勝爲良果實修護則修不用定復次護最是勝衆事休息是護筋力欲瞋恚滅以衆生故

是故護勝以何等故初禪曰寂第二禪曰三昧或作是說斯二俱寂三昧初禪休息衆多是故第二禪寂

復次如其地種水種如是空寂不善法由初禪生故曰空寂是故意定由二禪生故曰三昧内喜者此義云何或作是說有覺有觀生心雜糅有覺有觀生心便歡喜如去汚泥水漸漸清或作是說調戲心息便清淨如水涌使緩流涓涓澄清或作是說彼心縁一住彼謂等清淨如所說去濁復清復次入二禪意得清淨有此彼處得初禪也喜樂有差別或作是說下爲喜增上爲樂或作是說心所念樂痛爲喜身樂痛爲樂或作是說踊躍生喜猗生樂復次彼方便心喜樂無有罣礙於中相應喜身心不亂謂之樂諸有不廢禪者彼一切成就禪耶設成就禪彼一切不廢禪耶或作是說諸成就禪彼一切不廢禪也頗不廢禪彼不成就禪耶若無垢人生無色界復次頗不廢禪不成就禪耶諸有漸漸稍稍彈指之頃思惟眼無常也頗成就禪非有不廢禪耶阿羅漢智慧解脱也頗不廢禪亦成就禪耶諸得禪不失頗不成就禪亦廢禪耶除上爾所事則其義也以何等故世尊於四禪起於四禪涅槃然不用餘耶或作是說慜後衆生故故現照明以斯後衆生知佛世尊常不離四禪況當我等能離禪耶或作是說如檀尼寶客時欲命終以珍奇寶物最後妙寶施彼貧窮如是四禪衆禪中妙是故留在後然非如來世尊有諸垢著或作是說彼有自在非有巧便初死時入第一禪尚難況第四

禪復次諸入一切佛如轉輪聖王所欲便至
佛世尊亦復如是在諸法王所欲便至當作
是觀以何等故佛世尊般涅槃時一切禪解
脱入三昧正受而現在前或作是說自將養
身或作是說身體羸弱養得筋力或作是說
衆荼人也名全師子報其施福或作是說爲後
衆生故現照明或作是說現有自在不有自
在命終時入第一禪尚難況入一切禪解脱
正受復次現法不盡如來世尊一切功德成
就以得自在所欲便至禪三昧苦樂
常寂及心意　歡喜念不廢　四禪最在後
如所說十八纏安般守意貪欲瞋恚睡眠調
戲疑無想攝不思惟止不端思惟方便求少
有方便多語無益希望念著多行貪寶怨恨
從此以起集聚意此有何差別答曰欲有義
是謂貪欲衆生心瞋恚是謂瞋恚心有煩悶
是謂睡睡重謂之眠心未休止謂之調戲心
不專定謂之疑心不究竟流馳萬端亦疑出
息入息觀不離意攝無想思惟處所安般守
意於中作方便安般守意少方便不思惟不
專意思惟增上方便安般守意意少方便不
作增上方便筭數多語有覺有觀力所逼以
此方便不樂怨恨增上希望思想萬端喜愛
安般守意得他處意方便起意有所攝二月
專成行經如經所說說此語其義云何以何
等故世尊二月專成行經或作是說此非問
也是佛世尊威儀化導緣大慈悲故說此法
或作是說當言於爾時無有佛事諸淳淑根
便得度脱諸不淳淑根彼得聞法或作是說
彼比丘數往親近於如來所彼時世尊入三

昧定淳善易化或作是說彼比丘聽深妙法數往承受不入正受是故世尊常三昧定我若入此定彼諸比丘亦當入此定或作是說以後沉溺衆生故現照明或作是說於現法中自在所欲如所說鬱多羅摩納或作是說此是要言義使諸比丘無有異行世尊說入定福然不自入定或作是說一切智長養如種樹隨時溉灌因緣相成或作是說有異學梵志備作是說瞿曇沙門無有禪定但說法耳是故世尊入定坐禪如所化邪見衆生而攝取之是故世尊入定坐禪復次以二因緣故世尊入定三昧自所見法而遊戲其中復以衆生故現其照明當於爾時我比丘專念入息專念出息現四意止觀入息短自知息短觀入息長自知息長入定不久息出入速如入定三昧亦堪任久住一切身毛孔悉皆知之此亦如上所說倚身行觀身行相廣布漸漸至於其中間住出入息依歡喜喜若初禪地若觀第二禪地常作是觀地亦依其事樂初禪地若第二若第三禪地皆觀其地心行所由亦觀想痛或作是說觀心意行倚心意行意行漸薄是謂由心觀識心遂歡喜如來無有憂喜心等若當解脫所以菩薩心常歡喜若三昧若解脫起若干相觀無常想觀出入息常觀滅盡除愛結使永盡無餘觀無欲觀愛盡觀諸使盡復作是說觀無常觀身無常觀盡觀無明盡觀無欲觀有愛盡觀盡觀有餘有餘無餘涅槃果盡復作是說觀無常觀五陰無常觀五陰空無我觀無欲觀五陰若觀盡觀五陰無生法復以微妙無欲入

第四禪彼有天曰嗚呼哀哉如來命過無出入息雖諸根未錯命終不久此諸賢聖堂相諸賢聖入持以此得賢聖道神通堂淨天堂淨天處梵天堂佛堂是佛行不還者逮阿羅漢於現法樂四禪賢聖樂行復次專念入息有入息想觀出息有出息想不離方便有出入息行如是垢除思惟念出入息想有覺有觀漸漸薄廣大休息彼復作是念身意連屬自知息短便自知之不捨本相如復有餘世尊思惟思惟漸休息作無覺心休息彼身心無有是念身心有移動身住心住無願息長觀出息長觀出息長亦知之不離本相於中世尊出入息一切身體皆悉觀之不離本相復次世尊轉修行倍得休息心出入息薄皆悉觀之不離本相是謂世尊四種思惟出入息是其事無量因緣自然氣味復次世尊作是像彼心不移動心如金剛迴轉歡喜和顏悅色皆悉觀之不離本相復次世尊實生身心皆悉觀之不離本相復次世尊彼歡喜樂無命有無命想心行得解脱皆悉觀之不離本相復次世尊彼歡喜樂有曠大想心得解脱彼心休息行心漸薄休息皆悉觀之不離本相是謂如來四種痛思惟彼痛分别解脱無量因緣所由除其自相復次世尊彼受化人無命有命相心得解脱皆悉觀之不離本相彼心得歡喜思惟歡喜倍甚歡喜皆悉觀之不離本相彼心歡喜爲一水味起方便皆悉觀之不離本相彼心緣三昧定方便解脱如實無異皆悉觀之不離本相是謂如來四種思惟心分别解脱無量因緣所由除其自

相復次世尊廣解脫心如實觀之無異以作勞勤當於爾時出息入息展轉觀之是謂觀安般守意亦觀其緣觀次第縛觀罪行報觀遍一切心所行展轉觀之是謂觀安般守意次第縛罪福行報彼如此法無常心解脫皆悉觀之不離本相彼如是十事住諸法想法想諸盛陰皆悉捐棄思惟休息皆悉觀之不離本相無相無常想者愛永盡無欲思惟休息皆悉觀之不離本相彼心所作降伏修行作我斷想思惟休息皆悉觀之不離本相是謂如來四種思惟法分別解脫無量因緣所由除其自相如是十六事者以更歷廣大安般守意堂世尊思惟未曾離彼則有相與共應亦與行相應以微妙行起第四禪乃至滅盡三昧彼有一無觀此無出息入息亦不搖動亦無所覺知亦無本心嗚呼哀哉瞿曇沙門命過有第二天觀如來身顏色未變便作是語此未命過今命過亦當不久有第三天曾觀世尊及弟子入三昧正受時亦見從三昧起便作是語此非命過亦當不命過所入堂作如是形像當成阿羅漢問云何今世尊知從三昧起本所迴轉答曰聽時清淨諸根清淨是故彼大因緣清淨意識生從彼起復作是語自覺知無數之念修自在智是謂賢聖堂無垢賢聖清淨天也神通不亂乃至梵天所覺斷結學阿羅漢無學如來堂諸學比丘不還者逮無學果實於現法中善講堂得無疑法

如尊者舍利弗說善樂休息謂之涅槃尊者摩訶拘絺羅問尊者舍利弗彼云何樂無有

痛痒廣説如契經彼無痛痒故曰樂説此語時其義云何或作是説尊者拘絺羅痛樂爲彼説然樂痛不究竟尊者舍利弗説休止樂乃至究竟樂有常樂或作是説觀痛樂彼少有痛樂少有苦樂無觀樂是涅槃故曰所以樂者彼無痛或作是説痛樂爲苦所縛休息樂者不與苦相應故曰彼樂或作是説痛樂無有定實樂休息樂有定實樂故曰彼樂復次如性行迴轉得彼入初禪時欲界相應遂便有增若彼與欲縛見思惟想行瞋恚便感如樂衆生必當受苦是故生死垢外唯涅槃樂是謂尊者説此義故曰無痛痒故樂又世尊汝布吒婆羅色四天人自言是我所者則當久住若更生餘想者亦有滅盡説此語時此義云何問世尊所許汝學布吒婆羅彼想起便滅欲使移轉問云何瞿曇沙門我若即是想耶想頗有所見耶設當見者是我想者便知想若干種如上所説便知想非類彼時世尊逆質其義云何汝布吒婆羅人有吾我耶彼曰實爾瞿曇有色四天人有吾我彼時世尊欲生其言汝布吒婆羅言色妙及四天身人有吾我住者是我所若生餘想想生便滅如來性行志不可移動又世尊言如是阿難想三昧者教誡成就又生有想無想天若比丘入彼禪一一分別説此語時其義云何或作是説此七三昧志如金剛衆事悉備是故教誡成就無想三昧及有想無想三昧滅盡三昧心不相應休息不起是故彼無教誡成就或作是説此七三昧亦有漏亦無漏以無漏道教成就是故彼賢聖教誡成就無想

三昧及有想無想三昧滅盡三昧盡有漏非以有漏道得成就教誡是故彼無教誡成就也或作是說無常想苦想無我想滅盡休息想道出要想便教誡成就無想三昧及有想無想三昧想遊步三昧想是故彼無教誡成就復次智慧照明與身相應等觀身中彼無想三昧滅盡三昧相應行已得休息猶如禪人從禪中起能有所說若親近住入禪中餘時不能有所說有想無想世尊故說此㪷又世尊言五法成就當處閑居山頂叢林衣裳麤弊不以爲醜不擇飲食牀卧病瘦醫藥常作去欲之想觀如是色法成就諸義常處閑居山頂叢林說此諸語時其義云何或作是說猶如有人婬意偏多欲愛未盡有此諸病或作是說是世尊勸教語況成就五法不樂閑居常作城傍行雖處閑居亦少少耳復次如山澤法不肯修行不能至閑居所樹閑空處不修變易想是故彼人不處閑居山頂叢林自計吾我彼處閑居復有是念自計吾我者常處人間又世尊言於彼比丘内起無色想外觀色乃至觀白有白想如契經說以何等故白像色色便有鮮最衆行中妙或作是說此爲上色是故彼緣色爲上或作是說緣白思惟生心白復次亦天眼與諸行以是故白色爲上又世尊言有此三樂無諍訟樂居獨處樂無欲於人樂云何無諍訟樂云何獨處樂云何無欲於人樂或作是說戒無諍訟是故常學禁戒無欲於人樂者思惟三昧定居獨處者降伏其心居獨處樂智無有亂是故當學智慧無諍訟樂當學智慧身意無怒

樂或作是說一切生死爲苦無生死爲樂彼禁戒盡無諍訟樂諸亂永盡居獨處樂無有戒禁盡居閑處樂復次戒禁清淨去苦行意無過行痛樂便生念與相應無欲於人樂念禁戒者身有喜惱於此禁戒常意修行生諸樂痛念相應者居閑處樂如尊者舍利弗說諸賢半月說戒不起法現在前作證不起法觀者何等是或作是說所可用道得須陀洹果常親近彼道半月說戒成阿羅漢果或作是說彼諸賢半月說戒以無常智若諦未生便見習諦習諦中間便見盡諦盡諦中便見道諦或作是說半月說戒與長爪梵志說法時即思惟十二事所遭衆相分別無數乃不起法觀

垢著念身樂　色劣想想至　閑居分別行

三樂及止觀

三昧揵度第三竟

尊婆須蜜菩薩所集論卷第五

音釋

驃毗召切　騫去乾切　恃怙恃常利切怙侯古切恃怙依賴也　筋舉欣切　糅女救切雜也　緩胡管切遲也　猗於其切輕安也　淳淑淳常倫切朴也淑殊六切善也　漑古代切灌注也

尊婆須蜜菩薩所集論卷第六

苻秦罽賓三藏僧伽跋澄等譯

天犍度首第四

又世尊言汝等比丘如人三十三天快哉往生善處以何等故如人三十三天言快哉往生善處或作是說於此間造行使人天所生或作是說於此間諸佛興出世復作是說於此間說等法故此間得信於此間修梵行於此間受具足於此間等越次取證於此間得阿羅漢果復次一切諸趣唯天人彼如人天善處如是天人善處以何故光音天身一形像有若干想耶或作是說彼一切自有得禪報是故有若干想彼一切天皆樂想苦想故曰若干想問梵迦夷天光音天得禪報彼一切天有樂想有苦想欲使彼一身一形像有若干想耶復次有覺有觀三昧心便熾盛便得因緣此心筭數入第二禪有覺有觀休息若光音天顏色暐暐彼同一形此之謂也念者生高下是故彼有若干想以何故色界天眼觀色耳聞聲然鼻不聞香舌不知味耶或作是說彼不有香味處所問色界之中無香味耶答曰得境界諸根以遠離香味故也問如來欲界不遠離則知答曰彼根不錯亂欲界香味錯亂彼以行故來云何欲界之中無錯亂縛問或以欲界香味縛著方便求滅若未曾更者欲使緣報此事不然若使苦復加苦者色聲亦復當爾是故色聲而不可得答曰眼非境界耳者色聲不縛著問色聲在遠亦縛著日月在遠遥曜目睛若擊大鼓而耳聞聲設得色聲香味更樂身根亦當縛著是

故身更樂不縛著或作是説彼無苦根鼻根則有亂亦諸根成就是故彼一切諸根答曰彼所問者是故彼根成就也問彼諸所有者即是諸根成就耶生喪目者根亦當具足答曰人事生喪目者亦不同其相根不有具問無色界中根不具足此非妙是故無或作是説彼無有鼻識舌識問光音相應無五識身彼彼使不見不聞耶答曰梵天上念相應生眼識耳識亦見亦聞何以故不與欲界相應生鼻識舌識知有香味答曰彼不同香味是故彼不生識彼亦用色聲是故生眼識耳識或作是説彼根鈍彼境界鈍是故不迴轉問眼耳不迴轉耶答曰眼耳捷疾不攝境界亦能起神通復次亦聞香味知於少少不明設彼本不得香味是故彼根成就得自在境界

已得根境界便生穢根如色界未來至欲界眼見色耳聞聲彼眼識耳識當言欲界相應耶當言色界相應耶或作是説當言欲界相應耶當言色界相應化作是欲界形來彼當言欲界相應還作欲界形來者彼當言梵天上相應次諸相應彼自然當言彼相應彼便作是念如有覺有觀五識身云何彼光音天相應三昧亦有覺然非三昧心乃至有想無想以何等故色界天有鼻根舌根然無男根女根耶或作是説彼説無男女用也問鼻根舌根彼亦當無用或作是説彼不習欲問不於香味無欲邪鼻根舌根亦無欲或作是説男根女根亦無欲或作是説彼生入處自爾復次已除婬想彼行不住彼有男根女根彼便作是念云何於此間有不成男阿羅漢亦

有此亦復如是欲界之中無女根不成男處惡胎欲使知識愛欲更樂彼阿羅漢識本所更至死不起心以何等故色界天起壽行謂之住耶或作是說淨無有亂問入欲界禪三昧欲使彼各各無壽行耶或作是說彼自然意爾此亦如上所說彼亦各各壽世尊亦說閻婆那天子壽命速疾壽不常住無處所復次無有壽命生死有住者彼相應生自然縛著若作是說設有怨家彼則有害意也又世尊言比丘閻浮利人三處勝欝單越人此間健勇猛亦修梵行住其義云何答曰此勝於彼勇健亦不畏死一切生死方便求天無有境界著有勝志憶本所說造詩頌天無有境界縛勝於此間修梵行而不遠離於此間出家於此間修行道然天無有境界勝以何等故諸天子喪逝便懷愁憂或作是說身愛未盡也問色界之中身愛未盡彼使彼喪逝時生愁憂耶答不以色界相應有根也問如今愛未盡生欲界中復次彼境界淨甚深著彼不相應便生愁憂諸有命觀六愛身愚騃力行何以故彼命過時不生愁憂依彼勝亦作是說欲界之中有愁憂云何天子知喪逝法或作是說亦自知我久生我壽今盡不久問彼不定壽命復次本有相應想彼即知亦當聞云何天子知於此沒生彼間或作是說於彼道受報行欲使宿命所更則有果報果報未熟彼自憶知我當生彼間或作是說彼喪逝時彼行相應以此行故以此法當生彼處復次聞頌誰能分別知生因緣自知所趣云何天子知於彼間逝生此間或作是說彼生

自然或作是說憶彼化生復次彼不一切憶諸不捷疾根者彼不憶捷疾根者憶如所說彼化天子語使憶乃至契經意

善趣各各觀　此間無有根　生憂無所攝
自知此間沒

彼天子喪逝法便五相此義云何或作是說本所造緣善報不善報善報行者得天眼自然福不善報者則生五相或作是說愁憂因緣則是彼緣若已生愁憂彼則有生是故愁憂中間當言愁憂因緣或作是說自依因緣則生彼行報因緣愁憂因緣如因緣淳淑自依因緣則有行報壞緣無常心天子喪逝法生五相時當言等生當言漸漸生或作是說當言等生也彼一切緣愁憂生故愁憂生此五相起或作是說當言漸生已生愁憂便頓熱使彼華飾枯見已倍懷愁憂色變憔悴便自驚愕使彼流汗盈面已有流汗衣裳自見衣裳汚便自不樂生復次當言漸生如蓮華欲熟時葉稍稍落如是彼天行果熟時此相漸漸生以何等故日天子住一劫或作是說衆生行果使日住行增上則有此報問衆生行無有經劫者或作是說天地融爛時行報便滅問前造行後受報彼無有力勢盡壞敗爛復次曽聞此非劫之數以何等故月住一劫答曰如日無異以何等故梵天言住一劫或作是說天地融爛便有此生天地不融爛便斷問此非劫數或作是說二十中劫四十劫劫大劫住二十中劫是謂作劫問契經則有違如所說天地反覆梵天宮室便生彼間若天地不反覆生光音天宮復次此曽聞不

有生處壽住劫也又世尊言於是比丘有六更樂地獄云何六更樂地獄或作是說阿鼻名六更樂地獄於彼衆多復次一切地獄皆六更樂於彼衆多苦毒愁憂又世尊言於是比丘有六更樂天云何六更樂天或作是說他化自在天彼宮衆多復次一切天皆更樂共相娛樂而受其福以何等故七神止處是惡趣果實有想無想天非所攝或作是說此如來勸教語人欲界天說欲界已初第二第三禪地分別則分別無色界說三無色界則說色界問如所說二入處彼則有違或作是說是如來勸教語於中識捷疾如諸惡趣果實有想無想問此亦不生亦說二入處淨居天捷疾識處亦不住或作是說諸有六識處相彼是識處住惡趣有想無想天無斷滅無識淨居天見諦所斷無識無想衆生盡無有識是故彼識無住處問彼不生也云何阿那毗天淨居天也弗樓天果實天彼有識處有捷疾識亦不識彼處相應復次所樂處識住處不樂惡趣苦惱衆多果實天或與相應學餘滅有或求無想睡眠時住或無想衆生是故彼不樂處所更增生有想無想天復次天心得休息彼少所樂是故不得言彼識攝處所以何等故無衆生居謂惡趣然果實天所以攝或作是說是如來教誡語說人則說惡趣餘殘說色界則說果實或作是說是如來教誡語此衆生居衆多衆生娛樂其中復次惡趣苦多不樂其中果實天或攝住處所或不攝住處所以何等故無想衆生自生壽命行住然比丘不入有相三昧或作是說彼志寂靜

問於此比丘入相三昧志意寂靜欲使彼不各各有壽命行耶或作是說彼無有壞敗無刀火毒害或作是說於彼心意則有迴轉亦不死或作是說彼常入三昧此亦如上所說或作是說彼亦各各有壽命行世尊亦說如住牢固契經所說復次或有壽命行自說生或皆相應生然於此間多有怨家此不究竟入三昧若作是說則無壞敗如無想衆生修道想盡云何彼間終來生此間或作是說如想中間入無想三昧於無想三昧退還彼想則作因緣或作是說非彼三昧想有滅盡於此間起復修行想如久處閑居造諸愚冥上亦有增復次行因緣故受諸想著以彼行故倚著愛染自愚等彼愚如所墮處則墮其中如以穀子散虛空中即還墮地

命終上日月　梵天劫數限　泥犂趣七處九神有想天　天揵度第四竟

四大揵度首第五

又世尊言比丘色無斷智亦無所知無斷滅欲愛未盡不斷苦源云何色無斷智云何亦無所知云何無斷滅云何愛未盡或作是說自相斷智智相應觀彼自相諸結使盡永斷無餘從此已來常懷和合自斷智拔諸結使彼無欲愛色拔諸結使更不復染或作是說以世俗道斷智以第一道知彼世俗道者結使得斷彼已盡謂第一道拔諸結使彼欲愛盡或作是說以四諦道知以思惟道斷知四諦道滅盡思惟所斷道欲愛盡或作是說身諦處所是知智慧處所是斷智施處所欲愛盡休息處所不起復次於是此色分別知色

彼色亦無常知苦空無我彼空無我色恒隨愚癡彼滅無常苦無復愛著彼欲愛盡如是自隨愚癡不除已愛無明斷愛盡無餘身壞命盡身名識除如是不有等苦盡以何故等故地種爲堅相或作是說於中無有事法性自爾問設地堅無緣者水亦當無緣如水無有堅如是因無地也或時爲水是故當說地有緣或作是說有不堅緣不以財果相應有其緣也問財無有因緣則有常一切相應相類異流轉諸行或時有或時無復次地是其事堅有堅報問亦曾見輭成堅是故堅無有緣答曰一切諸四大或時有堅有實有輭因緣成堅是故輭與堅地爲因緣火種風種亦復如是如地種堅相可使不堅相耶或作是說不可得也猶自思惟自相不知思惟思惟無量斷思水種火種亦如是可得四大一時俱生有多少數也答曰可得也優鉢華以風相知有一四大處彼有四四大耶或作是說有一大則有四大不得分離問有一則有四大者終不有一欲使無四或作是說有一則有四大世尊亦說諸所有色彼則有四大由四大生問此但說色是謂爲色若如汝經說則無有四大或作是說曾見如石在火精鍊然後乃軟故彼無者亦不成軟是故一切是也或作是說有一則有四設地無水者則有壞敗問欲使壞敗在處處耶或作是說不徧有一切若當徧有一切者石無有水風不可得問便有增益答曰於中長者則在處處復次此不有定不徧有一切所可無處彼不可得以何等故四大謂煖法非冷法耶或作是

說若四大是冷法者則在處處一時有煖有冷問所造色則無處處是故一時寒暑或作是說若四大是冷法者此非四大當言五大問此亦是我疑何以故無五大或作是說煖法冷法大事與是故四大當言非冷法復次此四大亦煖法亦冷法若無煖法者但當言冷法初新眼識當言是微非眼識知答曰當言非眼識知無有根微妙未知智知問如彼色新者一切無見答曰一一不可見合集然後可見如身中垢一一不可見垢盡然後可見復次色最鮮明當言造眼識不習餘色有鮮明如是不可沮壞得餘四大所造色耶或作是說不可得也此在處處問如色處所如瞻蔔華香甚香好云何無處所或作是說不可得四大增益四大因緣依彼四大復次不可得四大中間設可得者則彼無有造色彼則有非不有瞻蔔華香瞻蔔當觀如是此身非以瞻蔔華香從彼生少有迴轉又世尊言如火焚燒野澤當言火燒耶不燒當言燒耶或作是說不燒當言燒如依造色火生當言燒或作是說無有不燒而燒設燒而燒者則無有燒此變易義世俗之數所造火燒者是謂野澤復作是說火無所燒到便燒若未到無因若起當言燒若滅當言燒或作是說滅當燒彼有此想火燒野澤當燒問彼生則有想火燒火或作是說火無所燒此亦如上所說

色所知相者　堅并及多少　如有一煖冷　色住二相燒

諸所有火盡有所燒耶說有所燒盡是火耶

答曰或是火非有燒過去未來火在木鑽火在舍火神祠火也頗有所燒彼非火也答曰汝爲寒耶燒彼非火耶如所說炎暑繁熾生老病死頗有火有燒耶答曰依彼所造火現在欲怒癡也頗有非火非燒耶答曰除上爾所事則其義也以何等故弊惡四大生微妙色或作是說緣所造色依彼四大便有色生色緣彼色香緣彼香味緣彼味是故展轉增或作是說四大增上所生色復以餘事彼則有勝或作是說緣四大生色非一因緣相應彼則有勝如一絃琴高下隨曲聲與歌同如衆人有咽喉聲各有異字亦復異復次四大境界各有異是故四大與色不同問有一人見色非與色聲香味同答曰彼非一色彼或有好醜依彼色或依香或依味亦見多少色聲香味如瑠璃雲母方鹽苦摩利瞻蔔華自然自然者當言減當言增答曰當言有增有減或作是說不增不減非有增非有減復次若觀彼事亦不有增亦不有減是故不作是說等生四大展轉相觸當言不觸耶或作是說當言觸也各各集聚或作是說當言不觸空無所有初各各不相觸復次當言觸三昧中色彼有觸想根依四大當言根轉有下當言根轉有上或作是說當言不高不下亦不移動或作是說設當有下有高者則有移動或作是說此則散亂如車輪轉轉不常住義無有處彼亦如是復次觀有住相於中有高下未知根是故根力四大於此間是苦法色聲香味依四大色聲香味當言下當言上耶或作是說亦不下亦不上此皆集聚設有下

有上者則當有散復次當言雜糅如申輪轉轉不常住若一色可得者於彼中間色復有色耶或作是說可得若亦無邊亦無有中間盡無所有問設彼有中間者則非一義有餘中間復次不可得空無所有最細微色者得聲香味或作是說得皆爲集聚問今非有細微色耶彼則爲微或作是說色最細微彼色聲香味不住獨處設當有者一一不別復次更有異刹土想設當少所有者一切無吾我我亦如是色不去離色習不可稱問若四大若小若大者彼所有色聲香味當言觸彼色耶或作是說亦離彼色色則有壞問四大壞色亦有壞問云何得知四大壞色壞四大亦壞問亦見希望壞所依亦壞然希望不壞復次彼不觸設當觸者則爲細滑更樂問如觸

身根彼非細滑更樂答曰非以觸身根有細滑更樂也彼處以何識知或作是說用二識知眼識意識復次或不以識知何以故彼非識處住色聲香味細滑法本所造處聲當言耳根來耶當言於彼間聞或作是說當言來順風聞聲逆風不大聞問設順風來者逆風何以不聞或作是說當言彼間聞如大市中聲甚高遠四方皆聞問迴轉速疾則無方有方便憍慢如旋無枝輪其像如輪若聞其聲周徧四面如以一滴油著水器中皆悉周徧答曰觀無枝輪人向不同非以聲速疾得往義也設當聲滅者則少有所攝當言彼相依來當言彼不相依來問如人來者彼則有聲也相依來不是其聲若聲從耳根來當言依相依來當言不相依來或作是說當言相依

來問彼則有是各相　來不以聲故而耳根
若有少勝者　不觸根一色　一微依更樂
依住聲相應
香鼻根當言來爲於彼間聞香耶答曰當言
來香無處所鼻聞香鼻根來者當言彼相依
來不相依住問依痛作諸想當言根依來如
箴羅薩羅華逆風聞香當言香近鼻根不近
鼻根耶或作是說當言不近設當近者則爲
細滑更樂復次當言近也不以不觸彼聞香
也味當言舌根來耶當言於彼知味答曰當
言來非以舌根無處所知味諸味從舌根來
者彼當言相依來當言不相依來答曰當相
依來非不相依知有味味舌根當言近當言
不近或作是說當言不近設當近者則爲細
滑更樂復次當言近非以不近彼有所攝更
樂身根當言來耶當言於彼住答曰當言來
彼不以身根觸無處所諸更樂與身來者當
言相依來當言不相依來或作是說當言相
依來各各相依復次當言不相依來彼相依
則所造色可見者其義云何或作是說自現
故曰可見或作是說從眼中得故曰可見復
次可現示人故曰可見不可見者其義云何
如上義無異有對法其義云何或作是說對
住故曰有對或作是說選擇故曰有對復次
覺知空義故曰有對法者其義云何如上義
無異可得餘色處所或作是說不可得此集
聚義或作是說不可得色處想著復次住三
世知有處所如彼處所是故不餘無對有對
造作處所空空處有何差別或作是說空無
有形可數處是故空識色空界或作是說空

不可見色不可見識處可見或作是說空無有對有對是空識復次不可移動謂虛空造色本末是空識想亦微妙可住無住得無住住得青無青得無青青如此四義前已說以何等故樹若干種蔭影不異或作是說是樹蔭因緣或作是說緣四大有其蔭復次蔭無有義在在處處寘去無處所彼彼常住不移處自作識想

香味現更樂　有對住不移　因緣境界盡
二情樹及影

以何等故大海水同一鹹味或作是說昔仙聖呪術使然耳或作是說海中衆生大小便使然耳或作是說彼有大鹽山使然耳或作是說潮波水激波猶如此間見水澇爲鹽復次彼器自然使水成鹹如此間見器淨水淨器不淨水如四大相觸各各聞聲彼義云何或作是說緣四大是其義實相觸其故各各聞聲問此間作聲彼間響應聲連屬答曰本行報故如埏埴器輪或作是說前已生響聲各各相應非以中間更有聲異聞初聲然後有中間聲欲使彼非聲因緣耶復次彼聲展轉有其諦故如瓮器聲椃便出聲展轉聞聲如有神通地壁皆過空亦無礙彼云何知此是地此是空或作是說若最有力方便者此是地此是空如所說入地涌出其猶能浮入出水也水中常可用力空不用力或作是說空無所著不入三昧亦復自知空去地遠地亦是空復次意性迴轉名色有勝有染著處所如地不可見空亦如是空無有義如所說染著衆生空爲地想地爲空想欲使彼想獲

果實耶或作是說由想故彼獲果實問彼則
自想壞耶或作是說彼不以想故得獲果實
彼想顛倒問空爲地想則有壞地爲空想亦
復壞不以想故戒有顛倒設當以想戒顛倒
者一家同想然衆生空爲地想地爲空想此
不相應齒者當言根相應當言非根相應答
曰諸血肉相著彼根當言著彼便有痛若肉
血不著齒彼非根所縛設彼無有痛當言無
苦不淨當言非根縛答曰當言非根縛不以
捐棄不淨時有苦痛也不淨當與欲俱起數
數畜積答曰當言與欲俱起彼生有長益空
爲何相或作是說空相不可數或作是說容
受爲空相復次空無有義是故彼無有相應
在物言有空耳又世尊言無邊無際去此東
刹土流轉反覆時世尊亦說世無限數此不
可記說是語時其義云何或作是說此不可
記斷滅有常刹土無有邊無有限現其有多
復次衆生境界世尊不然彼生死方便無有
衆生邊際如無數集聚有二果如兩石相扣
便有火出或作是說彼不一集會火因火聲
因聲有聲二事合會成火因緣或作是說彼
或有集會便有聲出或有火出是故彼不與
相應復以因緣力便有色色非因緣當觀如
是如心彼或有色習或聲或爲相應
一味兩相觸　無想及神通　齒澤有二相
無邊無有限
微當空當言不空或作是說當言不空設當
空者則有往來以生勝故則有往來或作是
說當言空何以故彼無有壞敗設不空者亦
有壞敗或作是說微妙自然空初第二處則

當有勝各各有異若無勝者彼故空是故究竟不壞敗彼自覺知時彼三昧壞是故彼不自覺初時敗壞是故當言虛空復次當言空何以故相應無有定設此微妙常住者彼非相應住是故住相應初時則住勝若不住中間相應者則不空收中間相住相應亦不空相應亦空是故當言相應空微妙者當言有方當言無方如所說彼集微妙方便成就如所說當亦有方當言亦無方設微妙者集無有限量於彼有減復次無有方不有無方空無所有不可具說若於此若於彼以何等故內六入二入謂之死或作是說此緣無記是作是說此是死根復次此還境界還有死想與一色聲香味細滑彼當言一因當言無數因或作是說當言一因一相應生問云何果不壞有相應果相自然壞得無果報問不以自然得果報證我相應便有果報是故相應不壞答曰雖相應無記是故相應無因相應作因彼亦復無也或作是說當言一因爲四大因問云何四大不壞有壞果報答曰事相應故或作是說當言無數因色爲色因香爲香因味爲味因復次當言無所因相應壞則果壞是色相應異香亦異問有衆多相應一微妙耶答曰一微妙衆多色聲香味之數有其微妙想得六大勝知色所由各有上中下或作是說得如薪出火如牛屎火觀事增減自相亦有增減答曰上中下各有勝或作是說火亦增火若鑚火時若見日光出光皆是因緣果有壞敗可得火自相或無自相或作是說不可得也何以故非以熱知熱上中下

彼各有宜聲當言空當言不空或作是說當言不空設聲空者聲無所攝不以事故心持心俱有壞亦見聲自作是故彼不究竟彼心不生問以本故心聲出響應若二俱事者此理不然是故此無苦或作是說當言空設聲有住處者彼則當久住何以故聲無有壞此非妙是故聲空或作是說當言空設聲有住處者則當數數聞若不數數聞者是故當言空或作是說若聲自然空者初第二第三處則有勝無有異復次聲當言空設聲有住處者中間相應亦當住此亦如上所說聲當言有方尋聲當言無方或作是說當言有方尋聲知有人亦知一切東方有聲非餘方聲聞不取彼聲或有須聲處所彼則有聲如言頭有痛不知所在痛所生處彼亦當見如是聲有處所彼聲亦當現復次不當言有方聲等俱生不當言無方俱當觀聲若此若彼方當言成就當言不成就或作是說當言成就如日初出光從東方所沒處從西方問若問浮利日出鬱單越日沒若閻浮利日沒鬱單越日出是故不成就問一切四方中央有須彌山是鬱單越成就問此亦不同須彌山在一邊一此一南東西方亦如是北方從北方或東或南是故鬱單越不得成就復次當言不成就何以故此非義以生思惟觀便有智慧彼亦不住性成就色或無也或作是說當有過去亦爾未來現在亦爾問此因緣爲辯何事答曰因緣有礙復次觀彼住物等行其業空無所有亦不造新能說等業以何等故燒水之時先從上熱非下熱或作是說鐺𪎪更

縁先熱冷氣下流復次先從下熱反由火炎多少火先至上冷氣下住

二微妙入　水大諸根二聲東方水熱在後頗有一色不前不後四方盡現耶或作是說無也一色微妙彼不可見方不成就是故無也復次作四角想擲毱空中此毱或墮東邊或墮西邊或墮南邊或墮北邊以何等故彼燒鐵丸既輭且輕或作是說是火木筋力亦用風力彼風力輕水力使輭火力使淨或作是說不獨彼鐵餘有輕者相則自壞彼性自爾必熱不疑復次自然觀輕重自然於其中間或時觀輕或時觀重彼則輭細地種等生彼鮮明者由地種生當言與火相應應如四大所造青色則四大所造黄色耶或作是說青色微妙或依黄色非有色如青黄石復次餘四大所造青色餘四大所造黄色或依微妙或依黄非以一色微妙相依如是青赤如是青白如是黄赤如是黄白如是赤白是謂六問如四大所造醋味彼四大所造鹹味也或作是說或四大所造醋味則四大所造鹹味亦見其義醋鹹復次餘四大所造醋味餘四大所造鹹味或有微妙依醋或依鹹味如是鹹苦如是醋辛如是醋甜如是醋穢如是鹽苦如是鹽辛如是鹽甜如是鹽穢如是辛苦如是辛甜如是辛穢如是甜苦如義所說頗地種因水種耶或作是說無也無有四大復因四大各各别異復次有曾見地種有輭時如剛物融消頗地種因火種耶或作是說有如鑽木得火頗地種因風種耶答曰有也如扇則有風頗水種因地種耶或作是說無

也如種無有餘因此各別異復次有如剛融消頗水種因水種耶答曰有如水朽故頗水種因火種也答曰無耶非以中間有熱氣頗水種因風種答曰無也不以中間風生風頗火種因地種耶答曰無不以中間輭堅生火也頗水種因水種耶答曰無也不以中間輭堅火生水頗火種因火種耶答曰有亦見火還生火頗火種因風種耶答曰無也不以中間風堅火生風也頗風種因地種耶答曰無也非以餘種復因餘種此變易法復次有亦見虛空中風集雲雨頗風種因水種耶答曰無也不以中間輭堅生風也頗風種因火種耶答曰無也不以中間熱堅風生火頗風種因風種耶答曰有亦見虛空中風漸速漸疾頗泥犂中陰還因泥犂陰耶答曰有如是從泥犂中死泥犂中陰現在前生泥犂中受泥犂形頗泥犂中陰因畜生陰耶或作是說無也非以餘趣因餘趣復次有如從泥犂中死受畜生陰如是一切諸趣一一諸趣各各有五義一切四大覺別所知問欲使住有開閒耶復次說世俗相衆生四大一切有對一切四大依色或作是說一切四大依一切色四大所造或作是說三大依色一風不依色非以依風得色復次地種水種依色非以中間此四大依火依風而得色也云何得知餘四大餘所造色答曰非一切色有牢固非一切色中間知四大當說如聚揵度中而無有異

一切方鐵丸　色味及持陰　攝彼諸知法
知有若干想

身幾陰幾持幾入所攝當隨像貌答曰身根

身持身入色陰所攝四大身四持四入色陰所攝色身九持九入色陰所攝痛身法持法入痛陰所攝想身法持法入想陰所攝意身法持法入行陰所攝受身法持法入行陰所攝名身句身法持法入行陰所攝象身馬身車身輦身十七持十一入五陰所攝色陰幾陰幾持幾入一切所攝界若干種色陰色持彼色持色入色陰所攝棄捐色持十四持十入五陰所攝神山處色陰十八持十二入五陰所攝如尊者舍利弗說有炎則有火有火則有炎然見炎各異處說是時其義云何或作是說此等生語或作是說展轉無中間故說此義復次欲解縛故故說此義如尊者舍利弗說汝諸賢如壽如慼煖此法成辦非爲不爲不辯色不因色習說是語時其義云何或作是說欲界色界性所造此方便說或作是說欲界色界性造展轉無礙亦方便說復次三界所造展轉相依日當言因日光當言因四大或作是說當言因日光色因有色或作是說若覆蓋色便生煖氣影者是光因緣當言無緣色則不生復次當言因四大煖氣爲光靜當言因聲當言因四大或作是說聲亦因四大亦因自然或作是說當言因四大四大相因便有聲出響應當言因聲當言因四大或作是說當言因聲前已生聲彼因自然復次當言因四大由四大有聲彼於中間生不觸自鳴者當言因聲當言因四大或作是說當言因聲當言因四大或作是說於其中間本聲不自鳴復次當言因四大四大不自鳴諸所有圓色者彼所有色聲香味亦圓

耶或作是說彼不於中圓彼有一處圓問設有圓者色聲香味亦當圓云何彼不圓答曰如有白色麁色如是彼有一白無色聲香味如是當有圓彼有一處圓或作是說彼一色圓非以色故有色處所復次觀住有對則知有圓不以住故便有色也以何等故色法不謂之中間次第耶或作是說色不有壞復更生餘色是故彼無中間次第復次以少中間生衆多色衆多中間生少色云何得知炷明谷各別異或作是說所造永盡所生即滅復次因緣集聚展轉有生微者即生便住與身纏縛或作是說當言與身俱縛如心意迴色亦如是復次微色不可限量色習者或心意俱生彼迴轉時知有心意性無有色何以故識少中間有衆多色生是故色性無也無所造是故俱生當言住也如不見麥一萌芽陰有迴轉云何得知一麥芽緣彼影耶影亦緣芽或作是說自然得知彼自然迴轉復次彼身有自然後得知亦見麥陰芽生諸莖亦見麥種因緣生萌芽於中得知設本麥因緣緣生則有所得有諸萌芽生設後緣麥等生得者影亦當迴轉於中得知是二因緣麥也

身界光炎壽　影響靜圓色　因緣光性縛
亦不見一麥

四大揵度第五竟

尊婆須蜜菩薩所集論卷第六

音釋

捷疾葉切敏速也　健渠建切有力也　騃五駭切癡也　憔悴憔昨焦切悴秦醉切憔悴憂瘠也　愕五各切驚也　鍊連彥切鍛也　瞻蔔梵語也此云黃華瞻職廉切蔔蒲北切　鑽子筭切　箴職深切　激古歷切蕩激也　鹹胡讒切鹽味也　澇郎到切　埏埴埏式連切埴常職切埏埴黏和土也　鐺初耕切金有足曰鐺　擲直炙切拋也　毱渠竹切毬子也　醋倉故切　甜徒兼切甘也

尊婆須蜜菩薩所集論卷第七

苻秦罽賓三藏僧伽跋澄等譯

契經揵度首第六

又世尊言我弟子中第一比丘居處巖峻遊止山澤名婆那伽婆蹉居處巖峻其義云何或作是說三昧得自在捨前三昧更入餘三昧復捨此三昧復遊餘三昧如是居處巖峻或作是說入逆順三昧如是居處巖峻或作是說入標褰度三昧是故居處巖峻復次諸隱處巖峻於無數中解脫是故處巖峻又世尊言於是比丘有四人或有人利已不利彼或有人利彼不利已或有人利已亦利彼或有人亦不利已亦不利彼此有何等別異答曰利已不利彼者自居平等欲使彼不平等雖依彼有居平等彼不於中得平等意利彼不利已者欲使彼發平等意自不居平等雖與彼說法有法想少有平等不應與彼說利已利彼者自處平等亦教餘人使處平等雖彼不得教者彼二因緣說平等得不利已亦不利彼者自不處平等亦不教人使處平等又世尊言於是比丘有四人或有人所生結盡不更受餘結或有人不受餘結盡非所生結或有人所生結盡不受餘結亦盡或有人所生亦不盡不受餘結亦不盡說是語其義云何答曰所生結盡不受餘結者中般涅槃不受餘結盡非所生結生無色界中阿那含所生結盡不受餘結盡者阿羅漢亦不受所生結盡亦不受餘結盡者彼是餘學人亦是凡夫人又世尊言於是比丘有四人或有人受身痛不受命痛或有人受命痛不受身痛

或有人亦受身痛亦受命痛或有人不受身痛亦不受命痛說是語其義云何答曰受身痛或有人不受命痛命痛者欲界色界命終無色界阿那含者也受命痛不受身痛者無色界命終便般涅槃也受身痛亦受命痛者欲界色界命終若阿羅漢也亦不受身痛亦不受命痛者除上爾所事則其義也又世尊言於是比丘有四人或有人於現法中行般涅槃及身壞非不般涅槃也或有無行般涅槃非行般涅槃或有行般涅槃無行般涅槃或有人無行般涅槃亦無行般涅槃說是語時其義云何或作是說猶如有一人以衆多行以大方便以大慇懃滅五下分結於此間命終生色界中衆生少少方便少少慇懃滅上分五結是謂此人於法中行般涅槃及身壞無行般涅槃第二於此間少彼多者第三二俱不大者第四或作是說猶如此人緣行依三昧滅五下分結於此間終生色無色界依般涅槃三昧滅上分五結是謂此人行般涅槃及身壞無行般涅槃第二於現法中緣般涅槃身壞緣行第三第二俱者緣行第四二俱緣涅槃或作是說猶如人於此間爲苦滅五下分結生色無色界中受樂滅上分五結是謂此人行般涅槃無行般涅槃者若人於此間受樂滅五下分結生彼受苦滅上分五結是謂此人無行般涅槃云何此人現法中行般涅槃及身壞無行般涅槃第三二俱苦第四二俱樂

復次此人愚戇凡夫人滅下分結生彼得捷疾智滅上分結是謂此人於現法中行般涅

槃第二於此間捷疾智故彼間愚戇第三二俱愚戇故第四二俱捷疾反以何等故阿羅漢成就世間第一法然非苦法忍或作是說不捨苦法忍得須陀洹果時然不滅世間第一法問此亦是我疑何以故捨苦法忍然非世間第一法答曰由死處所世間第一法果果遊滅苦法忍阿羅漢果果遊者是故世間第一法不滅也或作是說禪攝世間第一法學攝苦法忍阿羅漢禪成就者非學法是故世間第一法成就阿羅漢非苦法忍問若依禪等越次取證彼禪攝苦法忍欲使禪成就苦法忍耶答曰學攝禪苦法忍不學亦不不學禪攝世間第一法以捨此學禪然非不學亦非不學也問如所說若禪攝世間第一法者是故禪成就世間第一法是事不然或作是說得微妙無漏法或有不成就非世間第一法是故不成就苦法忍問得增上世間第一法微不成就

復次作黙然想復次諸善根緣增上中下法當言成就若凡夫人五下分結盡彼當言一處阿那含耶或作是說不得作是語如阿羅漢一切結使盡阿那含不一處所盡趣處盡阿羅漢一處盡不復次若彼賢聖道一處五下分結盡斯陀含亦當復說一處阿那含況當凡夫人若欲界結使於中間少有不盡也又世尊言人有五恚誹謗諸賢口出惡言瞋怒無常作不債罪人所憎嫉說是語時其義云何或作是說若人與不相得不觀行作意懷猶豫誹謗諸賢是謂此人誹謗愁惱彼人懷顛倒意醜惡喜諍除四所犯罪犯罪業身

懷猶豫於中復犯餘事是謂人所憎嫉或作是說婬欲偏多瞋怒無常不避尊卑爲人憎嫉而前欺詐幻惑讒人無實常習非法復次彼人以精進意去欲戢志欲行頭陀威儀禮節常不失時人所信樂歎譽彼人不遠使逮是謂此人當言犯法此人不順戒律意常親近於其中間所得利養亦歎譽說常威儀禮節得不喜亦不修行不知恩養是謂此人當言不存設有人增上戒不成就戒喜鬪諍訟誹謗諸賢是謂此人喜怒無常若人微妙行行中分別戒律諷誦禁戒事事學知無戒無智慧者是謂此人常懷猶豫復次有人微妙行中分別戒律諷誦禁戒是謂此人人所憎嫉如憂陀那耶婆蹉羅耶說云何尊者婆羅墮闍以何因緣此諸此丘年少端正出家未久修善功德於深法中娛樂順教諸根柔和顏色暉暉皮體輭細樂靜知足如野鹿象盡形壽清淨修梵行知足如野鹿象其義云何答曰坐禪諷經而不順從不著事務是謂知足隨法乞求亦不深著是謂如野鹿象又世尊言我見調達無有一毫氂之善我不記之調達入地獄更歷劫數不可療救所以然者如調達入骨徹髓三歸命佛當言彼調達此非善法耶或作是說此非善法此亦非歸命三尊瞋恚感故說此語設當入地獄者如所說若歸命佛者彼不墮惡趣設當實者若不向三惡趣如所說調達入地獄經歷一劫是故彼調達無有善法或作是說調達亦有善法猶不能拔調達罪是故彼不可療救調達有三不信罪

復次彼有頂法調達由此方便故曰有善法又世尊言我弟子中第一比丘遊四空定名跋陀婆棃四等力成就名僧迦摩寺此二人有何差別或作是說尊跋陀婆棃得輭身護以自多娛樂彼以此娛樂先得護堂尊者僧迦摩寺得增上護然不多調習於中先見護力成就復次尊跋陀婆棃得四禪四等心恒諷誦習於中得自在先見護堂尊者僧迦摩寺遊六善來堂是謂先發意得護力成就云何知阿羅漢而不復更生或作是說以捨諸結使有諸結使便生阿羅漢無有結使便不生亦未曾見無結有生者於中知阿羅漢不復更生復次身愛諸垢永盡故曰阿羅漢不於中間無明有愛更染著身以是之故阿羅漢不復更生中陰之中當言如所趣當言往不如所趣或作是說當言往如所趣中陰是山神之處如世尊言彼有如是慢譬如極黑羊毛亦如寘室無明復次是中陰之像復次當言往如所趣如死欲至時善惡俱至中陰亦如是隨行善惡各趣其所中陰當言住過七日當言住不過七日或作是說當言住過七日何以故如隨行善惡亦無方便有過七日者問如七日中間未得處胎便當斷滅耶答曰不斷滅故度中陰形復次乃至因緣集聚俱住不斷若不得生因緣者是故久住

步遊四句中　世俗凡夫人　王婆利毫氂
護阿羅漢陰

又世尊言於是比丘有四人強記智慧宣布智慧順從頑鹵聞一句說是語時其義云何或作是說強記智慧人者發語便知義如易

化者若比丘如彼法便滅世尊亦知宣布智慧說即解如所說比丘非汝色非汝痛想行識非汝世尊亦說順從頑鹵人者以若干行誘進便順從云何比丘爲色諸所有色彼盡四大四大所造廣說頑鹵聞一句人者亦不解義或作是說强記智慧人者利根心心相知分別智慧人中根順從人者輭根頑鹵人聞一句者無有根或作是說强記智慧人者宿命求解脫力宣布智慧人者宿命求輭解脫頑鹵聞一句人宿命之中不求解脫復次强記智慧人設便知如尊者舍利弗質便嘿然分布智慧人者分別曉了然後能知如尊者弗迦羅婆梨審明義理順從人者隨時學增上戒律隨時降伏心意隨時學增上智慧此之謂也本性所習漸學戒律漸受訓誨承受奉行如尊者羅云漸漸至道頑鹵聞一句人者受句義亦不解義理亦不解深法以何等菩薩本宿命時不等越次取證或作是說以盟誓故以此誓願當出世作佛未度當度未解脫當使解脫或作是說菩薩思念觀彼以智慧意常發願言度諸衆生或作是說菩薩逮一切智以自具足以衆生故不等越次取證復次諸根未熟故不等越次取證以何等故阿那邠坻長者供養四如來不於彼佛出家學道或作是說此盟誓因緣以願誓故當供養餘如來或作是說親族力勢不能去恩愛意或作是說彼長者意常樂寂靜好施鈍根以寂靜故不趣惡趣之功德處處獲大報鈍根者不見家累之患以是故不出家作沙門復次彼長者婬意偏多常樂婇女之間

作方便一切諸佛如所造事得賢聖道以何等故不成男不應法義或作是說諸情闕少是故不應法義或作是說心馳萬端不得三昧是故不應法義或作是說障諸報實宿所作緣得受此形不依智慧復次遂障結使彼結所蓋不得休止心無慚愧又世尊言作偷婆有三事多薩阿竭阿羅訶三耶三佛比丘漏盡者轉輪聖王以何等故學辟支佛不入此三事或作是說是如來勸教語說佛則說辟支佛說比丘漏盡者則說學彼或有漏盡者復次彼亦是數以此衆生故現其深義此勸教語如上所說又世尊言於是比丘有六阿羅漢退法阿羅漢念法護法住法分別法無疑法此有何差別或作是說種種無學根上上上中上下中上中中中下下上下中下下於彼中下下成就謂退法阿羅漢也下上成就者謂念法阿羅漢也中下成就者謂護法阿羅漢也中中成就者謂住劫阿羅漢也中上成就者謂分別法阿羅漢也三上成就者謂無疑阿羅漢也彼聲聞憎上下成就辟支佛者上中成就多薩阿竭上上成就或作是說猶如一人方便造業有不慇懃者亦有鈍根彼以方便業不慇懃鈍根求等心解脱受證彼復以方便不慇懃鈍根於等心解脱便退轉是謂退法阿羅漢猶如一人方便求甚慇懃鈍根彼以方便甚慇懃鈍根得等心解脱受證彼以方便慇懃鈍根護等心解脱是謂護法阿羅漢也猶如一人常方便求甚慇懃然鈍根彼以常方便求甚慇懃然鈍根得等心解脱證彼以常方便求甚慇懃然鈍

根等心解脱亦不增亦不減是謂住劫阿羅漢也猶如一人常方便求甚慇懃然利根彼以常方便求甚慇懃然根利得等心解脱證彼以常方便求甚慇懃然利根方便得無疑是謂分别法阿羅漢也猶如一人常方便求甚慇懃然利根彼以常方便求甚慇懃然利根得無疑等心解脱證是謂無疑法阿羅漢也

復次若人恃怙他力尋生得等心解脱證是故等心解脱猶如羸病人尋起無持扶人便還卧牀是謂退法阿羅漢也若復有人等心解脱不牢固但恐失意欲求死以刀自害是謂念法阿羅漢也若復有人等心解脱護等心解脱我能護此盡形壽守持隨時育養是謂護法阿羅漢也若復有人等心解脱超越鈍根住中根是故等心解脱不退轉亦不增不死是謂住劫阿羅漢也若復有人等心解脱初始有益得諸根彼恃怙外力得無疑是謂分别法阿羅漢也若復有人自以巳力初始得增上根住等解脱自知時節是謂無疑法阿羅漢也又世尊言阿羅鞞舍離甚樂無極跋闍復彌亦甚快樂遮波羅寺亦甚快樂瞿曇彌那拘驢亦甚快樂閻浮利有若干種快樂無比人民茂盛以何等故世尊作是説或作是説正坐入定使諸比丘生樂希望或作是説鞞舍離城甚樂無極穀食豐賤乞求易得跋闍復彌甚樂無極人民和順不遭苦厄遮波羅寺（轉法輪處）瞿曇彌尼拘陀種種坐具少事寂靜閻浮利地有若干種園果種種人民茂盛智慧業明復次世尊亦復現去諸縛

著滅若干彼無欲永息

初發意菩薩　出家不成男　三塔六羅漢

鞞舍離在後

又世尊言遊鞞舍離從今已後不復更見鞞舍離更無三佛來鞞舍離何以故尊作是說或作是說更不復受胎復次等智滅彼無迹欲鞞舍離城樂法衆生報諸狐疑是謂彼時以何等世尊請摩訶迦葉與半座坐或作是說時諸比丘輕易迦葉起染汚心不知迦葉入大法要以是故世尊與半座坐欲使比丘心開意解懼獲不善報或作是說彼尊者有種種功德世尊先所化恐諸比丘犯禁戒罪或作是說第一重尊者阿那律世尊往視依衣便請摩訶迦葉與半座或作是說世尊欲付授戒律後來衆生信受其言復次未曾有與弟子半座者復次世尊欲布現大德又世尊言諸比丘等若沙門婆羅門晝有夜想夜有晝想彼心意顛倒比丘如我晝有晝想夜有夜想於我心無有顛倒說是語時其義云何或作是說彼起天眼除外想修向明想觀晝如觀夜無異彼或有異彼或時晝有夜想夜有晝想然世尊不爾或作是說彼沙門婆羅門於眠寐中夜有晝想晝有夜想是彼顛倒復次閑居右脅倚卧觀如是色入禪中然世尊若行若坐常如一定又世尊言於是比丘有三如來於是比丘於現法中實有無疑自得智慧亦教他人入智慧云何自得智慧或作是說彼不可得虛無有實況當得實復次是世尊勸教語也彼作是語我覺此或作是說若彼著色心所念法自譽戒盜自憑仰

作以實爲虛世尊觀彼見盜復次是彼邪見五陰之中是我所實住佛所語亦如是不有餘陰言有我所以何等故以外道盡欲愛等越次取證相應不退轉法此之謂也或作是說彼以二道滅諸結使或以世俗道或以無漏道斷諸結使或作是說若依禪等越次取證彼觀禪便有道生彼不見諦所斷是故不退轉復次彼等越次取證時修行忍智得等方便力勢尊益若力勢無益者不於力勢中退轉是故不退轉

又世尊言四雙八輩幾果成就幾無果成就或作是說五果成就須陀洹斯陀含阿那含趣阿羅漢及阿羅漢一非果成就趣須陀洹果證二人或果成就或果不成就趣斯陀含果證趣阿那含果證彼趣斯陀含果證者方便欲愛未盡等越次取證當言非果成就有得須陀洹果求趣斯陀含證當言彼果成就也以無爲須陀洹果趣阿那含果證彼欲愛盡等越次取證當言非果成就彼復得斯陀含果求趣阿那含果當言彼果成就無爲斯陀含乘彼果有爲當言諸根壞敗是謂知有八人又世尊言四沙門無有五說是語時其義云何答曰道智爲如來自得證果無著說道清淨說法而轉法輪彼故敷演道命爲學諸學智慧斷諸疑網誹謗道者無究竟行無戒律威儀犯諸戒爲沙門服皆悉覺知彼第二沙門當言攝辟支佛第三沙門當言攝凡夫人第四沙門當言攝外道異一切假沙門被服計吾我著命計衆生彼一切於道退轉

又世尊言無染著謂戒

無染著袈裟　袈裟被服始　意已得所欲
袈裟非無著

說是語其義云何答曰有三穢濁身口意穢濁彼若思惟校計是謂無穢袈裟服虛稱詐逸非神仙所學彼非其宜此謂之忍亦非移動如實而對意常審諦彼若不得忍被罵便報罵被打便報打此非沙門法況當作如此行是故不應袈裟故彼袈裟無著又世尊言若已生刈斷更不種說是語時其義云何答曰識對生受於四禪止處生行垢因緣所造之義便有斷絕來無有對亦不受生四禪止住處亦復不生選擇取要設與四禪止處因本行緣彼亦不受已除棄愛已盡受第二人馳走當言此無學亦無威儀亦不觀於無上智慧涅槃滅盡得仙人法是謂大仙人

初迦葉睡眠　最勝無有欲　已說四袈裟
斷滅不復生

又世尊言

習智至無智　降伏作牢固　有漏盡無餘
是謂爲梵志

說是語其義云何尊者大迦葉契經是說也自持法比丘習智智者學雖諸梵行人住彼業者獲法養生之具彼亦是法戒律之義故曰智者知不於中間住已修行心得觀覺照住二解勝彼已思惟無明愛盡欲說眼根此沙門法故曰有漏盡無欲故曰爲梵志者世尊即是大梵志心垢已盡

又世尊言

比丘無有欲　有欲見大懼　於欲不退轉
是謂爲涅槃

說是語其義云何答曰智慧相應寂靜以自娛樂無有憂慼是謂比丘無有欲無事清淨靜事爲苦惱有欲彼見法者乃能覺知是謂有欲見大懼於欲不退轉捐棄諸垢善漸漸益等相應是謂三昧一切結使盡覺賢聖道是謂涅槃以何等故入慈三昧不可傷害或作是說諸天衛侍而護其身或作是說彼三昧者閑靜無事害不加身身不有壞復次受色界四大身

又世尊言

麑鹿歸野　鳥歸虛空　法歸分別　羅漢歸滅

分別人者何者是答曰學謂之分能分別色痛想行識賢聖之道皆悉分別

又世尊言

無想有思想　思想不有想　如是變易色

緣想有其數

變易色人何者是或作是說生無色界阿那含當言變易色想彼則色想變易復次阿羅漢於中亦變易想阿羅漢不於五陰有所變易修行究竟以何等故世尊謂調達食唾子或作是說爾時調達方便欲壞衆僧以是之故世尊呵之恐諸比丘意有移動或作是說淳惡之人以柔和誨之數數往求欲壞聖躬爾時世尊逆其意和語誨或作是說若於佛得供養具調達欲使入已故曰食唾子復次調達本有大神足化作小兒形金縷帶腰住阿闍世太子抱上宛轉戲笑彼時阿闍世太子抱弄嗚口與唾使吮彼時調達亦復食唾太子亦復知此尊調達

爾時世尊以沙門息心意呵曰食唾子也云

何調達先善根斷壞衆僧壞衆僧然後善根斷或作是說調達本善根斷後壞衆僧亦告人民善惡無果報以是誓故發意壞衆僧問非以今壞衆僧有非法想或作是說調達先壞衆僧後善根斷非以善根斷壞衆僧有劫數償罪設當彼告語者善惡無果報不以壞有非法相也問若壞衆僧非已善根欲使向惡趣耶世尊亦說我不見調達毫氂之善契經句廣說復次調達從壞僧以來齊是以來善根本斷如彼告語我壞瞿曇沙門衆僧斷轉法輪便歡喜踊躍彼當言善根本斷從是以來作衆惡事無變悔心是故壞衆僧善根本尋斷云何善根本斷得善根本或作是說設生泥犂中者知受泥犂苦痛我作是罪今受此報此當言得善根本或作是說如此受泥犂中陰便有觀心有是果實當言得善根本復次於現法中或有得者於彼有善知識者便起悔心漸漸教至道鹿膊腸者其義云何漸漸膅緊故曰鹿膊腸七合滿盈其義云何內脉平正鉤鎖骨七處滿足平住色不變移是謂七合滿盈師子臆其義云何身無高下不前却是謂師子臆味味知者其義云何輕輭微妙皆悉能知是爲味味曉了

不養賢恐懼　慈及諸所趣　無想有想唖
曩昔云何相

以何等故鳥畜生昔日皆能語今不能語或作是說爾時從人中終生畜生中以前所習故能語也問如今從人中終生畜生者亦復能語或作是說所可食噉與人無異如今無有此食四大歧異以是之故不能語也問如

今與微妙食使噉著能語不乎或作是說昔日時人無鬪諍訟無殺害心爾時畜生見人亦不恐懼與共止住聞其音響故能知語問如今生畜生人無有恐懼復能語耶或作是說今亦能語但不可解若得音響辯才便能解語如夷狄語語不可解若俱解二語者彼則能知問昔時之人得音響辯才便能知乎復次不見畜生知文字者或聞欲音響者鸚鵡鴛鴦此便可解然世尊喻無有差違智者所說欲使人解是事不然精進者云何自知不墮惡趣或作是說知無解者不墮惡趣我無此犯戒意是故不墮惡趣或作是說得功德力如寤寐中善意不變彼便作是念我命終時有不善報不墮惡趣或作是說不誠之思墮惡趣中亦不生惡念彼有熾盛衆生我不墮惡趣或作是說彼無有此方便能自覺了世尊亦說如是精進者覺知亦自知所趣我生彼聞知或亦知精進所趣以刀自害若飲毒藥問精進雖知故不如佛究竟復次若有教戒者不恃怙哉我不生惡趣亦不得第四禪心般涅槃想有趣三惡道也遠離七處亦作是說大行分別契經以心穢濁衆生趣惡道世尊亦說如壽百歲奉具足戒然戒羸不捨能拔惡趣耶欲使六師逼迫衆好將拘利人入惡道中此謂之惡彼得第一精進彼亦好信世尊者有惡趣法智慧自在也諸邪定者彼一切成就邪見耶設成就邪見者彼一切成就邪定耶或作是說諸定邪見者彼一切成就邪見設成就邪見彼一切成就邪定五逆爲邪見成就邪定或作是說諸成就

邪見者彼一切成就邪定頗成就邪定非成就邪見也斷善根本不成就五逆復次諸定邪見者彼一切成就邪見頗成就邪見彼非邪定耶想心成就邪見諸定等見者彼一切成就等見耶設成就等見彼一切定等見耶或作是說諸定等見彼一切成就等見也設成就等見彼一切定等見賢聖之道是等見彼定成就等見復次諸定等見者彼一切成就等見也頗成就等見非定等見耶等心想心一切成就等見諸上流者彼一切阿迦尼吒設阿迦尼吒處彼一切是上流耶答曰或有上流非阿迦尼吒處或有阿迦尼吒處非上流也或有上流及阿迦尼吒或非上流非阿迦尼吒處云何上流非阿迦尼吒處若阿那含生色界中然憶上事不定阿迦尼吒也

若欲界中生若阿那含生無色界然憶上事若欲界所生是謂上流非阿迦尼吒處最初阿迦尼吒處是謂阿迦尼吒非上流若阿那含生色界中然憶上事定在阿迦尼吒是謂上流及阿迦尼吒云何非上流非阿迦尼吒答曰除上爾所事則其義以何等故阿那含阿羅漢住劫不移動或作是說住劫者不爲世所迴轉也復次得等解脫柔輭下根超越住上是故等解脫亦不增亦不減故曰住不移動然阿那含當言住已得誓願凡夫人者當言善心命終當言不善心命終當言無記心命終或作是說當言不善心命終非以善心有所住處問如世尊言臨欲終時得善心心所念已還等見是謂契經有相違或作是說若生惡趣中者彼不善心命終也若生天

上者彼善心命終如最後心住受生亦復如是或作是說當言無記心命終也以無記心自住身中有報數望終復次若不修善不修善法不住後心亦不滅是故當言無記心命終若作是語必死無疑是時當言命終有所避處以何等故阿羅漢不得最後善心或作是說自住心受報望終然爾時無善是故不得善復次若修善終時亦不住復次彼心無記本行依息又世尊言與共止住然後得知或有不知顏色知悅其義云何答曰若聞彼毀譽輕舉信用樂受他語雖顏色悅彈指頃信樂忍受有威儀禮節身樂靜寂得歡喜外如不容內懷詐僞若復說法之時無義辯才無法辯才如是不如至實是謂愚癡又二等信等戒等聞等智慧等施現在前時何者最是大果二俱清淨一俱清淨或作是說二分別俱清淨世尊亦說於彼比丘布施之家二分俱清淨是謂檀越嚫第一之德問云何兩意或作是大果或非大果答曰田業良如良穀子猶田業良彼穀子好問猶田猶穀子然不隨時是故難可齊或作是說二分俱清淨已得清淨作如是施心所有因緣得諸報實問若施勝者則施無有等當說等施復次量二果平等思念所行是故彼施二俱清淨有諸果實問如向者世尊言於彼比丘一分俱清淨檀嚫者第一之施如是則差違答曰多二分俱清淨意所念行亦清淨心意平等果亦平等云何殺害之蟲有淨法生或作是說隣國時俗使親友朋黨意所思惟復次如水波動世俗等者彼有淨行者或以行報故便

有止淨行者墮殺害中於彼生中間行報因緣便受其殃親近善知識而聽受法思惡露不淨如是殺害之人也云何清淨之人而生黑法或作是說隣國時俗使爾親友朋黨意所思惟復次如水波動彼不善等者清淨行者或以行報閉塞不善行已得淨行彼生中間便受行報彼親近不善知識聽不善法亦不思惟惡露之行如是清淨便生黑法又世尊言二法成就善不有善自不精進若他精進牢固不移云何他精進牢固不移或作是說以五法内自省察教他精進牢固不移若一切違與共相應者則有壞敗復次學他非法不應法而犯未曾有如義法不爾以何等故世尊言聲聞第一耶或作是說現微妙法或作是說現聲聞威儀或作是說擁護法故或作是說為諸比丘發勇猛意等行具足復次以二因緣故世尊言聲聞第一弟子現授決義故於彼解脱現變化故

畜生語精進　上流住不移　凡夫人止住
施之所供養　黑白無戒人　此弟子第一

契經揵度第六竟

尊婆須蜜菩薩所集論卷第七

音釋

峻私閏切險峭也 摽卑遥切 褰丘虔切 戇陟降切愚直也 誹謗誹府尾切非議也謗補況切訕也 猶豫豫羊茹切猶豫疑不決也 讒士咸切譖也 譽羊諸切稱美也 毫氂毫胡刀切十絲也氂吕支切十毫也 療力嶠切治也 髓息委切骨中脂也 鹵郎古切與魯同愚也 邠坻梵語

阿那邠坻即給孤長者 邠彼貧切坻直尼切

刈 倪祭切 割也

慼 倉歷切 憂也

唾 湯卧切

縷 力主切 綫也

膞 市兗切 腓腸也

𦡆 丑凶切 圓直也

臆 於力切 胷肉也

鸚鵡 鸚烏莖切 鵡文甫切

鴛鴦 鴛於袁切 鴦於良切

寐 彌二切 寢也

尊婆須蜜菩薩所集論卷第八

苻秦罽賓三藏僧伽跋澄等譯

更樂揵度首第七

又世尊言有二樂出家者所不應學若於欲中染著樂現世無事樂云何於欲中而染著欲樂云何現在無事樂或作是說憶過去欲所生樂者是謂於欲中染著欲者樂憶現在欲諸所生樂是謂現在無事樂或作是說結使欲相諸所生樂是謂欲中染著欲樂欲相諸所生樂是謂現在無事樂或作是說貪欲相諸所生樂是謂於欲中染著欲樂意喜想欲便睡眠樂得利養樂是謂現在欲樂復次習著向欲已得先足身意所生樂是謂於欲中染著欲樂已得等意諸所生樂由身意與是謂現在無事樂也

又尊者舍利弗言諸賢此十二行法集聚得賢聖法說是語時其義云何答曰處處止住造處住智慧處住應適處是謂已身威儀若偏授決則著一事分別義理則演分別問疑論者則演其疑安處論者則論其安是謂彼身威儀或有觀見無姦詐無幻惑性質朴是謂已威儀分別根義是他威儀已得人身生中國得賢聖體眼耳根意根諸清淨現其實事穢行諸使意不染著以智順從無有過失得十力尊佛出世得三喜入本無如來樂深妙法如來弟子善成就者緣彼意無有謬亂得賢聖法廣分布智慧所攝說微妙法無有狐疑奉持諷誦初不遠離諸法住者展轉流布於等法中以法食施彼以因緣故以已威儀施彼人作諸梵行四無空處現有長益得

賢聖入生彼善處現五無空處皆使遠離諸根具足現六無空處皆使遠離所未曾行現七無空處皆使遠離六住處現八無處皆使遠離復次以人賢聖諸入因緣生者現仁良義他威儀佛興出世說微妙法以因緣故故丈夫力已威儀者諸入歡喜現迴轉說諸法已住便求演說諸根具足現曩昔所作功德

又尊者大徧者近說

信歡喜念者　不退佛境界　最勝所至處

意常連屬喜

說是語其義云何答曰智慧成就信堅固喜樂佛法志性不亂受持智法意常專精如是諸法無有差違順從法教於中入定故曰信歡喜念瞿曇巽從初無空缺所至到處意常連屬逮微妙義莫作是觀此非妙法又世尊言信爲第一財說是語時其義云何答曰智者所用故曰信爲第一財錢財之業賢聖財非賢聖財已得不失心便作是念彼非賢聖財摩尼寶器自然成物及餘雜寶錯廁其間復有異寶硨磲碼碯爲人所貪常當擁護亦無猒足不可藏匿賢聖財者各有七相如信財乃至智慧財於此間各自娛樂心踊躍喜然不慇懃自住平等貪著他財心不堅固所欲便造不守智慧除貪愛欲智慧充足以智勝彼復次非賢聖財者邪志業相應然賢聖財等志業相應故曰信財第一復次信名者信著外財意無有亂成就家法善知止足善有田業善意娛樂猶如此間沙門法出要爲樂樂靜處休息樂道場處樂故曰擇法善爲樂先服甘露言無有虛語甚吉祥功德成就

故曰味味吉祥緣此因緣知智慧爲明無有愚意不與顛倒相應故曰最爲明又世尊言如阿難比丘於六更樂無餘已離皆使滅盡亦無有身諸所生苦樂而受其報亦無心亦無形體亦無諸入亦無作所生苦樂而受其報亦無空缺處此是苦際說是語時其義云何答曰此六更樂內六更樂永盡無餘捨諸欲著更不復習欲盡愛使永除滅盡見結不起復作是說無欲思惟惡露諸欲已盡修行止觀復作是說無欲得無願解脫門盡成就空解脫門彼無有身亦無有至智亦無語亦無彼心亦無智亦無彼體及外諸入未盡者則無有諸入亦無內入及餘未盡者亦復無也亦無所依亦無永盡復作是說彼無有身除去結使如是一切彼無有身身之相貌如是一切彼無有身亦無身行口行亦無心意行亦無彼體境界行報亦不迴轉彼諸入亦無邪見內諸入便具足依彼諍訟無有苦樂之報尊曇摩多羅作是說六更樂相應之時則六細滑入也於彼細滑則有累彼無有餘令具無欲愛著未盡於彼性相應便觀苦根本如是無餘亦無有欲如是相應去離愛著便住無欲如彼苦相應性住無我想示現智慧如是無餘盡修行滅盡如是修行已去離愚癡住黠慧中無明無欲便起有明想故曰住無餘滅盡彼無有身亦不得四大身如處所縛已心無有苦樂無有惡流轉生死四神止處入生入諍訟者或著已或不著已如其處所四神止處意迴轉開避處此盡熾然又世尊言眼希望意欲見色諸不善色眼不樂

云何眼希望意欲見色不善色眼不樂或作是說希望由眼門愛瞋恚現其所由復次云何眼希望非境界所攝復次心相應便有所照生便有益如尊者舍利弗說諸所有色見是我所等自觀知已遠離分別肢節云何知色止住不移動已捨離觀肢節想答曰如是便有更樂集聚彼則逮境界或有是或非彼如長爪梵志作是語瞿曇一切我不忍如是經句說是語時其義云何或作是說見尊者舍利弗出家便起是念我一切不忍彼二人者皆出家一切如我所願故語世尊如是見不忍耶復作說一切觀皆有疑爾時世尊便作語汝疑復有疑耶復作是語現一切非觀一切非爾時世尊復作是語此復是汝非見

又世尊言閑居樂靜意常娛樂親近思惟觀淨樂思惟與思惟相應閑居樂靜思惟樂靜此有何差別或作是說閑居樂靜以休息意思惟樂靜已得止觀或作是說閑居樂靜者現涅槃休息思惟樂靜者現道出要或作是說閑居樂靜者現初第二意斷思惟樂靜者第三第四意斷復次有二想諸結使斷拔諸染著娛樂彼初不遠離是謂閑居樂靜當觀有三思惟善法住處所住相應住有所益止觀相應故曰娛樂是爲思惟樂靜又世尊言於是比丘當身身相觀莫起身想亦莫作觀想說是語時其義云何或作是說觀身不淨莫味著身亦莫起淨想或作是說身無常空無我當作是觀莫起身常想樂想是我想當作是觀復作是說思惟身身觀莫計身出由

復次淨除行地觀辨大事校計惡露方便思惟悉了知已盡不生智慧眼所照分別悉了又世尊言有四法句不可沮法句不亂法句等念法句等定法句句義爲何等或作是說諸法句斷故曰法句不可壞善根無瞋恚善根等念等定無癡善根或作是說修行諸法故曰法句不起貪欲貪欲盡無無瞋恚恚盡等念睡眠等念等定調戲疑盡復次沙門法句不可沮壞無瞋恚戒等念求定威儀等定求智慧威儀如曇摩提比丘尼說樂痛是苦痛分分者其義云何答曰有對則有分於彼樂痛便有苦痛自然之對苦痛有樂痛分自然之分苦樂痛有不苦不樂痛之分除去不苦不樂痛有無明分明相應無明是明分展轉相盡因明是行分行垢是無明分斷滅作如是行是涅槃分無餘涅槃界滅一切諸行已作是涅槃無分爾時世尊歎譽謂甚戒梵行又世尊言尊者魔樓子說是命是身見諦是我所修梵行云何身異命異耶於是比丘見諦是我所不修梵行說是語時其義云何答曰雖記別一見不記別餘見尊曇摩多羅作是說如是是命是身於是比丘見諦不修梵行知見之所趣彼所依處見便往照不依處所二俱有累最勝如是說

有十二聚事　有身有我見　一切忍思惟法句比丘命

又世尊言云何汝摩羅太子有異梵志年少端正當作如是行說是語時其義云何或作是說尊者摩羅太子志樂十想而作是說然世尊欲拔諸結使復作是說如是彼人欲使

貪欲結使滅盡尊作是說如契經句語然與異學梵志論結使集聚由思想得汝端正摩羅太子甚幼少而卧抱褥未有色欲況當有貪欲繫著心意結使者貪欲愛使云何世尊觀犯諸過罪如貪欲使知有力劣受教戒所攝持若彼有力語無有違若貪下中者不化則無有五上分結如是當察此事而無有異是故世尊知又世尊言於是跋陀婆棃比丘有具足行彼戒不具足閑居靜處巖峻坐禪以此閑居靜處巖峻坐禪世尊作是誨天亦復誨智者梵行亦復訓誨亦自訓誨訓誨之義爲何等或作是說被責之人是最勝教戒語亦訓誨天亦訓誨智者梵行亦自訓誨或作是說當言責數世尊亦責數此非我弟子諸天亦責數此沙門非釋子智者梵行亦責

數此非平等之法復自責誨我非沙門復次如是歎譽世尊平等教戒故如是世尊義責數如世尊說成就五法閑居靜處巖峻坐禪以朽弊衣而知止足以飯食病瘦醫藥之具知足作欲愛想

爾時世尊以義責誨天亦訓誨如所說世間增上智及梵行者亦復訓誨如所說世間增上法增上我增上又世尊言是謂苦是謂苦習是謂一觀是謂苦盡是謂苦盡出要是謂第二觀說是語時其義云何或作是說是謂苦是謂苦習觀因緣果實是謂苦盡是謂苦盡出要觀因緣果實或作是說一觀結使第二觀淨復作是說一觀本所造第二觀已過復作是說一觀苦第二觀無苦復次一觀有漏第二觀無漏如摩竭檀提梵志作是說我

見色好汝皺羅墮逝我見瞿曇沙門坐褥色壞者其義云何或作是說諸根謂壞彼以無生法眼者尊作是說諸根眼亦是異異學書籍彼以此迴轉淤泥遊行不見染汚又世尊言觀其力勢亦觀訓誨無力勢無訓誨當爲說法云何有力勢有訓誨非爲說法或作是說以人根故善行之名說不善行之時亦歎譽訓誨若於彼人歎譽善行去不善行說平等法問又世尊爲人說歎譽善行去不善行欲使世尊歎譽教戒耶答曰世尊亦知此戒律世尊不作是言彼有教戒或作是說無有功德力勢教戒功德有教戒各歎譽其名若不歎譽其名實無有疑隨時說法復次亦無巧便雖指授亦不教戒若有方便於彼躇步而教誨之不觀方便而觀不方便欲使彼當言說法分別隨時作觀至使得望又世尊言以女人八事繫縛男子歌舞談笑顏色細滑姿態恩愛義者爲何等或作是說身體瘡痍是恩愛義復作是語身體平正是恩愛義或作是說諸根瘡根相根義是恩愛義世尊作是說愛女人相是恩愛義又世尊言汝復波伽梵志如來有四說法彼有無量功德無量法句無量法句味廣說說是語時其義云何或作是說此是不善是謂第二意斷彼復滅不善是謂初意斷是謂善此謂第三意斷彼復思惟此謂四意斷彼有無量功德文字無量謂之法句文字次第是謂法句味或作是說是謂不善苦諦所斷是謂習諦善思惟盡諦是謂道諦彼有無量功德是謂法句名身味爲味身復次如來說法有盡應一切說法由

二迹平等身習出要迹得平等身盡出要迹彼無顛倒無有忍無有善有是顛倒有退轉忍善之中有無量功德所以作是說謂法句語法句味滅身字如優波梨長者說如來世尊於彼愚癡異學不善之中說是語時其義云何或作是說不可使無信人火能燒也復次彼無信者現無有義或作是說現彼無信者盡復次或於彼時尼揵荼（優波離字）無信於此法中現其有信如尊者阿難說尊者舍利弗已般涅槃我今世尊精神閉塞不知四方亦不思惟法說是語時其義云何答曰身無所覺現身行惡不識四方者現心無行不思惟法者現不諷誦復作是語身無所覺者現身說重不識四方者現心有愚不思惟法者現不說法復作是語身無所覺者現身無行不識四方者現心有亂不思惟法者亦不聞往古又世尊言

識法如幻　最勝故說

說是語時其義云何答曰色是我所彼若聚沫因緣合會無數物成就漸漸集聚所持不牢性劣弱不得久住饒諸怨家親近怨家作如是色愛著色欲因緣合會更樂色味香根如是無數物色之根本處母胞胎處胎長大年壽時過當於爾時漸漸前進集聚一處有男女傷知有衆生處所衆生不牢固形牢固相應因緣性弱造作諸行化若干種怨家集聚必當壞敗有力怨家常被繫縛必當壞敗自性住親近怨家故曰色如聚沫痛如水泡者彼如水中泡潤雨與風合成如是吾我痛者諸相境界與識等生故曰痛如水泡想如

野馬者彼如野馬𠖥夏炎暑無有雲蔽亦無風塵無有漿水便起水想如是作吾我想者皆是幻惑衆生悉是顛倒故曰想　如野馬行如芭蕉者彼如芭蕉樹極峻高大皮皮相纏中無有實如是吾我者不得久住作若干種行然無有實皆不牢固故曰行如芭蕉識法如幻者彼如幻師無衆生謂有衆生想吾我識如是故曰識如幻法最勝爲釋種故曰最勝說又世尊言學者生三刺三刺義者其事云何荅曰此三集聚知有不淨謂婬怒癡又世尊言王波斯匿云何大王於草竹叢或大藂積而以火往燒彼諸草木頗有種種異形不乎荅曰義各各異聲音不同

端正住閑居　愚癡無教戒　優波離所說

色幻及三刺

又世尊言有四捨法云何爲捨法如所說非句味義復次契經有成言如所說即是其六果說此契經是棄捨法如所說即是其義又世尊言若比丘供養病者則供養我身無異云何供養病者供養世尊無異或作是說供養病者脫於困厄復作是語佛世尊常法供養病者長益諸法復作是語彼不供養供養佛世尊復次世尊愍諸病者猶如有人語看病者曰汝供養此人則供養我無異復次如來常自悲衆生供養世尊擁護衆生又世尊言比丘我當說法義理深邃是諸法味云何爲義云何爲味或作是說名爲味相分別名者是爲義復作是語敷演爲義意娛樂爲味復作是語一切名爲味微妙爲義復次義依彼契經章句分斷漸漸相應爲味如所說婆

羅門言人依何所說是語時其義云何答曰若有相應選擇長益即是彼所依便有人名生等方便亦依穀米有人名生穀米依地地爲水所漂風持水當於是時風塞虛空風爲空所攝空爲明所攝然後知有虛空照明爲日月所攝於中三界迴轉時乃至梵天各各相謂言梵天梵迦高天大梵忍成就忍滅諸結復作是語依涅槃依涅槃住云何得知世尊戒成就三昧成就智慧成就或作是說由阿含得知世尊亦說迦葉我亦不見天人及魔梵天沙門婆羅門衆有異沙門婆羅門自言我戒成就定成就勝我者智慧成就勝我者解脱成就勝我者解脱見慧成就勝我者或作是說如來藏身復次記授决於法身中智慧成就者則知三昧成就三昧成就者則知戒成就戒成就則知有涅槃教意不能猶如三昧住意亦不亂亦不犯戒是故世尊戒成就勝三昧成就勝智慧成就勝以何等故無常謂心不相應行然無苦空無我或作是說無常非心意法苦空無我者是心意法也問此皆心所念法亦是心不相應法若作空觀思惟空者彼則是空若思惟無常非無常觀彼是無常若不作無常觀無常異空異復次集聚智有苦患忍知爲空無我是無常復次無常者無相之物又世尊言此不可造作處所在居家螺文梵行盡形壽修清淨行螺文義者其事云何或作是說昔有仙人名螺文精進純備而處居家不有梵行或作是說如彼螺文有清淨行然居家不清淨不清淨善復次螺文造書文風雨不能沮壞處俗修

梵行此非爲清淨如阿那含在家眷屬圍遶此非爲善清淨行耶云何以神足能隱形不現或作是說自化形極細或作是說化無色四大或作是說思惟輕舉使形升虛空若肉眼見廣大復次神足境界不可思議云何神足化形極細或作是說化無色四大復作是語已大入小重乘於輕如所從生大火炎中取螢火光復次神足境界不可思議如所說仙人有五復曰六其義云何或作是說仙人五世尊爲上此之謂也復次五比丘中世尊爲六此之謂也如尊者朋者說汝選擇念見聞念知見聞者其義云何或作是說謂結使也不盡謂之流結盡謂漏盡也復次諸所聞者方便所攝一切彼聞菩薩時謂見聞念知如尊者賓頭盧說如大王所說揭陀婆黎梵志千千不覺不可計數如彼愚人無明不善非良福田彼非良福田其義云何或作是說如耕田人不別良田彼謂非良田人彼亦不知有此良田亦不染著是謂非良田彼亦不知有是無是亦不染著是謂非良田復次縠子所生處別其好醜則知有良田是故彼不知是謂非良田諸所諍訟盡欲界相應耶設欲界相應盡是諍訟耶或作是說諸有諍訟者彼一切欲界相應也或欲界相應彼非諍訟行垢相應解無著法復作是語或有諍訟彼非欲界相應也答曰色無色界相應染污法或欲界相應彼非諍訟耶欲界相應不染污法及諍訟欲界相應染污法或非欲界相應亦非諍訟色無色界相應不染污法及無漏法也諸不諍訟彼一切色無色界相應耶

設色無色界相應彼一切是不諍訟耶或作是說諸色無色界相應彼一切是不諍訟頗不諍訟彼非色無色界相應耶欲界相應不染污法及無漏法復次或不諍訟彼非色無色界相應欲界相應不染污法及無漏法或不相應不諍訟色無色界相應不染污法或不諍訟亦不色無色界欲界相應染污法色無色界相應染污法觀現在事其義云何或作是說現在所作目悉攬見是謂現在事復作是語得諸色根是謂現在事復作是語有二種現在根現在意現在於彼根現在中若得色根意現在者若悉意不觀復作是語如彼眼識相當言有三種更苦樂有其痛痒意便有想色聲香味細滑法中思惟自相便有識生是謂現在自境界外彼亦不空有境界也我者其義云何或作是說我者愛已著形也復作是語內是我所復次自性諸入彼是我所餘不牢固現在及我此二事有何等異或作是說緣前有物是謂現在著已是謂我所也復作是語攝持諸根是謂現在內爲我所復次露現緣前眼若有我所者彼則自違

又世尊言薩毗梵志

造作諸業事　住涅槃無疑　無有有滅盡
比丘不處胎

說是語時其義云何答曰解道彼以此道自豎立處等以此道一切結使盡故曰造作諸業事住涅槃無疑者闇冥得除究竟得智無有有滅盡者生有死無彼度此生老病死以現其妙自豎立者以修梵行以倚住諸道梵行求以倚更無有如是有處胎彼滅謂之胎

盡彼比丘者於乞法中現其滅盡如所說雖
多婆羅門
我見天人世　無穢淨行除　故我禮大仙
脫我無明疑
說是語其義云何答曰如我見尋原本故曰我見天人世無穢者現無所攝云何得知以一切智去離愛欲漸去除無穢一切婆羅門行淨彼志成就無有諍訟故曰婆羅門習業之時觀其所求故曰禮大仙所求以此然大法我如來以此大法故曰大也以得智當言見三昧解脫我疑刺以究竟授我三昧
我不堪解脫　洗除顏多胡　法爲微妙智
如是能度流
說是語其義云何我不堪解脫者洗除顏多胡梵志自現體中現著淨法爲微妙智如是能度流緣二等見有愚因淨因觀也
住義將養病　敷演無常理　六聞田難沮
現露淨不堪
又世尊言
究竟不驚懼　無縛亦無疑　已斷諸有刺
此最是後體
說是語其義云何答曰有二究竟欲究竟已辦事究竟修行以此度究竟緣此因善智修定理亦不驚懼於無記體中亦不恐畏亦不驚怖老病死故曰不驚懼如有異梵志不以實智不以眞威儀便作是語歎譽彼此歎譽已身此究竟智不如彼說究竟智成就故曰不毀彼戒盜盡者便盡生故曰此最是後體三界愛盡亦無縛著是觀謂其緣故曰離三有刺因緣盡永無有餘又世尊言

此最爲究竟　迹滅爲最上　滅一切諸相
淨迹永常存
說是語其義云何答曰此最爲究竟現事究竟休息者現三火息現有餘涅槃迹者現智作處盡一切諸相者衆生　相衆生所作方便初中竟之貌也作是觀一切結
又世尊言
最後愛念語　託情親朋友　不應作便說
智者皆分別
說是語其義云何答曰藏匿之語與衆生相應故曰意念語也於中所有親友有二益彼不益彼此二親友指授彼時智者皆別知以彼結彼此共同又世尊言當於爾時穀貴飢饉生苗不生實苗義云何或作是說以食故授籌故曰苗復作是語以籌選擇故曰苗種種子生一莖故曰莖也次以種種穀子亦不生苗故曰苗也又世尊言比丘當學自然自歸法然法歸不異歸我然法然法歸有何等異或作是說我然者我好也自辨其事法然者歡喜踊躍或作是說我然者内身身觀痛心法　法然者外身身觀痛心法復作是語我然者思惟惡露於法順法者是法然也復次親近善知識及聽正法我然也思惟惡露欲辦彼事者是法然也教誨欲辦彼事者欲爲如是諸事則其事又世尊言若阿難生是意我有是比丘僧緣我有是比丘僧我當護比丘僧世尊復作是語舍利弗目揵連求索比丘僧我常不與況當汝汝純愚食唾之人說是語其義云何或作是語如彼世尊如彼世尊舍利弗目揵連求索比丘僧我常不收或

作是説從慈定起調達求索從定三昧起尊者阿難作是問復次現依我盡以前契句我當護弟子以二契句非我因縁慈悲於彼又世尊言有是十法愛慾念潤情世間驚懼以何等故戒多聞梵行愛慾見喜娛樂或作是説作其善果復次作衆多想又世尊言那迦頻顔婆羅門長者彼作如是眼見色便娛樂説是語其義云何或作是説如此形彼無歌舞香熏塗身香價甚貴或作是語妓樂戲笑因是故説復次縁女欲故説是語非不閑居境界能作欲愛剌利衰毁譽以利養故居處山澤如曇摩塵那比丘尼説樂痛婬所使苦痛瞋恚所使不苦不樂痛無明所使説是語其義云何或作是説是如來教誡之語復作是語是如來勸戒之教義當言可説當言不可説或作是説當言可説何以故如世尊言我當説法有義有味味可演説是故義亦可説若義不可説者説法則無有義問説義爲説味二俱説義味之時有義有味若所説欲使義味與法異耶設義理與法異者是故不如契經文或作是説義可説名義展轉是謂名於義當言不可説復次想所作語無想所作義是故義不可説又世尊言我當説法初善中善竟善云何於此法化中云何爲初云何爲中云何爲竟或作是語戒爲首思惟惡露爲中涅槃爲竟復作是語初學大戒中學增心竟學增智慧復次説法之時縁初現初受化迴轉爲中後爲究竟彼於此初爲結原中爲結原竟爲結原故曰初善中善竟善又世尊言如所説以三事不忘而憶取本相自

緣已物不失其旨說是語其義云何答曰昔本境界取持守護爲想所受持故曰本想所攝自然於已迴轉因緣自然者方便自然親近自然故曰自然於已數數降伏心便有識護持故曰志强記不忘也如所說如是於中法法住法空法如實緣是因緣是謂因緣生說是語其義云何答曰如是於中諸法者彼修行法法住者不有變易法空者因緣果實如是知修行不興因緣者觀所作行又世尊言更樂爲一㘞更樂習爲二㘞痛痒處中說是語其義云何或作是說更樂爲一㘞所作爲習想更樂習爲二㘞者痛處中者果也復次更樂無明更樂六入爲習無明生更樂痛處其中又世尊言是故比丘當如是學如出家想降伏其心說是語其義云何或作是語是世尊勸教語當於爾時求解脫故出家學道復次等出家故故說此語又世尊言於中摩羅童子餘比丘當何所爲年在幼少出家未久學道日淺來入此法亦復未久云何汝今年老形熟長老欲與我速疾求教誡說是語其義云何或作是說年少比丘更作是念此亦年老方欲習學我等亦當在後習學所作自恣復作是語年少比丘便作是念此如是年老亦無所逮況當我等有所獲乎無勇猛志復作是語彼年少比丘當作是知彼求教訓況當彼求道復作是語衆多見聞年少比丘況我等彼求教訓況當年少比丘不求耶復次是世尊囑累之語各莫作疲倦意以何等故曩昔如來等正覺閑居山澤巖峻坐且歡譽爾所事然不處其中然世尊歎譽其

德亦處其中或作是說昔日之時無有閑處山澤叢林村落相連雞皆飛過問設無閑居以何等故今歎譽之答曰歎過去閑居之德復作是語彼時佛教化衆生爾時不以閑居作教化事恐不入彼教律中復作是語爾時衆生貴重思惟定不許彼閑居靜處村落之中應受化衆生起惡露觀復作是語爾時衆生意多著樂皆不許閑處恐意猒不堪閑處又世尊言是語此契經句之語誰能堪調達於世尊前有所論世尊亦不於中住諸於壞增中歎其快者世尊亦當爾彼人無緣亦不有彼人不逆亦不能有如是善比丘於如來前從彼惡語何以故世尊功德相應無能知者諸閑居者禮敬承事便知彼人是故世尊不許以何等故本世尊等正覺乃至證弟子等法住然復世尊久般涅槃爾時復住或作是語彼衆生是佛所化是故聲聞不能教化復作是語爾時衆生貴重止觀彼時說法復次是時如來極長壽彼亦如今閻浮利地然後世尊處短壽中爲諸受化衆生及餘趣我觀去來契經所說教誡語勑聲聞

語竟世明我衆僧　愛無有痛不可說
尊說三法及更樂　年少端正歎譽本

更樂揵度第二竟

尊婆須蜜菩薩所集論卷第八

音釋

廁初吏切間也黠胡八切慧也沮在呂切過也褥如欲切簸補過切淤依據切濁泥也躇直魚切住足也藁稭藁古老切禾莖也稭資四切聚也攬盧敢切與覽同痒余兩切欲搔也膚饉渠吝切菜一熟也籌直由切壺矢也嵎元俱切與隅同

尊婆須蜜菩薩所集論卷第九

苻秦罽賓三藏僧伽跋澄等譯

結使揵度首第八

垢穢當言隨顛倒當言不隨顛倒或作是說或隨顛倒或不隨顛倒四顛倒當言隨顛倒欲慢瞋恚邪見當言不隨顛倒問云何不如實染耶亦說如實觀彼便知是故不與相應答曰集聚便可知亦非自相若觀自相知者皆有猒患意無有自相意不迴轉問如集聚可知是集聚則有欲也觀彼顛倒如自相觀便染著無有不染著無有自相意不迴轉或作是說當言隨顛倒與癡相應問愚癡不與愚癡相應欲使愚癡隨顛倒耶或作是說當言不隨顛倒顛倒設當隨顛倒者彼則不斷滅非以顛倒還滅顛倒問如善無記心心法不隨顛倒彼亦可滅垢亦如是答曰善無記心心法還續如故結可使永無是故彼當言顛倒復次當言不隨顛倒與邪志與使相應不與相順生不成就彼不淨成就以何等故謂身見是顛倒不淨無能有害者無有實我身見迴轉或作是說意有淨相不淨迴轉答曰無有淨相彼或有淨或不淨問若有淨彼有顛倒彼或曰有常或曰常欲使無常相不成就耶答曰無常相不成就設常無常相不成就者彼亦當有相然非相是故無常相不成就或作是說見顛倒與愚癡相應不淨非顛倒與智相應問愚癡不與愚癡相應欲使愚癡非顛倒耶智不與智相應欲使智顛倒耶或作是說身見是垢垢與顛倒相隨是故身見顛倒不淨由智之功智不智不隨顛倒

是故不淨非顛倒問垢相應心心法然非垢著欲使彼隨顛倒邪智相應心心法然非智欲使彼隨顛倒耶復次如其種類不淨相共染著不可使諸陰自相有所染著如陰無我成就如其種類淨成就也是故身見顛倒然非不淨一切諸見攝六十二見爲六十二見攝一切諸見或作是說一切諸見攝六十二見六十二見亦攝一切諸見問如所說薩毗梵志三乃至三十六種種異云何彼非諸見耶答曰此事如是二及六十亦復如是或作是說一切諸見攝六十二見非六十二見攝一切諸見不攝何等彼涅槃言無涅槃俱生者至五邪見無一邪見復次六十二見所生見當言所攝也

如薩毗所說三乃至六十沙門依智慧依智慧相依字想諸垢盡云何六十三見或作是說無有六十三見正有此二見或作是說言無涅槃者是邪見是謂六十三見或作是說言無道者是邪見是謂六十三見復次所見是謂六十三見如是五邪見身猶豫見邪見見盜戒盜無因所生見爲何等見所攝至死不捨見爲何等見所攝或作是說無因所生見言有所因是邪見習諦所斷復有至死不捨見無作言有作此是戒盜苦諦所斷復次無因所生見無有見有見所攝也至死不捨見者當言有見所攝以何等見使巳盡心相應使更生耶然無有因緣或作是說因緣者結使便盡因緣未盡有餘盡不復生問如諦無漏緣結使有盡不盡者緣盡因緣答曰緣巳盡無餘是謂滅也問此緣不同諸使未盡

緣便盡是故非緣是故緣使便盡也或作是說常相應無有不相應時問非因緣復次或有彼不緣或作是說未盡彼即是緣復以此緣更不復生復次盡不復生問若緣有漏諸結使盡數數彼緣不復更生不滅亦不生欲使無漏心是彼緣耶結使轉生結使或作是說彼相應一生一住一滅不如其緣已盡各散不一處彼心有使不如其緣問彼心未盡諸相應使一起一住一盡不如其緣欲使不斷者是其緣耶緣使非結使緣也或作是說諸相應使與心共住不如其緣是故已盡是相應使彼心有使不如其緣此亦如上所說或作是說諸相應使染著于心不如其緣是故已盡相應結使彼心有使不如其緣此亦如上所說或作是說相應使者彼心染污不如其緣是故已盡諸相應使彼心有使不如其緣此亦如上說復次設當如彼緣者彼心有使亦見無漏心緣使彼則有使復次諸相應使當言彼心有使也若盡若不盡如力勢王所欲自至以何等故欲界相應耶見謂色無色界苦然非於彼界所使或作是說自界所使不于餘界問此亦是我疑何以故不于餘界設於欲界造餘界者欲使有漏界造自有界邪見故彼界亦使所使或作是說彼界少慢漸去離是故彼界非使所使問若去離者在自界中亦當去離是故自界亦爲使所使或作是說非以彼見有所疑亦不緣彼界問云何彼有無此說法耶答曰有彼若以此說使說者此非其義無長益問無有苦惱彼亦不作是念有所說或作是說知而言無設

當知而言無者此非苦智耶云何言無苦若不知無知云何言無是故盡無爾所事問知而言無不知而言無設無知知而言無者若不知云何言無是故無也復次緣使所使何以故彼不爲使所使復次彼見界無定處一切有苦而言無欲使欲界越次彼謂不盡然後與欲界相應以何等故緣涅槃邪見言無涅槃然不於彼使所使或作是說彼不有此使問無能誹謗彼者欲使誹謗緣涅槃耶或作是說誹謗之言去涅槃遠是故不於彼所使問有漏之法亦去離誹謗是故有漏亦爲使所使此亦如上所說誹謗所說亦如本無異有是誹謗復次若緣使不爲使所使陰持入中彼見無生處所已有所生何以不爲涅槃所使以何等故涅槃中無有瞋恚或作是說此非瞋恚境界問彼誹謗境界欲使誹謗非緣涅槃耶或作是說有漏之法便有瞋恚無是涅槃是故緣涅槃無有瞋恚問有漏之法便有瞋恚無漏是涅槃欲使瞋恚非涅槃緣耶或作是說以方便捨衆生便有瞋恚起然涅槃非衆生之教是故緣涅槃無有瞋恚問有漏之法衆数中便有名生復次無造之相速有瞋恚起然涅槃無造之事是故涅槃中無有瞋恚若作是說我必墮泥犁中不須涅槃彼心與何結相應或作是說與瞋恚相應問緣涅槃有瞋恚耶或作是說彼染相應無明之數彼不知涅槃復次彼心當言與愛相應又世尊言於是比丘欲界之中有歡喜樂天契經句廣說彼云何命終更受形便自憶我本爲歡喜樂天便作是念我本爲歡喜

天或作是說於彼退轉復作是念彼不於欲界起吾我想問生欲界中懷宿命所更我本其甲身如是起吾我想欲使彼謂退轉耶復次諸所有名色相應結使欲界因緣彼則有强記復作是念尋生之時審有誓願復次我見之想不觀斷滅復作是念等故凡夫本爲歡樂天

以何等故凡夫人不於苦觀苦欲界相應身見猶豫見謂之斷滅耶或作是說不淨滅貪欲現拔一苦亦用思惟斷問四諦所斷非思惟耶此二種所斷一種乎四諦所斷以盡若思惟所斷不盡不捨或作是說種種結已盡永盡漸漸盡於彼身見已盡不究竟盡問若漸漸結盡者更亦當不生亦說有三種身見結生身見使盡身見處所之法便有所照於彼作惡露觀如是身見使便生復次生十想法所種便作是語如是意所斷不於中間賢聖道能斷結使

顛倒不淨見　薩毗五見戒　二種及瞋恚
泥犂德本苦

以何等故欲界相應身見猶豫見謂之無記然非不善耶或作是說彼非大身口意行所能造作問亦有餘見諦所斷結由身口生欲使彼言無記耶或作是說彼身有優劣問云何得知有優劣或作是說彼結長益時不生惡趣問彼未必不善乃至入惡趣或作是說不善有報結無有報是故此無記問如彼見受形時云何無有報復次設彼作是顛倒見無有安處云何無有不善彼便當有彼見無有報是故不善云何有垢受不善報是故無

記是事不然世尊亦說如是比丘愚癡者即不善根若當言無記者此事不然以何等故色無色界相應使謂之無記然非不善或作是說彼非造身口行或作是說彼受形時無優劣或作是說彼不受果報或作是說彼無有報此亦如上所說復次諸欲著者彼不善耶彼則有是意不受惡報彼不受顛倒彼不迴轉彼不安隱彼亦不然是故當離若結非非善者云何今不善耶結亦由行增是故言無記者是事不然所可用心誹謗四賢聖諦者云何彼心因深義耶或作是說非可以一心能使四諦有若干相復次彼心因緣集聚問若四諦異因緣亦異者則不誹謗四諦也若四諦因緣同心則緣四諦也此亦如上答無異所說不順其理復次非心誹謗用邪見誹謗也一步始苦諦處所非因苦諦無有盡諦盡無有道各自求苦諦處所此之謂也彼無有義可從得者以何等故無垢人遂進斷結欲界相應結使及思惟所斷先盡然後色無色界相應或作是說此漸生賢聖道先辯欲界事後色無色界問欲使賢聖道生先辯欲界事後色界後無色或作是說欲界結使麤色界相應使細是故先斷欲界相應結後色界相應後無色界相應或作是說欲界相應近色界相應遠無色界相應轉遠或作是說有對之處即前滅結欲界相應先在前後色無色界相應也是故欲界相應結先滅後色界相應後無色界相應此亦如上所說復次彼道漸漸益有對即滅彼則有是也何以故思惟所斷結不漸漸斷耶當作是觀未知

智觀色無色界彼不有長益齊限亦有展轉特信奉法以未知忍知是故彼無苦以方便觀以何等故欲界相應行思惟苦等越次取證然非色界相應無色界相應或作是説此漸生賢聖道先辯欲界事後色無色界同問彼欲思惟道生先辯欲界事後色無色界等此亦如上所説此苦麤以是縛著此亦如上所説復次此勸教方便諸耆年雖能逆是者於此造事一切諸行捐棄已盡苦根本以何等故色界相應行於苦思苦不還阿羅漢果然非欲界相應色界相應此亦如上所説此苦麤親近此間以是縛著復次作無吾我想所可縛著當言盡無欲也欲使苦行不思惟更思惟餘苦耶如自捨田除他田中草穢觀彼亦如是頗有一心諸法滅盡逮智慧然身不受證耶或身受證不逮智慧耶或逮智慧身亦受證耶或不逮智慧身亦不受證耶或作是説若得盡法忍時欲界相應盡諦道諦思惟所斷結盡爾時逮智慧然身不受證色無色界相應苦諦習諦所斷結盡爾時身受證不逮智慧欲界相應苦諦習諦所斷結盡爾時逮智慧身亦受證色無色相應盡諦道諦所斷結盡思惟所斷結盡亦不逮智慧亦不身證問若盡法忍生盡諦所斷結未盡亦非其類答曰生者便滅已滅不生若生者不滅則非其類問欲使便觀生盡者已盡當作是觀或作是説盡法忍起時欲界相應道諦相應所斷結盡逮智慧身不受證色無色界相應苦諦習諦所斷結盡身受證不逮智慧欲界相應苦諦習諦盡諦所斷結盡爾時逮

智慧身亦受證色無色相應盡諦道諦所斷結盡亦不逮智慧身亦不受證復次得盡法智時亦如是無異二分俱不盡頗見相應痛愛結相應非見結相應耶或作是說或於欲倍愛盡等越次取證習巳生盡智未生欲界相應盡諦道諦所斷上中下見相應痛下愛結相應非見結相應問世尊亦說若比丘於痛貪欲而滅盡時貪欲盡痛便盡也云何貪欲盡痛便盡耶或作是說見諦人與世俗等見相應痛與愛結相應不與見結相應非見結盡彼見結復次習智巳生無色界愛盡與世俗等見相應痛與愛結相應非見結相應云何緣涅槃無明而隨涅槃耶或作是說彼無智愚癡所纒問彼作是念無智是愚癡耶或作是說有二種癡隨涅槃也與邪見相應無明言無涅槃疑相應無明者猶豫不定一法相應問邪見無明各不異耶如是疑無明此諸法各異復次無明隨涅槃耶復次如是五盛陰言是我所如閇兩目一切智有目者少如身緣有漏生諸結使如所緣結彼身有漏或作是說諸身有漏如彼緣生結使彼身非有漏如緣盡緣道有諸結使門

又世尊言於是比丘諸所有色過去未來現在貪欲生便生婬怒癡其餘心所念結使是謂有漏泡此契經則有違或作是說諸身有漏緣彼生諸結如緣生結彼身有漏生無漏義有漏義結有漏義復次若身不中間生見彼身有漏不如彼緣生諸結也彼造結時染著身處所

一種說不善　誹謗捨離去　阿羅漢一忍

寘有漏在後

以何等故調戲用思惟斷或作是說見諦者有調戲故曰用思惟斷問見諦者亦有無明彼見諦思惟所斷或作是說二俱調戲見諦所斷亦思惟復次此見諦所生調戲見諦所斷如彼調戲少所說不順此所作不辦若越境界彼思惟所斷若少有辦過道癡持是故二俱調戲或作是說凡夫人調戲熾盛見諦者調戲微是二俱調戲見諦所斷復次無恐懼有穢汚意何以故不見諦所斷若見迹者或有隨從彼調戲思惟所斷從無色界終生欲界云何欲相應結而現在前如上聚揵度所說復次若作是意生無色界欲界相應使水斷然非無色界相應使是欲界相應使緣彼則有是耶彼則不生欲界設生時中間不生結使亦不現在前無因緣現在前復次凡夫人無有結盡作不善行彼欲界相應結謂之盡也如世尊言於是比丘汝等不思惟亦不作方便則是結因緣神識所止處彼於此間當作方便從無色界終生色界時云何色界結使而現在前答曰不拔諸結使譬如火炎緣炎有明如是明所纒作不善行者便受色有此亦如上聚揵度所說色界終生欲界時云何欲界相應使而現在前如上聚揵度所說復次漸漸欲愛增有力勢因本彼欲愛盡此三災變風災水災火災此由衆生垢生此三災爲此三災衆生有垢或作是說由衆生垢著有此災變猶如衆生罪有刀劒劫或作是說由災變故衆生有垢著猶如狗犬陰陽有時或作是說由垢著故有災變生彼彼

衆生有欲界結彼彼有災變起如彼彼有災變結使使便增益復次衆生善法常修習行便遊餘國土彼因行增上衆生有壞敗學本所習

云何緣使便有所使云何相應所使或作是說貪欲使甚愛著是謂所使瞋恚使不愛著意不染著是謂所使有愛使甚愛著是謂所使憍慢使熾盛極熾盛心勇悍是謂所使見使王見於彼身見使自依所使猶豫見者斷滅有常是謂所使邪見使無因誹謗無作是謂所使見盜使不可護持極微妙好最爲上是謂所使戒盜使淨解脫上出要是謂所使無明使無智盲冥愚惑是謂所使疑使希望猶豫爲是爲非意不審實是謂所使如是緣使所使也未曾更與相應所使問無漏亦緣使如是彼所使欲使彼緣亦是所使耶或作是說如彼彼有諸使緣彼彼有使緣時各各相牽引爲是使所使如是如是使緣所使彼使染著如是使相應所使問無漏使如其緣轉轉有增益欲使無漏緣是使耶緣是所使或作是說緣相應不得解脫是謂所使問無漏緣亦是使緣亦是使無有餘緣所使復次雖使所使者所迴轉處彼則有使若相應使所使者餘亦相應復次衆生使因緣所使也貪欲緣法爲有幾使所使或作是說欲界相應一切有漏緣也復次三界有漏緣退時而生欲界得三界結得是時三界結有漏緣所使使名者其義云何或作是說次第所使使亦所使縛亦是使使爲著義亦是生義使爲持義亦是使義復次當說等智是彼所使以

彼使若有漏所使也或用或不用垢著爲何義或作是說垢著人體受諸愛亦是垢緣苦亦是垢復次二種垢心相應垢衆生垢彼心垢著染著心意如垢污衣衆生垢有或隨他如負重擔以此因緣以此事計校彼時便有心垢生世尊亦說爲心垢所惑心淨行則淨合會成衆生世尊故說此善根者其義云何害不善根是謂善根義起諸善行是善根義復次於神種善原順從受執是善根義不善根者其義云何無記爲穀子義無記爲根義無記爲因緣義無記爲根義復次形體色無記法順從受持是謂無記義以何等故身見謂之苦諦所斷耶或作是說緣彼苦如是知苦便滅已滅緣便盡諸結使盡或作是說有常相我想身是我所身見作無常想苦我想已盡是故謂之苦諦所斷復次見身見身彼身受苦惱是故彼身現說苦惱是故滅當作是觀

調戲不復生　如有三結使　身及諸結使

三種根所斷

以何等故習智生盡道見盜謂之盡耶或作是說始初有見盜染縛彼見彼滅盡時此亦滅也問諸結使便有見盜是故亦是思惟所斷或作苦諦有違見盜及疑是故四諦所斷問苦緣結最在前爲上爲妙盜云何與苦有差違復次云何度苦結前爲盜耶若苦不能在前導者是故見盜苦諦所斷斷如所說諦無住處言是我所以何等故彼謂邪見或作是說由此因緣故說之耳是故謂邪見或作是說若此諦實作盜復次彼非緣空復次有

我所便有是見云何是上分結或作是說五下分結者貪欲瞋恚身見戒盜疑此不盡有欲界苦上界三結不盡受色無色界陰欲使是上界病耶答曰不由此有病彼已盡阿那含受色無色界有是故無病問若彼三結已盡受色無色界有是故彼不生欲界無垢人已盡復受三結有欲使界有不迴轉耶或作是說二結屬下分貪欲瞋恚也若不盡受欲界有已盡不復更受問一切欲界結未盡受欲界有欲使是欲界結耶盡是上分結或作是說當言一切結是上分結若不盡受欲界有問如所說五上分結則無其名或作是說二結未盡貪欲瞋恚不出欲界三結未盡復還來欲界是故五上分結未盡復次諸結使從欲界滅不在餘處彼當言上分云何是上

五分結或作是說五上分結色愛無色愛調戲憍慢無明以何等故此未盡受色無色有三結未盡修行彼時受色無色有欲使上是五上分結耶答曰彼不由受有色無色界有是故不受彼有問三結已盡此無垢人受欲界欲使是五上分結耶或作是說若諸結未盡離欲界受色無色界有彼謂五上分結或作是說二是五上分結色愛無色愛於中修行受色無色界有或作是說一切色無色界有一切未盡受色無色界有復次諸結使可使色無色界結盡彼是五上分結

云何緣瞋恚或作是說非妙非上有愁憂苦惱或作是說愁憂漸去離遠或作是說以衆生之故有其瞋恚復次永去離如去惡草欲與念有何差別或作是說欲是垢著念非垢

著或作是說欲是不善念是善無記或作是說欲受有念不受有或作是說欲與念當相應者或有欲有念如有人欲愛盡有念於師復次欲以方便生念希望生是故欲亦是希望瞋恚穢污此二有何差別或作是說瞋恚是結穢污非結復次瞋恚是不善穢污是善無記復作是語瞋恚受有穢污不受有復作是語瞋恚彼是穢污耶或是穢污彼非瞋恚如修不淨時是其義復次瞋恚受諸有穢污不受有於彼瞋恚亦不受有懈怠睡眠有何差別或作是說懈怠是身睡眠屬心或作是說世俗義爲懈怠出世俗義爲睡眠復次初爲懈怠疲倦爲睡眠邪解脫四顛倒有何差別或作是說見諦所斷是爲顛倒見諦思所斷是謂邪解脫或作是說能爲人敷演是爲顛倒不能爲人說是爲邪解脫或作是說諸顛倒者是邪解脫或是邪解脫彼非顛倒解脫結使復次邪解脫者當言是心顛倒耶亦不離四顛倒有意顛倒耶調戲疑有何差別或作是說調戲思惟所斷疑見諦所斷復次心染污有悔恨心是爲調戲心不究竟猶豫不定是謂疑也以何等故非凡夫人退時見諦思惟所斷結便有增益然世尊弟子退時思惟所斷結便增益然非見諦所斷結或作是說以一思惟道凡夫人斷諸結彼思惟道退時一切增益然世尊弟子或以思惟道斷非見諦所斷彼一切無有增益或作是說凡夫人以智滅諸結使彼智退時一切增益言世尊弟子以忍智滅諸結使然不於忍退亦不大增益或作是說凡夫人於中間滅諸結

使彼退轉時一切有增益然世尊弟子於中間少有滅盡不究竟盡彼退轉時於其中間彼退轉時彼便有增益復次凡夫人以行緣有諸使彼盡形壽而爲覆蔽彼行緣所繫故便增益然世尊弟子以見等越次取證諸結使盡便增益是故彼增益不可移動等見想心等彼護守彼或時退持以何等色無色界相應結使謂之無報耶或作是說彼不長身口意行有所補或作是說彼雖有身口意行彼不有增益或作是說不有好醜之報或作是說無記無有報也復次若結使有報者云何有違如彼有緣若彼誹謗者不受色無色界報如是有緣亦復無也彼不受有是故無結亦復不定是故捨離

不度不敗壞　瞋恚欲瞋恚　增上解脫戲

退轉無復果

若五欲有欲無染污心此二有何差別或作是語五欲有愛使不染污心者而不受有愛復作是語五欲之中有愛不善不染污心是善復作是語五欲之中有愛受有不染污心者而不受有復作是語五欲之有愛有諸善想不染污心者不斷諸苦原復次五欲之中有愛者言有我緣便歡喜踊躍不染污心者第一義諦不移動起衆生想以得等智具足不染污心彼則當有云何彼凡夫人謂非染污心我何所緣彼非凡夫人有所造諸神仙人於外以巧方便謂無染污心若苦諦所斷見道及習諦所斷此二有何差別或作是說苦諦所斷見道者彼則苦諦所斷見道者彼則集諦所斷也問此二俱是見道遍在二諦

或作是説若與苦諦不相應則彼苦諦所斷也若集諦不相應彼則集諦所斷問如苦結現在前最妙最上爲最第一道云於苦諦不相應復次苦諦所斷結使以苦諦伏則有妙想當作是觀興化有何差别答曰内心所攝心佞爲姦詐外不與心同是多化有差别以何等故心非賢聖道耶或作是説是世尊教化之語説此則説心無異彼則心相應問何以故説心之時不盡説心所念法或作是説是如來教誡之語有是教誡而有智慧如擣香末以香爲首色聲香味亦復如是問造一事所生之處諸相應法無有力勢或作是説自相所攝心集聚心是賢聖道是故心非賢聖道或作是説心亦是賢聖道等三昧有衆多心共一緣三昧者心有增減無有異三昧也復次道心遂感志意所造心有所説也欲界相應身見猶豫除彼相應無明及得餘法可説隱没乎或作是説可得諸法相應及餘心所念法心解脱行以何等故須陀洹不淨謂淨滅耶或作是説不淨有淨想是顛倒須陀洹已盡也問若顛倒須陀洹已盡者彼則不染著也苦想無我想不淨想彼當染著復次然須陀洹不淨有淨想已盡也見中邪見當知已盡何等蓋中疑結耶云何非蓋中疑結耶或作是説若欲界相應彼是疑出要也若色無色界相應彼非疑蓋也或作是説若入三昧内者彼是疑蓋若眞果者彼非疑蓋也復次一切調戲是疑蓋甚增多欲界相應非疑蓋也若自計吾我者彼一切是身見設是身見彼一切自計吾我耶或作是説諸所

有法自計吾我者彼一切是身見也頗是身見彼法非自計吾我自依我見或作是說頗有法自計吾我彼不身見耶我見相應心所念法頗有身見彼不自計吾我耶自依我見頗有身見及自吾我我見是也頗非身見亦非自計吾我除上爾所事則其義復次彼有法自計吾我彼非身見耶

又世尊言我今當說彼說我當說或有身見彼不自計吾我我見或非身見亦非自計吾我除上爾所事則其義也諸有見生無病自言樂云何生此見或作是說以三昧力自識宿命初第二第三禪地皆悉識知於此間樂故使爾耳知有樂復次貪嫉見身觀上方便有寒熱觀諸苦言於中便作是念我有是樂然苦趣其惡道諸所生見偏有一苦無病當死云何生此見或作是說此是三昧力自識宿命墮惡道中亦自識宿命於此間憂苦於中便作是念我巳甚苦復次自計吾我以善方便觀其所造作如食想偏見一苦樂亦是苦諸所生見自計苦樂有安隱想此是何結或作是說三昧力自識宿命人天之中及欲界自識宿命於此間自識苦樂於中便作是念我有是苦樂復次自計吾我觀其方便受其苦樂於中便作是念苦樂是我所安隱處起死想諸所生見自計不苦不樂安隱處所作如是想云何生此見或作是說此是三昧自識宿命四禪地自悉了知於此間受其苦樂彼便作是念無苦樂想復次作我想見墮惡趣受苦樂或時無樂彼則有是想也彼復作是念無苦無樂無我見亦作死想諸所生

見所謂我色起者四大所造壞敗至死如是我見趣彼等見此是何見答曰或有時見行以天眼知欲界便有生彼不作是觀便作是念不墮惡趣諸所生見言有我者斷欲界痛壞敗至死如是我者等斷絕此是可見生答曰或有時見行以天眼見色界形彼不作是觀復作是念墮惡趣中諸所生見言我無色空處斷絕壞敗不成至死不捨如是等斷絕云何生此見答曰或有時見行知有色界形彼不觀餘趣復作是念墮惡趣中諸所生見所謂我者無色空處壞敗不成至死不捨是謂等我見斷絕云何生此見答曰等入三昧不觀所生彼作念已斷壞也識處不用處有想無想處亦復如是如所說命異身異乃至死以何等故彼無見生或作是說自計我常住有淨果實亦不見果此無見生復次心所念法言有常因彼因緣便誹謗言彼則生無如體中有現在無明使相應於彼體現在無明使相應若體中與現在愛使相應或作是說如體中有現在愛使相應於彼體中有現在無明使相應也頗體中與現在無明使相應彼不與現在愛使相應也及有餘結而現在前復次二結俱不有一時而現在前何以故用思惟諸結使不一時二俱生也是思惟譬喻有四顛倒當言緣諦當言不緣諦五陰顛倒是其緣陰中無有常無我設當緣彼者此事不然答曰無常陰者而緣有常設當不緣諦者則是顛倒無常有常謂顛倒無者則非無常

復次義無有顛倒亦不緣諦彼亦不有相諸

所因緣以何等故色界相應使空處相應謂識處相應耶或作是說彼不可知問一切結使可知又世尊言於是比丘有著耶我及彼亦著或作是說三昧無常彼相應結使謂之無常相應問此亦是我疑何以故彼三昧謂之無常答曰此已休息問上三昧已休欲使彼亦是無常耶或作是說彼地有常然相應結使謂之無常此亦如上所說又世尊言味欲穢露犯諸結使亦不捨離云何味欲云何有犯云何穢露云何有結云何爲捨答曰於欲染著起欲想意想樂想是謂味欲於欲染著起欲想是謂味欲於欲染著起欲想有苦樂想是謂穢露於欲染著欲想多習愛著有衆多方便是謂犯欲有衆多縛著心染汚是謂欲結使欲結使者欲有若干想觀知所生是謂捨欲也

意想盜邪婬　清淨我樂苦　及體顛倒者
結使貪欲慢

結使揵度第八竟

尊婆須蜜菩薩所集論卷第九

尊婆須蜜菩薩所集論卷第十

苻秦罽賓三藏僧伽跋澄等譯

行揵度首第九之一

阿羅漢於欲界般涅槃云何受色無色界相應報或作是說速疾受報故受色無色界行受閑靜身問若能受陰者何以故不究竟盡諸行不得阿羅漢受色無色界報設逮阿羅漢於現法中受報界是故後世受報緣則有微妙報若彼行逮阿羅漢不捨因緣以雜行逮阿羅漢則有其緣相應之行是行果未熟受妙報或作是說初第二第三禪地緣彼行受苦樂報第四禪地及無色界相應受不苦不樂報此亦如上所說復次阿羅漢若般涅槃受善報拔諸苦源不善善者緣云何般涅槃有其處所彼作是念云何彼無所有耶當作是觀設彼行無報者彼行則無所有亦無果實行亦無所有如倉穀欲使不得成就不生萌芽彼則無所有若阿羅漢行果已壞是謂報果阿羅漢亦無所有是故此不爾行所有頗有人自害身命非阿羅漢父母受五逆罪耶或作是說有也作父想往殺人者受五逆罪復次母化爲男子彼人作母想往殺人者則受五逆罪頗殺女人非母非阿羅漢受五逆罪耶或作是說有也作母想殺他女人者則受五逆罪復次母化爲女人彼女人作父想殺人者則受五逆罪也不成男殺父母當言受五逆罪當言不受五逆罪或作是說不受五逆何以故不成男愚癡不能起上結使不於中間有上結有不情罪或作是說上結不成男於中方便必受五逆如是出要是

五逆彼不有五逆是故不受當作是觀或作是說當言不受報何以故彼不有恩慈向於父母心不一定設當受報者受五逆罪或作是師想當作是論世間純是五逆罪若畜生還自害父母當言受五逆罪當言不受五逆罪或作是說當言不受五逆罪何以故畜生無有是智有尊卑想於其中間有是五逆罪或作是說有智衆生便受五逆罪有智能造結使猶如御馬師以衣纏頭合馬牝者便知是我母還自齧根斷或作是說彼法自爾有智衆生無有限量畜生之類如聞音響千秋人面鳥身生子還害其母後逮阿羅漢果復次當言無五逆罪彼無有恩慈於二父母設有慈心日日衰耗受五逆罪當以師想復作是論設當爾者一切世間皆是五逆凡夫人住殺害心當言成就善心當言不成就善心耶或作是說當言不成就彼無此智慧能悉分別彼無禁戒問今凡夫人不生天上唯聞戒生天上或作是說當言或成就或不成就若生天上彼則成就若入地獄者彼不成就問此義不然云何亦聞大行分別契經說於七處犯則入地獄不犯則生天上復次或有成就或不成就誰成就於三昧戒具足不犯戒律禪不退轉命終後是謂成就誰不成就三昧戒不具足犯戒律於禪退轉便命終者是謂不成就阿羅漢最住後心有漏界當言成就當言不成就或作是說當言成就不捨戒律問云何受果報於彼後心而受果報問行與報等無有異此非論是故無此或作是說當言不成就彼三昧戒不受其報問盡形壽三

眛戒不具足復次阿羅漢徧滿世界復次當言成就盡形壽彼便作是念云何令受報彼若前若後云何於其中間而受果實耶若作講堂房舍當言身行當言意行或作是說當言身行身求方便勤勞有功問是何等身善行所攝答曰非盡身行是身三善行所攝或作是說當言口行口有所陳我施衆僧房舍是口行所作當問是何等口善行所攝答曰至誠語知時語不麤獷語或作是說當言意行意有決了以物施彼意已施了後發口言我今施至誠不妄語問是何等善行所攝答曰意三善行不起貪嫉無瞋恚等見復次若身教誡我有所施彼身有教誡我有所施彼當言身行意行若口有教誡我有所施彼當言口教意教若身口有教我有所施彼當言身教口意教不於中間起房舍福念諸善根成就於此間設復還生爲人若出家若處俗修法彼以何故不於現法中不出家修行法或作是說彼善根未熟已更生諸善根便成熟或作是說彼以善因緣有礙不得出家復以此因緣得豪貴家

復次於此間或有憑依外力而有成就所依者强諸結已盡諸善行具足若無方便諸善法衰耗彼於此間終更生復得出家當作是觀有爾所事以何等故結有果實行無果實或作是說行報是其對已受此報諸結使盡道是其對道未生而有果實問行亦是道對道生結則滅復次有報受其教一切消滅或作是說若行數數有果實則上亦無果實是故不斷絕問欲使不斷絕耶復次此俱有二

果共一法何以故無果復言有果若彼有自然行

受報教男女　不成男亦爾　凡夫人後心施講堂房舍

如此地須彌大山王衆生受行教衆生般涅槃彼漸微小耶答曰不微小也何以故一切衆生緣其行報若不受報者彼或有衆生受報不受報者此非彼過有其微小穀子苓蒐苓藥草樹木當言自受行報當言受增上報或作是說當言受行報問則無有不與取答曰他所受則無有不與取問爲受誰物或作是說若有所受彼是行報若無所受彼亦是行報問彼亦是受報彼亦是不受報欲使彼是行報復次受行增上何以故不以行報故受其果實不斷苦源樂源如草木園果以何等故往昔人修十善行時延命長壽田業豐熟如今日之人修十善行時亦不長壽亦無田業或作是說往昔人長夜修十善如今日人不長夜修十善問如今不長夜修十善彼則得長壽也亦得好田業或作是說彼往昔修十善如今日人不修十善問無垢之人修清淨之行今可得受長壽耶及大田業或作是說彼非現在受行報餘處受行報彼時長壽及大田業於彼行果餘處受如今日修行十善彼時餘處受報問如今亦不觀或餘處受行報亦得長壽有大田業

復次無量衆事延衆生命亦有田業不獨此行行亦無量衆事如今可觀或有方俗諸趣或有衆行延命長壽以何等故持戒人教他不持戒便自墮罪或不持戒人教他持戒使

有戒律或作是說持戒人教他不持戒是故犯戒若犯威儀然精進人不精進人不得威儀若持戒人教他不持教使不持戒然不持戒人不教使持戒人教使持戒或作是說精進人教他不持戒處在希望希望以壞教戒不持戒人教他持戒不起希望希望壞則戒壞復次持戒人教他不持戒人若起想念則曰不持戒有持戒力而不退轉不持戒人教他不持戒者若起想念當言持戒人以精進力遊頗有一口行有福無福報耶或作是說有愛此教彼有是二心口有一教本起想念作是語收某甲縛某甲間設善心有教有功德生善法具足起諸教戒若不善心有教則有不善福生心所念有善不善生

復次教戒有衆想生或作是說口無善行善心有教不善口行不善心口行不以一教有善心生是故無也復次口教相類亦有虛亦有實善心生不善心亦生無記心亦生復次一切屬心行亦有善亦有不善亦有無記是心所念口行處所當言口行一心亦善亦不善是故無也以何等故身行亦善亦不善或作是說有作殺害想一處有教身本起念當殺某甲當賞某甲問設善心有教則有福生善心已生若不善心有教則無有善福生不善心有教心是身本若心所念有福無福然教戒者有二殺害心或作是說善身行善身口教不善身行不善身心有教不以一教當言善當言不善是故無也復次教相類亦見禮敬興起善心興起不善心興起無記心復次一切心所念有是教善不善無記是故心

所念不以念有善有不善是故無也云何得知阿羅漢有漏戒成就或作是說彼非具足有盡威儀猶如是威儀不逮阿羅漢如逮阿羅漢無異或作是說設阿羅漢有漏戒不成就者彼無有罪犯巳復還悔或有漏戒成就阿羅漢

復次若阿羅漢不起有漏戒亦不量有漏此是世俗是謂因緣亦不藏匿起衆生想以等聖諦方便之心賢聖妙法於此戒而隨空性當作是觀又世尊言於是阿難大愛道比丘尼若受八重法則是出家之要亦是禁戒亦是比丘尼行云何出家要云何禁戒云何比丘尼行或作是說承受重法亦是出家禁戒亦是比丘尼行亦作是說彼則是禁戒比丘尼行或作是說捐棄家業是謂出家承受重法謂是禁戒到時乞食不失威儀是謂比丘尼行復次於現法中習學威儀被沙門服出家學道得具足戒以方便得此禁戒順從不失時節是謂比丘尼行云何學增上戒云何學增上心云何學增上智慧或作是說身威儀口威儀衆行清淨是謂增上戒四禪是謂學增上心分別四諦是謂學增上智慧或作是說等語等行業等方便是謂學增上智慧是謂學增上智慧等念等定是謂學增上心等見等志等治是謂學增上智慧或作是說若戒依思惟是謂學增上戒若依止觀是謂學增上心若以止觀斷諸結使是謂學增上智慧或作是說見不持戒志爲穢能去離彼者志在禁戒彼一一學是謂學增上戒見去離穢意不染著習學三昧於彼一一學是謂

增上心無有方便見諸穢露能捨去離以方便智慧親近善友於彼一一學是謂學增上智慧復次順近賢聖八道分別威儀是謂增上戒盡壽奉戒當去惡就善賢聖道起諸三昧以智慧學增上心於此三昧有方便遂增益於其中間諸賢聖道智慧是謂增上智慧於此智慧方便修行以何等故舒尼二十億沙門名也以一房施之德九十一劫不墮惡趣菩薩於此中間作無數功德而入地獄或作是說舒尼二十億心偏在施衆生以此好施功德所生之處常好惠施意續不斷以是不墮惡趣然菩薩者意偏在智慧意甚勇猛不墮惡趣或作是說舒尼二十億意在閑居有信解脫以此閑居之德不墮惡趣然菩薩者修行道業彼或時不墮惡趣若失志便墮惡趣若不失志不墮惡趣便生天上或作是說菩薩者九十一劫不入惡趣古昔經歷出九十一劫無數生死也尊曇摩多羅作是說此誹謗語菩薩方便不墮惡趣菩薩發意以來求坐道場從此以來不入泥犂不入畜生餓鬼不生貧窮處倮跣中何以故修行智慧不可沮壞復次菩薩發意逮三不退轉法勇猛好施智慧遂增益順從是故菩薩當知不墮惡法

大王曩昔時　持戒身口行　羅漢瞿曇彌學不墮惡趣

以何等故阿羅漢謂之福田耶或作是說心無垢著能供事彼者便獲大福如田除去惡草穀好滋茂問於彼不敬當獲大罪此當言不善福田答曰不有福田也如稻田中善埋

惡草設有一日種異草故名稻田如實無疑或作是說心修行根力覺意便緣善心生諸福業是故阿羅漢謂之福田也問不善心亦生欲使非福田耶答曰阿羅漢無有不善念緣其德業何以故惡緣不善念然阿羅漢無有是惡緣是非緣或作是說阿羅漢能使他有信是故阿羅漢謂之福田雖於彼生惡念者意亦不移動復次心當惠施諸法之本是謂福田彼生便長益廣布在大果是故阿羅漢謂之福田於彼便作是念彼非實福田然實是福田雖復於彼造邪業事不於中住隨他邪事若一摶施之福生善樂天處於彼得種種宮殿屋舍當一摶之施獲爾所福耶當非獨一摶之施獲爾所福或作是說當言一摶之施獲爾所福也何以故所可由行生彼間者此行種種宮殿屋舍問云何一行得種種宮殿屋舍答曰衆行集聚或作是說非一摶之施獲爾所福可緣善心所念法以是之故而生彼間彼行亦種種得彼宮殿屋舍或作是說非一摶之施得生彼間持戒得生亦作是說施獲大福持戒生天問如宮者說緣一摶施之福七生天上人間受福自然答曰以此因緣彼戒成就是故彼間受福設作是說是摶施之報七生天上人間受福自然不以一行七返受福也是故彼自然如是不以摶施之報生彼間此事如審一摶之施

復次摶施相應彼亦在外無身根生頗彼行是身根展轉相因增上生因緣行相應受種種果報如一種行有增益有種種偶華報如彼畫師作種種圖像如實以何等故聲無有

報或作是說聲有響報報中間無有報是故聲無報問心心中間生報欲使心非報耶或作是說聲現在合會而有報然報不爾是故聲非報問境界現在合會而有欲使彼非報也或作是說聲亦是報世尊亦說歡喜欲聞聲便有是答曰彼聲或歡喜或非歡喜如今無有報如二俱當有報聞聲亦當有報問聞或時歡喜或時非歡喜欲使聞非是報耶或作是說聲亦是報菩薩梵音大人之相受諸行報實問咽喉四大此是行報以有梵音彼非受報答曰金色四大所造欲使彼非報耶復次聲非報亦不非報何以故聲是巧匠有一心還貪欲所造生喜生憂然報不爾是故聲非報頗有殺生口行所攝耶或作是說如大王所說勑彼殺生問身行口行則無有定

復次因緣口行而造殺害殺生不得言口行所攝於彼便作是念云何今勑使殺人彼有口惡行若殺生者則有殺妬不盡以殺害意便墮惡趣頗有妄語身行所攝耶或作是說有猶如手印口不發言有種種教引證時人問亦無身行口行復次無也無有身行彼便作是念今云何手印及身行當作是觀相行不等也若於夢中修行十善當言是身行耶當言是口行耶當言是意行耶或作是說當言三種以三種行攝十善行問若於夢中害衆生當言犯殺戒耶復次當言是意行意之所念於中便有是如夢中見身行口行此非爲喻若非法作法想壞亂衆僧若法作非法想何者最罪重答曰壞非法想鬪亂衆僧者彼罪最重問設俱作二法想鬪亂衆僧者二

罪俱等復次若瞋恚熾盛心發惡念彼罪最重又世尊言三福德業施戒思惟於彼比丘施者戒爲微妙戒思惟爲妙以何等故施戒爲妙戒思惟爲妙或作是說施得大福戒生天上思惟離惡趣微妙彼便生天以生天離惡趣復次以施恭敬相應獲施之德若施少與心有違能使衆生而使住戒可使不可使衆生自心解脫是故施戒爲妙戒思惟爲妙如所說二種德業能所施能食人信施彼云何有所施云何能食人信施或作是說若割已惠施是謂爲施若受施能消是謂食人信施問云何得知有福德耶或作是說若緣施心是謂爲施若緣食施心是謂受人信施或作是說若割已惠施心是謂爲施若緣尊心是謂食人信施復次長諸功德如隨種福德種所纒絡或作彼福德增益若施無猒足數求方便又世尊言

種園果茂盛　或作橋度人　病則醫藥救

晝夜獲大福

云何彼獲大福或作是說受施者得福問云何知得大福或作是說由施得福於彼思惟是故得大福如前說

善覺能覺者　是瞿曇弟子　晝夜勤苦行

念常不離佛

彼不作餘念常思惟念佛或作是說如種穀子或時茂好或時不茂好福亦如是一切作善福隨時茂好或作是說如所說獲大福或作是說如所說念獲大福復次於彼身得福或時彼身於彼福漸漸以方便得福

田業善處生　二聚夢威儀　何者最福重

福謂之園觀
若從果實天衆生何塔鞞淨居天彼當言與行緣故生彼天當言以結使生彼或作是說當言以行緣生彼四禪微妙思惟得生彼修行四禪而生彼間是故當言以行因緣生彼或作是說俱以二事生彼受結使對是故有結使名便有行名復次以行因生世尊亦說是故當言緣行生又世尊言於是不那沙門或有一人造惡續造身諸行云何彼造諸身行或作是說身行有三種下中上於下爲造惡續造爲上造惡續造爲中觀彼上者造惡續造觀下謂之造惡續造若下者二俱觀謂之造惡續造是故中有下也造惡作身行或作是說趣三惡道是謂造惡生色無色界是謂續造欲界天人造惡續造惡也處無定惡造惡續造作諸衆行或作是說三種無明緣行有福者無福者無漏福者於彼無福行是謂造惡無漏福者續造也有福者造惡續造也作諸福行是謂造惡續造也復次人作種種行無數處解脱此不可一時而辯一心所爲如一切惡趣而有三痛以何等故一切造惡續造耶或作是說不以惡趣生諸行報或作是說不於彼中間生諸行報或作是說不以積行而生彼間

復次諸等熾盛而有定處不更處有苦樂行以何等故天人之中作諸善行謂之受報耶或作是說彼境界自爾問或有惡微妙數或作是說善微妙數者言是我所問惡趣之中亦有善言是我所欲使彼善生耶或作是說若能拔濟彼無有惡結行由結生是故不善

遍在一切問如所說戒生天上者此事不然荅曰戒拔惡趣不善行結而生彼間是謂戒生天如所說五下分結盡謂之生上無有盡而生者復次無有報生無記報復次緣禪行而生生因緣便有名典如此而生彼間如方俗處所不得處所於彼意而生心以此而生彼如是善報因緣生因緣而有名與則生天上云何障行或作是說生諸誨心以彼誨心而不障道復次有貪欲處所由業壞敗於彼所須由業盡爲障蔽如所說有五罪行或有人無慚愧不恥衆人健妄無志情意迷惑此有何差別或作是說於此間或有人作彼色像而思惟一切無有慚愧永住不慚愧心已有不慚愧心加犯諸惡於此間或有人無有尊卑教授戒律亦不肯受不潤漬其心重復更犯餘罪於此間或有人如其色像而思惟一切慚愧盡滅住無有愧心復以無愧心犯諸惡行當於此間學彼不復憶更犯餘惡於此間或有人不知當作是學彼後不知更犯餘惡是其同異

又世尊言不知迹解脱不知迹解脱說云何迹解脱云何爲迹解脱說答曰有二迹解脱比丘僧目前而說比丘戒清淨與相應是謂比丘迹解脱比丘尼僧在目前而說與共相應是謂比丘尼迹解脱此迹解脱有五相於異僧前而說而誦習讀敷演使人奉行是謂迹解脱說又世尊言不解戒不解脱戒云何爲戒云何爲說戒問戒清淨是謂戒五種賢集聚是謂戒行又世尊言逮衆行比丘便運集聚屬授人往行屬授云何爲屬授云何爲

屬授行人或作是説四部所行得四行餘殘屬授往行人十部所行而十行餘殘屬授往行人二十部所行得二十行餘殘屬授往行人衆所行事得衆行與戒屬授往行人復次若比丘德行成就彼曰得行病不堪任入衆彼謂屬授人往行

又世尊言於是目揵連深妙法中漸漸布行漸漸學漸漸迹漸漸受誨云何於深法中漸漸布行漸漸學漸漸迹漸漸受誨或作是説馬師滿宿之徒於此間得信而修行之聽微妙法聞法而奉行觀察諸法量諸法應適不違身便受證智慧分別以禪而觀或作是説如所説揵那目揵連契經身威儀口威儀等命清淨漸漸而學根威儀念威儀漸漸布行四禪謂漸漸迹也如是如來之教化如是受訓誨或作是説初將至戒場再唱三唱四唱四行具足是謂漸漸行如是受具足如是學增上戒於彼增上心後學增上智慧如是漸漸學戒若學是時初四諦所斷結盡便逮道迹後思惟所斷欲界相應色界相應無色界相應如是漸漸而知此一切漸漸而知如是漸漸受訓誨復次以色身説法比丘歎佛歎法歎比丘僧意堪忍心好喜常不遠離不以口所陳心淨爲淨當受歸命亦説初出家人戒律具足本所造行去離非行亦不及此亦不及彼如是漸漸布教如是漸漸而作漸漸佐助衆事增上律增上迹解脱而説戒如是漸漸布教於彼學時隨時學增上戒隨時學增上心隨時學增上智慧如是布具足迹隨行彼時漸漸受訓誨是謂斷滅是謂受證是

謂住入要如是受訓誨 行揵度第九之一竟

尊婆須蜜菩薩所集論卷第十

音釋

牝毗忍切 齧五結切噬也 芩巨金切草也 倮跣倮郎果切赤體也跣息淺切足親地也

尊婆須蜜菩薩所集論卷第十一

苻秦罽賓三藏僧伽跋澄等譯

行揵度首第九之二

又世尊言備十功德如來爲沙門結戒欲使增聚使增善住不移欲使增安隱不信者令信信者重令信降伏惡人爲慙愧作導師於現法中教盡盡有教未生衆生使盡有漏梵行之住此有何等異答曰當學此戒本無如來聲聞衆便有所攝而不壞與共相應等學諸戒說當等說得等解脫同其一類此何集聚義當言有勝故曰增集聚作是學時欲降衆分別義分別法欲使成就善住沙門妙法故曰攝取增學如是戒時降伏衆分別義分別法欲使成就善住沙門法故曰欲使增善住也學如是戒時降沙門展轉無欲展轉無怨展轉不相惱故曰欲使增安隱學如是戒時化自相未曾得喜令便得之故曰不信者令信學如是戒時化自相已得信重令增益界不相干故曰信者重令信如不信者已生信重令修行於中邪路衆生導示大道不越戒次故曰降伏惡人已降伏惡人於中慙愧衆生得惡伴侶無有苦惱惡人何等異以第三訓誨第三一切衆生皆作是觀七事自相自相已故曰欲使慙愧者安隱降伏如是戒者於現法中於惡行中已自修行故曰於現法中盡有漏教降伏此戒便生善處閉惡趣門戒律成就故曰未生衆生使盡有漏有漏當言當作是觀不作如是學戒者增上戒增上心增上智慧而不斷絶如是深法得久住故曰梵行久住

種種業所作　如三善所障　不慙現在戒屬授及訓誨

又世尊言阿難今是汝過汝作不善云何三告汝而不答吾使如來住劫設當答者如來爲住劫耶或作是說如來住劫然如來無處所問今何故作是語諸修行四神足意欲住劫亦能盡其劫數答曰現神足威力問世尊若善修行而不住云何現其威力答曰聲聞住劫便能住劫問若爲聲聞說若者則無有相根或作是說亦能住劫復次爲侍衛人能久住亦不求索設當請使住便住至阿難得阿羅漢果或作是說若緣前請若緣後請求世尊住者然世尊不作是說今云何作是說先何以不說譬如有人過他邦土人便作是念不請使住設請使住者便住也乃至尊者阿難得阿羅漢果或作是說若前請若後請然世尊不住也云何今作是說猶如有人適他邦土還時便有人告若前請若後請而不住設當語何以先不告語或作是說不住也何以無處所二阿惟三佛俱出世於此劫中弥勒世尊當出現世是故不住此爾所事前以歎說竟復次設尊者阿難不聞如來告爲魔所厭世尊知魔厭云何告語乃至二三於中有何過厭不能應答彼便作是念雖世尊告時未疲厭於其中間魔便起厭意是故不能應答爾時告語無有力勢能後便作是語我目前聞如來語承受奉行云何疲厭而憶本所作若世尊欲住者是故修其希望欲化導衆生故如所聞阿難弥勒授決亦聞無有二三三耶三菩阿惟三佛而出現世也以何

故當言使世尊住劫此至三事當作是觀以何等故十二入四善不善無記八無記或作是說四行報八是報非行問意入非行欲使彼是無記耶或作是說四與心相應與心俱起問設令自然善不善彼云何有起有方便或作是說心自然善不善彼相應心所念法及心不相應行俱起身口行問彼如上所說涅槃無有善復次色入者色不可壞聲入聲不可壞此因緣集聚如是便有善不善所作意相應不住色聲中獨無有侶是故當觀若覺犯罪睡眠清淨耶或作是說有如草五體布地而悔便睡眠復次求請誨過請衆人解過作三行便睡眠故眠不覺頗有持戒不梵行或作是說有五戒優婆塞以已妻爲足及餘優婆塞奉賢聖戒以已妻不淨行比丘者持戒精進身威儀具足然有婬意不盡而共相應當言非梵行及餘比丘於賢聖戒精進婬意未盡與共相應當言非梵行若阿羅漢已般涅槃而供養當言彼得行報耶當言現在有其功力或作是說當言得行報若先已作福德彼便得供養若本不作福德彼生存在世求食難得況當獲供養問云何令受報復次現在方便所造諸於彼功德具足者彼方便所造如空中不可受報如世尊言猶如有人於此間不承受請問已此因緣報故作如是行作如此事生惡趣入地獄中若還生人間無有智慧此是何行報或作是說已愚癡故彼不請問事事不明便墮惡趣復作是說不請問時意謂清淨此是戒盜苦諦所斷復次如此堅信當奉持法於中生諸方便是

伴非伴而示現道以此深法中信契經阿含深語不於中忍者諸方便如是阿毗曇阿含微妙三語身證之教不於中而作方便如是禁律阿含微妙之語而信趣向不於中作方便復以此法疑無智慧此是智慧之路設不請問趣惡道者彼便住世滿此衆生又世尊言彼身惡行口意惡行各相牽連云何行相牽連或作是説見有惡行亦見瑞應命過時便作是語見火燄起見狗吠若善行命過時便作是語我見天寶宮殿屋舍見諸園果或作是説有諸緣報有此瑞應行是謂惡是謂善或作是説報漸漸觀近懷諸希望如觀近無義覺知成敗是謂緣無義行牽連或作是説於惡趣沉没設心亦覆蔽是謂牽連復次云何緣過去行復次如此惡行意便好喜當於爾時便有證有驗亦見諸瘡痍結使遂增惡行又世尊言於現法中便有誨意彼誨意當言善耶不善耶當言無記耶或作是説當言善惡自見惡於彼作惡行念問不於今墮惡趣中答曰彼善少不善力大復作是語與少善生於善處如所説得善心念法與等見俱或作是説當言不善與邪見相應雖復憶念後便忘失所不應憶者後便憶之是故當言不善復次云何世尊説譬喻與不相應自不相應此非譬喻也一切作惡行者則有誨意也能自修已則生天上世尊亦説設彼誨者亦是善心云何善心無善命過若誨是不善者云何不善心多彼智相應若誨是無記者云何無記心無善命過是故此非佛語以何等故未來教不得成就或作是説不以未

來教而有教耶問過去教者亦無教欲使不成就過去教耶答曰教已過去問未來亦當有教復次雖不作行便有所獲如是無行而有果實於彼便作是念云何今不思惟亦有福德彼當作是觀又世尊言有緣生云何有緣生或作是說中陰中五陰是謂有緣生或作是說所生五陰是謂有緣生或作是說已處母胎是謂有緣生或作是說所生五陰諸得行緣而受報數是心將從受諸色報命根心不相應行是謂有緣生復次趣惡生者最初得有是謂有緣生有有則有生

禮彼諸眠覺　供養或羅漢　不問魔所猒
告語不還緣

以何等故本所作行謂之一結緣如今無明爲所作行是一切行緣或作是說如今過去一切緣過去亦是一切結緣復次過去取要言之現在廣說現其善教問不如彼一切結緣或作是說本所作行一切結是緣過去無明聲已說與無明相應現在所造聲與無明相應現在所造聲已說無明造聲相應問不以現在無明聲作是說與無明相應或作是說生無智力少足故譬喻衆生示現若行無明於此生是緣由結故生諸行是故譬喻衆生現在若行問彼迴轉譬喻衆生現其善行過去之時一切結是緣復次結結相生行緣其根生彼結彼結彼各相應結由行生行由結生行由行生是謂無明緣行生結緣行生復作是說愛緣有行已熾然作諸行當作是觀以何等故色界無垢人謂之成就無漏戒然非有漏答曰此不捨賢聖道便成就戒界

界遊已滅世俗事界界遊行無有無色界無色界定戒是故不得名成就以何等故行報故生無色界天或作是説以無想三昧衆生報故也問無想三昧亦非心亦非心所念法云何由是報故生答曰無想三昧有漏善心不相應行有報問設彼三昧有報彼不與行相應世尊亦説由行而生或作是説若於心中間入無想三昧緣彼心報生無色界天問云何若於心中間入第二禪緣彼報生光音天耶或作是説無想三昧無心無想三昧相應心報而生彼間無有無想三昧相應心何以故彼無有想世尊亦説彼想有教無教有心教耶此無處所復次無想三昧彼則有是不由行而生彼心亦無行方便世尊亦説由行報而有生復次無想三昧心相應心所生報是緣能作是住如生無想界天如善御車人所向無疑如報緣除其報則受其有頗緣滅盡三昧報生有想無想天耶或作是説有彼三昧有漏之有報非有想無想天更受生緣是報而生問滅盡三昧亦不與行相應世尊亦説由行而生或作是説滅盡三昧有心是故滅盡三昧相應心報故生有想無想天問無有滅盡三昧心相應痛何以故彼無想世尊亦説彼有想無想心覺當有覺亦無想所或作是説不生也何以故已越有想無想天以滅盡三昧不以妙三昧報故生九地也問彼地滅盡三緣是果報而生彼間問如所説越有想無想天入想忍三昧則有彼地亦説盡越不用定處修有想無想定彼亦是不用定地問滅盡三昧入是三昧不以貪欲故

欲愛未盡入有想無想三昧非不欲盡不用入處有想無想定復次如所說滅盡三昧無有心彼則有是也彼無有報無有心復次有想無想天滅盡三昧報而受彼三昧非報緣又世尊言歡喜施者便得歡喜從心所好施眞正處偈也云何觀是歡喜爲觀受者爲觀施者或作是說當觀施者從物因緣若施彼時彼則受報也問設彼受者有福歡喜答曰彼非眞正處亦說從心所好施眞正處或作是說從檀越心如郁伽長者說是謂如來二端氎我所愛者願世尊納受以大慈故而不見逆我從如來聞歡喜施者便得歡喜復次當觀施者意彼施氎時便作是念我今割意施作是心已受大報如尊者舍利弗說若行後世受教者彼不可得現世受報設行現世受報彼不可得後世受報世尊亦說或有尼揵子若行現世受報彼不可得後世受報耶設行後受報彼不可得現世受報如是尼揵子輩愚癡盡無果實說是語其義云何或作是說尼揵子作是見行盡苦盡行盡謂一意識不可得後世受報行現世受報痛若彼愚癡盡無有果實於此法中垢盡若盡若道生時滅諸結使若無愚癡無有果實問若於此法中不盡行本不得般涅槃亦無有上答曰如阿羅漢速疾受報問所如所說契經則有違或有阿羅漢行報漸漸薄不相應果便滅若阿羅漢能行報者亦能廣博諸行或作是說猶如彼行實在者彼行道亦復實在或作是說諸行實在便有集聚設行不實在者可使作集聚復次此非行報義也於深法中不失

深法如其義理遊戲其彼義無有疑彼作是念如今云何後身受報當作是觀如是阿羅漢不得衆行而受報也以何等故祭祠餓鬼得然不及餘趣或作是說此生趣自爾問此亦是我疑何以故生趣自爾耶或作是說餓鬼嫉妬心意便顛倒河無河想見水不淨及諸飲食漿水若餓鬼祭祀飲食便發歡喜意心不顛倒若彼餓鬼得增上行時彼受食或作是說餓鬼以嫉妬意彼不能作好境界若彼餓鬼有所祭祀發歡喜意於彼得好心遊好境界或作是說餓鬼以嫉妬意身體長大心常懈疲以懈疲心不至神妙餓鬼所若彼餓鬼而祭祀食於施發歡喜心便得身大心廣以彼心廣大故得遊諸大餓鬼所彼亦歸伏禮跪以身大故彼餓鬼得增上行於彼受食復次與人作福彼人不得如餓鬼與彼施食者餓鬼善心好施彼便受行若彼飲食是故非餘趣諸心與身行俱起口行俱起當與心共同耶當言不與心共同或作是說當言與心共同與心俱起問云何心不與行同耶或作是說當言不與心共同本所生心與行俱起若不生則不有起是故當言不與心共同或作是說或與心共同或不與心共同諸與心迴轉則與心共同諸不與心迴轉則不與心共同復次緣彼有心行有迴轉亦各相攝先有迴轉便有所攝行與結有何差別或作是說行是身是口是意然結是意問若行是意與彼結有何差別或作是說行是善不善無記結是不善問若行不善與彼結有何差別或作是說意行意行結亦不意亦不不

意問云何意無有報耶復次一切心所念當言皆是行然世尊視若干種行漸漸有疑云何無蟲便有殺意或作是說如無有蟲便有殺蟲之想如無蟲便有殺害意若有蟲處彼無有殺意何以故彼蟲或有常或無常設有常者亦不能墮此無有相設有常者如是得斷滅復次所造五陰作蟲思想便言我盡形壽不殺若越彼意者行各散一處是故彼便有害想若於彼蟲便有殺意何以故由彼蟲故因緣合會則有差違設不差違則不能有所起若有差違則有所起云何不有所起則有所起若有違不得無違者不得無有力能起若得有所起云何起無差違或不能起又世尊言有四不可思議世間不可思議衆生行報不可思議及佛境界不可思議以何等故此謂之不可思議或作是說方便力少不足思議或作是說無有餘方便作如是知如佛世尊或作是說不可思議深妙難究是故不可思議復次作我思議者成狂愚癡思惟心亦亂衆生行報及佛境界非已心所了亦不可觀

無明無色界　及彼無垢人　無想及滅盡
舍利弗餓鬼　種種諸相貌　衆生難思議

諸入不善三昧彼盡犯二罪耶或作是說諸犯不善者彼盡犯二罪犯彼罪時成五逆問云何犯五逆時不犯二罪耶復次唯犯一罪何以故世尊說有五罪若犯不善罪時而犯二罪作是廣說而思惟說一時彼無罪是故犯一罪若轉輪聖王女寶得色聲香味當言由行報得當言不由行報增上得或作是說

當言由行報得問云何餘行報餘者受報答曰女寶者由行報故彼便得若彼得彼王得是報復次由行增上得若由行報得不作行而受報女寶則有壞敗轉輪聖王不由他行受報鬬亂僧若鬬亂僧當言一劫入泥犂耶當言中劫受泥犂罪或作是說當言一劫受泥犂罪世尊亦說鬬亂僧經歷一劫問已過半劫云何今受一劫罪答曰餘方刹土至彼泥犂如犯重罪之人數移徙入深獄然後脫其罪過若復受劫罪一劫泥犂中受罪問泥犂受罪之人無有此理至他方泥犂受罪命未盡便死或作是說二十劫中及四劫劫大劫二十中劫受罪是謂一劫受罪若劫融燒時便生二十中劫云何彼經歷爾所時復次當中劫受泥犂罪無有欲界衆生受一劫之

壽諸鬬亂僧彼一切住一劫受罪耶設住一劫受罪者彼一切鬬亂僧耶或作是說諸亂僧彼一切一劫受罪破壞僧者最重之罪或作是說鬬亂僧非住一劫受罪耶若壞亂意而鬬僧者受五逆罪復次或住一劫受罪彼非鬬亂僧現其報或鬬亂僧及一劫受罪耶若非法壞鬬亂意而壞僧者或不鬬亂僧亦不一劫受罪耶除上爾所事也鬬亂僧當言性受罪當言非性受罪或作是說當言性受罪何以故鬬亂僧最重之罪若此非受罪者云何今性受罪問諸鬬亂僧彼一切受無救之罪問如殺生者性受罪諸不殺害受罪害罪如是鬬亂僧性自受罪諸不鬬亂僧彼一切受無救之罪復次當言非性受罪何以故僧成就鬬亂罪然非無救罪諸惡行鬬僧彼

性當言受罪也又世尊言意行者最是重如法慧契經言一行最是重罪鬪亂僧非意行鬪亂僧也說是語其義云何或作是說一切行最是重罪除其五逆及餘行意行最是重罪或作是說意口行思惟彼行已口行彼最第一意行意行最是重罪思惟行鬪亂僧最是重罪復次不於中間意行有鬪亂僧非彼思惟而鬪僧諸惡行鬪亂僧者當言彼最是重罪以何故非滅五人不得鬪亂僧答曰必當有二部僧勑使如調達鬪世尊聲聞衆彼壞凡夫僧不能壞賢聖之人問令不受五逆罪答曰作僧想而壞凡夫衆受五逆罪如父作父想而殺害其命受五逆罪問若令世尊說鬪亂僧受一劫罪答曰此世尊教戒語調達作是想我壞僧或作是說比丘衆謂之比丘僧於彼凡夫人勑使鬪亂或復賢聖人在世尊側而不能壞亂或作是說有十四事鬪亂之章無垢人不可壞敗彼不能壞世尊是故世尊不可壞復次世尊聲聞衆內無垢人外凡夫人於彼壞外凡夫人衆內無垢人不可沮壞是世尊衆不可沮壞以何等故記之結言無報耶或作是說無記者即無報也或作是說彼不於身體有所長益或作是說不化身口意行復作是說無記心所念法自憑依有是苦惱攝持諸法而有報也復次無記無報法亦是有報也如所說我今不行乃至不知爲趣何所而見光明云何是報復次諸善不善法或有因或有緣有諸果實於彼作報想無記之法或有因或有緣有諸果實是故無記法而有報也須陀洹性有瑕罪當言

性無瑕穢或作是說無有瑕罪瑕罪者現諸穢病或作是說無有瑕罪瑕罪者現諸穢病或作是說無瑕罪依善不爭復次當言有瑕穢想心邪見未滅

犯罪樂鬭亂　住劫及性罪　不滅五壞衆無記性淨行

酒漿者當言性罪當言非性罪答曰當言非性罪何以故若飲酒者淳酒有餘教以入腹若服呪術飲食術當作是觀非梵行當言性罪當言非性罪或作是說當言性受罪不於中間結穢有其梵行復次當言非梵行心是其罪性染汙觀復結與起當言有罪性罪者其義云何或作是說性染汙是謂性罪復作是說性不善是謂性罪復次性有瑕穢是謂性罪非性罪者其義云何答曰不染汙是謂非性罪復作是說性常不善是謂非性罪復次非性有瑕是謂非性罪頗有比丘四事之中各無所犯然不捨戒而就白衣當言非比丘或作是說有人根變易根已變易當言非比丘或作是說因緣果實邪見而現在前若布現示人是謂當言非比丘或作是說若自長養此比丘非比丘也彼若勤修戒行於中移轉云何當捨戒而越戒律復次有所希望希望者流轉生死當言於比丘法退轉若無教誨也又世尊言若比丘於比丘受衣裳入無量心三昧而思惟之彼果報無量施主檀越福增益善增益善食無病是謂自作餘者不受耶答曰非自作餘者受報復次施主檀越所受之德問云何不成就而受其福答曰由田業潤厚於彼種穀子若種人憶田好不

好必獲好穀問此亦不相應云何於田種子不於三昧檀越有其德復次有彼人受彼信施施主檀越得其處所便有福德長益是故不可沮壞無瞋恚之體彼便有休息根心意歡喜受施之人不堪任施施者自受福又作是說以此法施彼彼爲誰得或作是說無有得者是謂不與取復次受施主之語此何由說若依比丘者彼則有所逮若於道果道果受其教誨無有所逮又世尊言摩納衆生行由興由行所造由行因緣由行施爲衆生由行成若好若醜說是語其義云何答曰自所造行受其果報衆人不牢固如所作行便受其報是謂行因緣受其生報行若處處生在在受其報是謂行胎生若捨其行有若干相若捨其行此衆生如上所說衆生有上下是故行衆生有所演說若其有好有醜有何行故若本劫衆生自然食身能飛行或作是說於欲界受愛盡諸欲界熾盛善根由其果報也問今亦不有所現耶或於彼種善根之中果報有自然身能飛行答曰衆行備具彼果不得生實復次由生因緣行報因緣有如是對於彼自在施所造得彼則身能飛行由彼施主之德方便彼則有顏光明諸尊重梵行者病痛遭困厄車馬施彼則身能飛行

飲酒其犯邪　性犯最重罪　飛比丘遊行

行自造人後

行揵度第九之二竟

尊婆須蜜菩薩所集論卷第十一

音釋

揵度梵語正云婆揵圖此云法聚揵渠馬切
氎徒恊切細毛布也
沮在呂切止遏也
穢烏廢切汙也

尊婆須蜜菩薩所集論卷第十二

苻秦罽賓三藏僧伽跋澄等譯

智揵度首第十

又世尊言彼於不淨修念覺意云何於不淨修念覺意或作是說計意作不淨想校計身中而修念覺意如是於不淨修念覺意或作是說覺意分別不淨覺意中間入不三昧不三昧中間修念覺意復次相各自有義當作是觀然不與不淨念覺意相應又世尊言比丘汝等當修護比丘若修護已盡斷除欲界愛盡色界愛盡無色界愛盡於此憍慢盡無明云何修護或作是說諸覺意四禪四等或作是說修無漏四禪或作是說護覺意不忘失復次修道得諸果實故於此說諸所生即滅常得護也於欲界愛盡等越次取證時云何修斷欲界相應結思惟所斷而修行道或作是說彼不盡便修行道彼本以盡已世俗道問四諦所斷結已盡世俗道欲使彼盡不修道耶修道法忍是故思惟所斷盡而修行道答曰彼非四諦也斷修法忍也以賢聖諦起此道問若四諦所斷已盡不修行道者不以彼結世俗道永斷結使是故見諦人不究竟盡或作是說彼滅未來結問欲界愛盡等越次取證以未來所修以思惟斷答曰彼不得思惟斷道設得是時世間思道若知彼力契者或作是說未知智中間起思惟道問彼不實有阿那含須陀洹得禪答曰進前取阿那含是故修行道諦便得阿那含然須陀洹不得禪復次二種結已盡思惟彼二種事修行二事有二智修行於彼愛盡等越次取證

無量之事皆悉具淨修其心作如是行道以三界結以四諦斷欲界相應用思惟斷修行諦聖住阿那含處彼時亦作是觀欲界相應結使用思惟斷修行道時諸得未來善根當言滅諸結使也或作是說當言斷滅問云何以未來道滅答曰未來之道便有力勢現在不滅也諸有力勢生彼則能滅如是未來之道有力勢生彼則能滅復次當言彼不能滅也以未知智所領當言用思惟所斷以世俗之數彼非身所習出要以何等故五盛之陰不言是想意止或作是說法意止所攝當言想身意止色陰所攝痛意止者痛陰所攝也法意止者想陰所攝也行陰者此無爲也復次心意止所攝當言是想也身身相觀痛痛相觀於痛思惟一切心處所作如是觀法意止者合數之義於陰垢著染汙當作如是觀須陀洹住果實心於三界中當言成就等智當言不成就等智或作是說當言成就何以故善根者以二事滅不相應果滅縛著於彼若去離界然須陀洹不退轉越彼界是故當言成就復次覺智三界時以捨等智復次空於空無願於無願無想於無想當言成就也彼不捨意也又世尊言

法園觀浴池　婆羅門異學　閑靜無垢濁具諸眞人俱　我浴神詩頌　不漬體滅惡

說是語是義云何答曰賢聖沙門津於此義中法園觀浴池也彼不顚倒結已盡心枝葉諸垢永盡謂之法也不愼從戒是謂戒梵志未越不善根觀彼不善是謂閑靜無穢無濁於佛聲聞發歡喜心是謂與諸眞人俱成就

等智分別等智覺知深義而入其中是謂浴神心無有垢穢亦不作是想或作是想滅本惡心不作是想是謂不漬身滅惡也以何等故空緣有漏耶無願者亦緣有漏亦緣無漏或作是說空者緣苦諦緣有漏無願者亦緣苦諦亦緣習諦亦緣道諦是故無願亦緣有漏亦緣無漏復次各自憑已亦不自覺亦不得無漏法是故空緣有漏也現有所失能知棄捨爾時無復有顧田業之想如群鹿驚四面無有障礙於中無願亦緣有漏亦緣無漏世俗上無我智有何差別或作是說世俗爲下增上爲世俗上或作是說一切無我智是謂世俗上一切順越世俗復次諸分別曉了是謂世俗諸不曉了彼謂之世俗上復次世俗無我智作識別觀方便非方便有如斯事作是思惟彼自相彼無巧便無我自度視世俗上以何等故未知智非緣欲界或作是說法智巳作緣問忍巳作緣法智不作緣或作是說現有法智懸思未知智現有欲界是故而不作緣問欲界之中或有現或無有現色無色界或有現欲界愛復次此不相應世尊亦說彼以此法見知自過去未來將往是謂往是謂當言未知智是故有未知智緣欲界覺意而敷演　欲界根上陰　須陀洹法空差別若干界

以何等故生終世俗智便忘失然非世俗上或作是說世俗智富足以智相佐世俗上智者亦富足以彼相佐而不修行或作是說垢力勢大非世俗智以垢所纏然後世俗力大非結不爲結所纏復次作世俗智想作等想

現有所說世俗上智者作無想與相應如實義因長益處所緣得其章義依彼有功德不可沮壞以何等故阿羅漢謂之不成就學法耶或作是說此已捨學法遊果果行或作是說得無學法則不成就學法此之謂也或作是說若成就學法者則是其學若成就無學法則無學法也復次根度無極則有緣果度無極果度無極緣入度無極於中阿羅漢當言不成就學法彼則有此不如意亦不學亦不不學法不成就也當作是觀當作限量世俗之法學無學法也以何等故四辯才二界有漏二於三界無漏或作是說不於此色界中名身句身有所繫有所數演所有無漏智是故二界有漏也復有無色界第一義不迴轉智三昧入彼三昧不迴轉智若無漏智迴轉者然此三界皆悉無漏復次無色界無有辯才然辯才非有漏亦不生有漏中間有漏以何等故六通三有明三非有明或作是說一第一義明盡有漏二便招來得其明聲或作是說阿羅漢因果報智明自識宿命知我從其處終緣此因緣而生是間因果報者徹視通我某處終由此因緣當生彼間因果智而知盡有漏智者我以此道而盡有漏諸因果報智復次第四通自知所從來第五通知始生智者第六通與共相應是謂智盡有漏若相應智者彼第一義明初通者知諸技術第二通者攝持諸聲第三通者而觀自相如此三解脫門空無願無想以何等解脫門等越次取證答曰空無願生便能越巳生當言等越次取證如得分別智以何等故未知智

不與同緣色無色界或作是說一時數演見諦所斷結問此亦是我疑何以故二界見諦所斷一數演然非三界二界有何差別一見諦所斷然非思惟所斷或作是說無常苦空無我問三界集聚是謂無常或作是說不現未知智彼可量現在前問欲界少有現色無色界不現是故現非義復次是謂三界等越次取證是謂當言未知智此是其道等越次取證忍與智有何差別或作是說忍能忍事智能知物問無智者能忍乎忍時有智耶或作是說忍爲下智爲上或作是說盡道爲忍道果爲智復作是說斷道爲忍解脫道爲智復作是說斷道爲忍無所罣礙爲智復次如行道人不能前進便自勸勉安隱到處所如是等越次取證先得智慧眼導引爲忍越彼岸爲智忍爲下

諸不忘學法　分別覺意門　來生及分別
忍蒲具十經

用何等故以忍斷結然不用智或作是說道已生便斷是故忍斷結忍已能捨是智不能斷忍無不斷結或作是說盡道爲忍道果爲智然非以道果斷結是故不以智斷或作是說盡道爲忍解脫道爲智非以解脫道斷也是故智不斷復次見地見諦所斷結盡道障道不等道斷也此相應是故忍斷以智覆不生當作是觀以何等故盡時忍斷結斷然非生時或作是說盡時忍現在道斷結是故盡時忍斷結若忍生時道未生則不能斷是故生時不斷問若生時忍不斷結者彼不有違耶答曰然生時忍不斷者如是彼則不有違

所以生斷是故彼相佐助問若自觀者忍已生彼便自滅無生無復冥復次若所生忍滅結已生當言便盡猶如明闇冥悉除問若所生忍滅當言是結耶已生道未知忍一切見諦所斷結盡是故忍成就須陀洹答曰一切見諦所斷結盡不以智集聚名須陀洹何以故不以此有爲得須陀洹果如世尊說於是比丘觀五盛陰如實而知是謂須陀洹不以見苦名須陀洹亦作是說三結盡名須陀洹不以忍集聚名須陀洹又世尊言比丘說一切結時四意止等說而說世尊亦說說善聚比丘時四意止等說而說然一切諸法非善說是語其義云何或作是說說一切法時四意止等說而說道有緣以是故說善說善聚時四意止等說而說亦由道說復次說一切

法時四意止等說而說由八正道三十七品以是故說說善聚時四意止等說而說第一義聚善聚由是故說諸如來相義起微妙智諸聲聞亦有此微妙智耶設聲聞有此微妙智彼是如來相義起微妙智耶或作是說諸如來相義起微妙智彼相義聲聞有也起微妙智諸衆生類於彼如來聲聞起微妙智如彼智境界迴轉時復次不應作是說衆生微妙智心智慧歡喜有其誓願微妙智者彼聲聞漸漸而知現在前如來者於智得自在心思惟心三昧清淨於欲便能無有罣礙起微妙智以何等故四意止無身意止生耶或作是說意止無有思惟漸漸而至復次漸漸有益如來之數漸漸諷誦承受者復次身身相觀作諸意痛痛相觀流行痛痛相觀作諸意

心心相觀有流行心心相觀作諸意法法相觀有流行如是漸漸修意止以何等故七覺意中謂先謂念覺意耶或作是說次第言之復次如來次第所說為誦者所說復次念覺意先現在前為人次第說修說覺意如所說如彼所念法選擇諸法亦復觀知味諸法於彼法選擇亦復覺知諸法之時便有勇猛發歡喜意意盛不少無有異身心有所倚受樂便三昧觀其心意以何等故八賢聖道先謂之等見或作是說賢聖道不審修行復次如來次第說為誦者所說復次等見為人次第行道猶如一切四神足中以得自在精進心定以何等故一切自在三昧盡行成就是謂四神足精進三昧心三昧三昧盡行成就是謂神足或作是說諸增上起諸三昧彼所說如所說比丘自在增上得諸三昧彼有自在三昧精進心比丘增上得諸三昧彼則謂三昧復次如此諸事轉增以三昧定或時禪三昧增得自在起諸自在自在廻轉或時三昧精進增起諸精進精進迴轉或時心增起心心心迴轉或時三昧增起昧昧迴轉於中說四神足便有增上五根五力有差別或作是說增上為根義不可沮壞為力義復次外種力當觀修根內種力當觀修力於彼修行人諸根不牢固謂之根不可沮壞謂之力又世尊言猶如一信餘或從餘處聞或覺諸種以見觀人復次有智不可壞智此處不然說是語其義云何或作是說須陀洹種於彼心欲親近善知識何以故由信生欲禮拜承事從彼聞現說法言得知諸種思惟惡露見諸禪

現法法法相生義復次先有所聞如一切諸行無常也於彼智得諸信由有信便有智慧善亦智慧如其實義彼謂之欲欲義者已智攝後好醜觀諸行校筭數如其實義起智慧眼如憶彼諸法見諸忍

二忍一切法　諸種身爲初　覺意見所墮種種及餘處

以何等故以苦種等越次取證然不由惱瘡痍或作是說瘡痍有漏然非有漏道越等次取證苦種無漏以無漏道等越次取證復次瘡痍種者界柔差別集聚漸漸興起苦種者以苦陰相應作如是觀苦種瘡種痍種有何差別或作是說苦種瘡種痍種有漏苦種無漏復次苦種切身之相瘡種疫疾之相痍種起漏之相以何等故眼根謂之見耶或作是說是世俗所見語如有見淨有見不淨復次逮眼便有所見世間契經是謂眼根謂見以何等故忍不謂智或作是說謂智能知事忍不能知是故忍不謂之智復次已得見是謂有智非以忍有智是故忍非智以何等故盡智無生智不謂之見或作是說若盡智無生智是見者則九種成就阿羅漢亦說十種成就阿羅漢是故彼智不謂之見問如無學等見謂之智有其定處云何彼非智是見耶彼亦有行處復次智當見度彼岸爲見彼所度便有是云何不十種有定當言是觀八種爲地如此智當言無學法猶如此三解脱門空無願無想等越次取證當言得已越等越次取證當言得答曰空無願等越次取證當言得以越次取證當言得無想者已越次取證

當言得若空三昧時彼修無願三昧耶設修無願三昧彼修空三昧耶或作是說或空非無願云何空非無願已得空三昧現在前是謂空非無願云何無願非空已得無願三昧現在前不得無願三昧現在前不得是時修空三昧是謂無願非空云何修空無願不得空三昧而現在前得是時修無願三昧不得無願三昧而現在前得是時修空三昧不得無想不得世俗智而現在前得是時修空無願三昧是謂修空無願三昧云何不修空非無願本得無想三昧而現在前若本不得無想三昧而現在前不得是時修空無願三昧本得世俗智而現在前若本不得世俗智而現在前不得是時修空無願三昧一切凡夫人染汙心無記心滅盡三昧無想三昧無想天是謂非空非無願復次或空非無願學見迹若阿羅漢得空而現在前或無願非空修行習忍智迴轉時道法忍迴轉時道法智修行迴轉時道未知忍迴轉時學見迹若阿羅漢得無願三昧而現在前或空無願修行苦時忍智迴轉修行道時道未知智迴轉時學見迹若阿羅漢不得空無願無想而現在前或非空非無願三昧修行盡時忍智迴轉學見迹若阿羅漢本得無想三昧而現在前一切世間心思惟不修空不修無願三昧於中亦有降伏想若修空三昧彼修無想三昧耶設修無想三昧彼修空三昧耶或作是說空非無想云何空非無想得空三昧而現在前若不得空三昧而現在前不得是時修無想三昧不得無願三昧而現在前得是時修空

三昧云何無想非空得無想三昧而現在前若不得無想三昧而現在前不得是時修空三昧云何修空無想不得空三昧而現在前得是時修無想若本不得無想三昧而現在前得是時修空三昧不得無想三昧而現在前得是時修空三昧不得世俗智而現在前得是時有空無想三昧云何非空非無想得無願三昧而現在前不得無願三昧而現在前得世俗智而現在前不得世俗智而現在前是時不得修空無想三昧而現在前一切染汙心無記心入無想三昧滅盡三昧不修空三昧非無想是謂非空非無想復次或空非無想修行苦時忍智迴轉學見迹若阿羅漢得空三昧而現在前或無想非空修行盡時忍智迴轉學見迹若阿羅漢得無想三昧

而現在前或空無想修行道時未知智迴轉學見迹若阿羅漢不得空無願無想三昧而現在前云何非空非無想修行習時忍智迴轉道未知智周迴修行道法智道未知忍迴轉時學見迹若阿羅漢本得無願三昧一切世間心思惟不修空無想三昧不於其有降伏若修無願三昧彼修無想三昧耶設修無想三昧彼修無願三昧耶或作是說或無願非無想云何無願非無想得無願三昧而現在前不得無願三昧而現前是時不得空三昧而現在前是時不得修無想三昧不得空三昧而現在前三昧而現在前不得無想三昧而現在前是時不得修無願三昧云何修無願無想三昧不得無想三昧而現在前得是時修無想三昧不得無想三昧而現在前

得是時修無願三昧不得空三昧而現在前得是時修無願無想三昧不得世俗智而現在前是時修無願無想三昧云何非修無願無想三昧得空三昧而現在前得世俗智而現在現前不得世俗智而現在前是時不得修無願無想三昧一切染心無記心無想三昧滅盡三昧無想天修無願無想三昧是謂不修無願無想三昧復次或無願非無想修行習時忍智迴轉道未知忍迴轉時修行道未知智道未知忍迴轉時學見迹若阿羅漢得無願三昧而現在前或無想非無願修行盡前忍智迴轉學見迹若阿羅漢得無想三昧而現在前云何無願無想修行道未知智迴轉時學見迹若阿羅漢不得空無願三昧而現在前或非無願非無想三昧學見迹若阿羅漢得空三昧而現在前一切世俗心思惟不修無願無想三昧於其中有降想若應時修空三昧彼時修無願三昧耶設應時修無願三昧彼時修空三昧耶當作是說如上所得然不及現在前復次若應時修空三昧彼時不修無願三昧設使應時修無願三昧彼時不修空三昧何以故時節迴轉當修是觀空無想亦復如是無願無想亦復如是以何等故三界修行等智謂之有漏耶或作是說即彼三界所有彼是有漏也或作是說所謂等智是以有漏也或作是說如彼智諦得不如彼諦此當修行復次三界所修等智師意作是想譬如空無願無想於無想故曰修於彼作是想當作是觀以何等故色界不等越次取證或作是說彼無有此猒患之法猶

如欲界也問不以此患等越次取證設有患者惡趣中亦等越次取證或作是說欲界有是行報問若於欲界取般涅槃云何有色無色界行報耶答曰欲界受報問有何因緣色界無色界行報非欲界受無色界行報或作是說以其輭根不等越次取證問猶如此間利根而生彼間云何彼間有輭根答曰彼生自爾問非色界無垢人起賢聖道耶答曰已得能起問不得無學道能起復次便有降伏想復次於此間作行命終生色界因相有力故彼不等越次取證若最初起無生智爲幾智中間起或作是說或盡智中間起我已知苦盡智然不知無生智起一切諸諦復次三盡智中間起我生死盡是謂盡智我梵行立是謂盡智所作已辦是謂盡智更不受後身是謂無生智

已說二苦相　眼忍智越次　思惟觀三界
有生猶如本

以何等故苦智知苦智習智知習智道智者唯道智耶或作是說苦諦有漏五陰於彼苦智迴轉因智亦迴轉道者無漏五陰彼出要智便迴轉於彼有道智復次於苦思苦與迴轉有順是故謂習智道智復次苦與迴轉有順於彼有習智道智一思惟相若緣是說者於中不可沮壞世尊界根智爲緣何等或作是說因智道智界根智也彼因道是其緣或作是說諸根展轉界根智是其智也復次最第一義善緣界根恐畏猒患有何差別或作是說欲界相應爲恐畏三界爲猒患或作是說有已爲恐畏彼我爲猒患問結中間爲畏

善根中間爲猒患復次覺知怨敵欲往障者是爲恐畏心馳逸爲猒患强顏無畏有何差別或作是說結中間爲强顏善根中間爲無畏復次意所入餘處爲强顏意剛强爲無畏捷疾智速智有何差別答曰捷疾義實曉了速對以彼漸漸方便義次第捷疾智利智無礙智有何差別答曰斷諸結爲利智分別諦爲無礙智甚深智慧普遍智慧有何差別答曰覺知此緣是甚深智慧長益衆多普遍智慧別智慧廣智慧有何差別答曰種種相覺知諸義是謂別智慧一處普遍智是謂廣智慧所可用智速須陀洹果彼智慧當言已知根所攝未知根所攝答曰所可用知無爲速須陀洹果彼智當言已知根未知根所攝猶如一切結見四諦悉斷以何等故或見諦斷或思惟斷此之謂也或作是說見諦道斷者彼見諦所斷也思惟道斷者彼思惟斷也問彼有長益現一長益或有餘思惟答曰如齊眼所見彼齊眼思惟如齊眼思惟彼眼所見是故無力勢或作是說彼最初見諦斷者彼見諦所斷也見諦者已見諦往斷或習而斷彼思惟斷或作是說諸忍所斷彼見諦斷也諸智所斷彼思惟斷也或作是說有前敵彼思惟斷諸無前敵彼見諦斷也復次諸等智歷非因緣猶如以木鑽火彼見諦斷彼見長益斷如想心耶彼鑽彼思惟斷

苦世尊猒患　强顏捷疾利　甚深別智慧
須陀洹及諦

智犍度第十竟

尊婆須蜜菩薩所集論卷第十二

音釋

捷疾葉切 敏疾也 鑽祖官切 穿也

尊婆須蜜菩薩所集論卷第十三

苻秦罽賓三藏僧伽跋澄等譯

見揵度首第十一

若諸法是彼法因緣頗有時彼法當言非彼法因緣耶或作是說猶如彼法未生爾時彼法非因緣或作是說以事因緣故因及餘因緣非因緣復次定一切諸行各各自因自果及獲餘果報永不復生設當爾者界有差違最有吉法

阿羅漢從阿羅漢退還復得阿羅漢果諸得根力覺道意當言本得得當言本不得得或作是說若得等解脫當言本得得若得無疑解脫當言本不得得復次阿羅漢有六種根而有增減諸阿羅漢分別其義彼於此相應時彼本不於他得道迹有益思惟有益斷有益思惟當言本得得是謂有道思惟斷有長益當言本不得得若阿羅漢作阿羅漢想布施假使非阿羅漢而作阿羅漢想布施何者最得福多或作是說若阿羅漢作阿羅漢想布施者彼最得福多也何以故田業有增益妄處良田問如心意行如念所起云何作是說受福最多若由良田得福多者諸有施一阿羅漢彼盡得平等福是故此事不然或作是說二俱受福等何以故一以良田第二由心故問若以良田心有益者非由心故云何得平等福復次若非阿羅漢作阿羅漢想布施者彼最得福多何以故彼阿羅漢功德心最微妙問若尼揵子外道異學作阿羅漢想布施者彼最得福多耶荅曰彼不知阿羅漢功德也若復彼是阿羅漢作阿羅漢想布施

者如是彼最得福多彼無是力緣阿羅漢功德若復知阿羅漢功德彼不與外道異學尼犍子施復次取要言之猶如枯朽燋柱作阿羅漢想而惠施者於彼亦大得功德

不得何等須陀洹果設得便失或作是說如彼須陀洹七反往來有信解脫彼見諦果所攝不得須陀洹果彼若得見諦彼信解脫果所攝便棄須陀洹果復次彼須陀洹七反周施彼軟須陀洹所攝諸鈍根不得中上如須陀洹家家遊者若二若三於彼遊行盡其苦本彼須陀洹下根所攝便次之巳得中上若須陀洹家家遊者二家周旋盡其苦源彼下中須陀洹果所攝便棄之非以無爲須陀洹果若得若棄

若諸法成就彼法相成就耶假使諸法相成就者彼法成就耶答曰若諸法成就者彼法相成就也外衆相不成就若諸法自相成就彼法成就也若諸法不成就彼諸法相不成就耶或法相不成就彼法非爲不成就外衆相不成就彼法自相成就成就者其義云何自相相應是謂成就不成就者其義云何不自相相應是謂不成就義又世尊言是謂生此生作如是說命異身異設作如是說彼二同一義分別有若干云何同一義答曰若自依巳得彼緣義作如是說當親近世尊諸作此見彼命彼身云何生此見或作是說生身便生此見乃至有根身與相應今亦復然於中復有命復有身或作是說觀衆生根衆生相衆生者衆生根衆生性衆生類衆生種於中便有彼命彼身如是所說女身有力

於中不有短有大身不覺更樂苦者意根斷絶諸所生見命異身異云何生此見或作是說展轉觀身心心者亦展轉相觀彼心心法作我想命異身異而有此見或作是說諸有擇者觀其威儀作因緣觀彼因緣彼便作是意身異命異身所爲行迴轉時或作是說身不壞敗便命終便作是念身異命異若身未往便命終或作是說睡眠之中夢見身遊行於是有身彼便作是念命異身異若夢中有所遊行或作是說以三昧自憶宿命於彼彼終生是間彼見身住於中便作是念身異命異或作是說徹聽以天眼觀衆生類衆生生時衆生死時身在中陰縛而見彼便作是念是命身俱遊復次身中間憶本所更巧便迴轉彼便作是念命異身異若復他人曰命異身異

諸所生見無因無緣衆生垢著非有因非有緣衆生染著云何生此見或作是說若處閑居或作是說觀諸垢起觀處宮中或見清淨彼便作是念無因起諸垢著復次以二力故生諸垢著若因力若境界力由是因緣而不知無因無緣衆生染著得諸見若他人說

諸所生見無因無緣衆生清淨非有因非有緣衆生清淨云何生此見或作是說於此觀至空閑處而不清淨處深宮中或有清淨於中便作是念無因而有清淨復次以三力故清淨因力境界力方便力彼相應時因力境界力善法如迴轉有清淨生由是故不知無因緣衆生清淨得此見若以他說

諸所生見無因無緣衆生無智無見非有因

非有緣衆生無智無見云何生此見或作是說彼便有無慇懃者云何起無智無見若復生者如是無智於中便作是念無因無緣衆生無智無見也復次生死行因緣無方便行亦不勤求住無智無見中不思惟彼因與餘相應無智無見相應有不相應時智相應時無因無緣衆生無智無見得諸見若由他說

諸所生見無因無緣衆生智見非有因非有緣衆生智見云何此見或作是說觀慇懃者不起智見以少慇懃或起智見於中便作是念彼以無因衆生有智見復次有五事智見迴轉名所攝義所攝軒偽知彼因與餘相應智見相應不相應如是時無因無緣衆生智見得諸見若由他說

諸所生見無力無精進云何生此見或作是說或見人貌有得田業有不得田業或復有人貌少有田業於中無果人貌無力無精進得諸見復次有衆多相應於今世後世或有得果報於彼或以事而不得果報慇懃人於中不得果時無力無精進得諸見若由他說因他本所緣　須陀洹成就　四種及二種因命四種力

諸所生見無施無受者契經云何生此見答曰善行惡行果所生若親近時於中不可知果實無善行惡行得諸見或由他說無今世無後世亦無衆生類有生者如是有彼觀無有父母因事而有世無阿羅漢修行道人而無有道

諸所生見於此間有命活後世更不復死云何生此見或作是說是謂人有吾我身彼若

命終時地身還歸地水歸水火歸火風歸風諸根歸虛空或作是說度世陰時不見歸來於此間命活得諸見復次處胎中若胎中終而觀其命彼亦見終始於此間命活得諸見或由他說又世尊言有六生云何有六生或作是說如契經所稱黑生之人於黑法生復次異學言有六生黑生青生黃生白生赤生微妙白生於彼黑生屠猪捕魚鹿放鷹殺牛及餘惡行青生者尼揵子學道者黃生者處在居家稟受於梵志赤生者如沙門釋子及諸修梵行者白生者倮形學道微妙白生者難陀婆磋訖梨舍僧訖栗姤瞿舍盧味迦梨子諸所生見實有此七大身不作不應作不化不應化寡聚離甚深住云何生此見或作是說四大性苦樂性展轉迴轉不觀有勝彼依識命相此七身不作不應作得諸見或作是說四大苦樂四大以生觀彼時有七身不作不應作如是得諸見復次心之與色選擇所見於中不壞自覺七身不作不應作如是得諸見或復有時由他說

諸所生見無有風云何生此見或作是說風有命想彼復作是念無有風此是衆生類復次有常想壞敗想依彼無有風得諸見若由他說

云何得知此非富貴所造或作是說設當因富者彼則富一切諸物俱有迴轉也續生不斷是故富貴非其因復作是說若富是因者一切諸物則相類也與前是因展轉妙物是故富貴因復次若富是因者內無物事不集聚不於中間事不集聚不有物是故富非因

云何得知此非因答曰設非因作者集聚當有一切物續生不斷觀彼因縛續不復生復作是説若無因物迴轉者一切諸物皆當相類因有增便果有增是果非因復次若物無因迴轉者不於中間有進有集聚也不於中間事不集聚於中得知非有因物迴轉云何得知彼非命彼非身答曰身若干種自相壞敗無壞之相命所愛也於中得知彼非命非身也或作是説身因緣所縛展轉而生非命展轉愛於中得知彼非命非身也復次身所造若自爲若他爲如是不愛命於中得知於非命非身也

云何得知非餘命餘身答曰餘命身不可得亦不有可得時亦不可説於中得知非餘命餘身復作是説身義異無數自然無所爲然無數愛於中得知非餘命身也義所造我事往有展轉命非展轉愛於中得知非餘命身也又世尊言彼作彼自得無記不可説餘作餘自得此不可説記是語其義云何或作是説彼作彼自得者此順從有常餘作餘自得者此順從斷滅此二物而求如來處中而説法於中不説或作是説彼作彼自得此無記最第一義覺知諸行餘作餘自得此無記得等諦是故現行不可壞非由而受行報復次彼作彼自得已作已自得世尊説空於中不説餘作餘受報者當所作餘者受如是世尊説因緣是故不記云何得知餘行事所造或作是説設有行事造者彼事一切行行二俱所作行續生是故事不造行復作是説設事造行名一切行則非妙一事之中展轉行妙

於中得知非事造行復次設事造行者於中間有集聚行不於中間行集聚迴轉於中得知非事造作云何得知有餘處終或作是說見心被柔心迴轉於中便見終心被柔心迴轉也如是於中得知餘處終後作說本所生根所依根便有曠大根意因觀彼若處毋胎中不於中間本根意彼亦不於中間本根是故宿命彼於此至彼中得知餘處終復次不於中間心心有所爲見心色依彼色有其心垢相爲心見色迴轉於中得知見有餘處諸有物步步生者以何等故本時不生或作是說事不充足問或無二事答曰無不有時得有果實問頗不有二時耶答曰無不有時現在因問此亦是我疑何以故不生或作是說諸物本時生彼現在因復次在未來因猶如無因若彼本時不生復次諸物本生今盡因生然本不盡本時果不生於中便當有況復行本時不盡耶當作是觀論中間非以盡事故說如學或作是說物有壞敗然不盡云何得知物盡而不壞敗或作是說設物壞敗者於彼亦有來若子處毋胎一時來若步步知於中得知物有盡而不壞敗或作是說若物壞敗者彼亦當來子處毋胎形現斷絕常迴轉於中得知物有盡而不壞敗復次見是其事相應相思惟而生是故集聚物盡壞敗方便瞋恚有增所可得住於中知物有盡而不壞敗

若有於此生　富貴亦無因　命作餘處終
物盡及壞敗

見揵度第十一竟

根揵度首第十二
鬱陀羅耶契經廣說說是語其義云何或作是說五識身境界意有迴轉於中便作是說此意遊行境界意有捐棄問如六蟲契經說種種若干種問一切境界是意彼五識身見境界便有威儀或作是說五識身根聲所說意識爲意聲五識身各各相持彼義是意識一切境界所持強記不忘猶如五匠師各有技藝往諮受一人或作是說五識身境界現在五識身威儀過去未來意此契經之要復作是說五識身境界五識身自相現意識集聚而更之復作是說五識身境界攝五識身與餘相類復作是說五識身持意識身來彼相似因果種法是意識也五識身便有境界此之謂也復作是說意識身有二種有敷演有不敷演有敷演謂之意此境界復次此是世尊教誡之語若說因緣優陀羅耶那五識身於此種義而敷演是故當知根欲知根者當憶識身云何界諸根故曰意威儀境界意有盡意有念意本憶事意本憶事住欲知意方便者當憶所念云何彼意周流悕望本四意止而迴轉是故念方便欲知意方便者當憶四意止云何彼有念故曰念婆羅門當憶四意止四意止爲本七覺意迴轉是故欲知意止方便當憶七覺意云何有此意止是故婆羅門四意止當憶七覺意修七覺意住明解脫是故欲知覺意方便者當憶明解脫云何有是七覺意是故婆羅門七覺意憶明解脫也猶如作明解脫彼彼得二根結斷是故欲知明解脫無明有憂愛斷當作是憶云何

住明解脱是故婆羅門無明解脱憶洹槃鬱陀羅耶憶久遠論以越此論世尊亦説是謂賢聖禁戒迴轉或有所覺少有所憶彼無明斷愛盡所作事辦故曰往至洹槃我梵行立未知根其義云何或作是説未越次之人不修行諸學智慧智慧根諸所有根堅法未修行四諦而修行之是謂未知根也何以故彼不一切覺知問須陀洹一切不覺知亦復以此一切覺知見諦之人便知諸根復次未知根者有如是相猶如眼根此人無有是相是故當觀阿毗曇相已知根者其義云何或作是説見諦之人諸學智慧智慧根及餘根信解脱見諦身證修行上四諦是謂已知根何以故無知之人問彼人向便欲使彼是智慧根耶復次我已知是謂已知根猶如眼根眼

根是謂已知根猶如王臣如依賢聖是以已知根如依果樹有果無一切相是故當觀阿毗曇相

無知根者其義云何答曰漏盡阿羅漢諸無學智慧智慧根及根已辦解脱智慧解脱若阿羅漢見法善居處是謂無知根何以故以作衆事此諸根也

以何等故涅槃謂之無漏或作是説彼不生有漏復作是説不能生有漏復作是説彼不起有漏復作是説彼不與有漏相應復次彼不造有漏亦不布有漏是故涅槃謂之無漏以何等故涅槃謂之無智或作是説云第一義無智阿羅漢問此亦我疑何以故作是説無智果謂之無智猶如行果六情謂之本行尊作是説諸有敬此無智是涅槃彼便有無

智自然涅槃是故當捨此非論也

以何等故想不謂之根耶或作是說增上義是根義然想非增上類問如所說一切諸法各各增上是故想亦當有增上復作是說想不能斷除結問如所說修無常想盡斷欲愛是故想亦斷結復作是說想不爲根所攝如所說修無常想斷一切欲愛尊作是說造想相者攝持自相如觀所持

諸有苦者彼一切成就苦根耶設成就苦根彼一切盡苦耶答曰諸苦者彼一切成就苦根或成就苦根彼非苦也得苦根而不失及餘根而現在前

諸樂者彼一切成就樂根耶設成就樂根彼一切樂耶答曰諸樂者彼一切成就樂根也或成就樂根非樂得樂根而不失及餘根而現在前

未知根者爲攝幾根復有幾根攝未知根答曰未知根一根少入所攝智慧根一根攝未知根智慧根或作是說未知根者九根少入五善意根樂根喜根護根九根攝未知根此亦尊曇摩多羅作是說未知根一根所攝未知根也復次一根攝未知根即未知根也巳知根無知根亦復如是未知根與幾根相應幾根與未知根相應或作是說未知根與八根相應五善樂根喜根護八根與未知根相應如上無異或作是說未知根者與九根相應如上義九根與未知根相應尊亦作是說未知根不與諸根相應諸根不與未知根相應巳知根無知根亦復如是頗依壞敗巳依壞諸愛著先集聚然後果作是說頗眼根壞

眼識不壞問云何不依眼識耶答曰生者不有依諸欲一時集集聚果實彼作是說無也眼根眼識俱生四大俱有色聲香味四大依色聲香味四大此之謂也問此亦於中有疑頗依壞依不壞諸愛上愛愛色住彼作是說有也若眼識壞眼根不壞問若眼根有眼識者彼則今無云何今十二因緣而有違耶亦因彼而有無彼則無有若欲空色者彼作是說無也所依壞彼所依盡壞也

頗眼根與眼識俱生耶如上義所說以何等故五根盡善耶然後三根善不善無記或作是說五根是無漏三根亦是有漏亦是無漏尊作是說五根徧等相應辨大事三根者無有定理

以何等故憂根報不可得答曰現在慇懃便有憂根此不可得也亦失是故彼非報尊作是說憂根徧染著不類其報是故彼非報也

以何等故欲界疑與二根相應憂根護根色界相應疑與三根相應樂根喜根護根或作是說色界無有憂根是故不與彼相應問欲界中亦有樂根喜根欲界與彼相應耶尊作是說疑無有難與憂根相應憂根左側便有護根憂根之數無有疑有樂有喜

頗世間第一法不於苦法忍中間緣緣或作是說有除其智慧及餘世間第一法智慧智慧中間緣尊作是說識識中間緣心心法者於彼性迴轉少中間有多多中間有少是故不於中間有緣頗世間第一法不與樂根喜根護根相應答曰有如上三根如此間第一法相應問如所說依第三禪等越次所證若

世間第一法而現在前是謂世間第一法與樂根相應如是彼有違以何等故男根女根謂之有形耶答曰於中有名是男是女問若俱有二形亦名有二形諸女人彼一切成就女根耶設成就女根彼一切是女人耶答曰諸女人盡成就女根也頗成就女根彼非女人耶猶如有二形成就二根猶如熊羆及餘生種諸男人彼一切成就男根耶設成就男根彼一切是男人耶或作是說諸男人彼一切成就男根頗成就男根彼非男人耶猶如有二形復次或是男人彼不成就男根耶猶如色無色界天頗成就男根彼非男人耶猶如有二形成就二根猶如熊羆及餘生種亦如上半月易形嫉妬希望外形或男人成就男根若人生欲界中或非男不成就男根女生而寡作病寡處卵膜衆生及餘生或時漸厚諸非男非女彼一切不成就男女根耶設不成就男根女根彼一切非男根非女根耶或作是說諸不成就男根女根彼一切非男非女頗非男非女彼成就男根女根猶如有二形復次或不成就男根女根非爲女非爲男也猶如色無色天男頗成就男根女根非爲男非爲女猶如有二形成就二根猶如熊羆及餘生種頗成就男根非女根然非爲女非男根猶如半月易形嫉妬病頗不成就男根女根彼不得言是男根是女根猶如生腫病處胎卵衆生卵膜漸厚及餘種不亂衆生

五三無漏智　想苦樂方便　不壞有二意

疑世間男女

根揵度第十二竟

尊婆須蜜菩薩所集論卷第十三

音釋

鈍徒因切不利也　姧居顏切詐也　倮魯果切赤體也　磋倉何切　悕許祈切願也　熊羆熊胡中切羆班麋切熊羆並獸名　膜末各切肉間朘膜也

尊婆須蜜菩薩所集論卷第十四

苻秦罽賓三藏僧伽跋澄等譯

一切有揵度首第十三

當言一切皆有耶答曰當言一切皆有何以故猶若十二入有此十二因緣是故一切皆有問若一切皆有者云何無者亦當有無物者亦皆悉有答曰云何於無言無復有耶若言有一切者一切言無亦有云何得知猶如無者亦有欲使現在亦有無爲現在有爲中有無耶設一切一切有者亦當有此無云何得一切有若無一切有亦當虛無無者無物一切皆有復作是說當言一切有如此一切乃至有爲無爲彼則有是故一切有問計校一切吉相應因無是故不言一切有答曰如現在有爲現在計校現在無有吉因欲使現在有爲耶若有一切者一切辦無因云何還一切有不有一切吉因若實一切無吉因如所說有一切無一切因彼無復作是說當言有一切何以故說無一切者亦無一切所持攝持三一切是故一切有問云何不一切持還自然持一切內有答曰若一切持還自然持一切內有欲使有現在持耶還自然持現在內有若有一切持還持還自然持云何還一切持云何還一切持不有自然持若審有一切持有自然持如所說有一切持有自然持彼亦無也復作是說當言一切有何以故如爾所覺不如彼有不有彼彼無也是故一切有一切遍有一切耶答曰不得言有何以故猶如有青色彼無黃色尊作是說不當言何以故不以物有勝有餘也不以住勝有餘若

彼有者此非好不等威儀當言有一切耶答曰不得作是說何以故不以無常言有常亦不有常言無常尊作是說一切名者此相無處所是故盡不得言有一切盡當有一切耶答曰不得言無也盡有一切何以故不以無常言有常有常言無常尊作是說不應作是語何以故緣是有諸法界德諸法秏亂諸法秏亂諸法無有定處是故不應作是說一當言一切有耶答曰不應作是說何以故凡夫人亦不還學無學法學無學法無學學無學法是故不應作是說尊作是說不應作是說若成就者彼則有也然無有一切成就也是故不應作是說一當言一切成就耶或作是說不應作是說凡夫人不成就學無學無學法是故不應作是說復次不應作是說何以故若有所得而不忘失彼當成就彼亦不盡得不失是故不應作是說也一切智者其義云何或作是說覺知一切是謂薩芸然猶如明書則名書師復次於一切事還知自在是謂薩芸然諸薩芸然彼悉知一切假使悉知一切彼悉薩芸然耶答曰如是悉知一切是謂薩芸然復次不得作是語悉知一切言薩芸然猶如書師明其書疏然一切智不爾普知一切有常無常然非一切智

一切有一切一切根一切一切一一切一切智而智云何有有相答曰智是其相法是其相有是其相無是其相實是其相復次有三有觀有如所有珍寶如所有是謂有此閒有彼閒有實有如所有是謂有云何無是無相無智相無有相無物相無有相無法相無有

相復作是說如彼無者即是其相復次有二無二觀如所有是謂無無珍寶如所有此間無彼間無云何有漏是有漏相耶答曰無漏所生生是有漏相復作是說無漏所生是有漏相復作是說有有漏所起是有漏相復作是說無漏相應是有漏相復次不於中間有有漏者是故無漏是故當觀有漏相彼便有是云何令不起園林彼衆生行報因緣彼行當觀有漏所起云何無漏是無漏相答曰如上所說復次或中間有漏整行爲無也彼當觀無漏云何有爲是有爲相三是有爲相起滅作變易復作是說無常相是有爲相復作是說因緣滅相是有爲相復作是說所作相是有爲相復作是說久遠墮相是有爲相復次若有衆生集聚是有爲相云何無爲是無爲相當說如上無異云何過去過去相答曰壞敗相是過去相滅盡相爲過去相復次迴轉意所越是過去相當作是觀云何未來是未來相答曰未生相是未來相未起相是未來相復次意迴轉不遠是未來相當作是觀云何現在是現在相答曰生不壞敗是現在相復作是說生不盡是現在相復次意迴轉時當觀現在彼今生

若相及有爲有漏并無漏有爲無爲過未生及現在三世當言過去當言未來當言現在答曰過去世當言過去未來世當言未來現在世當言現在世久遠行熾然此三論議章五陰當言過去當言未來當言現在答曰五陰當言過去未來現在所要言之五盛陰亦如是十二入十八持亦如是意身所有諸過

去者彼一切有設有彼一切過去或作是說諸過去者彼一切有頗有彼非過去如所說尊者曩昔闡頭比丘從施家親屬家知識家然彼家非過去

復次或過去彼非有如所說一切結使過去彼不結使起而滅或有彼非過去如所說尊者曩昔闡頭比丘從施家當於爾時等行或有亦過去諸衆行出世而滅度或非有非過去除上爾所事則其義諸未來彼一切必當有耶假使有者彼一切未來耶或作是說諸有者彼一切未來也頗未來彼不有耶未生法行復次或有未來彼非有未生法行或有彼非未來如世尊言彼阿難當作比丘若大若小意不聰朗不善年少意無智當於爾時等俱行或未來及有諸行未生必當生或非未來非有除上爾所事則其義也諸現在者彼一切有耶設有彼一切現在耶或作是說諸現在一切有也頗有一切彼非現在耶過去未來行及無爲復次或現在非有如所說

我無有家長　亦復無親屬　無妻子僕從　已得離解脫

或有衆生家數爾時等俱行亦如是於此間無餘處無或有或無彼非現在過去未來行無爲或現在及有諸色生便滅亦不有亦不見在也若色過去如彼色所有彼色過去耶設有過去彼色有耶或作是說諸過去物問如所說諸過去彼一切色或作是說諸色物彼過去物問諸所有色彼一切過去也或作是說色物異過去物異問一則有二復次色過去物所生色亦自然亦復所生如是有也

未來現在物亦復如是
世章二陰　諸持二入　過去來物　色有及二
猶如色無常如彼色物亦復無常若無常者盡無所有彼所有如上無異苦空無常亦復如是猶如青色用眼識知云何彼青彼識無異耶設如彼知彼是青色耶或作是說猶如青色彼是智也問過去是青色是故過去亦知作是說彼知即是青色問過去不知是故過去非有青或作是說青異知異問眼識則顛倒或作是說彼青異知異問眼識則有顛倒

復次智者是等諦復次自然物所事辦又世尊言識用知物是故謂之識也說是語其義云何或作是說此是識相用知物故謂識問無過去未來識彼非識尊作是說久遠契經句

復次取要言之當作是說若知衆生當觀彼識猶如彼識彼是知耶或作是說猶如彼識彼是知耶問過去未來識知或作是說猶如彼識彼是知問過去未來不知是故彼非識

復次識不知緣所因識所生知有衆生便有等諦諸所識彼一切知耶設知彼一切識耶或作是說諸有識彼一切知也問過去未來識知或作是說諸所識彼一切是知頗有識彼非知耶過去未來識問如所說識者是知是謂識是謂契經有迷

復次識知緣所作識所生知衆生便有等諦巧便云何知一切心是緣或作是說一切心緣四因緣生或作是說境界心有所攝或作是說世尊亦說緣二因緣識便生或作是說

若心無緣者彼則是識知者是識也尊作是說所爲性說心迴轉緣迴轉此知說於中得知一切心有緣

無常苦空　無我知識　諸所爲知　彼因緣心

一切有揵度第十三竟

偈揵度首第十四之一

等二不等遠　如來無量智　不染守內外　如實敬供養

等二者是等覺一切智十力四無所畏等辟支佛自寤等阿羅漢解脫等一切趣向等所見故曰等等不等遠或作是說此事等於等中等猶如羅雲調達本無如來如如不如如道來是謂如來言無有異故曰如來成就大智慧無量智成就無限智慧是謂無量智慧無量境界智慧成就是謂無量智慧無量涅槃是謂無量智慧復次無量智慧成就無量大智慧世尊除彼覺智慧智句是謂無量智慧不染汙者於此間內受有外是餘物復作是說於此間內受有外趣善處復作是說於此化說法愛不起外者於彼說法愛不起諸結如實敬供養如是應供養

於著不著者　於慢不著慢　知苦自由業　如實敬供養

於著不著者諸見是著若於三界見蓋彼謂過去若於慢不著慢者三種慢世俗著而不著知苦自由業者忍彼苦外諸入復作是說於著不著者已越慢著是謂不著於慢不著慢者於七慢種中於彼染著而不染著知苦自由業者苦識受識住處由業染著復作是說於著不著者現見諦所斷結盡於慢不著

慢者現思惟所斷結盡知苦自由業者苦五盛陰由業行是結復次一切結者彼越一切著是謂無著也於慢不著慢者染著諸慢染不著諸慢知苦自由業於彼苦苦諦知者知道諦彼由業者是習諦本所有結盡是謂盡諦

不依望猒觀　相佐起諸見　因缘無所有
如實敬供養

不依望猒觀者貪望命望不應依彼有二種愛見者諸佐彼愛命愛佐見猒觀有二種道果也得起他諸見他猒觀有二斷滅見有常見已越彼因缘無所有者有二因缘愛見是也彼滅盡復作是說不依望者有愛見望猒觀者於彼現出要起他諸見於一切諸見中亦知他出要已越彼已因缘無所有者識識處住盡復作是說不依望者現愛結盡起他諸見現諸結盡因缘無所有者若愛結缘結盡彼無所缘復次不依望猒觀思惟所斷結盡起他諸見起他諸見現諦所斷結盡因缘無所有者已越一切諸結思惟見諦所斷結盡彼無所缘也

於家能滅意　他家無染著　不起此彼患
如實敬供養

於家能滅意者有二家愛見是也滅意者以此家依意若觀喜已依彼二便依意相應此斷若意相應道於斷他家無所染者有二他家愛家見家於彼不染著不起此彼患者愛所起由見故諸此愛見盡彼無所起復作是說不起此彼患者亦如上得無異復作是說於家能滅意者一切結是行一切結盡他家

不染著者於妻子男女不染著若愛若見不起者於四受起中現其滅盡復作是說於家能滅意者結欲於他家意不染著者不起者不愛不起者於欲不起欲愛盡復作是說家者是習諦意者是道諦於他家不染者是苦諦也不起者是盡諦復作是說於家能滅意者現見結斷於他家不染著者現愛結盡不起者諸愛結見結盡彼無所造復次於家不染著者現見諦所斷結盡於他家無染著者現思惟所斷結盡不起者諸見諦思惟所斷結盡彼無所造

多望口文字　捐棄滅無有　覺一切解脫
如實敬供養

多望口文字者多望者修望口文字亦修復作是說多望者多望是愛口文字者口所陳說復作是說多望者是諸見文字者愛復次多望者思惟所斷文字者見諦所斷捐棄者已滅盡無有所著者是謂不起法能覺者覺知一切諸法是謂覺覺知三痛是謂覺通達諸智皆悉成就是謂覺也於一切解脫者於三界解脫也於三縛解脫愛縛垢縛見縛也

癡無得其便　一切法照明　由身而扶持
還覺最上等

癡無得其便者癡者是無明緣內無明愚中間愚相應復作是說愚是無明諸見愚中間與愚相應復作是說無明是愚結愚中間與愚相應復次無明是愚無明緣行愚中間與愚相應無有此盡於一切法現諸智現其因緣現其方便現其道迹由身而扶持者住有餘涅槃界逮阿惟三佛以此忍覺知無學明

十力一切智四無所畏最上過者休息安隱處此淨鬼夜叉語此最妙鬼清淨此無學門

偈說不應食　等觀於彼法　偈說諸佛喜

諸法本梵志

偈說不應食者作是說世尊不爲食故住爾時世尊欲教化婆羅門故是住也後作是說或不承受我語復恐婆羅門作是念沙門瞿曇爲食故說法復作是說欲現其神足故不受食彼婆羅門應受佛化若觀彼法時以是故觀及聲聞及大丈夫失是彼威儀行說得諸佛喜者斷滅而不取諸法本梵志於中有賢聖沙門法如是賢聖教

諸餘大神仙　盡漏觀慙愧　以甘饌供養

種德最福田

諸餘者諸雜穢飲食現受請供養大神仙者還大法是謂大神仙盡漏者諸有無明愛在身中能除去是謂盡漏慙愧休息若戒盜盡彼慙愧休息以甘饌供養種德是福田是何誰德田是福田於中專精意著萌芽長益是謂福田或作是說彼便有偈以此事餘造彼大神仙盡漏慙愧休息以甘饌供養種德是福田或作是說彼婆羅門作是說偈諸餘大神仙盡漏慙愧休息以甘饌供養種德者福田

教化沉沒人　越生老病死　能仁漏具足

諸願悉普至

教化沉沒者沉沒諸見結以彼捐棄越生老病死者越度生老病死能仁者謂無學斷諸結使漏具足者諸智漏具足成就是謂解脫成就智無限是謂能仁成就漏成就諸願悉

普至者有如是功德越生老病死越諸果顛
復作是說一切沉没結使彼能捨離度生老
病死謂之涅槃此亦悉逮知是謂度生老病
死作是說教化沉没人見其垢染著度生老
病死者現愛結盡復次若教化沉没人者現
諸見諦所斷結盡度生老病死者現思惟所
斷結盡餘殘亦如是
能仁行無婬　不爲壯所纏　於欲身解脫
彼牢固能仁
能仁行無婬者於尊者大迦葉授決廣說能
仁者是無學也行者往就行無有婬去離非
梵行不爲壯所纏者或復有時若少壯不與
貪欲況當老邁於慢得解脫者於四慢不造
意不貪是故當遠離彼牢固者咄棄諸惡法
牢固智慧成就是謂牢固能仁者是無學也

覺知所爲復作是說能仁行無婬者現安隱
處不爲壯所纏者現少壯當盡於欲永解脫
者現業當盡餘殘亦如是
不二倍越岸　亦不一倍終　高下語句義
是沙門所傳
不二倍越岸者有諸疑網不越無量生死岸
疑網未盡不能越生死二倍者姧僞幻惑也
復作是說諸有二倍者彼不能越不越彼一
倍者行垢成就一倍喪終高下語句義者高
者現身出要不高者現身習出要復作是說
高者是謂生天不高者趣惡道中是沙門所
傳世尊敷演
或有不著裳　亦不樂修飾　或有持戒香
語直不卒暴
或有不卒暴者或有不著衣故犯者禁限亦

不樂修飾者不作是意莊嚴身口亦不聽伎樂或有持戒香者或有學士遊行四方稱揚其名常無倦心或修梵行者不說戒有虧

歸命佛最勝　一切皆解脫　是尊最勇猛
遊至無爲中

佛者覺知一切諸法最勝者具足諸力歸命者恭敬義一切皆解脫者於三界解脫於二縛解脫愛縛見縛也復有三縛欲恚癡縛也是尊勇猛者受尊教所說法語遊至無爲中者亦無精進現有精進非爲不精進不還悉獲現所作事辦非爲不有精進意當作是守護猶如不退現不退法尊者婆那伽婆蹉居止深山與鬱頭羅摩子自說偈執鼻執婆鼻那提帝（譯人不解）比丘罽賴樓多彌遮我意不染著心常燿然寤執鼻執婆鼻那提帝者飛鳥之音響比丘罽賴樓多彌遮者麋鹿之音響我音不染著者不退亦不起諸欲心常燿然寤者樂諸道樂涅槃是謂比丘罽賴

五塔廟樂處　枝葉不壞敗　彼見生諸枝
能仁以慧斷

五塔廟樂處者於五陰有中枝葉不壞者愛枝也三界生諸見枝無常苦能仁以慧斷者學人智住斷復作是說五塔廟樂處者是苦諦枝葉不壞敗者是習諦彼見生諸枝者是道諦能仁以慧斷者是盡諦復作是說五塔廟樂處枝葉不敗壞是諸垢著彼見生諸枝能仁以慧斷除結淨相尊者婆那婆蹉居在深山天降雨時心懷歡喜便說偈曰

巖峻善茂生　伏流水浴身　離欲處閑居
智者倍生善

巖峻善茂生者山澤樹下伏流水浴身者以雨水浴身離欲處閑居者居遠處樂閑靜生諸不貪欲不處衆智者倍生喜生諸喜及善增益若喜覺意

愚者造生死　數數入胞胎　故智者不造
頭破亦不眠

愚者造生死無智成就無明造生死者行有漏一切成就樂欲數數入胞胎者處母胎中是故智成就故智者不造行有漏受諸有於中亦不爲頭破亦不眠者猶如此人或作是說愚者造生死是習諦數數入胞胎者是苦諦故智者不造是道諦頭破亦不眠者是盡諦猶如此人也

等數望有愚偈義胎不度意常佛執鼻執婆耶遮及五愚或不聰明

偈揵度首第十四之二

尊者優婆夷讃以水道歩尋往作尺蠖行乃至入有想三昧更不復見緣能因緣滅有想無想彼問世尊曰

我獨流無量　不依不能度　與我說其緣
所依度彼岸

我獨流無量者獨一者謂不二無緣生死流不能得度復作是說不能度此有想無想復作是說一無明流不能得度與我說其緣者普眼遍彼緣無眼度生死流此謂有想無想度無明流

觀不用念定　依彼而度流　云何斷欲愛
愛盡於彼觀

觀不用念定者起無漏不用定無常苦空無我作如是觀念者專精其神足住止處所是

謂休息復作是說觀不用定時觀涅槃休息如是汝度流於彼而滅愛猶如彼愛先盡問三界諸愛染著於欲復作是說住愛而使盡亦當使求盡復作是說彼愛未盡諸纏著住非以外道而滅去離非論彼聽若論處數數使退以是故世尊使告離非論愛盡於彼觀者彼於涅槃有墮想彼自守持於是世尊說不涅槃休息一切欲無愛依不用定寂想解脫最勝住彼而不起一切欲無愛者於三界欲盡欲界結永盡以賢聖道盡愛依不用定寂者不依不用定三昧害有想無想及餘三若依涅槃想解脫最勝者想解脫有想無想若住涅槃休息者彼住不起於彼退亦無所起世尊說曰

彼住而不起　無數劫淨眼　於彼兩解脫
識誓知所傳

彼住而不起無數劫淨眼者答曰亦當久住於彼兩解脫於彼般涅槃識誓知所傳我於彼退轉亦復不生不於生入而入誓

猶火風所吹　沒滅不可數　仁能名色脫
沒滅不可數

猶火風所吹沒滅不可數者如彼火不於空中滅亦不可稱數若往東方西方仁能名色脫者名四無色陰色身身彼俱曰名色

沒冥必還明　若沒如今無　作有常之想
淨眼與我說

沒冥必還明問云何爲明猶如日明照若沒如今無者若有常若斷滅還處入淨聚淨眼與我說與我布現尊無所不知

沒滅不可數　願說所無者　散離一切愛

亦散一切義

没滅不可數者有限之法彼則無也願說所無者諸愛盡者諸愛限數彼無有此愛諸陰由行生者諸陰限數彼無此陰散離一切愛者亦散一切義三界愛盡

二問釋種子　淨眼不授決　乃至三大仙
授決我欲聞

二問釋種子淨眼不授決彼爾時作二問云何觀世間亦不見死生世尊不與授決何以故欲教訓之彼亦聞三語而授決於中作是說乃至三大仙授決我欲聞

今世及後世　梵天上諸天　見亦無所知
瞿曇普德至

今世者是人世後世謂惡趣梵天者謂梵迦夷天諸天者謂欲界天見亦無所知者云何見瞿曇普德至者世尊聲振四方如是世諦一切智猶如轉法輪說聲聞乃至梵天

若欲如是見　義論之所歸　云何觀世間
而不見死生

若欲如是見者如是成就妙智世間及天梵天而不知見義論之所歸者欲聞受決之所歸云何觀世間而不見死生者云何觀六入不生餘境界

觀世皆悉空　愚王亦專念　以能拔我見
如是越生處

觀世皆悉空亦自見愚王爾時世尊爲說空常專不移動念者不念邪事遊意止中我見者是愚身見而滅之如是度死處亦不生閻境界尊者拔蘇盧作是說聞斷滅有常爾時世尊不與授決彼亦聞第三句跡而授決於

中作是說二問釋種子今世後世者是欲界天梵天者梵迦夷天及天者及餘色界天見亦不知者住中迹中而不知如是越所見者成就如此妙智世及天者不能解知如此中亦斷滅有常觀世斷滅有常而不見死生云何除斷滅有常而住中迹越生死岸觀世皆悉空者自還所覺若斷滅有常彼觀皆悉空住其邊際如是觀六入則能越生死岸

天女衆所圍　亦親近妖魅　彼園名愚惑
云何獲安處

天女衆所圍彼修行人聞三十三天天女衆所圍者以天音樂亦親近妖魅三十三天在街巷頭門閾左右園果浴池四天王有諸餓鬼顔色弊惡聲響麤獷喜恐怖人彼園名愚惑者雜園果甚樂無極天五樂自娛園能惑人云何獲安處者云何得出要

彼道名曰等　彼方名不恐　事亦名無聲
覺法名具足

彼道名曰等者無曀亦不曲彼方名不恐者涅槃名曰方於彼無生老病死之恐事亦名無聲者止觀是名事無有結著故曰無聲若賢聖無漏三昧覺法名具足者覺出要與共相應

慙亦不有緣　念者將從人　智慧能御車
等見先導前

慙亦不有緣者慙諸結穢惡彼猶如船車如是緣慙而起道意不復思惟念者將從人猶如車以虎皮覆上若狗皮纏恐不得其便不可親近若怨家盜賊不得其便如是念將從得不親近諸惡行智慧能御車者猶如侍車

人如好車如是道智慧最是道猶如御車者知道非道猶如御車者侍車而行應進則進如是智慧欲退時便起勇猛意意若熾盛便休息猶如御車者知進便進如是智慧思惟方便等見先導前者等見先在前而修行道世尊亦說等見生等志復作是說如彼賢聖人八種道本亦說故曰憅亦是彼緣行學增上戒念者將從人也學增上心說智慧御車也等見先導前者復作是說彼車是其處衆行具足憅是其緣者有三種道等語業等命念者將從人等念也智慧能御車者等志等方便也等見先導前者即等見也復作是說諸止觀是食者如本車所說憅亦是緣者戒是其食念將從人者止是其食智慧能御車者觀是其食

諸有如此乘　衆萌男女類　彼乘如此車往至無住方

諸有如此乘衆萌男女類者彼已修行道以乘往至無住方彼已修行道未至涅槃便使至涅槃也

五斷五已滅　修行五上者　五數比丘過是謂已度流

五斷者五蓋也五已滅者五下分結也修行五上者是五根也五數比丘過者已越五上分結是謂度流者已度生死流也復作是說五斷者五邪見也五已滅是五身結也修行五上者五禪種五數比丘過者已度彼欲數如所說著欲是謂欲數是謂度流者已度欲流復作是說五斷者五趣中結也已滅五者是五道也修行五上者五解脫入也五數比

丘過者即越彼五趣是謂度流者度生死流也復作是說五斷者五心縛也巳滅五者心五穢也修行五上者五念結也五數比丘過者巳度心五縛也是謂度流者度生死流也

五覺及眠寐　五眠寐及覺　有五受塵垢
五是清淨行

五覺及眠寐者五邪見睡眠五根與寤五眠寐及覺者五根睡眠五邪見覺寤有五受塵垢者五見也五是清淨行者五根也如是五身結力結念處所下分中禪數上分中解脫入阿那含凡夫人

奔走不樂中　養新新縛著　猶奔冥燈火
見聞一所作

奔走不樂中者巳斷解脫奔有常不樂斷滅復離斷滅有常不樂有常養新新縛著者謂所生見增益諸縛猶奔冥燈火者猶如鉢勝伽虫飛蜚油燈休息想作捨離墮作如是邪見有休息想作捨離想墮見聞一所作者見淨有淨緣聞淨有淨緣如是一切諸見復作是說奔走不樂中者不樂五欲中不樂一欲養新新縛著者欲愛縛墮見聞一所作者住五欲中復作是說奔走不樂中者不樂欲界奔走色無色界中餘亦如是如奔所趣如今所覺或作是說亦復此事不樂奔結走解脫牢固向新解脫牢固

老覆蓋世間　爲死所圍繞　衆生恚愛病
法住於世間

老覆蓋世間者所覆不得解脫爲死所圍繞者亦不得走避如所說

非空非海中　非入山石間　無有地方所

脫止不受死
衆生患愛病者愛縛所縛不能度三界法住於世間者住出八法十善行迹或善或不善復作是說住十二因緣或作是說爲苦所害使住道也或作是說住於七法或作是說此其事云何住世間
偈頌緣爲事　文字爲甘味　依名而有偈造者偈之身
偈頌緣爲事者意欲便造偈數演諷誦文字爲甘味者分有文字次第分間布行依名而有偈者依名造作猶如十句偈造者偈之身
造偈頌爲首
以六興起世　六已成就業　六造世間法有六受苦惱
以六興起世者六愛身也六已成就業者六病身也六造世間法者造內六入也有六受苦惱者外六入也復作是說以六興起世者六受身也六已成就業者外六入也六造世間法者造六塵也有六受苦惱者六痛身也
四方四非方　上下最勝界　不聞不覺知說法使我寤
四方四非方上下最勝界者當言結聲響不聞不覺知者集聚之相故曰無所無不知說法使我寤者說道審諦出要之業世尊知根說法之義使我時得寤
本盡不造新　於有無愛著　種盡法不生涅槃猶燈滅
本盡不造新者過去貪欲盡更不造新者未來貪欲盡也於有無愛著者現在貪欲盡也種盡者識種及所生有種盡也法不生者彼

識處不生除去行垢涅槃猶燈滅者不起便涅槃猶如燈滅者不可限量住至東方若復南方如是阿羅漢般涅槃不可限量復作是說本盡者過去結滅不造新者未來垢盡於有無愛著者現在垢種盡者此垢種盡不生法者更不受住涅槃者矐然無垢猶燈滅者不爲造有所縛復作是說本盡者過去行盡所可受報者也不造新者新垢不造於有無愛著者行有餘復作是說本盡者因盡也不造新者於彼因無有果實於無愛著者於彼有餘復作是說本盡者六入盡及本行空不造新者不造新行餘亦如是

此王車朽敗　身亦如是朽　眞法不朽敗於已而平均

此王車朽敗者王波斯匿車在深朽故無有光色身亦如是朽者如是身在隱匿處爲老病所逼無有光顏眞法不朽敗者亦不羸弱何以故於已平均平均法何者是道諦是也諸佛說法是平均法

道爲八等妙　聖諦有四句　無欲法爲上與二足作眼

道爲八等妙者一切諸道賢聖八道爲上聖諦有四句者一切諸諦賢聖諦爲上一切諸法涅槃息爲妙與二足作眼者一切衆生佛最爲聖一切悉知問猶如實有涅槃道何以故雙出二事於尊因陀摩羅沙門名作是說求爲道出要爲涅槃不空爲諦義尊毗舒佉作是說猶如智於境界迴轉道亦如是猶如智有境界如是諦涅槃猶如斷結猶如智有境界諦亦如是也

覺麤亦覺細　意盛慢所畏　此非智所覺
意或奔諸趣
覺麤者不善也覺細善有漏受諸有也復次
是說覺麤者見諦所斷覺細者思惟所斷復
作是說覺麤者與欲界相應覺細者與色界
相應復作是說覺麤者覺欲也覺細者覺智
也意盛慢所畏者感意所生意流馳意流馳
與相應覺知如是與無明智彼有覺也各各
馳走展轉覺知心意常亂
如是意覺知　無惱威儀念　在心意熾盛
無餘諸佛滅
如是意覺知者等住覺知漸爲方便無惱威
儀念者威儀者亦不覺念者專其念心不移
動住者如念無異熾盛者無餘之所滅佛能
永滅問疑無有疑身絕欲使彼亦是佛耶答
曰諸佛是法親近諸佛於此契經復次諸界
佛所滅聲聞不能滅諸界復作是說無餘諸
佛境界滅
天遠地無邊　大海亦無際　日月降光處
及其滅處所　有實無實法　是謂四極遠
天遠地無邊者偈廣說乃至滅處方遠俱越
有實無實法者是四極遠自然遠此法道無
實法是垢復作是說有實法十善無實法十
不善法復作是說實法是涅槃無實法是生
死復作是說實法是諦無實法是諸見復作
是說實法是七法無實法是七非法復作是
說實法諸佛之要敷演法教無法不闡等法
即法教也彼於是不久自然之理
優婆尼摩王　既覺寤馳走　偈緣世滅盡
生老道二遠

尊婆須蜜菩薩所集論卷第十四

音釋

毦莫報切毦亂不明也　闡齒善切　吐當沒切呵也　蹉倉何切　劂居例切　爟忽郭切　麛研奚切鹿子也　蠖屋郭切尺蠖蟲也　閾影逼切門限也　獷古猛切麤惡也　曀壹計切暗曀也　曤呼郭切明也　匿昵力切　龜倫爲切皮也

尊婆須蜜菩薩所集論卷第十五

符秦罽賓三藏僧伽跋澄等譯

偈揵度首第十四之三

盡形壽愚癡　親近諸智者　彼不識了法
猶杓不別味

盡形壽愚癡愚癡者謂之無此力勢知善語惡語義彼盡形壽親近諸知識亦不解了法智在須臾間親近諸智彼能識了法猶舌盡別味智在須臾間親近諸智者智者謂之諸陰善持善入善又此力勢成諸器教愚癡者謂之無此力勢不能解十二因緣智者謂之有此力勢說十二因緣愚癡者不成聖諦之器智者謂之數四四演諦故曰智在須臾間親近諸智者

彼於死不死　住者亦不住　於窮亦好施
此法非無義

彼於死不死者於嫉妬中於妬死而死好施者於垢著不死以智慧命爲活住者亦不住猶如逐商人失道爲惡獸盜賊所害猶不失道人不爲惡獸盜賊所害此最是施於貧能施者彼愍孤窮此久遠常法或作是說於彼死不死者慳嫉於惡趣中死好施者生天上儲粮在前猶如商人粮食乏少便遭困厄於少能施者此法是孤窮是爲孤窮之法

本樂得存命　此瞿曇弟子　無常求所施
坐具亦無常　覺知世無常　本盡苦原本

本樂得存命者爾時諸天爲諸懈倦比丘說佛語本樂得存命知足易滿易養禪樂三昧善居止無常求所施者亦不留遺餘以乞求爲命坐具無常者在樹下空處遊戲其中意

不專一處知世無常者本盡苦原本知六入無常度生死流復作是説本樂得存命者此瞿曇弟子本以智慧爲命無常求所施坐具亦無常者以無常想乞求復以無常想受彼坐具覺世無常本盡苦原本者修無願解脱門覺無所造而般涅槃

以何智慧知　慧必不有難　以何智慧知

是謂名爲慧

以何智慧知慧必不有難是何智如想無有異以何智慧知是謂名慧者以何等智慧知已知而知者若法無有難諸法無有二想於中以何智慧知是謂名爲智慧諸法無有二想無有二種生以何智慧知是謂名爲智慧此智慧知已知便是其知此是何智猶如一切無常智智亦無常一切無我智智亦無我猶如有一切智智亦有知

有寡有生者　出牛入牛者　亦有牛長大

欲者天便雨

有寡有生擅尼所由原寡不生牸牛憶來導引前在後驅牛者牛長者大牛長無寡無有生者出牛入牛者亦復無也亦無有牛長大欲者天便雨無寡世尊作是説一切無現無所取復作是説色無色界結無有不盡者無有生者欲界無有結不盡者也憶牛者無明也入者彼相應心心法與彼迴轉心不相應行牛長大者於此慢盡所作事辦

無恚除去穢　流水側一宿　盧露我大覆

若欲大便雨

無恚除去穢流水側一宿者現無恚除穢者現瞋恚盡大穢除盡流水側一宿者涉道於

彼宿也欲化牧牛者種種姧爲盡身姧彼不淨見根姧是識身彼亦盡也我巳除火三火息

我巳見屋室　更不起愛著　汝盡脅肋摧屋舍皆壞敗

我巳見屋室者愛受諸有是屋舍復作是說屋舍者此間慢也復作是說屋舍是有漏行復作是說屋舍者起諸識更不起愛著者更不復受有汝盡脅肋摧者愛欲巳盡復作是說脅肋者於此慢相應法彼永盡復作是說脅者起諸行結彼盡也復作是說脅者是愛彼盡屋舍壞敗者五盛陰彼盡無餘復作是說屋舍皆壞敗者身見彼盡無餘復作是說屋舍是無明彼盡無餘復作是說屋舍是識處住彼盡無餘

人能善眠寐　亦復憂所護　心常樂禪中欲使壞娛樂

人能善眠寐者阿吒羅婆尸佉授決中廣說也阿吒羅婆作是說彼亦不作憂如我所憂世尊說彼不作憂如我所憂也

彼不爲比丘　從彼乞求者　受取屋舍法如是非比丘

比丘契經彼非爲比丘不作比丘作比丘行法家法者受取屋舍作諸屋舍行非以乞食爲比丘也

若有福有惡　除去修梵行　練滅受不起彼謂之比丘

若有福有惡者福者是善有漏行陰惡者不善除去者謂巳斷也梵行者修行其道練滅不受起者降伏一切魔衆降伏一切諸結行

者是住也彼謂之比丘成就比丘行法復作是說福者不用定行惡者無福行已斷滅彼而修梵行二二三昧二二共會練滅不起者背行彼道意止彼謂之比丘斷諸結

青數白所覆　一輻車而行　不勝觀此邊
斷諸流結縛

廣說如雜阿含二十九修跋陀人我出家行學道我已知五十歲於中學修跋陀

戒定修行術　獨步思惟念　數演說法智
於此無沙門

戒者身律口命清淨三昧者諸善心獨步行者是其事術者是智獨步心思惟三昧數演說法智於此彼無沙門者智法是道彼入內外無沙門問戒行有何差別答曰戒是有漏行是無漏復作是說戒是學行是無學三昧心獨處有何差別答曰三昧是有漏一心獨處是無漏三昧是學一心獨處是無學復作是說戒是增上戒三昧是增上心行術增上智慧是謂見諦道一心思惟道是謂見諦道思惟道甚深法此少入無外沙門也復作是說戒行是增上戒三昧獨處學增上心術者學增上智慧此是智法如少所入無外沙門也復作是說戒三昧如所說於戒是修行謂學增上行行術者是增上智慧是謂學增上智慧獨處心思惟者是謂學增上心是謂知法少所入外無沙門也

有量無量集　能仁捨諸行　自謹慎內情
無明卵自壞

有量無量集者有量是行報生有諸行者是壽行捨之能仁者是無學能仁內樂者禪解

脫三昧樂三昧中自謹慎以空爲首三謹慎自謹慎成就無明卵自壞者猶如壞卵膜已不復觀卵膜如是世尊捨壽命不觀壽命行或作是說量者是人無量者是餘行也行者受諸有行內自樂者樂諸道也餘亦如是

若愛無住處　意漸得開解　彼愛能仁除
不知天及人

若愛無住處者情放逸流馳彼有二種愛見也無住處若由愛若由是意有二種意愛意見也漸者俱越二三愛盡能仁行天及人所不知能仁行天及人所不能知復作是說若愛無住處愛是欲愛也住處諸見也意漸得開解者意是有愛漸是無明有二愛盡天及人所不能知諸見無明盡

若內無瞋怒　有有獲種稷　彼無恐畏惱
諸天不往見

若內無瞋怒者自意無瞋恚有有獲種稷者中有有是謂有於此間有彼無恐畏惱者善修空善明十二因緣樂者四出要樂而成就無惱者無有遺餘也財物之憂設有遺餘財物之中若得若失亦無愁惱諸天不往見者已取涅槃不見五趣復作是說若內無瞋恚者現瞋恚盡有有獲種稷者現其欲盡彼無恐畏惱者善無有憂現愚癡盡諸天不往見者無欲無瞋恚亦無愚癡已所涅槃不見涅槃

人中等正覺　自訓專正志　遊行梵迹中
常樂心滅息

人中者生於人中等正覺者盡覺知諸法自訓者自然具專正志者得三三昧遊行梵迹

者敬尊法中心常樂滅息者諸三昧心得休息害諸結心得休息而樂其中

衆人所敬仰　盡超一切法　諸天亦歸命
是謂聞無者

衆人所敬仰者承事歸命盡超一切法者越諸善法猶如越諸偈頌亦度諸不善法諸天亦歸命者諸天亦承事歸命是謂聞無著者彼從世尊聞佛天人所供養也

一切結過去　於園越園果　於欲出要樂
猶如練眞金

一切結過去者度九結是謂一切結過去復作是說度於三結過去也於園越園果者五欲爲園於彼愛盡超諸愛患越諸結越有樂於欲出要者於欲解脫樂初禪復次欲中出要樂淨處樂等樂其中是謂於欲出要樂猶如練眞金者如金被練無有穢垢極妙如是如來已越於欲盡無諸漏

三佛名流布　猶如日除冥　於世第一尊
亦如安明山

三佛名流布者功德聲聞世尊四方上下乃至阿迦尼吒天皆聞其聲猶如日除冥者如日出時普照世間冥皆爲明無不蒙其恩如是世尊已逮正覺以光明普照三界於世第一尊者以此名爲尊彼一切爲現照明亦如安明者如須彌山王於衆山中極高最大世尊亦如是於一切衆生中而作唱導

我當說其義　亦不作希望　一切名龍者
實名爲如來

我當說其義者當龍功德亦不作希望尊因陀摩那作是說是無義語尊摩醯羅作是說

不作諸衆行或作是説不作怨讎如所説亦無瞋恚而有所作復作是説亦不造惡行一切名龍者實名爲如來諸有名龍者於一切中如來最妙龍

能忍不嫉彼　如龍有二足　慇懃修梵行
所行龍餘迹

能忍不嫉彼如龍有二足者彼猶龍象前脚已得穩然後身得迴如是如來以牢固法身得迴轉慇懃修梵行所行龍餘迹者猶如龍象後脚已得穩然後身得迴轉如來亦如是賢聖法服曩昔諸如來已得牢固法身得迴轉

信爲大龍象　護爲白雙牙　念頸智慧頭
威儀用法觀

信爲大龍象者猶如龍象受取皆由鼻如來如是以信棄不善法而攝善法猶如龍象鼻最爲要尊曇摩多羅作是頌契經者之重過不得言如來之信更自有因緣一切諸智筭數象爲大龍猶如龍象受取皆由鼻如來亦如是親近諸法數亦復分別觀有色身清淨行如來護亦復如是賢聖八品道清淨無塵垢復作是説猶如龍象牙不可移動如來亦如是於四等中受取諸氣味便得自在如來牙亦如是勇猛有衆相如來亦如是於六善來堂有衆相好丈夫之才念頸者猶如龍象頸盡取一切諸味如來神足亦復如是一切諸法皆悉普具復作是説猶如龍象頸而扶持頭如來亦如是念最爲上頭爲智慧智猶如龍象以頭爲命如來亦如是以智慧爲命復作是説猶如龍象色身之中頭最爲上如

來亦如是法身之中三耶三佛最爲上威儀用法觀者或作是說此事亦如是二眼用法觀猶如龍象左右有兩肩如來亦如是有二種等身習出要等身盡出要迹滅不復起復作是說猶如龍象有諸法觀速疾而知如來亦如是有衆相知衆生或作是說猶如龍象心意有衆相若步若行皆悉知之如來亦如是於色身中頭最爲上如來亦如是阿耨多羅三藐三菩提於法身中最爲上或作是說此亦是其事有入法觀猶如龍象左右有二肩如來亦如是有二種等習身出要等盡身出要復作是說猶如龍象法觀作衆相御象知其相如來亦如是亦知其相解衆生或作是說猶如龍象意之所念悉能成辦若行若住皆悉知之本無如來亦復如是知衆生根本或作是說猶如龍象意之所念若行若住皆悉知之本無如來亦如是知衆生根相或作是說猶如是知衆生根或作是說猶如龍象意之所念若住若行皆悉知之如來亦如是知諸根相覲近諸行於衆生中敷演法默然承受奉行展轉相應

法藏皆滿具　照明除拂去　樂禪出入息內自善謹慎

法藏皆滿具者猶如龍象腹入若干種食皆依仰之如來亦如是法等語藏依法食照明除拂去者猶如龍象尾拂蚊虻蠅蚤皆能拂去如來亦如是身中敷演教樂禪出入息內自喜謹慎猶如龍象以出入息而養其形常以爲樂如來亦如是常以四禪而養其形內方便具足

龍行求茂草　龍住威儀威　龍卧威儀具
坐亦威儀成　一切龍威成　是謂龍威儀
龍行求茂草者乃至是謂龍威儀者世尊於
一切威儀中戒三昧成就行三昧亦成就若
威儀成就意食不穢處而不食龍食而量腹
命亦不貪意食不穢處穢處而不食者穢處
食者何等是有貪意起與邪命俱彼是穢處
無穢處者反上事也彼如來除去穢食擇無
穢食使根充足而無衆病猶如膏傅瘡亦如
膏車服衆藥草無有貪著故曰不貪
以得食斷飢　不畜積遺餘　受彼信施食
除彼不與取
以得食斷飢者草爲食覆爲衣不畜積遺餘
不得畜積不露形體得施食我欲存形受彼
信施食除彼不與取者以法求取復次當說
其要若得遺長復欲藏貯以爲家業彼如來
皆悉知除去非行故曰斷諸飢渴者也
斷諸一切結　亦斷諸縛著　彼行在在處
亦無憂畏患
斷一切諸結者滅七結也亦斷諸縛著者滅
三縛也復次本無如來結根使根永盡無縛
著起諸照明故曰斷諸一切結也如來見諸
穢心不染著故曰彼行在在處處也
愚死命有二數　有無怒見家業
善眠寐二比丘　草覆衣一切使
偈揵度首第十四之四
見色無娛娛　無欲及諸貪　況革囊盛糞
使五意移動
見色無娛娛者何以故世尊作是說況革囊
盛糞者或作是說現其愛盡天樂天女常無

欲於彼況革囊盛糞復次欲斷摩呵檀提梵志
縛不欲使頻至佛所
梵志慢滿擔　恚烟害爲灰　口淨心如火
心者火坑藏
梵志慢滿者猶如負重擔不畏懼於人如是
慢所縛不畏懼恚烟者猶如先有烟然後火
乃然如是先有恚然後方有教猶如烟亂一
切色恚亦如是而亂衆色害爲灰者猶如灰
無用於物如是害亦無用於物也口淨者猶
如淨投火如是舌長益於諸法心者火坑藏
者猶如祠火處所如是心爲智火所然自動
人中明者猶如自第一火
信種自暴露　智慧爲耕犂　慙愧心所縛
心手之執杖
信種自暴露者猶如先有萌芽如是信爲道
然後行道暴露者暴爲閑居猶如莖生得雨
潤澤如是生善功德以暴潤澤智慧爲耕犂
者猶如集聚耕地如是信成衆善功德如是
智慧成衆善功德耕者結使慙愧者猶如犂
軛如是慙愧住智慧心縛者三三昧是意縛
猶如輻如是三昧猶如不移動心手之執杖
者猶如耕地杖用驅行如是念耕結得善驅
身整口亦整　猶如往求食　實作擇去穢
受語而解脫
身整身律儀也口整者口律儀猶如往求食
者命命清淨也實作擇去穢者以智諦耕除
諸受語而解脫等者猶如耕犂人事辦則捨
如是等與相應而捨其行諸已滅便有勇猛
意
勇猛共二軛　方便獲安處　已往不復還

所至無憂畏

勇猛共二軛者猶如牛有力勢不捨其軛如是勇猛之力亦不捨其軛方便獲安處者有四方便已盡是謂涅槃亦是安隱處勇猛志被已往不復還者有力勢不復還所至無憂畏者已到涅槃諸憂畏患永盡無餘

如是耕田作　彼曰甘露果　能忍如是業
一切苦解脫

如是耕田作者作如是修行道也彼曰甘露果涅槃爲果能忍如是業者修行此道一切苦解脫者於三界苦而得解脫或作是說道教於彼智慧斷諸結使身整口亦整猶如往求食者等語等業等命勇猛共二軛者等方便也念爲杖者等念也意縛者等三昧也已說五根彼信種信根也勇猛共二軛精進根也念爲杖者念根也意縛者定根也智慧唱導是慧根也

專念巧便求　亦不樂在家　羣鴈往奔池
盡流除瞋恚

專念巧便求者出家學道專念者繫念不移亦不樂在家者不樂處家恩愛之中羣鴈往奔池盡流除瞋恚者猶如羣鴈捨大山林無戀慕情如是彼滅於五欲無戀慕情所可用道滅於五欲如所說法之所除況非法也復作是說專念求巧便者常樂閑居坐禪亦不樂在家者不樂於三界中生羣鴈往奔池盡流瞋恚者流爲無明所可用道除無明彼道亦除復作是說專念巧便求者而修行道遊居意山中亦不樂在家者遠離愛著如所說諸痛中愛此是愛也已能捨彼亦不樂愛著

羣鴈往奔池盡流瞋恚者流爲六入如所說長者眼爲識流原彼能滅六入所可用道滅六入者彼道亦滅

諸度江海者　作橋度彼岸　有縛拔求度

智者先達岸

諸度江者如所說如瞿曇世尊由異學故往受恒水水神作是說偈彼阿恒薩牢頻鬧作諸橋諸不得神足或作是說諸受頻鬧者結爲頻生死爲薩牢如所說由薩羅有是池作諸橋修行道也捨山者滅於五欲縛拔求度者外道求道智者先達岸者說度生死岸復作是說諸度頻鬧者見諦所斷結滅也薩羅者思惟所斷結滅也作橋者興起道也捨山者滅諸善縛拔者修學道智者先達岸羅漢度生死岸

不於見捷疾　見我之所限　非行能除往

不染於家累

不於見捷疾者等智成就捷疾彼不淨之見不聞捷疾非捷疾者能淨其邊彼迹欲淨於欲愍懃界亦不聞將往何以故不染於家累者彼不隨此見

若林柱牢固　於他盡其語　若無欲善根

能仁亦牢固

若林柱牢固者尊者阿那律授決中廣說猶如林柱不可移動如是彼尊者若毀罵若嘆譽不可移動於他盡其語者語在內若毀罵復有嘆譽者若無欲者諸結使盡善根者於三三昧是三昧根能仁亦復牢固者佛聲無學智

不二行作講堂　養妻子非比丘

於衆生不改瞋　　能仁常護衆生

不二行作講堂者獵師喻中已說不二行作講堂者獵師所行閑居聚中比丘行聚中聚閑居獵師所爲非行比丘護賢行養妻子非比丘獵師及妻子比丘非其行惟自養以法取彼於衆生不改瞋者獵師不改於殺生能仁常護衆生者比丘無有殺意

於前中間後　從他受信施　亦無怨恨心

能仁亦護彼

於前者不食中間者半食後者餘食未盡從他受信施比丘得食亦無怨恨心者亦不罵亦不能傷其形不作強顏不是語我不得物終不離此去復作是說於前者好微妙食中者中食後者下食從他得信施者從他受信施不說惡語所得惡食處亦不避亦不執語所得惡食處亦不頻往彼乞求皆悉遍復作是說惡不能壞其意好不起愛著

有說第一者　夜叉淨非智　何爲此解脱

無餘名曰善

有說第一者此夜叉淨說猶如此有想無想天何爲此解脱者如是無餘智者方便說淨

飢渴第一病　行爲第一苦　如實知是者

涅槃第一樂

飢渴第一病者斷手授決中已說彼斷手不大苦如飢渴者行爲第一苦者彼行有若干種苦如實知此者涅槃第一樂能知如是行不成就所作行口彼便有樂復作是說飢渴第一病者常爲所縛乃至不可治行爲第一苦者如實知之能知此諸行涅槃第一樂者休息爲樂無所觀爲樂永樂復作是說

飢渴爲第一病者是苦諦也行爲第一苦者無明緣行也受諸患是謂習諦也如是實知者是道諦也涅槃第一樂者是盡諦也

慙愧梵志衣　梵志手爲淨　水常流不住舌陳爲澡盥

慙愧梵志衣者尊者大目揵連授決中已說猶如衣裳用覆蓋隱處慙愧亦如是覆蓋隱處梵志手淨者猶如已淨祀火我亦如是而修淨行去離行水常流不住舌陳爲澡盥者猶如以澡盥盪滌不淨器我舌亦如是除去穢行晝夜不休息

祀火有常想　以依內心意　晝夜勤祠祀律儀不失節

祀火有常想者止觀彼然智火以依內心意者自依倚心彼能滅晝夜修行律儀不失節諸根在內彼能思惟心被教訓是謂藏匿復作是說隱處者身口意律儀訓者諸戒具足復作是說慙愧梵志衣者現善行起梵志手淨者水常流不住舌陳爲澡盥舌善行第二偈謂心善行於三善行名曰婆羅門

度慙常呵彼　我與況汝要　亦不作非行當知此非我

度慙者可慙而不慙彼當知不自親況當觀餘者常呵彼者非親者當知是怨仇而住我所我與汝說要者諸有雜穢雖順從衆生當知此姧穢亦不作非行者諸有親厚事彼不起惱所作方便當知順怨家

於欲意不離　念亦無猒足　觀彼能離者彼具智慧足

於欲意不離者菩薩授決中已說乃至意念

欲心亦無猒足不能去離彼愛能離者現欲想書於中次第觀彼書時是說曰彼能離者彼具慧乃足者諸觀欲不淨彼著愛欲也

諦諦而善見　尊者轉嘆天

諦諦而善見者諦是苦諦也習諦增上諦是是道諦也盡諦復作是說有三諦苦諦習諦道諦增上是盡諦復作是說諦是等諦增上第一義諦

解脫彼此脫　解脫復見縛　賢聖不見脫

解脫於愚惑

一子授決中已說解脫彼此脫者於妄語中解脫爲殺所染解脫復見縛者於一害得脫復爲他所染也賢聖不得脫者見諦而得解脫於愚惑於縛繫彼不得解脫如是斷滅見得解脫有常見所縛如是聞念中得解脫如是身見中得解脫爲猶豫取縛於貪欲得解脫爲色愛所縛於色愛得解脫爲無色愛所縛

若於長短中　麤細好要行　於世不與取

故曰名梵志

若於長短中者答曰長短不成就於彼少有所觀便有長也少有所觀便有短也此如來教戒語也又麤者亦不成就問云何量亦不成就耶答曰於中不說量不可持亦無來者若受不與取彼則麤亦不成就於彼亦不盡有量有清淨行亦有少成就問諸有清淨行成就答曰非以行不與取色於中淨不淨行彼則成就是廣舌教戒之語故曰梵志者具足衆行是謂梵志或作是說起諸不與取結諸結盡是謂婆羅門

不善而有善　常依三佛家　不住益衆生
彼曰而依有
不善而有善者於不善中終便生餘處彼先
滅本想而更得餘想常依三佛家者不依母
胎不住益衆生者於他家命終在母胎長大
彼曰而依有意生有是善行
若數於世易　無勝況當世　永滅無烟曀
於中樂不害
滿願子於其中求數者知而滅世者諸入異
於彼外不異者是内復作是說異者是天不
異者是地獄復作是說異者色無色界相應
不異者欲界相應此數是無常苦空無我因
果自相遍相無勝況當世者無明見所知如
說染著魔所縛息者三火息滅休息當永寂
有滅息永烟曀滅現瞋恚所纏盡復作是說

現内緣諸結盡無烟曀如所說愛所行也有
覺息亦無烟曀如所說有覺亦烟無害者現
三害盡無望者現利望命望盡復次現有愛
盡能有所越
解脱墮復墮　貪著復來還　已還歡樂處
於善住善處
解脱復墮者解脱者於欲界脱亦脱欲界結
使色無色界愛未盡於彼墮便生貪著復來
還者彼不能展轉除盡欲界相應結來住彼
於彼方便染著欲界者結使不能拔離復起
欲界結使來至欲界已還歡樂處者謂佛聲
聞彼已還安隱處無生無病死之患歡樂處
者賢聖八品道於善住善樂三昧樂於中遊
行永還安樂處者復作是說解脱墮復墮者
於須陀洹得解脱墮地獄彼墮天貪著復來

還欲界愛未盡還來人間還歡樂處者無有恐懼入地獄之憂樂者賢聖之道於善住善者越一切諸結還於涅槃復作說墮復墮者斷滅見解脫有常見墮貪著復來還者地獄餓鬼畜生於有常斷滅解脫而修行道餘者亦如是

見慢起信意　見偈等前後　飢依欲及諦

解脫滿願子

偈揵度第十四竟

尊婆須蜜菩薩所集論卷第十五

音釋

杓市灼切浥抒器也　脇肋脇虛業切腋下也肋歷德切脇骨也　稷節力切五穀之長也　醯馨夷切　讎時流切仇也　穩烏本切安也　頸居郢切頭莖也　軛乙革切轅端橫木也　鬧女教切　澡盥澡子晧切洗也盥古翫切沃也　盪滌盪待朗切滌亭歷切盪滌搖動也

分别功德論

失譯人名附後漢録

清刻龍藏佛說法變相圖

分别功德論卷上

失譯人名附後漢録

建初偈所說曰迦葉思惟正法本者謂思惟經法言教甚多何以知之迦葉即以比較明其多少較法從十驢始云十驢力不如一凡駱駝力十凡駱駝力不如一凡象力十凡象不如一細脚象力十細脚象不如一盜食象力十盜食象不如一蓮華象力十蓮華象不如一青蓮華象力十青蓮華象不如一紅蓮華象力十紅蓮華象不如一白蓮華象力十白蓮華象不如一雪山象力十雪山象不如一香象力從驢至香象爲一分如是八萬四千香象以較皮表裏書經滿如是數香象比載阿難所聞所知事粗可都較知大數欲一一演其文字者畢壽不能暢也思惟經法甚

爲浩大云何當使流布天下千載衆生得蒙法澤耶深思至理誰能撰法唯有阿難乃能集耳迦葉即時鳴揵椎集衆于時尋有八萬四千諸羅漢等承命來集此等無漏皆是俱解脱人所以召此諸賢聖者以其盡能入滅盡定故也諸有入滅盡定者能使衆生現世得福濟其苦厄大千世界諸無著等其數難筭除諸三道各各一倍今但録利根倶解脱能以滅盡定度脱衆生是故稱爲福田何以明之昔日天帝釋福盡命終時五瑞應至心即恐懼欲求拯護正欲至佛所求拯念佛恩寛緩懼不解命急念舍利弗目連等亦恐不能濟命唯有大迦葉以滅盡定力尋濟危急即往迦葉所時迦葉適欲至貧家福度諦念正欲現天身懼恐不受我施便於中路現作草屋羸病在中迦葉從乞病人即伸手施食迦葉以鉢受之變成甘露還現天身於虚空中迦葉曰何以妄語誑我耶天答曰不妄語我至誠施我是天帝五瑞至命欲終故來求願願濟我命迦葉即黙然可之天至佛所聽法須臾便睡睡即覺佛語天帝汝向已死今已還活不復命終還復本身此即是迦葉滅盡定力之所感也迦葉所以用滅盡定力最勝者以迦葉本是辟支佛故也夫辟支佛法不説法教化專以神足感動三昧變現大迦葉雖復羅漢取證本識猶存向所録八萬四千衆德能所感功齊迦葉難曰迦葉以本是辟支佛故稱其勝此等羅漢復是辟支佛耶答曰雖非辟支佛遍習滅盡定其力是同以是故言迦葉衆僧衆生福田也偈云盡得羅

漢心解脫者俱解脫也偈云已脫縛著處福田者謂迦葉所集八萬四千衆皆得俱解脫以滅盡定能使衆生現世脫苦後獲涅槃故曰處福田也偈云集四部者略也理應四部表更有八部人天刹帝利婆羅門長者沙門四天王三十三天魔王梵王是爲八部凡有十二部言四部者粗舉其要耳諸法甚深者謂十二因緣也佛爲阿難說十二因緣甚深微妙阿難云此之因緣有何深妙耶佛語阿難勿言不深妙汝乃前世時亦言不深昔有阿須輪王身長八萬由延上下脣相去千由延王有小兒常愛此兒抱在膝上海深三百三十六萬里阿須輪立中正齊腹臍兒見父謂海爲淺欲得入水父謂不可海深没汝故欲得入父即放之没於海底惶怖⿰𧾷畺嘅父即伸手還執出水語曰語汝不可而汝不信今者何似爾時王者我身是兒者汝是昔日不信深今故不信汝但思無明緣行尚不能了況了三十七品乎如來所說四不可思議何謂四衆生不可思議世界不可思議龍不可思議佛不可思議所以世界不可思議昔滿願子與梵志共論梵志自云我曾至池水上思惟見有四種兵衆來入蓮華孔中即自驚怪不知我眼華爲實有是向人說之人皆不信遂至佛所云所見如是佛說此是實事非爲虛妄阿須輪興四種兵與諸天鬬阿須輪不如退入此蓮華孔中自隱此非思度所及故曰世界不可思議世界或云梵天所造或云六天所造梵志又云梵天誰造或云梵天有父或云自造言有父者父即蓮華也有云

蓮華者何從出曰憂陀延臍中出也憂陀延從何出曰從散蹉王出又曰散蹉王出何姓曰刹帝利種也又曰梵天是婆羅門種今言由刹帝利出是何言歟又曰劫燒時粗可得別何以言之曰劫燒時從地際已上至十五天蕩然焦盡如似可知然復有十六已上三十三天在此間雖燒他世界在以此言之復不可知是爲世界不可思議何謂衆生不可思議或云劫燒後水補火處隨嵐吹造宮殿訖下有地肥光音天上諸天輩遊戲至地漸嘗地肥遂便身重不能復還遂食多化爲女轉減至薄𧂐秔米失神足光明還復爲人善行生天惡行三塗流轉五道無有常准正使欲窮盡一人根本所由尚不能知況復一切衆生而可思度也是爲衆生不可思議也何謂

龍不可思議凡興雲致雨者皆由於龍雨之從龍眼耳鼻口出爲從身出耶爲從心出乎依須彌山止有五種天亦能降雨何以別龍雨天雨天雨者細霧下者是麤下是龍雨何謂五種天第一曲脚天第二頂上天第三放逸天第四饒力天第五四王天阿須輪興兵上天鬭時先與曲脚天鬭得勝然後次至頂上次至放逸及與四天王乃至三十三天下四天欲鬭時以雨禦敵更無兵仗有二種雨有歡喜雨有瞋恚雨和調降雨是歡喜也雷電霹靂是瞋恚也阿須輪亦降雨天亦下雨龍亦降雨各各致雨理不可定故曰龍雨不可思議佛不可思議者昔時佛在靜室諸梵天如恒河沙來至佛所欲知佛在何三昧而不能知在何定中三昧如是神足變現秘密

之事二乘所不能思議豈況復凡庶阿難推
先迦葉云者年堪任爲衆演法所以然者尊
長舊學多識世尊所委爲將來衆生故欲使
正法久存於世是以如來半座相命仁尊既
是衆僧上座又復智慧包博惟垂慈愍時宣
法寶外國師云迦葉所以不說法者於四辯
中無有辭辯又云本是辟支佛但以神足現
化初不演法迦葉荅讓自云朽邁情暗多忘
荅曰四諦眞法豈可衰忘耶喻如金剛不可
虧損生死四大乃有增減耳薩婆多家又云
九種羅漢有退轉者以幾事退有四事年在
衰邁疾病苦逼好遠行遊服藥不順以此四
事乃有誤忘耳眞諦妙慧豈有忘乎迦葉勸
阿難曰汝今年在盛時加復有聞智等智總
持強記佛每說經常囑累汝以是故汝當宣

布經法何以知阿難有等智昔舍衛城東有
尼拘類大樹蔭五百乘車城中有梵志明於
筭術於九十五種中最爲第一在此樹下與
阿難相遇謂阿難曰人云瞿曇弟子智慧第
一頗有此不荅曰所知少少耳曰欲問一事
此樹莖節枝葉凡有幾枚阿難舉頭視樹便
荅之曰此樹莖節枝葉各有若干即便捨去
梵志在後思惟此沙門必不知數其於見荅
乃耳今當試之即處處取葉六十枚藏之土
中阿難乞食還復問曰我向忘數更與我說
阿難舉頭視之再遍荅曰此樹葉何以少耶
又曰少幾枚荅曰少六十枚梵志即叉手謝
曰未曾有也又問曰君是羅漢耶荅曰非也
是阿那含斯陀含耶曰非也是須陀洹耶曰
何以問耶又曰有師耶荅曰有眞淨王子出

家得佛即是我師心念曰此假師智非已所知即隨至佛所求爲沙門即得羅漢以是知阿難有等智阿難所以推先迦葉者既是上座又是所尊昔五百世常爲其父宿識尊仰憑仗情深也迦葉所以慇懃於阿難者以其曩積厚緣遺恩末嗣加復多聞等智彊記於衆爲上屬集遺典八萬莫先二人相須猶盲跛相頼也互相爲利若二人卒遇千斤段金正欲相併力所不勝正欲分別不可加功於是共議并勢持歸遂得大用可謂俱智迦葉阿難其喻如是二人齊契法寶長存時阿難說經無量誰能備具爲一聚

經無量者十二部經浩漫甚多適時而說不論次緒或說一事乃云十事或說十事乃論二事或說三事乃論十一事上下不次不得爲一聚或有說者如來說法或說教誡或說斷結或說生天人中以是言之復不得爲一聚阿難思惟一便從一二從二三四五六乃至十各令事類相著或有說者理不可爾按如佛語不可次比也阿難復思惟經法浩大當分作三聚阿難獨生此念首陀會天寄告阿難曰正當作三分耳即如天所告判作三分一分契經二分毗尼三分阿毗曇契經者佛所說法或爲諸天帝王或爲外道異學隨事分別各得開解也契經者猶線連屬義理使成行法故曰契也毗尼者禁律也爲二部僧說檢惡斂非或二百五十或五百事引法防姦猶王者秘藏非外官所司故曰内藏也此戒律藏者亦如是非沙彌清信士女所可聞見故曰律藏也阿毗曇者大法也所以言

大者四諦大慧諸法牙旗斷諸邪見無明洪癡故曰大法也亦名無比法八智十慧無漏正見越三界礙無與等者故曰無比法也迦旃延子撰集衆經抄撮要慧呈佛印可故名大法藏也阿難復思惟此三藏義與三脫相應何者契經妙慧理與空合毗尼制惡玄齊無相大法正見跡同無願故曰三藏三脫宜跡玄會阿難復思惟契經大本義分四段何者文義混雜宜當以事理相從大小相次第一增一次名曰中第三名長第四名曰雜以一爲本次至十一二三隨事增上故名增一中者不大不小不長不短事處中適故曰中也長者說久遠事歷劫不絶本末源由事經七佛聖王七寶故曰長也雜者諸經斷結難誦難憶事多雜碎喜令人忘故曰雜也阿難撰三藏記錄十經爲一偈所以爾者爲將來誦習者懼其忘誤見名憶本思惟自悟故以十經爲一偈也所謂雜藏者非一人說或佛所說或弟子說或諸天讚頌或說宿緣三阿僧祇菩薩所生文義非一多於三藏故曰雜藏也佛在世時阿闍世王問佛菩薩行事如來具爲說法設王問佛何謂爲法荅法即菩薩藏也諸方等正經皆是菩薩藏中事先佛在時已名大士藏阿難所撰者即今四藏是也合而言之爲五藏也或有一法義亦深難持難誦不可憶一法者即空法也無形無像不可護持寂無聲響無心無念泊然無想最第一空義無二故無容可測故曰難持無言可訓故曰難誦無意可思故言叵憶也所謂深義其事如此又復一法者衆數之本一

者數之始十者數之終終於十復從一起正至千萬常始於一如是諸一不可窮盡諸經之中或一義一法一行一事各各相從不失其緒也故曰一一相從不失緒也二法就二者或云善惡或云止觀或云名色止者虛也觀者實也止者三昧定泊然滅想冥爾亡懷故曰虛也觀所以言實以其分別有行是非好惡識別明了意不惑亂故曰實也三法就三三者布施也功德也思惟也此三行世俗生天法三脫門行至涅槃法也諸有三法三行三福三分法身三三相從喻如連珠也四法就四五亦然五法次六六次十八法義廣九次第十法從十至十一如是諸數皆同二三事類相從阿難即時昇于座座者師子座也經所以喻師子座者師子獸中之王常居高地不處卑下故喻高座也又取其無畏阿難無量博聞於聲聞中獨步無畏故曰無畏座也阿難昇高座如此也彌勒稱善快哉說彌勒所以下者懼阿難合菩薩法在三藏大小不別也鍮金同貫是以慇懃勸請分部昔大天聖王具四梵堂展轉相紹乃至八萬四千王皆有梵堂唯大天一人是大士其餘皆是小節以是言之大乘難辦多趣聲聞彌勒亦知阿難部分三藏然猶懼後學專習空法斷結取證是以顯揚大乘分爲別藏故說六度諸行大士目要也云施有二種有信施有恐怖施立根得忍則曰信施威力逼迫不由本心則名恐怖施信則成度畏則求福道俗之殊不待言而自別也其人云頭目施者七住已上財物施者六住已下從此退者不墮

生死要至涅槃爾何以明之大品本無說中云六十菩薩得羅漢道此其事戒如金剛者大乘戒也戒如坏缾者小乘戒何者金剛者不可沮壞昔者菩薩比丘端正無比出行乞食路遇一端正女人女視菩薩便起欲意願爲夫婦覆自思惟此同叵得但共坐者我便發無上意菩薩知女心便前共坐有頃便前牽之比丘默然不荅復重近之如故寂然比丘即與說空法眼本從何來去至何所欲言從父母來耶未會之時亦無此眼至後壞時復到何所以是言之眼無所有五情亦然豁然解空得須陀洹應與說有乃更說空菩薩法當入有而說空是以不全本意阿難時見此比丘與女坐犯比丘威儀即還白佛向見比丘與女人共坐佛以先知便默然比丘知阿難白世尊曰念我正不往恐誹謗者墮罪正欲現變佛所不許直飛至佛所佛語阿難向所見犯律比丘者今此飛來比丘是汝頗見犯欲人能飛不也此比丘向者與女人共坐時以女人心念是比丘與我共坐者我當發無上意此比丘知女人意便與共坐即與說空法分別眼空五情亦爾女即恐畏便得道跡以其恐懼心生畏生死故得小乘若此比丘向者與說有行者還成本心以此事知是菩薩未成不退於觀人心未盡善也所謂金剛戒也所謂忍度者見罵見毀默受不報菩薩行忍常以慈等等於彼我彼我既齊怨親不二故經曰小乘之慈慈猶肌膚大士之慈徹於骨髓何以明之若人割截菩薩手足變成爲乳者即是慈證也羼提比丘得是其

事也喻若毋人生子便有乳出此慈念所感自然變成也大士如是入慈三昧故能感乳也行慈之至雖執弓矢衆生反來附己慈之不徹雖不執杖見皆捨走以是證故大小之殊有自來矣作善惡行者謂精進作諸善功德惡行者猶昔火鬘童子誹迦葉佛言禿頭沙門何有道道難得能得道也由是後受六年勤苦方乃得道遺法之中諸比丘常諍此猶口不可言而言報也六年苦行者不可行而行報也是爲菩薩身口惡行也禪定入寂泊然不動智慧知塵數及江河沙數億載不可計慧明所了不可窮盡此六度無極事盡在菩薩藏不應與三藏合阿難欲使大小殊因緣彼不相知其理自空難可明了大士疑空者不取證故云狐疑也彌勒稱善者以其集此六度大法爲一分此即菩薩藏也斷結者斷諸妄見結使也成道果大乘菩薩云然事也阿難但云聞不云見者豈可不見如來說法也所以言見爲非者爲將來四部故不得言見也設言見者後四部衆復承阿難言見者則爲虚妄也以是故但稱聞不言見爾初說法度阿若拘鄰等五人摩竭國降三迦葉釋翅即迦毗羅衛若不得說經處但稱在舍衛者以佛在舍衛經二十五年比在諸國最久所以久者以其國最妙多諸珍奇人民熾盛最有義理祇樹精舍有異神驗當衆僧在講集時諸獼猴有數千來在左右觀聽寂寞無聲及諸飛鳥普皆來集衆僧正罷各還所止揵槌適鳴已復來集此由國多仁慈故異類影附佛或能暫行受請或能神力適化

尋還本所是以但稱舍衛足知其要也所以別稱祇桓孤獨二人名者此二人先亡今在天上亦集諸天說法教化時心念言我等本是衆僧檀越初不復稱我等名字耶欲適彼所念故復別稱二人名爾云當修一法者亦非次第說若案初成說法當從波羅柰鹿野苑說四諦爲始次至摩竭降三迦葉因稱其精舍主名便云當修一法者以其一法之與四法其理味不異故也一法亦斷結四法亦斷結俱至涅槃殊途同歸爾都結二十一演爲三十六數雖盈縮俱爲是結凡事有百一舒復爲八萬四千是以一法之與千萬同是至道之徑爾猶師子殺象之殺兎同是一死爾以其理趣不異故便從一法始無放逸者一法之宗也或問曰戒應在前先當持戒然後念三尊或曰此爲新學者先念三尊即三自歸運意在佛法衆以次受戒以是言之戒應第四息念後解云閑靜身苦念者謂觀身三十六物不淨惡露以自覺悟可以成道何以明之昔有比丘作阿練若行乞食逢一長者女從乞食比丘女人俱端正女見比丘便起欲想比丘見女亦起欲意意動手掉投飯於鉢錯注於地女自怪笑比丘見女齒白即自覺悟曰女人口中純是骨爾如佛語人身中有三百二十骨有六百節七十萬脉九十萬毛孔一孔入九孔出泄漏不淨無一可貪諦觀女身三十六物慘然毛竪專自惟察即解身空得須陀洹道復自念曰我因女見法則是我善知識今當報恩即復爲女說向所解觀身法女即心開亦得須陀洹道以是言

之身念爲勝也死念者念人福盡命終時見地獄瑞驚恐失糞若見餓鬼若見畜生隨行所墮見皆恐怖意欲捨去及爲對所牽若當生人緣父母會若受男胎愛彼女人若受女胎愛彼男子除其疾難三事不差便得入胎既受又認以爲已有七日一變巧風刻割至三十八七乃成其形若生天上天樂來迎不勝喜悅即失小便此五道瑞各有所見此之死應行者以爲明誡深惟無常命速若電若雲過庭老病死來無不逝喪常念此變以自覺悟故曰死念也前十念佛自說未有問者故不解後十念比丘問佛更爲演說一一折解尊弟子者謂五百羅漢各有所便或智慧第一或神足或辯才或福德或守戒或知足或說法各據第一欲論先兄而後弟者以阿若拘鄰最長以須跋爲最小此佛法階次之大要若以聰哲博達爲元首者此乃是婆羅門法也云千二百五十者舉其常侍從者或云五百人者佛受阿耨達請時簡五百人可者尋從至龍王宮何者此阿耨達泉非有漏礙形所可周旋也阿難出經時集八萬四千羅漢以是言之數不可計也此經今正出百人第一通四部衆二百二十各第一其餘者豈復可計耶其人云此經本有百事阿難囑優多羅增一阿含出經後十二年阿難便般涅槃時諸比丘各習坐禪不復誦習云佛有三業坐禪第一遂各廢諷誦經十二年優多羅比丘復般涅槃由是此經失九十事外國法師徒相傳以口授相付不聽載文時所傳者盡十一事而已自爾相承正有今現文爾

雖然薩婆多家無序及後十一事經流浪經久所遺轉多所以偏囑累此弟子增一者以其人乃從七佛已來偏綜習增一阿含前聖亦皆囑及此經是以能仁時轉復勸及此比丘時優多羅弟子名善覺從師受誦增一正得十一事優多羅便般涅槃外國今現三藏者盡善覺所傳師徒相授于今不替所以迦葉每謂阿難爲小兒者故以累世已來父意相加故也于時阿難妹爲比丘尼聞迦葉語大用嫌恨阿難者聰明博達衆人所瞻望而尊謂爲小兒耶迦葉謂比丘尼曰大妹阿難有二事可恥何所爲恨也正坐阿難勸佛度毋人使佛法減千年是一也阿難有六十弟子近日三十比丘還爲白衣佛教度弟子法若在家有信來求道者當試之七日若外學來求道者當試之四月何以不等也以外道家或以惡心欲求長短是以先試知爲至誠不然阿難來便度之是可恥二此三十比丘所以還者聞阿難於九十六種道中等智第一從阿難求度者欲請等智然阿難不與說等智是以不合本心於是而還還必誹謗阿難謂無等智度弟子喻若魚生子千億萬若心念者便生不念者即爛壞弟子亦如是若留心教詔者便成就不留心者即退還此責非可恥耶此比丘尼以恚心向迦葉故即現身入地獄以阿難有此闕故迦葉謂爲小兒爾阿難自引往昔爲轉輪聖王名曰長壽受父大王之遺教登位治化將欲出家復囑太子善觀委以國政展轉相授未曾暫替昔以父子相承今以師徒相紹昔尚不失有漏之

教況今當失至眞妙法耶故引自證明其必堪受遺典也於法當念敬者上偈中已判三藏四阿含長行中復云一偈中乃可具三藏諸法況復增一而不具諸法乎所以復有此一段偈說者以諸天子心中生念阿難不能作偈說法乎何以復作此謾說耶阿難知諸天子心中所念語諸天子正使八萬四千象所載經皆作偈頌者我盡能作偈頌況復阿難此少法而不能作耶欲適諸天意故復以偈頌諸法勸諭諸天及利根衆生應聞偈得解者法即上章諸惡莫作諸善奉行自淨其意是諸佛教法也言此法能成三乘斷三惡趣具諸果實二世受報以才有優劣故設誘進之頌云上者持三藏其次四阿含或能受律藏即是如來寶所以云寶者喻若王有寶

藏不使外人知唯有内臣與王同心者乃使典掌爾戒律亦如是若能持二百五十及與五百事者乃授其人不可使外部清信士女所可瞻覩故喻王寶也設力不及二藏但持阿毗曇者便可降伏外道九十六徑靡不歸宗何者此無比妙慧能決上微滯使豁爾齊眞雖復五通住劫未免四駛之所制是故外學莫敢闚闞阿難唱此十偈之妙勸者正爲此三萬天人也昔佛始成在波羅柰鹿野苑中爲阿若拘鄰等五人轉四諦法輪者佛言拘鄰當知苦諦苦集諦苦盡諦苦出要諦直說此四諦拘鄰滯有來久聞說智慧意猶不悟便爲說空拘鄰當知四慧所滯一切皆空亦復無常喻若幻化非眞非有拘鄰即解得見道跡四人未解如來復觀心本二人病在

想著更樂思憶在家五欲自恣戀著不捨應病投藥便說無相三昧卿所想著皆歸滅盡故爲馳心放在所樂也所想即解二復得道跡餘二人心常願生梵天於梵作王所滯不釋復以爲累如來見心所在復爲說無願汝所願求梵天王者不能出要皆歸磨滅無常存者可捨所求出要爲先即復得解成於道跡五人所滯各異所解不同所謂三轉四諦者空無相願中皆有四諦諦即觀也定則止也止觀雙行共治陰持入中癡愛病也十二者破十二因緣也昔佛在世時爲四部說法或說四諦或說六度隨前衆生所應聞者各爲敷演無有常量或有國王長者梵志居士或請供養或來請問諸可所說者阿難問曰云何名之當言聞耶當言見耶佛告阿難後在將來四部說法時當言聞不得言見若言見者則爲虛妄何以故聞已過去見者現在如過去七佛正可言聞不得言見也汝於將來亦復如是故曰聞如是也我所以慇懃囑累阿難者過去諸佛雖有侍者無如阿難知佛意趣曩昔已曾供養二十億佛常爲侍者不求盡漏常願得等智知佛意趣以是故今獲其報覩目運意不失宜則諸佛之中勇猛精進無過釋迦文者兄弟之中彌勒應在前今反在後何者昔三十劫前時有三菩薩共在山上遊行時見有餓虎欲食其子一人念曰此虎即爲畜生復食其子死有痛苦毋復不慈我今身者四大合成會當歸死便當以身救彼子命二人不肯方欲詣市買肉用代子命一人思惟曰若此往返子命不全且當

投身於山下濟其子命爾即從山上投身來下趣彼虎口身則安隱虎不敢食所以爾者夫入慈三昧者物莫能害也故以竹自刺使虎得食由是勇猛即超九劫今在彌勒前以是言之道無前後意決爲先是故我今成佛故以遺典委付阿難汝於當來稱聞如是何以復言一時也爲是日月數爲是人名耶荅亦是時節數亦是在人名或曰復有二名或剎帝利或婆羅門復有二名或長者種或居士種或在天上或在人間如是諸或非是一處故曰一時也婆伽婆者世尊之稱也結使都盡無能過者故稱爲尊三界諸天皆來歸仰八部鬼神亦所宗敬故稱世尊能降伏魔即復是尊如是所稱不可計量故號世尊也祇樹給孤獨園祇陀太子者波斯匿王之嫡子也有園田八十頃地平木茂多諸禽獸曰來相集祇心存佛常欲上佛作精舍未周之頃須達長者復來請買祇少與長者親善每喜調戲戲言許可須達得決意甚欣悅顧謂侍者速嚴駕象載金布地即負金出隨集布地須臾滿四十頃祇曰止止祇戲言相可不須復布須達即與太子共至王所啓白此意王曰法無二言許決已定理無容悔祇曰吾取樹分卿便取地二人會可共立精舍有七十二講堂千二百五十房舍其中平正果木豐茂流泉浴池寒溫調適四望清顯冬夏不改嚴治都訖共請世尊世尊即與千二百五十比丘遊止其中檀越供養四事無乏阿難邠邸以是國臣故高讓在先是故諸經每稱祇爲首以功德相連故名亦不得相離故常

合以爲稱爾佛告諸比丘者何以不告清信士女但告比丘者於四部衆比丘爲其首又復是破惡之主以無漏法斷諸有漏以是故先告比丘亦名沙門沙門者心得休息息移有欲寂然無著亦名除饉世人饑饉於色欲比丘者除此愛饉之饑想世尊説法比丘能受斷除生死至涅槃門是故告比丘爾當修行一法者謂念佛也念佛何等事佛身金剛無有諸漏若行時足離地四寸千輻相紋跡現於地足下諸蟲蟻七日安隱若其命終者皆得生天上昔有一惡比丘本是外道欲假服誹謗逐如來行多殺飛蟲著佛跡處言蹈蟲殺也然蟲雖死遇佛跡處尋還得活若入城邑足蹈門閫天地大動百種音樂不鼓自鳴諸聾盲瘖瘂癃殘百病自然除愈三十二相八十種好其有覩者隨行得度功德所濟不可稱計慧明所照豈可訾哉佛者諸法之主總會萬行以載運爲先所謂念佛其義如此念法云何法者謂無漏法無欲法道法無爲法也從欲至無欲也佛者諸法之主法者結使之主或問曰佛爲在先法爲在先荅法在先何以知之經曰法出諸佛法生佛道以是言之法爲在先又曰若然者何以不先念法而先念佛耶荅曰法雖微妙無能知者猶若地中伏藏珍寶無處不有而人貧困乏於資用有神通人指示處所得以自供濟於窮乏或問曰寶爲勝耶人爲勝耶曰人勝也何以言勝伏藏雖多非神通不覩由人得資生豈寶藏自貴於地中耶法亦如是理雖玄妙非如來不辨非世尊不暢是以念佛在先以

法爲次云何念僧僧者謂四雙八輩十二賢士捨世貪諍開福導首天人路通莫不由之則是衆生良祐福田也何以明衆僧爲良福田也昔有薄福比丘名梵摩達在千二百五十衆中令衆僧不得食莫知誰咎佛便分爲二部在一部中復令一部不得食復分此一部爲半令從其半復令此半不得食如是展轉分半乃至二人亦不得食遂至獨身乃知無福所在行食次至在鉢自然消化佛愍其厄自手授食在於鉢中神力所制不復化去佛欲令現身得福故令二滅盡比丘在左右以食飽此二滅盡比丘凡滅盡三昧皆即時得福次復令入慈三昧比丘在左右次以二悲次以二喜次以二護各各遍代令修四等時波斯匿王聞此比丘薄福佛愍與食我今亦當爲其設福即遣使人糶米時有一烏飛來銜一粒米去使人訶曰王爲梵摩達設福汝何以持去耶烏即持還本處所以爾者此比丘以蒙衆僧福力是以鳥獸所不能侵害也用是證故知衆僧爲良福田也既已自度復能度人至三乘道念衆之法其義如此次念戒者其義云何從五戒十戒二百五十至五百戒皆以禁制身口斂諸邪非斂御六情斷諸欲念中表清淨乃應戒性昔有二比丘共至佛所路經曠澤頓乏漿水時有小池潰水衆蟲滿中一比丘深思禁律以無犯爲首若飲此水殺生甚多我寧全戒歿命殞無以恨於是命終即生天上一比丘自念宜當飲水全命可至佛所焉知死後當生何趣即飲蟲水所害蟲大多雖得見佛去教甚遠啼泣

向佛自云同伴命終佛指上天曰汝識此天不此是汝伴以全戒功即生天上今來在此卿雖見我去我大遠彼雖喪命常在我所卿今來見我者止可覩我肉形爾豈識至眞妙戒乎以是言之持戒不犯所願者得十念中戒在前六度言之施在前所以前却不等者十念戒者聲聞家戒也弟子法以檢身爲先是以在前大士法以惠施爲重何者夫大士者生天人中心在濟益濟益之要非施不救夫衆生存命者以衣食爲先故以財施先救其形然後以法攝御其神故大士以施爲先夫戒有二有俗戒有道戒五戒十善爲俗戒三三昧爲道戒二百五十戒至五百戒亦是俗戒四諦妙慧爲道戒也但行守戒不出三界以慧御戒使成無漏乃合道戒聲聞家戒喻若膝上華動則解散大士戒者喻若頭揷華行止不動何者小乘檢形動則越儀大士領心不拘外執也大小範異故以形心爲殊內外雖殊俱至涅槃故曰念戒也念施所以得至涅槃者以施有財施法施也因財施得達法施成檀度無極故得至涅槃也念天者欲界色界至無色界天也天有二種有受福天有道德天欲界諸須陀洹天永離三惡趣進昇道堂色界空界八淨居天增翅上觀進成無漏即彼涅槃不還世間凡夫天者十善四禪四空於彼受福福盡還墮流轉不已所謂念天者念彼諸得道者專心不放逸慕其所行意不馳散亦至涅槃故曰念天也念休息者謂心意想息五欲不起寂然永定故云息也凡息亦有一種外道梵志斂形求福亦

云息也沙門四果衆結求消乃是眞息何以知其然昔有比丘名曰須羅陀至舍衛城周行教化時舍衛城西鴦掘魔可殺人處其地平博多諸樹木時有一梵志在樹下坐禪不食五穀但食果蓏若無果便噉草菜以續精氣身著樹葉衣形體羸瘦裁自支拄時須羅陀行過遥見謂是道士坐禪試觀其心知爲定不見其心本乃求作此國王念曰此乃是大賊耶正欲捨去恐後墮罪正欲教化必不隨我語當設方便度此人爾即便就一樹下坐禪相去不遠乃經七日不動不揺過七日後起至梵志前彈指覺曰同伴體中何如也梵志良久徐乃舉頭荅曰貧儉無以相遺何如比丘又曰我今當遺君一物即化作一雞君可殺此雞噉梵志驚曰我尚不殺蟣蝨況當殺雞耶比丘曰汝本心乃欲殺無數人今殺此雞何足言梵志復曰我云何殺無數人耶比丘曰汝本在此坐禪時乃欲求作此國王王者治化日可殺幾人而言不殺也此雞即是汝心中識雞乃可得無爲大道何用國王爲即便思惟此比丘乃知我心中所念必是聖人耶當從其教重爲說法即得道跡此梵志身形雖靜心不休息也自得殺識雞已乃可名爲休息爾故後解曰心意想見息也念身者觀身三十六物惡露不淨諦念不亂亦得涅槃何以知之昔有比丘作阿練若常行乞食於江水邊食訖澡鉢時上流岸邊穴間有新死女人風吹頭髮忽然墮鉢中比丘手執此髮諦視之甚妙好心口獨語若是馬尾此復太細若是男子髮復太軟細若繫

不解者必是女人髮即便繫之不解便生想念此髮如是人必妙好面如桃華色眼如明珠鼻如截筒口如含丹眉如蚰蜒作是分別已便起欲心順水尋求想見顏色追求不已見一女人狐狼已敢其半身形臭爛其髮猶存執髮比之長短相似向者欲想釋然自解復重觀之分別惟察此人生時形容嚴好今者壞敗令人得見我向所起想者但欲貪身愛欲故而生斯念爾彼身如是我復何異諦計我身四大合成福盡緣離自然解散覩變心已即達道跡以是言之念身者獲沙門果也念死者行人念命逝不停諸根散壞如腐敗木命根斷絕當念非常以自覺悟昔有比丘名婆吉梨坐禪行道經歷年歲而有漏不除自患己身以爲大累每思自害人所以不得至道者正坐此身纏綿流轉何時可息即以手執刀將欲自刎復重思惟世尊有教誡諸弟子不得自殘雖爾我今欲求涅槃涅槃中無身是故先除身取無爲正爾便舉刀自刎頭亦墮心亦徹即得阿羅漢佛知已得道勑諸比丘闍維其屍是故念死亦得涅槃也前十念佛總說爲利根衆生後更說者爲鈍根衆生析解其義也名譽者後得轉輪聖王得大果報者後得天帝釋諸善普至者後獲梵天報得甘露味者後得辟支佛至無爲處者後獲阿羅漢果上說十念無此五句今所以益諸報者欲明念佛之義其理深妙佛說諸弟子般涅槃皆以宿緣償對因取涅槃目連被打身子下瀉如是五百弟子各以宿緣取滅度唯有阿難最善取涅槃阿難將欲涅

槃時先現光瑞有梵志從阿難學筭術見阿難顏色發明告阿闍世王曰阿難顏色異常將欲取涅槃耶王即遣人追尋阿難阿難已將五百弟子至中路恒水岸上上船欲度適至水半王已至岸毗舍離承阿難來亦遣五百童子迎欲適二國意故以神力制船令住中流時度弟子一名摩禪提二名摩呻提告摩禪提汝至罽賓與顯佛法彼土未有佛法好令流布告摩呻提曰汝至師子諸國與隆佛法囑累訖作十八變出火燒身中分舍利令二家各得供養此由念佛之力故得自在也

分別功德論卷上

音釋

犍槌　梵語也此云鐘亦云磬隨有瓦木銅鐵鳴者皆曰犍椎犍巨寒切槌音椎

疆嘅　疆其兩切嘅口溉切疆嘅歎也

䴵　必郢切麪餈也

禦　牛據切拒也

撮　宗括切慼聚而取之也

緒　象呂切統系也

鍮　他侯切銅屬

坏鉼　坏鋪枚切土器未燒者鉼旁經切甕也

縮　所六切斂也

脉　莫白切五藏六府之氣分流四肢也

慘　七感切慼也

駛　爽士切疾也

闚窬　闚缺規切窬容朱切闚窬私視也

嫡　丁歷切正長曰嫡

邠邸　邠彼貧切邸直尼切邠邸即給孤獨長者也

蹈　徒到切踐也

瘖瘂　瘖於禽切瘂幺下切瘖瘂不能言也

癃　良中切疲也

訾　將之切量也

鑿　即各切春也

範　音范法也

蓏　魯果切草實曰蓏

蟣蝨　蟣舉豈切蝨色櫛切

蚰蜒　蚰與周切蜒以然切蚰蜒蟲名

刎　武粉切割也

澌　音賜盡也

分別功德論卷中

失譯人名附後漢録

佛告諸比丘者佛大慈欲令弟子具知念佛之義猶父約誡語子孫欲令成就無復已已專精念佛觀如來形目未曾離猶如阿難觀佛無猒心念無已時阿難背上患癰佛命耆婆治阿難所患耆婆白佛不敢以手近阿難背佛告耆婆但治勿疑我自當與阿難說法令其不覺痛如來令阿難熟視佛相好佛爲說如來身者金剛之數不可敗壞三千二百福功德所成阿難目視不倦耳聽不猒心念不散時耆婆於阿難背上潰癰傅膏佛問阿難汝覺背上痛不答曰不覺不覺痛者由念佛故也十力所成四無所畏昔有長者將奴禮偷婆云南謨十力世尊奴在後禮云南謨十一力如來長者曰如來正有十力云何有十一力耶奴曰十一力復何苦但莫言九力言十一力更益一力有何過失大家默然而歸問諸法師曰如來爲有幾力耶答曰或有三力或有十力或云無數以是言之不限於十耶長者即出家學道免奴爲家主言四非爲不足言無數非爲有餘適時應物無有常量也念法者從欲至無欲從欲至道從漏至無漏從有爲至無爲也何以知其然昔者世尊於優塡王國說法教化時三十三天上爲母摩耶說法九十日而還於迦尸城北下時優鉢蓮華比丘尼心念欲獨前見佛時諸國王不見佛已九十日皆有渴仰之情並來雲集我爲比丘尼不宜在此衆閙之中當作方宜令得在先即化作轉輪聖王將從如聖王

法諸小國王見聖王各自馳散比丘尼即還
復本形見佛禮拜問訊諸王各來見佛不復
見聖王乃知比丘尼所化謂比丘尼曰向者
所見誑如此耶時優鉢蓮華心念自謂最先
見佛佛告優鉢蓮華曰汝自呼最先見佛復
有先汝者不審是誰佛言乃羅閱城東山中
須菩提在彼補衣天語曰佛來下已須菩提
曰我爲弟子法當往禮問覆自思惟佛爲所
在若金色是佛耶金復何限佛言一切諸法
空無所有若解十二因空非造非作非人非
士無命非命者則爲見法見法無命非命爲
見我即叉手起喚曰婆南正爾還坐補衣以
是言之須菩提爲先汝見佛也佛者諸法之
主解了法空即是念法念衆者謂賢聖衆也
凡衆有若干種外道有九十五種亦各各有
衆或有和合者或有不同者亦以戒律自防
或行禪定或以無想爲盡妙各信所事自以
爲眞但不得實聖八品道是以不能至涅槃
耳雖復有五通住壽及無想延劫皆不免於
生死唯有如來聖衆四雙八輩之人不復爲
四駛所漂九止所擊耳故經云九十六種僧
佛僧最爲眞如來四部衆皆同爲釋種喻若
四恒水各別有五百支皆合入大海以爲一
味衆亦如是或有刹帝利種或婆羅門種或
長者種或居士種四姓中有出家學者皆同
釋種爲一姓無有若干別名以是所包彌遠
其義彌深衆僧者乃含受於三乘羅漢僧亦
出於中緣一覺亦出於中大乘僧亦在其中
是故名爲良祐福田三界之中濟益衆生無
過此良美之地如來雖復成正覺常還向衆

僧懺悔者以僧地厚重三世諸佛縁覺弟子無不由僧而得滅度猶梵摩達比丘賴聖衆以全濟念戒者謂行淨戒具諸律儀猶若陶家調繕埴泥俟諸求器大小方圓各適所欲戒亦如是若願生天三界受福若欲斷結求道所願應意猶吉祥缾隨人所欲取即得之以戒爲本兼行三十七品及諸三昧定斷七使九結進成涅槃喻埴成器不可復壞也念施者謂施有二事或有主施或無主施復有二施一名與二名捨復有二施一財二法與者即有主施也捨即無主施也捨則捨結也與則前人受財法所以施至涅槃者若與人財法時心不望報不計彼已以三事無礙即同無爲也若能捨結亦是涅槃捨與俱至涅槃者猶象逐健兒進之與退其於得肉進則破軍退則自喪食肉必矣念天者有三種天也有舉天有生天有清淨天云何舉天謂轉輪聖王爲衆人所舉所以名爲天者以聖王有十善教世使人皆生天在人之上故稱爲天或有說曰聖王勝佛何以言之聖王治世人無墮三惡道者佛出世時三惡不斷以是爲勝也或復說曰佛勝聖王所以言勝聖王以十善教世不過人天佛出教世得至涅槃以是爲勝也云何生天從四天王至二十八天諸受福者盡是生天所以言生天流轉不息不離生死故曰生天也云何清淨天謂佛縁覺聲聞三人皆盡結使出於三界清淨無欲故曰清淨天也八淨居天者過於生舉不及清淨處其中間念天者之所慕也因念生舉亦有至涅槃理何者舍衛城中有清信士

夫婦二人無有子姪二人精進心存三寶時婦早亡即生三十三天爲天女端正無雙天中少比女自念言誰任我夫以天眼觀世間見本夫已出家學道年高暗短專信而已常以掃除塔廟爲行見其精勤理應生天必還爲我夫時處静室夜坐思惟霍然見明怪其有異舉頭仰視見有天女問其所由從何而來天女答曰我從三十三天上來本是君婦今爲天女天上無任我夫者觀君精進應還爲我夫是以故來白意語訖忽然不見還歸天上時老比丘自是已後倍加精進兼更補繕故廟晨夕不懈積功遂多福德轉勝乃應生第四兜率天天女復以天眼觀之見其乃應生第四天復來語言積精進已過我界我不復得君爲夫語訖還去比丘倍更精進勝於前時晝則經行夜則禪思心意轉明思惟四諦如是不久遂得羅漢所謂因念天得至涅槃念休息者謂得定也休息有二有俗休息有道休息俗休息者猶行作疲極小住懈息故名爲俗休息道休息者謂定之人何以知其然昔有比丘名曰等會時近大道邊坐禪定意時有五百乘車過聲甚㘇㘇寂然不聞時復天雷霹靂又頃復地大動都無所聞行過者衆塵土坌衣積有時節有一人來見此比丘端坐不動塵土坌衣都無所覺比丘定覺抖擻塵土又問曰向者眠耶曰不也又問若不眠者向有車過及天雷地動寂然不驚何由如此荅曰我時入休息三昧是以都無所聞爾以是言之得休息定者雖復天地覆墜不革其志故名休息定也念安般者謂

息諸坐馳也趣道之徑非唯一塗所悟之方各有所在何以知其然耶身子昔曾供養十四億佛從佛聞法未曾綜習安般至釋迦文世從馬師比丘始達空法即見道迹佛具演慧漏盡結解今為智慧第一不由安般得至涅槃也目揵連昔三十劫中供養諸佛修大乘行不能終訖遭遇世尊退取盡漏自昔暨今未曾習安般迦葉比丘昔亦曾供養三萬如來亦未曾習安般應得辟支佛今退為羅漢馬師比丘昔日亦供養七佛亦不習安般今亦盡漏阿難昔曾供養二萬如來所從諸佛諮受法教亦不習安般唯有羅云摩訶劫匹羅曩昔已來嘗習安般今亦至道以是言之趣道之徑非唯一塗安般者知息長短冷熱遲疾從麤至細漸御亂想遂至微妙或因息以悟或分別解了或頭陀守節或多聞彊記或神足識微或揩或訓悟所謂殊塗而同歸也念身者謂分別四大也解了五陰同之幻夢何以知之念身得至涅槃耶昔佛去世後百歲時有阿育王典主閻浮提羣臣夫人象馬各有八萬四千時王巡行國界見閻羅王有十八地獄亦有臣吏辟問罪囚王問左右曰此何等人荅曰此死人王也主分別善惡王曰死人王尚能作地獄治罪人我是生人王不能作地獄耶問諸羣臣誰能造地獄諸臣對曰唯有極惡人能造地獄爾王敕諸臣訪覓惡人臣即行覓見有一人坐地織罽傍有弓箭兼有釣魚鉤復以毒飯食雀並織罽並釣魚射鳥捕雀臣還以狀白王惡人如是王曰此人極惡必能辦地獄事王遣人喚

曰王欲見汝惡人曰我是小人無有所知王用我爲曰王正欲得汝治地獄事其人即歸家有老母語母曰王喚我母語兒曰王喚汝爲兒曰王欲使我治地獄事母曰汝去我云何活母即抱兒脚不放兒意欲去即拔刀斫母殺而去至王所王問曰母不放汝何由得來曰殺母而來王曰眞惡人也必能辦地獄事即委此人作地獄城設鑊湯劒樹即拜此人爲地獄王與立臣佐各有所典如閻羅王王約敕曰若有人入此城者不問貴賤得便治罪王曰正使我入中者亦莫聽出時有老比丘名曰善覺常行乞食至此城門外見好香華謂內有人即便入城但見治罪人驚怖欲還出時獄卒不聽出欲將至鑊湯道人求曰小寬我至日中又語頃有男女二人坐犯婬將來欲治罪置碓臼中擣之斯須變成爲沫道人見之始念佛語人身如聚沫誠哉斯言又頃復變爲白色復念人身如白灰聚變易不一如幻如化諦計非眞即時意悟漏盡結解獄卒復催入鑊湯時比丘笑獄卒瞋恚使四人挾兩腋倒著鑊中即時湯冷比丘即化作千葉蓮華於蓮華中結跏趺坐獄卒驚怪白阿育王曰今獄中有奇怪事願王暫屈臨視王曰我先有要正使我入中亦不聽出我今那得入耶吏白王言但入無苦王即隨入見道人在蓮華上坐問曰汝是何人也曰我是道人道人語王汝是癡人王曰何以名我爲癡人也道人曰汝本作童子時以一把土上佛佛受呪願言汝後當王閻浮提作鐵輪王名阿育一日之中當起八萬四千佛圖

此獄是佛圖耶王意即悟便悔前過以善覺爲師於是罷獄興福起八萬四千圖廟以是言之念身得涅槃此其義也云何念死得至涅槃昔阿育王奉法精進常供養五百衆僧於宮内四事無乏兼外給五百乞食阿練復送五百人餉就供養之復於四城門中給諸窮乏供養遂久財寶轉減時弟名修伽姤路不信三尊大臣耶舍夫人善容亦同不信三人同心患王數數諫曰供養道士空竭國財何用是爲王曰汝好護口夫士處世所以斬身由其惡言也修伽姤路白王曰此諸道士並是年少餚膳恣口情欲熾盛而處深宮婦女之間豈可信乎王荅曰道士制形以法自防節身守禁不爲色欲所屈也修伽姤路後出行獵見有羣鹿中有一人張圍捕之得人問曰汝是何人曰我年八歲時失父母迸在山中爲鹿所乳遂至于今復問曰鹿無乳時何所噉食曰我隨鹿噉草葉以自濟命又問曰頗有欲意不曰有遂便將歸以狀白王曰此噉草人身形羸瘦尚有欲情況諸道士飲食恣口身體肥盛豈無欲情乎王心念曰當何方便化此弟乎即設權謀詐欲出遊大集人兵嚴政出外王盜還入隱而不現王先與諸臣議若我出後便舉爲王諸臣即勸試著王服詐佯不肯諸臣曰但作我等當著即著天冠王服咸稱萬歲左右侍立如聖王法阿育王見其已定便從外來曰何如大王弟見王慙赧莫知所如阿育王曰我暫出遊卿等云何便作此事我鐵輪不在那何乃如此縱横耶我殺汝斯須間爾即命諸臣收檢桎梏

密遣信白道人善念此意當來救諸正欲殺汝念汝作王日淺未得恣意今且假汝七日作王如我王法羣臣侍從宮人妓女飲食進御恣意七日當就極法即如教施行雖滿七日無心自歡道人來請持鉢執錫詣王宮門王問曰道人何所欲也曰欲乞死人王曰此罪人應死不得乞道人道人重曰但乞道人當使學道王曰問此人能學道不道人即問今乞汝作沙彌能不荅曰正使作奴猶當不却況復沙彌王曰作道人難爲審能不道人法當麤衣惡食趣支形命行道而已汝慣優樂何能堪此苦行耶荅曰尚當死豈不堪苦行耶王曰若堪者聽使七日乞食王令宮內修伽妬路來乞時與極惡食餘殘穢臭者即使著弊衣造諸房乞食處處皆得惡食以免死之情重甘心食惡食滿七日已王見其無悔恨即聽爲道汝常言道人閑樂多情難信汝所乞食故在我宮內猶尚精細道人乞食又甚於此所食如是豈可有情欲乎即付善覺爲沙門王遣使至石室城於彼城中行諸禪觀或在塚間或在樹下時在塚間觀死屍夜見有餓鬼打一死屍問曰何以打此死屍耶曰坐此屍因我如是是以打之爾道人曰何以不打汝心打此死屍當復何益也須臾頃復有一天以天文陀羅華散於死屍道人復問曰何以散此臭屍爲荅曰我由此屍得生天上此屍即是我之善友故來散華報往昔恩爾道人曰何以不散華於汝心中乃散此臭屍華爲夫善惡之本皆心所爲汝等乃復捨本取其末耶時修伽妬路自念我從死

得活由是因緣當得解脱於是觀身念死思惟分别解了無常苦空非身即得羅漢以是言之念死者亦至涅槃

如來所以廣爲四部各各説第一者乃爲將來末世遺法之中或有四姓外學梵志及四弟子共相是非自稱爲尊餘人爲卑如是之輩不可稱計故預防於未然故開自足之路爾今稱拘鄰爲第一者以其釋種豪族王簡遺侍從勞苦功報應叙是第一又復初化受法無能先者亦是第一善能勸導將養聖衆生受善來之稱復是第一人中所歸仰遮迦越爲最光明之中日爲最星宿中月爲最萬川中海爲最四天王中提頭賴爲最三十三天中釋提桓爲最欲界六天中波旬以爲最色界十八天淨居以爲最九十六部僧釋僧以爲最九十六種道佛道爲上最拘鄰比丘等五人中爲最以是言之拘鄰爲第一優陀夷比丘勸導以爲最比丘皆勸導所以稱最者佛將還度本國先遣現神變與王相訓酢一一解釋人所度不可計故稱勸導最也摩訶曇比丘利根捷疾餘比丘皆漏盡成神通此比丘漏未盡已成神通故稱第一凡乘虚者皆以神足此比丘能行空如履地是善肘比丘之所能也故稱第一也曰連神足黙往異刹婆破比丘神足凌虚聲震遐邇能攝伏外道故稱第一牛脚比丘者以二事不得居世間何者此比丘脚似牛甲食飽則呞以是二事不得居世若外道梵志見其呞者謂沙門食無時節生誹謗心是以佛遣上天在善法講堂坐禪定意善覺比丘常爲衆僧使至

天上佛涅槃後迦葉鳴揵椎大集僧衆命阿那律遍觀世界誰不來者那律即觀世界盡來唯有橋須洹比丘今在天上即遣善覺命召使來善覺到三十三天見在善法講堂入滅盡定彈指覺之曰世尊涅槃已一四日迦葉集衆遣我相命可下世間至衆集所橋須洹荅曰世間已空我去何爲不忍還世欲取涅槃即以衣鉢付於善覺還歸衆僧便取涅槃以是因緣善處天上故稱第一善勝比丘者本是貴族之子初生之時有自然金屣著足而生父母珎之爲起三時殿伎女娛樂不去左右時婦睡眠覩其白齒身形雖妙但是骨爾具觀惡露森然毛竪顧視宮宅猶似塚墓驚走出戶二神迎接問二神曰今者委厄誰能爲拯二神荅曰唯有世尊善能拯厄曰今爲所在荅曰近在祇洹可從啓請尋光至佛頭面禮足佛因本心爲演妙法即時心開漏盡結解以是因緣善勝比丘惡露觀第一優留毗迦葉所以稱第一者乃宿世已來弟兄三人常有千弟子相隨今遇釋迦文佛世佛以十八變度迦葉千人佛衆得成四事供養猶此而興以是言之優留毗迦葉能將護聖衆供養第一也江迦葉所以稱第一者佛爲說法一心聽受精義入神諸結消盡德實內充乃徹骨髓故脂髓外流狀似汗出以是言之心意寂然能降諸結故稱第一馬師比丘者從佛受學方經七日便備威儀將入毗舍離乞食於城門前遇優波提舍遥見馬師威儀庠序法服整齊中心欣悅問曰君是何等人曰吾是沙門曰君爲自知爲有師宗耶

曰有師師名爲誰云何說法荅曰吾師名釋迦文天中之天三界極尊其所教誨以空無爲主息心達本故號沙門優波提舍聞此妙語即達道跡提舍同學本有要誓先得甘露者當相告示即與馬師至拘律陀所拘律陀見來顔色異常疑得甘露尋問得甘露耶曰得也甘露云何甘露者達諸法空無也拘律尋思復得道跡馬師所以威儀第一者以宿五百世爲獼猴今得爲人性猶躁擾出家七日即改本轍學雖初淺善宣尊教使前覩者悅顔達教以威儀感悟故稱第一身子所以稱智慧第一者世尊又云欲知身子智慧多少者以須彌爲硯子四大海水爲書水以四天下竹木爲筆滿中人爲書師欲寫身子智慧者猶尚不能盡況凡夫五通而能測量耶故稱智慧爲第一目連所以稱神足第一者世尊亦說有證昔日三災流行人民大飢目連心念此地下故有曩日地肥在中令人民大飢意欲反此地取下地肥以供民命念已白佛今欲以四神足反地取下地肥以濟民命不審可爾已不佛言止止目連汝神足雖能反此無難那中衆生何以一手執蟲一手反地佛言不可所以然者後世比丘多無神足設後有飢時國王臣民命沙門反地若不能者謂非沙門以是神足證故稱目連爲第一二十億耳比丘所以稱苦行第一者昔占波國有大長者生一子端正姝妙足下生毛長四寸未曾躡地所以足下生毛者昔迦葉佛時爲大長者財寶無極爲衆僧起精舍講堂訖以白氎布地令衆僧蹈上由是因緣故

得足下生毛所以字二十億耳者生時自然耳中生寶珠價直二十億即以爲稱時跰沙王聞其奇異欲與相見故命令來計道里十五日行乘車而來將欲下車輙布氍在地然後行上既到王所王命令坐勞問訖聞能彈琴即命使彈之相娛樂訖共至佛所時佛與大衆廣説妙法見佛歡喜頭面禮足佛命令坐聞法欣悅即求出家佛然其出家之志即爲沙門勇猛精勤經行不懈肌肉細軟足下傷破經行之處血流成泥積行遂久漏猶未除疲懈心生欲還白衣我家錢財自恣廣爲福德且免三惡佛知其念忽然於前從地踊出問比丘曰汝本彈琴時急緩衆絃得成妙曲不荅曰不成若衆絃盡緩復得成不荅曰不成若不緩不急絃柱相應得成妙音不荅曰得成佛言行亦如是不急不緩處其中適和調得所乃可成道爾思惟佛語心豁開解便成羅漢以是因緣故稱苦行第一也阿那律所以稱天眼第一者時佛爲大會説法阿那律在座上眠佛眼見其眠謂曰今如來説法汝何以眠耶夫眠者心意閉塞與死何異那律慚愧剋心自誓從今已後不敢復眠不眠遂久眼便失明所以然者凡有六食眼有二食一視色二睡眠五情亦各有二食得食者六根乃全以眼失眠食故喪眼根佛命耆域治之曰不眠不可治已失肉眼無所復覩五百弟子各棄馳散倩人貫鍼捫摸補衣綫盡重貫無人可倩左右唱曰誰欲求福者與我貫鍼世尊忽然到前取來吾與汝貫問曰是誰曰我是佛也佛已福足復欲求福耶曰

福德可猒耶那律思惟佛尚求福況於凡人耶心中感結馳向佛視以至心故忽得天眼以得天眼復重思惟便得羅漢凡羅漢皆有三眼肉眼天眼慧眼那律正有二眼慧眼天眼也三眼視者亂肉天爭功精麤雜觀故曰亂也那律專用天眼觀大千世界精麤悉覩別形質中有識無識皆悉別知天人所見有淨不淨極淨觀者見世界中諸有形類有識無識見皆動摇疑謂是蟲而非蟲也不淨觀者見飯粒動皆謂是蟲優劣之殊有自來矣以是言之天眼第一離越比丘坐禪入定所以稱第一者昔波斯匿王請令坐禪在一樹下時王請入宮食經歷六年不他周旋正欲移在他樹樹神不聽以何爲驗將欲移時樹神便散華供養以是爲驗知其不聽何以知其意無他念時拘絺羅來至離越所曰何不坐好樹下坐此枯樹爲荅曰名仁四辯第一能分別法義及以應辭不審分別枯樹是何辯中耶自我坐此已向六年不別生枯仁者方至而便分別耶王請入宮日日供養使諸夫人各自當直六年以滿布施發遣當違覲時不識主人字王曰六年受請不識人名何定乃爾荅曰我樹下坐尚不知樹枯生況識人字耶供養禪福其德至淳隨王所願可至涅槃福田之良也故稱樂禪第一也他羅婆摩比丘勸率施主齋講者佛委僧事分部所宜契經契經一處毗尼毗尼一處大法大法一處坐禪坐禪一處高座高座一處乞食乞食一處教化教化一處隨事部分各使相從若有檀越來請者以次差遣不問高下若有

私請者不聽在此例時檀越請盡六羣比丘次值貧家懷恨而還向佛怨言摩羅見欺自受好處見遣貧家豈是平等耶佛命摩羅卿實爾耶荅曰不也于時無食日欲蹉中便和牛屎飲以當齋聞六羣語無以自明即於佛前吐此牛糞漿六羣慚愧二人感結漏盡二人還爲白衣二人面孔出沸血命終墮阿鼻也齋講者齊集部衆綜習所宜善能勸成故稱第一也小陀羅婆者主立房室興招提僧共成其功不復别稱也賴吒婆羅比丘所以稱豪貴者是王者種爲人聰明博達少好追學聞佛出世開化愚蒙即詣祇洹精舍聽采法言聞教入神思欲出家歸白父母父母不聽心自惟曰一切衆生盡是父母豈獨二人是耶念已便至佛所求爲沙門佛問父母聽不曰不聽也兒爲國王復白王求爲道王亦不聽心中思惟要作方便出家爲道父母正有一子不欲離目前斯須之間索一獨榻坐父母前不飲不食經六日父母惶怖懼殺其子若殺此兒者用此死兒爲聽當放之爲道與兒要曰今放汝爲道當數還歸父母已許便至佛所問曰聽汝耶曰已聽佛便命曰善來比丘手摩其頭鬚髮自落如剃髮七日者袈裟著身便成沙門爲說四諦便成羅漢以本要故尋還歸家著衣持鉢在門而立時婢淅米將欲棄泔舒鉢索飲婢舉頭視知是大家便入白曰郎君在外父母欣悦審是兒者放汝爲良人即出迎入爲設餚饍曰日時已過法不應食父母曰今日已爾明日早來即還所止還去之後父母約敕諸婦見明當來

汝等好自莊嚴女容服飾各盡妙伎能使我兒還爲白衣者於汝大佳復敕藏吏出諸珍寶金銀七寶各各别聚冀兒意動還染於俗明日食時執鉢而還就座而坐訖諸婦婇女各設姿態或散華香或拂衣捻華娑羅曰諸妹何足煩勞耶諸婦念曰持我等作妹者將無還理語父母曰用此寶物爲此但誤人爾由是致災禍何不棄之於山澤耶父母諫曰道德在心何必出家賢多長者亦在家得道曰未聞在家得漏盡者賢多所得猶有一生分在何足爲貴耶雖復豪珍美玉棄之若遺故稱出家第一也迦旃延所以稱善分别義者將欲撰法心中惟曰人間憒閙精思不專故隱地中七日撰集大法已訖呈佛稱曰善哉聖所印可以爲一藏此義微妙降伏外道故稱第一又復稱第一者世尊至釋翅國坐一樹下執一杖釋種咸來觀佛往棄我女相好勝前今意復云何答曰意者不著世間不染於俗梵志曰善哉受解還去後諸比丘不解此語問迦旃延佛稱仁者辯才析理解義第一世尊所答梵志不染不著者其義云何時迦旃延即爲解説比丘當知眼緣色起痛緣痛起想緣想來往生識分别起染著心於此染著未已捨離諸比丘聞説此語意猶怏然迦旃延觀諸比丘意不了即引喻曰有人於此欲求牢固之物反捨根本而取枝葉爲得牢固不曰不得也君等亦如是佛近在此而反見問豈非捨本取其末耶諸比丘即往問佛稱迦旃延所解如是不審理應爾不佛答曰如迦旃延所説等無異以是因緣復

稱第一君頭波歎所以稱行籌第一者凡籌者記録人數知爲誠實以不荅誠實受籌則得其福虛妄受者罪積彌天漢言曰籌天竺爲舍羅舍羅者亦名壞盡福則罪盡罪則福盡也何以知其然耶昔阿難邠坻女外適尼揵國問佛可爾不佛言宜知是時往必有益女既到遥請世尊佛知其意即默然受請敕阿難曰明當受釋摩男請鳴椎集衆行神通舍羅時上座君頭未得神通聞行籌請自鄙未得神通顧惟形影在衆座首由老野狐在紫金山進退惟慮正欲受籌不在通例正欲不受居爲上座八歲沙彌尚得神通積年之功而無所獲討惟如此何用存焉感結受籌還授之間霍然漏盡若以虛妄受籌者人身有九十萬毛孔以此爲數不得受如此之數人身也若以精誠受者即可得漏盡之證以此上座可爲明證所以復爲上座者以善能説法適可衆人衆所推舉故爲上座坐以是因縁故故稱上座受籌第一所以稱賓頭盧能降伏外道者毗舍離城中有質多長者每患六師貢高自大言瞿曇沙門自稱爲尊當與其捔伎若彼現一我當現二如是轉倍至三十二時長者普請内外僧供養訖立大幢高四丈九置旃檀鉢於上唱言其能引手取此鉢者便得第一時賓頭盧心自念曰今當現神足令六師等默然降伏又念曰世尊常誡諸弟子不得現神足若今不現者懼彼永以得罪若現者懼違尊教俛仰不已便現神足伸手取此旃檀鉢騰在虛空遶城七帀還在座上謂諸梵志曰卿等復現其二也六師

默然時大鬼將軍名曰半師謂六師曰徒現其二時六師徒衆莫知所湊以是言之知賓頭盧降伏外道最爲第一也所以稱識比丘瞻病爲第一者時祇陀精舍有一比丘疷病困篤久寢牀褥脊下蟲出呻號終日佛與諸比丘案行房舍見此比丘困篤如是問曰有人瞻視汝不曰無也又問曰汝先時頗瞻視他病不荅曰不也佛言汝不視他病云何欲望人看也於是如來躬僧伽梨自手摩捫爲其湔浣時天帝釋亦來佐助世尊瞻視病人於是病比丘蒙世尊恩即得除愈佛告諸比丘自今已後若有病者當相瞻視時世尊顧謂諸比丘誰能常瞻視病者唯有識比丘爾識比丘常以五事瞻視病者云何爲五分別良藥亦不懈怠先起後卧恒喜言談少於睡眠以法供養不貪飲食堪任與病人説法是謂識比丘以此五法瞻視病人未曾有不瘥者所以者何此比丘乃前世時曽五百世爲醫善解方藥聽聲察色知病根源兼以四事瞻養病者以是因縁稱識比丘瞻病第一也所以稱鵬耆奢比丘能造偈頌者此比丘前爲長者子時爲人天才聦明觸物讚頌時出行遊遇一伎家女形容端正世之希有覩之情欣便欲納之歸白父母啓以所見願父母爲我娉索不父母不悦鄉族姓子如何取娶毀先人風其子意猛復重啓白若不爲我納者不能存世父母見子言重不忍呵制便言隨汝非我所知即自遣人與女家相聞女家是伎種唯伎爲先便荅來使曰不貪居財唯能衆伎兼備者便持相與鵬耆聞之即詣伎

工學於諸伎不經數旬衆伎兼備復重遣信所學已備便可相恵主人荅曰若伎備者當詣王試時在正節王集衆伎普試藝術若最勝者賜金千兩王亦聞此女妙欲納之宫裏試伎之法緣幢爲量竪幢髙四丈九尺下置刀劒刃皆向上間趣容足時鵬耆緣幢於上空旋七帀便下投之空地王懼失女詐佯不視人皆言妙王言不見若審妙者更復爲之鵬耆念曰若不順王教者必失此女規一果情鵬耆冒死後緣既至幢頭顧視女面心自惟曰何坐此人乃至斯困心懼形慄恐不自全女人虛妄何用此爲佛知此人必可濟度若不救者當墮三塗告目連曰汝以神足救彼危厄目連奉教即往現變於虛空中結加趺坐復於幢下現七寶階餘人不見鵬耆獨覩徐於梯間七帀而下神力所接内安外危王與衆人甚爲奇異王手自牽女以付鵬耆鵬耆曰不用此虛詐之物誑惑世人迷誤清眞亡國破家莫不由之即尋目連往詣世尊世尊告曰善來比丘便成沙門爲說四諦即得應眞喜情發中而形於言便作頌偈讃於世尊

清淨十五日　五百比丘集　已斷諸結使
仙人不受習　猶如轉輪王　羣臣普圍遶
四海及與地　所典無有表　降伏人如是
導師無有上　將護諸聲聞　三明壞結性
一切世尊子　無有塵垢穢　已破愛欲網
今禮星中月

以是因緣稱鵬耆奢能造偈頌讃如來德爲最第一所以稱拘絺羅爲四辯第一者凡聲

聞四辯不必具足或有法辯而無義辯或有義辯而無法辯或有應辯而無辭辯或有辭辯而無應辯拘絺羅盡具此四辯舍利弗迦旃延亦有四辯所以不稱爲最者身子自以智慧爲主迦旃延自以撰集爲主故各不稱四辯爾雖復四辯亦不及拘絺羅拘絺羅但辯一句之義七日不盡況復四辯豈可計量乎以此事故爲四辯第一所以稱難提比丘乞食第一者餘比丘雖復乞食或不具戒或有貪心或左右顧視心不專一或避寒暑然此比丘當乞食時都無此事乞食既精施者福多今故引喻以況大小有人問射法一人射百步懸毛一人射地塵出何者爲難荅曰懸毛爲難雖射而不著地此不足言也若施乞食若施衆僧何者爲大施眞阿練喻中懸毛施不得眞喻其射空其事雖難有得有失箭著地者喻施衆僧射毛雖精有失者多射地雖易未曾失地福田地厚故無增減阿練精麤故有得失難提得精故稱第一也所以稱施羅一坐一食者此謂頭陀一行也夫阿練法或乞食或坐樹下或閑居獨處今此一坐一食者從早起至日中若檀越施食不問多少其於一處坐食而已若食未飽坐未移者可得更食若已起者不得復食常一處食而不捨離故稱施羅爲第一所以言金毗羅比丘者常行七家乞食不得過七所以然者立誓限七故也乞食時欲福慶衆生專心念道無有貪想若得好惡不以增減隨次乞食不擇貧富若一家二家得食時更有布施者足則止不足便受若至七家不得食者便還

所止思惟行道不念明日當至其家不至其家都無分别之想故名七家沙門也還則靜坐歛心在道故稱金毗羅於七家乞食爲第一也堅牢比丘者以常居山澤閑靜之處爲行難提比丘常以乞食耐辱爲行金毗羅比丘以七家乞食爲行施羅以一處食爲行十二頭陀各居一行浮彌比丘者守持三衣不離食息或曰造三衣者以三轉法輪故或云爲三世或云爲三時故故設三衣冬則著重者夏則著輕者春秋著中者爲是三時故便具三衣重者五條中者爲七條薄者十五條若大寒時重著三衣可以障之或曰亦爲故蚉蟆子故設三衣以是緣故常持不忘故云第一所以稱婆差比丘者本在家時常以家爲患出家求道常在露坐若入房室常若氣閉如似掩口是以常求露坐思惟行道然後身體調和氣息通暢行道無礙以是因緣稱婆差露坐第一所以稱狐疑離越常處樹下者在凡夫地欲求禪定處在樹下依倚繫意以除縛結餘比丘亦在樹下坐禪所以不稱者以其不能一聞而自專思此比丘一聞佛教即能履行專意不捨六年盡結前離越者樂遊禪定行止不異樂習事殊故各稱第一所以稱陀多索比丘樂空者此比丘入屋解内空出屋解外空内空覦識外空覦身入屋達識空出屋解身空已了内外空諸法亦如是此比丘聞説空教戢在心懷入屋見空即達身識餘比丘者結盡然後達空空心難獲貴其先得故稱第一所以稱尼婆比丘五結爲上者此比丘觀身穢漏三十六物無可貪

貴肰賤此身故以賤物自障或說曰夫衣有可親近者不可親近何者可親近著惡衣令人羞慚自愧是可親近著好衣令人自大奇雅是不可親近弊衣助行是以著五納此比丘善能內外相況故稱第一所以稱優多羅比丘常樂塚間者此比丘阿難弟子也先師得道心自念曰此身流轉無處不更在天上時服御自然今已捨棄若在人中爲轉輪王七寶導從亦復過去或在畜生恒食草棘此亦過去若在餓鬼鎔銅爲食或在地獄刀劒爲對諸此罪形皆以過去今得人身齊是分畢古今所遺皆是棄物幻色之形無一可貪俱當棄捐便止塚間復念曰正欲在樹下山澤皆生民所貪唯有塚間人所不樂是以居之塚間所樂唯有鬼爾兼有狐狼烏鵄之屬今當入慈三昧以濟彼類以是故復居塚間以是因緣常樂塚間不處人中故稱第一所以稱盧醯寗比丘恒坐草褥第一者此比丘常坐草褥除去愛心云何除愛雖復金牀玉枕都無愛著或復說曰若有人施妙座者亦如施草座無異愛心既盡諸結亦盡便手執草向草作禮有人問曰何以向草作禮荅曰我因此草榮飾心盡得道由之即是我師故向作禮爾五百獼猴得生天上亦以天文陀羅華散於故屍由屍生天故來散華夫貴者必以賤爲本以是因緣稱坐草褥爲第一所以稱優鉗摩比丘不與人語視地而行第一者此比丘常患口過將欲改之自思惟曰正坐此口生天人中三塗地獄啾吟嗚呼困憊五道更苦無量我今當如慕魄太子結誓不

言四過三殃何由而生既便不言端視而行佛奇其能爾毎向諸比丘稱義其德語阿難曰如此比丘宜存識録以率來薄以是因縁稱之第一所以稱一心比丘三昧第一者此比丘昔曾習定研麤至精今定功既立行若遊塵坐而自忘想忘想理足其踰如何猶如有人食百味食意已飽滿更無食想雖復行步進止蓋感而後應白而後動爾依定立字故曰坐起行歩入三昧第一也所以稱曇摩留支好遠遊第一者其事有由佛在世時有一長者字曇摩留支來至佛所禮訖問訊佛言曇摩留支别來大久乃能相見有人問佛不審何以言别來大久世尊荅曰汝欲知之耶荅曰欲知佛言我昔阿僧祇劫時世有一佛名曰錠光我時爲梵志字曰超術時錠光佛方欲入城我即中路相逢見佛光相暐布即嘆曰世尊光相明踰日月世尊德者乃隆二儀世尊心者仁過慈母顧惟形影無以供之今正是時福田良美可以植根見地少泥恐汙佛足即解髮布泥上令佛蹈而過佛即記曰汝勇猛乃爾却後阿僧祇劫汝當作佛字釋迦文時邊亦有一梵志即起恚心曰此人與畜生無異乃蹈他頭髮上過去也從是已來阿僧祇劫常墮畜生中復在大海中爲魔竭魚身長七千由延時有五百賈客乘船入海采寶値此大魚噏船垂欲入口五百人惶怖各稱所事時賈客主語衆人言今世有佛名釋迦文濟人危厄無復過是我等稱名冀蒙得脱即便齊聲稱嘆魚聞佛名本識猶存即自惟曰釋迦文佛已出世間我身云何

故在魚中即還没水五百賈客安隱而歸時魚即半身出沙灘上不飲不食經二七日命終生長者家作子字曇摩留支今方來得與吾相見是以稱之久遠爾留支聞此本末即向海邊求故屍見海邊有大魚骨皮肉已盡便行脇骨上思惟言此是我故屍即以華散故屍上尋惟即往忽然道成以是因緣稱遠遊第一也所以稱迦渠比丘集衆說法第一者此比丘音辭朗達聲震遐邇其聞音聲集衆無數即爲演說法與美之業諸人當知如來出世難可值遇四諦甘露亦難得聞諸人曼時當思惟眞諦除去十二牽連之縛可得涅槃此比丘恒助佛揚化常以此教未墜於地以是因緣稱集衆說音聲第一也

分別功德論卷中

音釋

癰於容切癕也　繕埴繕時戰切治也埴承織切粘土也　坌蒲悶切塵埳也　抖擻抖當口切擻蘇后切抖擻振衆也　罽居例切魚網也　碓都內切春具也　沫莫曷切涎沫也　餉式亮切饋也　逆北諍切散走也　赦乃版切面慚而赤也　桎梏桎職日切梏姑沃切　慣古患切習也　哃超之切食已復出嚼也　屣所介切履屬　捫摸捫謨昆切摸末各切　泔沽三切米汁也　捻諾協切指捻也　憒古對切心亂也　襞必益切疊衣也　揟　湔浣湔將先切滌也浣合管切濯也　慄力質切竦縮也　鵄稱脂切鳶也　鉗其淹切　啾將由切小聲也　憊步拜切疲極也　錠徒經切　噏迄及切　潬蕩旱切水中沙也

分別功德論卷下

失譯人名附後漢録

所以稱婆拘羅壽命極長者以曩昔曾供養六萬佛於諸佛所常修慈心蜎飛蠕動有形命類恒加慈愍無有毫釐殺害之想由是慈福今獲其報佛告阿難如我今日皮身清淨無過於我猶如蓮華不著泥水正壽八十不如婆拘羅壽百六十者如來隨世欲適衆生不現其異故壽八十婆拘羅者受前宿世慈心之福故得年壽加倍之報或但問以慈之心便獲如此之壽耶復更有餘乎曰有昔毗婆尸如來出世時有十六萬八千比丘遊行教化時有長者居明貞修稟性良謙不好飲酒時歲節會少相勸勉薄飲少多輒以酒勢行詣世尊禮拜問訊訖便請佛及諸弟子願受我九十日請比丘疾病者皆詣我家而取醫藥所須之物皆來取之語訖還家約束家内曰我已請佛及諸弟子四事供養皆當辦具約束竟便睡眠眠久還覺其婦白曰君先約束嚴辦供具而今默然所以得爾長者驚曰我向何所言說耶婦曰君未眠時無所說耶曰我不省有所說婦曰君先言我已請佛及諸弟子供九十日所須短乏不作是語那長者思惟曰酒之誤人乃至於斯已爾慙愧便當即請明日清旦於舍燒香遥請世尊有一比丘來索藥長者問曰何所患苦荅曰患頭痛長者曰此必鬲上有水仰攻其頭是以頭痛爾即施一呵梨勒果但服此藥足消此患比丘服藥病即除愈緣是福報九十一劫未曾病患生長者家年至八十出家學道經

八十年道俗之紀合百六十在家時曾捔力斯須頭痛尋即除愈自爾常無疹患以是之故婆拘羅長壽第一於百年壽中而加六十者此食吾當壽命最爲奇特其喻於臭穢之中而生蓮華也阿難問婆拘羅何以不爲人說法耶爲無四辯爲乏智慧而不說法乎荅曰我於四辯捷疾之智非爲不足直自樂靜不喜憒閙故不說法爾難曰婆拘羅長壽者何以不生三方耶荅曰諸佛所以不生者以其土人難化故此土衆生利根捷疾極惡勇猛取道不難是故往古諸佛皆生此中婆拘羅應在此成道故不生三方爾所以稱滿願子說法第一者有三事得稱第一餘比丘亦說法無有三事可記故不言第一滿願子說法時先以辯才唱發妙音使衆生歡喜僉然傾仰次以苦楚之言責切其心使令肉腐肅悚興難遭之想終以明慧空無之教聞者結解使恬智交養世尊演法初中竟善滿願子亦然三事俱善自捨如來莫能先者身子目揵從旦至中要度一人令至道迹目連比丘亦揵度人於四向之中課進一階然後乃食其餘比丘皆亦度人比滿願子百不當一滿願子從成道至涅槃度九萬九千人於聲聞之中度人最多故稱說法第一也所以稱優波離持律第一者昔佛還本國受父王請所從比丘雖復心精無表容貌時王欲勸釋種豪族子弟出家爲比丘侍從世尊即宜令諸釋其有兄弟二人者皆當一人出家爲道若不從令者當重罰之時有一釋種子名曰面王釋中最長次應先下髮時佛命優波離爲

其剃頭重告曰此諸釋種憍樂體軟汝好徐徐輕手與剃優波離即輕手復太輕不著時優波離復反刀刃以脊用之佛言不可復用刀腹亦曰不可即以刀從頂上剃泯然除盡五百釋子皆悉如是佛命優波離曰善來比丘即成沙門佛即授戒得阿羅漢次授五百釋子戒優波離爲上座以手摩五百人頭爲弟子受戒訖次當禮優波離諸釋先業憍豪不能下屈加復是已之子弟各言此是我家僕何緣禮之佛言不爾法無貴賤先達爲兄後者爲弟俛仰不已制意爲禮即時天地大動諸天於上讃曰善哉善哉今日諸釋降伏貢高此意難勝故地爲動爾當五百釋爲道時亦有九萬九千人出家爲道優波離自從佛受戒已來未曾犯如毫釐以是因緣故稱第一但以是更有餘事耶祇園精舍比有一比丘得病經六年不瘥時優波離往問比丘何所患苦若所須者便道曰我所須者不可說又問曰汝欲須何物若無此者當從四方求之若世間無者上天求之曰我所須者舍衞城中有以違佛教故不可說爾曰但說無苦曰我唯思酒爾得五升酒者病便愈優波離曰且住我爲汝問佛還即問佛比丘病須酒爲藥不審可得飲不世尊曰我所制法除病憂者優波離即還索酒與病即愈重與說法得羅漢道佛讃優波離汝乃問如來此事使病比丘得除瘥又使得道此比丘若不得度者後當墮三塗無有出期汝乃爲將來比丘設禁法使知輕重得濟危厄汝眞能持律以律藏付汝勿令漏失此藏諸藏之中最在

其內不可示沙彌及以白衣以是緣故復稱爲第一也所以稱婆迦利比丘得信解脫者此比丘久病著牀乃經六年諸瞻視者皆悉捨去比丘自念疾病經久瞻視疲倦甚可患猒又復如來不見垂愍且當自害以除患苦即便索刀向刀說曰但當殺我亦當斷結邪說訖以刀自刎正至咽半已得漏盡比至頭斷以取涅槃于時大地震動乃感波旬波旬念曰此何瑞應乃爾震動即以天眼觀見比丘自殘其形神爲所趣遍觀諸天不見其神復觀人中亦不見之復觀三惡道中亦復不見時佛將諸比丘欲耶旬之見屍火起此波旬放火覓比丘神都不知所在所以覓者欲知進趣都壞令不成諸比丘便耶旬之佛歎此比丘得信解脫或曰夫至信者委命自然

尚不執杖以自防況復自害耶答曰信所以執刀者以刀爲慧劍欲擬斷諸結身即結本根躃枝則從身斷則結除是以執刀者不爲妨礙也執信刀斷疑樹故下句云意無猶豫從信解脫至無疑解脫者即轉鈍爲利也以是義故稱信解脫爲第一也所以稱難陀比丘端正第一者諸比丘各各有相身子有七目連有五阿難有二十獨難陀有三十相難陀金色阿難銀色衣服光耀金縷履屣執瑠璃鉢入城乞食其有見者無不欣悅自捨如來餘諸弟子無能及者故稱端正第一亦云諸根寂靜者佛將諸弟子至毗舍離柰女精舍時難陀在外經行柰女聞佛來心中欣悅欲設微供即行請佛於外見難陀經行愛樂情深接足爲禮以手摩足雖覩美姿寂無情

想形形相感便失不淨甘味潤體體滿則盈不淨之溢豈由心哉柰女不達疑有欲想佛知其意告柰女曰勿生疑心難陀却後七日當得羅漢以是言之知心不變易也所以稱婆陀比丘解人疑滯者三世諸佛皆共八萬四千以爲行法衆生得道不必遍行衆行隨其所悟處以爲宗何者衆生結使不同病有多少垢有厚薄是故如來設教若干或有一藥治衆病或有衆藥治一病猶六度相統一行爲主衆行悉從一行者不專常名隨病所起對藥應之若計常起以無常對之若計有心起以空心對之當其無常領行萬行皆無常也猶施造八萬八萬皆爲施所謂略說者也猶如來八音中一音統八響一響統百教一教統百義一一相統至千萬億一音報萬億其變如是略說統行其喻亦爾此比丘專以略說爲主故稱第一也所以稱斯尼比丘能廣說法者此比丘三十年於凡夫地中廣爲人說法分別義理云何廣說或因一行而長衆行支流繁衍乃至無數猶病有相因而生是以說藥相從而成此比丘專以剖判爲主不以斷漏爲先是以乃經三十年方取道證寂默忘言乃遺前蹤録其本勳故稱廣說第一也所以稱天須菩提著好衣第一者五百弟子中有兩須菩提一王者種一長者種天須菩提出王者種所以言天者五百世中常上生化應聲天下生王者家食福自然未曾匱乏佛還本國時真淨王勸五百釋種子出家學道侍從世尊此比丘在其例出家時佛約敕諸比丘夫爲道者皆當約身守節麤

衣惡食草褥爲牀以大小便爲藥此比丘聞佛切教心自思惟曰吾生豪貴衣食自然宮殿屋舍雕紋刻鏤金銀牀榻七寶食器身著金縷織成服飾足履金薄妙屣然則猶不盡吾意況當著五納服耶且當還家適我本意念已欲還時佛在舍衞精舍受波斯匿王請即往詣佛所辭退而還時阿難語曰君且住一宿須菩提曰道人屋舍牀榻坐席如何可止且至白衣家寄止一宿明當還歸阿難曰但住今當嚴辦供具即往至王所辦種種坐具旛蓋華香及四燈油事事嚴飾皆備具足此比丘便於中止宿以適本心意便得定思惟四諦至於後夜即得羅漢便飛騰虛空阿難心念此比丘儻捨屋去所借王物恐人持去便往看之屋內不見仰視空中見飛在上

阿難白佛天須菩提已得羅漢今飛在虛空佛語阿難夫衣有二種有可親近有不可親近何者可親近著好衣時益道心此可親近著好衣時損道心者此不可親近也是故阿難或從好衣得道或從五納弊惡而得道者所悟在心不拘形服也以是言之天須菩提著好衣第一也所以稱難陀迦比丘教授第一者舍利弗亦教授普教授四部弟子從旦至中要使一人至於道跡此比丘者專教授比丘使得羅漢譬如善射之人以一發箭射於彼賊即中要處便使不起喻此比丘善誨要慧聞者結除徑至無爲不善射者雖用多箭正可一發喻於身子雖廣演慧終成一階優劣之殊格然易見故言教授後學最爲第一也須摩那比丘所以善誨比丘尼僧者此

比丘常以苦切之言誡敕諸尼僧夫女人者多諸情態姿媚綺飾幻惑世人身形穢漏九孔不淨三十六物無一可貪也所以名須摩那者即華名也以其生時耳上自然有此華即以華爲稱時頻婆娑羅王來至佛所見此比丘耳上有華怪而問佛比丘法得著華耶佛告王曰王自挽却時王即以手捻去續生如故如是不止遂成華聚王怪益甚問其所由佛告王曰乃昔毗婆尸如來出世時此比丘爲長者子時歲節會共彈琴作倡戲訖便至佛所此長者見佛喜悅即以耳上華舉著佛耳上佛即以神足化此華於虛空中變爲四柱臺耳上如故長者見變即發誓願願使將來世世值佛所生端正耳上生華以昔福願今獲其報王聞所說心即開解前禮佛足辭退還宮所以善誨比丘尼者比丘尼等本是多情人見比丘端正兼耳上有華心猶愛樂緣此愛情誨約切教由是苦言愛著即解是故言善誨禁誡比丘尼僧最爲第一也所以稱尸婆羅比丘福德第一者尸婆羅初生時手把無價摩尼珠出墮地便言世間頗有金銀七寶可持布施不我今欲大布施作是言已父母諸家皆大驚懼棄捨而走或呼是羅刹鬼或謂天神夫小兒生要須日月滿足乃當言今墮地便言是大可怪母情不已復還看之語母曰莫懼我非鬼我正是母兒爾其父月光曰今當抱兒至尼揵子所問其吉凶即與婦抱兒至尼揵所以狀白師師曰此兒無福後當致禍長者曰兒手中有摩尼珠何以言無福耶尼揵曰至年八歲時汝家財

寶盡當在此兒手中消滅澌由是皆當餓死長者怖懼深惟疑惑聞世有大沙門儻能知吉凶當往至其所問此可否即往世尊所中路復念大沙門是王者種生長深宮又不學問婆羅門等少小博學尚不能定吉凶沙門豈得能知耶即欲還家天於虛空告長者曰但當前進何以復還耶如來天聖無所不達往必決疑是非速往即前至佛所禮拜問訊訖便啓白如向所說不審吉凶佛告長者吉無不利乃生此福德之子此兒年二十當出爲道當有五百童子共俱當得羅漢還度父母長者聞佛所說歡喜踊躍不能自勝即還歸家辦具餚膳請佛至舍願世尊賜小兒字佛告長者正欲爲字爲天人所不解正欲字爲賢聖凡夫所不解迦葉佛時名鬼爲尸婆羅今正當字爲尸婆羅尸婆羅者開通鬼神言語音聲是故字尸婆羅阿難臨般涅槃時度二弟子一名摩禪提二名摩呻提利摩呻提利者地王也若不作道人者當王此閻浮提及三天下故名摩呻提利阿難教此弟子汝至師子諸國典顯佛法彼國人與羅刹通要須文字然後交接市易六十種書書中有鬼書名阿浮人書音名阿羅摩呻承教至彼顯揚佛法自是教跡今日現存尸婆羅開通鬼神其亦如是故名尸婆羅所以稱尸婆羅福德者生時兩手中自然把摩尼珠出乃昔毗婆尸如來時此比丘爲賈客入海採寶經過五難乃至寶所得一寶珠還持上佛願所生處獲報自然以是因緣生即奇異價二十億初生之時自然寶珠著耳而生父集賈人

訪其價直衆賈銓曰直二十億尸婆羅手珠無有限量故曰無價計其實所潤乃及七世七世之中無所渴乏故稱福德第一也至年二十出家學道至世尊所佛命善來即成沙門思惟四諦便得羅漢時有五百童子亦出家學道常侍從尸婆羅尸婆羅供給此五百人衣食所在適處供養無乏所周旋處輒悉供養至羅悅祇城南有大深山山中饒諸毒蟲虎狼羅刹即自心念欲於山中避隱一時時天帝釋以知所念即於山中作五百房及僧伽藍種種供養復經一時夏坐已訖心念違遠世尊已久當還禮覲天時大熱念欲得涼天帝知之即降雲雨少思漿飲即降甘露所欲念者應意即至故曰福德第一也尸婆羅有叔父事外道梵志爲人素慳不好布施

時有親友勸令作後世資即請梵志數千施百千兩金尸婆羅念叔慳貪生不造福設復施惠不値良田我不度者永爲棄捐便往其家持鉢乞食叔曰卿來何晚我昨日大施昨日來者可得僧竭支曰我自有竭支亦不須之卿來何爲曰我欲乞食時叔不與便現身於虛空中作十八變身出水火長者心念此必瞋恚儻燒我家即呼使下與座坐曰我欲得食即與臭穢惡食即便受之呪願而食食入鉢中福德所感變成甘露有天於上嘆曰善哉長者乃作是大施也福德之施也無能過者長者心念我先施梵志百千兩金而無歎我者今施此少惡食乃歎爲善將無妄語耶天復告曰所施雖少福田良美故曰大施也長者復念天必眞實重來告我即以百千

兩金與尸婆羅尸婆羅曰我比丘法不應取金尋往詣佛問其所以荅曰可取隨意轉施即受此金施諸同學爲叔父說法即得道跡能變臭惡成爲甘露故稱福德第一也從生至涅槃未曾有乏般涅槃時身上雨種種甘饍飲食所以得爾已身足復欲潤及衆生故也以是故復稱爲第一也所以稱優波先比丘具足衆行第一者此比丘德行充足於內形容端嚴於外表裏相應所適皆悅難陁三十相阿難二十相表相雖多於沙門威儀不能悉備此比丘相雖十一體儀備舉以備造適無往不應長中幼年覩莫不歡所謂內充者謂四諦如有八正眞妙充實靈府未曾虛耗故稱具足衆行道品之法爲最第一也所以稱婆陀先比丘所說和悅不傷人意者此比丘常愼口不犯四過夫士處世斧在口中所以斬身由其惡言此比丘於是麤獷之言永已除盡常擇言徐語思而後露發言投意必令歡喜若在長老中年幼稚隨其所好皆能可悅所以稱此比丘能善言者有比丘已得羅漢雖復漏盡由有口過因行度江水漸欲深便發惡言曰弊婢婬種物時江神女聞此惡言心念曰此比丘乃發惡聲如是正欲推著水中以是比丘故且當問佛即行問佛有比丘度江水小深便罵詈言弊婢婬種比丘法應罵耶佛即遣一比丘呼此罵比丘來比丘即來佛告比丘汝爲沙門何以罵耶比丘對曰弟子不罵直言婢婬種爾江神女曰看此比丘已復罵與願世尊說此本末羅漢故有瞋恚在耶何以罵耶佛言羅漢無復瞋

恚直以口慣故爾此比丘曾爲婆羅門婆羅門法喜罵詈曰胎中奴不必瞋罵直自口慣習爾又復前五百世爲汝夫時常罵汝爲婢是以宿識不除故復罵爾江女曰雖復羅漢故有口過我不用羅漢頭我後求無上正真道度脫一切如佛無異佛語比丘汝向此女人懺悔比丘即悔女亦向比丘懺悔作禮已各別去雖復漏盡猶有麤言況於凡夫而不慎言也以是因緣知是比丘護口第一也所以稱摩訶迦延那比丘安般第一者千二百弟子中唯有此比丘及羅云能行安般第一何以知之昔羅云從佛行佛以善權故現脚䏿使羅云見羅云見已心念曰此老公持如此形貌捨轉輪王位著道行乞耶何以不羞我不能復行乞且歸去我祖父眞淨王故在何能作是勤苦爲佛即知羅云心中所念告羅云曰汝知不天地尚無常況汝轉輪聖王豈可得久當解非常有形皆苦身非我有皆當磨滅不得久停羅云思四非常意猶未悟佛教行安般守意安般者出入息也息長亦知息短亦知短息者從心還長息者謂從足跟中來復知冷暖入息爲冷出息爲暖所以知長短冷暖者欲分別五陰所趣深淺所從出入尋息本末知病源由若息入時不知所從來若息出時不知去至何所解無來往病亦復然如是思惟遂得羅漢摩訶迦延那行安般者不同羅云也於息自在若欲從眼從耳隨意出入復閉眼耳鼻口便從九十萬毛孔出何以知其從毛孔出此比丘本是王種弟兄二人其弟端正姝妙時王崩亡兄應紹

繼弟自以爲勝客望人舉然國俗法不得越次即舉兄爲王弟心不伏不肯稱臣自求出國王即聽之求索兵衆王恣與之即選八萬牙象被甲鼻劔嚴辦已訖念曰何國最善吾欲攻取毗舍離國諸國最勝當往攻取以爲已用即引兵而趣正至半道時有五百賈客採寶而還欲詣摩竭中路相逢問賈人曰天下人中形容姿貌頗有勝我者不賈人便笑王問何以笑耶答曰我爲自笑爾復重問曰笑要當有意何以不說答曰王若不瞋者便當說之王曰但說終不瞋汝賈人曰我聞有白淨王子名曰悉達巨身丈六紫磨金色有三十二相八十種好時迦延那聞賈人語心懷恐懼悉達若知我來者必當興軍逆來見伐頓止中路不敢復前時毗舍離人聞其興軍欲來攻伐不能自寧即往問佛如何攘之佛言無苦吾自化之其夜世尊即往現變於虛空中結跏趺坐晃若金山曜於大衆舉頭視曰是何等人荅曰我是賈客所道者即曰賈客誑我也向者不道能飛而今現飛心中惶怖懼其爲害叉手問曰不審至此何所約救世尊荅曰勿懷恐懼吾不害汝我名爲佛濟度一切甘露妙法汝欲聞不荅曰願欲聞佛觀其根應從安般而得度即爲說守出入息知息長短及知冷暖聞佛所說心即開解得須陀洹道便捨軍衆求爲道人佛即受之善來比丘便成沙門重思安般分別四大三十六物惡露不淨尋達至妙逮無漏果故稱諸比丘中安般第一也所以稱優頭槃比丘計我無常爲第一者此比丘宿行恭恪若見

長老師父事之若見中年敬之如兄於已小者愛之如弟謙恪之至故受姝大之報得爲比丘侍佛左右雖有高大之形常不自恃恒計非我身無常主解達明慧心亡是非故能遺形喪憍謙遜爲首何以知形體姝大也佛始成道度迦葉兄弟三人有千比丘遊摩竭國度蓱沙王將還本國先遣優陀夷告眞淨王却後七日當來入化時王聞之喜踊無量即勑嚴駕平治道路掃灑燒香以待如來如來將千二百五十比丘來過釋翅如來心念今父王必當來迎不可使尊重屈體當現神足昇虛而行與人頭齊欲使王手接如來足而已所以爾者佛雖德尊不欲使父母屈體故也時優頭槃比丘在如來右密跡力士在如來左如來身正至此比丘肩王問曰佛左右者是何等人乃爾高大耶答曰右者是優頭槃比丘左者是閱叉鬼金剛力士也又曰是何等國人乃爾姝異答曰是摩竭國人又問曰爲是神足身爲是遺體耶答曰是父母遺體身非神足也諸釋念曰如來神德不可思議乃令羅刹惡鬼高大之人在其左右也以是因緣知是比丘身爲延短也此比丘侍佛左右恒欲障曀如來諸天世人以是爲患如來有二種身一法身二肉身此比丘但愛金色肉身不愛無漏法身親近弟子法當囑累懼遺法身闕於將來以是二事故如來發之以及阿難爾所以稱拘摩羅迦葉能雜種論者此比丘常爲人敷演四諦時兼有讚頌引譬況喻一諦一偈讚引一喻乃至四諦皆亦如是故稱雜論第一也拘摩羅者童也迦

葉者姓也拘摩羅迦葉即是童女子何以知其然昔有長者名曰善施居富無量家有未出門女在家向火煖氣入身遂便有軀父母驚怪詰其由狀其女實對不知所以爾父母重問加諸杖楚其辭不改遂上聞王王復詰責辭亦不異許之以死女即稱怨曰天下乃當有無道之王枉殺無辜我若不良自可保試見枉如是王即檢程如女所言無他增減王即詰其父母我欲取之父母對曰隨意取之用此死女爲王即内之宫裏隨時贍養日月遂滿産得一男端正姝妙年遂長大出家學道聰明博達精進不久得羅漢道還度父母時有國王名曰波紲信邪倒見不知今世後世作善得福爲惡受殃謂死神滅不復受生不信有佛不識涅槃以鐵鍱腹畏智溢出

跨王獨步自謂無比時童迦葉往至其門王見迦葉被服異常行步庠序威儀整齊王即與論議王問道人道人言作善有福爲惡受殃爾我宗家有一人爲善至純臨欲死時我與諸人共至其邊語其人言如君所行死應生天若上天者來還語我死來于久不來告我我是以知作善無福爾道人答王曰夫智者以譬喻自解譬如有一人墮百斛圊廁中有人挽出洗浴訖著好衣服以香熏身坐於高牀有人語此人曰還入廁中去爾此人肯入已不王曰不肯道人曰生天者其喻如是天上快樂五欲自恣以甘露爲食食自消化無便利患身體香潔口氣苾芬下觀世間猶豬處溷正使欲來聞臭即還以是言之何由得相告耶如是比譬喻數十條事王意開解

信向三尊以是因緣故童迦葉能雜種論爲第一也所以稱面王比丘著弊惡衣無所羞恥者可名作十一頭陀耶或曰非也何以謂爲第一也比丘著一種衣終身不改何以知其然此比丘本是釋種子初生之時有異神德母始懷妊時請梵志占相梵志策曰此兒頭上有天冠相其母聞之歡喜佯不樂念曰夫天冠者王者相一國之中不可有兩王恐王害之是以不樂所以內喜者若實是王者自然當有護何憂不濟也日月遂滿產一男兒頭上有天冠影復請梵志爲作字梵志曰頭上有王相復不可離此相當名爲面王即字爲面王眞淨王聞之心懷愁憂此兒有王者相後必奪我位當如之何正欲輒殺罪不應死正欲置之懼必奪已俯仰憂悒不能自

寧佛來還國時王宣令語釋曰若有兄弟二人者遣一人出家爲道侍從世尊此兒復一已不得使出家在五百人例是以益懷愁悴時面王年十歲心自念曰正使轉輪聖王亦復無常又復不及諸釋出家人身難得佛世難值曼值佛世宜當出家即白其母我欲出家學道母曰我正有汝一人捨我者我便當死面王即啓眞淨曰我欲出家王當聽不眞淨歡喜曰大可爾面王曰自惟一已母無所付囑以此爲恨爾王曰卿若能出家者我便當以卿母爲姊分半國相給面王歡喜即還家以狀白母母即聽之當出家時被一張白氎至世尊所欲求爲道世尊曰善來比丘即成沙門佛制比丘有三衣此面王比丘直更染此白氎以爲袈裟都不用餘衣白佛弟子

正欲終身被此一衣願世尊聽之佛即默然可之自是已往常被此一衣故世尊曰我弟子中著弊惡衣者無過面王比丘也此於八大人念中少欲知足最爲第一也所以稱羅云持戒不毀者或曰羅云喜妄語云何言持戒也或曰羅云不妄語直自瞋佛爾何以瞋佛也以佛不作轉輪聖王故若作聖王者當有八萬四千大臣八萬四千玉女象馬車乘事事有八萬四千捨如此之位而作沙門東西行乞不可羞耶計聖王之利嫌如來故作妄語爾人問羅云如來所在如來實在祇樹精舍而荅云在晝暗園實在晝暗園而詐言在祇園反覆妄語誑於來人阿難白佛言羅云妄語佛喚羅云來卿實妄語耶對曰實爾羅云汝何以作妄語耶我所以捨聖王位者

以聖王位不可恃怙皆歸無常無長存者正使帝釋梵王皆不可保況復聖王而可恃賴耶羅云我前後捨此不可稱計而汝方恨也佛語羅云汝取水來羅云即盛滿鉢水授如來如來執鉢水謂羅云曰汝見此水不對曰已見佛言此水滿鉢無所缺減者喻持戒完具無所損落復瀉半棄謂羅云曰汝見此水不對曰見之佛言此水已失半喻戒不具足復瀉水使盡示羅云曰見此空鉢不荅曰已見佛言犯戒都盡喻如空鉢復以鉢覆地示曰汝見不荅曰見佛言已犯戒盡當墮地獄喻鉢口向地也羅云自被約敕已後未曾復犯如毫氂故稱第一持戒也或曰復更有事身子將羅云入舍衛城乞食時有婆羅門見羅云在後行即興惡意打羅云頭血流汙面

羅云即生惡念要當方便報此怨家爾但言婆羅梵志皆當破滅終不置也身子已知羅云心中所念爲其拭血謂羅云曰當憶汝父昔爲須念王時人來索眼即挑眼與亦不悔恨在園中坐禪時王截手足亦不悔恨若爲象時以牙與人亦不猒倦汝今云何起此惡念羅云聞師所說即自剋責我今云何惡心向彼即忍如地不起害心如毛髮許時打羅云首者墮無擇地獄中以是因緣知羅云持戒第一也所以稱般[舟*也]比丘能隱形不現者般[舟*也]者道也有雙生兒棄之於路有人收取養長今大各出家爲道無人與作字即字爲道生梵言般[舟*也]也時摩竭國數大雷暴雨五穀不登王名頻頭荼羅是阿闍世王祖募四遠曰有能却暴雨者大與財寶時有婆羅門名曰梵志善知呪術來應募曰我能却雨王即聽使現術止雨時陰陽和調五穀大熟梵志白王索止雨功報王雖口許竟不報惠諸臣人民見王不與各復許之梵志家儉毎從索之其於不與遍索不得梵志大恚誓作毒龍滅人苗稼若有種五穀者苗稼成好大雹搥殺使根莖不立何況有葉耶誓已命終即生龍中號名無葉時摩竭國人民種作苗稼適生龍即雹殺如是經數年人民飢困死亡者衆佛愍傷之欲化此龍即將密跡阿難般[舟*也]至倶持國詣龍所止時龍見佛來惡心生曰今當放雹殺此沙門即雨山石佛左迴視密跡密跡知佛意即以金剛杵擬之墮大石山塞其龍淵龍大瞋怒眼中火出佛右迴視般[舟*也]比丘般[舟*也]比丘即知佛意欲使降龍般

吔即以神足隱形以水滅龍眼火龍復以是鼻口出火亦以水滅此比丘復以神力於龍眼耳鼻口中反覆出入而龍不見隱形在內現手於外龍覩此變即便心伏佛復與三人等於前往返經行石上有四人跡而三人現龍即問佛一人所在荅曰是汝師跡又曰師名爲誰今何不現荅曰名曰般吔佛欲使遠現即知佛意自出現形龍遥見之歡喜爲禮佛即授之八關齋法自是已往風雨和調五穀豐熟人民安寧以是因緣知般吔隱形第一也所以稱祝利般吔能化形體作若干變者祝利者極暗也此比丘精神疎鈍佛教使誦掃箒得箒忘掃得掃忘箒六年之中專心誦此意遂解悟而自惟曰箒者篲掃者除篲者即斷八正道糞者三毒垢也以八正篲掃三毒垢所謂掃箒義者正謂此耶深思此理心即開解得阿羅漢道所謂化形體者以四諦妙慧化五陰形也正有此化更復有餘曰有婆羅門名曰梵天亦名世典所以名世典者博覽羣籍圖書秘讖天文地理無不關練故名世典也自以德高命敵而行誰能與我論者聞釋種比丘中最下者有祝利般吔優婆塞中最下者有瞿寥多羅吾當與此二人共論即來與般吔共論謂般吔曰能與我共論耶般吔曰我尚能與汝相父梵天共論何況汝盲無目人乎梵志尋言即語曰盲與無目有何等異耶般吔默然不對心念曰無以相訓當以神足相荅爾即以神足飛騰虛空去地四丈九結跏趺坐梵志仰瞻見其神變敬情內發冀其清訓時舍利弗在祇洹經行

以天耳聞梵志與般咃論知其辭匱現變相荅我若不往比丘受屈梵志不度即以神足作般咃形使般咃本形不現化形問梵志曰汝爲是天是人乎荅曰是人又問人爲是男子不曰是男子又問男子與人有何等異荅曰不異又問人者統名男子者據形言之何得不異耶向言盲者謂不見今世後世善惡之報無目者謂無智慧之眼以斷結使也梵志心解即得法眼淨以是因緣知祝利般咃變形第一也所以稱釋王比丘豪族富貴天性柔和者凡姓有四刹帝利婆羅門長者居士也所以言貴者以作沙門同一釋姓是以稱貴爾喻如四恒水牛口師子口馬口象口各有五百支合入大海共爲一水無若干味故海得稱大致貴於百川也釋姓亦如是故

稱爲豪貴第一也眞淨王有三弟最小弟名誤淨有小兒年四歲時眞淨王在正殿上坐會諸羣臣王自惟曰我兒不生者我應當作聖王我兒既生應當爲聖王然復出家去我何用是天冠爲即脫天冠著地有應作者便作諸臣愁悒各無歡心時釋王小兒在前遊行見地天冠即舉著頭上坐地以左手拄肩右手摩捋髭鬚王與諸臣驚怪所以王曰此小兒天使其然或能作聖王我兒聖王相盡在此兒許故使其然爾衆臣僉然曰或能如王所言王念曰悉達既出家又見小兒之相即自廢王位乃經八年聞悉達已成佛度三迦葉師徒得千比丘幷優波提舍拘律陀師徒二百五十人合千二百五十比丘從摩竭國欲還至釋翅舍先遣優陀夷白還消息

眞淨聞之歡喜踊躍即還著天冠平治道路掃灑燒香以待如來如來既至王見諸比丘雖復心精無表容貌當選諸釋五百人姿容可者出為沙門侍從世尊釋王比丘最在其先時佛在精舍大衆之中告諸比丘普論種姓所以豪貴意時眞淨王來至衆中向釋王比丘禮諸衆皆怪所以佛知此意欲解衆疑故問王曰何以禮此比丘荅曰所以禮者以此比丘有二事勝我夫天有三一曰舉天二曰生天三曰清淨天我正有舉天此比丘有生天有清淨天所以言生天以年四歲時舉吾天冠著已頭上自然生意無有與者故曰生天清淨天者今已漏盡結解無復塵垢故曰清淨天也以是二事勝我故為作禮爾以是因緣知釋王比丘豪族第一也

分别功德論卷下

音釋

蜎蠕 蜎騾縁切與蝡同小飛也蠕乳究切蟲動貌　捔 訖岳切校也　瘮 丑刃切病也　躃 房益切倒也　雕 丁聊切琢也　鏤 郎豆切刻也　澌 斯義切索盡也　詈 力智切馬也　恪 口各切敬謹也　辜 攻乎切罪也　紲 先結切　鍱 弋涉切　跨 枯化切越也　圊廁 圊七情切廁初吏切圊廁並溷也　苾芬 苾簿必切芬敷文切苾芬香氣也　豬 張如切豕也　溷 胡困切廁也　瀉 四夜切去水也　咃 音他　箒 止酉切篲也　篲 徐醉切　讖 丑禁切言將來之驗也　匱 求位切乏也　悒 乙及切憂也　捋 盧活切以指歷取也　髭 將支切口上須也

入阿毗達磨論

唐三藏玄奘奉詔譯

清刻龍藏佛說法變相圖

入阿毗達磨論卷上

塞建地羅阿羅漢造

唐三藏玄奘奉詔譯

敬禮一切智　佛日無垢輪　言光破人天
惡趣本心闇　諸以對法理　拔除法想愚
我頂禮如斯　一切智言藏　劣慧妄說闇
覆蔽牟尼言　照了由明燈　稽首然燈者

有聰慧者能具受持諸牟尼尊教之文義由拘事業有未得退有劣慧者聞對法中名義稠林便生怖畏然俱恒有求解了心欲令彼於阿毗達磨法相海中深洄復處欣樂易入故作斯論

謂善逝宗有八句義一色二受三想四行五識六虛空七擇滅八非擇滅此摠攝一切義色有二種謂大種及所造色大種有四謂地

水火風界能持自共相或諸所造色故名爲界此四大種如其次第以堅濕煖動爲自性以持攝熟長爲業大而是種故名大種由此虛空非大種攝能生自果是種義故徧所造色故名爲大如是大種惟有四者更無用故無堪能故如牀座足所造色有十一種一眼二耳三鼻四舌五身六色七聲八香九味十觸一分十一無表色於大種有故名所造即是依止大種起義此中眼者謂眼識所依以見色爲用淨色爲體耳鼻舌身准此應說色有二種謂顯及形如世尊說惡顯惡形此中顯色有十二種謂青黃赤白雲煙塵霧影光明闇形色有八種謂長短方圓高下正不正此中霧者謂地水氣日燄名光月星火藥寶珠電等諸焰名明障光明生於中餘色可見名影翻此名闇方謂界方圓謂團圓形平等名正形不平等名不正餘色易了故今不釋此二十種皆是眼識及所引意識所了別境聲有二種謂有執受及無執受大種爲因有差別故墮自體者名有執受是有覺義與此相違名無執受前所生者名有執受大種爲因謂語手等聲後所生者名無執受大種爲因謂風林等聲此有情名非有情名差別爲四謂前聲中語聲名有情名餘聲名非有情名後聲中化語聲名有情名餘聲名非有情名此復可意及不可意差別成八如是八種皆是耳識及所引意識所了別境香有三種一好香二惡香三平等香謂能長養諸根大種名好香若能損害諸根大種名惡香若俱相違名平等香如是三種皆是鼻識及所引

意識所了別境味有六種謂甘醋鹹辛苦淡別故如是六種皆是舌識及所引意識所了別境觸一分有七種謂滑性澀性重性輕性及冷飢渴柔軟而滑是喜觸義麤強名澀可稱名重翻此名輕由此所逼煖欲名冷食欲因名飢飲欲因名渴此皆於因立果名故作如是說如說諸佛出現樂等大種聚中水火增故有滑性地風增故有澀性地水增故有重性火風增故有輕性水風增故有冷性風增故有飢火增故有渴無表色者謂能自表諸心心所轉變差別故名爲表與彼同類而不能表故名無表此於相似立遮止言如於刹帝利等說非婆羅門等無表相者謂由表心大種差別於睡眠覺亂不亂心及無心位有善不善色相續轉不可積集是能建立苾芻等因是無表相此若無者不應建立有苾芻等如世尊說於有依福業事彼恒常福增長如是無表總有三種謂律儀不律儀俱相違所攝故律儀有三種謂別解脫靜慮無漏律儀別故別解脫律儀復有八種一苾芻律儀二苾芻尼律儀三勤策律儀四正學律儀五勤策女律儀六近事男律儀七近事女律儀八近住律儀如是八種惟欲界繫靜慮律儀謂色界三摩地隨轉色此惟色界繫無漏律儀謂無漏三摩地隨轉色此惟不繫不律儀者謂諸屠兒及諸獵獸捕鳥捕魚劫盜典獄縛龍煮狗罝弶魁膾此等身中不善無表色相續轉非律儀非不律儀者謂造毗訶羅窣堵波僧伽羅摩等及禮制多燒香散華讚誦願等并搥打等所起種種善不善無表色

相續轉亦有無表惟一刹那依總種類故說相續別解脫律儀由誓願受得前七至命盡第八一晝夜又前七種捨由四緣一捨所學故二命盡故三善根斷故四二形生故第八律儀即由前四及夜盡捨靜慮律儀由得色界善心故得由捨色界善心故捨屬彼心故無漏律儀得捨亦爾隨無漏心而得捨故得不律儀由作及受由四緣故捨不律儀一受律儀故二命盡故三二形生故四法爾得色界善心故處中無表或由作故得謂殷淨心猛利煩惱禮讚制多及捶打等或由受故得謂作是念若不爲佛造曼荼羅終不先食如是等願或由捨故得謂造寺舍敷具園林施苾芻等捨此無表由等起心及所作事俱斷壞故如是無表及前所說眼等五根惟是意識所了別境齊此名爲初色句義然諸法相略有三種一自共相二分共相三徧共相自共相者如變壞故或變礙故說名爲色如是即說可惱壞義如法王說苾芻當知由變壞故名色取蘊誰能變壞謂手觸故即便變壞乃至廣說如能疾行故名爲馬以能行故說名牛等分共相者如非常性及苦性等徧共相者如非我性及空性等由此方隅於一切法應知三相

受句義者謂三種領納一樂二苦三不苦不樂即是領納三隨觸義從愛非愛非二觸生身心分位差別所起於境歡慼非二爲相能爲愛因故說名受如世尊說觸緣受受緣愛此復隨識差別有六謂眼觸所生受乃至意觸所生受五識俱生名身受意識俱生名心

受由根差別建立五種謂樂根苦根喜根憂根捨根諸身悅受及第三靜慮心悅受名樂根悅是攝益義諸身不悅受名苦根不悅是損惱義除第三靜慮餘心悅受名喜根諸心不悅受名憂根諸身及心非悅非不悅受名捨根此廣分別如根等處

想句義者謂能假合相名義解即於青黃長短等色螺鼓等聲沉麝等香鹹苦等味堅軟等觸男女等法相名義中假合而解爲尋伺因故名爲想此隨識別有六如受小大無量差別有三謂緣少境故名小想緣妙高等諸大法境故名大想隨空無邊處等名無量想或隨三界立此三名

行有二種謂相應行不相應行相應行者謂思觸欲作意勝解念定慧尋伺信精進慚愧不放逸輕安不害捨欣猒不信懈怠放逸善根不善根無記根結縛隨眠隨煩惱纏漏暴流軛取身繫蓋及智忍等諸心所法此皆與心所依所緣行相時事五義等故說名相應與此相違名不相應謂得非得無想定滅定無想事命根衆同分生住老無常名身句身文身等如是相應不相應行總名行蘊故大仙說行蘊聚集如芭蕉莖

思謂能令心有造作即是意業亦是令心運動爲義此善不善無記異故有三種別觸謂根境識和合生令心觸境以能養活心所爲相順樂受等差別有三欲謂希求所作事業隨順精進謂我當作如是事業作意謂能令心警覺即是引心趣境爲義亦是憶持曾受境等此有三種謂學無學非學非無學七有

學身中無漏作意名學阿羅漢身中無漏作意名無學一切有漏作意名非學非無學勝解謂能於境印可即是令心於所緣境無怯弱義念謂令心於境明記即是不忘已正當作諸事業義定謂令心專注一境即是制如猨猴心惟於一境而轉義毗婆沙者作如是說如蛇在筒行便不曲心若在定正直而轉慧謂於法能有揀擇即是於攝相應成就諸因緣果自相共相八種法中隨其所應觀察爲義尋謂於境令心麤爲相亦名分別思惟想風所繫麤動而轉此法即是五識轉因伺謂於境令心細爲相此法即是隨順意識於境轉因

信謂令心於境澄淨謂於三寶因果相屬有性等中現前忍許故名爲信是能除遣心濁穢法如清水珠置於池內令濁穢水皆即澄清如是信珠在心池內心諸濁穢皆即除遣信佛證菩提信法是善說信僧具妙行亦信一切外道所迷緣起法性是信事業精進謂於善不善法生滅事中勇悍爲性即是沉溺生死泥者能策勵心令速出義慚謂隨順正理白法增上所生違愛等流心自在性由此勢力於諸功德及有德者恭敬而住愧謂修習功德爲先違癡等流訶毀劣法由此勢力於罪見怖不放逸謂修諸善法違害放逸守護心性心堪任性說名輕安違害惛沉隨順善法心堅善性說名不害由此勢力不損惱他能違於他樂爲損事心平等性說名爲捨捨背非理及向理故由此勢力令心於理及於非理無向無背平等而住如持秤縷欣謂

欣尚於還滅品見功德已令心欣慕隨順修善心有此故欣樂涅槃與此相應名欣作意猒謂猒患於流轉品見過失已令心猒離隨順離染心有此故猒惡生死與此相應名猒作意心不澄淨名爲不信是前所說信相違法心不勇悍名爲懈怠與前所說精進相違不修善法名爲放逸違前所說不放逸性即是不能守護心義如是所說不信等三不立隨眠及纏垢者過失輕故易除遣故

善根有三種一無貪是違貪法二無瞋是違瞋法三無癡是違癡法即前所說慧爲自性如是三法是善自性亦能爲根生餘善法故名善根安隱義是善義能引可愛有及解脫芽故或已習學成巧便義是善義由此能辨妙色像故如彩畫師造妙色像世稱爲善不善根有三種即前所治貪瞋癡三貪謂欲界五部貪瞋謂五部瞋癡謂欲界三十四無明除有身見及邊執見相應無明如是三法是不善自性亦能爲根生餘不善故名不善根不安隱義是不善義能引非愛諸有芽故或未習學非巧便義是不善義由此能辨惡色像故如彩畫師所造不妙世稱不善無記根有四種謂愛見慢無明愛謂色無色界各五部貪見謂色無色界各十二見及欲界有身見邊執見慢謂色無色界各五部慢無明謂色無色界一切無明及欲界有身見邊執見相應無明此四無記根是自所許修靜慮者有三種異故一愛上靜慮者二見上靜慮者三慢上靜慮者此三皆因無明力起毗婆沙者立無記根惟有三種謂無記愛無明慧三

疑不堅住慢性高舉非根法故於善不善義俱不記故名無記又不能記愛非愛果故名無記以不能招異熟果故是無記性亦能生餘無記染法或諸無記法故名無記根

結有九種謂愛結恚結慢結無明結見結取結疑結嫉結慳結愛結者謂三界貪是染著相如融膠漆故名爲愛愛即是結故名愛結

恚結者謂五部瞋於有情等樂爲損害不饒益相如辛苦種故名爲恚恚即是結故名恚結

慢結者謂三界慢以自方他德類差别心恃舉相說名爲慢如傲逸者淩蔑於他此復七種一慢二過慢三慢過慢四我慢五增上慢六卑慢七邪慢謂因族姓財位色力持戒多聞工巧等事若於劣謂已勝或於等謂已等由此令心高舉名慢若於等謂已勝或於勝謂已等由此令心高舉名過慢若於勝謂已勝由此令心高舉名慢過慢若於五取蘊執我我所由此令心高舉名我慢若於未證得預流果等殊勝德中謂已證得由此令心高舉名增上慢若於多分族姓等勝中謂已少劣由此令心高舉名卑慢若實無德謂已有德由此令心高舉名邪慢如是七慢總名慢結

無明結者謂三界無知以不解了爲相如盲瞽者違害明故說名無明此遮止言依對治義如非親友不實等言即說怨家虛誑語等無明即是結故名無明結

見結者謂三見即有身見邊執見邪見五取蘊中無我我所而執實有我我所相此染汙慧名有身見身是聚義有而是身故名有身即五取蘊於此起見名有身見即五取蘊非斷非常於中

執有斷常二相此染汙慧名邊執見執二邊故若決定執無業無業果無解脫無得解脫道撥無實事此染汙慧名邪見如是三見名見結取結者謂二取即見取戒禁取謂前三見及五取蘊實非是勝而取爲勝此染汙慧名見取取是推求及堅執義戒謂遠離諸破戒惡禁謂受持烏雞鹿狗露形拔髮斷食臥灰或於妄執生福滅罪諸河池中數數澡浴或食根果草菜藥物以自活命或復塗灰持頭髻等皆名爲禁此二俱非能清淨道而妄取爲能清淨道此染汙慧名戒禁取諸婆羅門有多聞者多執此法以爲淨道而彼不能得畢竟淨如是二取名爲取結疑結者謂於四聖諦令心猶豫如臨岐路見結草人躊躇不決如是於苦心生猶豫爲是爲非乃至廣說疑即是結故名疑結嫉結者謂於他勝事令心不忍謂於他得恭敬供養財位多聞及餘勝法心生妬忌是不忍義嫉即是結故名嫉結慳結者謂於已法財令心悋惜謂我所有勿至於他慳即是結故名慳結結義是縛義如世尊說非眼結色非色結眼此中欲貪說名爲結如非黑牛結白牛亦非白牛結黑牛乃至廣說先所說結亦即是縛以即結義是縛義故然契經中復說三縛一貪縛謂一切貪如愛結相說二瞋縛謂一切瞋如恚結相說三癡縛謂一切癡如無明結相說

隨眠有七種一欲貪隨眠二瞋隨眠三有貪隨眠四慢隨眠五無明隨眠六見隨眠七疑隨眠此七別相結中已說然應依界行相部別分別如是七種隨眠謂貪諸欲故名欲貪

此貪即隨眠故名欲貪隨眠此唯欲界五部爲五謂見苦所斷乃至修所斷瞋隨眠亦唯欲界五部爲五有貪隨眠唯色無色界各五部爲十内門轉故爲遮於靜慮無色解脱想故説二界貪名有貪慢隨眠通三界各五部爲十五無明隨眠亦爾見隨眠通三界各十二爲三十六謂欲界見苦所斷具五見見集滅所斷唯有邪見及見取二見道所斷唯有邪見見取戒禁取三總爲十二上二界亦爾爲三十六疑隨眠通三界各四部爲十二謂見苦集滅道所斷此中欲貪及瞋隨眠唯有部别無界行相别有貪疑慢無明隨眠有界部别無行相别見隨眠具有界行相部别行相别者謂我我所行相轉者名有身見斷常行相轉者名邊執見無行相轉者名邪見勝行相轉者名見取淨行相轉者名戒禁取微細義是隨眠義彼現超時難覺知故或隨縛義是隨眠義謂隨身心相續而轉如空行影水行隨故或隨逐義是隨眠義如油在麻膩在摶故或隨增義是隨眠義謂於五取藴由所緣相應而隨增故言隨增者謂隨所緣及相應門而增長故如是七種隨眠由界行相部差别故成九十八隨眠謂欲界見苦所斷具十隨眠即有身見邊執見邪見見取戒禁取疑貪瞋慢無明見集所斷有七隨眠於前十中除有身見邊執見戒禁取見滅所斷有七隨眠亦爾見道所斷有八隨眠謂即前七加戒禁取修所斷有四隨眠謂貪瞋慢無明如是欲界有三十六隨眠色界有三十一隨眠謂於欲界三十六中除五部瞋無色界亦

爾故有九十八隨眠於中八十八見所斷十修所斷三十三是徧行謂界界中見苦集所斷諸見疑及彼相應不共無明餘皆非徧行十八是無漏緣謂界界中見滅道所斷邪見疑及彼相應不共無明此十八種緣滅道故名無漏緣餘皆有漏緣此中有漏緣者由所緣相應故隨增無漏緣者但於自聚由相應故隨增九是無爲緣謂界界中見滅所斷邪見疑及彼相應不共無明緣滅諦故名無爲緣餘皆有爲緣十種隨眠次第生者先由無明於諦不了謂於苦不欲乃至於道不欲由不了故次引生疑謂聞邪正二品便懷猶豫爲苦非苦乃至爲道非道從此猶豫引生邪見謂遇惡友由邪聞思生邪決定無施與無愛樂無祠祀乃至廣說從此邪見有身見生謂取蘊中撥無苦理便執有我或有我所從有身見邊執見生謂執我有斷常邊故從邊執見戒禁取生謂此邊執爲能淨故從戒禁取引見取生謂能淨者是最勝故從此見取次引貪生謂自見中情深愛故從此貪後次引慢生謂自見中深愛著已恃生高舉陵蔑他故從此慢後次引瞋生謂恃已見於他見中情不能忍必憎嫌故或於自見取捨位中起憎嫌故十種隨眠次第如是由三因緣起諸煩惱一未斷隨眠故二非理作意故三境界現前故由因加行境界三力煩惱現前此說具者亦有唯依境界力起煩惱亂逼惱身心相續故名煩惱此即隨眠

隨煩惱者即諸煩惱亦名隨煩惱復有隨煩惱謂餘一切行蘊所攝染汙心所與諸煩惱

同蘊攝故此復云何謂誑憍害惱恨諂等有無量種如聖教說誑謂惑他憍謂染著自身所有色力族姓淨戒多聞巧辯等已令心傲逸無所顧性害謂於他能爲逼迫由此能行打罵等事惱謂堅執諸有罪事由此不受如理諫誨恨謂於忿所緣事中數數尋思結怨不捨諂謂心曲如是六種從煩惱生穢汙相麤名煩惱垢於此六種煩惱垢中誑憍二種是貪等流貪種類故害恨二種是瞋等流瞋種類故惱垢即是見取等流執已見勝者惱亂自他故諂垢即是諸見等流諸見增者多諂曲故如說諂曲謂諸惡見此垢及纏并餘染汙行蘊所攝諸心所法從煩惱生故皆名隨煩惱

纏有十種謂惛沉睡眠掉舉惡作嫉慳無慚無愧忿覆身心相續無堪任性名爲惛沉是昧重義不能任持身心相續令心昧略名爲睡眠此得纏名唯依染汙掉舉謂令心不寂靜惡所作體名爲惡作有別心所緣惡作生立惡作名是追悔義此於果體假立因名如緣空名空緣不淨名不淨世間亦以處而說依處者如言一切村邑來等此立纏名亦唯依染嫉慳二相結中已說於諸功德及有德者令心不敬說名無慚即是恭敬所敵對法於諸罪中不見怖畏說名無愧能招惡趣善士所訶說名爲罪除瞋及害於情非情令心憤發說名爲忿隱藏自罪說名爲覆此十纏縛身心相續故名爲纏此中惛沉睡眠無愧是無明等流惡作是疑等流無慚愧掉舉是貪等流嫉忿是瞋等流覆是貪無明等流諸

心所法行相微細一一相續分別尚難況一剎那俱時而有微密智者依佛所說觀果差別知其性異爲諸學者無倒宣說有劣慧者未親承事無倒解釋佛語諸師故於心所迷謬誹撥或說唯三或全非有

漏有三種謂欲漏有漏無明漏欲界煩惱并纏除無明名欲漏有四十一物謂三十一隨眠并十纏色無色界煩惱并纏除無明名有漏有五十四物謂上二界各二十六隨眠并惛沉掉舉同無記故內門轉故依定地故二界合立一有漏名三界無明名無明漏有十五物以無明是諸有本故別立漏等稽留有情久住三界障趣解脫故名爲漏或令流轉從有頂天至無間獄故名爲漏或彼相續於六瘡門泄過無窮故名爲漏

暴流有四謂欲有見無明暴流欲漏中除見名欲暴流有二十九物有漏中除見名有暴流有三十物三界諸見名見暴流有三十六物三界相應不共無明名無明暴流有十五物漂奪一切有情勝事故名暴流如水暴流軛有四種如暴流說和合有情令於諸界諸趣諸生諸地受苦故名爲軛即是和合令受種種輕重苦義

入阿毗達磨論卷上說一切有部

音釋

罝弶　罝咨邪切兔網也弶其量切施罟於道也　窣堵波　梵語也此云方墳亦云高顯窣蘇沒切堵董五切　麝　神夜切獸如麋麕有香者　悍　侯旰切怢勇急也　勵　力制切勉也　惛　呼昆切不明了也　慠　魚到切倨也　蔑　莫結切輕易也　躊躇　躊直由切躇直魚切躊躇猶豫也　悋　良刃切慳也　憤　房吻切懣也怒也

入阿毗達磨論卷下

塞建地羅阿羅漢造

唐三藏玄奘奉詔譯

取有四種謂欲取見取戒禁取我語取即欲暴流加無明名欲取有三十四物謂貪瞋慢無明各五疑四纏十即有暴流加無明名我語取有四十物謂貪慢無明各十疑八及惛沉掉舉諸見中除戒禁取餘名見取有三十物戒禁取名戒禁取有六物由此獨爲聖道怨故雙誑在家出家衆故於五見中此別立取謂在家衆由此誑惑計自餓服氣及墜山巖等爲天道故諸出家衆由此誑惑計捨可愛境受杜多功德爲淨道故薪義是取義能令業火熾然相續而生長故如有薪故火得熾然如是有煩惱故有情業得生長又猛利義是取義或纏裹義是取義如蠶處蠒自纏而死如是有情四取所纏流轉生死喪失慧命身繫有四種謂貪欲身繫瞋恚身繫戒禁取身繫此實執身繫欲界五部貪名初身繫五部瞋名第二身繫六戒禁取名第三身繫十二見取名第四身繫種種纏縛有情自體故名身繫是等縎網有情身義

蓋有五種謂貪欲蓋瞋恚蓋惛沉睡眠蓋掉舉惡作蓋疑蓋欲界五部貪名初蓋五部瞋名第二蓋欲界惛沉及不善睡眠名第三蓋欲界掉舉及不善惡作名第四蓋欲界四部疑名第五蓋覆障聖道及離欲染并此二種加行善根故名爲蓋

前說諸界諸趣諸生諸地受苦應說云何界趣生地界有三種謂欲界色界無色界欲界

有二十處謂八大地獄一等活二黒繩三衆合四號吽五大號吽六炎熱七極炎熱八無間并傍生鬼界爲十有四洲人一贍部洲二勝身洲三牛貨洲四俱盧洲有六欲天一四大王衆天二三十三天三夜摩天四覩史多天五樂變化天六他化自在天合二十處色界有十六處謂初靜慮有二處一梵衆天二梵輔天第二靜慮有三天一少光天二無量光天三極光淨天第三靜慮有三天一少淨天二無量淨天三徧淨天第四靜慮有八天一無雲天二福生天三廣果天四無煩天五無熱天六善現天七善見天八色究竟天合十六處大梵無想無別處所故非十八無色界雖無上下處所而有四種生處差別一空無邊處二識無邊處三無所有處四非想非想處趣有五種一捺洛迦二傍生三鬼界四天五人生有四種謂卵胎濕化地有十一謂欲界未至靜慮中間四靜慮四無色爲十一地欲界有頂一向有漏餘九地通有漏及無漏前界趣生一向有漏

智有十種謂法智類智世俗智他心智苦智集智滅智道智盡智無生智於欲界諸行及彼因滅加行無間解脫勝進道并法智地中所有無漏智名法智無始時來常懷我執今創見法故名法智於色無色界諸行及彼因滅加行無間解脫勝進道并類智地中所有無漏智名類智隨法智生故名類智諸有漏慧名世俗智此智多於瓶衣等世俗事轉故名世俗智此有二種一染汙二不染汙染汙者復有二種一見性二非見性見性有五謂

有身見邊執見邪見見取戒禁取非見者諸疑貪瞋慢無明忿害等相應慧不染汙者亦有二種一善二無覆無記無覆無記者非見不推度故是慧及智善者若五識俱亦非見是慧及智若意識俱是世俗正見亦慧亦智諸定生智能了知他欲色界繫一分無漏現在相似心心所法名他心智此有二種一有漏二無漏有漏者能了知他欲色界繫心心所法無漏者有二種一法智品二類智品法智品者知法智品心心所法類智品者知類智品心心所法此智不知色無爲心不相應行及過去未來無色界繫一切根地補特伽羅勝心心所皆不能知於五取蘊果分有無漏智作非常苦空非我行相轉名苦智於五取蘊因分有無漏智作因集生緣行相轉名集智於彼滅有無漏智作滅靜妙離行相轉名滅智於彼對治得涅槃道有無漏智作道如行出行相轉名道智有無漏智作是思惟苦我已知集我已斷滅我已證道我已修盡行相轉名盡智有無漏智作是思惟苦我已知不復更知乃至道我已修不復更修無生行相轉名無生智此後二智不推度故非見性他心智唯見性餘六智通見性非見性世俗智唯有漏他心智通有漏及無漏餘八智唯無漏滅智唯無爲緣他心苦集道智唯有爲緣餘五智通有爲無爲緣苦集智唯有漏緣滅道智唯無漏緣餘六智通有漏無漏緣法智在六地謂四靜慮未至中間類智在九地謂前六地下三無色他心智在四地謂四靜慮世俗智在一切地餘六智法智品者在

六地類智品者在九地
忍有八種謂苦集滅道法智忍及苦集滅道類智忍此八是能引決定智勝慧忍可苦等四聖諦理故名爲忍於諸忍中此八唯是觀察法忍是見及慧非智自性決定義是智義此八推度意樂未息未能審決故不名智苦法智忍與欲界見苦所斷十隨眠得俱滅苦法智與彼斷得俱生忍爲無間道智爲解脱道對治欲界見苦所斷十種隨眠如有二人一在舍内驅賊令出一關閉門不令復入苦類智忍與色無色界見苦所斷十八隨眠得俱滅苦類智與彼斷得俱生餘如前說如是四心能於三界苦諦現觀於集滅道各有四心應知亦爾此十六心能於三界四諦現觀斷見所斷八十八結得預流果餘修所斷十種隨眠謂欲界四色無色界各三爲十欲界四種譬如束蘆總分爲九謂從上上乃至下下彼對治道無間解脱亦有九品謂下下品道能對治上上品隨眠乃至上上品道能對治下下品隨眠六品盡時得一來果九品盡時得不還果如欲界四總分爲九亦有九品無間解脱能對治道色無色界各有四地一一地中能治所治各有九品應知亦然漸次斷彼八地隨眠乃至有頂下下品盡時得阿羅漢果四果中間所有諸道及前見道名爲四向隨在彼果前即名彼果向如是有八補特伽羅謂行四向及住四果如是向果由種性別分爲六種謂鈍利根種性異生若入見道十五類名隨信行及隨法行即此二種至修道位謂從第十六心乃至金剛喻定名信

勝解脫及名見至即此二種至無學位謂從初盡智乃至最後心名時解脫及不時解脫等謂心所種類差別有無量種依心有故名心所法猶如我所如是心所名相應行不相應行與此相違謂諸得等得謂稱說有法者因法有三種一淨二不淨三無記淨謂信等不淨謂貪等無記謂化心等若成此法名有法者稱說此定因名得獲成就得若無者貪等煩惱現在前時有學既無無漏心故應非聖者異生若起善無記心爾時應名已離染者又諸聖者與諸異生無涅槃得互相似故應俱名異生或俱名聖者如法王說起得成就十無學法故名聖者永斷五支乃至廣說又世尊說苾芻當知若有成就善不善法我見如是諸有情類心相續中善不善得增長無邊作如是說汝等苾芻不應校量有情勝劣不應忘取補特伽羅德量淺深乃至廣說故知法外定有實得此有二種一者未得已失今獲二者得已不失成就應知非得與此相違於何法中有得非得於自相續及二滅中有得非得非他相續無有成就他身法故非非相續無有成就非情法故亦非虛空無有成就虛空者故彼得無故非得亦無得有三種一者如影隨形得二者如牛王引前得三者如犢子隨後得初得多分如無覆無記法第二得多分如上地沒生欲界結生時欲界善法得第三得多分如聞思所成慧等除俱生所餘得此中應作略毗婆沙謂欲界繫善不善色無前生得但有俱生及隨後得除眼耳通慧及能變化心并除少分若威儀路

若工巧處極數習者諸餘一切無覆無記法及有覆無記表色惟有俱生得勢力劣故無前後得所餘諸法一一容有前後俱得善法得惟善不善法得惟不善無記法得惟無記欲界法得惟欲界色界法得惟色界無色界法得惟無色界無漏法得通三界及無漏無漏法者謂道諦三無爲俱不繫故道諦得惟無漏非擇滅得通三界擇滅得色無色界道力起者即隨彼界無漏道力起者是無漏故無漏法得總說有四種學法得惟學無學法得惟無學非學非無學法得有三種非學非無學法者謂諸有漏及無爲有漏及非擇滅得惟非學非無學擇滅得學道力起者惟學無學道力起者惟無學世間道力起者惟非學非無學見所斷法得惟見所斷修所斷法得惟修所斷非所斷法得有二種謂修所斷及非所斷非所斷法者謂道諦及無爲道諦得惟非所斷非擇滅得惟修所斷不染汙故是有漏故擇滅得世間道力起者惟修所斷無漏道力起者惟非所斷一切非得皆惟無覆無記性攝非如前得有差別義然過去未來法一一各有三世非得現在法無現在非得得與非得性相違故無有現在可成就法不成就故然有過去未來非得欲色無色界及無漏法一一皆有三界非得無有非得是無漏者非得中有異生性故如說云何異生性謂不獲聖法不獲即是非得異名又諸非得惟無記性故非無漏

已離第三靜慮染未離第四靜慮染第四靜慮地心心所滅有不相應法名無想定雖滅

一切心心所法而起此定專爲除想故名無想如他心智此無想定是善第四靜慮所攝惟非聖者相續中起求解脫想起此定故聖者於此如惡趣想深心猒離此惟順定受謂順次生受是加行得非離染得滅定者謂已離無所有處染有頂心心所法滅有不相應法能令大種平等相續故名爲滅定是有頂地加行善攝或順次生受或順後次受或順不定受起此定已未得異熟便般涅槃故不定受此定能感有頂地中四蘊異熟彼無色故聖者能起非諸異生由聖道力起此定故聖者爲得現法樂住求起此定異生於此怖畏斷滅無聖道力故不能起聖者於此由加行得非離染得惟佛世尊於此滅定名離染得初盡智時已於此定能自在起故名爲得諸佛功德不由加行隨欲即起現在前故若生無想有情天中有法能令心心所滅名無想事是實有物是無想定異熟果故名異熟生無記性攝即廣果天中有一勝處如中間靜慮名無想天生時死時俱有心想中間無故立無想名彼將時死如久睡覺還起心想起已不久即便命終生於欲界將生彼者必有欲界順後次受決定業故如將生彼比俱盧洲必有能感生天之業先業所引六處相續無間斷因依之施設四生五趣是名命根亦名爲壽故對法說云何命根謂三界壽此有實體能持煖識如伽他言

壽煖及與識　三法捨身時　所捨身僵仆
如木無思覺

契經亦說受異熟已名那落迦乃至非想非

非想處應知亦爾若異命根無別有法是根性攝徧在三界一期相續無間斷時可依施設四生五趣生無色界起自上地善染汙心或起下地無漏心時依何施設化生天趣起善染時應名爲死若起無記應復名生撥無命根有斯大過諸有情類同作事業同樂欲因名衆同分此復二種一無差別二有差別無差別者謂諸有情皆有我愛同資於食樂欲相似此平等因名衆同分一一身內各別有一有差別者謂諸有情界地趣生種姓男女近事苾芻學無學等種類差別一一身內有同事業樂欲定因名衆同分此若無者聖非聖等世俗言說應皆雜亂諸異生性異生同分有何差別同樂欲等因說名彼同分異生性者能爲一切無義利因如契經說苾芻當知我說愚夫無聞異生無有少分惡不善業彼不能造又世尊說若來人中得人同分非異生性於死生時有捨得義故異生性與同分別

諸法生時有內因力令彼獲得各別功能即此內因說名生相謂法生因總有二種一內二外內謂生相外謂六因或四緣性若無生相諸有爲法應如虛空等雖具外因緣亦無生義或應虛空等亦有可生義成有爲性是大過失由此故知別有生相能引別果暫時住因說名住相謂有爲法於暫住時各有勢力能引別果令暫時住此引別果勢力內因說名住相若無住相諸有爲法於暫住時應更不能引於別果由此故知有別住相老謂衰損引果功能令其不能重引別果謂有爲

法若無異相衰損功能何縁不能引别果已更不重引引而復引應成無窮若爾又應非刹那性由此故知别有異相無常者謂功能損巳令現在法入過去因謂有别法名爲滅相令從現在墮過去世此若無者法應不滅或虚空等亦有滅義此四有爲之有爲相若有此四有爲相者便名有爲非虚空等然世尊說有三有爲之有爲相有爲之起亦可了知盡及住異亦可了知爲所化生猒有爲故如示異耳與吉祥俱住異二相合說爲一是故定有四有爲相非即所相有爲法體若即所相有爲體者如所相體與能相一能相亦應展轉無異若爾諸法滅時應生生時應滅或全不生此四本相是有爲故如所相法有四隨相謂名生生乃至滅滅然非無窮以四本相各相八法隨相惟能各相一故謂法生時并其自體九法俱起自體爲一相隨相八本相中生除其自體生餘八法隨相中生於九法内惟生本生勢力劣故住異滅相應知亦爾本相依法隨相依相法因相故得有作用相因隨相得有作用作用者何謂生住異滅所生等者謂引果功能故有爲法體雖恒有而用非常假兹四相内外因力因得成故名身句身文身等者謂依語生如智帶義影像而現能詮自義名名句文即是想章字之異目如眼識等依眼等生帶色等義影像而現能了自境名等亦爾非即語音親能詮義勿說火時便燒於口要依語故火等名生由火等名詮火等義詮者謂能於所顯義生他覺慧非與義合聲有礙故諸記論者所執常

聲理不成故不應離此名句文三可執有法
能詮於義然四種法似同一相一聲二名三
義四智此中名者謂色等想句者謂能詮義
究竟如說諸惡莫作等頌世間亦說提婆達
多驅白牛來聲取乳等文者即是衰一等字
此三各别合集同類說之爲身如大仙說苾
芻當知如來出世便有名身句身文身可了
知者意說諦實蘊處界沙門果緣起等法名
句文身又世尊說如來得彼彼名句文身者
意說如來獲得彼彼不共佛法名句文身等
謂此中義類差别諸行句義齊此應知識句
義者謂總了别色等境事故名爲識即於色
等六種境中由眼等根伴助而起現在作用
惟總分别色等境事說名爲識若能分别差
别相者即名受等諸心所法識無彼用但作

所依識用但於現在世有一剎那頃能有了
别此亦名意亦名爲心亦是施設有情本事
於色等境了别爲用由根境别設有六種謂
名眼識乃至意識佛於經中自說彼相謂能
了别故立識名由此故知了别爲相
前於思擇有爲相中說法生因總有二種一
內二外內謂生相外謂六因或四緣性今應
思擇因緣者何因有六種一相應因二俱有
因三同類因四徧行因五異熟因六能作因
心心所法展轉相應同取一境名相應因如
心與受等受等與受等受等復與心各除其
自性諸有爲法更互爲果或同一果名俱有
因如諸大種所相能相心心隨轉更互相望
二因别者如諸賫人更相助力能過嶮路是
俱有因諸所飮食展轉同義是相應因心隨

轉者謂諸心所及諸靜慮無漏律儀諸有爲相以彼與心俱墮一世一起一住一滅一果一等流一異熟同善同不善同無記由此十因名心隨轉自地自部前生諸法如種子法與後相似爲同類因自地前生諸徧行法與後染法爲徧行因一切不善有漏善法與自異熟爲異熟因諸法生時除其自性以一切法爲能作因或惟無障或能生故如是六因總以一切有爲爲果是所生故謂相應俱有因得士用果由此勢力彼得生故此名士用彼名爲果同類徧行因得等流果果似因故說名爲等從因生故復說爲流果即等流名等流果異熟因得異熟果果不似因故說爲異熟謂成熟堪受用故果即異熟名異熟果惟有情數攝無覆無記性能作因得增上果此增上力彼得生故如眼等根於眼識等及田夫等於稼穡等由前增上後法得生增上之果名增上果擇滅無爲名離繫果此由道得非道所生果即離繫名離繫果緣有四種謂因等無間所緣增上緣除能作餘五因名因緣過去現在心心所法除阿羅漢最後心等名等無間緣一切法名所緣緣能作因性名增上緣

容有礙物是虛空相此增上力彼得生故能有所容受是虛空性故此若無者諸有礙物應不得生無容者故如世尊說梵志當知風依虛空婆羅門曰虛空依何佛復告言汝問非理虛空無色無見無對當何所依然有光明虛空可了故知實有虛空無爲此體若無風何依住說無色等言何所依因有光明何

所了别了龜毛等不因此故衆苦永斷説名擇滅衆苦者何謂諸生死如世尊説苾芻當知諸有若生即説爲苦諸有即是生死别名有若不生名苦永斷如堤堰水如壁障風令苦不生名爲擇滅擇謂揀擇即勝善慧於四聖諦數數擇揀彼所得滅立擇滅名此隨所斷體有無量以所斷法量無邊故若體一者初道巳得修後諸道便應無用若言初證少分非全即一滅體應有多分一體多分與理相違隨有漏法有爾所量擇滅無爲應知亦爾此説爲善應正理故此隨道别立八十九隨斷徧知立有九種若隨五部立有五種又隨果别總立爲四謂預流等由斷離滅界别立三由斷苦集及有餘依無餘依别總立二種約生死斷總立爲一如是擇滅有多異名謂名盡離滅涅槃等如人經説苾芻當知四無色蘊及眼色等總名爲人於中假想説名有情亦名意生亦名爲人摩納婆等此中自謂我眼等見色等發起種種世俗言論謂此具壽有如是名如是族姓乃至廣説苾芻當知此惟有想惟有言説如是諸法皆是無常有爲緣生由此故苦謂生時苦住等亦苦於此衆苦永斷無餘除棄變吐盡離染滅寂靜隱没餘不續起名永不生此極静妙謂一切依除棄愛盡離滅涅槃所言一切依除棄者謂此滅中永捨一切五取蘊苦言愛盡者謂此滅中現盡諸愛得此滅巳永離染法故名爲離證此滅巳衆苦皆息故名爲滅證此滅巳一切災患煩惱火滅故名涅槃

非擇滅者謂有别法畢竟障礙未來法生但由闕縁非由擇得如眼與意專一色時餘色聲香味觸等謝縁彼境界五識身等由得此滅能永障故住未來世畢竟不生縁闕亦由此滅勢力故非擇滅決定實有如世尊說若於爾時樂受現前二受便滅彼言滅者除此是何定非無常及擇滅故又契經說苾芻當知若得預流已盡地獄已盡鬼界已盡傍生此言盡者是非擇滅爾時異熟法未得擇滅故爲初業者愛樂勤學離諸問荅略制斯論諸未徧知阿毗達磨深密相者隨自意集諸戲論聚置於現前妄構邪難欲相誹毀彼即謗佛所說至教如世尊說有二種人謗佛至教一者不信生於憎嫉二者雖信而惡受持

入阿毗達磨論卷下 說一切有部

音釋

處蠒 處尺呂切居也蠒古典切蠶衣也 羂 規縣切網也 𤛓 居候切取牛乳也 哀 倚可切

衆事分阿毗曇論

宋三藏求那跋陀羅共菩提耶舍譯

清刻龍藏佛說法變相圖

衆事分阿毗曇論卷第一

尊者世友造

宋三藏求那跋陀羅共菩提耶舍譯

啓請

敬禮最眞覺　無爲第一尊　敬禮最寂滅
及三乘妙道　敬禮最息心　淨戒清淨僧
今歸憑三寶　欲有所微通　願加垂威神
必流無滯塞　古昔諸尊人　於妙甚深義
究暢無障礙　結集爲衆典　助聖揚法化
謹順三藏寶　於彼佛遊國　流宣長賢衆
茲土文不傳　壅埋在葉墨　我釋迦比丘
求那跋陀羅　於此衆事分　眞定胡文本
請釋迦比丘　師菩提耶舍　於彼胡文典
專精宋辭譯　執筆録心受　一一從義書
句味粗已定　謹呈舊學僧　實不爲名稱

每存增學徒　願以此微緣　善了諸法明
明達四眞諦　永處涅槃樂

五法品第一

問云何五答謂色心心法心不相應行無爲

云何色謂四大及四大造色云何四大謂地界水火風界云何造色謂眼根耳鼻舌身根色聲香味觸入少分及無作色是名色法云何心謂意及六識云何六謂眼識耳鼻舌身意識是名心法云何心法謂若法心相應謂受想思觸憶欲解脫念定慧信精進覺觀放逸不放逸善根不善根無記根一切結縛使煩惱上煩惱纏若智若見若無間等此及餘心相應共起者是名心法法

云何心不相應行謂若法不與心相應謂諸得無想定滅盡定無想天命根種類處得事得入得生老住無常名身句身味身此及餘不與心相應共起者是名心不相應行法

云何無爲謂三無爲虛空數滅非數滅是名無爲法

云何地界謂堅云何水界謂濕潤云何火界謂溫暖云何風界謂飄動

云何眼根謂眼識所依淨色云何耳根謂耳識所依淨色云何鼻根謂鼻識所依淨色云何舌根謂舌識所依淨色云何身根謂身識所依淨色

云何色謂色若好若醜若中間彼二識識先眼識後意識是名爲色云何聲聲有二種謂因受四大起因不受四大起彼二識識生耳識後意識是名爲聲云何香謂香若好若惡若中間彼二識識先鼻識後意識是名爲香

云何味謂味若可喜若不可喜若中間彼二識識先舌識後意識是名爲味云何觸入少分謂澀滑輕重冷飢渴彼二識識先身識後意識是名觸入少分

云何無作色謂法入所攝色彼一識識謂意識是名無作色

云何眼識謂依眼根行於色云何耳識謂依耳根行於聲云何鼻識謂依鼻根行於香云何舌識謂依舌根行於味云何身識謂依身根行於觸云何意識謂依意根行於法

云何受有三受謂苦受樂受不苦不樂受云何想有三想謂少想多想無量想云何思心所造作三種業生謂善不善無記云何觸謂三事和合生三種觸謂苦觸樂觸不苦不樂觸云何憶謂心發悟有三種學無學非學非無學云何欲謂心欲作云何解脫謂心解已解當解云何念謂心不忘云何定謂一心云何慧謂於法決斷

云何信謂心淨云何精進謂心堪能勇猛云何覺謂心麤云何觀謂心細云何放逸謂不修善法云何不放逸謂修善法云何善根有三善根謂無貪無恚無癡云何不善根有三不善根謂貪恚癡云何無記根有四無記根謂無記愛無記見無記慢無記無明

云何結有九結謂愛結恚結慢結無明結見結他取結疑結嫉結慳結云何愛結謂三界貪云何恚結謂於衆生相違云何慢結有七慢謂慢增慢慢慢我慢增上慢不如慢邪慢云何慢於卑謂勝於勝謂相似於彼起輕心自舉自高是名慢云何增慢於等謂勝於勝

謂等於彼起輕心自舉自高是名增慢云何慢慢於勝謂勝於彼起輕心自舉自高是名慢慢

云何我慢於五受陰計我我所有於彼起輕心自舉自高是名我慢云何增上慢未得勝法謂得未到謂到未觸謂觸未證謂證於彼起輕心自舉自高是名增上慢云何不如慢於彼極勝謂小不如於彼起輕心自舉自高是名不如慢云何邪慢非德謂德於彼起輕心自舉自高是名邪慢如是七慢名慢結云何無明結謂三界無知云何見結有三見謂身見邊見邪見云何身見謂五受陰見我我所有於彼起欲起忍起見是名身見云何邊見謂五受陰或見常或見斷於彼起欲起忍起見是名邊見云何邪見謂謗因果於彼起欲起忍起見是名邪見如是三見名見結云何他取結有二見謂見取戒取云何見取謂五受陰第一勝妙於彼起欲起忍起見是名見取云何戒取謂五受陰清淨解脫出要於彼起欲起忍起見是名戒取如是二見名他取結云何疑結謂或諦不了云何嫉結謂心瞋增廣云何慳結謂心堅著是名九結

云何縛謂結即是縛復有三縛謂貪欲縛瞋恚縛愚癡縛

云何使有七使謂貪欲使瞋恚使有愛使慢使無明使見使疑使云何貪欲使有五種謂欲界繫見苦所斷貪欲界繫見集滅道修道所斷貪如是五種名貪欲使云何瞋恚使有五種謂欲界繫見苦所斷瞋欲界繫見集滅道修道所斷瞋如是五種名瞋恚使云何有

愛使有十種謂色界繫五種無色界繫五種云何色界繫五種謂色界繫見苦所斷愛色界繫見集滅道修道所斷愛如色界繫五種無色界繫亦如是如是十種名有愛使云何慢使有十五種謂欲界繫五種色界繫五種無色界繫五種云何欲界繫五種謂欲界繫見苦所斷慢欲界繫見集滅道修道所斷慢如欲界繫五種色無色界繫亦如是如是十五種名慢使云何無明使有十五種謂欲界繫五種色界繫五種無色界繫五種云何欲界繫五種謂欲界繫見苦所斷無明欲界繫見集滅道修道所斷無明如欲界繫五種色無色界繫亦如是如是十五種名無明使云何見使有三十六種謂欲界繫十二種色界繫十二種無色界繫十二種云何欲界繫十二種謂欲界繫見苦所斷身見邊見邪見見取戒取欲界繫見集所斷邪見見取欲界繫見滅所斷邪見見取欲界繫見道所斷邪見見取戒取如欲界繫十二種色無色界繫亦如是如是三十六種名見使云何疑使有十二種謂欲界繫四種色界繫四種無色界繫四種云何欲界繫四種謂欲界繫見苦所斷疑欲界繫見集滅道所斷疑如欲界繫四種色無色界繫亦如是如是十二種名疑使

云何煩惱上煩惱所謂煩惱即是上煩惱復有上煩惱非煩惱謂除煩惱若餘染汙行陰

云何纏有八纏謂睡眠掉悔慳嫉無慚無愧（於十纏中無忿覆也）

云何智有十智謂法智比智知他心智等知苦智集滅智道智盡智無生智

云何法智謂知欲界繫行苦無漏智知欲界繫行因無漏智知欲界繫行滅無漏智知斷欲界繫行道無漏智復次法智亦緣法智地無漏智是名法智

云何比智謂知色無色界繫行苦無漏智智色無色界繫行因無漏智知色無色界繫行滅無漏智知斷色無色界繫行道無漏智復次比智亦緣比智地無漏智是名比智

云何知他心智謂若智修果修得不失知欲界色界他衆生現在心心法亦知無漏心心法是名知他心智

云何等智謂有漏慧是名等智

云何苦智謂無漏智思惟五受陰無常苦空非我是名苦智

云何集智謂無漏智思惟有漏因因集有緣是名集智

云何滅智謂無漏智思惟滅滅止妙離是名滅智

云何道智謂無漏智思惟道如跡乘是名道智云何盡智謂我已知苦我已斷集我已證滅我已修道於彼起智見明覺慧無間等是名盡智

云何無生智謂我已知苦不復當知我已斷集不復當斷我已證滅不復當證我已修道不復當修於彼起智見明覺慧無間等是名無生智

復次我欲漏已盡是名盡智不復當生是名無生智我有漏無明漏已盡是名盡智不復當生是名無生智

云何見謂智即是見或有見非智所謂八無

間忍謂苦法忍苦比忍集法忍集比忍滅法忍滅比忍道法忍道比忍是名見若智若見即是無間等

云何得謂得法云何無想定謂遍淨天離欲上地未離欲作出要想思惟先方便心及心法滅是名無想定云何滅盡定謂無所有處離欲上地未離欲作止息想先方便心及心法滅是名滅盡定云何無想天謂衆生生無想天心及心法滅是名無想天云何命根謂三界壽云何種類謂衆生種類云何處得謂得方處云何得事謂得陰云何入得謂得內外入云何生謂轉陰云何老謂陰熟云何住謂行起未壞云何無常謂行起壞云何名身謂增語云何句身謂字滿云何味身謂字身說味身云何虛空謂虛空無滿容受諸色來去無礙云何數滅謂數滅滅是解脫云何非數滅謂非數滅滅非解脫

分別智品第二

十智云何十謂法智比智知他心智等智苦智集智滅智道智盡智無生智

云何法智緣謂法智欲界繫行緣及無漏緣

云何比智緣謂比智色無色界繫行緣及無漏緣

云何知他心智緣謂知他心智欲界色界繫現在他心心法緣及無漏緣

云何等智緣謂等智一切法緣

云何苦智緣謂苦智五受陰緣

云何集智緣謂集智有漏因緣

云何滅智緣謂滅智數滅緣

云何道智緣謂道智學法無學法緣

云何盡智緣謂盡智一切有爲法緣及數滅緣
云何無生智緣謂無生智一切有爲法緣及數滅緣
問以何等故法智欲界繫行緣及無漏緣答謂法智知欲界繫行苦知欲界繫行因知欲界繫行滅知斷欲界繫行道是故説法智欲界繫行緣及無漏緣
以何等故比智色無色界繫行緣及無漏緣謂比智知色無色界繫行苦知色無色界繫行因知色無色界繫行滅知斷色無色界繫行道是故比智知色無色界繫行緣及無漏緣
以何等故知他心智欲界色界繫現在他心心法及無漏緣謂知他心智知欲界色界現在他心心法及無漏緣是故知他心智欲界色界繫現在他心心法及無漏緣
以何等故等智一切法緣謂等智知一切法巧便不巧便非巧便非不巧便是故等智一切法緣以何等故苦智五受陰緣謂苦智知五受陰無常苦空非我是故苦智五受陰緣
以何等故集智有漏因緣謂集智知有漏因集有緣是故集智有漏因緣
以何等故滅智數滅緣謂滅智知數滅滅止妙離是故滅智數滅緣
以何等故道智學無學法緣謂道智知道道如跡乘是故道智學無學法緣
以何等故盡智一切有爲法及數滅緣謂盡智知我已知苦已斷集已證滅已修道是故盡智一切有爲法及數滅緣

以何等故無生智一切有爲法及數滅緣謂無生智知我已知苦不復當知已斷集不復當斷已證滅不復當證已修道不復當修是故無生智一切有爲法及數滅緣

問法智是幾智幾智少分答法智即法智七智少分謂知他心智苦智集智滅智道智盡智無生智

問比智是幾智幾智少分答比智即比智七智少分謂知他心智苦智集智滅智道智盡智無生智

問知他心智是幾智幾智少分答知他心智即知他心智四智少分謂法智比智等智道智

問等智是幾智幾智少分答等智即等智一智少分謂知他心智

問苦智是幾智幾智少分答苦智即苦智四智少分謂法智比智盡智無生智如苦智集智滅智亦如是

問道智是幾智幾智少分答道智即道智五智少分謂法智比智知他心智盡智無生智

問盡智是幾智幾智少分答盡智即盡智六智少分謂法智比智苦集滅道智如盡智無生智亦如是

云何法智即法智謂法智知欲界繫行苦知欲界繫行因知欲界繫行滅知斷欲界繫行道是故法智即法智

云何法智知他心智謂法智知他斷欲界繫行道無漏心心法是故法智知他心智

云何法智苦智謂法智知欲界繫五受陰無常苦空非我是故法智苦智

云何法智集智謂法智知欲界繫行因因集

有緣是故法智集智
云何法智滅智謂法智欲界繫行滅滅止妙離是故法智滅智
云何法智道智謂法智知斷欲界繫行道道如跡乘是故法智道智
云何法智盡智謂法智知我已知欲界繫行苦知我已斷欲界繫行集知我已證欲界繫行滅知我已修斷欲界繫行道是故法智盡智
云何法智無生智謂法智知我已知欲界繫行苦不復當知知我已斷欲界繫行集不復當斷知我已證欲界繫行滅不復當證知我已修斷欲界繫行道不復當修是故法智無生智
云何比智即比智謂比智知色無色界繫行苦知色無色界繫行因知色無色界繫行滅知斷色無色界繫行道是故比智即比智
云何比智知他心智謂比智知他斷色無色界繫行道無漏心心法是故比智知他心智
云何比智苦智謂比智知色無色界繫五受陰無常苦空非我是故比智苦智
云何比智集智謂比智知色無色界繫行因因集有緣是故比智集智
云何比智滅智謂比智知色無色界繫行滅滅止妙離是故比智滅智
云何比智道智謂比智知斷色無色界繫行道道如跡乘是故比智道智
云何比智盡智謂比智知我已知色無色界繫行苦知我已斷色無色界繫行集知我已證色無色界繫行滅知我已修斷色無色界

繫行道是故比智盡智
云何比智無生智謂比智知我已知色無色界繫行苦不復當知知我已斷色無色界繫行集不復當斷知我已證色無色界繫行滅不復當證知我已修斷色無色界繫行道不復當修是故比智無生智
云何知他心智即知他心智謂知他心智知他欲界色界繫現在心心法及無漏心心法是故知他心智即知他心智
云何知他心智法智謂知他心智知他斷欲界繫行道無漏心心法是故知他心智法智
云何知他心智比智謂知他心智知他斷色無色界繫行道無漏心心法是故知他心智比智
云何知他心智等智謂知他心智知他有漏心心法是故知他心智等智
云何知他心智道智謂知他心智知他無漏心心法是故知他心智道智
云何等智即等智謂等智知一切法巧便不巧便非巧便非不巧便是故等智即等智
云何等智知他心智謂等智知他有漏心心法是故等智知他心智
云何苦智即苦智謂苦智知五受陰無常苦空非我是故苦智即苦智
云何苦智法智謂苦智知欲界繫五受陰無常苦空非我是故苦智法智
云何苦智比智謂苦智知色無色界繫五受陰無常苦空非我是故苦智比智
云何苦智盡智謂苦智知我已知苦是故苦智盡智

云何苦智無生智謂苦智知我已知苦不復當知是故苦智無生智
云何集智即集智謂集智有漏因因集有緣是故集智即集智
云何集智法智謂集智知欲界繫行因因集有緣是故集智法智
云何集智比智謂集智知色無色界繫行因因集有緣是故集智比智
云何集智盡智謂集智知我已斷集是故集智盡智
云何集智無生智謂集智知我已斷集不復當斷是故集智無生智
云何滅智即滅智謂滅智知滅滅止妙離是故滅智即滅智
云何滅智法智謂滅智知欲界繫行滅滅止妙離是故滅智法智
云何滅智比智謂滅智知色無色界繫行滅滅止妙離是故滅智比智
云何滅智盡智謂滅智知我已證滅是故滅智盡智
云何滅智無生智謂滅智知我已證滅不復當證是故滅智無生智
云何道智即道智謂道智知道道如跡乘是故道智即道智
云何道智法智謂道智知斷欲界繫行道道如跡乘是故道智法智
云何道智比智謂道智知斷色無色界繫行道道如跡乘是故道智比智
云何道智知他心智謂道智知他無漏心心法是故道智知他心智

云何道智盡智謂道智知我已修道是故道智盡智

云何道智無生智謂道智知我已修道不復當修是故道智無生智

云何盡智即盡智謂盡智知我已知苦我已斷集我已證滅我已修道是故盡智即盡智

云何盡智法智謂盡智知我已知欲界繫行苦我已斷欲界繫行集我已證欲界繫行滅我已修斷欲界繫行道是故盡智法智

云何盡智比智謂盡智知我已知色無色界繫行苦我已斷色無色界繫行集我已證色無色界繫行滅我已修斷色無色界繫行道是故盡智比智

云何盡智苦智謂盡智知我已知苦是故盡智苦智

云何盡智集智謂盡智知我已斷集是故盡智集智

云何盡智滅智謂盡智知我已證滅是故盡智滅智

云何盡智道智謂盡智知我已修道是故盡智道智

云何無生智即無生智謂無生智知我已知苦不復當知我已斷集不復當斷我已證滅不復當證我已修道不復當修是故無生智即無生智

云何無生智法智謂無生智知我已知欲界繫行苦不復當知我已斷欲界繫行集不復當斷我已證欲界繫行滅不復當證我已修斷欲界繫行道不復當修是故無生智法智

云何無生智比智謂無生智知我已知色無

色界繫行苦不復當知我已斷色無色界繫行集不復當斷我已證色無色界繫行滅不復當證我已修斷色無色界繫行道不復當修是故無生智比智

云何無生智苦智謂無生智知我已知苦不復當知是故無生智苦智

云何無生智集智謂無生智知我已斷集不復當斷是故無生智集智

云何無生智滅智謂無生智知我已證滅不復當證是故無生智滅智

云何無生智道智謂無生智知我已修道不復當修是故無生智道智

問此十智幾有漏幾無漏答一有漏八無漏一當分別知他心智或有漏或無漏云何有漏謂知他心智知他有漏心心法云何無漏謂知他心智知他無漏心心法

問此十智幾有漏緣幾無漏緣答二有漏緣謂苦智集智二無漏緣謂滅智道智六當分別法智或有漏緣或無漏緣云何有漏緣謂法智苦緣集緣云何無漏緣謂法智滅緣道緣如法智比智盡智無生智亦如是知他心智或有漏緣或無漏緣云何有漏緣謂知他心智知他有漏心心法云何無漏緣謂知他心智知他無漏心心法等智或有漏緣或無漏緣云何有漏緣謂等智苦緣集緣云何無漏緣謂等智滅緣道緣及虛空非數滅緣

問此十智幾有爲幾無爲答謂十智一切是有爲無無爲

問此十智幾有爲緣幾無爲緣答四有爲緣謂知他心智苦智集智道智一無爲緣謂滅

智五當分別法智或有爲緣或無爲緣云何有爲緣謂法智苦緣集緣道緣云何無爲緣謂法智滅緣如法智比智盡智無生智亦如是等智或有爲緣或無爲緣云何有爲緣謂等智苦緣集緣道緣云何無爲緣謂等智二種滅緣及虛空緣

衆事分阿毗曇論卷第一

音釋

滯塞（滯直例切淹也　塞蘇則切壅也）究暢（究居又切窮也　暢丑亮切通也）壅埋（壅於隴切塞也　埋莫佳切瘞也）求那跋陀羅（梵語也此云功德賢）跋（蒲末切）粗（坐五切畧也）濕潤（濕失入切　潤儒順切）澀滑（澀色立切　滑下刮切）恚（於避切怒恨也）嫉（秦悉切嫉妬也）慳（口間切悋也）

衆事分阿毗曇論卷第二

尊　者　世　友　造
宋三藏求那跋陀羅共菩提耶舍譯

分別諸入品第三

如世尊爲闍諦輸盧那婆羅門說一切婆羅門當知一切者謂十二入云何十二謂眼入色入耳入聲入鼻入香入舌入味入身入觸入意入法入

問此十二入幾色幾非色答十是色一非色一分別法入或色或非色云何色謂法入所攝身口業是色餘非色

此十二入幾可見幾不可見謂一可見十一不可見

此十二入幾有對幾無對謂十有對二無對

此十二入幾有漏幾無漏謂十有漏二分別意入或有漏或無漏云何有漏謂有漏意行相應意入云何無漏謂無漏意行相應意入法入或有漏或無漏云何有漏謂法入所攝有漏身口業有漏受陰想陰行陰云何無漏謂無漏身口業無漏受陰想陰行陰及無爲法

此十二入幾有爲幾無爲謂十一有爲一分別法入或有爲或無爲云何有爲謂法入所攝身口業受陰想陰行陰云何無爲謂虛空數滅非數滅

此十二入幾有諍幾無諍謂十有諍二分別一若有漏有諍二若無漏無諍如有諍無諍如是世間出世間有過無過依家依出要使非使受非受纏非纏亦如是

此十二入幾有記幾無記謂八無記四分別

色入或有記或無記云何有記謂善不善色入云何無記謂除善不善色入諸餘色入如色入聲入意入法入亦如是
此十二入幾隱沒幾不隱沒謂八不隱沒四分別色入或隱沒或不隱沒云何隱沒謂穢汙云何不隱沒謂不穢汙如色入聲入意入法入亦如是
此十二入幾應修幾不應修謂八不應修四分別色入或應修或不應修云何應修謂善色入云何不應修謂不善無記色入如色入聲入意入亦如是法入或應修或不應修云何應修謂善有爲法入云何不應修謂不善無記法入及數滅
此十二入幾穢汙幾不穢汙謂八不穢汙四分別色入或穢汙或不穢汙云何穢汙謂隱沒云何不穢汙謂不隱沒如色入聲入意入法入亦如是
此十二入幾有罪幾無罪謂八無罪四分別色入或有罪或無罪云何有罪謂不善色入及隱沒無記云何無罪謂善色入及不隱沒無記如色入聲入意入法入亦如是
此十二入幾有報幾無報謂八無報四分別色入或有報或無報云何有報謂善不善色入云何無報謂無記色入如色入聲入亦如是意入或有報或無報云何有報謂不善善有漏意入云何無報謂無記無漏意入如意入法入亦如是
此十二入幾見幾非見謂一是見十非見一分別法入或見或非見云何見謂八見名見謂五邪見世俗正見學見無學見餘非見

此十二入幾内外謂六内六外
此十二入幾受幾不受謂三不受九分別眼入或受或不受云何受謂自性受云何不受謂非自性受如眼入色入耳入鼻入香入舌入味入身入觸入亦如是
此十二入幾心幾非心謂一是心十一非心
此十二入幾有緣幾無緣謂一有緣十無緣一分別法入或有緣或無緣云何有緣謂心法云何無緣謂非心法
此十二入幾心法幾非心法謂十一非心法一分別法入或心法或非心法云何心法謂有緣云何非心法謂無緣
此十二入幾業幾非業謂九非業三分別色入或業或非業云何業謂身作是業餘非業聲入或業或非業云何業謂口作是業餘非業法入或業或非業云何業謂法入所攝口身業及思是業餘非業
此十二入幾善不善無記謂八無記四分別色入或善不善無記云何善謂善身作云何不善謂不善身作云何無記謂除善不善身作色餘身作色聲入或善不善無記云何善謂善口聲云何不善謂不善口聲云何無記謂除善不善口聲諸餘口聲意入或善不善無記云何善謂善意思惟相應意入云何不善謂不善意思惟相應意入云何無記謂無記意思惟相應意入法入或善不善無記云何善謂法入所攝善身口業善受陰想陰行陰及數滅云何不善謂法入所攝不善身口業不善受陰想陰行陰云何無記謂法入所攝無記受陰想陰行陰及虛空非數滅

此十二入幾見斷幾修斷幾不斷十修斷二分別意入或見斷或修斷或不斷云何見斷若意入隨信行隨法行人無間忍等斷彼云何斷謂見斷八十八使相應意入云何修斷若意入學見迹修斷彼云何斷謂修斷十使相應意入及不穢汙有漏意入云何不斷謂無漏意入法入或見斷或修斷或不斷云何見斷若法入隨信行隨法行人無間忍等斷彼云何斷謂見斷八十八使彼相應法入彼所起心不相應行云何修斷若法入學見迹修斷彼云何斷謂修斷十使彼相應法入彼所起身口業彼所起心不相應行及不穢汙有漏法入云何不斷謂無漏法入

此十二入幾學幾無學幾非學非無學謂十非學非無學二分別意入或學或無學或非學非無學云何學謂學意思惟相應意入云何無學謂無學意思惟相應意入云何非學非無學謂有漏意思惟相應意入法入或學或無學或非學非無學云何學謂學身口業學受陰想陰行陰云何無學謂無學身口業無學受陰想陰行陰云何非學非無學謂法入所攝有漏身口業有漏受陰想陰行陰及無爲法

此十二入幾欲界繫幾色無色界繫幾不繫謂二欲界繫十分別眼入或欲界繫或色界繫云何欲界繫謂眼入欲界繫四大所造云何色界繫謂眼入色界繫四大所造如眼入色入耳入聲入鼻入舌入身入亦如是觸入或欲界繫或色界繫云何欲界繫謂觸入欲界繫四大所造云何色界繫謂觸入色界繫

四大所造意入或欲界繫或色界繫或無色界繫或不繫云何欲界繫謂欲界繫意思惟相應意入云何色界繫謂色界繫意思惟相應意入云何無色界繫謂無色界繫意思惟相應意入云何不繫謂無漏意思惟相應意入法入或欲界繫或色界繫或無色界繫或不繫云何欲界繫謂法入欲界繫彼所攝身口業彼所攝受陰想陰行陰云何色界繫謂法入色界繫彼所攝身口業彼所攝受陰想陰行陰云何無色界繫謂法入無色界繫彼所攝受陰想陰行陰云何不繫謂無漏所攝身口業無漏所攝受陰想陰行陰及無爲法

此十二入幾過去幾未來幾現在謂十一或過去或未來或現在一分別法入若有爲或過去或未來或現在若無爲非過去非未來非現在

此十二入幾苦諦攝幾集諦攝幾滅諦攝幾道諦攝幾非諦攝謂十苦集諦所攝二分別意入若有漏苦集諦所攝若無漏道諦所攝法入若有漏苦集諦所攝若無漏有爲道諦所攝若數滅滅諦所攝虛空非數滅非諦所攝

此十二入幾見苦斷幾見集斷幾見滅斷幾見道斷幾修斷幾不斷謂十修斷二分別意入或見苦斷或見集斷或見滅斷或見道斷或修斷或不斷云何見苦斷若意入隨信行隨法行人苦無間忍等斷彼云何斷謂見苦斷二十八使相應意入云何見集斷若意入隨信行隨法行人集無間忍等斷彼云何斷謂見集斷十九使相應意入云何見滅斷若

意入隨信行隨法行人滅無間忍等斷彼云何斷謂見滅斷十九使相應意入云何見道斷若意入隨信行隨法行人道無間忍等斷彼云何斷謂見道斷二十二使相應意入云何修斷若意入學見迹修斷彼云何斷謂修斷十使相應意入及不穢汙有漏意入云何不斷謂無漏意入法入或見苦斷或見集斷或見滅斷或見道斷或修斷或不斷云何見苦斷若法入隨信行隨法行人苦無間忍等斷彼云何斷謂見苦斷二十八使彼相應法入彼所起心不相應行云何見集斷若法入隨信行隨法行人集無間忍等斷彼云何斷謂見集斷十九使彼相應法入彼所起心不相應行云何見滅斷若法入隨信行隨法行人滅無間忍等斷彼云何斷謂見滅斷十九使彼相應法入彼所起心不相應行云何見道斷若法入隨信行隨法行人道無間忍等斷彼云何斷謂見道斷二十二使彼相應法入彼所起心不相應行云何修斷若法入學見迹修斷彼云何斷謂修斷十使彼相應法入彼所起身口業彼所起心不相應行及不穢汙有漏法入云何不斷謂無漏法入

問五陰十二入爲五陰攝十二入爲十二入攝五陰答十二入攝五陰非五陰攝十二入何所不攝謂無爲法入

問五陰十八界爲五陰攝十八界爲十八界攝五陰答十八界攝五陰非五陰攝十八界何所不攝謂無爲法界

問五陰二十二根爲五陰攝二十二根爲二十二根攝五陰答二陰及二陰少分攝二十

二根二十二根亦攝二陰及二陰少分何所不攝謂一陰及二陰少分

問五陰九十八使爲五陰攝九十八使爲九十八使攝五陰答一陰少分攝九十八使九十八使亦攝一陰少分何所不攝謂四陰及一陰少分

問十二入十八界爲十二入攝十八界爲十八界攝十二入答展轉相攝隨其所應

問十二入二十二根爲十二入攝二十二根爲二十二根攝十二入答六內入及一外入少分攝二十二根二十二根亦攝六內入及一外入少分何所不攝謂五外入及一外入少分

問十二入九十八使爲十二入攝九十八使爲九十八使攝十二入答一外入少分攝九十八使九十八使亦攝一外入少分何所不攝謂十一入及一外入少分

問十八界二十二根爲十八界攝二十二根爲二十二根攝十八界答十二內界及一外界少分攝二十二根二十二根亦攝十二內界及一外界少分何所不攝謂五外界及一外界少分

問十八界九十八使爲十八界攝九十八使爲九十八使攝十八界答一外界少分攝九十八使九十八使亦攝一外界少分何所不攝謂十七界及一外界少分

問二十二根九十八使爲二十二根攝九十八使爲九十八使攝二十二根答展轉不相攝

分別七事品第四

十八界十二入五陰五盛陰六界十大地法十煩惱大地法十小煩惱大地法五煩惱五觸五見五根五法六識身六觸身六受身六想身六思身六愛身

云何十八界謂眼界色界眼識界耳界聲界耳識界鼻界香界鼻識界舌界味界舌識界身界觸界身識界意界法界意識界

云何十二入謂眼入色入耳入聲入鼻入香入舌入味入身入觸入意入法入

云何五陰謂色陰受陰想陰行陰識陰云何五盛陰謂色盛陰受盛陰想盛陰行盛陰識盛陰

云何六界謂地界水界火界風界虛空界識界

云何十大地法謂受想思觸憶欲解脫念定慧

云何十煩惱大地法謂不信懈怠妄念亂無明邪慧邪憶邪解脫掉放逸

云何十小煩惱大地法謂忿恨覆惱嫉慳誑諂憍害

云何五煩惱謂欲貪色貪無色貪瞋恚疑

云何五觸謂對觸增上語觸明觸無明觸非明非無明觸

云何五見謂身見邊見邪見見取戒取

云何五根謂樂根苦根喜根憂根捨根

云何五法謂覺觀識無慚無愧

云何六識身謂眼識耳識鼻識舌識身識意識云何六觸身謂眼觸耳觸鼻觸舌觸身觸意觸云何六受身謂眼觸生受耳鼻舌身意觸生受云何六想身謂眼觸生想耳鼻舌身

意觸生想云何六思身謂眼觸生思耳鼻舌身意觸生思云何六愛身謂眼觸生愛耳鼻舌身意觸生愛

云何眼界若眼於色已見今見當見隨彼一一有分云何色界若色於眼已見今見當見隨彼有分云何眼識界若眼見色起眼識眼增上見色若眼識於色若識分别知色是名眼識界

云何耳界若耳於聲已聞今聞當聞隨彼一一有分云何聲界若聲於耳已聞今聞當聞隨彼有分云何耳識界若耳聞聲起耳識耳增上聞聲若耳識於聲若識分别知聲是名耳識界

云何鼻界若鼻於香已覺今覺當覺隨彼一一有分云何香界若香於鼻已覺今覺當覺隨彼有分云何鼻識界若鼻覺香起鼻識鼻增上覺香若鼻識於香若識分别知香是名鼻識界

云何舌界若舌於味已甞今甞當甞隨彼一一有分云何味界若味於舌已甞今甞當甞隨彼有分云何舌識界若舌甞味起舌識舌增上甞味若舌識於觸若識分别知味是名舌識界

云何身界若身於觸已覺今覺當覺隨彼一一有分云何觸界若觸於身已覺今覺當覺隨彼有分云何身識界若身覺觸起身識身增上覺觸若身識於觸若識分别知觸是名身識界

云何意界若意於法已識今識當識隨彼一一有分云何法界若法於意已識今識當識

隨彼有分云何意識界若意緣法起意識意增上緣法若意識於法若識分別知法是名意識界眼入乃至法入廣說亦如是

云何色陰謂十種色入及法入所攝色云何受陰謂六受身云何六謂眼觸生受乃至意觸生受云何想陰謂六想身云何六謂眼觸生想乃至意觸生想云何行陰行陰有二種謂心相應心不相應云何心相應行陰謂思觸憶欲解脫念定慧信精進覺觀放逸不放逸善根不善根無記根一切結縛使煩惱上煩惱纒一切智一切見一切無間等如是比心相應法是名心相應行陰云何心不相應行陰謂諸得無想正受滅盡正受無想天命根身種類處得事得入得生住異滅名身句身味身如是比心不相應法是名心不相應行陰彼二法總爲行陰數云何識陰謂六識身云何六謂眼識身乃至意識身云何色盛陰若色有漏盛受謂此色若於過去未來現在起欲已起當起或貪或恚或癡彼一一心數煩惱已起當起是名色盛陰受想行盛陰亦如是云何識盛陰若識有漏盛受謂此識若於過去未來現在起欲已起當起或貪或恚或癡彼一一心數煩惱已起當起是名識盛陰

云何地界謂堅相乃至風界如五法品說云何虛空界謂空邊色云何識界謂五識身及有漏意識身

云何受謂受覺知痛等苦樂俱非三境界轉云何想謂想等想增上想於像貌轉云何思謂思等思增上思思起心行於業云何觸謂

觸等觸增上觸依緣心和合轉云何憶謂心發悟憶念思惟心行境界云何欲謂欲於緣堅持深著爲作欲樂云何解脫謂心解脫意於緣解云何念謂念隨念不捨於緣不廢亂忘云何定謂心等住不動移境不散不亂攝受止一云何慧謂心於法起撰擇相決斷覺知照了觀察云何不信謂心不信受不正思惟不修德本不種善行不造勝業意不清淨云何懈怠謂心下劣不勤勇猛意不捷疾云何妄念謂念虛妄外向邪記云何亂謂心亂散飄馳轉動緣不止一云何無明謂愚三界闇無知云何邪慧謂不順正念邪解決斷云何邪憶謂穢汙意行曲受境界不正思惟云何邪解脫謂穢汙意行解脫於緣云何掉謂心躁慟不依寂靜云何放逸謂捨正方便作不應作於諸善法不勤修習云何忿謂於不饒益事於瞋相續起心忿云何恨謂苦事不順所欲起心恨云何覆謂覆藏自罪云何惱謂若心熱燒云何嫉謂於所嫌不欲彼利起心妬忌云何慳謂心所受堅著不捨云何誑謂欺偽他云何諂謂起心曲行云何憍謂心醉舉迷云何害謂惱切衆生起心逼迫

云何欲貪若欲貪等貪結聚貪室堅著愛樂

云何色貪若色貪等貪結聚貪室堅著愛樂

云何無色貪若無色貪等貪結聚貪室堅著愛樂云何瞋恚謂於彼衆生起損害心誹謗苦切云何疑謂惑諦不了云何對觸謂五識身相應觸云何增上語觸謂意識身相應觸

云何明觸謂無漏觸云何無明觸謂穢汙觸

云何非明非無明觸謂不穢汙有漏觸云何

身見謂於五盛陰起我我所有見於彼堪忍樂著

云何邊見謂於五盛陰或斷常見於彼堪忍樂著云何邪見謂誹謗因果毀所應作於彼堪忍樂著云何取見見謂於五盛陰起第一見最上最勝於彼堪忍樂著云何取戒見謂於五盛陰起清淨解脫出要於彼堪忍樂著

云何樂根若樂受觸所觸若起身意樂起覺知想云何苦根若苦受觸所觸若起身等苦起覺知想云何喜根若喜受觸所觸若起心喜想覺受生云何憂根若憂受觸所觸若起心苦想覺受生云何捨根若不苦不樂受觸所觸若起身心非覺受非不覺受生云何覺若心覺遍覺色覺增上色覺覺覺數覺覺等思惟麤心轉云何覺若心行少行隨微行隨順細心轉

云何識謂六識身眼識乃至意識

云何無慚若心無慚不猒患過不極猒離不恭敬不柔軟不自畏不自羞恣心自在

云何無愧若心無愧於他於罪無畏於罪無怖於罪不見於諸過惡不羞恥他

云何眼識謂眼緣色起眼識眼增上緣色眼識於色若識若分別色是名眼識乃至意識亦如是

云何眼觸謂眼緣色起眼識三和合生眼觸增上緣色眼識於色若觸等觸是名眼觸耳鼻舌身亦如是云何意觸謂意緣法起意識三和合生觸意增上緣法意識於法若觸等觸是名意觸

云何眼觸生受謂眼緣色起眼識三和合生

觸觸緣受眼增上緣色眼觸因眼觸集眼觸
生眼觸有眼觸意思惟相應眼識於色若覺
受等受是名眼觸生受耳鼻舌身亦如是云
何意觸生受謂意緣法起意識三和合生觸
觸緣受意增上緣法意觸因意觸集意觸生
意觸有意觸思惟相應意識於法若覺受等
受是名意觸生受
云何眼觸生想謂眼觸色起眼識三和合生
觸觸緣想眼增上緣色眼觸因眼觸集眼觸
生眼觸有眼觸意思惟相應眼識於色若想
等想增上想分別想是名眼觸生想耳鼻舌
身亦如是云何意觸生想謂意緣法起意識
三和合生觸觸緣想意增上緣法意觸因意
觸集意觸生意觸有意觸思惟相應意識於
法若想等想增上想分別想是名意觸生想

云何眼觸生思謂眼緣色起眼識三和合生
觸觸緣思眼增上緣色眼觸因眼觸集眼觸
生眼觸有眼觸意思惟相應眼識於色若思
等思增上思思轉心行於業是名眼觸生思
耳鼻舌身亦如是云何意觸生思謂意緣法
起意識三和合生觸觸緣思意增上緣法意
觸因意觸集意觸生意觸有意觸思惟相應
意識於法若思等思增上思思轉心行於業
是名意觸生思
云何眼觸生愛謂眼緣色起眼識三和合生
觸觸緣受受緣愛眼增上緣色眼識於色若
貪貪聚貪室堅著愛樂是名眼觸生愛耳鼻
舌身亦如是云何意觸生愛謂意緣法起意
識三和合生觸觸緣受受緣愛意增上緣法
意識於法若貪貪聚貪室堅著愛樂是名意

觸生愛
問眼界幾界幾入幾陰攝眼界攝法幾界幾入幾陰攝眼界不攝法幾界幾入幾陰攝眼界攝不攝法幾界幾入幾陰攝除眼界攝法餘法幾界幾入幾陰攝除眼界不攝法餘法幾界幾入幾陰攝除眼界攝不攝法餘法幾界幾入幾陰攝如眼界乃至意觸生愛亦如是答眼界一界一入一陰攝不攝十七界十一入五陰如眼界眼界攝法亦如是
眼界不攝法十七界十一入五陰攝不攝一界一入一陰除眼界攝法餘法十七界十一入五陰攝不攝一界一入一陰除眼界不攝法餘法一界一入一陰攝不攝十七界十一入五陰除眼界攝法餘法如眼界不攝除眼界不攝法餘法如眼界除眼界攝不攝法若問餘法虛空無事無論如眼界九色界十色入亦如是
眼識界一界一入一陰攝不攝十七界十二入五陰如眼識界耳鼻舌身意識界六識身亦如是
意界七界一入一陰攝不攝十一界十一入四陰如意界意入識陰識法亦如是
法界一界一入四陰攝不攝十七界十一入二陰如法界法入亦如是
色陰十一界十一入一陰攝不攝八界二入四陰
受陰一界一入一陰攝不攝十八界十二入四陰如受陰想陰行陰受大地想大地亦如是色盛陰十一界十一入一陰攝不攝八界二入五陰

受感陰一界一入一陰攝不攝十八界十二入五陰如受感陰想感陰行感陰五色界八大地法十煩惱大地法十小煩惱大地法五煩惱五觸五見五根四法五六亦如是

識感陰七界一入一陰攝不攝十三界十二入五陰如識感陰識界亦如是

眼識界一界一入三陰相應不相應者十八界十二入五陰如眼識界耳鼻舌身意識界識感陰識界六識身亦如是

意界一界一入三陰相應不相應者十八界十二入三陰如意界意入識陰識法亦如是

法界八界二入四陰相應不相應者十一界十一入二陰如法界法入行陰八大地法亦如是

受陰八界二入三陰相應不相應者十一界十一入三陰如受陰想陰受大地想大地亦如是

受感陰八界二入三陰相應不相應者十三界十二入五陰如受感陰想感陰亦如是

行感陰八界二入四陰相應不相應者十三界十二入五陰如行感陰覺觀法亦如是不信八界二入四陰相應不相應者十八界十二入五陰如不信餘煩惱大地法亦如是欲貪瞋恚無明觸非明非無明觸無慚無愧亦如是

忿三界二入四陰相應不相應者十八界十二入五陰如忿餘小煩惱大地法無色界貪疑明觸五見六受身亦如是

色貪六界二入四陰相應不相應者十八界十二入五陰

對觸七界二入四陰相應不相應者十三界
十二入五陰
增上語觸三界二入四陰相應不相應者十
七界十二入五陰如增上語觸六觸身六思
身亦如是
樂根八界二入三陰相應不相應者十八界
十二入五陰如樂根捨根亦如是
苦根七界二入三陰相應不相應者十八界
十二入五陰
喜根三界二入三陰相應不相應者十八界
十一入五陰如喜根憂根亦如是
眼觸生受三界二入三陰相應不相應者十
七界十二入五陰如眼觸生受耳鼻舌身意
觸生受六想身亦如是

衆事分阿毗曇論卷第二

音釋

諍側迸切 穢於廢切 五陰陰於禁切 掉徒弔切搖也 忿扶吻切怒也 誑諂誑古況切欺也諂丑琰切佞言也 憍舉喬切傲也 撰須兗切與選同擇也 飄馳飄紕招切馳陳知切 欺僞欺去奇切詐也僞危睡切詭也 誹謗誹府尾切非議也謗補曠切訕

衆事分阿毗曇論卷第三

尊者世友造

宋三藏求那跋陀羅共菩提耶舍譯

分别諸使品第五

問九十八使幾界繫答三界繫謂欲界色界無色界問此九十八使幾欲界繫幾色界繫幾無色界繫答三十六欲界繫三十一色界繫三十一無色界繫問此九十八使幾見斷幾修斷答八十八見斷十修斷

問此欲界繫三十六使幾見斷幾修斷答三十二見斷四修斷問此色界繫三十一使幾見斷幾修斷答二十八見斷三修斷如色界繫無色界繫亦如是

問此九十八使幾見苦斷幾見集斷幾見滅斷幾見道斷幾修斷答二十八見苦斷十九見集斷十九見滅斷二十二見道斷十修斷

問此欲界繫三十六使幾見苦斷幾見集斷幾見滅斷幾見道斷幾修斷答十見苦斷七見集斷七見滅斷八見道斷四修斷

問此色界繫三十一使幾見苦斷幾見集斷幾見滅斷幾見道斷幾修斷答九見苦斷六見集斷六見滅斷七見道斷三修斷如色界繫無色界繫亦如是

問使是何義答微細是使義使是使義隨入是使義隨逐是使義謂彼使不斷不知二事使使緣使及相應使彼自界非他界十二使貪使恚使色貪使無色貪使慢使無明使身見使邊見使邪見使見取使戒取使疑使云何欲貪使使謂愛染念著悅樂可意云何恚使使謂不愛不樂不念不悅可意云何色貪

使使謂愛樂淨可樂可意云何無色貪使使謂愛樂可意云何慢使使謂貢高自舉云何無明使使謂無照闇愚云何身見使使謂計我我所有云何邊見使使謂所計或斷或常云何邪見使使謂無作無得起見誹謗云何見取使使謂上勝第一云何戒取使使謂清淨解脫起出要見云何疑使使謂惑諦不了三處起欲愛使此欲愛使不斷不知欲愛纏所纏法樂著境界惡意思惟行如是乃至三處起疑使此疑使不斷不知疑纏所纏法樂著境界惡意思惟行

問七使十二使爲七使攝十二使爲十二使攝七使答展轉相攝隨其事云何隨其事彼欲貪使欲貪使攝瞋恚使瞋恚使攝有貪使二使攝慢使慢使攝無明使無明使攝見使五見使攝疑使疑使攝是七使攝十二使十二使亦攝七使是故說展轉相攝隨其事

問七使九十八使爲七使攝九十八使爲九十八使攝七使答展轉相攝隨其事云何隨其事彼欲貪使攝五瞋恚使攝五有貪使攝十慢使攝十五無明使攝十五見使攝三十六疑使攝十二是七使攝九十八使九十八使亦攝七使是故說展轉相攝隨其事

問十二使九十八使爲十二使攝九十八使爲九十八使攝十二使答展轉相攝隨其事云何隨其事彼欲貪使攝五瞋恚使攝五色貪使攝五無色貪使攝五慢使攝十五無明使攝十五身見使攝三邊見使攝三邪見使攝十二見取使攝十二戒取使攝六疑使攝十二是十二使攝九十八使九十八使亦攝

十二使是故説展轉相攝隨其事
問此九十八使幾一切遍幾不一切遍答三十七一切遍六十五不一切遍六分別見苦集斷無明使或一切遍或不一切遍云何一切遍謂見苦集斷不一切遍使不相應無明云何不一切遍謂見苦集斷不一切遍使相應無明
問此欲界繫三十六使幾一切遍幾不一切遍答九一切遍二十五不一切遍二分別欲界繫見苦集斷無明使或一切遍或不一切遍云何一切遍謂欲界繫見苦集斷不一切遍使不相應無明云何不一切遍謂欲界繫見苦集斷不一切遍使相應無明
問此色界繫三十一使幾一切遍幾不一切遍答九一切遍二十不一切遍二分別色界繫見苦集斷無明使或一切遍或不一切遍云何一切遍謂色界繫見苦集斷不一切遍使不相應無明云何不一切遍謂色界繫見苦集斷不一切遍使相應無明如色界繫無色界繫亦如是
問此九十八使幾一切遍修斷幾不一切遍非修斷答三十七一切遍修斷五十五不一切遍非修斷六分別見苦集斷無明使或一切遍或不一切遍云何一切遍謂見苦集斷不一切遍不相應無明使云何不一切遍謂見苦集斷不一切遍相應無明使
問此欲界繫三十六使幾一切遍修斷幾不一切遍非修斷答十三一切遍修斷二十一不一切遍非修斷二分別欲界繫見苦集斷無明使或一切遍或不一切遍云何一切遍

謂欲界繫見苦集斷不一切遍使不相應無明使云何不一切遍謂欲界繫見苦集斷不一切遍使相應無明使

問此色界繫三十一使幾一切遍修斷幾不一切遍非修斷答十二一切遍修斷十七不一切遍非修斷二分別見苦集斷無明使或一切遍或不一切遍云何一切遍謂色界繫見苦集斷不一切遍使不相應無明使云何不一切遍謂色界繫見苦集斷不一切遍使相應無明使如色界繫無色界繫亦如是

問此九十八使幾有漏緣幾無漏緣答八十有漏緣十二無漏緣六分別見滅見道斷無明使或有漏緣或無漏緣云何有漏緣謂見滅見道斷有漏緣使相應無明使云何無漏緣謂見滅見道斷有漏緣使不相應無明使

問此欲界繫三十六使幾有漏緣幾無漏緣答三十有漏緣四無漏緣二分別欲界繫見滅見道斷無明使或有漏緣或無漏緣云何有漏緣謂欲界繫見滅見道斷有漏緣使相應無明使云何無漏緣謂欲界繫見滅見道斷有漏緣使不相應無明使

問此色界繫三十一使幾有漏緣幾無漏緣答二十五有漏緣四無漏緣二分別色界繫見滅見道斷無明使或有漏緣或無漏緣云何有漏緣謂色界繫見滅見道斷有漏緣使相應無明使云何無漏緣謂色界繫見滅見道斷有漏緣使不相應無明使如色界繫無色界繫亦如是

問此九十八使幾有爲緣幾無爲緣答八十九有爲緣六無爲緣三分別見滅斷無明使

或有爲緣或無爲緣云何有爲緣謂見滅斷有爲緣使相應無明使云何無爲緣謂見滅斷有爲緣使不相應無明使

問此欲界繫三十六使幾有爲緣幾無爲緣

答三十三有爲緣二無爲緣一分別欲界繫見滅斷無明使或有爲緣或無爲緣云何有爲緣謂欲界繫見滅斷有爲緣使相應無明使云何無爲緣謂欲界繫見滅斷有爲緣使不相應無明使

問此色界繫三十一使幾有爲緣幾無爲緣

答二十八有爲緣二無爲緣一分別色界繫見滅斷無明使或有爲緣或無爲緣云何有爲緣謂色界繫見滅斷有爲緣使相應無明使云何無爲緣謂色界繫見滅斷有爲緣使不相應無明使如色界繫無色界繫亦如是

問此九十八使幾緣使非相應使幾相應使非緣使幾緣使亦相應使幾非緣使亦非相應使答緣使非相應者無相應使非緣者無漏緣使緣使亦相應使者有漏緣使非緣使亦非相應使者無

問此欲界繫三十六使幾緣使非相應使答作四句緣使非相應者無相應使非緣者欲界繫無漏緣使緣使亦相應使者欲界繫有漏緣使非緣使亦非相應使者無此色界繫三十一使幾緣使非相應使作四句緣使非相應者無相應使非緣者色界繫無漏緣使緣使亦相應使者色界繫有漏緣使非緣使亦非相應使者無如色界繫無色界繫亦如是

二十法見苦斷法見集斷法見滅斷法見道

斷法修斷法如不定欲界繫色無色界繫亦如是

問彼見苦斷法幾使使答見苦斷一切見集斷一切遍問彼見集斷法幾使使答見集斷一切見苦斷一切遍問彼見滅斷法幾使使答見滅斷一切及一切遍問彼見道斷法幾使使答見道斷一切及一切遍問彼修斷法幾使使答修斷一切及一切遍如不定欲界繫色無色界繫亦如是

問彼見苦斷法幾使緣使非相應使答作四句緣使非相應者見集斷一切遍使相應使非緣者無緣使亦相應使者見苦斷一切非緣使亦非相應使者見集斷不一切遍及見滅見道斷修斷一切

問彼見集斷法幾使緣使非相應使答作四句緣使非相應者見苦斷一切遍相應使非緣者無緣使亦相應使者見集斷一切非緣使亦非相應使者見苦斷不一切遍及見滅見道斷修斷一切

問彼見滅斷法幾使緣使非相應使答作四句緣使非相應者一切遍相應使非緣者見滅斷無漏緣使緣使亦相應使者見滅斷有漏緣使非緣使亦非相應使者見苦集斷不一切遍見道斷及修斷一切

問彼見道斷法幾使緣使非相應使答作四句緣使非相應者一切遍相應使非緣者見道斷無漏緣使緣使亦相應使者見道斷有漏緣使非緣使亦非相應使者見苦集斷不一切遍見滅斷及修斷一切

問彼修斷法幾使緣使非相應使答作四句

緣使非相應者一切遍相應使非緣者無緣使亦相應使者修斷一切非緣使亦非相應使者見苦集斷不一切遍及見滅見道斷一切如不定欲界繫色無色界繫亦如是

即此二十法即此見苦斷法即此見集斷法即此見滅斷法即此見道斷法即此修斷法如是不定欲界繫色無色界繫亦如是

問即此見苦斷法幾使使答即此見苦斷不一切遍問即此見集斷法幾使使答即此見集斷不一切遍問即此見滅斷法幾使使答即此見滅斷一切問即此見道斷法幾使使答即此見道斷一切問即此修斷法幾使使答即此修斷一切如不定欲界繫色無色界繫亦如是

問即此見苦斷法幾使緣使非相應使答作四句緣使非相應者無相應使非緣者無緣使亦相應使者見苦斷不一切遍非緣使亦非相應使者無

問即此見集斷法幾使緣使非相應使答作四句緣使非相應者無相應使非緣者無緣使亦相應使者見集斷不一切遍非緣使亦非相應使者無

問即此見滅斷法幾使緣使非相應使答作四句緣使非相應者無相應使非緣者見滅斷無漏緣緣使亦相應使者見滅斷有漏緣非緣使亦非相應使者無

問即此見道斷法幾使緣使非相應使答作四句緣使非相應者無相應使非緣者見道斷無漏緣緣使亦相應使者見道斷有漏緣非緣使亦非相應使者無

問即此修斷法幾使緣使非相應使答作四句緣使非相應者無相應使非緣者無緣使亦相應使者即修斷一切非緣使亦非相應使者無如不定欲界繫色無色界繫亦如是二十心者見苦斷心見集斷心見滅斷心見道斷心修斷心如不定欲界繫色無色界繫亦如是

問見苦斷心幾使使答見苦斷一切見集斷一切遍彼相應法見苦斷一切見集斷一切遍彼所起心不相應行見苦斷一切見集斷一切遍

問見集斷心幾使使答見集斷一切見苦斷一切遍彼相應法見集斷一切見苦斷一切遍彼所起心不相應行見集斷一切見苦斷一切遍

問見滅斷心幾使使答見滅斷一切及一切遍彼相應法見滅斷一切及一切遍彼所起心不相應行見滅斷有漏緣及一切遍

問見道斷心幾使使答見道斷一切及一切遍彼相應法見道斷一切及一切遍彼所起心不相應行見道斷有漏緣及一切遍

問修斷心幾使使答修斷一切及一切遍彼相應法修斷一切及一切遍彼所起心不相應行修斷一切及一切遍如不定欲界繫色無色界繫亦如是

問見苦斷心幾使緣使非相應使答作四句緣使非相應者見集斷一切遍相應使非緣者無緣使亦相應使者見苦斷一切非緣使亦非相應使者見集斷不一切遍見滅見道及修斷一切彼相應法四句即如心說彼所

起心不相應行見苦斷一切見集斷一切遍此使緣使非相應使餘非緣使亦非相應使
問見集斷心幾使緣使非相應使答作四句緣使非相應者見苦斷一切遍相應使非緣者無緣使亦相應使者見集斷一切非緣使亦非相應使者見苦斷不一切遍見滅見道及修斷一切彼相應法四句即如心說彼所起心不相應行見集斷一切見苦斷一切遍此使緣使非相應使餘非緣使亦非相應使
問見滅斷心幾使緣使非相應使答作四句緣使非相應者一切遍相應使非緣者見滅斷無漏緣緣使亦相應使者見滅斷有漏緣非緣使亦非相應使者見苦集斷不一切遍見道及修斷一切彼相應法四句即如心說彼所起心不相應行見滅斷有漏緣及一切遍此使緣使非相應使餘非緣使亦非相應使如見滅斷見道斷亦如是
問修斷心幾使緣使非相應使答作四句緣使非相應者一切遍相應使非緣者無緣使亦相應使者修斷一切非緣使亦非相應使者見苦集斷不一切遍及見滅見道斷一切彼相應法四句即如心說彼所起心不相應行修斷一切及一切遍此使緣使非相應使餘非緣使亦非相應使如不定欲界繫色無色界繫亦如是
四十八心者見滅斷邪見相應心見滅斷疑相應心見滅斷邪見疑相應心見滅斷邪見不相應心見滅斷疑不相應心見滅斷邪見疑不相應心如見滅斷見道斷亦如是如不定欲界繫色無色界繫亦如是

問見滅斷邪見相應心幾使使答見滅斷邪見相應無明見滅斷有漏緣及一切遍彼相應法見滅斷邪見相應無明見滅斷有漏緣及一切遍彼所起心不相應行見滅斷有漏緣及一切遍

問見滅斷疑相應心幾使使答見滅斷疑相應無明見滅斷有漏緣及一切遍彼相應法見滅斷疑相應無明見滅斷有漏緣及一切遍彼所起心不相應行見滅斷有漏緣及一切遍

問見滅斷邪見疑相應心幾使使答見滅斷邪見疑相應無明見滅斷有漏緣及一切遍彼相應法見滅斷邪見疑相應無明見滅斷有漏緣及一切遍彼所起心不相應行見滅斷有漏緣及一切遍

問見滅斷邪見不相應心幾使使答除見滅斷邪見彼相應無明餘見滅斷一切及一切遍彼相應法除見滅斷邪見相應無明餘見滅斷一切及一切遍彼所起心不相應行見滅斷有漏緣及一切遍

問見滅斷疑不相應心幾使使答除見滅斷疑相應無明餘見滅斷一切及一切遍彼相應法除見滅斷疑相應無明餘見滅斷一切及一切遍彼所起心不相應行見滅斷有漏緣及一切遍

問見滅斷邪見疑不相應心幾使使答除見滅斷邪見疑相應無明餘見滅斷一切及一切遍彼相應法除見滅斷邪見疑相應無明餘見滅斷一切及一切遍彼所起心不相應行見滅斷有漏緣及一切遍如見滅斷見道

斷亦如是如不定欲界繫色無色界繫亦如是
問見滅斷邪見相應心幾使緣使非相應使
答作四句緣使非相應者見滅斷有漏緣及一切遍相應使非緣者見滅斷邪見相應無明緣使亦相應使者無非緣使亦非相應使者除見滅斷邪見相應無明餘見滅斷無漏緣見苦集斷不一切遍見道及修斷一切彼相應法四句即如心說彼所起心不相應行見滅斷有漏緣及一切遍此使緣使非相應使餘非緣使亦非相應使
問見滅斷疑相應心幾使緣使非相應使答作四句緣使非相應者見滅斷有漏緣及一切遍相應使非緣者見滅斷疑相應無明緣使亦相應使者無非緣使亦非相應使者除見滅斷疑相應無明餘見滅斷無漏緣見苦集斷不一切遍見道及修斷一切彼相應法四句即如心說彼所起心不相應行見滅斷有漏緣及一切遍此使緣使非相應使餘非緣使亦非相應使
問見滅斷邪見疑相應心幾使緣使非相應使答作四句緣使非相應者見滅斷有漏緣及一切遍相應使非緣者見滅斷邪見疑相應無明緣使亦相應使者無非緣使亦非相應使者除見滅斷邪見疑相應無明餘見滅斷無漏緣見苦集斷不一切遍見道及修斷一切彼相應法四句即如心說彼所起心不相應行見滅斷有漏緣及一切遍此使緣使非相應使餘非緣使亦非相應使
問見滅斷邪見不相應心幾使緣使非相應

使答作四句緣使非相應者一切遍相應使非緣者除見滅斷邪見相應無明餘見滅斷無漏緣緣使亦相應使者見滅斷有漏緣非緣使亦非相應使者見滅斷邪見相應無明見苦集斷不一切遍見道及修斷一切彼相應法四句即如心說彼所起心不相應行見滅斷有漏緣及一切遍此使緣使非相應使餘非緣使亦非相應使

問見滅斷疑不相應心幾使緣使非相應使答作四句緣使非相應者一切遍相應使非緣者除見滅斷疑相應無明餘見滅斷無漏緣緣使亦相應使者見滅斷有漏緣非緣使亦非相應使者見滅斷疑相應無明見苦集斷不一切遍見道及修斷一切彼相應法四句即如心說彼所起心不相應行見滅斷有漏緣及一切遍此使緣使非相應使餘非緣使亦非相應使

問見滅斷邪見疑不相應心幾使緣使非相應使答作四句緣使非相應者一切遍相應使非緣者除見滅斷邪見疑相應無明餘見滅斷無漏緣緣使亦相應使者見滅斷有漏緣非緣使亦非相應使者見滅斷邪見疑相應無明見苦集斷不一切遍見道及修斷一切彼相應法四句即如心說彼所起心不相應行見滅斷有漏緣及一切遍此使緣使非相應使餘非緣使亦非相應使如見滅斷見道斷亦如是如不定欲界繫色無色界繫亦如是

問此欲界繫三十六使十見苦斷七見集斷七見滅斷八見道斷四修斷云何見苦斷十

使答謂身見邊見見苦斷邪見見取戒取疑貪恚慢無明云何見集斷七使謂見集斷邪見見取疑貪恚慢無明云何見滅斷七使謂見滅斷邪見見取疑貪恚慢無明云何見道斷八使謂見道斷邪見見取戒取疑貪恚慢無明云何修斷四使謂修斷貪恚慢無明

問身見幾使使答見苦斷一切見集斷一切遍彼相應法見苦斷一切見集斷一切遍彼所起心不相應行見苦斷一切見集斷一切遍如身見邊見見苦斷邪見見取戒取疑貪恚慢無明亦如是

問見集斷邪見幾使使答見集斷一切見苦斷一切遍彼相應法見集斷一切見苦斷一切遍彼所起心不相應行見集斷一切見苦斷一切遍如見集斷邪見見取疑貪恚慢無明亦如是

問見滅斷邪見幾使使答見滅斷邪見相應無明見滅斷有漏緣及一切遍彼相應法見滅斷邪見相應無明見滅斷有漏緣及一切遍彼所起心不相應行見滅斷有漏緣及一切遍如見滅斷邪見疑亦如是

問見滅斷見取幾使使答見滅斷見取相應無明見滅斷有漏緣及一切遍彼相應法見滅斷見取相應無明見滅斷有漏緣及一切遍彼所起心不相應行見滅斷有漏緣及一切遍如見滅斷見取貪恚慢亦如是

問見滅斷無明幾使使答見滅斷無明除無漏緣餘見滅斷一切及一切遍彼相應法見滅斷一切及一切遍彼所起心不相應行見滅斷有漏緣及一切遍如見滅斷見道斷亦

如是
問修斷貪幾使使答修斷一切及一切遍彼相應法即如貪說彼所起心不相應行亦如是說如貪恚慢無明亦如是
問身見幾使緣使非相應使答作四句緣使非相應者除身見相應無明餘見苦斷一切及見集斷一切遍相應使非緣者無緣使亦相應使者身見相應無明非緣使亦非相應使者見集斷不一切遍見滅見道及修斷一切彼相應法緣使非相應者除身見相應無明餘見苦斷一切及見集斷一切遍相應使非緣者無緣使亦相應使者身見相應無明非緣使亦非相應使者見集斷不一切遍見滅見道及修斷一切彼所起心不相應行見苦斷一切見集斷一切遍此使緣使非相應使餘非緣使亦非相應使如身見邊見見苦斷邪見見取戒取疑貪恚慢亦如是
問見苦斷無明幾使緣使非相應使答作四句緣使非相應者見苦斷無明及見集斷一切遍相應使非緣者無緣使亦相應使者除見苦斷無明餘見苦斷一切非緣使亦非相應使者見集斷不一切遍見滅見道及修斷一切彼相應法緣使非相應者見集斷一切遍相應使非緣者無緣使亦相應使者見苦斷一切非緣使亦非相應使者見集斷不一切遍見滅見道及修斷一切彼所起心不相應行見苦斷一切及見集斷一切遍此使緣使非相應使餘非緣使亦非相應使
問見集斷邪見幾使緣使非相應使答作四句緣使非相應者除邪見相應無明餘見集

斷一切及見苦斷一切遍相應使非緣者無緣使亦相應使者見集斷邪見相應無明非緣使亦非相應使者見苦斷不一切遍見滅見道及修斷一切彼相應法緣使非相應者除見集斷邪見相應無明餘見集斷一切及見苦斷一切遍相應使非緣者無緣使亦相應使者見集斷邪見相應無明非緣使亦非相應使者見苦斷不一切遍見滅見道及修斷一切彼所起心不相應行見集斷一切及見苦斷一切遍此使緣使非相應使餘非緣使亦非相應使如見集斷邪見見取疑貪恚慢亦如是

問見集斷無明幾使緣使非相應使答作四句緣使非相應者見集斷無明及見苦斷一切遍相應使非緣者無緣使亦相應使者除見集斷無明餘見集斷一切非緣使亦非相應使者見苦斷不一切遍見滅見道及修斷一切彼相應法緣使非相應者見苦斷一切遍相應使非緣者無緣使亦相應使者見集斷一切非緣使亦非相應使者見苦斷不一切遍見滅見道及修斷一切彼所起心不相應行見集斷一切及見苦斷一切遍此使緣使非相應使餘非緣使亦非相應使

問見滅斷邪見幾使緣使非相應使答作四句緣使非相應者見滅斷有漏緣及一切遍相應使非緣者見滅斷邪見相應無明緣使亦相應使者無非緣使亦非相應使者除見滅斷邪見相應無明餘見滅斷無漏緣及見苦集斷不一切遍見道及修斷一切彼相應法緣使非相應者見滅斷有漏緣及一切遍

相應使非緣者見滅斷邪見相應無明緣使亦相應使者無非緣使亦非相應使者除見滅斷邪見相應無明餘見滅斷無漏緣見苦集斷不一切遍見道及修斷一切彼所起心不相應行見滅斷有漏緣及一切遍此使緣使非相應使餘非緣使亦非相應使如見滅斷邪見疑亦如是

問見滅斷見取幾使緣使非相應使答作四句緣使非相應者除見滅斷見取相應無明餘見滅斷有漏緣及一切遍相應使非緣者無緣使亦相應使者見滅斷見取相應無明非緣使亦非相應使者見滅斷無漏緣見苦集斷不一切遍見道及修斷一切彼相應法緣使非相應者除見滅斷見取相應無明餘見滅斷有漏緣及一切遍相應使非緣者無緣使亦相應使者見滅斷見取相應無明非緣使亦非相應使者見滅斷無漏緣見苦集斷不一切遍見道及修斷一切彼所起心不相應行見滅斷有漏緣及一切遍此使緣使非相應使餘非緣使亦非相應使如見滅斷見取貪恚慢亦如是

問見滅斷無明幾使緣使非相應使答作四句緣使非相應者見滅斷有漏緣無明及一切遍相應使非緣者除見滅斷無漏緣無明餘見滅斷無漏緣緣使亦相應使者除見滅斷有漏緣無明餘見滅斷有漏緣非緣使亦非相應使者見滅斷無漏緣無明見苦集斷不一切遍見道及修斷一切彼相應法緣使非相應者一切遍相應使非緣者見滅斷無漏緣緣使亦相應使者見滅斷有漏緣非緣

使亦非相應使者見苦集斷不一切遍見道及修斷一切彼所起心不相應行見滅斷有漏緣及一切遍此使緣使非相應使餘非緣使亦非相應使如見滅斷見道斷亦如是

問修斷貪幾使緣使非相應使答作四句緣使非相應者除修斷貪相應無明餘修斷一切及一切遍相應使非緣者無緣使亦相應使者修斷貪相應無明非緣使亦非相應使者見苦集斷不一切遍及見滅見道斷一切彼相應法緣使非相應者除修斷貪相應無明餘修斷一切及一切遍相應使非緣者無緣使亦相應使者修斷貪相應無明非緣使亦非相應使者見苦集斷不一切遍及見滅見道斷一切彼所起心不相應行修斷一切及一切遍此使緣使非相應使餘非緣使亦非相應使如貪恚慢亦如是

問修斷無明幾使緣使非相應使答作四句緣使非相應者修斷無明及一切遍相應使非緣者無緣使亦相應使者除修斷無明餘修斷一切非緣使亦非相應使者見苦集斷不一切遍及見滅見道斷一切彼相應法緣使非相應者一切遍相應使非緣者無緣使亦相應使者有修斷一切非緣使亦非相應使者見苦集斷不一切遍及見滅見道斷一切彼所起心不相應行修斷一切及一切遍此使緣使非相應使餘非緣使亦非相應使

四十八無明見滅斷邪見相應無明見滅斷疑相應無明見滅斷邪見疑相應無明見滅斷邪見不相應無明見滅斷疑不相應無明見滅斷邪見疑不相應無明如見滅斷見道

斷亦如是如不定欲界繫色無色界繫亦如是

問見滅斷邪見相應無明幾使使答見滅斷邪見見滅斷有漏緣及一切遍彼相應法見滅斷邪見相應無明見滅斷有漏緣及一切遍彼所起心不相應行見滅斷有漏緣及一切遍

問見滅斷疑相應無明幾使使答見滅斷疑見滅斷有漏緣及一切遍彼相應法見滅斷疑相應無明見滅斷有漏緣及一切遍彼所起心不相應行見滅斷有漏緣及一切遍

問見滅斷邪見疑相應無明幾使使答見滅斷邪見疑見滅斷有漏緣及一切遍彼相應法見滅斷邪見疑相應無明見滅斷有漏緣及一切遍彼所起心不相應行見滅斷有漏緣及一切遍

問見滅斷邪見不相應無明幾使使答見滅斷疑見滅斷有漏緣及一切遍彼相應法除見滅斷邪見相應無明餘見滅斷一切及一切遍彼所起心不相應行見滅斷有漏緣及一切遍

問見滅斷疑不相應無明幾使使答見滅斷邪見見滅斷有漏緣及一切遍彼相應法除見滅斷疑相應無明餘見滅斷一切及一切遍彼所起心不相應行見滅斷有漏緣及一切遍

問見滅斷邪見疑不相應無明幾使使答見滅斷有漏緣及一切遍彼相應法除見滅斷邪見疑相應無明餘見滅斷一切及一切遍彼所起心不相應行見滅斷有漏緣及一切

遍如見滅斷見道斷亦如是如不定欲界繫
色無色界繫亦如是
問見滅斷邪見相應無明幾使緣使非相應
使答作四句緣使非相應者見滅斷有漏緣
及一切遍相應使非緣者見滅斷邪見緣使
亦相應使者無非緣使亦非相應使者除見
滅斷邪見餘見滅斷無漏緣見苦集斷不一
切遍見道及修斷一切彼相應法緣使非相
應者見滅斷有漏緣及一切遍相應使非緣
者見滅斷邪見相應無明緣使亦相應使者
無非緣使亦非相應使者除見滅斷邪見相
應無明餘見滅斷無漏緣見苦集斷不一切
遍見道及修斷一切彼所起心不相應行見
滅斷有漏緣及一切遍此使緣使非相應使
餘非緣使亦非相應使

問見滅斷疑相應無明幾使緣使非相應使
答作四句緣使非相應者見滅斷有漏緣及
一切遍相應使非緣者見滅斷疑緣使亦相
應使者無非緣使亦非相應使者除見滅斷
疑餘見滅斷無漏緣及見苦集斷不一切遍
見道及修斷一切彼相應法緣使非相應者
見滅斷有漏緣及一切遍相應使非緣者見
滅斷疑相應無明緣使亦相應使者無非緣
使亦非相應使者除見滅斷疑相應無明餘
見滅斷無漏緣及見苦集斷不一切遍見道
及修斷一切彼所起心不相應行見滅斷有
漏緣及一切遍此使緣使非相應使餘非緣
使亦非相應使
問見滅斷邪見疑相應無明幾使緣使非相
應使答作四句緣使非相應者見滅斷有漏

縁及一切遍相應使非縁者見滅斷邪見疑縁使亦相應使者無非縁使亦非相應使者除見滅斷邪見疑餘見滅斷無漏縁及見苦集斷不一切遍見道及修斷一切彼相應法縁使非相應者見滅斷有漏縁及一切遍相應使非縁者見滅斷邪見疑相應無明縁使亦相應使者無非縁使亦非相應使者除見滅斷邪見疑相應無明餘見滅斷無漏縁及見苦集斷不一切遍見道及修斷一切彼所起心不相應行見滅斷有漏縁及一切遍此使縁使非相應使餘非縁使亦非相應使

問見滅斷邪見不相應無明幾使縁使非相應使答作四句縁使非相應者見滅斷有漏縁無明及一切遍相應使非縁者見滅斷疑縁使亦相應使者除見滅斷有漏縁無明餘見滅斷有漏縁非縁使亦非相應使者除見滅斷疑餘見滅斷無漏縁見苦集斷不一切遍見道及修斷一切彼相應法縁使非相應者一切遍相應使非縁者除見滅斷邪見相應無明餘見滅斷無漏縁縁使亦相應使者見滅斷有漏縁非縁使亦非相應使者見滅斷邪見相應無明見苦集斷不一切遍見道及修斷一切彼所起心不相應行見滅斷有漏縁及一切遍此使縁使非相應使餘非縁使亦非相應使

問見滅斷疑不相應無明幾使縁使非相應使答作四句縁使非相應者見滅斷有漏縁無明及一切遍相應使非縁者見滅斷邪見縁使亦相應使者除見滅斷有漏縁無明餘見滅斷有漏縁非縁使亦非相應使者除見

滅斷邪見餘見滅斷無漏緣及見苦集斷不一切遍見道及修斷一切彼相應法緣使非相應者一切遍相應使非緣者除見滅斷邪見相應無明餘見滅斷無漏緣緣使亦相應使者見滅斷有漏緣非緣使亦非相應使者見滅斷疑彼相應無明見苦集斷不一切遍見道及修斷一切彼所起心不相應行見滅斷有漏緣及一切遍此使緣使非相應使餘非緣使亦非相應使

問見滅斷邪見疑不相應無明幾使緣使非相應使答作四句緣使非相應者見滅斷有漏緣無明及一切遍相應使非緣者無緣使亦相應使者除見滅斷有漏緣無明餘見滅斷有漏緣非緣使亦非相應使者見滅斷無漏緣見苦集斷不一切遍見道及修斷一切彼相應法緣使非相應使者一切遍相應使非緣者除見滅斷邪見疑相應無明餘見滅斷無漏緣緣使亦相應使者見滅斷有漏緣非緣使亦非相應使者見滅斷邪見疑相應無明見苦集斷不一切遍見道及修斷一切彼所起心不相應行見滅斷有漏緣及一切遍此使緣使非相應使餘者非緣使亦非相應使如見滅斷見道斷亦如是如不定欲界繫色無色界繫亦如是

問若有漏緣使緣使相應使耶若緣使相應使有漏緣使耶答有若使緣使相應使彼有漏緣使或使有漏緣非彼緣使相應使云何有謂他界一切遍謂使欲界繫緣色界繫欲界繫緣無色界繫色界繫緣無色界繫欲界繫緣色無色界繫

問若無漏緣使相應使耶若相應使無漏緣使耶答有若使相應使彼無漏緣使或使相應使非彼無漏緣使云何有謂他界一切遍使謂使欲界繫緣色界繫欲界繫緣無色界繫色界繫緣無色界繫欲界繫緣色無色界繫分別諸使品第五竟

衆事分阿毗曇論卷第三

音釋

阿毗曇梵語也此云無比法毗頻脂切曇徒含切 慢莫晏切倨也 闇烏紺切不明也 誹謗誹府尾切非議也謗補曠切訕也 瞋恚瞋丑人切怒而張目也恚於避切恨怒也

衆事分阿毗曇論卷第四

尊　者　世　友　造

宋三藏求那跋陀羅共菩提耶舍譯

分別攝品第六之一

爾燄法識法通爾燄法緣法增上法色法非色法可見法不可見法有對法無對法有漏法無漏法有爲法無爲法有諍法無諍法世間法出世間法入法不入法染汚法不染汚法依家法依出要法心法非心法心法法非心法法心相應法心不相應法心共有法非心共有法心隨轉法非心隨轉法心因法非心因法心次第法非心次第法緣心法非緣心法心增上法非心增上法心果法非心果法心報法非心報法業法非業法業相應法非業相應法業共有法非業共有法業隨轉法非業隨轉法業因法非業因法業次第法非業次第法緣業法非緣業法業增上法非業增上法業果法非業果法業報法非業報法有法非有法有相應法非有相應法有共有法非有共有法有隨轉有因法非有隨轉非有因法有次第法非有次第法緣有法非緣有法有增上法非有增上法有果法非有果法有報法非有報法斷知法智所知法非智所知法斷知所斷法非斷知所斷法修法非修法證法非證法習法非習法有罪法無罪法黑法白法退法不退法隱沒法不隱沒法記法無記法已起法不起法令起法非令起法已滅法非已滅法令滅法非令滅法緣起法非緣起法緣生法非緣生法因法非因法有因法非有因法因起法非因起法因相

應法非因相應法結法非結法生結法非生結法取法非取法受法非受法取生法非取生法煩惱法非煩惱法穢汚法不穢汚法有穢汚法非有穢汚法纏法非纏法纏住法非纏住法纏生法非纏生法有緣法無緣法有覺法非有覺法有觀法非有觀法可樂法非可樂法受用法非受用法有事有緣法無事無緣法有上法無上法遠法近法有量法無量法見法非見法見處法非見處法見相應法非見相應法凡夫法非凡夫法凡夫共法非凡夫共法定法非定法惱法非惱法根法非根法聖諦攝法非聖諦攝法共有法非共有法相應法非相應法果法非果法有果法非有果法報法非報法有報法非有報法因緣法非因緣法有因緣法非有因緣法出法非出法有出法非有出法相續法非相續法有相續法非有相續法二法有二百一十六種竟

善法不善法無記法學法無學法非學非無學法見斷法修斷法不斷法見斷因法修斷因法不斷因法可見有對法不可見有對法不可見無對法報法非報法非報非非報法下法中法上法小法大法無量法意樂法非意樂法非意樂非不意樂法樂俱法苦俱法不苦不樂俱法俱起法俱住法俱滅法非俱起法非俱住法非俱滅法心俱起法心俱住法心俱滅法非心俱起法非心俱住法非心俱滅法三界欲界瞋界害界又三界出要界無瞋界無害界又三界欲界色界無色界又三界色界無色界滅界三有欲有色有無色有三漏欲漏有漏無明漏三世過去世未來

世現在世三說事過去說事未來說事現在說事三苦苦苦變苦苦行苦苦三法有覺有觀法無覺有觀法無覺無觀法三地有覺有觀地無覺有觀地無覺無觀地三業身業口業意業又三業善業不善業無記業又三業學業無學業非學非無學業又三業見斷業修斷業不斷業又三業現法受業生法受業後法受業又三業樂受業苦受業不苦不樂受業三法有九十三種竟

四念處謂身念處受念處心念處法念處四正勤謂已起惡不善法方便令斷正勤未起惡不善法方便令不起正勤未生善法方便令生正勤已生善法方便勤修令住使不忘失滿足修習增廣智證正勤四如意足謂欲定淨行成就如意足精進定淨行成就如意足心定淨行成就如意足慧定淨行成就如意足四禪謂初禪二禪三禪四禪四聖諦謂苦聖諦苦集聖諦苦滅聖諦苦滅道聖諦四無量謂慈悲喜捨四無色謂空入處識入處無所有入處非想非非想入處四聖種謂隨乞得衣知足聖種謂隨乞得食知足聖種謂隨得眠卧具等知足聖種謂樂閑靜樂修聖種四沙門果謂須陀洹沙門果斯陀含沙門果阿那含沙門果阿羅漢無上沙門果四智謂法智比智知他心智等智又四智謂苦智集智滅智道智四辯謂義辯法辯辭辯隨應辯四緣謂因緣次第緣緣緣增上緣四食謂麤摶食細觸食意思食識食四流謂欲流有流見流無明流四枙謂欲枙有枙見枙無明枙四取謂欲取見取戒取我取四法謂過去

法未來法現在法非過去未來現在法又四法謂欲界繫法色界繫法無色界繫法不繫法又四法謂善因法不善因法無記因法非善因非不善因非無記因法又四法謂有緣緣法無緣緣法有緣緣無緣緣法非有緣緣非無緣緣法四法有八十四種竟

五陰謂色陰受陰想陰行陰識陰五盛陰謂色盛陰受想行識盛陰五趣謂地獄趣畜生趣餓鬼趣天趣人趣五煩惱身謂見苦斷煩惱身見集斷煩惱身見滅斷煩惱身見道斷煩惱身修斷煩惱身五法謂色法心法心法法心不相應行法無爲法五法有二十五種竟

六界謂地界水界火界風界虛空界識界六法謂見苦斷法見集斷法見滅斷法見道斷法修斷法不斷法六法有十二種竟

七使謂貪欲使瞋恚使有愛使慢使無明使見使疑使七識住謂有色衆生種種身種種想謂人及天是名初識住處有色衆生種種身一種想謂梵天身彼初所轉是名第二識住處有色衆生一種身種種想謂光音天是名第三識住處有色衆生一種身一種想謂遍淨天是名第四識住處無色衆生已離一切色想障礙想究竟不種種想思惟無量空處入無量空入處謂空入處天是名第五識住處無色衆生已離一切空入處無量識入無量識入處謂識入處天是名第六識住處無色衆生已離一切識入處無所有入無所有入處謂無所有入處天是名第七識住處七覺支謂念覺支擇法覺支精進覺支喜覺支猗覺支定覺支捨覺支七法有二十一種竟

八解脫處謂內有色想外觀色是名初解脫處內無色想外觀色是名第二解脫處淨身證解脫處是名第三解脫處已離一切色想障礙想究竟無種種想思惟無邊空處入無邊空入處是名第四解脫處離一切空入處無量識入無量識入處是名第五解脫處離一切識入處無所有入無所有入處是名第六解脫處離一切無所有入處非想非非想入非想非非想入處是名第七解脫處已離一切非想非非想入處想受滅身證住是名第八解脫處八勝處謂內有色想外觀少色好色惡色謂彼色勝處生觀想是名初勝處入內有色想外觀多色好色惡色謂彼色勝處生觀想是名第二勝處入內無色想外觀少色好色惡色謂彼色勝處生觀想是名第三勝處入內無色想外觀多色好色惡色謂彼色勝處生觀想是名第四勝處入內無色想外觀色青色青觀青光譬如鳩牟迦華色成就婆羅㮈衣青青色青觀青光如是比丘內無色想外觀色青青色青觀青光謂彼色勝處生觀想是名第五勝處入內無色想外觀色黃黃色黃觀黃光譬如迦黎那華色成就婆羅㮈衣黃黃色黃觀黃光如是比丘內無色想外觀色黃黃色黃觀黃光謂彼色勝處生觀想是名第六勝處入內無色想外觀色赤赤色赤觀赤光譬如槃頭嗜婆迦華色成就婆羅㮈衣赤赤色赤觀赤光如是比丘內無色想外觀色赤赤色赤觀赤光謂彼色勝處生觀想是名第七勝處入內無色想外觀色白白色白觀白光譬如優私多羅華色

成就婆羅㮈衣白白色白觀白光如是比丘内無色想外觀色白白色白觀白光謂彼色勝處生觀想是名第八勝處八道支謂正見正思惟正語正業正命正方便正念正定八法有二十四種竟

九結謂貪欲結瞋恚結慢結無明結見結他取結疑結嫉結慳結九衆生居處謂有色衆生種種身種種想謂人及天是名初衆生居處有色衆生種種身一種想謂梵天身彼初所轉是名第二衆生居處有色衆生一種身種種想謂光音天是名第三衆生居處有色衆生一種身一種想謂遍淨天是名第四衆生居處有色衆生無有想謂無想天衆生是名第五衆生居處無色衆生已離一切色想障礙想究竟不種種想思惟無量空處入無量空處住所謂空處天是名第六衆生居處無色衆生離一切空處入無量識處住所謂識處天是名第七衆生居處無色衆生離一切識處入無所有處住所謂無所有處天是名第八衆生居處無色衆生離一切無所有處入非想非非想處住所謂非想非非想處天是名第九衆生居處九法有十八種竟

十一切入謂地一切入一相生上下諸方無二無量是名初一切入處水火風入青黃赤白空一切入處識一切入處一相生上下諸方無二無量是名十一切入處十無學法謂無學正見乃至無學解脫無學解脫知見十法有二十種竟

十一法謂色有漏無漏受想行識有漏無漏及無爲法十一法有十一種竟

十二入謂眼入色入乃至意入法入十二法有十二種竟

十八界廣說如前分別七事品十八法有十八種竟

二十二根謂眼根耳根鼻根舌根身根男根女根命根意根樂根苦根喜根憂根捨根信根精進根念根定根慧根未知當知根已知根無知根二十二法有二十二種竟

九十八使九十八法有九十八種竟

云何爾餤法謂一切法爾餤智所知隨其所應云何隨其所應謂彼苦智知苦集智知集滅智知滅道智知道及善等智亦知苦集滅道虛空數滅非數滅此一切法爾餤智所知隨其所應是名爾餤法

云何識法謂一切法識所識識分別隨其所應云何隨其所應謂彼眼識識色耳識識聲鼻識識香舌識識味身識識觸意識識法眼色亦識眼識識耳聲亦識耳識識鼻香亦識鼻識識舌味亦識舌識識身觸亦識身識識意法亦識意識識此一切法識分別隨其所應是名識法

云何通爾餤法謂通爾餤者謂慧彼一切法通爾餤隨其所應云何隨其所應謂彼苦忍苦智通苦爾餤集忍集智通集爾餤滅忍滅智通滅爾餤道忍道智通道爾餤及善有漏慧亦通苦爾餤集滅道虛空數滅非數滅通爾餤此一切法通爾餤隨其所應是名通爾餤法

云何緣法謂一切法緣謂心心法隨其所應云何隨其所應謂彼眼識眼識相應法緣色耳識耳識相應法緣聲鼻識鼻識相應法緣

香舌識舌識相應法緣味身識身識相應法緣觸意識意識相應法緣法眼色及眼識緣耳聲及耳識緣鼻香及鼻識緣身觸及身識緣意法及意識一切法緣謂心心法是名緣法云何增上法謂一切有爲法展轉增上及無爲法爲有爲法增上是名增上法云何色法謂十種色入及一入少分云何非色法謂一入及一入少分云何可見法謂一入云何不可見法謂十一入云何有對法謂十入云何無對法謂二入云何有漏法謂十入及二入少分云何無漏法謂二入少分云何有爲法謂十一入及一入少分云何無爲法謂一入少分云何有諍法謂十入及二入少分云何無諍法謂二入少分如有諍法無諍法世間法出世間法入法不入法染汙法不染汙法依家法依出要法亦如是

云何心法謂一入云何非心法謂十一入云何心法法謂若法心相應彼復云何謂受陰想陰彼相應行陰云何非心法法謂若法心不相應彼復云何謂色心心不相應行及無爲如心法法非心法法心相應法心不相應法亦如是

云何心共有法謂若心共有十一入少分除意入云何非心共有法謂意入若非心共有十一入少分云何心隨轉法謂若法心共一起一住一滅彼復云何謂一切心共法及道共定共戒彼心及彼法生住異滅是名心隨轉法

云何非心隨轉法謂若法心不共一起不一住不一滅彼復云何謂除心法法及道共定

共戒若餘色除心隨轉心不相應行若餘心不相應行心及無爲云何心因法謂若入超昇離生人除彼初無漏心若餘心及餘凡夫決定趣向超昇離生除彼未來初無漏心若餘心若心因十一入少分云何非心因法謂若入超昇離生人彼初無漏心及餘凡夫決定趣向超昇離生彼初未來無漏心及非心若非心因十一入少分云何心次第法謂若心次第餘心心法已生當生若無想定滅盡定已起當起是名心次第法云何非心次第法謂除心次第心心法若餘心心法除心次第心不相應行若餘心不相應行色及無爲云何緣心法謂若意識相應緣心云何非緣心法謂除緣心意識相應餘非緣心意識相應及五識相應色及無爲心不相應行

云何心增上法謂有爲法云何非心增上法謂無爲法云何心果法謂一切有爲法及數滅云何非心果法謂虛空非數滅云何心報法謂若心報得十一入少分除聲入云何非心報法謂聲入若非心報得十一入少分云何業法謂身業口業思業云何非業法謂除身口業若餘色除思業若餘行陰餘受等三陰及無爲云何業相應法謂若法思相應彼復云何謂一切心心法除思云何非業相應法謂若法思不相應彼復云何謂色思心不相應行及無爲云何業共有法謂意入若業共有十一入少分除思云何非業共有法謂思業除意入及非業共有十一入少分云何業隨轉法謂若法與思俱一起一住一滅彼復云何謂一切心心法除思若道共定共戒

若彼思業及彼法生住異滅是名業隨轉法云何非業隨轉法謂若法不與思俱一起一住一滅彼復云何謂除心心法及業隨轉身口業若餘色除業隨轉心不相應行若餘心不相應行思及無爲云何業因法謂若入超昇離生入除彼初無漏思業若餘思及餘凡夫決定趣向超昇離生除彼初未來無漏思業若餘思及意入若業因十一入少分云何非業因法謂若入超昇離生人彼初無漏思及餘凡夫決定趣向超昇離生彼未來初無漏思若非業因十一入少分除意入云何業次第法謂若法心次第云何非業次第法謂若法非心次第云何緣業法謂若眼耳意等彼三識身相應緣業云何非緣業法謂若除眼等緣業三識身相應若眼等餘緣非業三識身相應及鼻舌身等三識身相應色及無爲心不相應行云何業增上法謂有爲法云何非業增上法謂無爲法云何業果法謂一切有爲法及數滅云何非業果法謂虛空非數滅云何業報法謂若業報得十一入少分除聲入云何非業報法謂聲入若非業報得十一入少分

云何有法謂有漏法云何非有法謂無漏法云何有相應法謂有漏心心法云何非有相應法謂無漏心心法色及無爲心不相應行云何有共有法謂有漏法若無漏法有漏法俱起云何非有共有法謂除有漏法及共有無漏法若餘無漏法云何有隨轉有因法謂有漏法云何非有隨轉非有因法謂無漏法云何有次第法謂彼有漏心心法次第生餘

心心法已起當起及無想正受滅盡正受已起當起是名有次第法云何非有次第法謂除有次第心心法若餘心心法除有次第心不相應行若餘心不相應行色及無爲云何緣有法謂五識相應及緣有意識相應云何非緣有法謂除五識相應及緣有意識相應若餘意識相應色及無爲心不相應行云何有增上法謂有爲法云何非有增上法謂無爲法

云何有果法謂有漏法若世俗道斷諸結證云何非有果法謂除有漏法及有果無漏法若餘無漏法云何有報法謂若有報得十一入少分除聲入云何非有報法謂聲入若非有報得十一入少分

云何斷知法謂二智法智比智云何智所知法謂一切法智所知云何非智所知法謂若求如是法者不可得也云何斷知所斷法謂有漏法云何非斷知所斷法謂無漏法云何修法謂善有爲法云何非修法謂不善無記法及數滅云何證法謂有二證法智證及得證云何智證法謂一切法智所證云何非智證法謂若求如是法不可得也

云何得證法謂善法依正受證不隱沒無記天眼天耳是名得證云何非得證法謂除不隱沒無記天眼天耳若餘無記及不善法云何習法謂善有爲法云何非習法謂不善無記法及數滅云何有罪法謂不善法及隱沒無記云何無罪法謂善法及不隱沒無記如有罪法無罪法黑法白法退法不退法亦如是

云何隱没法謂穢汚法云何不隱没法謂不穢汚法云何記法謂善法及不善法云何無記法謂除善不善若餘法是云何巳起法謂過去現在法云何不起法謂未來不生法及無爲法云何今起法謂若未來法現前必起云何非今起法謂除未來法現前必起若餘未來法過去現在法及無爲法云何巳滅法謂過去法云何非滅法謂未來現在法及無爲法云何今滅法謂若法現在滅云何非今滅法謂除現在現前滅法若餘現在法及過去未來法及無爲法云何緣起法謂有爲法云何非緣起法謂無爲法如緣起法非緣起法緣生法非緣生法因法非因法有因法非有因法因起法非因起法亦如是

云何因相應法謂一切心心法云何非因相應法謂色及無爲心不相應行云何結法謂九結云何非結法謂除九結若諸餘法云何生結法謂有漏法云何非生結法謂無漏法云何取法謂四取法云何非取法謂無漏法云何受法謂若法自性所攝云何非受法謂若法非自性所攝云何取生法謂有漏法云何非取生法謂無漏法云何煩惱法謂若法纏所起云何非煩惱法謂若法非纏所起云何穢汚法謂不善法及隱没無記云何不穢汚法謂善法及不隱没無記云何有穢汚法謂有漏法云何非有穢汚法謂無漏法云何纏法謂諸煩惱法云何非纏法謂非諸煩惱法云何纏住法謂穢汚心心法云何非纏住法謂不穢汚心法色及無爲心不相應行云何纏生法謂有漏法云何非纏生法謂無漏

法云何有緣法謂一切心心法云何無緣法謂色無爲及心不相應行云何有覺法謂若法覺相應云何非有覺法謂若法覺不相應云何有觀法謂若法觀相應云何非有觀法謂若法觀不相應云何可樂法謂若法喜根相應云何非可樂法謂若法喜根不相應云何受用法謂若法意思惟相應云何非受用法謂若法意思惟不相應云何有事有緣法謂有爲法云何無事無緣法謂無爲法云何有上法謂一切有爲法及虛空非數滅云何無上法謂數滅法云何遠法謂過去未來法云何近法謂現在法及無爲法云何有量法謂若法有量果及報量所得稱云何無量法謂若法無量果及報量所不稱云何見法謂眼根及五邪見世谷正見學見無學見云何非見法謂除眼根若餘色除八見若餘行陰所攝法受等三陰及無爲法云何見處法謂有漏法云何非見處法謂無漏法云何見相應法謂八見相應法云何非見相應法謂非八見相應法

云何凡夫法謂地獄衆生入畜生入餓鬼入鬱單越人入無想天入若由業生彼是名凡夫法云何非凡夫法謂四跡四辯四沙門果無諍願智大悲滅盡正受空空無願無願無相無相熏修禪無間等智淨居天入由業生彼是名非凡夫法云何凡夫共法謂若道共定共生彼有處容凡夫及聖人若正受若生是名凡夫共法云何非凡夫共法謂如非凡夫法云何定法謂五無間業學法無學法云何非定法謂除五無間業及二學法諸餘有

漏法及無爲云何惱法謂不善法及隱没無記云何非惱法謂善法及不隱没無記云何根法謂六内入及法入中根所攝法云何非根法謂五外入及法入中根所不攝法
云何聖諦攝法謂一切有爲法及數滅云何非聖諦攝法謂虛空非數滅云何共有法謂有爲法云何非共有法謂無爲法云何相應法謂一切心心法云何非相應法謂色無爲及心不相應行云何果法謂一切有爲法及數滅云何非果法謂虛空非數滅云何有果法謂有爲法云何非有果法謂無爲法云何報法謂若報得十一入少分除聲入云何非報法謂聲入若非報得十一入少分云何有報法謂不善善有漏法云何非有報法謂無記無漏法云何因緣法謂一切法云何非因緣法謂如是法不可得也
云何有因緣法謂有爲法云何非有因緣法謂無爲法云何出法謂欲界繫善戒色無色界繫出要寂靜善正受學法無學法及數滅
云何非出法謂除欲界繫善戒餘欲界繫法餘色無色界繫出要寂靜善正受餘色無色界繫法及虛空非數滅云何有出法謂有爲法云何非有出法謂無爲法云何相續法謂若彼法分段已起當起彼復云何謂過去現在法若未來法現前必起後法與前法相續是名相續法云何非相續法謂除過去現在法及未來現前必起法若餘未來法及無爲法云何有相續法謂若彼法分段已起彼復云何謂過去現在除阿羅漢最後命終五陰若餘過去現在法前法招後相續是名有相

續法云何非有相續法謂過去現在阿羅漢最後命終五陰若未來法及無爲法二法竟

衆事分阿毗曇論卷第四

音釋

餤以贍切 摶度官切捏聚成團也 扼於革切 猗於羈切輕安也 㮈乃帶切 嫉昨悉切害也 慳丘閑切悋也 欝單越梵語也此云勝處 欝紆勿切

衆事分阿毗曇論卷第五

尊者世友造

宋三藏求那跋陀羅共菩提耶舍譯

分別攝品第六之二

云何善法謂善五陰及數滅云何不善法謂不善五陰云何無記法謂無記五陰及虛空非數滅云何學法謂學五陰云何無學法謂無學五陰云何非學非無學法謂有漏五陰及無爲云何見斷法謂若法隨信行隨法行人無間忍等斷彼云何斷謂見斷八十八使彼相應法彼所起心不相應行云何修斷法謂若法學見跡修斷彼云何斷謂修斷十使彼相應法彼所起身口業彼所起心不相應行及不穢汚有漏法云何不斷法謂無漏法云何見斷因法謂穢汚法若見所斷法報云何修斷因法謂修所斷法即如是法斷云何不斷因法謂無漏有爲法云何可見有對法謂一入云何不可見有對法謂九入云何不可見無對法謂一入云何報法謂若報得十一入少分除聲入云何非報法謂不善善有漏法及聲入云何非報非非報法謂除報無記法若餘無記及無漏法云何下法謂不善法隱沒無記法云何中法謂善有漏及不隱沒無記法云何上法謂無漏有爲法及數滅云何小法謂少信少欲少意解彼相應法彼共有法彼色法謂少微不多不廣是名小法云何大法謂大信大欲大意解彼相應法彼共有法彼色法謂多廣無邊無際無量及虛空非數滅是名大法云何無量法謂無量信無量欲無量意解彼相應法彼共有法彼色

法謂多廣無邊無際無量及虛空數滅非數滅是無量法云何意樂法謂若法意所樂云何非意樂法謂若法非意所樂云何非意樂非非意樂法謂若意於法捨云何樂俱法謂若法樂受相應云何苦俱法謂若法苦受相應云何不苦不樂俱法謂若法不苦不樂受相應云何俱起法謂一切有爲法生相故云何俱住法謂一切有爲法住相故云何俱滅法謂一切有爲法滅相故云何非俱起法謂無爲法非生相故云何非俱住法謂無爲法非住相故云何非俱滅法謂無爲法非滅相故云何心俱起法謂若心俱起十一入少分除意入云何心俱住法謂若法心隨轉云何心俱滅法謂若心俱滅十入少分除聲入及意入云何非心俱起法謂意入若非心俱起十一入少分云何非心俱住法謂若法非心隨轉云何非心俱滅法謂聲入意入若非心俱滅十入少分云何欲界謂欲貪欲貪相應若受想行識彼所起身口業彼所起心不相應行云何瞋恚界謂瞋恚瞋恚相應若受想行識彼所起身口業彼所起心不相應行云何害界謂害害相應若受想行識彼所起身口業彼所起心不相應行云何出要界謂出要出要相應若受想行識彼所起身口業彼所起心不相應行及數滅云何無瞋恚界謂無瞋恚無瞋恚相應若受想行識彼所起身口業彼所起心不相應行云何無害界謂無害無害相應若受想行識彼所起身口業彼所起心不相應行云何欲界謂若法欲貪使所使云何色界謂若法色貪使所使云何無

色界謂若法無色貪使所使云何色界謂欲界色界是名色界云何無色界謂四無色是名無色界云何滅界謂數滅及非數滅是名滅界

又復一切色法是名色界除數滅非數滅餘一切非色法是名無色界數滅及非數滅是名滅界云何欲有謂若業欲界繫受緣轉起未來彼業報云何色有謂若業色界繫受緣轉起未來彼業報云何無色有謂若業無色界繫受緣轉起未來彼業報云何欲漏謂除欲界繫無明餘欲界繫相應結縛使煩惱纏是名欲漏云何有漏謂除色無色界繫無明餘色無色界繫相應結縛使煩惱纏是名有漏云何無明漏謂愚三界闇無知

云何過去世謂若行已起等起生等生轉已轉已有已過去已盡變過去過去究竟過去世所攝是名過去世云何未來世謂若行未起未等起未生未等生未轉未已轉未有未現在未來未來究竟未來世所攝是名未來世云何現在世謂若行今起等起生等生轉已轉已有已現在住未盡變現在現在究竟現在世所攝是名現在世云何過去說事謂過去行云何未來說事謂未來行云何現在說事謂現在行云何苦苦苦變苦苦行苦苦謂欲界苦苦苦色界變苦苦無色界行苦苦復次苦受苦苦樂受變苦苦不苦不樂受行苦苦復次非意樂行苦苦意樂行變苦苦非意樂行非非意樂行行苦苦云何有覺有觀法謂若覺觀相應云何無覺有觀法謂若法覺不相應觀相應云何無覺無觀法謂

若法覺觀不相應云何有覺有觀地謂欲界至梵世及無漏法云何無覺有觀地謂修禪中間已能得至大梵及無漏法云何無覺無觀地謂一切光音一切遍淨一切果實一切無色及無漏法

云何身業謂身作及無作云何口業謂口作及無作云何意業謂思業云何善業謂善身口業及善思業云何不善業謂不善身口業及不善思業云何無記業謂無記身口業及無記思業云何學業謂學身口業及學思業云何無學業謂無學身口業及無學思業云何非學非無學業謂有漏身口業及有漏思業云何見斷業謂若業隨信行隨法行人無間忍等斷彼云何斷謂見斷八十八使相應思業云何修斷業謂若業學見跡修斷彼云何斷謂修斷十使相應思業彼所起身口業及不穢汚有漏業云何不斷業謂無漏身口業及無漏思業云何現法受業謂若業此生作長養彼業即此生受現法報非餘生受是名現法受業云何生受業謂若業此生作長養彼業第二生受報是名生受業云何後受業謂若業此生作長養彼業至第三第四生方受其報或復經衆多生然後受報是名後受業

云何樂受業謂欲界相應善業乃至第三禪善業云何苦受業謂不善業云何不苦不樂受業謂第四禪地善業乃至無色界相應善業三法竟

云何身念處謂十色入及法入中所攝色是名身念處云何受念處謂六受身眼觸生受

如是耳鼻舌身意觸生受云何心念處謂六識身眼識耳鼻舌身意識身是名心念處云何法念處謂受所不攝非色法法入攝是名法念處復次身增上彼道生善有漏及無漏是名身念處受心法增上彼道生善有漏及無漏是名法念處復次緣身慧是身念處緣受心法慧是法念處

云何已起惡不善法方便令斷正勤謂已起惡不善法修令斷增上道生善有漏及無漏是名已起惡不善法方便令斷正勤云何未起惡不善法方便令不起正勤謂未起惡不善法修令不起增上道生善有漏及無漏是名未生惡不善法方便令不生正勤云何未生善法方便令生正勤謂未生善法勤修令生增上道生善有漏及無漏是名未生善法勤修令生正勤云何已生善法方便勤修令住使不忘失滿足修習增廣智證正勤謂已起善法勤修令住使不忘失滿足修習增廣智證增上道生善有漏及無漏是名已生善法勤修令住使不忘失滿足修習增廣智證正勤

云何欲定淨行成就如意足謂欲增上彼道生善有漏及無漏是名欲定淨行成就如意足云何精進心慧定淨行成就如意足謂慧等增上彼道生善有漏及無漏是名慧定淨行成就如意足

云何初禪謂初禪所攝善五陰云何第二第三第四禪謂乃至第四禪所攝善五陰云何苦聖諦謂五盛陰云何集聖諦謂有漏因云何苦滅聖諦謂數滅滅云何苦滅道聖諦謂

學法無學法
云何慈謂慈慈相應若受想行識彼所起身口業及彼所起心不相應行悲喜亦如是云何捨謂捨捨相應若受想行識彼所起身口業及彼所起心不相應行
云何虚空入處謂虚空入處有二種謂正受及受生彼相應法若受想行識如虚空入處識入處無所有入處亦如是云何非想非非想入處謂非想非非想入處有二種謂正受及受生彼相應法若受想行識是名非想非非想入處
云何隨乞得衣知足聖種謂隨乞得衣知足業增上彼道生善有漏及無漏是名隨乞得衣知足聖種云何隨乞得食及眠卧具等及樂閑靜樂修聖種謂隨乞得食眠卧具等樂閑靜樂修業增上彼道生善有漏及無漏是名隨乞得食及眠卧具等及樂閑靜樂修聖種云何須陀洹沙門果謂須陀洹果有二種有爲及無爲云何須陀洹有爲果謂證須陀洹果若學法已得今得當得是名須陀洹有爲果云何須陀洹無爲果謂證須陀洹果若結使斷已得今得當得是名須陀洹無爲果如須陀洹沙門果斯陀含沙門果阿那含沙門果亦如是云何阿羅漢沙門果謂阿羅漢果有二種有爲及無爲云何阿羅漢有爲果謂證阿羅漢果若無學法已得今得當得是名阿羅漢有爲果云何阿羅漢無爲果謂證阿羅漢果若諸結斷已得今得當得是名阿羅漢無爲果
云何法智謂知欲界繫行無漏智廣説如前

五法品乃至無生智亦如是
云何義辯謂不動智於彼第一義善能分別
云何法辯謂不動智於彼名味句身善能分
別云何辭辯謂不動智於彼言說不生礙想
云何隨應辯謂不動智不斷不散決定自在
云何因緣謂有爲法云何次第緣謂過去現
在除阿羅漢最後命終心心法若餘過去現
在心心法云何緣緣增上緣謂境界一切法
云何麤摶食謂摶食性因彼食故諸根增長
四大增長隨養隨護充足清明是名摶食云
何觸食謂緣有漏觸諸根增長四大增長養
育諸根隨護長養亦如前說云何意思食謂
緣有漏思諸根增長四大增長如前廣說云
何識食謂緣有漏識諸根增長四大增長如
前廣說

云何欲流謂除欲界繫五見及無明餘欲界
繫結縛使煩惱纏是名欲流云何有流謂除
色無色界繫五見及無明餘色無色界繫結
縛使煩惱纏是名有流云何見流謂五見是
名見流云何無明流謂愚三界闇無知如流
栀亦如是
云何欲取謂除欲界繫五見餘欲界繫結縛
使煩惱纏是名欲取云何見取謂四見除一
見謂身見邊見邪見取見是名見取云何
戒取謂一見除四見謂取戒見彼復云何謂
若人邪取戒相以爲清淨即是解脫起見起
忍是名戒取云何我取謂除色無色界繫五
見餘色無色界繫結縛使煩惱纏是名我取
云何過去法謂過去五陰云何未來法謂未
來五陰云何現在法謂現在五陰云何非過

去未來現在法謂無爲法
云何欲界繫法謂欲界繫五陰云何色界繫
法謂色界繫五陰云何無色界繫法謂無色
界繫四陰云何不繫法謂無漏五陰及無爲
云何善因法謂善有爲法及善法報云何不
善因法謂欲界繫穢汚法及不善法報云何
無記因法謂無記有爲法及不善法云何非
善因非不善因非無記因法謂無爲法
云何有緣緣法謂意識相應心心法緣云何
無緣緣法謂五識相應若意識相應色無爲
心不相應行緣云何有緣緣無緣緣法謂若
意識相應心心法緣色無爲心不相應行緣
云何非有緣緣非無緣緣法謂色無爲心不
相應行四法竟
云何五陰五盛陰謂廣説如前分別七事品

云何地獄趣謂地獄衆生若一性一種類一
身自分得處得事得入若地獄衆生生彼處
不隱没無記色受想行識是名地獄趣畜生
餓鬼趣亦如是云何天趣人趣謂若天若人
一性一種類一身自分得處得事得入若天
若人生彼此處不隱没無記色受想行識是
名人天趣
云何見苦斷煩惱身謂煩惱身若隨信行隨
法行人苦無間忍等斷彼云何斷謂見苦斷
二十八使彼相應煩惱身云何見集斷煩惱
身謂煩惱身若隨信行隨法行人集無間忍
等斷彼云何斷謂見集斷十九使彼相應煩
惱身云何見滅斷煩惱身謂煩惱身若隨信
行隨法行人滅無間忍等斷彼云何斷謂見
滅斷十九使彼相應煩惱身云何見道斷煩

惱身謂煩惱身若隨信行隨法行人道無間忍等斷彼云何斷謂見道斷二十二使彼相應煩惱身云何修斷煩惱身謂煩惱身若學見迹修斷彼云何斷謂修斷十使彼相應煩惱身

云何色法謂一切四大及四大所造云何心法謂六識身眼識身乃至意識身云何心法法謂若法心相應彼復云何謂受想思觸憶欲解脫念定慧信精進覺觀乃至煩惱結纏如前五法品廣說云何心不相應行謂若法心不相應彼復云何謂諸得乃至名句味身如前五法品廣說云何無爲法謂三無爲虛空數滅非數滅五法竟

云何地界謂堅相云何水界謂濕相云何火界謂熱相云何風界謂輕動相云何虛空界謂空邊色云何識界謂五識身及有漏意識云何見苦斷法謂隨信行隨法行人苦無間忍等斷廣說如前分別諸入品集滅道修亦如是云何不斷法謂無漏法六法竟

云何欲貪使謂如欲貪說云何瞋恚使謂惱害衆生云何有愛使謂色無色愛云何慢使謂慢心高下受云何無明使謂愚三界闇無知云何見使謂五邪見云何疑使謂惑諦不了

云何初識住謂有色衆生種種身種種想謂人及天是名初識住處云何初次第相續數謂初識住彼相應不相應若色受想行識是名初識住有色衆生種種身一種想謂梵天身彼初所轉是名第二識住處云何第二次第相續數謂第二識住彼相應不相應若色

受想行識是名第二識住有色衆生一種身種種想謂光音天是名第三識住處乃至是名第三識住廣說如上有色衆生一種身一種想謂遍淨天是名第四識住處乃至是名第四識住廣說如上無色衆生離一切色想離礙想礙想究竟無種種想思惟無邊空處住無邊空入處謂空入處天是名第五識住云何第五次第相續數謂第五識住彼相應若受想行識是名第五識住無色衆生已離一切虛空入處無量識住無量識入處謂識入處天是名第六識住乃至是名第六識住廣說如上無色衆生已離一切識入處無所有住無所有入處謂無所有入處天是名第七識住乃至是名第七識住廣說如上

云何念覺支謂賢聖弟子於苦思惟苦於集思惟集於滅思惟滅於道思惟道無漏意思惟相應若念隨念念不忘失不散忘常不廢忘是名念覺支云何擇法覺支謂賢聖弟子於苦思惟苦於集思惟集於滅思惟滅於道思惟道無漏意思惟相應於法簡擇選擇擇相等擇相決定相慧覺聰明慧行觀察是名擇法覺支云何精進覺支謂賢聖弟子於苦思惟苦乃至於道思惟道無漏意思惟相應若欲精進方便出要勇健心攝受捷疾無間是名精進覺支云何喜覺支謂賢聖弟子乃至無漏意思惟相應若心歡喜踊躍增上歡喜決定心樂所堪能喜所喜是名喜覺支云何猗覺支謂賢聖弟子乃至無漏意思惟相應若身猗心猗樂猗所猗是名猗覺支云何定覺支謂賢聖弟子乃至無漏意思惟相應

若心住等住樂住所住不散不亂攝受一心是名定覺支云何捨覺支謂賢聖弟子於苦思惟苦於集思惟集於滅思惟滅於道思惟道無漏意思惟相應若心平等等攝受心無受用住是名捨覺支 七法竟

云何初解脫處謂內有色想外觀色是名初解脫處云何初次第相續數次第正受謂初解脫處若入正受善色受想行識是名初解脫處內無色想外觀色是名第二解脫處云何第二次第相續數次第正受謂第二解脫處若入正受善色受想行識是名第二解脫處淨解脫處身證住是名第三解脫處乃至第三次第正受廣說如上離一切色想離礙想礙想究竟思惟無邊空處入無邊空處是名第四解脫處云何第四次第相續數次第正受謂第四解脫處若入正受若善受想行識是名第四解脫處離一切空入處入無邊識處是名第五解脫處乃至第五次第正受廣說如上無所有處非想非非想處乃至第七正受廣說如上是名第七解脫處離一切非想非非想處想受滅身證住是名第八解脫處云何第八次第相續數次第正受謂第八解脫處若入正受若解脫得脫若法想微因想微次第想不相續不成就是名第八解脫處

云何初勝處謂內有色想外觀少色若好色若惡色謂彼勝處生觀想是名初勝處入云何初勝處次第相續數次第正受謂初勝處若入正受善色受想行識是名初勝處入內有色想外觀多色若好色若惡色謂彼勝處

生觀想是名第二勝處入乃至第二正受廣說如上乃至第七勝處正受廣說如上是名第七勝處入內無色想外觀色白白色白觀白光譬如憂私多羅華色成就如婆羅㮈衣白白色白觀白光如是比丘內無色想外觀色白白色白觀白光謂彼勝處生觀想是名第八勝處入云何第八次第相續數次第正受謂第八勝處若入正受善色受想行識是名第八勝處入

云何正見謂賢聖弟子於苦思惟苦於集思惟集於滅思惟滅於道思惟道無漏意思惟相應於法簡擇選擇擇相等擇相決定相慧覺聰明慧行觀察是名正見云何正思惟謂賢聖弟子乃至於道思惟道無漏意思惟相應若心覺隨覺色覺增上色覺覺數覺覺思惟等思惟是名正思惟云何正語謂賢聖弟子於苦思惟苦乃至於道思惟道無漏意思惟相應除邪命口四過餘口惡行無漏數滅不作不爲收攝律儀等護自防不作惡行不作過罪堅固堤塘住堅固不犯住是名正語云何正業謂賢聖弟子乃至於道思惟道無漏意思惟相應除邪命身三惡餘身惡行無漏數滅不作不爲乃至堅固不犯住如前正語說是名正業云何正命謂賢聖弟子乃至於道思惟道無漏意思惟相應如前所除邪命身口惡無漏數滅不作不爲如上廣說是名正命云何正方便說謂賢聖弟子乃至於道思惟道無漏意思惟相應廣說如精進覺支是名正方便正念廣說如念覺支是名正念云何正定謂賢聖弟子於苦思惟苦乃至

於道思惟道無漏意思惟相應廣說如正定覺支八法竟

云何貪欲結謂三界貪云何瞋恚結謂惱害衆生云何慢結謂七慢云何無明結謂愚三界闇無知云何見結謂三見身見邊見邪見云何他取結謂二見見取戒取云何疑結謂惑諦不了云何嫉結謂心妬增廣云何慳結謂心攝受堅著

云何初衆生居處謂有色衆生種種身種種想謂天及人是名初衆生居處是名初次第相續數云何名衆生居處謂衆生於中止住於中受生入是名衆生住處云何第二第三第四衆生居處謂如識住處廣說云何第五衆生居處謂有色衆生無想所謂無想天是名第五衆生居處第五次第相續數如上廣說云何第六衆生居處謂無色衆生離一切色想離礙想礙想究竟乃至第八衆生居處廣說如後三識住處云何第九衆生居處謂無色衆生離一切無所有處入非想非非想處住所謂非想非非想天是名第九衆生居處次第相續數如上廣說是名九衆生居處九法竟

云何初一切入處謂地一切入一相生上下諸方無二無量是名初一切入處云何初次第相續數次第正受謂初一切入處若入正受善色受想行識是名地一切入處如地一切入水火風青黃赤白一切入處亦如是空一切入處識一切入處一相生上下諸方無二無量是名十一切入處云何十一切入次第相續數次第正受謂十一切入處若入正

受善色受想行識是名十一切入處無學正見乃至無學正定如道支說云何無學正解脫謂賢聖弟子乃至於道思惟道無學意思惟相應若心已解脫當解脫云何無學解脫正知見謂盡智無生智十法竟

云何有漏色謂若色有漏從取生謂此色過去未來現在起欲令起當起若恚若癡一一心數起諸煩惱令起當起是名有漏色乃至有漏識亦如是

云何無漏色謂若色無漏不從取生謂此色過去未來現在若欲應生不生若恚若癡及餘心數煩惱應生不生是名無漏色如是乃至無漏識亦如是

云何無爲法謂三無爲虛空數滅非數滅十一法竟

云何十二入十八界謂如前分別七事品廣說十二法十八法竟

云何眼根謂如眼入如是乃至身根如身入

云何女根謂身根少分男根亦如是

云何命根謂三界中命

云何意根謂若心意識彼復云何謂六識身所謂眼識乃至意識

樂根苦根喜根憂根捨根如前分別七事品廣說

云何信根謂依出要寂靜生信善法增上信正思惟種種行種種作種種思惟心清淨是名信根

云何精進根謂出要寂靜生於善法若欲精進方便勇猛攝心常不懈息是名精進根

云何念根謂出要寂靜生於善法若念隨念

是名念根

云何定根謂出要寂靜生於善法若心離亂善住等住是名定根

云何慧根謂出要寂靜生於善法擇法照察決斷審了是名慧根

云何未知當知根所謂超昇離生人若學慧根謂彼根隨信行隨法行未無間等四聖諦而無間等生是名未知當知根

云何已知根所謂見諦人無間等若學慧根謂彼根信解脫見至身證已無間等四聖諦增上無間生是名已知根

云何無知根所謂阿羅漢盡諸漏結若無學慧根謂彼根慧解脫俱解脫現法樂住增上無間生是名無知根 二十二法竟

云何九十八使謂三十六使欲界繫三十一使色界繫三十一使無色界繫 九十八法竟

衆事分阿毗曇論卷第五

音釋

種類 種之隴切類力遂切 廢 放吠切弛也 簡擇 簡古限切選也擇場伯切揀也 健 渠建切有力也 捷 疾葉切緻疾也 踊躍 踊余隴切躍以灼切 譬 四智切諭也 堤塘 堤都奚切岸也塘徒郎切隄岸也 懈 居隘切懶也

衆事分阿毗曇論卷第六

尊者世友造

宋三藏求那跋陀羅共菩提耶舍譯

分別攝品第六之三

爾燄法識法通爾燄法緣法增上法十八界十二入五陰攝十智知六識識一切使使色法十一界十一入一陰攝八智知除知他心智及滅智六識識欲色二界一切徧使使及修斷使使非色法八界二入四陰攝十智知一識識一切使使

可見法一界一入一陰攝七智知除知他心智及滅道智二識識欲色二界一切遍使使及修斷使使不可見法十七界十一入五陰攝十智知五識識一切使使

有對法十界十入一陰攝七智知除知他心智及滅道智六識識欲色二界一切遍使使及修斷使使無對法八界二入五陰攝十智知一識識一切使使

有漏法十八界十二入五陰攝八智知除滅道智六識識一切使使無漏法三界二入五陰攝八智知除苦集智一識識使所不使

有爲法十八界十二入五陰攝九智知除滅智六識識一切使使無爲法一界一入陰所不攝六智知除知他心智及苦集道智一識識使所不使

有諍法十八界十二入五陰攝八智知除滅道智六識識一切使使無諍法三界二入五陰攝八智知除苦集智一識識使所不使如有諍法無諍法世間法出世間法入法不入法染汚法不染汚法依家法依出要法亦如

是
心法七界一入一陰攝九智知除滅智一識
識一切使使非心法十一界十一入四陰攝
十智知六識識一切使使
心法法一界一入三陰攝九智知除滅智一
識識一切使使非心法法十八界十二入三
陰攝十智知六識識一切使使如心法法非
心法法心相應法心不相應法亦如是
心共有法十一界十一入四陰攝九智知除
滅智六識識一切使使非心共有法十八界
十二入三陰攝十智知六識識一切使使心
隨轉法一界一入四陰攝九智知除滅智一
識識一切使使非心隨轉法十八界十二入
三陰攝十智知六識識一切使使心因法十
入界十二入五陰攝九智知除滅智六識識
一切使使非心因法十三界十二入五陰攝
十智知六識識三界一切遍使使及修斷使
使心次第法八界二入四陰攝九智知除滅
智一識識一切使使非心次第法十八界十
二入五陰攝十智知六識識一切使使緣心
法三界二入四陰攝九智知除滅智一識識
有爲緣使使非緣心法十八界十二入五陰
攝十智知六識識一切使使心增上法十八
界十二入五陰攝九智知除滅智一切使使
非心增上法一界一入陰所不攝六智知除
知他心智及苦集道智一識識使所不使心
果法十八界十二入五陰攝十智知六識識
一切使使非心果法一界一入陰所不攝一
智知謂等智一識識使所不使心報法十七
界十一入五陰攝八智知除滅道智五識識

三界一切遍使使及修斷使使非心報法十八界十二入五陰攝十智知六識識一切使使業法三界三入二陰攝九智知除滅智三識識謂眼耳及意一切使使非業法十八界十二入五陰攝十智知六識識一切使使業相應法八界二入四陰攝九智知除滅智一識識一切使使非業相應法十一界十一入二陰攝十智知六識識一切使使業共有法十八界十二入五陰攝九智知除滅智六識識一切使使非業共有法十一界十一入二陰攝十智知六識識一切使使業隨轉法八界二入五陰攝九智知除滅智一識識一切使使非業隨轉法十一界十一入二陰攝十智知六識識一切使使業因法十八界十二入五陰攝九智知除滅智六識識一切使使非業因法十一界十一入二陰攝十智知六識識三界一切遍使使及修斷使使業次第法八界二入四陰攝九智知除滅智一識識一切使使

非業次第法十八界十二入五陰攝十智知六識識一切使使緣業法五界二入四陰攝九智知除滅智一識識有爲緣使使非緣業法十八界十二入五陰攝十智知六識識一切使使業增上法十八界十二入五陰攝九智知除滅智六識識一切使使非業增上法一界一入陰所不攝六智知除知他心智及苦集道智一識識使所不使業果法十八界十二入五陰攝十智知六識識一切使使非業果法一界一入陰所不攝一智知謂等智一識識使所不使業報法十七界十一入五

陰攝八智知除滅道智五識識三界一切遍使使及修斷使使非業報法十八界十二入五陰攝十智知六識識一切使使有法十八界十二入五陰攝八智知除滅道智六識識一切使使非有法三界二入五陰攝八智知除苦集智一識識使所不使有相應法八界二入四陰攝八智知除滅道智一識識一切使使非有相應法十三界十一入五陰攝十智知六識識有漏緣使使有共有法十八界十二入五陰攝九智知除滅智六識識一切使使非有共有法三界二入五陰攝八智知除苦集智一識識使所不使有隨轉有因法十八界十二入五陰攝八智知除滅道智六識識一切使使非有隨轉非有因法三界二入五陰攝八智知除苦集智一識識使所不使有次第法八界二入四陰攝九智知除滅智一識識一切使使非有次第法十八界十二入五陰攝十智知六識識一切使使緣有法八界二入四陰攝九智知除滅智一識識有漏緣使使非緣有法十三界十二入五陰攝十智知六識識一切使使有增上法十八界十二入五陰攝九智知除滅智六識識一切使使非有增上法一界一入陰所不攝六智知除知他心智及苦集道智一識識使所不使有果法十八界十二入五陰攝九智知除滅智六識識一切使使非有果法三界二入五陰攝八智知除苦集智一識識使所不使有報法十七界十一入五陰攝八智知除滅道智五識識三界一切遍使使及修斷使使非有報法十八界十二入五陰

攝十智知六識識一切使使

智所知法十八界十二入五陰攝十智知六識識一切使使非智所知法界入及陰所不攝智所不知識所不識使所不使

斷知所斷法十八界十二入五陰攝八智知除滅道智六識識一切使使非斷知所斷法三界二入五陰攝八智知除苦集智一識識使所不使

修法十界四入五陰攝九智知除滅智三識識三界一切遍使使及修斷使使非修法十八界十二入五陰攝九智知除道智六識識一切使使

智證法十八界十二入五陰攝十智知六識識一切使使非智證法界入及陰所不攝智所不知識所不識使所不使

得證法十二界六入五陰攝十智知三識識三界一切遍使使及修斷使使非得證法十八界十二入五陰攝八智知除滅道智六識識一切使使

習法十界四入五陰攝九智知除滅智三識識三界一切遍使使及修斷使使非習法十八界十二入五陰攝九智知除道智六識識一切使使

有罪法十界四入五陰攝八智知除滅道智三識識一切使使無罪法十八界十二入五陰攝十智知六識識三界一切遍使使及修斷使使如有罪法無罪法黑法白法退法不退法隱沒法不隱沒法亦如是

記法十界四入五陰攝十智知三識識欲界一切使使色無色界一切徧使使及修斷使

使無記法十八界十二入五陰攝八智知除滅道智六識識色無色界一切欲界二身見集斷一切徧使使

已起法十八界十二入五陰攝九智知除滅智六識識一切使使不起法十八界十二入五陰攝十智知六識識一切使使如已起法不起法令起法非令起法已滅法非滅法令滅法非令滅法亦如是

緣起法十八界十二入五陰攝九智知除滅智六識識一切使使非緣起法一界一入陰所不攝六智知除知他心智及苦集道智一識識使所不使如緣起法非緣起法緣生法非緣生法因法非因法有因法非有因法因起法非因起法亦如是

因相應法八界二入四陰攝九智知除滅智一識識一切使使非因相應法十一界十一入二陰攝九智知除知他心智六識識有漏緣使使

結法一界一入一陰攝八智知除滅道智一識識除無漏緣獨無明餘一切使使非結法十八界十二入五陰攝十智知六識識一切使使生結法十八界十二入五陰攝八智知除滅道智六識識一切使使非生結法三界二入五陰攝八智知除苦集智一識識使所不使

取法一界一入一陰攝八智知除滅道智一識識一切使使非取法三界二入五陰攝八智知除苦集智一識識使所不使

受法九界九入一陰攝七智知除知他心智及滅道智五識識欲色二界一切遍使使及

修斷使使非受法十八界十二入五陰攝十智知六識識一切使使

取生法十八界十二入五陰攝八智知除滅道智六識識一切使使非取生法三界二入五陰攝八智知除苦集智一識識使所不使

煩惱法一界一入一陰攝八智知除滅道智一識識一切使使非煩惱法十八界十二入五陰攝十智知六識識一切使使

穢汚法十界四入五陰攝八智知除滅道智三識識一切使使不穢汚法十八界十二入五陰攝十智知六識識一切使使有穢汚法十八界十二入五陰攝八智知除滅道智六識識一切使使非有穢汚法三界二入五陰攝八智知除苦集智一識識使所不使

纏法一界一入一陰攝八智知除滅道智一識識一切使使非纏法十八界十二入五陰攝十智知六識識一切使使纏住法八界二入四陰攝八智知除滅道智一識識一切使使非纏住法十八界十二入五陰攝十智知六識識有漏緣使使纏生法廣說如有漏法

非纏生法廣說如無漏法

有緣法八界二入四陰攝九智知除滅智一識識一切使使無緣法十一界十一入二陰攝九智知除知他心智六識識有漏緣使使

有覺法八界二入四陰攝九智知除滅智一識識欲色二界一切使使非有覺法十三界十二入五陰攝十智知六識識一切使使如有覺法非有覺法有觀法非有觀法亦如是

可樂法三界二入三陰攝九智知除滅智一識識色界一切使使除欲界無漏緣疑相應

無明餘欲界一切使使非可樂法十八界十二入五陰攝十智知六識識一切使使

受用法八界二入四陰攝九智知除滅智一識識一切使使非受用法十一界十一入二陰攝十智知六識識一切使使

有事有緣法十八界十二入五陰攝九智知除滅智六識識一切使使無事無緣法一界一入陰所不攝六智知除知他心智及苦集道智一識識使所不使

有上法十八界十二入五陰攝九智知除滅智六識識一切使使無上法一界一入陰所不攝六智知除知他心智及苦集道智一識識使所不使

遠法十八界十二入五陰攝九智知除滅智六識識一切使使近法十八界十二入五陰攝十智知六識識一切使使如遠法近法有量法無量法亦如是

見法二界二入二陰攝九智知除滅智一識識有漏緣使使及無漏緣見彼相應無明非見法十七界十一入五陰攝十智知六識識一切使使

見處法十八界十二入五陰攝八智知除滅道智六識識一切使使非見處法三界二入五陰攝八智知除苦集智一識識使所不使

見相應法三界二入四陰攝九智知除滅智一識識有漏緣使使及無漏緣見彼相應無明非見相應法十八界十二入五陰攝十智知六識識除無漏緣見餘一切使使

凡夫法十八界十二入五陰攝八智知除滅道智六識識三界一切使使非凡夫法十一

界十入五陰攝十智知四識識三界一切遍使使及修斷使使凡夫共法十八界十二入五陰攝八智知除滅道智六識識三界一切使使非凡夫共法十一界十入五陰攝十智知四識識三界一切遍使使及修斷使使定法五界四入五陰攝九智知除滅智三識識欲界一切遍使使及修斷使使非定法十八界十二入五陰攝九智知除道智六識識一切使使惱法十界四入五陰攝八智知除滅道智三識識一切使使非惱法十八界十二入五陰攝十智知六識識三界一切遍使使及修斷使使根法十三界七入四陰攝九智知除滅智一識識一切使使非根法六界六入三陰攝十智知六識識一切使使聖諦攝法十八界十二入五陰攝十智知六識識一切使使非聖諦攝法一界一入陰所不攝一智知謂等智一識識使所不使共有法十八界十二入五陰攝九智知除滅智六識識一切使使非共有法一界一入陰所不攝六智知除知他心智及苦集道智一識識使所不使相應法八界二入四陰攝九智知除滅智一識識一切使使非相應法十一界十一入二陰攝九智知除知他心智六識識有漏緣使使果法十八界十二入五陰攝十智知六識識一切使使非果法一界一入陰所不攝一智知謂等智一識識使所不使有果法十八界十二入五陰攝九智知除滅智六識識一

切使使
非有果法一界一入陰所不攝六智知除知他心智及苦集道智一識識使所不使
報法十七界十一入五陰攝八智知除滅道智五識識三界一切徧使使及修斷使使非報法十八界十二入五陰攝十智知六識識
一切使使有報法十界四入五陰攝八智知除滅道智三識識欲界一切使使色無色界一切徧使使及修斷使使非有報法十八界十二入五陰攝十智知六識識色無色界一切欲界二身見集斷一切遍使使及修斷使使因緣法廣說如智所知法非因緣法廣說如非智所知法有因緣法廣說如有果法非有因緣法廣說如非有果法
出法五界四入五陰攝十智知三識識三界一切遍使使及修斷使使非出法十八界十二入五陰攝八智知除滅道智六識識一切使使
有出法十八界十二入五陰攝九智知除滅智六識識一切使使非有出法一界一入陰所不攝六智知除知他心智及苦集道智一識識使所不使
相續法十八界十二入五陰攝九智知除滅智六識識一切使使非相續法十八界十二入五陰攝十智知六識識一切使使如相續法非相續法有相續法非有相續法亦如是

二法竟

善法十界四入五陰攝十智知三識識三界一切徧使使及修斷使使不善法十界四入五陰攝七智知除比智及滅道智三識識欲

界一切使使無記法十八界十二入五陰攝八智知除滅道智六識識色無色界一切欲界二身見集斷一切遍使使及修斷使使

學法三界二入五陰攝七智知除苦集滅智一識識使所不使無學法亦如是非學非無學法十八界十二入五陰攝九智知除道智六識識一切使使

見斷法三界二入四陰攝八智知除滅道智一識識見斷一切使使修斷法十八界十二入五陰攝八智知除滅道智六識識修斷一切使使及一切徧使使不斷法三界二入五陰攝八智知除苦集智一識識使所不使見斷因法十八界十二入五陰攝八智知除滅道智六識識一切使使修斷因法十八界十二入五陰攝八智知除滅道智六識識修斷一切使使及一切徧使使不斷因法三界二入五陰攝七智知除苦集滅智一識識使所不使

可見有對法一界一入一陰攝七智知除知他心智及滅道智二識識欲色二界一切徧使使及修斷使使不可見有對法九界九入一陰攝七智知除知他心智及滅道智五識識欲色二界一切徧使使及修斷使使不可見無對法八界二入五陰攝十智知一識識一切使使

報法十七界十一入五陰攝八智知除滅道智五識識三界一切徧使使及修斷使使非報法十界四入五陰攝八智知除滅道智三識識欲界一切使使色無色界一切徧使使及修斷使使非報非非報法十八界十二

入五陰攝十智知六識識色無色界一切欲界二身見集斷一切遍使使及修斷使使下法十界四入五陰攝八智知除滅道智三識識一切使使中法十八界十二入五陰攝八智知除滅道智六識識三界一切徧使使及修斷使使上法三界二入五陰攝八智知除苦集智一識識使所不使

小法及大法十八界十二入五陰攝九智知除滅智六識識一切使使

無量法意樂法非意樂法非意樂非不意樂法十八界十二入五陰攝十智知六識識一切使使

樂俱法八界二入三陰攝九智知除滅智一識識色界一切使使除欲界無漏緣疑彼相應無明餘欲界一切使使苦俱法八界二入三陰攝七智知除比智及滅道智一識識欲界一切使使不苦不樂俱法八界二入三陰攝九智知除滅智一識識一切使使

俱起法俱住法俱滅法十八界十二入五陰攝九智知除滅智六識識一切使使非俱起法非俱住法非俱滅法一界一入陰所不攝六智知除知他心智及苦集道智一識識使所不使

心俱起法十一界十一入四陰攝九智知除滅智六識識一切使使心俱住法一界一入四陰攝九智知除滅智一識識一切使使心俱滅法十界十入四陰攝九智知除滅智五識識一切使使非心俱起法非心俱住法非心俱滅法十八界十二入三陰攝十智知六識識一切使使

欲界十界四入五陰攝七智知除比智及滅
道智三識識欲界有漏緣使使如欲界瞋恚
界亦如是害界五界四入五陰攝七智知除
比智及滅道智三識識欲界一切徧使使及
修斷使使
出要界十界四入五陰攝十智知三識識三
界一切徧使使及修斷使使無瞋界無害界
十界四入五陰攝九智知除滅智三識識三
界一切徧使使及修斷使使
欲界十八界十二入五陰攝七智知除比智
及滅道智六識識欲界一切使使色界十四
界十入五陰攝七智知除法智及滅道智四
識識色界一切使使無色界三界二入四陰
攝六智知除法智知他心智及滅道智一識
識無色界一切使使

欲界色界是名色界者十八界十二入五陰
攝八智知除滅道智六識識欲色二界一切
使使四無色是名無色界者三界二入四陰
攝六智知除法智知他心智及滅道智一識
識無色界一切使使數滅及非數滅是名滅
界者一界一入陰所不攝六智知除知他心
智及苦集道智一識識使所不使一切色法
是名色界者十一界十一入一陰攝八智知
除知他心智及滅智六識識欲色二界一切
遍使使及修斷使使除數滅及非數滅餘一
切非色法是名無色界者八界二入四陰攝
九智知除滅智一識識一切使使數滅及非
數滅是名滅界者一界一入陰所不攝六智
知除知他心智及苦集道智一識識使所不
使欲有十八界十二入五陰攝七智知除比

智及滅道智六識識欲界一切使使色有十四界十入五陰攝七智知除法智及滅道智四識識色界一切使使無色有三界二入四陰攝六智知除法智知他心智及滅道智一識識無色界一切使使

欲漏一界一入一陰攝七智知除比智及滅道智一識識欲界一切使使有漏一界一入一陰攝七智知除法智及滅道智一識識色無色界一切使使無明漏一界一入一陰攝八智知除滅道智一識識除無漏緣無明餘一切使使

衆事分阿毗曇論卷第六

衆事分阿毗曇論卷第七

尊者世友造
宋三藏求那跋陀羅共菩提耶舍譯

分別攝品第六之四

三世及三世說事十八界十二入五陰攝九智知除滅智六識識一切使使

欲界苦苦十八界十二入五陰攝七智知除比智及滅道智六識識欲界一切使使色界變苦苦十四界十入五陰攝七智知除法智及滅道智四識識色界一切使使無色界行苦苦三界二入四陰攝六智知除法智他心智及滅道智一識識無色界一切使使

復次苦受苦苦一界一入一陰攝七智知除比智及滅道智一識識欲界一切使使樂受變苦苦一界一入一陰攝九智知除滅智一識識色界一切使使除欲界無漏緣疑及彼相應無明餘欲界一切使使不苦不樂受行苦苦一界一入一陰攝九智知除滅智一識識一切使使

有覺有觀法八界二入四陰攝九智知除滅智一識識欲色二界一切使使無覺有觀法三界二入四陰攝九智知除滅智一識識欲色二界一切使使無覺無觀法十三界十二入五陰攝十智知六識識色無色界一切使使欲界有漏緣使使有覺有觀地十八界十二入五陰攝九智知除滅智六識識欲色二界一切使使無覺有觀地三界二入五陰攝九智知除滅智一識識色界一切遍使使及修斷使使無覺無觀地十一界十入五陰攝九智知除滅智四識識色無色界一切使使

身業二界二入一陰攝八智知除知他心智及滅智二識識欲色二界一切遍使使及修斷使使如身業口業亦如是意業一界一入一陰攝九智知除滅智一識識一切使使

善業三界三入二陰攝九智知除滅智三識識三界一切遍使使及修斷使使不善業三界三入二陰攝七智知除比智及滅道智三識識欲界一切使使無記業三界三入二陰攝八智知除滅道智三識識色無色界一切欲界二身見集斷一切遍使使及修斷使使

學業一界一入二陰攝七智知除苦集滅智一識識使所不使如學業無學業亦如是非學非無學業三界二入三陰攝八智知除滅道智三識識一切使使

見斷業一界一入一陰攝八智知除滅道智一識識見斷一切使使修斷業三界三入二陰攝八智知除滅道智三識識修斷一切使使及一切遍使使不斷業一界一入二陰攝七智知除苦集滅智一識識使所不使

現法受業生受業後受業三界三入二陰攝八智知除滅道智三識識欲界一切使使色無色界一切遍使使及修斷使使

樂受業三界三入二陰攝八智知除滅道智三識識欲色二界一切遍使使及修斷使使

苦受業三界三入二陰攝七智知除比智及滅道智三識識欲界一切使使不苦不樂受業一界一入二陰攝七智知除法智及滅道智一識識色無色界一切遍使使及修斷使使竟

三法

身念處十一界十一入一陰攝八智知除知

他心智及滅智六識識欲色二界一切遍使使及修斷使使受念處一界一入一陰攝九智知除滅智一識識一切使使心念處七界一入一陰攝九智知除滅智一識識一切使使法念處一界一入二陰攝十智知一識識一切使使

復次身增上彼道生善有漏及無漏受心法增上彼道生善有漏及無漏四正勤四神足三界二入五陰攝九智知除滅智一識識三界一切遍使使及修斷使使

禪三界二入五陰攝九智知除滅智一識識色界一切遍使使及修斷使使

苦諦十八界十二入五陰攝八智知除滅道智六識識一切使使如苦諦集諦亦如是滅諦一界一入陰所不攝六智知除知他心智及苦集道智一識識使所不使道諦三界二入五陰攝七智知除苦集滅智一識識使所不使慈悲喜捨三界二入五陰攝七智知除法智及滅道智一識識色界一切遍使使及修斷使使空入處識入處無所有入處三界二入四陰攝七智知除法智知他心智滅智一識識無色界一切使使非想非非想入處三界二入四陰攝六智知除法智知他心智及滅道智一識識無色界一切使使

四聖種三界二入五陰攝九智知除滅智一識識三界一切遍使使及修斷使使

有爲沙門果三界二入五陰攝七智知除苦集滅智一識識使所不使無爲沙門果一界一入陰所不攝六智知除知他心智及苦集道智一識識使所不使

法智一界一入一陰攝六智知除比智及苦集滅智一識識使所不使比智一界一入一陰攝六智知除法智及苦集滅智一識識使所不使知他心智一界一入一陰攝九智知除滅智一識識色界一切遍使使及修斷使使等智一界一入一陰攝八智知除滅道智一識識除見無漏緣餘一切使使餘智一界一入一陰攝七智知除苦集滅智一識識使所不使

義辯及應辯一界一入一陰攝九智知除滅智一識識三界一切遍使使及修斷使使法辯及辭辯一界一入一陰攝八智知除滅道智一識識欲色二界一切遍使使及修斷使使

因緣十八界十二入五陰攝九智知除滅智六識識一切使使次第緣八界二入四陰攝九智知除滅智一識識一切使使所緣緣及增上緣十八界十二入五陰攝十智知六識識一切使使

摶食三界三入一陰攝六智知除比智知他心智及滅道智四識識欲界一切遍使使及修斷使使觸食及意思食一界一入一陰攝八智知除滅道智一識識一切使使識食七界一入一陰攝八智知除滅道智一識識一切使使

欲流一界一入一陰攝六智知除比智及滅道智一識識欲界一切使使有流一界一入一陰攝七智知除法智及滅道智一識識色無色界一切使使見流一界一入一陰攝八智知除滅道智一識識見斷有漏緣使使除

見相應無漏緣無明無明流一界一入一陰攝八智知除滅道智一識識除無漏緣無明餘一切使使如流扼亦如是

欲取一界一入一陰攝七智知除比智及滅道智一識識欲界一切使使見取一界一入一陰攝八智知除滅道智一識識見斷有漏緣使使除見相應無漏緣無明戒取一界一入一陰攝八智知除滅道智一識識見苦斷一切使使見集斷一切遍使使乃至見道斷有漏緣使使我取廣說如有流

過去法未來法現在法十八界十二入五陰攝九智知除滅智六識識一切使使非過去未來現在法一界一入陰所不攝六智知除知他心智及苦集道智一識識使所不使

欲界繫法十八界十二入五陰攝七智知除比智及滅道智六識識欲界一切使使色界繫法十四界十入五陰攝七智知除法智及滅道智四識識色界一切使使無色界繫法三界二入四陰攝六智知除法智知他心智及滅道智一識識無色界一切使使不繫法三界二入五陰攝八智知除苦集智一識識使所不使

善因法十八界十二入五陰攝九智知除滅智六識識三界一切遍使使及修斷使使不善因法十八界十二入五陰攝七智知除比智及滅道智六識識欲界一切使使無記因法十八界十二入五陰攝八智知除滅道智六識識一切使使非善因非不善因非無記因法一界一入陰所不攝六智知除知他心智及苦集道智一識識使所不使

有緣緣法三界二入四陰攝九智知除滅智一識識有爲緣使使無緣緣法八界二入四陰攝九智知除滅智一識識一切使使有緣緣無緣緣法三界二入四陰攝九智知除滅智一識識一切使使非有緣緣非無緣緣法十一界十一入二陰攝九智知除知他心智六識識有漏緣使使四法竟

色陰十一界十一入一陰攝八智知除知他心智及滅智六識識欲色二界一切遍使使及修斷使使受陰想陰行陰一界一入三陰攝九智知除滅智一識識一切使使識陰七界一入一陰攝九智知除滅智一識識一切使使色盛陰十一界十一入一陰攝七智知除知他心智及滅道智六識識欲色二界一切遍使使及修斷使使受盛陰想盛陰行盛陰一界一入三陰攝八智知除滅道智一識識一切使使識盛陰七界一入一陰攝八智知除滅道智一識識一切使使

地獄趣畜生餓鬼及人趣十八界十二入五陰攝七智知除比智及滅道智六識識欲界一切使使天趣十八界十二入五陰攝八智知除滅道智六識識三界一切使使

見苦斷煩惱身一界一入一陰攝八智知除滅道智一識識見苦斷一切使使及見集斷一切遍使使見集斷煩惱身一界一入一陰攝八智知除滅道智一識識見集斷一切使使及見苦斷一切遍使使見滅斷煩惱身一界一入一陰攝八智知除滅道智一識識見滅斷有漏緣使使及一切遍使使見道斷煩惱身一界一入一陰攝八智知除滅道智一

識識見道斷有漏緣使使及一切遍使使修斷煩惱身一界一入一陰攝八智知除滅道智一識識修斷一切使使及一切遍使使色法如色除心法如識陰心法法一界一入三陰攝九智知除滅智一識識一切使使心不相應行一界一入一陰攝八智知除知他心智及滅智一識識有漏緣使使無爲法廣說如果非果法五法竟

地界一界一入一陰攝七智知除知他心智及滅道智二識識欲色二界一切遍使使及修斷使使如地界水界火界風界虛空界亦如是識界七界一入一陰攝八智知除滅道智一識識一切使使

見苦斷法三界二入四陰攝八智知除滅道智一識識見苦斷一切使使及見集斷一切遍使使見集斷法三界二入四陰攝八智知除滅道智一識識見集斷一切使使及見苦斷一切遍使使見滅斷法三界二入四陰攝八智知除滅道智一識識見滅斷一切使使及一切遍使使見道斷法三界二入四陰攝八智知除滅道智一識識見道斷一切使使及一切遍使使修斷法十八界十二入五陰攝八智知除滅道智六識識修斷一切使使及一切遍使使不斷法三界二入五陰攝八智知除苦集智一識識使所不使六法竟

貪欲使及瞋恚使一界一入一陰攝七智知除比智及滅道智一識識欲界有漏緣使使有愛使一界一入一陰攝七智知除法智及滅道智一識識色無色界有漏緣使使慢使一界一入一陰攝八智知除滅道智一識識

三界有漏緣使使無明使一界一入一陰攝
八智知除滅道智一識識除無漏緣無明餘
一切使使見使一界一入一陰攝八智知除
滅道智一識識見斷有漏緣使使及見相應
無漏緣無明疑使一界一入一陰攝八智知
除滅道智一識識見斷有漏緣使使及疑相
應無漏緣無明
初識住處十八界十二入五陰攝七智知除
比智及滅道智六識識欲界一切使使第二
識住處十四界十入五陰攝七智知除法智
及滅道智四識識色界一切使使第三第四
識住處十一界十入五陰攝七智知除法智
及滅道智一識識色界一切使使第五第六
第七識住處三界二入四陰攝六智知除法
智知他心智及滅道智一識識無色界一切

使使
七覺支品一界一入二陰攝七智知除苦集
滅智一識識使所不使七法竟
初解脱處及第二第三解脱處三界二入五
陰攝七智知除法智及滅道智一識識色界
一切遍使使及修斷使使空入處解脱識入
處解脱無所有入處解脱三界二入四陰攝
七智知除法智知他心智及滅智一識識無
色界一切遍使使及修斷使使非想非非想
入處解脱三界二入四陰攝六智知除法智
知他心智及滅道智一識識無色界一切遍
使使及修斷使使想受滅入處解脱一界一
入一陰攝六智知除法智知他心智及滅道
智一識識無色界一切遍使使及修斷使使
八勝處入及入一切入處三界二入五陰攝

七智知除法智及滅道智一識識色界一切遍使使及修斷使使

道支中正語正業正命一界一入一陰攝六智知除知他心智及苦集滅智一識識使所不使諸餘道支　界一入一陰攝七智知除苦集滅智一識識使所不使八法竟

貪欲結及慢結一界一入一陰攝八智知除滅道智一識識三界有漏緣使使瞋恚結一界一入一陰攝七智知除比智及滅道智一識識欲界有漏緣使使無明結如無明使見結如見使他取結一界一入一陰攝八智知除滅道智一識識見斷有漏緣使使疑結一界一入一陰攝八智知除滅道智一識識見斷有漏緣使使及疑相應無漏緣無明慳嫉二結一界一入一陰攝七智知除比智及滅道智一識識欲界一切遍使使及修斷使使

初衆生居處如初識住處第二衆生居處如第二識住處第三第四第五衆生居處如第三第四第五識住處餘衆生居處如餘識住處九法竟

空一切入處及識一切入處三界二入四陰攝六智知除法智知他心智及滅道智一識識無色界一切遍使使及修斷使使

無學法中正語正業正命一界一入一陰攝六智知除知他心智及苦集滅智一識識使所不使餘無學法如餘道支十法竟

有漏色十一界十一入一陰攝七智知除知他心智及滅道智六識識欲色二界一切遍使使及修斷使使有漏受想行一界一入三陰攝八智知除滅道智一識識一切使使有

漏識如識界無漏色一界一入一陰攝六智知除知他心智及苦集滅智一識識使所不使無漏受想行一界一入三陰攝七智知除苦集滅智一識識使所不使無漏識二界一入一陰攝七智知除苦集智及滅智一識識使所不使無爲法廣說如果非果法法十一竟

眼入一界一入一陰攝一智知除知他心智及滅道智一識識欲色二界一切遍使使及修斷使使如眼入耳入鼻入舌入身入眼界耳界鼻界舌界身界眼根耳根鼻根舌根身根亦如是色入一界一入一陰攝七智知除知他心智及滅道智二識識欲色二界一切遍使使及修斷使使如色入聲入觸入色界聲界觸界亦如是香入一界一入一陰攝六智知除比智知他心智及滅道智二識識欲界一切遍使使及修斷使使如香入味入香界味界亦如是意入七界一入一陰攝九智知除滅智一識識一切使使如意入意界意根亦如是法入一界一入四陰攝十智知一識識一切使使如法入法界亦如是法十二竟

眼識界二界一入一陰攝八智知除滅道智一識識欲色二界一切遍使使及修斷使使如眼識界耳識界身識界亦如是鼻識界二界一入一陰攝七智知除比智及滅道智一識識欲界一切遍使使及修斷使使如鼻識界舌識界亦如是意識界二界一入一陰攝九智知除滅智一識識一切使使法十八竟

女根一界一入一陰攝六智知除比智知他心智及滅道智一識識欲界一切遍使使及修斷使使如女根男根亦如是命根一界一

入一陰攝七智知除知他心智及滅道智一識識三界一切遍使使及修斷使使樂根一界一入一陰攝九智知除滅智一識識色界一切使使欲界一切遍使使及修斷使使苦根一界一入一陰攝七智知除比智及滅道智一識識欲界一切遍使使及修斷使使喜根一界一入一陰攝九智知除滅智一識識色界一切使使除欲界無漏緣疑及彼相應無明除欲界一切使使憂根一界一入一陰攝七智知除比智及滅道智一識識欲界一切使使捨根一界一入一陰攝九智知除滅智一識識一切使使信根一界一入一陰攝九智知除滅智一識識三界一切遍使使及修斷使使如信根精進根念根定根慧根亦如是未知當知根三界二入三陰攝七智知除苦集滅智一識識使所不使如未知當知根已知根無知根亦如是二十二法竟

欲界繫見苦斷使一界一入一陰攝七智知除比智及滅道智一識識欲界繫見苦斷一切使使及見集斷一切遍使使欲界繫見集斷使一界一入一陰攝七智知除比智及滅道智一識識欲界繫見集斷一切使使及見苦斷一切遍使使欲界繫見滅斷使一界一入一陰攝七智知除比智及滅道智一識識除欲界繫見滅斷無漏緣不共無明除欲界繫見滅斷一切使使及一切遍使使欲界繫見道斷使一界一入一陰攝七智知除比智及滅道智一識識除欲界繫見道斷無漏緣不共無明餘欲界繫見道斷一切使使及一切遍使使欲界繫修斷使一界一入一陰攝

七智知除比智及滅道智一識識欲界繫修斷一切使使及一切遍使使如欲界繫色界繫無色界繫亦如是色界差別者除法智無色界差別者六智知除法智知他心智滅道智餘如上說九十八使竟

衆事分阿毗曇論卷第七

音釋

辭詳茲切言辭也　盛承正切多也大也　憂於求切愁也

衆事分阿毗曇論卷第八

尊者世友造

宋三藏求那跋陀羅共菩提耶舍譯

千問論品第七之一

戒淨果通種斷如意足念諦

戒者謂優婆塞五戒問云何五答謂優婆塞受盡形壽不殺生是優婆塞學迹盡形壽不偷盜不邪婬不妄語不飲酒是優婆塞學迹

問此優婆塞五戒幾色幾非色幾可見幾不可見幾有對幾無對幾有漏幾無漏幾有爲幾無爲幾有報幾無報幾因緣生世所攝幾非因緣生非世所攝幾色攝幾名攝幾內入攝幾外入攝幾智知幾非智知幾斷知知幾非斷知知幾斷幾不斷幾應修幾不應修幾穢汚幾不穢汚幾果幾非果幾有果幾非有果幾果亦有果幾非果亦非有果幾受幾不受幾四大造幾非四大造幾有上幾無上幾是有幾非是有幾因相應幾因不相應

有六處善攝謂善色善受想行識及數滅問爲善處攝五戒爲五戒攝善處

有五處不善攝謂不善色不善受想行識問爲不善處攝五戒爲五戒攝不善處

有七處無記攝謂無記色無記受想行識及虛空非數滅問爲無記處攝五戒爲五戒攝無記處

有三處漏攝謂欲漏有漏無明漏問爲漏處攝五戒爲五戒攝漏處

有五處有漏攝謂有漏色有漏受想行識問爲有漏處攝五戒爲五戒攝有漏處

有六處無漏攝謂無漏色無漏受想行識及

數滅問爲無漏處攝五戒爲五戒攝無漏處
問此五戒幾過去幾未來幾現在幾非過去
非未來非現在幾善幾不善幾無記幾欲界
繫幾色界繫幾無色界繫幾不繫幾學幾無
學幾非學非無學幾見諦斷幾修斷幾不斷
幾心幾心法幾非心幾非心法幾心相應幾
唯心幾心隨轉非受相應幾受相應非心隨
轉幾心隨轉亦受相應幾非心隨轉亦非受
相應幾心隨轉非想行相應幾想行相應非
心隨轉幾心隨轉亦想行相應幾非心隨轉
亦非想行相應幾覺隨轉非觀相應幾觀相
應非覺隨轉幾覺隨轉亦觀相應幾非覺隨
轉亦非觀相應幾見非見處幾見處非見幾
見亦見處幾非見亦非見處幾身見因非身
見幾身見非身見因幾身見因亦身見幾非
身見因亦非身見幾業非業報幾業報非業
幾業亦業報幾非業亦非業報幾業非業隨
轉幾業隨轉非業幾業亦業隨轉幾非業亦
非業隨轉幾造色色非可見色幾可見色非
造色色幾造色色亦可見色幾非造色色亦
非可見色幾造色色非有對色幾有對色非
造色色幾造色色亦有對色幾非造色亦非
有對色幾甚深難了幾難了甚深
幾善非善因幾善因非善幾善亦善因幾非
善亦非善因幾不善非不善因幾不善因非
不善幾不善亦不善因幾非不善亦非不善
因幾無記非無記因幾無記因非無記幾無
記亦無記因幾非無記亦非無記因幾因緣
緣非有因幾有因非因緣緣幾因緣緣亦有
因幾非因緣緣亦非有因幾次第緣緣非次

第幾次第非次第緣緣幾次第緣緣亦次第幾非次第緣緣亦非次第幾緣緣非有緣幾有緣非緣緣緣緣幾緣緣亦有緣幾非緣緣亦非有緣幾增上緣緣非增上幾增上非增上緣緣幾增上亦增上緣緣幾非增上緣緣亦非增上幾流非隨流幾隨流非流幾流亦隨流幾非流亦非隨流如是一切修多羅廣問

問此優婆塞五戒幾色幾非色者今當答謂一切是色一不可見四分別謂四作可見無作不可見彼一切作有對無作無對一切是有漏一切是有爲一切是有報一切從因緣生世所攝一切是色所攝一切是外入所攝一切是智知一切是斷知一切是斷一切是應修一切不穢汚一切是果亦有果一切是不受一切是四大造一切是有上一切是有一切因不相應

善一處少分攝五戒五戒亦攝善一處少分不善處所不攝無記處所不攝漏處所不攝有漏一處少分攝五戒五戒亦攝有漏一處少分無漏處所不攝一切或過去或未來或現在一切是善一切是欲界繫一切是非學非無學一切是修斷一切是非心非心法非心相應一切是非心隨轉非受相應一切是非心隨轉非想行相應一切是非覺隨轉非觀相應一切是見處非見一切非身見因身見亦非彼因一切是業非業報一切是業非業隨轉一是造色色非可見色四分別謂四若作是造色色可見色若無作是造色色非可見色一切若作是造色色有對色若無作

是造色色非有對色一切是甚深難了難了甚深

一切是善亦善因一切非不善亦非不善因一切非無記亦非無記因一切是因緣緣亦有因一切非次第亦非次第緣緣一切是緣緣緣非有緣一切是增上緣緣及有增上一切是隨流非流

淨者謂四不壞淨問云何四答謂佛不壞淨法不壞淨僧不壞淨聖戒不壞淨

問此四不壞淨幾色幾非色答一是色三非色一切不可見一切是無對一切是無漏一切是有爲一切是無報一切從因緣生世所攝一是色所攝三是名所攝一切是外入所攝一切是智知一切非斷知知一切是不斷一切是應修一切不穢汚一切是果及有果一切是不受一是四大造三業四大造一切是有上一切是非有一因不相應三因相應善二處少分攝四不壞淨四不壞淨亦攝善二處少分不善處所不攝無記處所不攝漏處所不攝有漏處所不攝無漏一處及一處少分攝四不壞淨四不壞淨亦攝無漏一處及一處少分一切或過去或未來成現在一切是善一切是不繫

問不壞淨幾學幾無學幾非學非無學答一切應分別佛不壞淨或學或無學云何學謂學意思惟相應佛不壞淨云何無學謂無學意思惟相應佛不壞淨如佛不壞淨法僧不壞淨亦如是

聖戒不壞淨或學或無學云何學謂學身口業云何無學謂無學身口業一切是不斷一

非心非心法非心相應三心法心相應一心隨轉非受相應三心隨轉亦受相應一心隨轉非想行相應三心隨轉亦想行相應除其自性

問不壞淨幾覺隨轉非觀桐應答一切應分別佛不壞淨或有覺有觀或無覺有觀或無覺無觀云何有覺有觀謂有覺有觀意思惟相應佛不壞淨云何無覺有觀謂無覺有觀意思惟相應佛不壞淨云何無覺無觀謂無覺無觀意思惟相應佛不壞淨如佛不壞淨法僧不壞淨亦如是

聖戒不壞淨或覺隨轉非觀相應或非覺隨轉亦非觀相應云何覺隨轉非觀相應謂覺隨轉身口業餘非覺隨轉亦非觀相應一切非見亦非見處一切非身見因身見亦非彼因一是業非業報三非業亦非業報一是業亦業隨轉三業隨轉非業一是造色色非可見色三非造色色亦非可見色一是造色色非有對色三非造色色亦非有對色一切是甚深難了難了甚深

一切是善亦善因一切非不善亦非不善因一切非無記亦非無記因一切是因緣緣亦有因

問不壞淨幾次第非次第緣緣答一非次第亦非次第緣緣三分別佛不壞淨或次第非次第緣緣作三句次第非次第緣緣者謂未來現前必起佛不壞淨次第亦次第緣緣者謂過去現在佛不壞淨非次第亦非次第緣緣者謂除未來現前必起佛不壞淨若餘未來佛不壞淨如佛不壞淨法僧不壞淨亦如

是一是緣緣緣非有緣三是緣緣緣亦有緣一切是增上緣緣及有增上一切非流亦非隨流

果者謂四沙門果問云何四答謂須陀洹果乃至阿羅漢果

問此四沙門果幾色幾非色答謂沙門果所攝身口業是色餘非色一切不可見一切是無對一切是無漏

問沙門果幾有爲幾無爲答一切應分別謂須陀洹果或有爲或無爲云何有爲謂須陀洹果有爲五陰云何無爲謂須陀洹果所攝數滅如須陀洹果乃至阿羅漢果亦如是一切是無報沙門果若有爲從因緣生世所攝若無爲非因緣生非世所攝沙門果所攝身口業是色所攝餘是名所攝沙門果所攝心意識是內入所攝餘是外入所攝一切是智知一切非斷智知及不斷若有爲是應修若無爲是不應修一切不穢汚若有爲是果及有果若無爲是果非有果一切是不受沙門果所攝身口業是四大造餘非四大造若有爲是有上若無爲是無上一切是非有沙門果所攝身口業及心不相應行及數滅因不相應餘因相應

善六處少分攝四沙門果四沙門果亦攝善六處少分不善處所不攝無記處所不攝漏處所不攝有漏處所不攝無漏六處少分攝四沙門果四沙門果亦攝無漏六處少分若有爲或過去或未來或現在若無爲非過去非未來非現在一切是善一切是不繫

問沙門果幾學幾無學幾非學非無學答一

切應分別謂須陀洹果或學或非學非無學云何學謂須陀洹有爲果云何非學非無學謂須陀洹無爲果如須陀洹果斯陀含果阿那含果亦如是

阿羅漢果或無學或非學非無學云何無學謂阿羅漢有爲果云何非學非無學謂阿羅漢無爲果一切是不斷沙門果所攝身口業心不相應行及數滅非心非心法非心相應沙門果所攝受陰想陰彼相應行陰是心法心相應心意識即心也

問須陀洹果幾心隨轉非受相應答作四句心隨轉非受相應者謂心隨轉身口業心隨轉心不相應行及受受相應非心隨轉者謂心意識心隨轉亦受相應者謂想陰彼相應行陰非心隨轉亦非受相應者謂除心隨轉心不相應行若餘心不相應行及數滅如須陀洹果乃至阿羅漢果亦如是如受想行亦如是除其自性

問須陀洹果幾覺隨轉非觀相應答作四句覺隨轉非觀相應者謂覺隨轉身口業覺隨轉心不相應行及覺相應觀觀相應非覺隨轉者謂覺覺隨轉亦觀相應者謂覺觀相應心心法非覺隨轉亦非觀相應者謂除覺隨轉心不相應行若餘心不相應行及數滅如須陀洹果斯陀含果亦如是

阿那含果或覺隨轉非觀相應作四句覺隨轉非觀相應者謂覺隨轉身口業覺隨轉心不相應行及覺相應觀觀相應非覺隨轉者謂覺若覺不相應觀相應心心法覺隨轉亦觀相應者謂覺觀相應心心法非覺隨轉亦

非觀相應者謂除覺隨轉身口業若餘身口業除覺隨轉心不相應行若餘心不相應行及覺不相應觀及非覺觀相應心心法及數滅如阿那含果阿羅漢果亦如是

須陀洹果所攝慧是見非見處餘非見亦非見處如須陀洹果斯陀含果阿那含果亦如是

阿羅漢果所攝盡智無生智所不攝無漏慧是見非見處餘非見亦非見處一切非身見因身見亦非彼因沙門果所攝身口業及思是業非業報餘非業亦非業報

問須陀洹果幾業非業隨轉答作四句業非業隨轉者謂思業業隨轉非業者謂受陰想陰識陰若思所不攝業隨轉行陰業亦業隨轉者謂業隨轉身口業非業亦非業隨轉者謂除業隨轉心不相應行若餘心不相應行及數滅如須陀洹果乃至阿羅漢果亦如是

沙門果所攝身口業是造色色非可見色餘非造色色亦非可見色沙門果所攝身口業是造色色非有對色餘非造色色亦非有對色一切是甚深難了難了甚深

沙門果若有爲是善亦善因若無爲是善非善因一切非不善亦非不善因一切非無記亦非無記因沙門果若有爲是因緣緣及有因若無爲非因緣緣及非因

問沙門果幾次第非次第緣緣答一切應分別沙門果若有爲或次第非次第緣緣作三句次第非次第緣緣者謂未來現在必起心心法次第亦次第緣緣者謂過去現在心心法非次第亦非次第緣緣者謂除未來現前

必起心心法若餘未來心心法及身口業心不相應行及數滅沙門果若有爲所攝身口業心不相應行及數滅是緣緣緣非有緣餘者是緣緣緣亦有緣沙門果若有爲是增上緣緣及有增上若無爲是增上緣緣非有增上一切非流亦非隨流

通者謂四通問云何四答謂有苦遲通有苦速通有樂遲通有樂速通云何苦遲通謂未來禪中間禪及三無色若鈍根道云何苦速通謂未來禪中間禪及三無色若利根道云何樂遲通謂根本四禪若鈍根道云何樂速通謂根本四禪若利根道

問此四通幾是色幾非色答通所攝身口業是色餘非色一切不可見一切是無對一切是無漏一切是有爲一切是無報一切從因緣生世所攝通所攝身口業是色所攝餘是名所攝通所攝心意識是內入所攝餘是外入所攝一切是智知一切非斷知知及不斷一切是應修一切不穢污一切是果及有果一切是不受通所攝身口業是四大造餘非四大造一切是有上一切是非有通所攝身口業及心不相應行因不相應餘因相應善五處少分攝四通四通亦攝善五處少分不善處所不攝無記處所不攝漏處所不攝有漏處所不攝無漏五處少分攝四通四通亦攝無漏五處少分一切或過去或未來或現在一切是善一切是不繫

問四通幾學幾無學答一切應分別通或學或無學云何學謂通所攝學五陰云何無學謂通所攝無學五陰一切是不斷通所攝身

口業心不相應行非心非心法非心相應通所攝受陰想陰彼相應行陰是心法心相應心意識即心也

問四通幾心隨轉非受相應答作四句心隨轉非受相應者謂心隨轉身口業心隨轉心不相應行及受受相應非心隨轉者謂心意識心隨轉亦受相應者謂想陰彼相應行陰非心隨轉亦非受相應者謂除心隨轉心不相應行若餘心不相應行如受想行亦如是除其自性

問苦遲通幾覺隨轉非觀相應答作四句覺隨轉非觀相應者謂覺隨轉身口業覺隨轉心不相應行及覺相應觀觀相應非覺隨轉者謂覺若覺不相應觀相應心心法覺隨轉亦觀相應者謂覺觀相應心心法非覺隨轉亦非觀相應者謂除覺隨轉身口業若餘身口業除覺隨轉心不相應行若餘心不相應行及非覺相應觀及非覺觀相應心心法如樂遲通苦遲通苦速通亦如是

樂遲通或覺隨轉非觀相應作四句覺隨轉非觀相應者謂覺隨轉身口業覺隨轉心不相應行及覺相應觀觀相應非覺隨轉者謂覺若覺不相應觀相應心心法覺隨轉亦觀相應者謂覺觀相應心心法非覺隨轉亦非觀相應者謂除覺隨轉身口業若餘身口業除覺隨轉心不相應行若餘心不相應行及覺不相應觀及非覺觀相應心心法如樂遲通樂速通亦如是

通所攝盡智無生智所不攝無漏慧是見非見處餘非見亦非見處一切非身見因身見

亦非彼因通所攝身口業及思此是業非業報餘非業亦非業報

問四通幾業非業隨轉答作四句業非業隨轉者謂思業業隨轉非業者謂受陰想陰識陰若思所不攝業隨轉行陰業亦業隨轉者謂業隨轉身口業非業亦非業隨轉者謂除業隨轉心不相應行若餘心不相應行

通所攝身口業是造色色非可見色餘非造色色亦非可見色通所攝身口業是造色色非有對色餘非造色色亦非有對色一切是甚深難了難了甚深

一切是善亦善因一切非不善亦非不善因一切非無記亦非無記因一切是因緣緣亦有因

問四通幾次第非次第緣緣答一切應分別通或次第非次第緣緣作三句次第非次第緣緣者謂未來現前必起心心法次第亦次第緣緣者謂過去現在心心法非次第亦非次第緣緣者謂除未來現前必起心心法若餘未來心心法及身口業心不相應行通所攝身口業心不相應行是緣緣緣非有緣餘者是緣緣緣亦有緣一切是增上緣緣及有增上一切非流亦非隨流

種者謂四聖種問云何四答一謂隨乞得衣知足聖種二謂隨乞得食知足聖種三謂隨得眠卧具等知足聖種四謂樂閑靜樂修聖種

問此四聖種幾色幾非色答聖種所攝身口業是色餘非色一切是不可見一切是無對

問聖種幾有漏幾無漏答一切應分別聖種

或有漏或無漏云何有漏謂聖種所攝有漏五陰云何無漏謂聖種所攝無漏五陰一切是有爲若有漏彼有報若無漏彼無報一切從因緣生世所攝聖種所攝身口業是色所攝餘是名所攝聖種所攝心意識是内入所攝餘是外入所攝一切是智知若有漏斷知知及斷若無漏非斷知知及不斷一切是應修一切不穢汚一切是果及有果一切是不受聖種所攝身口業是四大造餘非四大造一切是有上聖種若有漏彼是有若無漏彼非有聖種所攝身口業及心不相應行因不相應餘因相應

善五處少分攝四聖種四聖種亦攝善五處少分不善處所不攝無記處所不攝漏處所不攝或有漏處攝非聖種作四句有漏處攝非聖種者謂聖種所不攝有漏五陰聖種攝非有漏處者謂聖種所攝無漏五陰有漏處攝亦聖種者謂聖種所攝有漏五陰非有漏處攝亦非聖種者謂虛空及數滅非數滅或無漏處攝非聖種作四句無漏處攝非聖種者謂虛空及數滅非數滅聖種攝非無漏處者謂聖種所攝有漏五陰無漏處攝亦聖種者謂聖種所攝無漏五陰非無漏處攝亦非聖種者謂聖種所不攝有漏五陰一切或過去或未來或現在一切是善

聖種或欲界繫或色界繫或無色界繫或不繫云何欲界繫謂聖種所攝欲界繫五陰云何色界繫謂聖種所攝色界繫五陰云何無色界繫謂聖種所攝無色界繫四陰云何不繫謂無漏四聖種

問聖種幾學幾無學幾非學非無學答一切應分別聖種或學或無學或非學非無學云何學謂聖種所攝學五陰云何無學謂聖種所攝無學五陰云何非學非無學謂聖種所攝有漏五陰聖種若有漏彼修斷若無漏彼不斷聖種所攝身口業及心不相應行非心非心法非心相應聖種所攝受陰想陰彼相應行陰是心法心相應心意識即心也

問聖種幾心隨轉非受相應答作四句心隨轉非受相應者謂心隨轉身口業心隨轉心不相應行及受受相應非心隨轉者謂心意識心隨轉亦受相應者謂想陰彼相應行陰非心隨轉亦非受相應者謂除心隨轉身口業若餘身口業除心隨轉心不相應行若餘心不相應行如受想行亦如是除其自性

問聖種幾覺隨轉非觀相應答作四句覺隨轉非觀相應者謂覺隨轉身口業覺隨轉心不相應行及覺相應觀觀相應非覺隨轉者謂覺若覺不相應觀相應心心法覺隨轉亦觀相應者謂覺觀相應心心法非覺隨轉亦非觀相應者謂除覺隨轉身口業若餘身口業除覺隨轉心不相應行若餘心不相應行及覺不相應觀及非覺觀相應心心法

問聖種幾見非見處答作四句見非見處者謂聖種所攝盡智無生智所不攝無漏慧見處非見者謂見所不攝有漏四聖種見亦見處者謂世俗正見非見亦非見處者謂見所不攝無漏四聖種

一切非身見因身見亦非彼因聖種所攝身口業及思此是業非業報餘非業亦非業報

問聖種幾業非業隨轉答作四句業非業隨轉者謂除業隨轉身口業若餘身口業及思業業隨轉非業者謂受陰想陰識陰若思所不攝業隨轉行陰業亦業隨轉者謂業隨轉身口業非業亦非業隨轉者謂除業及業隨轉心不相應行若餘心不相應行

聖種所攝身口業是造色色非可見色餘非造色色亦非可見色

聖種所攝身口業是造色色非有對色餘非造色色亦非有對色一切是甚深難了難了甚深

一切是善亦善因一切非不善亦非不善因一切非無記亦非無記因一切是因緣緣亦有因

問聖種幾次第非次第緣緣答一切應分別聖種或次第非次第緣緣作三句次第非次第緣緣者謂未來現前必起心心法次第亦次第緣緣者謂過去現在心心法非次第亦非次第緣緣者謂除未來現前必起心心法若餘未來心心法及身口業心不相應行

聖種所攝身口業心不相應行是緣緣緣非有緣餘者是緣緣緣亦有緣一切是增上緣緣及有增上聖種若有漏彼隨流非流若無漏非流亦非隨流

如四聖種四正勤四如意足善聚修多羅亦如是

念者謂四念處問云何四答謂身念處乃至法念處云何身念處謂緣身慧云何受念處謂緣受慧云何心念處謂緣心慧云何法念處謂緣法慧

問此四念處幾色幾非色答一切非色一切不可見一切是無對
問念處幾有漏幾無漏答一切應分別緣身慧或有漏或無漏云何有漏謂有漏意思惟相應緣身慧云何無漏謂無漏意思惟相應緣身慧如緣身慧乃至緣法慧亦如是
一切是有爲念處若有漏彼有報若無漏彼無報一切從因緣生世所攝一切是名所攝一切是外入所攝一切是智知若有漏斷知及斷若無漏非斷知知及不斷一切是應修一切不穢汙一切是果及有果一切是不受一切非四大造一切是有上念處若有漏是有若無漏非是有一切因相應
善一處少分攝四念處四念處亦攝善一處少分不善處所不攝無記處所不攝漏處所不攝
或有漏處攝非念處作四句有漏處攝非念處者謂有漏色陰有漏受陰想陰識陰念處所不攝有漏行陰念處攝非有漏處者謂無漏四念處有漏處攝亦念處者謂有漏四念處非有漏處攝亦非念處者謂無漏色陰受陰想陰識陰念處所不攝無漏行陰及無爲
或無漏處攝非念處作四句無漏處攝非念處者謂無漏色陰受陰想陰識陰念處所不攝無漏行陰及無爲念處攝非無漏者謂有漏四念處無漏處攝亦念處者謂無漏四念處非無漏處攝亦非念處者謂有漏色陰受陰想陰識陰念處所不攝有漏行陰一切或過去或未來或現在一切是善
問念處幾界繫答一切應分別緣身慧或欲

界繫或色界繫或無色界繫或不繫云何欲界繫謂欲界繫意思惟相應緣身慧云何色界繫謂色界繫意思惟相應緣身慧云何無色界繫謂無色界繫意思惟相應緣身慧云何無繫謂無漏意思惟相應緣身慧如緣身慧乃至緣法慧亦如是

問念處幾學幾無學幾非學非無學答一切應分別緣身慧或學或無學或非學非無學云何學謂學意思惟相應緣身慧云何無學謂無學意思惟相應緣身慧云何非學非無學謂有漏意思惟相應緣身慧如緣身慧乃至緣法慧亦如是

念處若有漏彼修斷若無漏彼不斷一切是心法心相應一切心隨轉受相應一切心隨轉想行相應除其自性

問念處幾有覺有觀答一切應分別緣身慧或有覺有觀或無覺有觀或無覺無觀云何有覺有觀謂有覺有觀意思惟相應緣身慧云何無覺有觀謂無覺有觀意思惟相應緣身慧云何無覺無觀謂無覺無觀意思惟相應緣身慧如緣身慧乃至緣法慧亦如是

問念處幾見非見處答一切應分別緣身慧或見非見處作四句見非見處者謂盡智無生智所不攝無漏緣身慧見處非見者謂見所不攝有漏緣身慧及五識身相應緣身慧見亦見處者謂世俗正見非見亦非見處者謂見所不攝無漏緣身慧

緣受慧或見非見處作四句見非見處者謂盡智無生智所不攝無漏緣受慧見處非見者謂見所不攝有漏緣受慧見亦見處者謂

世俗正見非見亦非見處者謂見所不攝無漏緣受慧如無漏緣受慧緣心慧緣法慧亦如是

一切非身見因身見亦非彼因一切非業亦非業報一切是業隨轉非業一切非造色色非可見色一切非造色色非有對色一切是甚深難了難了甚深

一切是善亦善因一切非不善亦非不善因一切非無記亦非無記因一切是因緣緣亦有因

問念處幾次第非次第緣緣答一切應分別緣身慧或次第非次第緣緣作三句次第非次第緣緣者謂未來現前必起緣身慧次第亦次第緣緣者謂過去現在緣身慧非次第亦非次第緣緣者謂除未來現前必起緣身慧若餘未來緣身慧如緣身慧乃至緣法慧亦如是

一切是緣緣緣亦有緣一切是增上緣緣及有增上若有漏彼隨流非流餘非流亦非隨流

衆事分阿毗曇論卷第八

音釋

優婆塞（梵語也此云近事男塞悉則切）偷盜（偷他侯切盜徒到切）壞（胡怪切物自敗也）遲（直離切緩也）鈍（徒困切不利也）

衆事分阿毗曇論卷第九

尊者世友造

宋三藏求那跋陀羅共菩提耶舍譯

千問論品第七之二

四念處問云何四答謂身念處受念處心念處法念處

問此四念處幾色幾非色答一是色三非色三不可見一分別身念處或可見或不可見云何可見謂一入云何不可見謂九入及一入少分三無對一分別身念處或有對或無對云何有對謂十入云何無對謂一入少分

問四念處幾有漏幾無漏答一切應分別身念處或有漏或無漏云何有漏謂十入及一入少分云何無漏謂一入少分受念處或有漏或無漏云何有漏謂有漏意思惟相應受念處云何無漏謂無漏意思惟相應受念處如受念處心念處亦如是法念處或有漏或無漏云何有漏謂有漏想陰行陰云何無漏謂無漏想陰行陰及無爲三有爲一分別法念處或有爲或無爲云何有爲謂想陰行陰云何無爲謂虛空數滅非數滅

問四念處幾有報幾無報答一切應分別身念處或有報或無報云何有報謂不善及善有漏身念處云何無報謂無記無漏身念處如身念處受心法念處亦如是三從因緣生世所攝一分別法念處若有爲從因緣生世所攝若無爲非因緣生非世所攝

一是色所攝三是名所攝一是内入所攝三

是外入所攝一分別身念處或內入所攝或外入所攝云何內入所攝謂五內入云何外入所攝謂五外入及一外入少分一切是智知若有漏彼斷知知及斷若無漏彼非斷知知及不斷

問四念處幾應修幾不應修答一切應分別身念處或應修或不應修云何應修謂善身念處云何不應修謂不善無記身念處如身念處受心念處亦如是法念處或應修或不應修云何應修謂善有爲法念處云何不應修謂不善無記法念處及虛空數滅非數滅

問四念處幾穢汚幾不穢汚答一切應分別身念處或穢汚或不穢汚云何穢汚謂隱沒云何不穢汚謂不隱沒如身念處受心法念處亦如是

三是果及有果一分別法念處或果非有果作三句果非有果者謂數滅果亦有果者謂有爲法念處非果亦非有果者謂虛空及非數滅

三不受一分別身念處或受或不受云何受謂內入自性受云何不受謂非自性受

三非四大造一分別身念處或四大造或非四大造云何四大造謂九入及二入少分云何非四大造謂一入少分

三有上一分別法念處或有上或無上云何有上謂想陰行陰虛空非數滅云何無上謂數滅若有漏彼是有若無漏彼非有一因不相應二因相應一分別法念處若心法因相應若非心法因不相應

善處少分攝四念處少分四念處少分亦攝

善處少分不善處少分攝四念處少分四念處少分亦攝不善處少分無記處少分攝四念處少分四念處少分亦攝無記處少分漏處少分攝一念處少分一念處少分亦攝漏處少分有漏處少分攝四念處少分四念處少分亦攝有漏處少分無漏處少分攝四念處少分四念處少分亦攝無漏處少分三或過去或未來或現在一分別法念處若有爲或過去或未來或現在若無爲非過去非未來非現在

問四念處幾善幾不善幾無記答一切應分別身念處或善或不善或無記云何善謂三入少分云何不善謂三入少分云何無記謂入入及三入少分

受念處或善或不善或無記云何善謂善意思惟相應受念處云何不善謂不善意思惟相應受念處云何無記謂無記意思惟相應受念處如受念處心念處亦如是

法念處或善或不善或無記云何善謂善想陰行陰及數滅云何不善謂不善想陰行陰云何無記謂無記想陰行陰虛空非數滅

問四念處幾界繫答一切應分別身念處或欲界繫或色界繫或不繫云何欲界繫謂二入及九入少分云何色界繫謂九入少分云何不繫謂一入少分

受念處或欲界繫或色界繫或無色界繫或不繫云何欲界繫謂欲界繫意思惟相應受念處云何色界繫謂色界繫意思惟相應受念處云何無色界繫謂無色界繫意思惟相應受念處云何不繫謂無漏意思惟相應受

念處如受念處心念處亦如是
法念處或欲界繫或色界繫或無色界繫或不繫云何欲界繫謂欲界繫想陰行陰云何色界繫謂色界繫想陰行陰云何無色界繫謂無色界繫想陰行陰云何不繫謂無漏想陰行陰及無爲
問四念處幾學幾無學幾非學非無學答一切應分別身念處或學或無學或非學非無學云何學謂一入處少分云何無學謂一入處少分云何非學非無學謂十入及一入少分
受念處或學或無學或非學非無學云何學謂學意思惟相應受念處云何無學謂無學意思惟相應受念處云何非學非無學謂有漏意思惟相應受念處如受念處心念處亦如是
法念處或學或無學或非學非無學云何學謂學想陰行陰云何無學謂無學想陰行陰云何非學非無學謂有漏想陰行陰及無爲
問四念處幾見斷幾修斷幾不斷答一切應分別身念處或修斷或不斷云何修斷謂十入及一入少分云何不斷謂一入少分
受念處或見斷或修斷或不斷云何見斷謂受念處隨信行隨法行人無間等忍斷彼云何斷謂見斷八十八使相應受念處云何修斷謂受念處學見迹修斷彼云何斷謂修斷十使相應受念處及不穢汚有漏受念處云何不斷謂無漏受念處如受念處心念處亦如是
法念處或見斷或修斷或不斷云何見斷謂

法念處隨信行隨法行人無間等忍斷彼云何斷謂見斷八十八使彼相應法念處彼所起心不相應行云何修斷謂法念處學見迹修斷彼云何斷謂修斷十使彼相應法念處彼所起身口業彼所起心不相應行及不穢污有漏法念處云何不斷謂無漏法念處一非心非心法非心相應一心法心相應一唯心一分別法念處若有緣彼心法及心相應若無緣彼非心非心法非心相應

一心隨轉非受相應一受相應非心隨轉二分別身念處或心隨轉非受相應或非心隨轉亦非受相應心隨轉非受相應者謂心隨轉身口業餘非心隨轉亦非受相應法念處或心隨轉非受相應作三句心隨轉非受相應者謂心隨轉心不相應行心隨轉

亦受相應者謂想陰彼相應行陰非心隨轉亦非受相應者謂除心隨轉心不相應行若餘心不相應行及無爲如受想行亦如是除其自性

問四念處幾覺隨轉非觀相應答一切應分別身念處或覺隨轉非觀相應或非覺隨轉亦非觀相應覺隨轉非觀相應者謂覺隨轉身口業餘非覺隨轉亦非觀相應

受念處或有覺有觀或無覺有觀或無覺無觀云何有覺有觀謂有覺有觀意思惟相應受念處云何無覺有觀謂無覺有觀意思惟相應受念處云何無覺無觀謂無覺無觀意思惟相應受念處如受念處心念處亦如是

法念處或覺隨轉非觀相應作四句覺隨轉非觀相應者謂覺隨轉心不相應行及覺相

應觀觀相應非覺隨轉者謂覺若覺不相應觀相應心法法念處覺隨轉亦觀相應者謂覺觀相應心法法念處非覺隨轉亦非觀相應者謂除覺隨轉心不相應行餘心不相應行及覺不相應觀及非覺觀相應心法法念處及無爲

問四念處幾見非見處答一切應分別身念處或見處非見作三句見處非見者謂九入及一入少分見亦見處者謂一入非見亦非見處謂一入少分

受念處若有漏彼見處非見若無漏非見亦非見處如受念處心念處亦如是

法念處或見非見處作四句見非見處者謂盡智無生智所不攝無漏慧見處非見者謂見所不攝有漏法念處見亦見處者謂五見世俗正見非見亦非見處者謂見所不攝無漏法念處

問四念處幾身見是彼因彼非身見因答一切應分別身念處若穢汚身見是彼因彼非身見因若不穢汚身見非彼因彼亦非身見因

受念處或身見是彼因彼非身見因或身見是彼因彼亦身見因或身見非彼因彼亦非身見因身見因身見是彼因彼非身見因者謂除過去現在見苦斷使彼相應受念處除過去現在見集斷一切徧使彼相應受念處除未來身見相應受念處除身見生住異滅及彼相應法生住異滅若諸餘穢汚受念處身見是彼因彼亦身見因者謂前所除爾所法者是身見非彼因彼亦非身見因者謂不穢汚受

念處如受念處心念處亦如是
法念處或身見是彼因彼非身見因作三句身見是彼因彼非身見因者謂除過去現在見苦斷使彼相應法念處除過去現在見集斷一切遍使彼相應法念處除未來身見相應法念處除身見生住異滅及彼相應法生住異滅若諸餘穢汚法念處身見是彼因彼亦身見因者謂前所除爾所法者是身見非彼因彼亦非身見因者謂不穢汚法念處
問四念處幾業非業報答一切應分別身念處或業非業報作三句業非業報者謂身口業業報非業者謂報生身念處非業亦非業報者謂除業及業報身念處餘身念處
受念處或業報非業或非業亦非業報業報非業者謂報生受念處餘非業亦非業報如受念處心念處亦如是
法念處或業非業報作四句業非業報者謂報所不攝思業業報非業者謂若思所不攝報生法念處業亦業報者謂報生思業非業亦非業報者謂除業及業報法念處若餘法念處
二業隨轉非業二分別身念處或業非業隨轉作三句業非業隨轉者謂除業隨轉身口業若餘身口業業亦業隨轉者謂業隨轉身口業非業亦非業隨轉者謂除非業隨轉身口業及業隨轉身念處若餘身念處
法念處或業非業隨轉作三句業非業隨轉者謂思業業隨轉非業者謂想陰若思所不攝業隨轉行陰非業亦非業隨轉者謂除業及業隨轉法念處若餘法念處

三非造色色非可見色一分别身念處或造色色非可見色作三句造色色非可見色者謂八入及二入少分造色色亦可見色者謂一入非造色色亦非可見色者謂一入少分三非造色色非有對色一分别身念處或造色色非有對色作三句造色色非有對色者謂一入少分有對色非造色色者謂一入少分造色色亦有對色者謂九入及一入少分一切是甚深難了難了甚深

問四念處幾善因非善答一切應分别身念處或善因非善作三句善因非善者謂善報生身念處善亦善因者謂善身念處非善亦非善因者謂除善報生身念處若餘無記及不善身念處如身念處受心念處亦如是法念處或善非善因作四句善非善因者謂數滅善因非善者謂善報生法念處善亦善因者謂善有爲法念處非善亦非善因者謂除善報生法念處若餘無記及不善法念處

問四念處幾不善不善因答一切應分别身念處或不善因非不善作三句不善因非不善者謂不善報生身念處不善亦不善因者謂不善身念處非不善亦非不善因者謂除不善報生身念處若餘無記及善身念處受念處或不善因非不善作三句不善因非不善者謂不善報生受念處及欲界身見邊見相應受念處不善亦不善因者謂不善受念處非不善亦非不善因者謂除不善報生受念處及除欲界身見邊見相應受念處若餘無記及善受念處如受念處心念處亦如是法念處或不善因非不善作三句不善因非

不善者謂不善報生法念處及欲界身見邊見相應法念處不善亦不善因者謂不善法念處非不善亦非不善因者謂除不善報生法念處及除欲界身見邊見相應法念處若餘無記及善法念處

問四念處幾無記非無記因答一切應分別身念處或無記因非無記作三句無記因非無記者謂不善身念處無記亦無記因者謂無記身念處非無記亦非無記因者謂善身念處如身念處受心念處亦如是

法念處或無記非無記因作四句無記非無記因者謂虛空非數滅無記因非無記者謂不善法念處無記亦無記因者謂無記有爲法念處非無記亦非無記因者謂善法念處三是因緣緣及有因一分別法念處若有爲彼因緣緣及有因若無爲非因緣緣及非有因一非次第亦非次第緣緣三分別

受念處或次第非次第緣緣作三句次第非次第緣緣者謂未來現前必起受念處過去及現在阿羅漢最後命終受念處次第亦次第緣緣者謂除過去現在阿羅漢最後命終受念處若餘過去及現在受念處非次第亦非次第緣緣者謂除未來現前必起受念處若餘未來受念處如受念處心念處亦如是

法念處或次第非次第緣緣作三句次第非次第緣緣者謂未來現前必起心法法念處過去及現在阿羅漢最後命終心法法念處及無想正受滅盡正受已起當起次第亦次第緣緣者謂除過去現在阿羅漢最後命終心法法念處若餘過去及現在心法法念處

非次第亦非次第緣緣者謂除未來現前必起心法法念處若餘未來心法法念處除次第心不相應行若餘心不相應行及無爲一是緣緣非有緣二是緣緣緣及有緣法念處若心法緣緣緣及有緣若非心法緣緣緣非有緣

三是增上緣緣及有增上一分別法念處若有爲彼是增上緣緣及有增上若無爲是增上緣緣非有增上

問四念處幾流幾隨流答一切應分別身念處若有漏彼隨流非流若無漏彼非流亦非隨流如身念處受心念處亦如是

法念處或隨流非流作三句隨流非流者謂流所不攝有漏法念處流亦隨流者謂四流非流亦非隨流者謂無漏法念處

諦者謂四聖諦問云何四答謂苦聖諦集聖諦滅聖諦道聖諦

問此四聖諦幾色幾非色答一非色三分別苦諦或色或非色云何色謂十入及一入少分云何非色謂一入及一入少分如苦諦集諦亦如是

道諦所攝身口業是色餘非色二不可見二分別苦諦或可見或不可見云何可見謂一入云何不可見謂十一入如苦諦集諦亦如是二無對二分別苦諦或有對或無對云何有對謂十入云何無對謂二入如苦諦集諦亦如是

二有漏二無漏三有爲一無爲二無報二分別苦諦或有報或無報云何有報謂善不善苦諦云何無報或無記苦諦如苦諦集諦亦

如是
三從因緣生世所攝一非因緣生非世所攝
一名所攝三分別苦諦或色所攝或名所攝
云何色所攝謂十入及一入少分云何名所
攝謂一入及一入少分如苦諦集諦亦如是
道諦所攝身口業是色所攝餘是名所攝一
是外入所攝三分別苦諦或內入所攝或外
入所攝云何內入所攝謂六內入云何外入
所攝謂六外入如苦諦集諦亦如是
道諦所攝心意識此內入所攝餘外入所攝
一切是智知二斷知知及斷二非斷知知及
不斷
一應修一不應修二分別苦諦或應修或不
應修云何應修謂善苦諦云何不應修謂不
善無記苦諦如苦諦集諦亦如是

二不穢污二分別苦諦或穢污或不穢污云
何穢污謂隱沒云何不穢污謂不隱沒如苦
諦集諦亦如是
一果非有果三果及有果二不受二分別苦
諦或受或不受云何受謂自性受云何不受
謂非自性受如苦諦集諦亦如是
一非四大造三分別苦諦或四大造或非四
大造云何四大造謂九入及二入少分云何
非四大造謂一入及二入少分如苦諦集諦
亦如是
道諦所攝身口業曰大造餘非四大造三有
上一無上二是有二非有一因不相應三分
別苦諦所攝色心不相應行因不相應餘因
相應如苦諦集諦亦如是
道諦所攝身口業心不相應行因不相應餘

因相應
善處攝二諦及二諦少分二諦及二諦少分
亦攝善處不善處攝二諦少分二諦少分亦
攝不善處
或無記處攝非諦作四句無記處攝非諦者
謂虛空非數滅諦攝非無記處者謂二諦及
二諦少分無記處攝亦諦者謂二諦少分非
無記處攝亦非諦者是事不可得也
漏處攝二諦少分二諦少分亦攝漏處有漏
處攝二諦二諦亦攝有漏處
或無漏處攝非諦作四句無漏處攝非諦者
謂虛空及非數滅諦攝非無漏處者謂二諦
無漏處攝亦諦者謂二諦非無漏處攝亦非
諦者是事不可得也
三或過去或未來或現在一非過去非未來
非現在
二善二分別苦諦或善或不善或無記云何
善謂苦諦所攝善五陰云何不善謂苦諦所
攝不善五陰云何無記謂苦諦所攝無記五
陰如苦諦集諦亦如是
二不繫二分別苦諦或欲界繫或色界繫或
無色界繫云何欲界繫謂苦諦所攝欲界繫
五陰云何色界繫謂苦諦所攝色界繫五陰
云何無色界繫謂苦諦所攝無色界繫四陰
如苦諦集諦亦如是
三非學非無學一分別道諦或學或無學云
何學謂學五陰云何無學謂無學五陰
二不斷二分別苦諦或見斷或修斷云何見
斷若苦諦隨信行隨法行人無間忍等斷彼
云何斷謂見斷八十八使彼相應苦諦彼所

起心不相應行云何修斷若苦諦學見迹修斷彼云何斷謂修斷十使彼相應苦諦彼所起身口業彼所起心不相應行及不穢汚苦諦如苦諦集諦亦如是

一非心非心法非心相應三分別苦諦所攝色心不相應行非心非心法非心相應受陰想陰彼相應行陰心法心相應心意識即心也如苦諦集諦亦如是

道諦所攝身口業心不相應行非心非心法非心相應受陰想陰彼相應行陰心法心相應心意識即心也

一非心隨轉非受相應三分別苦諦或心隨轉非受相應作四句心隨轉非受相應者謂心隨轉身口業心隨轉心不相應行及受受相應非心隨轉者謂心意識心隨轉亦受相應者謂想陰彼相應行陰非心隨轉亦非受相應者謂除心隨轉身口業若餘色除心隨轉心不相應行若餘心不相應行如苦諦集諦亦如是

道諦或心隨轉非受相應作四句心隨轉非受相應者謂心隨轉身口業心隨轉心不相應行及受受相應非心隨轉者謂心意識心隨轉亦受相應者謂想陰彼相應行陰非心隨轉亦非受相應者謂除心隨轉心不相應行若餘心不相應行如受想行亦如是除其自性

一非覺隨轉非觀相應三分別苦諦或覺隨轉非觀相應作四句覺隨轉非觀相應者謂覺隨轉身口業覺隨轉心不相應行及覺相應觀觀相應非覺隨轉者謂覺若覺不相應

觀相應心心法苦諦覺隨轉亦觀相應者謂覺觀相應心心法苦諦非覺隨轉亦非觀相應者謂除覺隨轉身口業若餘色除覺隨轉心不相應行若餘心不相應行及覺不相應觀及非覺觀相應心心法苦諦如苦諦集諦亦如是

道諦或覺隨轉非觀相應作四句覺隨轉非觀相應者謂覺隨轉身口業覺隨轉心不相應行及覺相應觀觀相應非覺隨轉者謂覺若覺不相應觀相應心心法覺隨轉亦觀相應者謂覺觀相應心心法非覺隨轉亦非觀相應者謂除覺隨轉身口業若餘身口業除覺隨轉心不相應行若餘心不相應行及覺不相應觀及非覺觀相應心心法

一非見亦非見處三分別苦諦或見亦見處或見處非見見亦見處者謂眼根及五見世俗正見餘見處非見如苦諦集諦亦如是道諦所攝盡智無生智所不攝無漏慧此是見非見處餘非見亦非見處

二身見非彼因彼亦非身見因二分別苦諦或身見是彼因彼非身見因或身見是彼因彼亦身見因或身見非彼因彼亦非身見因身見是彼因彼非身見因者謂除過去現在見苦斷使彼相應苦諦除過去現在見集斷一切遍使彼相應苦諦除未來身見相應苦諦除身見生住異滅及彼相應法生住異滅若諸餘穢汚苦諦身見是彼因彼亦身見因者謂前所除爾所法者是身見非彼因彼亦非身見因者謂不穢汚苦諦如苦諦集諦亦如是

一非業非業報三分別苦諦或業非業報作四句業非業報者謂身口業及報所不攝思業業報非業者謂若思所不攝報生苦諦業亦業報者謂報生思業非業不非業報者謂除業及業報苦諦若餘苦諦如苦諦集諦亦如是道諦所攝身口業及思是業非業報餘非業亦非業報

一非業亦非業隨轉三分別苦諦或業非業隨轉作四句業非業隨轉者謂除業隨轉身口業若餘身口業及思業業隨轉非業者謂受陰想陰識陰若思所不攝業隨轉行陰業亦業隨轉者謂業隨轉身口業非業亦非業隨轉者謂除業及業隨轉苦諦若餘苦諦如苦諦集諦亦如是

道諦或業非業隨轉作四句業非業隨轉者謂思業業隨轉非業者謂受陰想陰識陰若思所不攝業隨轉行陰業亦業隨轉者謂業隨轉身口業非業亦非業隨轉者謂除業隨轉心不相應行若餘心不相應行

一非造色色非可見色三分別苦諦或造色色非可見色作三句造色色非可見色者謂八入及二入少分造色色亦可見色者謂一入非造色色亦非可見色者謂一入及二入少分如苦諦集諦亦如是

道諦所攝身口業是造色色非可見色餘非造色色亦非可見色

一非造色色亦非有對色三分別苦諦或造色色非有對色作四句造色色非有對色者謂一入少分有對色非造色色者謂一入少分造色色亦有對色者謂九入及一入少分

非造色色亦非有對色者謂一入及一入少分如苦諦集諦亦如是

道諦所攝身口業是造色色非有對色餘非造色色亦非有對色一切是甚深難了難了甚深

一是善非善因一善亦善因二分別苦諦或善因非善作三句善因非善者謂善報生苦諦善亦善因者謂善苦諦非善亦非善因者謂除善報生苦諦若餘無記及不善苦諦如苦諦集諦亦如是

二非不善因亦非不善二分別苦諦或不善因非不善作三句不善因非不善者謂不善報生苦諦及欲界身見邊見彼相應苦諦不善亦不善因者謂不善苦諦非不善亦非不善因者謂除不善報生苦諦除欲界身見邊見彼相應苦諦若餘無記及善苦諦如苦諦集諦亦如是

二非無記亦非無記因二分別苦諦或無記因非無記作三句無記因非無記者謂不善苦諦無記亦無記因者謂無記苦諦非無記亦非無記因者謂善苦諦如苦諦集諦亦如是一非因緣緣非有因三因緣緣及有因一非次第亦非次第緣緣三分別苦諦或次第非次第緣緣作三句次第非次第緣緣者謂未來現前必起心心法苦諦過去及現在阿羅漢最後命終心心法苦諦及無想正受滅盡正受已起當起次第亦次第緣緣者謂除過去現在阿羅漢最後命終心心法苦諦若餘過去及現在心心法苦諦非次第亦非次第緣緣者謂除未來現前必起心心法苦諦

若餘未來心心法苦諦除次第心不相應行
若餘心不相應行及色如苦諦集諦亦如是
道諦或次第非次第緣緣作三句次第非次
第緣緣者謂未來現前必起心心法道諦次
第亦次第緣緣者謂過去現在心心法道諦
非次第亦非次第緣緣者謂除未來現前必
起心心法道諦若餘未來心心法道諦及身
口業心隨轉心不相應行
一緣緣緣非有緣三分別苦諦所攝色心不
相應行緣緣緣非有緣餘緣緣緣及有緣如
苦諦集諦亦如是
道諦所攝身口業緣緣緣非有緣餘緣緣緣
亦有緣
三是增上緣緣及有增上一是增上緣緣非
有增上二非流非隨流二分別苦諦或流亦
隨流或隨流非流流亦隨流者謂四流餘隨
流非流如苦諦集諦亦如是

衆事分阿毗曇論卷第九

衆事分阿毗曇論卷第十

尊　者　世　友　造
宋三藏求那跋陀羅共菩提耶舍譯

千問論品第七之三

禪無量無色三摩提定菩提品根入陰界禪者謂四禪問云何四答謂初禪二禪三禪四禪問此四禪幾色幾非色答禪所攝身口業此是色餘非色一切不可見一切是無對

問禪幾有漏幾無漏答一切應分別禪或有漏或無漏云何有漏謂禪所攝有漏五陰云何無漏謂禪所攝無漏五陰一切是有爲若有漏彼有報若無漏彼無報一切從因緣生世所攝禪所攝身口業是色所攝餘是名所攝禪所攝心意識是內入所攝餘是外入所攝一切是智知若有漏斷知知及斷若無漏非斷知知及不斷一切是應修一切不穢汚一切是果及有果一切是不受禪所攝身口業是四大造餘非四大造一切是有上禪若有漏彼是有若無漏彼非有禪所攝身口業及心不相應行因不相應餘因相應

善五處少分攝四禪四禪亦攝善五處少分不善處所不攝無記處所不攝漏處所不攝或有漏處攝非禪作四句有漏處攝非禪者謂禪所不攝有漏五陰禪攝非有漏處者謂無漏四禪有漏處攝亦禪者謂有漏四禪非有漏處攝亦非禪者謂禪所不攝無漏五陰及無爲或無漏處攝非禪作四句無漏處攝非禪者謂禪所不攝無漏五陰及無爲禪攝非無漏處者謂有漏四禪無漏處攝亦禪者謂無漏四禪非無漏處攝亦非禪者謂禪所

不攝有漏五陰一切或過去或未來或現在一切若有漏是色界繫若無漏是不繫

問禪幾學幾無學幾非學非無學答一切應分別禪或學或無學或非學非無學云何學謂禪所攝學五陰云何無學謂禪所攝無學五陰云何非學非無學謂禪所攝有漏五陰禪若有漏彼修斷若無漏彼不斷禪所攝身口業及心不相應行非心非心法非心相應禪所攝受陰想陰彼相應行陰是心法心相應心意識即心也

問禪幾心隨轉非受相應答作四句心隨轉非受相應者謂心隨轉身口業心隨轉心不相應行及受受相應非心隨轉者謂心意識心隨轉亦受相應者謂想陰彼相應行陰非心隨轉亦非受相應者謂除心隨轉心不相應行若餘心不相應行如受想行亦如是除其自性三非覺非觀一分別初禪或覺隨轉非觀相應作四句覺隨轉非觀相應者謂覺隨轉身口業覺隨轉心不相應行及覺相應觀觀相應非覺隨轉者謂覺覺隨轉亦觀相應者謂覺觀相應心心法非覺隨轉亦非觀相應者謂除覺隨轉心不相應行若餘心不相應行

問禪幾見非見處答作四句見非見處者謂禪所攝盡智無生智所不攝無漏慧見處非見者謂見所不攝有漏四禪見亦見處者謂世俗正見非見亦非見處者謂見所不攝無漏四禪一切非身見因身見亦非彼因彼所攝身口業及思此是業非業報餘非業亦非業報

問禪幾業非業隨轉答作四句業非業隨轉者謂思業業隨轉非業者謂受陰想陰識陰若思所不攝業隨轉行陰業亦業隨轉者謂業隨轉身口業非業亦非業隨轉者謂除業隨轉心不相應行若餘心不相應行禪所攝身口業是造色色非可見色餘非造色色亦非可見色禪所攝身口業是造色色非有對色餘非造色色亦非有對色一切是甚深難了難了甚深一切是善亦善因一切非不善亦非不善因一切非無記亦非無記因一切是因緣緣亦有因

問禪幾次第非次第緣緣答一切應分別初禪或次第非次第緣緣作三句次第非次第緣緣者謂未來現前必起心心法次第亦次第緣緣者謂過去現在心心法非次第亦非次第緣緣者謂除未來現前必起心心法若餘未來心心法及身口業心不相應行如初禪第二第三禪亦如是第四禪或次第非次第緣緣作三句次第非次第緣緣者謂未來現前必起心心法及無想正受已起當起次第亦次第緣緣者謂過去現在心心法非次第亦非次第緣緣者謂除未來現前必起心心法若餘未來心心法除次第心不相應行若餘心不相應行及身口業禪所攝身口業心不相應行是緣緣緣非有緣餘者是緣緣緣亦有緣一切是增上緣緣及有增上禪若有漏彼隨流非流若無漏彼非流亦非隨流無量者謂四無量問云何四答謂慈悲喜捨問此四無量幾色幾非色答無量所攝身口業此是色餘非色一切是不可見一切是無

對一切是有漏一切是有爲一切是有報一切從因緣生世所攝無量所攝身口業此是色所攝餘是名所攝無量所攝心意識是內入所攝餘是外入所攝一切是智知一切是斷知知及斷一切是應修一切不穢汚一切是果及有果一切是有上一切是不受無量所攝身口業是四大造餘非四大造一切是有無量所攝身口業及心不相應行因不相應餘因相應

善五處少分攝四無量四無量亦攝善五處少分不善處所不攝無記處所不攝漏處所不攝無漏處所不攝有漏五處少分攝四無量四無量亦攝有漏五處少分一切或過去或未來或現在一切是善一切是色界繫一切是非學非無學一切是修斷無量所攝身口業心不相應行非心非心法非心相應受陰想陰彼相應行陰心法心相應心意識即心也

問無量幾心隨轉非受相應答一切應分別慈或心隨轉非受相應作四句心隨轉非受相應者謂心隨轉身口業心隨轉心不相應行及受受相應非心隨轉者謂心意識心隨轉亦受相應者謂想陰彼相應行陰非心隨轉亦非受相應者謂除心隨轉心不相應行若餘心不相應行如慈悲喜捨亦如是如受想行亦如是除其自性

問無量幾覺隨轉非觀相應答一切應分別慈心或覺隨轉非觀相應作四句覺隨轉非觀相應者謂覺隨轉身口業覺隨轉心不相應行及覺相應觀觀相應非覺隨轉者謂覺

若覺不相應觀相應心心法覺隨轉亦觀相應者謂覺觀相應心心法非覺隨轉亦非觀相應者謂除覺隨轉身口業若餘身口業除覺隨轉心不相應行若餘心不相應行及覺不相應觀及非覺觀相應心心法如慈悲捨亦如是喜或覺隨轉非觀相應作四句覺隨轉非觀相應者謂覺隨轉身口業覺隨轉心不相應行及覺相應觀觀相應非覺隨轉者謂覺覺隨轉亦觀相應者謂覺觀相應心心法非覺隨轉亦非觀相應者謂除覺隨轉身口業若餘身口業除覺隨轉心不相應行若餘心不相應行及非覺觀相應心心法無量或見亦見處或見處非見見亦見處者謂世俗正見餘是見處非見一切非身見因身見亦非彼因無量所攝身口業及思是業非業報餘非業亦非業報

問無量幾業非業隨轉答作四句業非業隨轉者謂思業業隨轉非業者謂受陰想陰識陰若思所不攝業隨轉行陰業亦業隨轉者謂業隨轉身口業非業亦非業隨轉者謂隨業隨轉心不相應行若餘心不相應行無量所攝身口業是造色色非可見色餘非造色色亦非可見色無量所攝身口業是造色色非有對色餘非造色色亦非有對色一切是甚深難了難了甚深一切是善亦善因一切非不善亦非不善因一切非無記亦非無記因一切是因緣緣亦有因

問無量幾次第非次第緣緣荅作三句次第非次第緣緣者謂未來現前必起心心法次第亦次第緣緣者謂過去現在心心法非次

第亦非次第緣緣者謂除未來現前必起心心法若餘未來心心法及身口業心不相應行無量所攝身口業心不相應行緣緣緣非有緣餘緣緣緣亦有緣一切是增上緣緣及有增上一切隨流非流

無色者謂四無色問云何四答謂空入處識入處無所有入處非想非非想入處

問此四無色幾色幾非色答一切是非色一切不可見一切是無對一有漏三分別空處或有漏或無漏云何有漏謂空處所攝有漏四陰云何無漏謂空處所攝無漏四陰如空處識處無所有處亦如是一切是有爲問無色幾有報幾無報答一切應分別空處或有報或無報云何有報謂善有漏空處云何無報謂無記無漏空處如空處識處無所有處亦如是非想非非想處或有報或無報云何有報謂善非想非非想處云何無報謂無記非想非非想處一切從因緣生世所攝一切是名所攝無色所攝心意識是內入所攝餘是外入所攝一切是智知一斷知知及斷三分別三若有漏彼斷知知及斷若無漏非斷知知及不斷問無色幾是應修幾是不應修答一切應分別空處或應修或不應修云何應修謂善空處云何不應修謂無記空處如空處識處無所有處非想非非想處亦如是問無色幾穢汚幾不穢汚答一切應分別無色或穢汚或不穢汚云何穢汚謂隱沒云何不穢汚謂不隱沒一切是果及有果一切是不受一切非四大造一切有上一是有三分別三若有漏彼是有若無漏彼非有無色所

攝心不相應行因不相應餘因相應或善處攝非無色作四句善處攝非無色者謂善色陰無色所不攝善四陰及數滅無色攝非善處者謂無記四無色善處攝亦無色者謂善四無色非善處攝亦非無色者謂不善五陰無記色陰無色所不攝無記四陰及虛空非數滅不善處所不攝或無記處攝非無色作四句無記處攝非無色者謂無記色陰無色所不攝無記四陰虛空及非數滅無色攝非無記者謂善四無色無記處攝亦無色者謂無記四無色非無記處攝亦非無色者謂善五陰及數滅或漏處攝非無色作四句漏處攝非無色者謂一漏處及二漏處少分無色攝非漏處者謂漏處所不攝四無色漏處攝亦無色者謂二漏處少分非漏處攝亦非無色者謂色陰漏處所不攝四陰及無為或有漏處攝非無色作四句有漏處攝非無色者謂有漏色陰無色所不攝有漏四陰無色攝非有漏處者謂三無色少分有漏處攝亦無色者謂一無色及三無色少分非有漏處攝亦非無色者謂無漏色陰無色所不攝無漏四陰及無為或無漏處攝非無色作四句無漏處攝非無色者謂無漏色陰無色所不攝無漏四陰及無為無色攝非無漏處者謂一無色及三無色少分無漏處攝亦無色者謂三無色少分非無漏處攝亦非無色者謂有漏色陰及無色所不攝有漏四陰一切或過去或未來或現在問無色幾善幾無記答一切應分別無色或善或無記云何善謂無色所攝善四陰云何無記謂無色所攝無記四

陰一無色界繫三分別三若有漏彼無色界繫若無漏彼不繫一非學非無學三分別空處或學或無學或非學非無學云何學謂空處所攝學四陰云何無學謂空處所攝無學四陰云何非學非無學謂空處所攝有漏四陰如空處識處無所有處亦如是問無色幾見斷幾修斷幾不斷答一切應分別空處或見斷或修斷或不斷云何見斷謂空處隨信行隨法行人無間忍等斷彼云何斷謂見斷二十八使彼相應空處彼所起心不相應行云何修斷謂空處學見迹修斷彼云何斷謂修斷三使彼相應空處彼所起心不相應行及不穢汚有漏空處云何不斷謂無漏空處如空處識處無所有處亦如是非想非非想處或見斷或修斷云何見斷謂非想非非想處隨信行隨法行人無間忍等斷彼云何斷謂見斷二十八使彼相應非想非非想處彼所起心不相應行云何修斷謂非想非非想處學見迹修斷彼云何斷謂修斷三使彼相應非想非非想處彼所起心不相應行及不穢汚有漏非想非非想處無色所攝心不相應行非心非心法非心相應受陰想陰彼相應行陰心法心相應心意識即心也問無色幾心隨轉非受相應答作四句心隨轉非受相應者謂心隨轉心不相應行及受受相應非心隨轉者謂心意識心隨轉亦受相應者謂想陰彼相應行陰非心隨轉亦非受相應者謂餘心隨轉心不相應行若餘心不相應行如受想行亦如是除其自性一切非覺隨轉非觀相應問無色幾見非見處答一切應分

別空處或見非見處作四句見非見處者謂空處所攝盡智無生智所不攝無漏慧見處非見者謂見所不攝有漏空處見亦見處者謂五見世俗正見非見亦非見處者謂見所不攝無漏空處如空處識處無所有處亦如是非想非非想處或見亦見處或見處非見見亦見處者謂五見世俗正見餘見處非見四無色幾身見因廣說如苦集諦問無色幾業非業報答一切應分別空處或業非業報作四句業非業報者謂報所不攝思業業報非業者謂思所不攝報生空處業亦業報者謂報生思業非業亦非業報者謂除業業報空處若餘空處如空處乃至非想非非想處亦如是問無色幾業非業隨轉答作三句業非業隨轉者謂思業業隨轉非業者謂受陰想陰識陰若思所不攝業隨轉行陰非業亦非業隨轉者謂除業隨轉心不相應行若餘心不相應行一切非造色色非可見色一切非造色色非有對色一切是甚深難了難了甚深問無色幾善因非善答作三句善因非善者謂善報生四無色善亦善因者謂善四無色非善亦非善因者謂除善報生四無色若餘無記四無色一切非不善亦非不善因問無色幾無記非無記因答一切應分別無色或無記亦無記因或非無記亦非無記因無記亦無記因者謂無記四無色非無記亦非無記因者謂善四無色一切因緣緣及有因問無色幾次第非次第緣緣答一切應分別空處或次第非次第緣緣作三句次第非次第緣緣者謂未來現前必起心心法空處

過去現在阿羅漢最後命終心心法空處次第亦次第緣緣者謂除過去現在阿羅漢最後命終心心法空處若餘過去現在心心法空處非次第亦非次第緣緣者謂除未來現前必起心心法空處若餘未來心心法空處及心不相應行如空處識處無所有處亦如是非想非非想處或次第非次第緣緣作三句次第非次第緣緣者謂未來現前必起心心法非想非非想處過去現在阿羅漢最後命終心心法非想非非想處及滅盡正受已起當起次第亦次第緣緣者謂除過去現在阿羅漢最後命終心心法非想非非想處若餘過去現在非想非非想處非次第亦非次第緣緣者謂除未來現前必起心心法非想非非想處若餘未來心心法非想非非想處除次第心不相應行若餘心不相應行無色所不攝心不相應行緣緣緣非有緣餘緣緣緣及有緣一切是增上緣緣及有增上問無色幾流幾隨流答一切應分別空處或隨流非流作三句隨流非流者謂除流若餘有漏空處流亦隨流者謂三流少分非流亦非隨流者謂無漏空處如空處識處無所有處亦如是非想非非想處或流亦隨流或隨流非流流亦隨流者謂三流少分此是流亦隨流餘隨流非流

三摩提定者謂四三昧修問云何四答謂有三昧修廣修習住現法樂轉有三昧修廣修習知見轉有三昧修廣修習慧分別轉有三昧修廣修習漏盡轉問此四三昧修幾色幾非色答一三昧修所攝身口業是色餘非色一

切是不可見一切是無對一有漏一無漏二分別住現法樂三昧修或有漏或無漏云何有漏謂住現法樂三昧修所攝有漏五陰云何無漏謂住現法樂三昧修所攝無漏五陰慧分別三昧修或有漏或無漏云何有漏謂慧分別三昧修所攝有漏五陰云何無漏謂慧分別三昧修所攝無漏五陰一切是有爲一有報一無報二分別二若有漏彼有報若無漏彼無報一切從因緣生世所攝三昧修所攝身口業是色所攝餘是名所攝三昧修所攝心意識是內入所攝餘是外入所攝一切是智知一是斷知知及斷一非斷知知及不斷二分別二若有漏斷知知及斷若無漏非斷知知及不斷一切是應修一切不穢汚一切是果及有果一切是不受三昧修所攝

身口業是四大造餘非四大造一切是有上一是有一非有二分別二若有漏彼是有若無漏彼非有三昧修所攝身口業及心不相應行因不相應餘因相應善五處少分攝四三昧修四三昧修亦攝善五處少分不善所不攝無記所不攝漏所不攝或有漏處攝非三昧修作四句有漏處攝非三昧修者謂三昧修所不攝有漏五陰三昧修攝非有漏處者謂一三昧修及二三昧修少分有漏處攝亦三昧修者謂一三昧修及二三昧修少分非有漏處攝亦非三昧修者謂虛空及數滅非數滅或無漏處攝非三昧修作四句無漏處攝非三昧修者謂虛空及數滅非數滅三昧修攝非無漏者謂一三昧修及二三昧修少分無漏處攝亦三昧修者謂一三昧修及

二三昧修少分非無漏處攝亦非三昧修者謂三昧修所不攝有漏五陰一切或過去或未來或現在一切是善一色界繫一不繫二分別住現法樂三昧修若有漏色界繫若無漏不繫慧分別三昧修或欲界繫或色界繫或無色界繫或不繫云何欲界繫謂慧分別三昧修所攝欲界繫五陰云何色界繫謂慧分別三昧修所攝色界繫五陰云何無色界繫謂慧分別三昧修所攝無色界繫四陰云何不繫謂慧分別三昧修所攝無漏五陰一無學一非學非無學二分別住現法樂三昧修或學或無學或非學非無學云何學謂住現法樂三昧修所攝學五陰云何無學謂住現法樂三昧修所攝無學五陰云何非學非無學謂住現法樂三昧修所攝有漏五陰慧分別三昧修或學或無學或非學非無學云何學謂慧分別三昧修所攝學五陰云何無學謂慧分別三昧修所攝無學五陰云何非學非無學謂慧分別三昧修所攝有漏五陰一修斷一不斷二分別二若有漏彼修斷若無漏彼不斷三昧修所攝身口業及心不相應行非心非心法非心相應三昧修所攝受陰想陰彼相應行陰心法心相應心意識即心也問三昧修幾心隨轉非受相應答一切應分別住現法樂三昧修或心隨轉非受相應作四句心隨轉非受相應者謂心隨轉身口業心隨轉心不相應行及受受相應非心隨轉者謂心意識心隨轉亦受相應者謂想陰彼相應行陰非心隨轉亦非受相應者謂除心隨轉心不相應行若餘心不相應行如

住現法樂三昧修知見三昧修漏盡三昧修亦如是慧分別三昧修或心隨轉非受相應作四句心隨轉非受相應者謂心隨轉身口業心隨轉心不相應行及受受相應非心隨轉者謂心意識心隨轉亦受相應者謂想陰彼相應行陰非心隨轉亦非受相應者謂除心隨轉身口業若餘身口業除心隨轉心不相應行若餘心不相應行如受想行亦如是除其自性一無覺無觀三分別住現法樂三昧修或覺隨轉非觀相應作四句覺隨轉非觀相應者廣說如喜心知見三昧修亦如是慧分別三昧修廣說如慈心問三昧修幾見非見處答一切應分別住現法樂三昧修或見非見處作四句見非見處者謂住現法樂三昧修所攝盡智無生智所不攝無漏慧見處非見者謂見所不攝有漏住現法樂三昧修見亦見處者謂世俗正見非見亦非見處者謂見所不攝無漏住現法樂三昧修知見三昧修或見亦見處或見處非見見亦見處者謂知見三昧修所攝世俗正見餘見處非見慧分別三昧修或見非見處作四句見非見處者謂慧分別三昧修所攝盡智無生智所不攝無漏慧見處非見者謂見所不攝有漏慧分別三昧修見亦見處者謂世俗正見非見亦非見處者謂見所不攝無漏慧分別三昧修漏盡三昧修所攝慧是見非見處餘非見亦非見處一切非身見因身見亦非彼因三昧修所攝身口業及思此是業非業報餘非業亦非業報問三昧修幾業非業隨轉答一切應分別住現法樂三昧修知見三昧

修漏盡三昧修廣説四句如禪修多羅中分别慧分别三昧修廣説四句如聖種修多羅中分别三昧修所攝身口業是造色色非可見色餘非造色色亦非可見色三昧修所攝身口業是造色色非有對色餘非造色色亦非有對色一切是甚深難了難了甚深一切是善亦善因一切非不善亦非不善因一切非無記亦非無記因一切是因緣緣及有因問三昧修幾次第非次第緣緣答一切應分别三昧修或次第非次第緣緣作三句次第非次第緣緣者謂未來現前必起心心法次第亦次第緣緣者謂過去現在心心法非次第亦非次第緣緣者謂除未來現前必起心心法若餘未來心心法及身口業心不相應行三昧修所攝身口業是緣緣緣非有緣餘是緣緣緣亦有緣一切是增上緣緣及有增上一隨流非流一非流亦非隨流二分别二若有漏彼隨流非流若無漏非流亦非隨流菩提品者謂七覺支問云何七答謂念覺支乃至捨覺支問此七覺支幾色幾非色答一切非色一切不可見一切是無對一切是無漏一切是有爲一切是無報一切從因緣生世所攝一切是名所攝一切是外入所攝一切是智知一切非斷知知及不斷一切是應修一切不穢汚一切是果及有果一切是不受一切非四大造一切是有上一切非有一切因相應善二處少分攝七覺支七覺支亦攝善二處少分不善處所不攝無記處所不攝漏處所不攝有漏處所不攝無漏二處少分攝七覺支七覺支亦攝無漏二處少分一

切或過去或未來或現在一切是善一切是不繫問覺支幾學幾無學答一切應分別念覺支或學或無學云何學謂學意思惟相應念覺支云何無學謂無學意思惟相應念覺支如念覺支餘一切亦如是一切是不斷一切是心法心相應一心隨轉非受相應六心隨轉亦受相應一切心隨轉想行相應除其自性問覺支幾覺隨轉非觀相應答一切應分別念覺支或有覺有觀或無覺有觀或無覺無觀云何有覺有觀謂有覺有觀意思惟相應念覺支云何無覺有觀謂無覺有觀意思惟相應念覺支云何無覺無觀謂無覺無觀意思惟相應念覺支如念覺支擇法精進猗定捨覺支亦如是喜覺支或有覺有觀或無覺無觀云何有覺有觀謂有覺有觀意思惟相應喜覺支云何無覺無觀謂無覺無觀意思惟相應喜覺支六非見亦非見處一分別擇法覺支所攝盡智無生智所不攝無漏慧是見非見處餘非見亦非見處一切非身見因身見亦非彼因一切非業亦非業報一切是業隨轉非業一切非造色色非可見色一切非造色色非有對色一切是甚深難了難了甚深一切是善亦善因一切非不善亦非不善因一切非無記亦非無記因一切是因緣緣亦有因問覺支幾次第非次第緣緣答一切應分別念覺支或次第非次第緣緣作三句次第非次第緣緣者謂未來現前必起念覺支次第亦次第緣緣者謂過去現在念覺支非次第亦非次第緣緣者謂除未來現前必起念覺支若餘未來念覺支如念覺

支餘一切亦如是一切是緣緣緣亦有緣一
切是增上緣緣及有增上一切非流亦非隨
流

衆事分阿毗曇論卷第十

衆事分阿毗曇論卷第十一

尊者世友造

宋三藏求那跋陀羅共菩提耶舍譯

千問論品第七之四

根者謂二十二根問此二十二根幾色幾非色答七是色十五非色一切不可見七有對十五無對十有漏三無漏九分別意根或有漏或無漏云何有漏謂有漏意思惟相應意根云何無漏謂無漏意思惟相應意根如意根樂根喜根捨根信精進念定慧根亦如是

一切是有爲

一有報十一無報十分別意根或有報或無報云何有報謂不善善有漏意根云何無報謂無記無漏意根如意根樂根喜根捨根亦如是

苦根或有報或無報云何有報謂善不善苦根云何無報謂無記苦根信精進念定慧根若有漏彼有報若無漏彼無報

一切從因緣生世所攝七是色所攝十五是名所攝八是內入所攝十一是外入所攝三分別未知當知根已知根無知根所攝心意識是內入所攝餘是外入所攝

一切是智知十是斷知知及斷三非斷知知及不斷九分別九若有漏彼斷知知及斷若無漏非斷知知及不斷

八應修八不應修六分別意根或應修或不應修云何應修謂善意根云何不應修謂不善無記意根如意根樂根苦根喜根捨根亦如是

憂根或應修或不應修云何應修謂善憂根

云何不應修謂不善憂根
十六不穢汚六分別意根或穢汚或不穢汚
云何穢汚謂隱没云何不穢汚謂不隱没如
意根樂根苦根喜根憂根捨根亦如是
一切是果及有果十五不受七分別眼根或
受或不受云何受若自性受云何不受若非
自性受如眼根耳根鼻根舌根身根男根女
根亦如是
七四大造十五非四大造一切是有上十是
有三非有九分別九若有漏彼是有若無漏
彼非有八因不相應十四因相應
或善處攝非根作四句善處攝非根者謂善
色陰想陰根所不攝善行陰及數滅根攝非
善處者謂八根六根少分善處攝亦根者謂
八根六根少分非善處攝亦非根者謂不善
色陰想陰根所不攝不善行陰根所不攝無
記色陰想陰根所不攝無記行陰及虚空非
數滅
或不善處攝非根作四句不善處攝非根者
謂不善色陰想陰根所不攝不善行陰根攝
非不善處者謂十六根六根少分不善處攝
亦根攝者謂六根少分非不善處攝亦非根
者謂善色陰想陰根所不攝善行陰及數滅
根所不攝無記色陰想陰根所不攝無記行
陰及虚空非數滅
或無記處攝非根作四句無記處攝非根者
謂根所不攝無記色陰想陰根所不攝無記
行陰虚空及非數滅根攝非無記處者謂九
根及五根少分無記處攝亦根者謂八根及
五根少分非無記處攝亦非根者謂善色陰

想陰根所不攝善行陰及數滅及不善色陰想陰根所不攝不善行陰漏處所不攝

或有漏處攝非根作四句有漏處攝非根者謂根所不攝有漏色陰想陰根所不攝有漏行陰根攝非有漏處者謂三根及九根少分有漏處攝亦根者謂十根及九根少分非有漏處攝亦非根者謂無漏色陰想陰根所不攝無漏行陰及無爲

或無漏處攝非根作四句無漏處攝非根者謂無漏色陰想陰根所不攝無漏行陰及無爲根攝非無漏處者謂十根及九根少分無漏處攝亦根攝者謂三根及九根少分非無漏處攝亦非根者謂根所不攝有漏色陰想陰根所不攝有漏行陰

一切或過去或未來或現在八善八無記六分別意根或善或不善或無記云何善謂善意思惟相應意根云何不善謂不善意思惟相應意根云何無記謂無記意思惟相應意根如意根樂苦喜捨根亦如是

憂根或善或不善云何善謂善意思惟相應憂根云何不善謂不善意思惟相應憂根四欲界繫三不繫十五分別眼根或欲界繫或色界繫云何欲界繫謂眼根欲界繫四大所造云何色界繫謂眼根色界繫四大所造如眼根耳鼻舌身根亦如是

命根或欲界繫或色界繫或無色界繫云何欲界繫謂欲界繫命云何色界繫謂色界繫命云何無色界繫謂無色界繫命

意根或欲界繫或色界繫或無色界繫或不繫云何欲界繫謂欲界繫意思惟相應意根

云何色界繫謂色界繫意思惟相應意根云何無色界繫謂無色界繫意思惟相應意根云何不繫謂無漏意思惟相應意根如意根捨根信精進念定慧根亦如是

樂根或欲界繫或色界繫或不繫云何欲界繫謂欲界繫意思惟相應樂根云何色界繫謂色界繫意思惟相應樂根云何不繫謂無漏意思惟相應樂根如樂根喜根亦如是

二學一無學十非學非無學九分別意根或學或無學或非學非無學云何學謂學意思惟相應意根無學即無學意思惟相應亦如是

云何非學非無學謂有漏意思惟相應意根如意根樂喜捨根信精進念定慧根亦如是

九修斷三不斷十分別意根或見斷或修斷或不斷云何見斷若意根隨信行隨法行人無間忍等斷廣說如分別諸入品云何修斷謂如前廣說云何不斷謂無漏意根如意根捨根亦如是

樂根或見斷或修斷或不斷云何見斷若樂根隨信行隨法行人無間忍等斷彼云何斷謂見斷二十八使相應樂根云何修斷若樂根學見迹修斷彼云何斷謂修斷五使相應樂根及不穢汚有漏樂根云何不斷謂無漏樂根（二十八者三禪四諦二十八五者三禪思惟三欲界思惟貪及無明二也）

喜根或見斷或修斷或不斷云何見斷若喜根隨信行隨法行人無間忍等斷彼云何斷謂見斷五十二使相應喜根云何修斷若喜根學見迹修斷彼云何斷謂修斷六使相應喜根及不穢汚有漏喜根云何不斷謂無漏

喜根五十二者二禪四諦二十八欲界四諦身見一邊見一邪見四戒盜二見盜四貪四慢四無明四六者二禪思惟三欲界思惟貪慢無明三也憂根或見斷或修斷云何見斷若憂根隨信行隨法行人無間忍等斷彼云何斷謂見斷十六使相應憂根云何修斷若憂根學見迹修斷彼云何斷謂修斷二使相應憂根及不穢汚憂根十六者欲界四諦邪見四疑四瞋恚四無明四二者欲界思惟瞋恚無明二也信精進念定慧若有漏彼修斷若無漏彼不斷八非心非心法非心相應十心法心相應一即心三分別未知當知根已知根無知根所攝九根八根心法及心相應一根即心也

八非心隨轉非受相應一受相應非心隨轉五心隨轉非受相應五心隨轉亦受相應三分別未知當知根已知根無知根所攝三根心隨轉非受相應一受相應非心隨轉五心隨轉亦受相應

八非心隨轉非想行相應一想行相應非心隨轉十心隨轉及想行相應除其自性三分別未知當知根已知根無知根所攝九根八根心隨轉亦想行相應除其自性一根想行相應非心隨轉

二有覺有觀八無覺無觀十二分別意根或有覺有觀或無覺有觀或無覺無觀云何有覺有觀謂有覺有觀意思惟相應意根云何無覺有觀謂無覺有觀意思惟相應意根云何無覺無觀謂無覺無觀意思惟相應意根知意根捨根信精進念定慧根未知當知根已知根無知根亦如是

樂根或有覺有觀或無覺無觀云何有覺有

觀謂有覺有觀意思惟相應樂根云何無覺無觀謂無覺無觀意思惟相應樂根如樂根喜根亦如是

一見亦見處九見處非見十二分別意根若有漏彼見處非見若無漏彼非見亦非見處如意根樂根喜根捨根信精進念定根亦如是

慧根或見非見處作四句見非見處者謂盡智無生智所不攝無漏慧根見處非見者謂見所不攝有漏慧根見亦見處者謂世俗正見非見亦非見處者謂見所不攝無漏慧根未知當知根已知根所攝見非見處餘非見亦非見處無知根所攝盡智無生智所不攝無漏慧根是見非見處餘非見亦非見處

十六非身見因身見亦非彼因六分別意根樂根喜根捨根廣說如受念處苦根若穢汚彼身見因身見非彼因若不穢汚彼非身見因身見亦非彼因

憂根或身見因身見非彼因作三句身見因身見非彼因者謂除過去現在見苦斷使相應憂根除過去現在見集斷一切遍使相應憂根若餘穢汚憂根身見因身見亦彼因者謂前爾所所除者是非身見因身見亦非彼因者謂不穢汚憂根

九非業非業報一業報非報十二分別眼根或業報非業或非業亦非業報業報非業者謂報生眼根餘非業亦非業報如眼根耳根鼻根舌根身根男根女根意根樂根喜根捨根苦根亦如是

八非業非業隨轉十四業隨轉非業七是造

色色非可見色十五非造色色非可見色七
是造色色有對色十五非造色色非有對色
一切是甚深難了難了甚深
八是善亦善因十四分別眼根或善因非善
或非善因亦非善善因非善者謂善報生眼
根餘非善因亦非善如眼根耳根鼻根舌根
身根男根女根命根亦如是
意根或善因非善作三句善因非善者謂善
報生意根善亦善因者謂善意根非善亦非
善因者謂除善報生意根及善意根若餘不
善無記意根如意根樂根喜根捨根亦如是
苦根或善亦善因或非善亦非善因善亦善
因者謂善苦根非善亦非善因者謂不善及
無記苦根
憂根或善亦善因或非善亦非善因善亦善
因者謂善憂根非善亦非善因者謂不善憂
根
八非不善非不善因十四分別眼根或不善
因非不善或非不善因亦非不善不善因非
不善者謂不善報生眼根餘非不善因亦非
不善如眼根耳根鼻根舌根身根男根女根
命根亦如是
意根或不善因非不善作三句不善因非不
善者謂不善報生意根及欲界身見邊見相
應意根不善亦不善因者謂不善意根非不
善亦非不善因者謂除不善報生意根除欲
界身見邊見相應意根及除不善意根若餘
無記及善意根
樂根或不善非不善因或非不善亦非不善
因不善非不善因者謂不善樂根非不善亦

非不善因者謂善及無記樂根
苦根或不善因非不善作三句不善因非不善者謂不善報生苦根不善亦不善因者謂不善苦根非不善亦非不善因者謂除不善報生苦根及不善苦根若餘無記及善苦根
喜根或不善因非不善作三句不善因非不善者謂欲界身見邊見彼相應喜根不善亦不善因者謂不善喜根非不善亦非不善因者謂除欲界身見邊見彼相應喜根及除不善喜根若餘無記及善喜根如喜根捨根亦如是
憂根或不善亦不善因或非不善亦非不善因不善亦不善因者謂不善憂根非不善亦非不善因者謂善憂根
入非無記亦非無記因八無記亦無記因六分別意根或無記因非無記作三句無記因非無記者謂不善意根無記亦無記因者謂無記意根非無記亦非無記因者謂善意根
如意根樂根苦根喜根捨根亦如是
憂根或無記因非無記或非無記亦非無記因無記因非無記者謂不善憂根非無記亦非無記因者謂善憂根
一切因緣緣及有因八非次第亦非次第緣緣十四分別意根或次第非次第緣緣廣說如受念處捨根亦如是
樂根或次第非次第緣緣作三句次第非次第緣緣者謂未來現前必起樂根次第亦次第緣緣者謂過去現在樂根非次第亦非次第緣緣者除未來現前必起樂根若餘未來樂根如樂根苦根喜根憂根信精進念定慧

根未知當知根已知根無知根亦如是
八緣緣緣非有緣十四緣緣緣及有緣一切
是增上緣緣亦有增上十隨流非流三非流
亦非隨流九分別九若有漏彼隨流非流若
無漏彼非流亦非隨流
入者謂十二入問云何十二答廣說如前
問此十二入幾色幾非色答謂十色一非色
一分別法入中或色或非色云何色謂法入
中身口業是色餘非色一可見十一不可見
十有對二無對十有漏二分別意入或有漏
或無漏云何有漏謂有漏意思惟相應意入
云何無漏謂無漏意思惟相應意入法入或
有漏或無漏云何有漏謂有漏身口業有漏
受陰想陰行陰云何無漏謂無漏身口業無
漏受陰想陰行陰及無爲十一有爲一分別
法入或有爲或無爲云何有爲謂法入中身
口業受陰想陰行陰云何無爲謂虛空數滅
及非數滅八無報四分別色入或有報或無
報云何有報謂善不善色入云何無報謂除
善不善色入若餘色入如色入聲入亦如是
意入或有報或無報云何有報謂不善善有
漏意入云何無報謂無記及無漏意入如意
入法入亦如是十一從因緣生世所攝一分
別法入若有爲因緣生世所攝若無爲非因
緣生非世所攝十是色所攝一是名所攝一
分別法入中身口業是色所攝餘是名所攝
六是內入所攝六是外入所攝一切是智知
十斷知知及斷二分別二若有漏彼斷知知
及斷若無漏彼非斷知知及不斷八不應修
四分別色入或應修或不應修云何應修謂

善色入云何不應修謂不善及無記色入如色入聲入意入亦如是
法入廣說如分別諸入品八不穢汚四分別廣說如上十一是果及有果一分別法入中或果非有果作三句果非有果者謂數滅果亦有果者謂有爲法入非果亦非有果者謂虛空及非數滅三不受九分別眼入或受或不受云何受謂自性受云何不受謂非自性受如眼入耳入鼻入舌入身入色入香入味入觸入亦如是
十二入或四大造或非四大造云何四大造謂九入及二入少分云何非四大造謂一入及二入少分十一有上一分別法入或有上或無上云何有上謂法入中身口業及受陰想陰行陰虛空及非數滅云何無上謂數滅十是有二分別二若有漏彼是有若無漏彼非有十因不相應一因相應一分別法入若心法因相應若非心法因不相應
善處攝四入少分四入少分亦攝善處不善處攝四入少分四入少分亦攝不善處無記處攝八入及四入少分八入及四入少分亦攝無記處漏處攝一入少分一入少分亦攝漏處有漏處攝十入及二入少分十入及二入少分亦攝有漏處無漏處攝二入少分二入少分亦攝無漏處
十一或過去或未來或現在一分別法入若有爲或過去或未來或現在若無爲非過去非未來非現在八無記四分別廣說如分別諸入品二欲界繫十分別廣說如分別諸入品

問十二入幾學幾無學幾非學非無學答廣說如分別諸入品十修斷二分別廣說如分別諸入品十非心非心法非心相應一即心一分別法入若有緣心法心相應若無緣非心法非心相應

十非心隨轉非受相應一受相應非心隨轉一分別法入或心隨轉非受相應作三句心隨轉非受相應者謂心隨轉身口業心隨轉心不相應行及受心隨轉亦受相應者謂想陰彼相應行陰非心隨轉亦非受相應者謂除心隨轉身口業若餘身口業除心隨轉心不相應行若餘心不相應行及無爲如受想行亦如是除其自性

十非覺隨轉亦非觀相應二分別意入或有覺有觀或無覺有觀或無覺無觀云何有覺有觀謂有覺有觀意思惟相應意入云何無覺有觀謂無覺有觀意思惟相應意入云何無覺無觀謂無覺無觀意思惟相應意入法入或覺隨轉非觀相應作四句覺隨轉非觀相應者謂覺隨轉身口業覺隨轉心不相應行及覺相應觀觀相應非覺隨轉者謂覺若覺不相應觀相應心心法覺隨轉亦觀相應者謂覺觀相應心心法非覺隨轉亦非觀相應者謂除覺隨轉身口業若餘身口業除覺隨轉心不相應行若餘心不相應行及覺不相應觀及非覺觀相應心心法入法及無爲

一見亦見處九見處非見二分別意入若有漏見處非見若無漏非見亦非見處法入或見非見處作四句見非見處者謂法入所攝

盡智無生智所不攝無漏慧見處非見者謂見所不攝有漏法入見亦見處者謂五見世俗正見非見亦非見處者謂見所不攝無漏法入

入非身見因身見亦非彼因四分別色入若穢汚身見因身見非彼因若不穢汚非身見因身見亦非彼因如色入聲入亦如是意入廣說如受念處法入廣說如法念處

問十二入幾業非業報答一切應分別眼入或業報非業或非業報亦非業業報非業者謂報生眼入餘非業報亦非業如眼入耳入鼻入香入舌入味入身入觸入意入亦如是色入或業非業報作三句業非業報者謂身作色業報非業者謂報生色入非業亦非業報者謂除業色及業報生色入若餘色入聲入或業非業報或非業業報非業業報非業報者謂口作餘非業亦非業報

法入或業非業報作四句業非業報者謂身口業及報所不攝思業業報非業者謂思所不攝報生法入業亦業報者謂報生思業非業亦非業報者謂除業及業報生法入若餘法入

入非業非業隨轉一業隨轉非業三分別色入或業非業隨轉或非業業隨轉業非業隨轉者謂身作色餘非業亦非業隨轉聲入亦如是

法入或業非業隨轉作四句業非業隨轉者謂除業隨轉身口業若餘身口業及思業業隨轉非業者謂受陰想陰若思所不攝業隨轉行陰業亦業隨轉者謂業隨轉身口業非

業亦非業隨轉者謂除業及業隨轉法入若餘法入
十二入或造色色非可見色作三句造色色非可見色者謂八入及二入少分造色色亦可見色者謂一入非造色色亦非可見色者謂一入及二入少分
十二入或造色色非有對色作四句造色色非有對色者謂一入少分有對色非造色色者謂一入少分造色色亦有對色者謂九入及一入少分非造色色亦非有對色者謂一入及一入少分一切是甚深難了難了甚深
問十二入幾善亦善因答一切應分別眼入或善因非善或非善亦非善因善因非善者謂善報生眼入餘非善因亦非善如眼入耳入鼻入香入舌入味入身入觸入亦如是
色入或善因非善作三句善因非善者謂善報生色入善亦善因者謂善色入非善亦非善因者謂無記及不善色入如色入意入亦如是
聲入或善亦善因或非善亦非善因善亦善因者謂善聲入餘非善亦非善因法入或善非善因廣說如法念處
問十二入幾不善亦不善因答一切應分別眼入或不善因非不善或非不善亦非不善因不善因非不善者謂不善報生眼入餘非不善因亦非不善如眼入耳入鼻入香入舌入味入身入觸入亦如是
色入或不善因非不善作三句不善因非不善者謂不善報生色入不善亦不善因者謂不善色入非不善亦非不善因者謂無記及

善色入
聲入或不善亦不善因或非不善亦非不善因不善亦不善因者謂不善聲入餘非不善亦非不善因意入如意根法入如法念處入無記亦無記因四分別色入或無記因非無記作三句無記因非無記者謂不善色入無記因亦無記者謂無記色入非無記因亦非無記者謂善色入如色入聲入意入亦如是
法入或無記非無記因作四句無記非無記因者謂虛空及非數滅無記因非無記者謂不善法入無記亦無記因者謂無記有爲法入非無記亦非無記因者謂善法入
十一因緣緣及有因一分別法入若有爲因緣緣及有因若無爲非因緣緣非有因
十非次第亦非次第緣緣二分別意入或次第非次第緣緣作三句次第非次第緣緣者謂未來現前必起意入過去現在阿羅漢最後命終意入次第亦次第緣緣者謂除過去現在阿羅漢最後命終意入若餘過去及現在意入非次第亦非次第緣緣者謂除未來現前必起意入若餘未來意入
法入幾次第非次第緣緣作三句次第非次第緣緣者謂未來現前必起心法法入過去及現在阿羅漢最後命終心法法入及無想正受滅盡正受已起當起法入次第亦次第緣緣者謂除過去現在阿羅漢最後命終心法法入若餘過去及現在心法法入非次第亦非次第緣緣者謂除未來現前必起心法法入若餘未來心法法入除次第心不相應

行若餘心不相應行身口業及無爲
十緣緣緣非有緣一緣緣緣亦有緣一分別
法入若心法彼緣緣緣亦有緣餘非緣緣緣
亦非有緣
十一是增上緣緣及有增上一分別法入若
有爲彼增上緣緣及有增上若無爲增上緣
緣非有增上
十隨流非流二分別意入若有漏彼隨流非
流若無漏非流亦非隨流法入或隨流非流
作三句隨流非流者謂流所不攝有漏法入
流亦隨流者謂四流非流亦非隨流者謂流
所不攝無漏法入

衆事分阿毗曇論卷第十一

音釋

攝 失涉切 總持也 穢汚 穢於廢切 汚烏故切 繫 胡計切 轉 陟兗切

衆事分阿毗曇論卷第十二

尊者世友造

宋三藏求那跋陀羅共菩提耶舍譯

千問論品第七之五

陰者謂五陰問云何五答廣說如上

問此五陰幾色幾非色答一是色四非色四是不可見一分別色陰或可見或不可見云何可見謂一入云何不可見謂九入及一入少分四無對一分別色陰或有對或無對云何有對謂十入云何無對謂一入少分色陰或有漏或無漏云何有漏謂有漏十入及一入少分云何無漏謂一入少分受陰或有漏或無漏云何有漏謂有漏意思惟相應受陰云何無漏謂無漏意思惟相應受陰如受陰想陰識陰亦如是行陰或有漏或無漏云何有漏謂若有漏心相應及有漏心不相應行陰云何無漏謂無漏心相應及無漏心不相應行陰一切是有爲

問陰幾有報幾無報答一切應分別色陰或有報或無報云何有報謂不善色陰及善有漏色陰云何無報謂無記及無漏色陰如色陰受陰想陰行陰識陰亦如是

一切從因緣生世所攝一是色所攝四是名所攝一是內入所攝三是外入所攝一分別色陰或內入所攝或外入所攝云何內入所攝謂五內入云何外入所攝謂五外入及一外入少分一切是智知若有漏彼斷知知及斷若無漏彼非斷知知及不斷

問陰幾應修幾不應修答一切應分別色陰或應修或不應修云何應修謂善色陰云何

不應修謂不善及無記色陰如色陰受陰想陰識陰行陰亦如是
問陰幾穢汚幾非穢汚答一切應分別色陰或穢汚或非穢汚云何穢汚謂不善色陰及隱没無記色陰云何非穢汚謂善色陰及不隱没無記色陰如色陰受陰想陰識陰行陰亦如是
一切是果及有果四不受一分別色陰或受或不受云何受若自性受云何不受若非自性受四非四大造一分別色陰或四大造或非四大造云何四大造謂九入及二入少分云何非四大造謂一入少分一切有上問陰幾是有幾非有答一切應分別陰若有漏彼是有若無漏彼非有一因不相應二因相應一分別行陰若心法因相應若非心法因不相應
或善處攝非陰作四句善處攝非陰者謂數滅陰攝非善處者謂不善及無記五陰善處攝亦陰者謂善五陰非善處攝亦非陰者謂虛空非數滅不善處攝五陰少分五陰少分亦攝不善處
或無記處攝非陰作四句無記處攝非陰者謂虛空及非數滅陰攝非無記處者謂善不善五陰無記處攝亦陰者謂無記五陰非無記處攝亦非陰者謂數滅漏處攝一陰少分一陰少分亦攝漏處有漏處攝五陰少分五陰少分亦攝有漏處
或無漏處攝非陰作四句無漏處攝非陰者謂虛空數滅非數滅陰攝非無漏處者謂有漏五陰無漏處攝亦陰者謂無漏五陰非無

漏處攝亦非陰者是事不可得也

陰或過去或未來或現在陰或善或不善或無記云何善謂善五陰云何不善謂不善五陰云何無記謂無記五陰陰或欲界繫或色界繫或無色界繫或不繫云何欲界繫謂欲界繫五陰云何色界繫謂色界繫五陰云何無色界繫謂無色界繫四陰云何不繫謂無漏五陰

問陰幾學幾無學幾非學非無學答一切應分別陰或學或無學或非學非無學云何學謂學五陰云何無學謂無學五陰云何非學非無學謂有漏五陰

問陰幾見斷幾修斷幾不斷答一切應分別色陰若有漏彼修斷若無漏彼不斷云何修斷謂十入及一入少分云何不斷謂一入少分受陰或見斷或修斷或不斷云何見斷若受陰隨信行隨法行人無間忍等斷彼云何斷謂見斷八十八使相應受陰云何修斷若受陰學見迹修斷彼云何斷謂修斷十使相應受陰及不穢污有漏受陰云何不斷謂無漏受陰如受陰想陰識陰亦如是

行陰或見斷或修斷或不斷云何見斷若行陰隨信行隨法行人無間忍等斷彼云何斷謂見斷八十八使彼相應行陰彼所起心不相應行云何修斷若行陰學見迹修斷彼云何斷謂修斷十使彼相應行陰彼所起身口業彼所起心不相應行及不穢污有漏行陰云何不斷謂無漏行陰一非心非心法非心相應一心法亦心相應一唯心一分別行陰若心不相應彼非心非心法非心相應餘心

法亦心相應一心隨轉非受相應一心隨轉
亦受相應二分別
色陰或心隨轉非受相應或非心隨轉亦非
受相應心隨轉非受相應者謂心隨轉身口
業餘非心隨轉亦非受相應
行陰或心隨轉非受相應作三句心隨轉非
受相應者謂心隨轉心不相應行陰心隨轉
亦受相應者謂心相應行陰非心隨轉亦非
受相應者謂除心隨轉心不相應行陰若餘
心不相應行陰如受想亦如是除其自性問
陰幾覺隨轉非覩相應答一切應分別色陰
或覺隨轉非覩相應或非覺隨轉亦非覩相
應覺隨轉非覩相應者謂覺隨轉身口業餘
非覺隨轉亦非覩相應
受陰或有覺有覩或無覺有覩或無覺無覩

云何有覺有覩謂有覺有覩意思惟相應受
陰云何無覺有覩謂無覺有覩意思惟相應
受陰云何無覺無覩謂無覺無覩意思惟相
應受陰如受陰想陰識陰亦如是
行陰或覺隨轉非覩相應作四句覺隨轉非
覩相應者謂覺隨轉心不相應行陰及覺相
應覩覩相應非覺隨轉者謂覺若覺不相應
覩相應心法行陰覺隨轉亦覩相應者謂覺
覩相應心法行陰非覺隨轉亦非覩相應者
謂除覺隨轉心不相應行陰若餘心不相應
行陰及覺不相應覩及非覺覩相應心法行
陰
問陰幾見非見處答一切應分別色陰或見
處非見作三句見處非見者謂九入及一入
少分見亦見處者謂一入非見亦非見處者

謂一入少分受陰想陰識陰若有漏彼見處非見若無漏彼非見亦非見處
行陰或見非見處作四句見非見處者謂行陰所攝盡智無生智所不攝無漏慧見處非見者謂見所不攝有漏行陰見亦見處者謂五見及世俗正見非見亦非見處者謂見所不攝無漏行陰
問陰幾身見彼因彼非身見因答一切應分別色陰如色入受陰想陰識陰如受念處行陰如法念處
問陰幾業非業報答一切應分別色陰如身念處受陰想陰識陰如受念處行陰如法念處二業隨轉非業二分別色陰如身念處行陰如法念處四陰非造色色非可見色一分別色陰如身念處四非造色色非有對色一分別色陰如身念處一切是甚深難了難了甚深
問陰幾善因非善答一切應分別陰或善因非善作三句善因非善者謂善報生五陰善亦善因者謂善五陰非善亦非善因者謂不善及無記五陰
問陰幾不善非不善因答一切應分別色陰如身念處受陰想陰識陰如受念處行陰如法念處
問陰幾無記因非無記答一切應分別陰或無記因非無記作三句無記因非無記者謂不善五陰無記亦無記因者謂無記五陰非無記亦非無記因者謂善五陰一切因緣緣及有因一非次第亦非次第緣緣四分別受陰想陰識陰如受念處

行陰或次第非次第緣緣作三句次第非次第緣緣者謂未來現前必起心法行陰過去及現在阿羅漢最後命終心法行陰及無想正受滅盡正受已起當起心法行陰次第亦次第緣緣者謂除過去現在阿羅漢最後命終心法行陰若餘過去及現在心法行陰非次第亦非次第緣緣者謂除未來現前必起心法行陰若餘未來心法行陰除次第心不相應行陰若餘心不相應行陰

一緣緣緣非有緣三緣緣緣及有緣一分別行陰若心法彼緣緣緣及有緣若非心法緣緣緣非有緣一切是增上緣緣及有增上問陰幾流亦隨流答一切應分別色陰受陰想陰識陰若有漏彼隨流非流若無漏彼非流亦非隨流行陰或隨流非流作三句隨流非流者謂流所不攝有漏行陰流亦隨流者謂四流非流亦非隨流者謂流所不攝無漏行陰

界者謂十八界問云何十八答廣說如前

問此十八界幾色幾非色答十是色七非色一分別法界中身口業是色餘非色一可見十七不可見十有對八無對十五有漏三分別

意界或有漏或無漏云何有漏謂有漏意思惟相應意界云何無漏謂無漏意思惟相應意界如意界意識界亦如是

法界如法入十七有爲一分別法界如法入入無報十分別色界或有報或無報云何有報謂善不善色界云何無報謂無記色界如色界聲界眼識界耳識界鼻識界舌識界身

識界亦如是
意界或有報或無報云何有報謂不善及善有漏意界云何無報謂無記及無漏意界如意界意識法界亦如是
十七從因緣生世所攝一分別法界如法入十是色所攝七是名所攝一分別法界中身口業是色所攝餘是名所攝十二是內入所攝六是外入所攝一切是智知十五斷知知及斷三分別三若有漏斷知知及斷若無漏非斷知知及不斷八不應修十分別色界或應修或不應修云何應修謂善色界云何不應修謂不善及無記色界如色界聲界眼識耳識鼻識舌識身識界意界意識界亦如是法界或應修或不應修云何應修謂善有為法界云何不應修謂不善無記法界及數滅八不穢汚十分別色界或穢汚或不穢汚云何穢汚謂不善色界及隱沒無記色界云何不穢汚謂善色界及不隱沒無記色界如色界聲界眼識耳識鼻識舌識身識界意界意識界法界亦如是
十七是果及有果一分別法界如法入九不受九分別眼界或受或不受云何受若自性受云何不受若非自性受如眼界色界耳界鼻界香界舌界味界身界觸界亦如是
十八界或四大造或非四大造云何四大造謂九界及二界少分云何非四大造謂七界及二界少分十七界是有上一分別法界如法入十五是有三分別三若有漏彼是有若無漏彼非有十因不相應七因相應一分別法界如法入

善處攝十界少分十界少分亦攝善處不善處攝十界少分十界少分亦攝不善處無記處攝八界及十界少分八界及十界少分亦攝無記處漏處攝一界少分一界少分亦攝漏處有漏處攝十五界及三界少分十五界及三界少分亦攝有漏處無漏處攝三界少分三界少分亦攝無漏處

十七界或過去或未來或現在一分別法界如法入

八無記十分別色界或善或不善或無記云何善謂善身作云何不善謂不善身作云何無記謂除善不善身作若餘色界聲界亦如是

眼識界或善或不善或無記云何善謂善意思惟相應眼識界云何不善謂不善意思惟相應眼識界云何無記謂無記意思惟相應眼識界如眼識耳識鼻識舌識身識意界意識界亦如是

法界如法入

四欲界繫十四分別眼界色界耳界聲界鼻界舌界身界觸界如分別諸入品廣說眼識界或欲界繫或色界繫云何欲界繫謂欲界意思惟相應眼識界云何色界繫謂色界意思惟相應眼識界如眼識界耳識身識界亦如是

意界意識界如意入法界如法入

十五非學非無學三分別意界法界意識界如分別諸入品廣說

十五修斷三分別意界法界意識界如分別諸入品廣說

十非心非心法非心相應七即心一分別法界如法入

十非心隨轉非受相應七受相應非心隨轉一分別法界如法入

如受想行亦如是除其自性十非

有覺有觀五有覺有觀三分別意界及意識界如意入法界如法入

一見亦見處十四見處非見三分別意界意識界如意入法界如法入八非身見因身見亦非彼因十分別色界若穢汚身見因身見非彼因若不穢汚非身見因身見亦非彼因如色界聲界眼識耳識鼻識舌識身識界亦如是意界及意識界如意入法界如法入問十八界幾業非業報答一切應分別眼界或業報非業或非業亦非業報業報非業者謂報生眼界餘非業亦非業報如眼界眼識界耳界耳識界鼻界香界鼻識界舌界味界舌識界身界觸界身識界意界意識界亦如是色界如色入聲界如聲入法界如法入八非業亦非業隨轉七業隨轉非業三分別色界如色入聲界如聲入法界如法入十八界或造色色非可見色作三句造色色非可見色者謂八界及二入少分造色色亦可見色者謂一界非造色色非可見色者謂七界及二界少分

十八界或造色色非有對色作四句造色色非有對色者謂一界少分有對色非造色色者謂一界少分造色色亦有對色者九界及一界少分非造色色亦非有對色者謂七界及一界少分一切是甚深難了難了甚深

問十八界幾善非善因答一切應分別眼界或善因非善或非善因亦非善善因非善者謂善報生眼界餘非善亦非善因如眼界耳鼻香舌味身觸界亦如是

色界如色入眼識界耳識界鼻識界舌識界

身識界意界意識界亦如是
聲界或善亦善因或非善亦非善因善亦善因者謂善聲界餘非善亦非善因法界如法入
問十八界幾不善亦不善因答一切應分別
眼界廣說如眼入如眼界耳界鼻界香界舌界味界身界觸界亦如是
色界如色入如色界眼識界耳識鼻識舌識身識界亦如是
聲界如聲入意界如意根意識界如喜根法界如法入八無記亦無記因十分別色界或無記因非無記作三句無記因非無記者謂不善色界無記亦無記因者謂無記色界非無記亦非無記因者謂善色界如色界眼識界聲界耳識界鼻識界舌識界身識界意界意識界亦如是
法界如法入十七因緣緣及有因一分別法界如法入十界非次第亦非次第緣緣八分別眼識界或次第非次第緣緣作三句次第非次第緣緣者謂未來現前必起眼識界次第亦次第緣緣者謂過去現在眼識界非次第亦非次第緣緣者謂除未來現前必起眼識界若餘未來眼識界如眼識界耳識鼻識舌識身識界亦如是
意界及意識界如意入法界如法入十緣緣緣非有緣七緣緣緣亦有緣一分別法界如法入十七界是增上緣緣及有增上一分別法界如法入十五隨流非流三分別意界意識界如意入法界如法入

攝擇品第八

色法十一界十一入一陰攝八智知除知他心智及滅智六識識欲色二界一切遍使使及修斷使使即色法十界十入一陰攝非智知五識識非使使非色法八界二入四陰攝十智知一識識一切使使即非色法七界一入四陰攝二智知謂知他心智及滅智非識識無色界一切欲色二界二身見苦集斷不一切遍使使

可見法一界一入一陰攝七智知除知他心智及滅道智二識識欲色二界一切遍使使及修斷使使即可見法一界一入非陰攝非智知一識識非使使不可見法十七界十一入五陰攝十智知五識識一切使使即不可見法十七界十一入四陰攝三智知謂知他心智及滅道智四識識無色界一切欲色二界二身見苦集斷不一切遍使使

有對法十界十入一陰攝七智知除知他心智及滅道智六識識欲色二界一切遍使使及修斷使使即有對法十界十入非陰攝非智知五識識非使使無對法八界二入五陰攝十智知一識識一切使使即無對法八界二入四陰攝三智知謂知他心智及滅道智非識識無色界一切欲色二界二身見苦集斷不一切遍使使

有漏法十八界十二入五陰攝八智知除滅道智六識識一切使使即有漏法十五界十入非陰攝二智知謂苦集智五識識一切使使無漏法三界二入五陰攝八智知除苦集智一識識使所不使即無漏法非界非入非陰攝二智知謂滅道智非識識非使使

有爲法十八界十二入五陰攝九智知除滅智六識識一切使使即有爲法十七界十一入五陰攝四智知謂知他心智苦智集智道智五識識一切使使無爲法一界一入陰所不攝六智知除知他心智及苦集道智一識識使所不使即無爲法非界非入非陰攝一智知識滅智非識識非使使

有諍無諍法如有漏無漏法如有諍無諍世間出世間入不入染汚不染汚依家依出要結非結受非受纏非纏法亦如是

記法十界四入五陰攝十智知三識識欲界一切色無色界一切遍使使及修斷使使即記法非界非入非陰攝二智知謂滅道智非識識欲界二身見集斷不一切遍使使無記法十八界十二入五陰攝八智知除滅道智

六識識色無色界一切欲界二身見集斷一切遍使使即無記法八界八入非陰攝非智知三識識色無色界二身見苦集斷不一切遍使使

隱没法十界四入五陰攝八智知除滅道智三識識一切使使即隱没法非界非入非陰攝非智知非識識三界二身見苦集斷不一切遍使使不隱没法十八界十二入五陰攝十智知六識識三界一切遍使使及修斷使使即不隱没法八界八入非陰攝三智知謂滅道智三識識非使使

修法十界四入五陰攝九智知除滅智三識識三界一切遍使使及修斷使使即修法非界非入非陰攝一智知謂滅智非識識非使使非修法十八界十二入五陰攝九智知除

道智六識識一切使使即非修法八界八入非陰攝一智知謂滅智三識識三界二身見苦集斷不一切遍使使
穢汚法十界四入五陰攝八智知除滅道智三識識一切使使即穢汚法非界非入非陰攝非智知非識識三界二身見苦集斷不一切遍使使非穢汚法十八界十二入五陰攝十智知六識識一切使使即非穢汚法八界八入入非陰攝二智知謂滅道智三識識非使使如穢汚法非穢汚有罪無罪亦如是
有報法十界四入五陰攝八智知除滅道智三識識欲界一切色無色界一切遍使使及修斷使使即有報法非界非入非陰攝非智知非識識欲界二身見集斷不一切遍使使非有報法十八界十二入五陰攝十智知六識識色無色界一切欲界二身見集斷一切遍使使即非有報法八界八入非陰攝二智知謂滅道智三識識色無色界二身見苦集斷不一切遍使使
見法二界二入二陰攝九智知除滅智一識識有漏緣使使及無漏緣見相應無明使使即見法一界一入非陰攝非智知非識識無漏緣見相應無明使使非見法十七界十一入五陰攝十智知六識識一切使使即非見法十六界十入三陰攝一智知謂滅智五識識除無漏緣見相應無明若除無漏緣使使
內法十二界六入二陰攝九智知除滅智一識識一切使使即內法十二界六入一陰攝非智知非識識非使使外法六界六入四陰攝十智知六識識一切使使即外法六界六

入三陰攝一智知謂滅智五識識非使使
受法九界九入一陰攝七智知除知他心智
及滅道智五識識欲色二界一切遍使使及
修斷使使即受法非界非入非陰攝非智知
非識識非使使非受法十八界十二入五陰
攝十智知六識識一切使使即非受法九界
三入四陰攝三智知謂知他心智及滅道智
一識識無色界一切欲色二界二身見苦集
斷不一切遍使使心法七界一入一陰攝九
智知除滅智一識識一切使使即心法七界
一入一陰攝非智知非識識非使使
有緣法八界二入四陰攝九智知除滅智一
識識一切使使即有緣法七界一入三陰攝
一智知謂知他心智非識識無漏緣使使無
緣法十一界十一入三陰攝九智知除知他
心智六識識有漏緣使使即無緣法十界十
入一陰攝一智知謂滅智五識識非使使
心法法一界一入三陰攝九智知除滅智一
識識一切使使即心法法非界非入二陰攝
非智知非識識非使使非心法法十八界十
二入三陰攝十智知六識識一切使使即非
心法法十七界十一入二陰攝一智知謂滅
智五識識非使使
業法三界三入二陰攝九智知除滅智三識
識一切使使即業法非界非入非陰攝非智
知非識識非使使非業法十八界十二入五
陰攝十智知六識識一切使使即非業法十
五界九入三陰攝一智知謂滅智三識識非
使使
善法十界四入五陰攝十智知三識識三界

一切遍使使及修斷使使即善法非界非入非陰攝二智知謂滅道智非識識非使使不善法十界四入五陰攝七智知除比智及滅道智三識識欲界一切使使即不善法非界非入非陰攝非智知非識識欲界二身見集斷不一切遍使使

無記法十八界十二入五陰攝八智知除滅道智六識識色無色界一切欲界二身見集斷一切遍使使即無記法八界八入非陰攝非智知三識識色無色界二身見苦集斷不一切遍使使

見斷法三界二入四陰攝八智知除滅道智一識識見斷一切使使即見斷法非界非入非陰攝非智知非識識三界二身見苦集斷不一切遍使使

修斷法十八界十二入五陰攝八智知除滅道智六識識修斷一切及一切遍使使即修斷法十五界十入非陰攝非智知五識識修斷一切使使

無斷法三界二入五陰攝八智知除苦集智一識識使所不使即無斷法非界非入非陰攝二智知謂滅道智非識識非使使

學法三界二入五陰攝七智知除苦集智及滅智一識識使所不使即學法非界非入非陰攝非智知非識識非使使如學法無學法亦如是非學非無學法十八界十二入五陰攝九智知除道智六識識一切使使即非學非無學法十五界十入非陰攝三智知謂苦集滅智五識識一切使使

欲界繫法十八界十二入五陰攝七智知除

比智及滅道智六識識欲界一切使使即欲界繫法四界二入非陰攝非智知二識識欲界一切使使
色界繫法十四界十入五陰攝七智知除法智及滅道智四識識色界一切使使即色界繫法非界非入非陰攝非智知非識識色界一切使使無色界繫法三界二入四陰攝六智知除法智知他心智及滅道智一識識無色界一切使使即無色界繫法非界非入非陰攝非智知非識識無色界一切使使無繫法三界二入五陰攝八智知除苦集智一識識使所不使即無繫法非界非入非陰攝二智知謂滅道智非識識非使使
過去法十八界十二入五陰攝九智知除滅智六識識一切使使即過去法非界非入非陰攝非智知非識識非使使如過去法未來現在法亦如是非過去未來現在法一界一入陰所不攝六智知除知他心智及苦集道智一識識使所不使即非過去未來現在法非界非入非陰攝一智知謂滅智非識識非使使
苦諦所攝法廣說如苦諦即苦諦所攝法非界非入非陰攝非智知非識識非使使如苦諦集諦所攝法亦如是滅諦所攝法如滅諦即滅諦所攝法非界非入非陰攝一智知謂滅智非識識非使使道諦所攝法如道諦即道諦所攝法非界非入非陰攝一智知謂道智非識識非使使
諦所不攝法一界一入非陰攝一智知謂等智一識識非使使即諦所不攝法非界非入

非陰攝非智知非識識非使使
見苦斷法三界二入四陰攝八智知除滅道智一識識見苦斷一切及見集斷一切遍使使即見苦斷法非界非入非陰攝非智知非識識即見苦斷不一切遍使使
如是見集斷差別者即見集斷不一切遍使見滅斷差別者謂見滅斷一切使使如是見道斷差別者見道斷一切使使
修斷法十八界十二入五陰攝八智知除滅道智六識識修斷一切使使及一切遍使使即修斷法十五界十入非陰攝非智知五識識修斷一切使使無斷法三界二入五陰攝八智知除苦集智一識識使所不使即無斷法非界非入非陰攝二智知謂滅道智非識識非使使

色陰十一界十一入一陰攝八智知除知他心智及滅智六識識欲色二界一切遍使使及修斷使使即色陰十界十入一陰攝非智知五識識非使使
受陰一界一入一陰攝九智知除滅智一識識一切使使即受陰非界非入一陰攝非智知非識識非使使如受陰想陰行陰亦如是
識陰七界一入一陰攝九智知除滅智一識識一切使使即識陰七界一入一陰攝非智知非識識非使使
眼入一界一入一陰攝七智知除知他心智及滅道智一識識欲色二界一切遍使使及修斷使使即眼入一界一入非陰攝非智知非識識如眼入耳入鼻入舌入身入眼界耳鼻舌身界眼根耳鼻舌身根亦如是

色入一界一入一陰攝七智知除知他心智及滅道智二識識欲色二界一切遍使使及修斷使使即色入一界一入非陰攝非智知一識識非使使如色入聲入觸入色界聲界觸界亦如是

香入一界一入一陰攝六智知除比智知他心智及滅道智二識識欲界一切遍使使及修斷使使即香入一界一入非陰攝非智知一識識非使使如香入味入香界味界亦如是

意入七界一入一陰攝九智知除滅智一識識一切使使即意入七界一入一陰攝非智知非識識非使使如意入意界意根亦如是

法入一界一入四陰攝十智知一識識一切使使即法入一界一入三陰攝一智知謂滅智非識識非使使如法入法界亦如是

眼識界二界一入一陰攝八智知除滅道智一識識欲色二界一切遍使使及修斷使使即眼識界一界非入非陰攝非智知非識識非使使如眼識界耳識界身識界亦如是

鼻識界二界一入一陰攝七智知除比智及滅道智一識識欲界一切遍使使及修斷使使即鼻識界一界非入非陰攝非智知非識識非使使如鼻識界舌識界亦如是

意識界二界一入一陰攝九智知除滅智一識識一切使使即意界一界非入非陰攝非智知非識識非使使

女根一界一入一陰攝六智知除比智知他心智及滅道智一識識欲界一切遍使使及修斷使使即女根非界非入非陰攝非智知

非識識非使使如女根男根亦如是

命根一界一入一陰攝七智知除知他心智及滅道智一識識三界一切遍使使及修斷使使即命根非界非入非陰攝非智知非識識非使使

樂根一界一入一陰攝九智知除滅智一識識色界一切使使欲界一切遍使使及修斷使使即樂根非界非入非陰攝非智知非識識非使使

喜根一界一入一陰攝九智知除滅智一識識色界一切使使除欲界無漏緣疑及彼相應無明餘欲界一切使使即喜根非界非入非陰攝非智知非識識非使使

憂根一界一入一陰攝七智知除比智及滅道智一識識欲界一切使使即憂根非界非入非陰攝非智知非識識非使使

捨根一界一入一陰攝九智知除滅智一識識一切使使即捨根非界非入非陰攝非智知非識識非使使

信根一界一入一陰攝九智知除滅智一識識三界一切遍使使及修斷使使即信根非界非入非陰攝非智知非識識非使使如信根精進根念根定根慧根亦如是

苦根一界一入一陰攝七智知除比智及滅道智一識識欲界一切遍使使及修斷使使即苦根非界非入非陰攝非智知非識識非使使

未知當知根三界二入三陰攝七智知除苦集智及滅智一識識非使使即未知當知根非界非入非陰攝非智知非識識非使使如

未知當知根已知根無知根亦如是
欲界繫見苦斷使一界一入一陰攝七智知除比智及滅道智一識識欲界繫見苦斷一切使使及見集斷一切遍使使即欲界繫見苦斷使非界非入非陰攝非智知非識識非使使
欲界繫見集斷使一界一入一陰攝七智知除比智及滅道智一識識欲界繫見集斷一切使使及見苦斷一切遍使使即欲界繫見集斷使非界非入非陰攝非智知非識識非使使
欲界繫見滅斷使一界一入一陰攝七智知除比智及滅道智一識識除欲界繫見滅斷無漏緣不共無明若餘欲界繫見滅斷一切使使及一切遍使使即欲界繫見滅斷使非界非入非陰攝非智知非識識非使使如見滅斷見道斷亦如是
欲界繫修斷使一界一入一陰攝七智知除比智及滅道智一識識欲界繫修斷一切使使及一切遍使使即欲界繫修斷使非界非入非陰攝非智知非識識非使使如欲界繫色界繫無色界繫差別者色無色界繫見苦集滅道修斷使六智知除法智知他心智及滅道智餘如前說

衆事分阿毗曇論卷第十二

解脫道論

梁扶南三藏僧伽婆羅譯

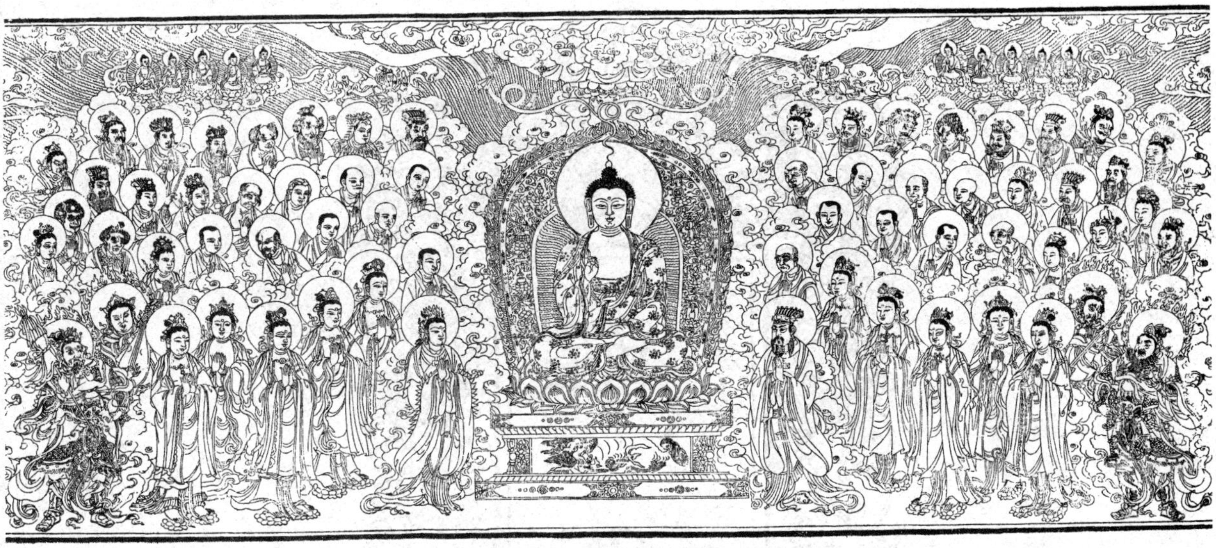

清刻龍藏佛說法變相圖

解脫道論卷第一

羅漢優波底沙造

梁扶南三藏僧伽婆羅譯

因緣品第一

禮世尊應供正遍知

戒定智慧　無上解脫　隨覺此法　有稱瞿曇

若人脫衆難已得離諸著成就於勝分心畏生老死樂善樂解脫令到涅槃樂未到有彼岸亦令得具足廣問脩多羅毗曇毗尼事此解脫道我今當說諦聽問云何爲戒答戒者威儀義定者不亂義慧者知覺義解脫者離縛義無上者無漏義隨覺者知得義此法者四聖法義瞿曇者姓義有稱者世尊義以戒定慧解脫殊勝功德能到最勝名稱無量解脫道者何義解脫者五解脫伏解脫彼分解

脫斷解脫猗解脫離解脫云何伏解脫現修行初禪伏諸蓋此謂伏解脫彼分解脫者現修達分定諸見解脫此謂彼分解脫斷解脫者修出世間道能滅除結此謂斷解脫猗解脫者如得果時樂心猗此謂猗解脫離解脫者是無餘涅槃此謂離解脫此解脫道爲得解脫是具足道以戒定慧謂解脫道解脫道者我今當說問何用說解脫道答有善人樂得解脫不聞說解脫故又不伏解脫故又不正伏解脫故如盲人無導獨遊遠國唯嬰衆苦不得解脫欲得解脫而無所因何以故解脫是因如佛所說若有衆生塵勞微細不聞法故終亦退轉又如佛說諸比丘有二因二緣能生正見云何爲二一從他聞二自正念是故說解脫不伏解脫者爲生猒離故說解脫不正伏解脫者爲除不正道爲得禪解脫道故說解脫如遠行人得善示導是伏解脫道三陰成滿何等爲三謂戒陰定陰慧陰云何戒陰正語正業正命及種類所攝或戒陰種種戒功德聚云何定陰正精進正念正定及種類定陰所攝或種種定功德聚云何慧陰正見正思惟及種類所攝或種種慧功德聚此三陰成滿是伏解脫道當學三學謂增上戒學增上心學增上慧學有戒有增上戒學有定有增上心學有慧有增上慧學復次有戒戒學有戒增上戒學有定心學有定學增上心學有慧慧學有慧增上慧學問云何戒學答謂有相戒是名戒學謂達分戒是增上戒學復次凡夫戒是名戒學聖戒是增上戒學問云何心學答所謂欲定問云何增上

心學答色定及無色定此謂增上心學復次有相定心學達分定及道定是謂增上心學云何學慧謂世間智是名慧學四諦相似智及道智是謂增上慧學如世尊爲鈍根人說增上戒學爲中根人說增上心學爲利根人說增上慧學問學者何義答學可學學增上學學無學名學如是學此三學謂伏解脫道以三種學成就清淨所謂戒清淨心清淨見清淨於是戒是戒清淨定是心清淨慧是見清淨戒者洗犯戒垢定洗纏垢是謂心清淨慧除無知垢此謂見清淨復次戒除惡業垢定除纏垢慧除使垢如是以三清淨是伏解脫道又以三種善伏道謂初中後善以戒爲初以定爲中以慧爲後云何戒爲初善有精進人成就不退以不退故意以喜故踊躍以踊躍故身猗以身猗故樂以樂故心定此謂初善定爲中善者以定如實知見此謂中善慧爲後善者已如實知見猒患以猒患故離欲以離欲故解脫以解脫故成自知如是成就三善道已伏解脫道得三種樂謂無過樂寂滅樂正覺樂彼以戒得無過樂以定得寂滅樂以慧得正覺樂如是成就得三種樂是伏解脫道遠離二邊得中道具足以此戒善除諸欲著於無過樂情生欣樂以定除身麤於寂滅樂而增喜樂以慧分別四諦中道具足於正覺樂深懷愛樂如是遠離二邊得中道具足是伏解脫道以戒除惡趣以定除欲界以慧除一切有於戒多修於定慧少修成須陀洹斯陀含於戒定多修於慧少修成阿那含修三種滿成阿羅漢無上解脫

分別戒品第二

問云何戒何相何味何起何足處何功德何戒義戒行何差別幾戒何所起何戒初中後幾法障礙戒道幾戒因幾種戒云何令戒清淨幾因以是戒住答云何戒者謂思戒威儀戒不越戒何者爲思戒我不作惡作者自受何者威儀戒離於犯處云何不越戒若有戒人身口無過復次斷義威儀一切善法是戒如阿毗曇說以出離法斷於欲欲是戒能離惡思戒護戒威儀戒以不瞋恚斷滅瞋恚以光明相斷於睡眠以不散亂斷於掉戲以見法起斷於疑悔以智斷無明以喜斷無可樂以初禪斷五蓋以二禪斷覺觀以三禪斷喜以四禪斷樂以空入定斷於色想乃至瞋恚及種種想以識入定斷虛空以無所有定斷識入想以非想非非想定斷無所有以無常見斷於常想以苦見斷樂想以無我見斷我想以過患見斷於愛想以無染見斷於欲想以滅見斷集以消見斷厚以分見斷聚以生滅見斷常以無相見斷相以無作見斷作以空見斷入以增上慧見斷執著以如實知見斷無明執以過患見而斷居執以彼觀見斷不彼觀以轉散見斷和合執以須陀洹道斷見一處煩惱以斯陀含道斷麤煩惱以阿那含道斷細煩惱以阿羅漢道斷一切煩惱此謂不越戒思戒護戒威儀戒此謂戒何戒相者威儀除非威儀問云何名非威儀答謂破法破法有三種一破波羅提木叉法二破緣法三破根法云何破波羅提木叉法謂無慚無愧於如來離信云何破緣法答命與形飾

相應離於知足云何破根法不閉六根門離於念慧以此三覆非威儀是名戒相何味者起者足處者無過樂是味無憂是起三善行是足處復次悅勝爲味不悔爲起覆諸根爲足處何戒功德者不悔是戒功德如世尊告阿難不悔戒善是功德義復次名戒者是無過樂是衆生上是財爲富貴是處爲佛地是浴無水是香普熏是影隨形是纖覆可覆是聖種是學無上是善趣道若人有戒爲有戒故成就無畏榮顯親友聖所憐愍是親友依是善莊嚴是領諸行是功德處是供養處是可貴同學處於諸善法不畏不退成就一切意願清淨雖死不忘成伏解脫樂方便如是無邊戒功德戒者何義答冷義增上義行義自性義苦樂 性相應義復次頭義冷義安義

云何頭爲戒義答如人無頭一切諸根不復取塵是時名死如是比丘以戒爲頭若頭斷已失諸善法於此佛法謂之爲死是戒爲頭義何者冷爲戒義如摩勝冷栴檀則除身熱成就歡喜如是戒爲勝冷栴檀能滅犯戒恐畏心熱成就歡喜是冷爲戒義何者安爲戒義答若人有戒風儀整肅不生恐畏是安爲戒義行何差別者修行精進受持頭陀是行非戒戒亦名行戒名威儀受亦名行幾戒者謂三種戒善戒不善戒無記戒云何善戒謂善身口業及正命無過患故果報可愛云何不善戒謂惡身口業及邪命有過患故果報不可愛云何無記戒無漏身口業及清淨命無有過患亦無果報云何起戒者善心所起善戒不善心所起不善戒無記心所起無記

戒何戒初中後者受戒是初不越是中歡喜是後戒有幾法障礙幾戒因答三十四法是障礙道三十四法是戒因所謂忿惱覆熱慳嫉幻諂恨競慢增上慢傲慢放逸嬾惰貪欲不知足不從智不正念惡口惡友惡智惡見不忍不信無慚無愧營身口味狎俗親近女人不敬師學不攝諸根於食不節初夜後夜惰不禪誦此三十四法是障礙道若一一障礙戒不成滿若不成滿必還退失若反是法三十四種是名戒因戒有幾種者謂有二種三種四種云何二種謂性戒制戒以身口所行佛斷不行是名性戒身口可行佛斷不行是名制戒性戒以信精進能令具足制戒以信念持能令具足復次戒有二種退戒得戒云何名退能滅非戒云何名得得衆善法除諸非戒如斷光影以斷非戒離於惡趣以得正戒能趣善道以斷非戒成就住分復次戒有二種世戒出世戒云何出世戒如聖道果之所得戒是出世戒所餘世戒以世戒成就故有具足以出世戒成就故有解脫復次戒有二種有量無量不具足戒是名有量若具足戒似佛所斷是名無量復次戒有二種有邊無邊云何有邊若人爲世利爲勝爲親友爲身爲命爲越所依而行受戒彼戒利養爲邊稱譽爲邊身有爲邊命有爲邊云何無邊此比丘爲出利爲勝爲身爲命如法受戒不起犯心何況故犯此謂無邊戒復次戒有二種有依無依云何有依有相戒依愛戒盜相應戒依見自譽毀他相應戒依慢此有依戒若成就解脫資用是無依戒若有依戒非慧

人所樂若無依戒是慧人所樂復次戒有二種梵行之初學微細戒云何梵行之初正業正語正命所謂戒此謂梵行之初有餘學戒此謂輕戒復次戒有二種有心相應無心相應云何有心謂初學梵行云何無心謂餘輕戒聲聞於梵行之初堅戒上戒於此輕戒得犯得起何以故佛不說此障於解脱復次有二種戒謂無犯戒清淨戒云何無犯謂聲聞戒云何清淨戒佛及緣覺戒復次戒有二種謂時分戒及盡形戒少時暫受不俱形命謂時分戒從師始誓乃至捨壽謂盡形戒時分戒者果報有時盡形戒者果報無時何者爲三謂止惡不犯受不犯斷不犯云何止惡不犯雖未受受至非所行處心不生犯是謂止惡不犯云何受不犯從受受已終不復犯是謂受不犯云何斷不犯聖人以聖道斷諸惡因是謂斷不犯復次戒有三種謂觸戒不觸戒犯戒云何爲觸有爲相初見愛爲觸是凡夫善戒資用入道是謂無觸戒云何犯戒謂阿羅漢戒復次有三種謂依世戒依身戒依法戒何者依世戒若人有恐怖將護世意除諸惡法是名依世何者依身戒若人有恐懼將護於身命除諸惡法是名依身何者依法戒若人驚畏將護於正法除諸不善是名依法復次戒有三種謂所願不等所願等無所願云何所願不等惱他受戒此謂所願不等云何所願等戒受戒爲現有樂及未來解脱樂是謂所願等云何無所願戒受戒不悔爲饒益他此謂無所願復次戒有三種謂清淨戒不清淨戒有疑戒云何清淨戒以二因緣

戒成清淨一不犯二犯已能悔此謂清淨戒以二因緣成不清淨一自故犯二犯不悔此謂不清淨云何有疑戒以三因故成就有疑一以不分別處二不分別犯三不分別不正行此謂有疑戒若生禪人戒不清淨深生慙悔成清淨樂又有疑惑令現知罪得成安樂復次戒有三種謂學無學非學非無學云何為學七學人戒云何無學阿羅漢戒云何非學非無學凡夫人戒復次戒有三種謂畏戒憂戒癡戒云何為畏有人畏罪不敢為惡斯謂畏戒云何為憂若人念離親友暫生愁苦以愁苦故不起諸惡斯謂憂戒云何癡戒有人受牛戒狗戒斯謂癡戒癡戒若成則為牛狗若復不成則墮地獄復次戒有三種謂下中上云何為下謂上煩惱上上煩惱大煩惱所觸不知足所染此謂下戒云何為中細煩惱所觸知足所染此謂中戒云何為上無所觸知足所染此謂上戒下戒成滿令人具足中戒成滿令天具足上戒成滿令得解脫復次戒有四種謂退分住分勝分達分云何退分不除道障礙離精進人知而故犯犯已覆藏此謂退分云何住分於戒成就不起於逸不生寂見成就住分於戒定成滿不起於逸不生寂見成就勝分於戒定成滿不起放逸以生寂見成就達分

復次戒有四種比丘戒比丘尼戒不具足戒白衣戒云何比丘戒波羅提木叉威儀是比丘戒比丘尼戒波羅提木叉威儀是比丘尼戒沙彌沙彌尼十戒式叉摩尼戒是謂不具足戒優婆塞優婆夷五戒及八戒是白衣戒

復次戒有四種謂性戒行戒法志戒初因戒云何性戒鬱單越戒是謂性戒云何行戒如姓族國土外道等法是謂行戒云何法志戒菩薩入胎戒是謂法志戒云何初因戒菩薩及摩訶迦葉戒是謂初因戒

復次戒有四種戒戒集戒滅戒滅道具足戒云何戒戒者有二種善戒不善戒此謂戒戒云何集戒善心集善戒不善心集不善戒云何滅戒得善戒滅不善戒得阿羅漢滅善戒云何滅道具足戒謂四正勤此謂滅道具足戒如是分別曉了四法是謂精進非眞持戒是名正勤

復次戒有四種波羅提木叉威儀戒命清淨戒根威儀戒緣修戒云何波羅提木叉威儀戒於此比丘波羅提木叉威儀所覆住行行處具足畏於細罪正受學可學戒此者於此師法比丘者有凡夫善復次有學無學不動法波羅提木叉者是戒是起是初是行是護是威儀是脫受善是無縛是諸法面爲正受善法名波羅提木叉義不起身口業是威儀所覆者以此波羅提木叉威儀成就住者護四威儀衆行具足者復有行有非行云何非行若有比丘於彼一人或施林竹或施花菓果實或施楊枝澡浴或販弄羡惡或爲調戲或諂諛自進或恣驅馳遠招會賞如此諸行佛之所制謂邪命自活此爲非行復次二種非行身口非行云何身非行若有比丘以淩慢心往至僧中排觸大德叨很自前或倚或行先坐上位推大於下或坐倚俳調或拍肩笑語上座徒跣自著革屣者德下路已行高

陌以衆異縁故相輕惱或以勝待少推劣與長或於浴室焼諸薪木關閉門戸皆無諮問或詣水邊輙自先入矯身擊搏現諸鄙相若入他舍超越前後行坐無次或在屛處戲善女人及諸童女摩觸其首如是等過謂身非行云何口非行若有比丘心無敬畏不諮宿望輙自說法或說波羅提木叉或拍肩而語或入他家顧問女人何所姓字有可食物不有者現我我欲得食如是等語爲口非行一切犯戒此謂非行云何爲行及於非行復次比丘有恭敬慚愧成就威儀無所乏少攝護諸根能節飲食初夜後夜未嘗睡眠成就智慧少欲知足不狎世務起勇猛心於同學所深生敬重此謂爲行行處者謂有行處有非行處云何非行處若有比丘入於婬舍寡婦舍處女舍不男舍比丘尼舍及諸酒肆親近國王大臣外道沙門非法伴侶如是等輩無信樂心常於四衆不生饒益甚可猒患此謂非行處如佛所說比丘行非梵行處云何行非梵行處謂販賣女色行處可知復次三種行處依行處守護行處繫縛行處云何依行處謂十處功德成就善友依此功德未聞得聞若已聞聞已令其增廣斷除疑悔正見清白能隨法學深信勇猛以戒聞施慧念念增長此謂依行處云何守護行處若有比丘須入他舍及行村里看地而前不踰尋仞威容整肅人所瞻敬不看象馬車乘及男女遊會不看宮第巷陌仰觀四望此謂守護行處云何繫縛行處如佛所說若有比丘觀其家境界此謂繫縛行處是名爲行以此行處成就

故曰具足行處畏於細罪者我於所學畢故敢造謂畏細罪復次有說若起不善心是謂微過於此微過心生避遠見過患畏見出離此謂於微過見畏正受學可學者可學何名謂七聚威儀正受一切隨逐此謂正受學可學此謂波羅提木叉威儀戒問云何名清淨戒答謂不犯邪命云何邪命懈怠諂曲示相以瞋罵示相以施望施云何懈怠懈怠有三處思計欲得要他四事假肅威儀普自稱說若比丘心懷惡欲貪樂財利讓勝衣食趣求麤弊如不欲得有若愍他如此四事謂緣計懈怠若有比丘惡欲貪利詐現威儀我入禪定要引供施讀誦經典此謂威儀懈怠若有比丘貪欲諂誑向人有言我得聖法栖止閑寂有若禪習所說深微示過人相貪利向已

廣自宣揚是謂懈怠諂曲者如其心念虛相推舉善言稱讚販弄好惡爲調要利排諧相悅引利自向此謂諂曲云何示相依有利者而爲說法要利爲已心不能普此謂示相瞋罵示相者或罵他令畏或空相毀薄或加打觸怖人要利此謂瞋罵示相云何以施望施者好爲輕施輙要厚答此謂以施望施以是諸惡謂爲邪命復有邪命或施林竹或施花葉果實或施楊枝澡浴或占相夢悟觀察星宿善解禽獸音聲等業推步吉凶惡言離散燒花事火商旅販賣將領軍衆蓄鋭兵刃如是種種此謂邪命若不犯者名清淨戒問云何守護根威儀戒答於見聞覺知色聲香味觸法煩惱相著及受持不犯此謂守護根威儀戒此守護根戒以九行成滿以惡爲相斷

諸根故彼對治不作意故如救頭燃終不暫
捨故如見難陀以威儀故伏惡心故於定相
心自在故不守護根人遠離故於守護根人
和合故問云何修行四事戒答以此八行已
觀修行乞食一者不爲凶險行不爲自高行
二者不爲裝束不爲莊嚴三者爲此身住爲
自調護四者爲除飢渴五者爲攝受梵行六
常自思惟飲食爲除先病不起新疾七當以
少自安八無過貪住問云何不凶險行不自
高行答我以貪食勇徤凶險戲暴爭競馳走
是凶險行高慢自舉不知猒足如瞋者打撲
不裝束莊嚴者爲身分充滿面貌肥悦令人
愛樂情無厭足是有欲人爲此身住爲自調
護者貪身安住如轂須膏除飢渴者常資少
食如是修行猶瘡塗藥攝受梵行者依少食
力樂得聖道如是修行猶食子想爲除先病
不起新疾者不少不多如是修習如服湯藥
以少自安者以少功德自安已身常應習行
如看病人無過者以少自安如是修行不令
身無是智慧所難是故無過安住若食調適
未嘗懈怠初中後夜亦不昏睡成就安隱如
是以此八行已觀修行乞食當如是修復次
此八行畧爲四觀謂可斷觀事觀以少自安
觀以少功德觀問云何可斷觀答不爲凶險
行不爲自高不爲先身不爲嚴首此謂可斷
觀爲此身住爲正調護爲除飢渴爲攝受梵
行此謂事觀我當除先病不起新疾者此謂
以少自安觀我當以少自安無過成安樂住
此謂少功德觀此四觀已略成三謂斷二邊
得中具足以斷觀斷欲樂著謂除飢渴斷於

本疾不起新疾又以此觀斷著身疲餘中具足觀應當修行又觀衣服爲除風寒暑蚊蝱蟻觸爲生慙恥遮覆醜露於具足觀如是修行又觀服藥乃至疾病若如此說當何時觀於乞食服藥一飡時觀又於衣服卧具及初得時觀又於日日時時中觀我命由他是故當觀如是一切皆成觀行先師所說四種受用謂盜受用負債受用家財受用主受用云何盜受用謂犯戒人受用云何負債受用謂無慙無愧邪命人受用云何家財受用謂精進人受用云何爲主受用謂聖人受用復有二種受用謂穢汙受用清白受用云何汙穢有慙愧人而不能觀是名汙穢云何清白有慙愧人觀知自節有猒惡想此謂清白以清白故常當修習四事可知此謂修行四事戒

於是律儀戒者以深信應令滿命清淨戒者以深精進應令滿根威儀戒者以深信應令滿修行四事者以深慧應令滿於此命清淨戒是隨從律儀何以故不爲壽命而斷諸事安者所作得身口業威儀此二種戒是隨從根威儀何以故謂於善以守護心善守護身口業修行四事是根威儀何以故已知集相依處違猒正念正定如此世尊所說若有比丘能知摶食及知五欲具足於此律儀及命清淨是戒陰所攝根律儀戒是定陰所攝修行四事戒是慧陰所攝何者令受戒清淨若比丘初受禪法於七聚中觀於自身若具犯波羅夷斷比丘法住不具足戒若住具足戒當得勝法是先師所說若見犯僧伽婆尸沙以衆事懺悔若見犯餘罪於其所犯向一人

懺若見犯邪命於其所犯作相應懺如此悔已我不更作見如是受持犯根威儀及修行四事我不更作若受持者當得未來勝上威儀彼人如是從清淨戒所有身口業可作現作當觀彼彼作善除惡當觀朝夕住清淨戒若如是者令戒清淨何戒清淨相者成相應及諸煩惱不起退悔得定成滿謂清淨相戒幾行住者以二戒住一稱量犯戒過患二稱量戒功德何等稱量過患若人犯戒成非功德成諸惡處畏於四衆疑難智人有戒棄避不可教禪天人鄙穢衆所憎薄思所犯戒見人讚歎持戒功德心悔不信於四衆中每生忿諍於其親友多起嫌怨背有戒人成惡朋黨不復堪得殊勝定法雖假嚴飾而故醜陋猶如屎尿人所憎惡如模範等尠有所堪如淤泥等於現未來無所饒益常生憂悴若已作罪追生慙悔心不安隱如盜在獄心不樂聖如栴陀羅無欲王位其有聞慧樂說功德人不貴敬猶如糞火生不如處死時惛忘神行惡道如此等過是可稱量若變此惡成戒功德亦可稱量如是稱量其犯戒者心意沮屈情志退散其有戒者唯深精進倍生信敬成精進人成信敬人一心護戒如蟻守卵如犛牛愛尾如護一子如護一眼如巫師護身如貧人護寶如海師護舶此諸護中我所修戒最應敬護如是受持心被擁衛安住禪定戒得守護

解脱道論卷第一

音釋

繖蘇旱切蓋也　俳調俳步皆切戲也調徒弔切試也　徒跣跣息淺切徒跣謂徒行足親地也　屣所綺切皮履也　仞而振切八尺曰仞　蓄銳蓄許竹切聚也藏也銳俞芮切利也　轂古禄切　膏姑勞切脂也　模範模莫胡切法也範音犯規範也　尠息淺切少也　淤依倨切濁泥也　沮在呂切抑也　犛莫交切牛名尾可爲旌旄　舶白傍陌切大船也

解脫道論卷第二（第三同卷）

羅漢優波底沙造

梁扶南三藏僧伽婆羅譯

頭陀品第三

問爾時淨戒坐禪人心欲成就勝善功德又爲欲得頭陀功德當如是成就何故受此頭陀功德答爲坐禪人性不一種爲於少欲爲於知足爲於無疑爲於滅愛爲欲增長勇猛精進爲自少營不受外施爲於安住爲斷所著守護戒善是諸定衆具是初聖種是勝功德觀何者爲頭陀有十三法二法衣相應謂糞掃衣及三衣五法乞食相應謂乞食次第乞食一坐食善量食時後不食五法坐卧相應一無事處坐二樹下坐三露地坐四塚間坐五遇得處坐一勇猛相應有一種謂常坐不卧云何糞掃衣答性能受持是謂爲性餘亦如是云何受糞掃衣斷居士施云何受三衣謂斷長衣云何乞食謂斷他請云何次第乞食謂斷超越乞云何一坐食謂不再坐云何節量食斷於貪恣云何時後不食謂斷於後望云何無事處坐斷聚落住云何樹下坐斷屋舍住云何露地坐斷衆覆處云何塚間坐斷餘勝處云何遇得處坐斷貪樂處云何常坐不卧謂離寢寐何故受糞掃衣見居士衣有求乞等過復見受持衲衣功德我見如是斷居士施故受衲衣云何受衲衣功德以似居士衣受持無闕得不由他失亦不憂心無貪染盜賊不取足周常用少所經營善人所習是行無疑勝善相應現法樂住令人欣慕使得正受是衲衣功德佛所稱歎問衲衣

有幾何人受持何因而失答衲衣有二種一無主守護二世人所棄或於塜間或於糞掃或於市肆或於道路拾煎浣染掩緝裁縫成就受持此謂無主或翦鑿之餘牛鼠所嚙或火所燒或人所擲施覆屍衣及外道服此謂世人所棄云何受糞掃衣若比丘斷居士施是謂受糞掃衣云何失若比丘受居士施此謂失衲衣云何受三衣爲有長衣應須淨施守護受著知是等過見三衣功德我從今日棄捨長衣故受三衣云何受三衣功德善人所行離畜遊長少於營造約身知足如鳥飛空無所顧戀善人所習是法無疑問云何名三衣云何爲受云何爲失答謂僧伽棃欝多羅僧安陀會此謂三衣云何受三衣若比丘不畜盈長是受三衣若受四衣是名爲失云何受乞食若受他請則妨自業不爲悅人不與非法比丘接膝共坐知是過患復見乞食功德我從今日斷受他請受乞食法云何乞食功德依心所願進止自由不希供饍消除懈怠斷滅憍慢不貪滋味饒益衆生常於四方心無限礙善人所行是業無疑問請有幾種云何爲受云何爲失答請有三種一似食請二就請三遇請除此三種請受乞食若受三請是失乞食云何受次第乞食若於次第處得多美味則不重往若其重往則受常食若有疑處亦應遠離知是過患復見次第功德我從今日捨非次乞受次第乞云何次第乞功德以平等心饒益一切除憎嫉惡斷遊狎過不喜喚召不樂多語遠人宅舍離於疾行如月希現人所瞻仰善人所行是業無疑

問云何名次第乞云何爲受云何爲失答若比丘始行乞食入於聚落從最後家以爲初次此謂次第行乞云何爲失謂越超隣比是名爲失云何受一坐食謂於二坐處數坐數受食數洗鉢與此相違名一坐食善人所行是業無疑知如是過見一坐食功德是故應受我從今日捨二坐食受一坐食云何一坐食功德不多不少不貪不淨施無諸病惱起居無妨自事安樂善人所行是業無疑問云何受一坐食云何爲邊云何爲失答邊有三種謂坐邊水邊食邊云何坐邊食已猶坐受水洗鉢不得更食此謂水邊云何食邊若於摶食生最後想若呑不更食此謂食邊若經二坐則失一食除水藥等諸佛所歎此謂食邊云何受節量食若食飲無度增身睡重常生貪樂爲腹無猒知是過已見節量功德我從今日斷不貪恣受節量食云何節食功德籌量所食不恣於腹多食憎羸知而不樂除貪滅病斷諸懈怠善人所行是業無疑問云何受節量食云何爲失答若受飲食應自思惟所須多少以爲常准不取長食善知籌量斷無期度謂節量食若不如是此則爲失云何受時後不食斷於望想離於長食知是過患見時後不食功德我從今日斷於長食受時後不食云何時後不食功德斷所貪樂節護其身離於宿食息所營求無告於他不隨心欲善人所行是業無疑問時後幾種云何爲受云何爲失答時後有二種謂不節邊受持邊云何不節邊若受長食得別請罪不當更食云何受持邊已食二十一摶不當更受

時後不食則斷於長若受長食失時後不食云何受無事處國中喧雜識觸五塵心生染樂若住閙處去來紛動知是過患復見無事處功德我從今日斷國中住受無事處云何無事處功德離於國中喧雜識觸五塵心生染樂若住閙處去來紛動見十種語功德最勝可愛天人歡喜不樂狎俗樂得寂寂樂少聲從心禪坐善人所行是業無疑問云何最後無事處云何爲受云何爲失答離於國城栖處郊外避於邊遠取中人四肘五百弓內是最後無事處除國中住此謂無事處若住國中則失無事處云何受樹下坐捨於覆處不積畜修治貪愛求索知是爲過見樹下功德我從今日斷於覆處受樹下住云何樹下功德依樂可受不交世俗樂離作務與天同止斷住處嫉及離愛著善人所行是業無疑問何樹可住何樹可離云何而受云何而失答於日中時樹影至處及無風時葉所墮處是所可住除危朽樹空腐樹鬼神樹離諸覆處是受樹下若往覆處則失樹下云何受露地住不樂覆處及在樹下藏畜物處知是過患見露住功德我從今日斷不樂處受覆地住云何露住功德莫往不樂處斷懈怠睡眠猶如野鹿隨意而行無所追慕善人所行是業無疑云何爲受云何爲失斷於覆處及在樹下是受露住若住覆處及在樹下則失露住云何受塚間住若於餘處少行放逸不起畏惡知是過患見塚間功德我從今日斷於餘處受塚間住云何受塚間功德得死時念得不淨相得非人敬重不起放逸伏於欲染

多所猒患不懼可畏觀身空寂斷計常想善人所行是業無疑問云何受塚間功德於何可住於何可行何受何失答若恒有人常多哭泣恒有煙火若初欲住如是塚間當先觀察有餘靜處便可往住若比丘止於塚間不當作房及安牀座不從風坐不逆風住卧時不熟無食魚味不飲乳酪不食麻粆不觸肴肉不住屋中不安鉢器若人已去捉持坐具及餘衣物往到塚間當其住處如擲物遠明相現時攝諸衣具還僧伽藍除餘處住是謂塚間若往餘處則名爲失云何受遇得處住不樂人所貪不惱他令避知是過患見遇得處功德我從今日斷貪住處受遇得處云何遇得處功德覓知足處貪於寂靜斷多受樂人所敬重住於慈悲一向斂攝善人所行是業無疑云何爲受云何爲失斷貪所止是謂依遇若往樂處則名爲失云何受常坐不卧於所住處睡眠懈怠知是過患見常坐功德我從今日斷於惛卧受常坐不卧云何常坐功德斷生息處除爲身嫉離染觸樂少於纏睡常多寂靜堪修禪勝善人所行是業無疑云何爲受云何爲失謂斷睡卧若寢名失云何離糞掃衣於居士施衣芻麻古具憍奢耶欽婆羅等以方便受不失衲衣云何三衣若畜長衣已過十日有月望衣有功德衣又有長衣爲護卧具敷具覆瘡衣手巾雨浴衣不受持不淨施若以方便不失三衣云何乞食方便若僧次食及常住食行籌食十五日食布薩食衆食等食以方便受不失乞食若見此過亦應捨離云何次第乞食方便見象馬

等當門而鬪可羞鄙處諸如是等若見宜避又見栴陀羅覆鉢學家隨和尚闍梨客行比丘諸如是等方便而越不失次第云何一坐食方便若正食時見象馬牛蛇雨和尚闍梨客比丘來方便而起起已更食不失一坐若節量食及時後食無方便云何無事處方便或爲受戒懺罪問法布薩自恣自病看疾問經疑處如是等緣方便住聚落不失無事處云何樹下方便若遇雨時宜入覆處明相既現還而不失樹下露住塚間遇得此等方便亦復如是餘住處可住常坐不卧無方便復有一説若灌鼻時得作方便不失常坐以此十三頭陀更成八法如毗曇中説八頭陀是時後不食攝節量一坐其所受持成一種類是無事處攝樹下露坐塚間何故於無事處

若營造房舍樂爲作務多所聚蓄愛著住處非心所樂作如是意於樹下塚間露地淨住是故成八於八頭陀復成三法一無事處二糞掃衣三行乞食若三清淨頭陀成滿故佛爲難陀説何時見汝成無事處受糞掃衣不時後食趣養身命無見所欲問誰名頭陀分頭陀有幾種法云何三行人修頭陀行幾頭陀有時節有是頭陀説頭陀答有十三頭陀是佛所説佛所制戒此謂頭陀分比不應説善不善無記何以故不善人與惡欲同故不除惡欲共起非法貪樂利養是故不善頭陀幾種法者謂有二頭陀法不貪不癡如佛所説若糞掃衣比丘依少欲知足樂靜無疑依於解脱是謂受糞掃衣諸餘頭陀亦復如是不貪不癡以此不貪於此十三處能除貪欲

以此不癡於十三處能除無明復次以此不貪佛之所許能生猒患相似無疑除欲染欺誑以此不癡相似除身羸欺誑此二頭陀法是不貪不癡云何三行人修頭陀行謂貪癡行人是修頭陀行瞋恚行人不能修行何以故貪癡行人而能修行頭陀如貪人至愛成不放逸若不放逸則能伏貪如癡無癡依頭陀受成不放逸若不放逸則能伏癡何故貪癡人修行頭陀瞋人受苦更成其惡如痰病者若服熱湯轉增其疾是故瞋人不當修行復說瞋人應住無事處及在樹下何故住無事處以無世間苦故幾頭陀有時節三頭陀八月時謂樹下住露地住塚間住是安居時佛聽覆處問云何是頭陀說頭陀答亦有頭陀說頭陀有頭陀不說頭陀有非頭陀說有頭陀有非頭陀不說頭陀云何有頭陀說頭陀謂阿羅漢成就頭陀云何有頭陀不說頭陀謂阿羅漢不成就頭陀受云何有非頭陀說頭陀謂學人及凡夫成就頭陀受云何非頭陀不說頭陀謂學人凡夫不成就頭陀受問頭陀何相何味何起答少欲爲相知足爲味無疑爲起復次無所著爲相無過爲味不退爲起云何初中後謂受爲初修行爲中歡喜爲後分

分別定品第四

問爾時淨戒坐禪人已行頭陀受成就勝善處當何所作答令定起問何定何相何味何起何處何人受禪解脱定止受何差別幾定因可見以此起定障定有幾法定幾功德定幾衆具幾種定云何起定答定者有清淨心

一向精進與寂靜功德等正眞住不亂此謂定復次煩惱猛風無傾心慮如殿裏燈光炎不動如阿毗曇說若心正住無所攀緣亦不動亂寂靜無著正定根定力此謂爲定云何相何味何起何處心住是相伏怨是味寂靜是起於染不著心得解脱是名爲處何人受定謂受心數等方便定等如手執稱令心心數等如鉢中油念與精進等行爲定猶如四馬齊力牽車思惟等爲定如彼箭師注心調直以除怨故如藥消毒如毗曇說斂攝是定義從是定義滿是定義禪者四禪謂初禪等解脱者謂八解脱內有色想外觀色等定者三定謂有覺有觀等正受者謂九次第正受云何爲禪思惟事故思惟怨故心喜樂故離障解脱故令平等故方便發定故得自在故不以二義住正受故樂起定故解脱正受者幾功德令定得起見四功德令定得起云何爲四現見法樂樂住以觀樂事神通現證有具足何者現見法樂樂住謂人得定能生無漏心起悅味受出世樂現見法樂樂住是故世尊說彼此身從靜生喜使得淸涼令漸圓滿具足成就等如佛告比丘我先作尼乾七日七夜身不動摇口不言說默然端住一向受樂是謂於聖法現見法樂樂住以觀樂事者謂坐禪人得心定事無有蓋纏調柔堪受持觀見陰入界等自性安樂是故世尊教諸比丘應當修行如是一切以心依如實知神通現證者已得定人依證五通謂如意天耳他心宿命天眼是故世尊說已得心定隨宜轉變如是一切令得如意有具足者已得定

人未到無學終令不退由定得報得色無色有具足如佛所說少修初禪得梵天眷屬如是種類一切生彼如是一切此四功德能生彼定一一當起障定有幾者謂八法欲欲瞋恚懈怠睡眠調戲疑惑無明無喜樂一切惡法是障法幾定因者謂有八法是因出離不瞋明相不亂一切善法令心歡喜能生法智是爲定因幾定資者謂有七種戒衆具知足覆蔽根門節量飲食初中後夜而不睡眠常念智慧住處靜寂定有幾種者定有二種一世間定二出世間定聖果所得謂出世定餘名世定其世間定是有漏有結有縛是流是軛是蓋是戒盜見盜是取是煩惱此謂世間定與此相違名出世定復次定有二種邪定正定云何邪定不善一心是謂邪定若善一心是謂正定邪定當斷正定應修復次如是一種外定安定彼彼定初分此謂外定性除無間此謂安定復次定有三種有覺有觀定無覺少觀定無覺無觀定云何有覺有觀謂初禪有覺有觀二禪無覺少觀餘禪無覺無觀復次定有三種謂共喜生定共樂生定共捨生定初禪二禪謂共喜生三禪謂共樂生四禪謂共捨生復次定有三種善定報定事定云何善定聖道學人及凡夫修色無色定是謂善定聖果學人凡夫生色無色界是謂報定無學人受色無色定是謂事定復次定有四種欲定色定無色定無所受定謂彼彼行正受行是謂欲定四禪是謂色定四無色定及善業報此謂無色定四道果謂無所受定又定有四種修行謂苦修行鈍智苦修行

利智樂修行鈍智樂修行利智此四人一者密煩惱二者踈煩惱三者利根四者鈍根於密煩惱人鈍根苦修行鈍智得定密煩惱利根苦修行利智得定踈煩惱人鈍根樂修行鈍智得定踈煩惱利根樂修行利智得定於是密煩惱人已密煩惱故苦折伏煩惱是故苦修行鈍根人以鈍根故久積禪行覺鈍知是故名鈍知以此方便一切應分別復次定有四種謂小定小事小定無量事無量定小事無量定無量事云何小定小事定不隨心所得定小精進此謂小定小事云何小定無量事定不隨心所得彼事大精進此謂小定無量事云何無量定小事定隨心所得彼事小精進此謂無量定小事云何無量定無量事定已隨心所得彼定大精進此謂無量定無量事復次定有四種欲定精進定心定慧定欲定者依欲修得謂爲欲定依精進得謂精進定依心修得謂爲心定依慧修得謂爲慧定復次定有四種有定是佛所得非聲聞所得有定聲聞所得非佛所得有定是佛所得及聲聞所得有定非佛所得非聲聞所得大悲定雙變定是佛所得非聲聞所得學果定是聲聞所得非佛所得九次第定無學果定佛所得及聲聞得無想定非佛所得非聲聞得復次定有四種有定爲起不爲滅有定爲滅不爲起有定爲起爲滅有定不爲起亦不爲滅問云何爲起不爲滅答欲界善不善定此謂爲起不爲滅四聖道定是爲滅不爲起學及凡夫色無色善定爲起亦爲滅一切果定及事定非爲起非爲滅復次定有四種

初禪二禪三禪四禪離於五蓋成就覺觀喜樂一心此謂初禪離於覺觀成就三支離喜成就二支離樂捨一心成就第四禪復次定有五種謂初禪二禪三禪四禪五禪五禪者爲五支覺觀喜樂一心離五蓋成就五支是謂初禪離覺成就四支是謂二禪離喜成就二支是謂三禪離樂成就二分謂第四禪所謂捨一心問何故說四禪及五禪答由二人執故第二禪二種謂無覺無觀無覺少觀問是誰坐禪人令初禪自在起第二禪答於麤覺觀攝念思惟復知覺觀過患令起無覺觀第二禪是其修四禪次第復有一人已令初禪自在現起第二禪於麤覺攝念思惟唯知覺過患見無覺少觀起第二禪是其受五禪次第是故說於五禪復五種定謂五分正受喜滿樂滿心滿光滿觀想於是初禪二禪喜滿於是三禪樂滿於他心智是名心滿於天眼通是名光滿從彼彼定起觀智是名觀想復次定有五種謂五智正定此定現在樂亦未來樂報依身智起此定是聖所行無煩惱此定慧人修習此定寂寂快樂猗所得成就無二不伏生死此定寂寂最樂猗成一性所得非伏生死我此定念入念起依身智起復次已分別行處已分別修行事及下中上以如是定有多種可知一切諸定皆入四定

覓善知識品第五

問爾時何以故起定答若初坐禪人欲生禪定當覓勝善知識何以故初坐禪欲生禪定得最勝定若離善知識成不住分如經中說有雲比丘成於退分如人獨遊遠國無侶開

示隨意自行如象無鉤若坐禪人所修之行得善知識說法教戒令其攝受示除過患使得善法從教修行精勤苦行得最勝定如富商主衆所敬貴如親善人如親父母善知識者如象所繫令不動故如御車人使隨去住故如人執柁爲得善道如醫治病爲消苦楚猶如天雨潤益諸種如母養兒如父教子如親無難如友饒益如師教誡一切善法依是成滿是故世尊教於難陀一切梵行所謂善知識是故當覓勝善之人爲善朋友云何是勝善知識謂有所成就明了修多羅毗曇毗尼是謂所得成就明了業種得善神通得見四諦此二種人功德成就是所當覓若不得二種功德成就人以七分成就善知識是亦當覓云何七分可敬愛可重可貴能說忍辱說深語不安非處云何可敬愛依二種行者善說共住樂心解不難是謂可敬可愛可重者戒行寂靜守念成就不貪欲多語是謂可重可貴者聞慧功德成就知坐禪可重是爲可貴能說者我言可愛可重可貴有果如是思惟饒益彼故尊重法故於非可作制伏攝受終不棄捨是謂能說忍辱者能令解無滯綺語總語相如賢聖故是謂忍辱深語者通達業處若分別想念作意安著皆由執相善說如法不如法煩惱取相能令滅盡是說深語不安非處者若於姓族住處業聚誦著非住可避若於堪事處行令得安隱是住可住此謂不安非處以此七分成就是善知識可覓問云何應覓答若知其甲住處是功德成就可重若有禪師應當往彼若自不知餘處

同學知應往親覲已知時節如法未說其意恭敬勞問起居諮訪所行何處國土何處住止有衆安住有僧靜坐有是禪師其行若爲以何功德一切所貴應作如是問同學應答其國其住其衆禪坐某人禪師衆所愛重得聞是已深思隨喜當往彼處親覲受行應整衣服到和尚所自說意樂和尚聽我我當往彼親覲禪師和尚應聽答善哉我亦隨喜是善人所作此謂善人共住善人所行是隨法修行若見聞者得大利益何況共住汝當往彼汝已往彼愼莫放逸若是善人可勤修學若於一時及一切時等加信敬誠當善語守護身口曉解修行當得成就一切依師莫生輕易如初嫁小女往事舅姑應生慙愧聽受教誡若見弟子無衣服湯藥若往彼時如法料理說法教誡乃至將送行坐教以善法彼坐禪人齊整衣服恭敬圍遶禮師足下於行所半路園外諸有水地往彼一處衣鉢革屣澡灌禪具高置一處不使近水當浴不聲若浴竟已齊整衣服著欝多羅僧衣鉢禪具置右肩上卷僧伽棃若置肩上若入寺舍低蓋繞塔若見比丘當往諮問此處有坐禪人不有糞掃衣人不有乞食人不有律師不有者於何處住從何可至有者當往若無此人有律師者我亦當往又無律師誰爲上座我亦當往若上座大僧爲取衣鉢勿與若餘小者應與若無人取下置一處若見上座應當禮足於一面住舊住比丘以座以水及澡洗處如法供給近其消息安其衣鉢示其便處訪問僧制日將入時周行寺内若見律師共語

諮問所疑之罪及不犯罪若見阿毗曇師爲應修慧當問陰入界業若見頭陀人爲相應慧當問頭陀功德若住於彼日日應往處處諮問若欲行當併疊卧具禮大僧足白云何行去此是比丘爲客法用於彼坐禪人應往親近禪師若至雖小亦代取衣鉢禪師之法可行不可行不應即行令去是先所作應當修行若欲教人先取學坐禪人先已行法看視住處安置衣鉢少時消息知識時節親覲禪師恭敬禮拜少時靜默當坐若禪師問所欲當隨說所樂若不問者則不應說從此已後楊枝澡洗等當請依止修所行業若乞時至往問闍梨如法當作食時若至爲闍梨洗足及安坐處授鉢於其自鉢食應問闍梨所取多少安置自鉢減與弟子如是攝受如是不難爾時食已取闍梨鉢洗訖安處知時親覲恭敬禮拜少時靜默當坐若闍梨問隨說所樂若不問禮拜闍梨請聽我說本來所欲若蒙聽許隨我意問闍梨若聽一切當說若不問禮阿闍梨見時節當說我來因緣願闍梨聽我所說若阿闍梨聽一切其所樂當說闍梨言善哉善哉如法教誡應當攝受是故世尊說偈

以時而親近　令心無憍慢　梵行能護法
譬如樹無風　念法而修行　及法戲自樂
法住法分別　當說如實法　毀法不當行
綺語憂戲笑　瞋恚勿懈怠　忿恨貪慢癡
愛染佷戾等　修行悉伏除　守義不自高
知善誠實語　爲定實知聞　若人輙放逸
聞慧不增長　若人知正法　天人所恭敬

恭敬成信心　多聞能護法　令得所樂聞
如是諸功德　隨法能修行　能生勝妙解
成就智慧人　若有如是師　當修不放逸

解脱道論卷第二

解脱道論卷第三

羅漢優波底沙造

梁扶南三藏僧伽婆羅譯

分別行品第六

爾時依止阿闍梨以數日觀其行其行相應行處應當教於是行者十四行欲行瞋恚行癡行信行意行覺行欲瞋恚行欲癡行瞋癡行等分行信意行信覺行意覺行等分行復次愛見使等種種行可知於是貪欲意使行性樂著無異於是義由行故成十四人欲行人瞋行人癡行人信行人意行人覺行人欲瞋行人欲癡行人瞋癡行人等分行人信意行人信覺行人意覺行人等分行人於是欲欲欲使欲性欲樂此謂欲行人其欲常行增上欲是謂欲行如是一切當分別爾時此十四人略成七人如是欲行人信行人成一瞋行人意行人成一癡行人覺行人成一欲瞋行人信意行人成一欲癡行人信覺行人成一瞋癡行人意覺行人成一二等分行人成一問何故欲行人信行人成一答欲行人於善朋增長信行欲親覲功德故復次以三行欲及信此句成一相有愛念義覓功德義非捨義於是欲者念欲信者念善欲者覓欲功德信者覓善功德欲者不捨非可愛爲相信者不捨可愛爲相是故欲行及信行成一相問何故瞋恚行及意行成一答瞋行人於善明增長智行瞋親覲功德故復次以三行瞋恚及智成一相非愛念故覓瞋故捨故於是瞋人非安愛念智者非安行念瞋恚人覓瞋智者覓行過患瞋人安捨智者安捨行是故

瞋行人及意行成一相等故問何故癡行人及覺行人成一答癡行人爲得善增長覺行癡親觀功德故信慧動離故得復次以二行癡覺成一相不自定故動故於是癡安亂故不安覺種種覺憶故成不安癡無所趣向成動覺輕安故成動是故癡行及覺行成一相等故以此方便餘行當分别如是此成七人於此七人云何速修行云何遲修行欲行人速修行以安可教化信力故癡覺薄故瞋行人速修行安可教化有意力故癡覺薄故癡行人遲修行難可教化有癡覺力故信意薄故欲瞋行人速修行安可教化有信意力故癡覺薄故欲癡行人遲修行難可教化不安信故癡覺力故瞋癡行人遲修行難可教化不安意故癡覺力故等分行人遲修行難可

教化不安住意故有癡覺力故爾時此七人由本煩惱成三欲行人瞋恚行人癡行人問此三行何因緣云何可知此欲行人此瞋行人此癡行人云何行受衣乞食坐卧行處威儀答初所造因緣諸行界爲因緣過患爲因緣云何諸行初所造因緣於初可愛方便故多善業成欲行人復從天堂落生於此多起殺割桁械怨業成瞋行人不愛業所覆從地獄從龍生墮落生此初多飲酒離間成癡行人從畜生落生此如是行初造因緣云何界爲因緣二界最近故成癡行人所謂地界水界二界最近故成瞋行人所謂火界風界四界等故成欲行人如是諸行界爲因緣云何過患爲因緣最多痰成欲行人最多瞻成瞋行人最多風成癡行人復有説最多痰成癡

行人最多風成欲行人如是過患爲因緣云何可知此人欲行此人瞋行此人癡行答以七行可知如是以事以煩惱以行以受取以食以業以卧云何以事可知欲行人見所有事未常見而見既見恒觀於眞實過患不作意於小功德成不難不從此欲解脱既觀不能捨行知於餘事諸如是行欲行可知瞋行人者見所有如是事如倦不能久看隨取過患多毀人於多功德非不難從此不捨唯以過患得已便知行餘事亦如是行瞋行可知癡行人見所有如是事於功德過患成信他聞他人所薄亦薄聞他所讚歎亦讚歎自不知故以如是行於外事癡行可知如是以事問云何以煩惱可知答欲行人五煩惱多行嫉慳幻諂欲此謂五瞋恚行人五煩惱多行忿恨覆惱瞋此謂五癡行人五煩惱多行懶懈怠疑悔無明是五如是以煩惱可知問云何以行答欲行人見行以性舉脚疾行平舉脚平下脚不廣舉脚可愛行如是以行欲行可知瞋恚行人見行以性急起脚急下相觸以半脚入地如是已行瞋恚人可知癡行人見行以性起脚摩地亦摩下以脚觸脚行以如是行癡行人可知如是以行問云何以著衣欲行人答欲行人若捉衣以性不多見不寛著衣太下周正圓種種可愛可見瞋行人著衣以性太急太上不周正不圓不種種可愛不可觀癡行人若著衣以性多寛不周正不圓非種種可愛可觀如是以著衣可知問云何以食可知答欲行人樂肥甜瞋恚行人樂酢癡行人不定樂復次欲行人食時自量

相應中適取摶食亦知氣味不速食若得少味成大歡喜瞋行人見食多取摶食滿口食若得少味大瞋惱癡行人見食不圓小摶食不中適少取以食塗染其口半摶入口半墮盤器亂心不思惟食如是以欲可知問云何以事可知欲行人掃地平身捉掃箒不駛不知土沙而能清淨瞋行人若掃地急捉掃箒兩邊駛除去沙土急聲雖淨潔而不平等愚癡行人若掃地寬捉掃箒展轉看盡處處不淨亦不平等如是浣染縫等一切事平等作不與心是欲人瞋行人於一切事不平等作不與心癡行人亂心多作不成如是以事可知問云何以卧坐欲行人眠不駛眠先拼擋卧處令周正平等安隱置身屈臂眠夜中有喚即起如有所疑即答瞋行人若卧駛隨得所安置身面目顰蹙於夜若有人喚即起瞋答癡人若眠卧處不周正故手脚覆身而卧夜中若有人喚應聲噫噫久時方答如是以卧可知問何行何法用受衣乞食坐卧行處答欲行人衣麤不下色可憎是與其衣當著瞋行人衣精細衣淨潔好色下可愛是應當著癡行人衣隨所得當著欲行人乞食麤不淨潔無美氣味少乞食瞋行人乞食服美淨潔好氣味如意所得癡行人乞食隨所得有節欲行人卧坐於樹影水間於小遠村處復於小未成寺於無卧具處是其當眠坐瞋行人坐卧樹影水邊成就平正於寺已成卧具具足成其坐卧處癡行人依師親覲當住欲行人行處麤飯飲食處若人聚落應向日而行於惡人處是其當行瞋恚行人處於飯水

飲食具足逐日而入多信向人處是其當入癡行人隨所得處欲行人威儀多行脚處瞋行人依坐卧癡行人依行處於是散句欲者依可愛境界為信瞋恚者不可愛境界為信癡者不觀為因欲者如奴瞋恚者如生癡者如毒貪者少過患斷無染瞋恚大過患使無染癡者大過患斷無染欲行人樂色瞋行人樂諍癡行人樂懈怠

分別行處品第七

爾時依止師觀其所行授三十八行當復教示令二行相應問云何三十八行處答謂十一切入地水火風青黃赤白空處識處一切入又十不淨想胮脹想青瘀想爛想棄擲想鳥獸食敢想身肉分張想斬斫離散想赤血塗染想蟲臭想骨想又十念念佛念法念僧念戒念施念天念死念身念數息念寂寂又四無量心慈悲喜捨觀四大食不淨想無所有處非非想處斯謂三十八行處此三十八行處以九行當知最勝一以禪二以正越三以增長四以緣五以事六以勝七以地八以取九以人

問云何為禪答謂十行處成禪外行又十一行處成就初禪又三行處成就三禪又一行處成就四禪又九行處成就四禪五禪又四行處成就無色四禪問云何十行處成禪外行答除數息及觀身餘八念及觀四大食不淨想是謂十外行問云何十一行處初禪所攝答十不淨想及觀身是謂初禪所攝問云何三行處三禪所攝答謂慈悲喜問云何一行處四禪五禪所攝答除空一切入識一切

入餘殘八一切入及數息念問云何四行處四無色所攝答虛空一切入識一切入無所有處非非想處是名四行如是以禪可知問云何以正越答入行處成爲越色除無色一切入餘八一切入餘三十行處不成爲越色又三行處成爲越事三無色一切入及無所有處餘三十五行處不成爲越事又一行處成爲越想受所謂非非想處餘三十七行不成爲越想受如是以越可知問云何以增長答十四行處可令增長所謂十一切入及四無量心餘二十四行處不應令增長如是以增長可知問云何爲緣答九行處爲神通緣除無色一切入八一切入及分別虛空一切入餘三十行不成神通緣三十七行處成爲毗婆舍那緣除非非想處又一行處不成毗婆舍那緣所謂非非想處如是以緣可知問云何爲事答二十一行處是分別事十二行處是爲實事五行處不應說分別事實事問云何二十一行處是分別事答除識一切入餘九一切入十不淨想及念數息念身問云何十二實事答識一切入非非想處及十禪外行問云何五不應說分別事及實事答謂四無量心及無所有處

復次二行處內營事內事又二行處內營事外事又一行處外營事內事又二十一行處外營事外事又四行處內營事內事設外事又四行處設內營事外事設外營事又二行處設內營事設外營事設內事設外事又一行處內外營事內事又一行處內營事不應說及內事外事於是二行處內營事內事者

謂識一切入及非非想處又二行處內營事外事者所謂念數息念身又一行處外營事內事者所謂念死又二十一行處外營事外事者謂十不淨想四無量心四色一切入虛空一切入及念佛念僧又四行處內營事內事設外事者謂念戒念施觀於四大及不淨食想又四行處設內營事設外營事設外事謂四色一切入又二行處設內營事設外營事設內事設外事謂念法念寂寂又一行處內外營事內事謂爲念天又一行處內營事內事外事不應說謂無所有處又二行處過去事謂識一切入及非非想處又一行處於未來事所謂念死又一行處於現在事所謂念天又六行處設過去事設未來事設現在事謂念佛念僧念戒念施及觀四大不淨食想又二行處設過去事設現在事設不應說過去未來者所謂念法念寂寂又二十六行處不應說三世事謂九一切入十不淨想四無量心及念數息念身無所有處又四行處動事謂火一切入風一切入及蟲爛想及念數息其處則動其相不動餘三十四不動事如是以事可知問云何爲勝答八一切入四無色定是名勝眞實事故以八一切入是名定勝故彼第四禪得勝地故四無色定成勝十不淨想及食不淨想是名想勝以色以形以空以方以分別以和合以執著故以不淨想事故以十念處是名勝念微細故隨念故四無量心以無過爲勝受饒益故觀四大是名慧勝以執著空故如是以勝可知問云何以地答十二行處不生於天上謂十不淨及

念身食不淨想又十三行處不生於色有初十二及數息念不生色有除四無色處餘行處不生於無色有如是以地可知問云何以取答謂十七行處以見應取相除風一切入及無色一切入餘七一切入十不淨想又一行處以觸應取相謂念數息又一行處或以見或以觸應取謂風一切入餘十九行處以聞分別應取又五行處初坐禪人不應修行四無色及捨餘三十二初學禪人應取如是以取可知問云何以人答欲行人四無量不應修行以淨相故何以故欲行人作意淨想非其所行如痰病人多食肥膩非其所宜瞋行人十不淨想不應修行瞋恚想故瞋恚作意非其所行如病痰人飲食沸熱非其所宜癡行人未增長智不應令起修行處離方便故若離方便其精進無果如人騎象無鉤欲行人應修不淨想及觀身是其欲對治故瞋行人應修四無量心是瞋對治故或當修色一切入心隨逐故信行人當修六念處念佛爲初信定故意行人當修觀四大於食不淨想念死念寂寂深處故復次意行人於一切行處無所妨礙覺行人當修念數息以斷覺故癡行人以言問法以時聞法以恭敬法與師共住令智增長於三十八行隨其所樂應當修念死及觀四大最勝復說於分別行處我見彼勝六人於所分別略而爲三問若然於初有妨答二欲行人謂鈍根利根爲鈍根欲人修不淨觀爲其欲對治是所應教行修得除欲利根欲人初信增長當修念處是所應教行修得除欲二瞋行人謂鈍根利根爲

鈍根瞋恚行人修四無量是其瞋恚對治是所應教行修得除瞋利根瞋恚行人以智增長修行勝處是所教修得除瞋二癡行人謂無根鈍根爲無根癡行人不應教修行處爲鈍根癡行人爲除覺應教修念數息如是以略唯成三人是故無妨於是法一切入及數息以空增長無妨成一切行若已得勝功德勝一切行所行之處故成不妨

解脱道論卷第三

音釋

緝七入切續也　齩五巧切噬也　粄博管切屑米餅也　柁徒可切船柁也　桁械桁寒剛切亦械也械胡誡切　酢倉故切　箒之九切掃箒也　駛踈士切疾也　摒擋摒卑正切擋丁浪切　顰蹙顰毗賓切蹙子六切顰蹙愁貌　胖脹胖匹江切脹知亮切　瘀依據切氣血壅積也

解脫道論卷第四

羅漢優波底沙造

梁扶南三藏僧伽婆羅譯

行門品第八之一

問云何地一切入何修何相何味何處何功德一切入者何義幾種地何地取相云何作曼陀羅法何修地法答是心依地相生此謂地一切入心不亂住是名爲修善樂著地想爲相不捨爲味意無異念爲處何功德者謂有十二功德從地一切入是相易得於一切時於一切行心無行無礙如意神通履水遊空如地受種種色辯切念宿命辯及天耳界辯隨行善趣甘露爲邊問一切入何義答謂周普一切入如佛說偈言

若人念佛德　生喜充遍身　觀地一切入周滿閻浮提　此觀緣地生　心喜亦如是

修如是觀是曼陀羅遍一切入問地幾種何地取相可修答地有二種一自相地二造作地堅爲自相地界是謂自相地若手自掘若教人掘造作所成是謂作地成四種色謂白黑赤及如明色於是坐禪人於自相地不應作意應除白黑赤何以故若觀自相地從此不起彼分相若取白黑赤色成修色一切入何以故觀自相地離白黑赤若作不作當取其相如明相現當取其相問云何名不作地答處處平坦離於草石無諸株杌於其眼境當令起心是名地想是謂不作地答舊坐禪隨樂不樂即見彼分地相住於不退新學初禪取作地相作曼陀羅不觀非作地問云何作曼陀羅答若坐禪人欲於地作曼陀羅初

從當觀寂寂或於寺舍或在石室或在樹下不住幽闇無日光處非人行路於如是處皆遠一尋灑掃清潔當令地燥擇於處所如明相現時土色使與地性得相發起籌量調適威儀恭敬取於器物以水和土刪去草杌却除糞芥取其衣帊擠漉泥滓於淨潔地障蔽坐處遮斷光明安置禪座不近不遠以規作圓圓內平滿無有痕跡然後以泥泥地不雜餘色以別色不雜於地應安乃至未燥當覆守護若至燥時以異色界其外或如米篩大或如鈔鑼大或圓或方或三角四角應當分別本師所說最勝圓作曼陀羅若於衣若於板若於壁處皆作曼陀羅於地最勝如是先師所說問云何修地法答若坐禪人欲修地一切入從初當觀欲過患復應觀出離功德

問何故應觀欲過患答欲者少氣味故多憂苦於是處多過患欲者如骨喻少氣味欲者如肉摶喻以多屬故欲者如逆風把火喻隨燒故欲者如炎炭喻大小故欲者如夢喻倏忽無故欲者如借物喻勢不得久欲者如樹果喻爲人所折故欲者如刀喻以斬斫故欲者如槊喻以爲槊故欲者如毒蛇頭喻可怖畏故欲者如風吹綿喻不可守護故欲者如幻喻惑癡人故欲者是暗無所見故欲者是障礙路礙諸善法故欲者是癡失正念故欲者如熟以爛故欲者是械相駐縛故欲者是盜功德物故欲者是怨家起鬪爭故欲者是苦造諸過患故如是已觀欲過患應觀出離功德名出離者謂初禪從初出家修諸善是名出離問云何出離功德答無盡心自在住

寂寂樂堪忍苦樂住不忘失曠濟衆事得大果地堪受供養二處饒益是大智慧是一切善處名越三界復次名出離者彼出離婬欲是寂寂諸蓋是樂無垢是處最勝地是道爲得最勝是清淨心垢此是功德修行所造是樂内所修行欲者是麤出是勝妙欲者有煩惱出離者是無煩惱欲者是下出離者是上欲者有瞋恚出離者無瞋恚欲者非可愛果出離者是可愛果欲者有怖畏出離者無怖畏如是已觀婬欲過患及觀出離功德依出離生欲樂心生信生恭敬觀可作非可作依節量食安置衣鉢身不懈倦心無怠惰當小行脚小行脚已坐洗手足應念佛菩提念法念僧修善行念已當令歡喜我能如此得具足若我不得出離復不久安精進是故應作

勇猛去曼陀羅不遠不近如軛如尋遠應安坐具對曼陀羅結跏趺坐令身平正内心起念開眼少時除身心亂攝一切心成一心小開眼髣髴令觀曼陀羅彼坐禪人現觀曼陀羅形以三行取相以等觀以方便以離亂問云何以等觀答坐禪人現觀曼陀羅非大開眼非大閉眼如是當觀何以故若大開眼其眼成倦曼陀羅自性現見自性彼分想不起若最閉眼見曼陀羅成闇亦不見彼相便生懈怠是故應離大開眼大閉眼唯專心住曼陀羅爲心住故當觀如人映鏡見其面像依鏡見面面從鏡生彼坐禪人觀曼陀羅見其定相依曼陀羅起是故當觀等觀取相爲心住故如是以等觀取相問云何以方便答謂四作意方便一謂内隔二滿方三轉四遍滿

是時見相出散無隔是時當作內隔作意是時見小相或見半曼陀羅是時作令滿曼陀羅已方滿令作意是時心散亂及心懈懶是時應當策課如陶家輪是時若心得住是時令見曼陀羅遍滿無虧當觀捨如是以方便可知問云何以離亂答離亂有四種一最速作精進二最遲作精進三最高四最下問云何速作精進答謂急疾作意不待時節早坐晚罷乃至身疲是謂速作問云何遲作精進答謂離作意方便雖見曼陀羅不恭敬作意數起數眠若速作精進則成身懶心退心出外緣起諸調戲若遲作精進身心成懶懈怠起諸睡眠最高者其心退起諸調亂於所行處成不樂若不樂於初戲笑言語以由欲心成高復次若得諸相行由喜樂欲心成高最下者退調緣故於業處成不樂若不樂於初行處所作瞋處由瞋恚心成下復次又倦覺觀從勝退落其心由憂愛心成下是坐禪人若心速作退墮調處以念根定根攝伏令捨調若心進作退墮懶處以念根精進根攝伏令捨懈懶若高心者退墮欲處成現知令捨欲若下心者退墮於瞋恚成現知令捨瞋恚於此四處成清淨心成專一心若專一心想成名起相者有二種謂取相彼分相云何名取相若坐禪人以不散心現觀曼陀羅從曼陀羅起想如於虛空所見或時遠或時近或時左或時右或時大或時小或時醜或時好或時多或時少不以眼觀曼陀羅以作意方便取相起是名取相從彼作多故彼分相起名彼分相者若作意時隨心即現非見曼陀

羅後生心念但作心閉眼如先所觀若遠作意亦即遠見若近左右前後内外上下亦復如是隨心即現此謂彼分相相者何義謂因義相義如佛教比丘彼諸惡不善法有相起是因緣義復說智義相義如佛說以作想當捨是謂智義復說像義相義如見自面像想像彼分無異義爾時得相坐禪人於其師所起恭敬心取於勝相應當守護若不守護是則當失問云何應守護答以三種行應守護相如是以離惡故以修行善故以常作故云何離不善樂於作務樂種種語戲樂睡眠樂聚會樂狎俗不守護諸根不節於食初夜後夜不起禪習不敬所學多惡親友修不行處應離不好時節食卧坐不彼對治是善應常作問云何以常作答彼坐禪人善取此相常觀其功德如珍寶想常歡喜行常修多修或晝夜多修行或倚坐卧心樂攀緣處處放心取相已取取已令起起已觀隨觀已修修有時時觀曼陀羅如是以常作見相彼如是現守護相成得自在若相隨心得禪外行若外行從心者由是得安問云何禪外行答此事從心作意不亂以伏諸蓋但求修行覺觀喜樂一心及信等五根雖得定力念念猶起是禪外行安者從此外行是法由心得修行力是覺信等法於事不動是名爲安問外行及安有何差別答若伏五蓋是其外行以伏此五故成安以禪外行得勝定若得勝定是名爲安若於身心未得寂寂於外定心動如船在浪若於身心已得寂寂處安不動如船無風在水諸根無力故於所爲事外禪行不久

住如小童子諸根有力故於事安靜久住如有力人修不自在故禪外行成不和合如人誦經久廢則忘以修自在故成安和合如人誦經恒習不忘若不善伏蓋猶如盲人於禪外行成盲如是等不清淨教若善伏蓋成不盲於成安定如是等清淨教從相自在所初乃至性除名爲外行性除無間是名爲安問外行者何義答禪近故是名外行如路近村是謂村路義一名異安者何義安爲和合義如到曼陀羅出離禪安無異義於是坐禪人住於外行應令增長一切入或於安定或於初禪當令增長問云何應令增長答謂從初相如手四指節當令漸增如是作意如是得自在如是次第如輪如蓋如樹影如福田如鄰如村如郭如城如是次第漸令增長遍此大地若江山高下樹木棘刺諸不平正如是一切不作意乃至大海作意地想乃至增長時心所行成最勝定若坐禪人得禪外行不能得安定此坐禪人以二行應令起安定方便一以因緣二以受持以十行從因緣起安定方便一令觀處明淨二遍起觀諸根三曉了於相四制令心調五折伏懈怠六心無味著七心歡喜八心定成捨九離不學定人親近學定人十樂著安定問云何作明淨處觀答以三種行得作分明處謂能修調適食樂修時節樂修威儀樂遍起諸根觀者謂信等五根不令消滅無作懈怠如快馬乘車曉了於相者善捉意想不急不寬如巧師繩墨平等無偏善解作意急離不離制心令調者有二種行以二種行成心調一多起精進二心

過度處成心調或往婬處及種種相處增長亂意成於心調於坐禪人若多起精進過度處成心調以二行應制伏心以令精進起每中調適若往婬處及種種相增長調心以二行折伏以觀見衆苦及惡果報制伏懈心者以二行成懈怠心以不得勝定令心無味故成懈怠若多懈怠則欲睡眠是坐禪人若不得勝定心無味著故成懈怠以二行當折伏謂觀功德以起精進若懈怠睡眠懶心以四種行能伏若多食者取懈怠相轉行四威儀以自作意於光明相住於露處令心歡喜無所復著以三行成無味少方便故以鈍慧故以不得寂寂樂故於是坐禪人心若無味以二種行令得歡喜一以恐怖二以歡喜若觀生老死及四惡趣見諸可畏心生愁惱若念佛法僧戒施天見六行功德心生歡喜心定成捨者以二行成於禪外地定以斷諸蓋心成定或於所得地以起禪支故成心定是坐禪人心定有二行當捨非成住故中方便調適故離不學定人或安定或外行定或威儀定彼人無此不修不學不應供養修學人者若有安定有外行定及威儀定應從修學亦應供養樂著安者此坐禪人如彼深源如彼奔泉如彼低樹常樂恭敬多所修行行此十事因緣生於安定問云何以受持能生安定方便答彼坐禪人善解緣起入寂寂處其所解相於所修定隨心自在生其欲樂令心得起從此身意堪任有用令得受持從生歡喜心得受持從生適樂身心得受持從生光明心得受持從生悲傷心得受持以是悲傷令

心得靜善取靜心心得受持如是善取令捨心得受持從無邊煩惱心得解脫成就受持以解脫故彼成一法味以一味心得受持修行是故從此勝妙心得增長如是住受持起安定方便如是善解緣起及心受持不久起定彼坐禪人離欲不善法有覺有觀於寂靜處心所成就有喜有樂得於初禪是地一切入功德於是離欲者離有三種謂身離心離煩惱離問云何身離答遠離諸惱出處山野云何心離以清淨心到勝善處云何煩惱離無結累人無生死行處復次離有五種謂伏離彼分離斷離猗離出離云何伏離謂修初禪伏於五蓋云何彼分離謂修達分定伏於諸見云何斷離謂修出世間道斷諸煩惱云何猗離謂得果時樂云何出離謂涅槃也欲者有二種一者處欲二者欲煩惱天堂及人所愛色香味觸此謂欲處於此欲處起欲染思惟是謂欲煩惱從此欲以心別離以伏別離是遠離是出離是解脫是不相應是謂離欲問云何離不善法答謂不善根有三種一貪二瞋三癡與彼相應受想行識及身口意業此謂不善法說不善有三種一自性二相應三生緣性是三不善根謂貪瞋癡是名自性與彼相應受想行識是名相應所起身口意業此謂緣性以此三不善法是謂遠離是出是脫是不相應是謂離不善法復次離欲者離貪欲蓋離不善法者謂離餘蓋問以說離不善法欲是不善已在其中何故別說離婬欲答婬欲是出對治佛所說欲能除煩惱離欲者佛說爲出如得初禪欲想相應作意

成起此退分法是故以欲和合煩惱欲若別離一切煩惱皆亦別離是故別說離欲復次離欲者已得出成離欲離不善法者若得不瞋成離於瞋若得明相成離懈怠睡眠若得不亂成離調戲若得不悔成離於悔若得安定成離於疑若得智慧成離無明若得正思惟成離邪念若得歡喜成離不樂若心得樂成離於苦若得一切善法則離一切不善如三藏說以不貪滿故成就離欲以不瞋以不癡滿故成就離不善法復次離欲者是說身離不善法者是說心離復次離欲者是說斷欲覺離不善法者是說斷瞋恚害覺復次離欲者是說避欲樂離不善法者是說避著身懈怠復次離欲者是說斷於六戲笑及歡喜樂離不善法者是說斷戲覺及憂苦等亦說斷於戲笑及捨復次離欲者是現得樂出於欲樂離不善法者是現得樂心無過患復次離欲者謂超出欲流離不善法者所餘煩惱應生欲有而生色界是名超越有覺觀者云何爲覺謂種種覺思惟安思想心不覺知入正思惟此謂爲覺此覺成就故初禪有覺復次入地一切入依地相無間成覺思惟是名爲覺如心誦經問覺者何想何味何起何處答覺者修猗想爲味下心作念爲起想爲行處云何爲觀於修觀時隨觀所擇心住隨捨是謂爲觀以此相應成初禪有觀復次入地一切入定人從修地相心之所觀如觀諸義爲觀問觀何相何味何起何處若觀者隨擇是相令心猗是味隨見覺是處問覺觀何差別答猶如打鈴初聲爲覺後聲爲觀復次如

心所縁初爲覺後爲觀復次求禪爲覺守護爲觀復次憶是覺不捨是觀復次麤心受持爲覺細心受持爲觀若處有覺是處有觀若處有觀於處或有覺或無覺如三藏所說初安心於事是覺得覺未定是觀如遠見來人不識男女及識男女如是色如是形爲覺從此常觀有戒無戒富貴貧賤爲觀覺者求引將來觀者守持隨逐如鳥陵虛奮迅爲覺遊住爲觀初放爲覺久放爲觀以覺守護以觀搜擇以覺思惟以觀隨思惟覺行不念惡法觀行受持於禪如人有力默而誦經隨念其義是觀如覺所覺覺已能知觀於辭辯及樂說辯是覺義辯法辯是觀心解於勝是覺心解分別是觀是爲覺觀差別寂寂所成名寂寂者謂離五蓋是名寂寂復次色界善根復說初禪外行復說禪心從此心生是謂寂寂所成如地水生花名地水花喜樂者心於是時大歡喜戲笑心滿清涼此名爲喜問喜何相何味何起何處幾種喜答喜者謂欣悅遍滿爲相歡適是味調伏亂心是起踊躍是處幾種喜六種喜從欲生從信生從不悔生從寂寂生從定生及菩提分生喜云何從欲生貪欲染著心喜是名欲生喜云何從信生多信人心喜及見陶師等生喜云何從不悔生喜清淨持戒人多生歡喜云何從寂寂生入初禪人喜云何從定生入二禪生喜云何菩提分生喜於第二禪修出世間道喜復次說喜五種謂笑喜念念喜流喜越喜滿喜笑喜者如細雨霑身令毛皆竪念念喜者生滅不住如夜時雨流喜者如油下流久灌其身終

不周遍越喜者周帀一切心生歡喜不久便失如貧人見伏藏滿喜者身住周滿如雷如雨於是小喜及念念喜以信起於外行流喜者有力起於外行起喜者於曼陀羅正與不正皆起處方便滿喜者生於安處問云何爲樂答是時可受心樂心觸所成此謂爲樂問樂何相何味何起何處幾種樂喜樂何差別答味爲相緣愛境是愛味攝受是起其猗是處幾種樂者有五種謂因樂資具樂寂寂樂無煩惱樂受樂云何名因樂如佛所説戒樂耐老此謂因樂是樂功德資具樂者如佛所説佛生世樂寂寂樂者謂生定捨及滅禪定無煩惱樂者如佛所説第一涅槃受樂所謂受樂也於此論中受樂是可樂喜樂何差別者心踊躍是喜心柔軟是樂心猗是樂心定是喜麤喜細樂喜行陰所攝樂受陰所攝是處有喜有樂是處有樂或有喜或無喜初者形第二爲名外行成就入初禪禪枝謂覺觀喜樂一心也禪者何義謂於事平等思惟也奮迅五蓋也思惟對治也入初禪得正受者已得已觸已作證住復次離欲不善法者從欲界地説初禪爲勝相從有覺觀説第二禪爲勝相以寂寂所成有喜有樂從寂寂所成喜樂説爲勝相復次離欲不善法者謂能斷對治有覺觀者謂説禪相寂寂所成喜樂者謂説相似禪正受入住者謂得初禪離於五分成就五分三善十想具足二十五功德相應以此福善上生梵天勝妙居處離五分者謂離五蓋云何爲五謂貪欲瞋恚懈怠睡眠調悔疑貪欲者謂於五塵心生愛染瞋恚者

謂行十惱處懈怠者謂心懶憧睡眠者謂身悶重欲得寤寐眠有三種一從食生二從時節生三從心生若從心生以思惟斷若從飲食及時節生是羅漢眠不從心生無所蓋故若眠從食及時節生者以精進能斷如阿㝹樓馱所說我初盡漏得不從心眠于今五十五歲於其中間斷食時節卧已二十五年問若眠成色法何故爲心數煩惱答色者一向成心數煩惱如我見人飲酒及食是則可知問若眠身法懈怠心數法何故二法合成一蓋答此二種法一事一相所謂疲懈共爲一調者心不寂寂悔者心恨不定其相既等故成一蓋疑者心執不一有四種疑一者奢摩他難二者毗婆舍那難三者二俱難四者於諸非難於是具足爲得奢摩他或於此疑或於身疑我堪得寂寂爲不得寂寂若於彼成疑此謂奢摩他難或於四聖諦或於三世疑此謂毗婆舍那難或於佛法僧疑此二俱難或於國城道路或於男女名姓是謂非法難於此經中疑爲寂寂難是可取蓋者何義謂障礙乘義覆義煩惱義縛義此無異義問有諸細結謂覆惱等何故但說五蓋耶答以集執取成五復次以婬欲執著能攝一切貪欲以瞋恚執著能攝一切不善法以懈怠睡眠調悔疑執著能攝一切癡不善法如是以五蓋執著能攝一切煩惱以此相故成五蓋五分成就者謂覺觀喜樂一心問若說初禪成就五支爲禪不應更復別說其支爲禪若別說支何故初禪說五支相應答依禪支成禪不離禪支有禪無別異禪如依一一車分說

車離分無車如依軍分説軍非離軍分有軍如是依禪支名禪非離支有禪以一種名禪以可分名支説事名禪説功德名支以説依制名禪以説依性制名支問於有念精進等法何故但説五支耶答以執著成五問云何爲執相答覺者隨於事心而得自安觀者隨於持心覺觀不離起於方便若方便具足喜樂生若起方便具足得生喜心增長樂心成滿以此四功德心成就不亂若心不亂得定是名執相如是執著成五復次蓋對治故成五初蓋對治初禪及至五蓋對治五禪覺者初禪爲勝支以覺除欲若覺入正定餘支亦起觀者於五支第二禪是起初喜者於第三禪是起初樂者於第四禪是起初一心者於第五禪是初起如是以勝支成五復次以五

蓋對治成五如二藏所説一心是婬欲對治歡喜是瞋恚對治覺是懈怠眠對治樂是調悔對治觀是疑對治以蓋從對治是故成五問此坐禪人作意於一切地相何故乃起喜樂耶答地一切入相非起喜樂因離五蓋熱隨性修故是以法子應起喜樂又問若然法子何故不於第四禪起喜樂答非其處故又得第四禪已斷喜樂故復次初已起喜樂以方便伏斷見有過患已貪著最寂寂捨樂是故不起喜樂三種善者謂初中後善以清淨修行爲初善已捨增長爲中善以歡喜爲後善云何清淨修行謂諸善資具云何捨增長是謂安定云何爲歡喜是謂爲觀如是初禪成三種善十相具足以清淨修行三相以捨增長三相以令歡喜四相問以清淨修行云

何三相答是禪障礙從彼心清淨以清淨故心得中奢摩他相以得故於彼心跳躑此謂以修清淨三相問云何以捨增長三相答若心清淨成捨若得寂寂成捨一向住成捨而捨增長此謂三相問云何以令歡喜四相答謂於此十相生法隨逐修行令成歡喜於此諸根以爲一味成令歡喜隨行精進乘成令歡喜以能修行成令歡喜此謂四相如是初禪十相具足二十五功德相應者謂初禪覺觀喜樂一心具足信精進念定慧具足初中後具足斂攝具足修行具足寂寂具足依具足攝受具足從具足觀具足修具足力具足解脱具足清淨具足最勝清淨修成住二十五功德相應是天勝居從寂寂生謂喜樂住超越人間天居勝處如佛世尊教諸比丘如勤浴師浴師弟子以好銅盤盛豆米屑以水和攪合而爲丸浸潤内外相著不散如是比丘身心寂寂能生喜樂灌令遍濕無所不著如以寂寂所生喜樂於其身心無不著處是勤浴師及浴師弟子坐禪之人亦復如是如是銅盤一切入相如是可知問一切入何等相耶答如銅盤浴屑處堅細光炎善取一切入相成堅生喜成細清淨故光炎心心數法以成事故是謂銅盤等一切入相心心數法如浴屑如是可知問云何浴屑等心心數法性答如麤浴屑既不和合隨風飛散如是心心數法性離喜樂成麤離定不和合與五蓋風共飛此謂是浴屑等心數法性云何水等謂喜樂定如水令浴屑濕軟爲丸如是喜樂令是心數法濕軟爲定如是水等喜樂定如

欲水攪令相著如是覺觀可知問云何丸等
答謂覺觀如欲使以欲屑置於銅盤中以水
澆攪以手作丸若作丸已合諸濕屑共作於
丸不令散失置銅盤中如是坐禪人心心數
法貯於事中能生寂寂初禪以喜樂爲水以
覺觀爲手攪作以丸能生寂寂所成心心數
法喜樂相隨成一丸禪心不散亂置於禪事
如是丸等覺觀如濕屑內外遍濕相著不散
如是坐禪人初禪於身上下從頭至足從足
至髑髏皮髮內外喜樂遍滿住於不退如是
成住梵天問名喜樂非色法無有對相何以
遍住於身答名者於色色依名色是故若名
已成喜色亦成喜若名已成樂色亦成樂復
次色從樂生令身起猗一切身成彼色猗樂
是故無礙令生梵天功德者初禪成有三種
謂下中上若觀勝緣不善除五蓋不至如意
自在是謂下禪若觀勝緣善除五蓋至如意
自在是謂中禪若觀勝緣善除五蓋至如意
自在是謂上禪於是坐禪人若修下初禪命
終生於梵天種類彼壽命一劫三分若修中
禪初命終生於梵天壽半劫若修上初禪命
終生大梵天壽命一劫是生梵天功德成有
四種有人成退分有人成住分有人成勝分
有人成達分是鈍根人欲住放逸作意相隨
成起此禪故成退分復次以二禪行成於退
分最大纏故令不精進若人從初已起惡覺
不能消除以此大纏故成速退其於樂禪事
業樂語話樂睡眠不住精進是故成退問誰
退何以退答有說若急疾煩惱成起退失復
說悠悠煩惱故退復說若失奢摩他成退復

說於有相久不修行於彼彼處不能令起以不復定成退分若鈍根人住不放逸得彼法念成禪住分利根人住不放逸隨意得第二禪無覺作意相隨起成彼禪勝分利根人住不放逸隨意得毗婆舍那隨逐猒患想作意成起隨意無染成禪達分

解脱道論卷第四

音釋

掘 其月切穿也 杌 五忽切樹無枝也 刪 師姦切除削也 帊 匹嫁切襆也 擠 子禮切排也 漉 盧谷切濾也 滓 側氏切澱也 篩 所宜切竹器也 鈔鑼 鈔音沙鑼魯何切鈔鑼金銅器也 摶 度官切圜也 儵 式竹切儵忽謂疾速也 槊 色角切矛屬 軛 於革切 跏趺 跏音加趺音夫跏趺屈足坐也 髣髴 髣妃罔切髴敷勿切髣髴依俙也 猗 於羈切 搜 踈鳩切求也 寤寐 寤五故切覺也寐彌二切臥也 兇 奴侯切 跳躑 跳他弔切躑直炙切跳躑踊躍也 屑 光結切碎也 攪 古巧切動也 貯 直呂切盛也 纏 直連切繞也

解脱道論卷第五

羅漢優波底沙造
梁扶南三藏僧伽婆羅譯

行門品第八之二

此明求第二禪思惟初禪過患二種功德爾時坐禪人欲樂起第二禪已於初禪身得自在何以故若於初禪未得自在雖復思惟欲除覺觀望得二禪還復退失遂不堪起第二禪定亦復不能入於初禪如世尊說爲諸比丘作山犢喻山犢愚癡不知食處未解行步欲詣嶮遠便自作念我今當往未嘗至處噉未嘗草飲未嘗水前足未立復舉後脚蹉搖不安莫能前進遂不能至未嘗至處亦不得噉未嘗食草及不得飲未嘗之水更復思惟既不能去正當資昔飲食如是比丘愚癡未達不知所行處不解離欲入於初禪不修此法不多學習輙自作念欲入第二禪離於覺觀不解自安復更思惟我不能得入第二禪離於覺觀欲退入初禪離欲愚癡比丘如彼山犢不解行步是故應修初禪令心得自在於未食時及食後時初夜後夜隨心所樂隨欲久近隨意無礙爲起入觀若從一時乃至多時多入多出若從一時乃至多時於彼初禪成得自在得自在樂起第二禪越於初禪復更思惟此初禪麤第二禪細於初禪見有過患於第二禪見有功德問云何初禪過患答近五蓋怨貪覺觀動身成懈怠心成散亂其一切法是爲麤定不住爲神通證既樂初禪不成勝分是初禪過患第二禪功德是其對治已觀初禪過患復見第二禪功德是一

切入相作意修行第二禪事不作意和合初禪不作意於覺不作意於觀以從定生喜樂自在令心受特彼坐禪人如是作意不久覺觀成滅以定所起喜樂自在令心安住此明二禪四支義彼坐禪人覺觀滅故成其內信心成一性無覺無觀從定生喜樂入第二禪是地一切入功德覺觀滅者以善分別覺觀滅亦名斷問云何爲覺觀滅答亦是初禪覺觀過患及一切覺觀根覺觀過患及覺觀根與覺觀併除故成覺觀滅復次以斷下麤禪得上勝禪復令現次第滅內者現證名內內有三種一內內二內定三內行處云何爲內內謂六內入內定者於自觀身此謂內定內行處者於內自思意不出外攝義是性是謂內行處於此經中內內是可樂信者信正信思惟增長信此謂信於內心是謂內信內信者何相何味何起何處不亂爲內信相寂寂爲味不濁是起覺觀爲處心成一性者謂心住正定此謂心成一性心成一性者何義心者是意一者說於念名性者如聲論說生性性者說自然義此第二禪一心能滅覺觀以一性得起此謂心成一性心成一性者何相何味何起何處專正爲相寂寂爲味無浪爲起覺觀滅爲處問信及心成一性何故非初禪所攝答初禪以覺觀爲浪動故成濁內信心成一性者成不清淨如水有風浪見於面像不復清淨如是初禪覺觀爲浪浪動濁故內信及心一性成不清淨是故以禪支非初禪所攝無覺無觀者謂斷覺無覺離觀無觀問覺滅無覺無觀此二種斷覺觀何故說二

答覺觀滅者爲現內信心一性爲因無覺無觀爲現寂寂所成喜樂妙相復次覺觀滅者以此覺觀見覺觀過患斷彼過患法無覺無觀者斷色界覺觀復次無覺無觀者有二種一不以覺觀滅無覺無觀以覺觀滅無覺無觀於是五識及第三禪等不以覺觀滅成無覺無觀第二禪以方便寂寂故以覺觀滅成無覺無觀是説二義從定生者名定初禪從彼智生第二禪成從初禪定生復次定者於第二禪與一心共生故定生喜樂喜樂者初已分別第二禪者依初得名此第二禪入正受者謂入第二禪禪者內信喜樂一心是名爲禪入正受住者成得第二禪離於二支成就二支三種善十相具足二十三功德相應是天住是功德生光耀天如初廣説天住者

從定生喜樂越人住故名爲天住是故世尊告比丘言如池生水非四方來亦非雨出無有時節是從泉出清冷浸灌盈溢流遠如是比丘此身從定生喜樂令得清凉無不潤澤從定生喜周遍身心猶如泉水彼坐禪人入第二禪其身可知如不從四方無流水來無天雨水如是覺觀滅可知如是從泉出流令身成滿不起波浪如是從定生喜樂此名色身令滿不起亂心如以冷水令身清凉遍一切處如是從定生喜樂一切名色身成滿足修定果報如是天居生光耀功德此第二禪有三種下中上是坐禪人修下禪命終生少光天壽命二劫修中禪生無量光天壽命四劫修上禪生光耀天壽命八劫念二禪過患爾時坐禪人已修第二禪身得自在第二禪

麤三禪寂寂知二禪過患見三禪功德起第三禪云何二禪過患謂近覺觀是定之怨與喜滿相應故禪成麤以喜成滿心大踊躍不能起餘禪支若著於喜是則爲失若知是失則成不失若不堪作神通證若樂二禪不成勝分是知第二禪過患見第三禪功德是其對治已觀二禪過患復見三禪功德是依一切入相作意令喜心滅以由喜樂受持心如是作意不久以無喜樂令心得安解三禪支彼坐禪人不染喜故得捨念智以身受樂是聖所說得捨念智樂住第三禪正受是地一切入功德不染喜故喜者先已分別不染者斷喜得捨住云何爲捨是捨是護不退不進是心平等此謂捨於是捨有八種謂受捨精進捨見捨菩提覺捨無量捨六分捨禪支捨清淨捨五根爲受捨有時不作意捨相爲精進捨苦集我今當斷成得捨爲見捨修菩提覺是爲菩提捨慈悲喜捨是爲無量捨以眼見色不苦不喜成捨是爲六分捨喜無染故成捨住者是禪支捨捨念清淨是清淨捨於此八捨除受捨餘七捨法是爲平等捨復次有三種捨一相應乘二少經營三無經營於一切禪行是禪平等方便不急疾不遲緩是名相應乘捨此下捨近第二禪能斷大踊躍心若心無經營是名少經營捨此捨近第三禪是其能斷一切踊躍心以不動身心無經營事心是名無事捨此捨近第四禪捨者何相何味何起何處平等爲相無所著爲味無經營爲起無染爲處問何故說此捨於此禪非第二禪及初禪答是處喜滿未滅心著以

緣喜樂是故未滅以大踊躍充遍身心是故於二種禪不說捨以不滿故於此第三禪無喜染故以滅相著故成起禪支以由禪支自在故說捨念正智云何爲念念隨念彼念覺憶持不忘念者念根念力正念此謂念問念者何相何味何起何處答隨念爲相不忘爲味守護爲起四念爲處云何爲智知解爲慧是正智此謂爲智於是正智有四種有義智自相智不愚癡智行處智於是有義智者有四威儀自相智者入於空處不愚癡智者知於世間八法行處智者謂於事處於此經中行處智是可取問智者何相何味何起何處答不愚癡爲相緣著爲味擇取諸法爲起正作意爲處問何故此念正智一切處不妙答若人失念不起正智不堪起禪外行問何故

說第三禪不說第二禪及初禪答於此喜爲首麤禪支滅故正定細故此定入細處以此正智堪能起第三禪是故以禪支自在復次此禪易起到彼樂處最氣味地亦作愚心是名著處是故於此禪支得自在堪爲斷喜又說喜樂者共爲親友是故此念智分別無喜有樂於事成住如彼犢子隨逐其母不捉兩耳觸突隨母如是無喜有樂以念智分別樂得住行處若不緩分別反入於喜成禪退分以此禪支自在故說念智以此捨念智成就是故說有捨念智以身受樂問云何心樂答心攝受是心樂從心觸生攝受是心樂受是謂爲樂問云何身答想陰行陰識陰此謂爲身此樂以身受謂身受樂問何故此樂無喜非以身爲受答於第三禪樂根滅何故世尊

說於第三禪樂根滅是樂聖人所說聖者佛及弟子開合制教分別顯示此謂聖所說問何故聖說於此身非餘處答此第三禪易起到彼樂處彼無受樂聖者向於樂住是聖人成就是故聖人說此禪勝成捨有念樂住者捨念樂此已分別成就入住第三禪第三者依第二名爲第三第三禪者是捨念正智樂一心此謂禪成就入住者彼已得第三禪離一分五分成就三種善十相具足二十二功德相應天居生遍淨天如初禪廣說天居者無喜樂住越人住名天居是故世尊告諸比丘如是比丘於鬱波羅池花分陀利池花若鬱波羅花波頭摩花分陀利花水生水增長從水起住水中從根至首以令水滿其中如是比丘此身以無喜樂令滿潤澤以無喜之樂遍滿身心於是如鬱多羅波頭摩分陀利花從水而起如是入第三禪其身當知如藕生水從根至首一切皆滿如是入第三禪其身以無喜之樂遍滿身心修定果報如是天居生遍淨天功德此第三禪亦成三種謂上中下於是坐禪人修行下禪命終生少淨天彼壽命十六劫修行中禪生無量淨天彼天壽命三十二劫修行上禪生遍淨天壽命六十四劫念三禪過爾時坐禪人如是已作第三禪身得自在樂起第四禪越第三禪第三禪麤第四禪妙見第三禪過患復見第四禪功德云何三禪過患謂近喜爲怨正定以樂支麤不能堪忍爲得禪通第三禪不成勝分如是已見第三禪過患見第四禪功德是其對治彼坐禪人如是已見第三禪過患見第

四禪功德唯彼作一切入相作意令現滅樂滅以由捨心受持如是作意不久以由捨心得安解四禪支彼坐禪人斷樂故先以斷苦故以初喜憂盡故不苦不樂捨念清淨成就住第四禪是地一切入功德斷樂者名身樂斷斷苦者名身苦斷前喜憂滅者喜名心樂憂名心苦皆盡滅也問樂苦憂巳斷何處滅答初禪時滅於此第四禪佛說苦滅問何處苦根起無餘時滅答佛告比丘初禪成就離欲是處苦根起無餘時滅問何故於初禪苦根滅答以喜滿故身樂身樂故苦根滅以斷對治故是故於初禪苦根滅於第二禪憂根滅成斷憂根如佛所說何處喜根起無餘時滅於此比丘覺觀滅故第三禪正受住是處憂根起無餘時滅何故第二禪憂根滅若有覺觀久隨覺觀成身懈怠成心懶惰若心懶惰憂根即起於第二禪覺觀滅說憂根滅於第三禪是處樂滅如世尊說何處樂根起無餘時滅於此比丘猒於喜故第三禪入正受住是處樂根巳起無餘時滅問何故於第三禪樂根滅答喜滅故喜爲因樂成滅是故於第三禪樂根滅問若苦樂憂於三禪處巳滅何故於此四禪說滅答三禪是四禪道路於三禪巳滅受是故於第四禪說滅復次以不苦不樂受爲現對治是故說苦樂對治不苦不樂受復次四禪共對治受收合故復次捨煩惱現無餘斷不苦不樂受者意不攝受心不棄捨此謂不苦不樂受不苦不樂受者何相何味何起何處中間爲相住中爲味除是起喜滅是處云何捨念清淨者是謂中性爲

捨此謂爲捨念者謂念隨念正念此謂爲念以捨爲念成分明清白此謂捨念清淨問何故此念以捨分明清白答此捨離一切煩惱故受相似相應故成不動無經營以此無經營與捨相應故此念至無動成無經營是故此念已捨成分明清白四者依彼三禪此第四成就入定者此謂四禪捨念一心此謂禪成就入住者成得彼第四禪離一分三分成就三種善十相具足二十二功德相應報居天上生果實天功德如初廣說天居者捨樂住出於人住此謂天居是故世尊告諸比丘有人坐以白氎覆身從頭至足一切身分無覆不著如以白氎無不覆處如是比丘以清白心令滿一切身分以清白心無所不著譬如有人白氎自覆是坐禪人亦復如是離一切上煩惱在第四禪可知如以白氎覆身從頭至足不寒不熱時節調和身心清淨如是入第四禪不苦不樂是爲捨樂令滿於身修定果報如是於天生果實天功德修第四禪命終凡夫生果實天若心猒患生無想天壽命五十劫若沙門或生果實天或生五淨居處如是果實功德問何故於三禪處下中上說果地勝不說第四禪答依三禪所得有麤有妙是故以勝支說果地勝此第四禪已到妙支彼岸從此更無妙支是故於此無勝果地念四禪過爾時坐禪人於第四禪已得自在樂起虛空定越於色界復更思惟色定麤虛空定細彼坐禪人見色過患復見虛空定功德云何色過患如取器仗相打鬪諍兩舌妄語截手脚等種種諸事眼痛疾患寒熱飢

渴諸苦是謂欲色過患云何第四禪過患此近喜成怨依於色事是名爲麤於是著樂不成勝分依虛空寂寂解脱於此定成麤於色見第四禪過患見虛空定功德是其對治彼坐禪人如是已見於色及見第四禪過患已見虛空定功德念入第四禪明無邊虛空定從此定起除地一切入相修虛空定地相成失於虛空所作事無邊作意若如此現作意不久地相成失從地相心起成越於虛空以虛空入相自在心得安彼坐禪人已起一切色相有對想滅於種種想不作意故正受入住無邊空處一切者說於無餘起色相者云何色相入色界定想智正智此謂色相越者從此起有對想滅者云何是有對想色想聲想香想味想觸想此謂有對想滅者彼種種

想盡不作意者云何種種想不入定人或意界和合或意識界和合想智正智此謂種種想此種種想不作意此謂種種想不作意問何故止說越想不說受行識答若越於想彼一切皆亦成越何以故若不離想心不得起復次世尊欲說越色事說越色想一切定事皆由想故問若不爾入色定有對想種種想非爲無也答有人入色界定有對想有種種想以斷故問何故於彼不修道答爲猒於色是故於彼不滅於彼不盡故入初禪聲是其刺如是佛所說於此爲猒色以修行道是故於此成斷於此斷故無色定不動行想寂寂解脱想如迦蘭欝頭藍弗入無想定五百車從前去來不見不聞是故說於處滅於是起一切色想說斷色界法有對想滅種種想不

作意者說斷欲界法復次越一切色想者說得無色界有對想滅者說斷彼定外亂爲顯現無動種種想不作意者說斷定內亂說顯現寂寂解脫相問無邊虛空者云何爲空答是空入空界空穴不爲四大所觸此謂爲空於空正安心令滿無邊此謂無邊無邊空者是無邊空入入虛空處心心數法此謂虛空入虛空入者何義是虛空無邊性是無邊性空處此說虛空義如住天處名天處彼虛空處定此謂虛空處入正住者得虛空處定越色事三分成就三種善十相具足二十二功德相應寂寂居住修定果報此功德生虛空處如初廣說功德生虛空者已修虛空處命終生虛空天壽命二千劫念空虛空定過爾時彼坐禪人於虛空處已得自在樂起識一切入定越虛空一切入思惟虛空定麤見識處細復見虛空過患復見識處功德云何虛空過患此定近色爲怨於虛空定是事成麤與有對想種種想不相遠離成彼念著不得勝分如是見虛空過患見識一切入功德是其對治明無邊識定彼坐禪人已見如是虛空過患已見識處功德安詳念入安詳念起修虛空識令滿作意令識無邊由識處想心受持如是現作意不久從虛空處想心起越於識處由識處想而心得安彼坐禪人起一切虛空故思惟無邊識成就入正受於一切識處住一切者說於無餘越虛空處者越虛空處越者謂正度是謂越一切虛空處無邊識者唯彼虛空以識作意令滿無邊是謂無邊識處問色非色法云何執爲無邊答唯無

色法故成無邊何以故非色之法無有邊際不可得故復次虛空無邊故說無邊無邊者作無邊意故成無邊是故不妨識入處者是入識處心心數法此謂識處識處者何義是識無邊此謂識無邊識處者如天住處名天處此識已受持定此謂識處定入正受處者得彼於識處定者越虛空事三分成就以三種善十相具足二十二功德相應住於寂寂修定果報是功德生識處如初廣說生識入功德者修行識處入命終生識處天壽命四千劫識入已竟

念無邊識定過患爾時坐禪人已得識處自在欲起無所有處定越於識處復更思惟識處定麤無所有處定細復見識處過患復見無所有處定功德云何識處過患此定近虛空爲怨識事爲麤以思惟無邊想成彼念著不得勝分無所有處功德是其對治彼坐禪人如是已見識處過患復見無所有處功德從識處定安詳而起彼識不復修行不復分別成失彼識已見無所有處相自在心願受持如是現作意不久從識處想起以由無所有處想其心得安彼明無邊識定坐禪人起一切識處見無所有入正受處住一切者說於無餘越識處者成越此識超入正度此謂越一切識處無所有處者不復修行不復分別成失彼識但見無所有此謂無所有處入無所有處心心數法此謂無所有處無所有處者何義是識無性是無所有無所有處者說受持言無所有受持正定此謂無所有處定入正受住者成得無所有定越識事三分

成就三種善十相具足二十二功德相應住於寂寂修定果報是功德生無所有處如初廣説生無所有功德者修行無所有處定命終生無所有天壽命六千劫無所有定竟

念無所有處過患爾時坐禪人於無所有處已得自在欲起非想非非想處定越無所有處復更思惟無所有處麤見非想非非想處細復見無所有處過患復見非想非非想處定功德云何無所有定過患此定近識爲怨與分明想共起故成麤成彼念著不得勝上如是見無所有處過患復見非非想入功德是其對治復次見此想是患是癰是刺無想是正是寂寂是妙所謂非想非非想彼坐禪人如是已見念入無所有處安詳而起彼無所有處寂寂作意修行餘定如是現作意不

久從無所有處想心起由非非想處想而心得安彼明非非想處想定坐禪人越一切無所有處故成就入住非非想處一切者説於無餘越無所有處者成越無所有處超入正度此謂越一切無所有處非非想者彼無所有處寂寂作意修行餘定此謂非非想處非非想處者入非非想處心心數法是謂非非想處非非想處者何義滅分明想故成於無想細想有餘故成非想非非想是其處是謂非非想入正住者成得非非想處定越無所有處三分成就三種善十想具足二十二功德相應住於寂寂明修定果報以是功德生非非想天如初廣説是功德生非非想天者修行非非想處定命終生非非想天壽命八萬四千劫問何故説非非想處何故不説爲

識處答離無邊執故起想細故不成識處又問何故依此定不成漏盡答離分明想不堪得見道復次此定最細微非非想不能分別是故不成漏盡處非非想定已竟

重明上義問於是定處云何散句答所謂滅聲顛倒起越外行覺受疑不應得滅者入初禪語言斷入第四禪出入息斷次第滅聲香若人入定聞有音聲不得言說何以故是入定人耳識不和合故復次入色定人是聲成亂如世尊所說入禪人聲是其刺顛倒者入地一切入於非地想而作地想問若然何故不成顛倒答此四顛倒想不異故知此地想是其相是故不成顛倒起者以五因緣從於定起以威儀苦以最多境界以障礙起以方便不平等以隨意若入無色定以最多境界不得起住不動故入滅禪定及入果定以初作行得起不以餘因越者越有二種分越事越從色禪越色定是謂分越從色禪越無色定復從無色定越無色定是謂事越外行者一切定外行成就五分覺者第二禪等性除無間成無覺觀受者第四禪等性除無間共捨越有人樂相似無間疑者未斷一切貪欲等蓋住非非想處說於有餘如畏毒蛇上樹有四種人不得起定必墮惡趣無因作五逆邪見散句已竟地一切入已滿

問云何水一切入何修何相何味何起何功德云何取其相答心緣水相此謂水一切入心住不亂此謂修行於外一切入專意爲相不除水想是味心不作二意是處於水一切入不共五功德於地出沒自在於地山宮殿

令動令降雨令身能起水令化江海於地一切入所説功德亦共有明修水一切入處處皆見水云何取其相者若取水一切入於水現取相若自然水若自作水於是舊坐禪人於非水處取水相彼人處處見水若於井於瓶若於池沼江湖淮海是其所觀隨意即見彼分水相得起不如新坐禪人新坐禪人於作處取相不能於非作處明修水一切入方便彼坐禪人從初以觀如是寂寂處若寺舍若石室若樹下是處不闇不日光炙無塵無風無蚊蚋等無諸障礙於如是處若鉢若瓮埋淨地中令與地平周迴一尋盛以雨水不雜以餘色水令滿鉢瓮應於此處作意水想想以三行取相以平等觀以方便以離亂餘事如地一切入廣説乃至非非想處水一切入已竟

問云何火一切入何修何相何味何處何功德云何取相答心於火相此謂火一切入彼時心住不亂此謂修行火相巧於放意爲相不除火想爲味作意無雙爲處何功德者不共五功德於火一切入經營起煙炎以光明相起滅餘色光隨意所燒以作光明曉了於火界如地一切入所説功德同因修火一切入處處皆見火云何取其相者若現取火一切入於火取相或於自作處或自然處於是舊坐禪人取於自然相彼處處見或草火或薪火或林火或屋火熾然焰盛從此爲初以作於觀或自樂不樂即見彼分火相得起不如新坐禪人新坐禪人唯於作處取相不能於非作處彼修火一切入方便新坐禪人從初經營斷截樵薪於清淨處積聚焚燒或日

出時或日入時從下焚燒於草薪皆不作意於上生煙炎皆不作意於聚炎中現作火想以三行取相以平等觀以方便以離亂如初廣說火一切入已竟

問云何風一切入何修何相何味何處何功德云何取其相答心於風相此謂風一切入修心住不亂此謂修風一切入放意爲相不除風想爲味作意無雙爲處何功德者不同三功德於風一切入風行自在能令風起作意受持令清涼如地一切入所說功德修風一切入方便云何取其相者新坐禪人現取風一切入以二行取於風相或見或觸云何以見取相彼坐禪人或甘蔗園或於竹林或多草處以風鼓動彼已見作風想以三行取相以平等觀以方便以離亂如是已見取相云何以觸取相新坐禪人如是寂寂坐處作意想隨風來處是處穿壁作孔竹荻爲筒安置其內當筒處坐使風觸其身作意取風相如是以觸取相若舊坐禪人於處處分即見風相起若行住坐卧風觸其身隨風所動於初已作觀若自樂不樂即見彼分風相得起不如新坐禪人風一切入已竟

問云何青一切入何修何相何味何處何功德云何取其相答心於青相此謂青一切入彼心住不亂此謂修於青相放意爲相不除青想爲味作意無雙爲處何功德者不同五功德於青一切入心緣隨逐得淨解脱得青除入如青花心受持令化種種青色修青一切入處處皆見青云何取其相者取青一切入相若作處若自然處舊坐禪人取不作處

相彼坐禪人於處處見或青花或青衣或青色於其目前常見隨若樂若不樂即見彼分青相得起不如新坐禪人新坐禪人取於作處相不能取非作處修青一切入方便彼坐禪人於衣於板於壁處以阿多思花色青色以此色作曼陀羅花或三角或四角以異色遶其外於此作青相以三行取相以平等觀以方便以離亂餘如初廣說青一切入已竟

問云何黄一切入何修何相何味何處何功德云何取相答心於黄相此謂黄一切入修彼心住不亂此謂修於黄一切入放意是相不除黄想爲味作意無雙爲處何功德者不同五功德於黄一切入心緣隨逐得淨解脱得黄除入作意如金花種種黄色修黄一切入處處皆見黄云何取彼相者現取黄一切入取於黄相若自作處若自然處於是取非非作處相彼坐禪人於處處見或黄花或黄衣黄色從此常見隨樂不樂即見彼分黄相得起非如新坐禪人新坐禪者取於已作處相不能於非作處修黄一切入方便彼坐禪人或衣或板或壁以迦尼迦羅花色黄色作曼陀羅華或三角或四角異色遶其外於彼作黄相以三行取相以平等觀以方便以除亂餘如初廣說黄一切入已竟

問云何赤一切入何修何相何味何處何功德云何取其相答心於赤相此謂赤一切入彼修心住不亂此謂修於赤相放意爲相不離赤想爲味作意無二爲處何功德者不共四功德於赤一切入隨心得淨解脱得赤除入化種種赤色不共功德者如說於地一切

入修赤一切入處處皆見赤云何取其相者現取赤一切入取於赤相若作處若自然處舊坐禪人於自然處取相於處處見相或赤花或赤衣或赤色從此爲初常見隨樂不樂即見彼分赤相得起不如新坐禪人新坐禪人於作處取相不能於非作處修赤一切入方便彼坐禪人或衣處或板或壁處如盤偷時婆花生赤色或以朱册作曼陀羅花或三角或四角以異色界其外於此作赤相以三行取相以平等觀以方便以離亂如初廣說

（赤一切入已竟）

問云何白一切入何修何相何味何處何功德云何取其相答心於白相此謂白一切入彼修心住不亂此謂修於白相放意爲相不離白想爲味作意無二爲處何功德者不共八功德於白一切入隨心得淨解脱得白除入伏懈怠眠除闇作明白一切入得起天眼餘功德如地一切入所說修白一切入處處皆見白云何取其現相者取白一切入於白取相若作處若自然處舊坐禪人於自然處取相彼於處處見相或白花或白衣或白色或月光或日光或星色或鏡圓從彼爲初常見隨樂不樂即見彼分自相得起不如新坐禪人新坐禪人於作處取相非不作處取相修白一切入方便彼坐禪人或於衣處或板或壁處以太白星等色以此色作曼陀羅花或三角四角以異色界其外於此作白相以三行取相以平等觀以方便以離亂如初廣說

（白一切入已竟）

問云何光明一切入何修何相何味何處何

功德云何取其相答心作光明相此謂光明一切入修彼心住不亂此謂修光明相放意爲相不離光明想爲味作意無二爲處何功德者與白功德等修光明一切入處處見光明云何取其相者現取光明一切入於光明取相若作處若自然處舊坐禪人於自然處取相彼於處處見相或月光或日光或燈光或珠光從彼初常見隨樂不樂即見彼分光明即起不如新坐禪人新坐禪人於作處取相不能於非作處修光明一切入方便彼坐禪人如是或依東西壁坐令水滿鉢安置日光所至處從彼水光起曼陀羅從曼陀羅光起著壁光於此見光明相以三行取相以平等觀以方便以離亂如初廣說光明一切入已竟

解脱道論卷第五

音釋

犢徒谷切　嶮虛儉切危也　蹉千箇切跌也　鬱紆勿切　藕五口切　氎徒協切細毛布　癰於容切　瓫蒲奔切與盆同　荻徒歷切　筩徒紅切截竹也

解脱道論卷第六

阿羅漢優波底沙造

梁扶南三藏僧伽婆羅譯

行門品第八之三

問云何虚空一切入何修何相何味何處何功德云何取其相答虚空而一切入有二種有虚空離色有虚空不離色虚空入處相所謂離色虚空并空虚空相此謂不離色虚空彼修此想心住不亂此謂修於虚空想敓意爲相不離虚空想爲味作意無二爲處何功德者不共二功德於虚空入障礙處所不能礙若墻壁山等身行無礙自在無畏云何取其相者於虚空入取虚空相若作處若自然處舊坐禪人於自然處取相能於處處見或於孔穴或櫺窓間或樹枝間從彼常見隨樂不樂即見彼分虚空相即起不如新坐禪人新坐禪人於作處取相不能於非作處彼坐禪人或於屋内或於屋外不障礙處作圓孔穴作虚空想以三行取相以等觀以方便以離亂於虚空一切入生四禪五禪餘如初廣説（虚空一切入已竟）

問云何識一切入答曰識虚空此謂識一切入餘如初廣説（十一切入已竟）

問於是一切入云何散句答若一相得自在一切餘相隨其作意若於一處一切入於初禪得自在堪任餘一切入能起第二禪如是第二禪得自在能起第三禪第三禪得自在能起第四禪問於諸一切入云何最勝答四色一切入是爲最勝成解脱故得除入故白一切入勝作光明故心得自在於入一切入

及於入定以入十六行安庠而起隨所樂處其所樂定隨意無障次第上次第下次第上下令一一增長或俱令增長或中少或分少或事少或分事少或分俱或事俱或分事俱隨其所樂處者或於村或於阿蘭若是斯所樂處入於三昧如所樂者是其所樂禪入於禪定如其所樂時者隨意所樂時入於三昧或多時入正受次第上者於初禪入定次第乃至非非想處次第下者從初入非非想定次第乃至初禪次第上下者越於往還從初禪入第三禪從第三禪入第二禪從第二禪入第四禪如是乃至入非非想定令一一增長者以次第入第四禪或上或下俱令增長者入第四禪從此虛空入第三禪如是二種入定中少者已入初禪從此入非非想處從此入第二禪從此入無所有處如是現入正受能辨虛空處分少者一禪於八一切入入定事少者於二一切入入於入定分事少者所謂二定及一切入分俱者於二一切入入二二禪事俱者於二二一切入入二禪分事俱者是此二句散句已竟

問云何增長相何修何相何味何處何功德云何取其相答增長相者滿一切處猶如韛囊滿中臭穢死屍此謂膖脹於膖脹相以正智知此謂膖脹想彼修此想心住不亂此謂修於膖脹想相隨觀爲相猒膖脹想爲味臭穢不淨作意爲處何功德者膖脹想有九功德得念內身得無常想得死想多猒患伏婬欲斷色憍斷無病憍向善趣向醍醐云何取其想者新坐禪人現取膖脹不淨想以無二

行以念不動不愚癡以諸根内入以心不出外以往彼處是處不淨有諸死屍住於彼處離於逆風對不淨相不遠不近或倚或坐彼坐禪人若倚若坐近不淨處若石若土埵或樹或杌或藤爲作相作事思惟此石不淨此不淨相此石如是土埵等已爲作相已作事以十行降脹不淨相從其自性修行當觀以色以男女形以方以處以分別以節以穴以坑以平地以平等觀於一切處以色者若黑以觀黒若不黒不白以觀不黒不白若白以觀白若臭皮觀以臭皮以形者若女形若男形隨觀若少若長若老隨觀者若長以長若短以短若肥以肥若小以小隨而觀之以方者於此方擲頭於此方擲手於此方以脚於此方以背於此方以腹於此方我所坐於此方不淨相如是隨觀以光明處於此光明處是擲手處於此光明是擲脚處於此光明是擲頭處於此光明是我坐處於此光明是不淨相處以分別觀從頭至足從下至頭髮皮爲邊是一分聚以分別觀觀以節者於二手六節於二脚六節髖節項節此謂十四大節以肉者謂口或開或閉隨觀眼或開或閉隨觀手間脚間孔穴隨觀以坑以平等地者不淨相隨其處所或於空處或於地上是處隨觀復次我在空處不淨相地上或不淨相在下我於地上隨觀以一切處從我不取近遠若二尋三尋隨觀彼坐禪人如是一切正隨觀見彼相善哉善哉如是受持以善自安彼坐禪人已善取相已善受持已善自安一無二行以念不動心不愚癡諸根内入心不出

外去來道路若行若坐觀彼不淨心常受持無二行者何義爲得身寂寂令念不動者以不愚癡以諸根内入心不出外去來道路者何義爲得身寂寂離逆風者何義爲離臭氣坐不取遠近者何義若取遠不成除相若取近不成其猒不見其性以不見其性彼相不起是故不取遠不取近坐遍觀一切相者何義爲不愚癡名不愚癡若坐禪人入寂寂處見不淨相如在其前心起驚怖是故坐禪人若死屍起逐不起心思惟如是已知念正智受持已觀相遍是其遍相如是作意是名不愚癡問取十種行相何義答爲於心縛觀去來道路者何義爲起次第法名次第法者若坐禪人入寂寂處有時心亂以不常觀不起不淨相是故坐禪人攝一切心當觀去來道路當觀於坐處當觀遍相當觀十種取相彼坐禪人如是數數現觀復更起相如以眼見此謂起次第法初坐禪人於此死屍成珍寶想如是歡喜心得受持心常修行滅於諸蓋禪分成起彼坐禪人已離欲已離不善法有覺有觀寂寂所成有喜樂入初禪定及肨脹相問何故以不淨行起於初禪非起餘禪答此行未作觀故此成縛處故常隨覺觀覺觀恒現其相得起非離覺觀其心得安是故初禪起非餘禪復說此不淨相色形等以不一行思惟令起於行思惟者是覺觀事不能堪住離於覺觀爲思惟行是故唯初禪起非餘禪復說此不淨相不可耐事於不耐事不能舉心於不淨處心由喜樂故除覺觀方便以覺觀方便力是時修行由如臭屎是故唯初

禪起非餘禪問於不耐事云何起喜樂答不
耐事非因爲起喜樂復次善斷蓋熱故以修
心自在故起喜樂行餘如初廣說膖脹相已竟
問云何青瘀相何修何相何味何處何功德
云何取其相答青瘀者或死一宿或二三宿
成青瘀相如青所染色隨生此謂青瘀相彼
青瘀是謂青相以正智知此謂青瘀相心住
不亂此謂修受持青相爲相猒爲味作意不
耐爲處等膖脹相功德修其相者如初廣說
青瘀相已竟
問云何潰爛相何修何相何味何處何功德
云何取相答潰爛者或死二三宿潰爛膿出
猶如灌酪身成潰爛此謂潰爛於潰爛相以
正智知是謂潰爛相心住不亂此謂修受持
潰爛爲相猒爲味作意不耐爲處等膖脹相
功德取相如初廣說潰爛相可知潰爛相竟
問云何斬斫離散相何修何相何味何處何
功德云何取其相答斬斫離散者或以刀劍
斬斫身體離散復說所擲死屍此謂斬斫離
散於斬斫離散是正智知此謂斬斫離散想
心住不亂此謂修斬斫離散想爲猒相爲味
作意不淨爲處等膖脹相功德問云何取其
相答於兩耳二指作片片想作斬斫離散想
如是取相於一二上取其空相餘如初廣說
斬斫離散相已竟
問云何食噉想何修何相何味何處何功德
云何取其相答食噉者或烏鵲鵄梟鵰鷲猪
狗狐狼虎豹食噉死屍此謂食噉於彼食噉
是相以正智知此謂食噉想心住不亂此謂
修食噉想爲相猒爲味作意不淨爲處等膖

脹相功德餘如初廣說食噉想已竟

問云何棄擲想何修何相何味何處何功德云何取其相答棄擲者於處處方散擲手足此謂棄擲於棄擲想是正智知此謂棄擲想心住不亂此謂修受持棄擲想爲想猒爲味作意不淨爲處脖脹想等功德云何取其相者一切身分聚在一處安諸分節相離二寸安已作棄擲想取相餘如初廣說棄擲想已竟

問云何殺戮棄擲想何修何相何味何處何功德云何取其相答被殺棄擲者或以刀仗或以弓箭於處處斬斫殺戮死屍此謂殺戮棄擲於殺戮棄擲是想是正智知此謂殺戮棄擲想心住不亂此謂修受持殺戮棄擲想爲相猒爲味作意不淨爲處等脖脹想功德云何取其相者如初廣說殺戮棄擲想已竟

問云何血塗染想何修何相何味何處何功德云何取其相答血塗染者或斬截手足形分出血塗身此謂血塗染於血塗染相是正智知此謂血塗染想心住不亂此謂修受持血塗染想爲相猒爲味作意不淨爲處等脖脹想功德云何取其相者如初廣說血塗染想已竟

問云何蟲臭想何修何相何味何處何功德云何取其相答蟲臭者諸蟲生滿其身猶如白珠純是蟲聚此謂蟲臭於蟲臭想以正智知此謂蟲臭想心住不亂此謂修受持蟲臭想爲相猒爲味作意不淨爲處等脖脹想功德云何取其相者如初廣說蟲臭想已竟

問云何骨想何修何相何味何處何功德云何取其相答骨者謂鉤鎖相連或肉血筋脉所縛或無血肉但有筋纏或無肉血此謂骨

於此骨想以正智知此謂骨想心住不亂此謂修受持骨想爲相猒爲味作意不淨爲處等膖脹想功德云何取其相者如初廣說骨想

已竟

問於不淨處云何散句答初坐禪人有重煩惱於不種類不應取相不種類者如男女身若不淨業人不淨相不應作意何故常觀事故不成猒於畜生身不起淨想以一骨起起相自在於骨聚亦復如是若不淨相以色起由一切入當觀若以空起以男當觀者以不淨起以不淨當觀問何故十不淨不多不少答身失有十種故復由十人故成十想欲人當修膖脹想色愛欲人當修青瘀想如淨欲人當修壞爛想餘亦可知復次不淨想不可得故一切不淨想欲對治故若欲行人是其所得彼當取相是故說一切不淨爲十種不淨想問何故不令增長答若人樂猒欲令起自性身想何故若有自性身想於想速得猒彼分故已令增長不淨想是其身相得除已除自身想不速得猒是故不應令增長又說若得無欲爲修大心成令增長如阿毗曇說處離欲等初禪正受住膖脹及起無量事如大德揮狗文說偈

比丘佛家財　於怖畏林處　既已修骨想
普令滿此地　我知彼比丘　速當斷欲染

十不淨已竟

問云何念佛何修何相何味何處何功德云何修行答佛者世所尊自然無師於未聞法正覺正諦能知一切得力自在此謂爲佛念佛世尊正遍知道菩提功德念隨念念持念

不忘念根念力正念此謂念佛心住不亂此謂修令起佛功德為相恭敬為味增長信為處若修行念佛成得十八功德信增長念增長慧增長恭敬增長功德增長多歡喜堪任苦行離於怖畏於受惡法得生慚愧常與師共住心樂佛地行向善趣最後醍醐如說修多羅涅底里句若人欲念佛其可恭敬如佛像處云何修行初坐禪人往寂寂處攝心不亂以不亂心念如來世尊應供正遍知明行足善逝世間解無上士調御丈夫天人師佛世尊於是彼者到一切功德彼岸世尊者得世稱譽故名世尊復得妙法故名世尊復得供養故名世尊得福具足故名世尊道法之主故名世尊以是因故得名世尊以彼因故受供養名阿羅漢殺煩惱怨名阿羅漢折生死輪輻名阿羅漢正遍知者以一切行正知一切諸法名正遍覺復殺無明名正遍覺以獨覺無上菩提名正遍覺明行足者明者三明宿命智明眾生生死智明漏盡智明世尊以宿命智明斷殺過去無明以眾生生死智明斷殺未來無明以漏盡智明斷殺現在無明已斷殺過去無明故以一切行一切過去法世尊應念即現已斷殺未來無明故以一切行一切未來法世尊應念即現已斷殺現在無明故以一切行一切現在法世尊應念即現行者戒定足具戒者謂一切善法處故言明行足者謂一切神通處故名明行足具者謂一切定於是世尊以一切智以三明以行得大慈悲以作世間饒益明得自在以知處故以起論道無人能勝滅諸煩惱以清淨

正行以明具足成世間眼現饒益不饒益故以行具足成世間依作救怖畏以明解脱於第一義已得通達以行成濟渡作世間義於一切事自然無師所行平等得無上寂寂以明行足世尊成就此謂明行具足善逝者到善路故名曰善逝不復更來到於醍醐界無爲涅槃故名善逝復說法不顛倒故名善逝復說法不僻故名善逝復說法無過患故名善逝復說法不多不少故名善逝世間解者世間有二種謂衆生世間行世間世尊以一切行知衆生世間以知衆生種種欲樂以根差別以宿命以天眼以從去來以和合以成就以種種可化以種種堪不堪以種種生以種種趣以種種地以種種業以種種煩惱以種種果報以種種善惡以種種縛解以如是等行世尊悉知衆生世間復說行世間者世尊亦知以一切業亦知諸行以定相以隨其自相因緣善不善無記以種種陰以種種界以種種入以智明了以無常苦無我以生不生如是等行世尊悉知世間諸行此謂世間解無上者世無有上此謂無上復次無人與等復次最勝無比餘不能過故名無上調御丈夫者有三種人或聞法即悟或說因緣或說宿命世尊御入解脱道調伏衆生故名調御丈夫天人師者世尊能度天人從生老死怖畏園林故名天人師復次教誡見思惟道名天人師如是以此門以此行當念如來復次如本師說以四種行修念世尊本昔因緣以起自身以得勝法以作世間饒益從初所願乃至最後生於此中間久遠之時二十阿

僧祇劫一百千億觀凡夫根念根所初慈哀世間我已得脫當令彼脫我已得調當令彼調我已得安當令彼安我已入涅槃當令彼得入涅槃施戒出忍諦受持慈捨精進智慧皆令滿足爲得菩提世尊爲菩薩時說本生因緣作免子身常行布施當念可護生戒摩訶瞿頻陀生當念出離生忍辱生當念忍普明生當念實語當念啞謇生當念受持當念帝釋慈悲當念毛竪捨當念商主正真當念麋生當念長壽生遂父語當念六牙白象恭敬仙人當念白馬生往羅刹國度諸衆生當念鹿生護彼壽命捨自壽命當念猴生令得解脫所屬大苦復次當念猴生見人落坑以慈心拔出設樹根果以爲供養彼人樂肉以破我頭以慈悲說法語其善道如是以衆願門當念世尊本生功德云何當念世尊自拔身功德世尊有如是等本生具足爲年少時斷一切居止著斷兒婦父母親友著以捨難捨獨往空閑無所有處欲求無爲泥洹寂滅於摩伽陀國渡尼連禪河坐菩提樹降伏魔王及諸鬼兵於初夜時自憶宿命於中夜分修得天眼於後夜中知苦斷集得證醍醐界修行八正道分作證漏盡得菩提覺從於世間拔出自身住第一清淨漏盡之地如是以衆行門當念世尊自拔身功德云何當念世尊得勝法功德如是世尊有解脫心解脫以如來十力以十四佛智慧以十八佛法已與不一禪法成就到自在彼岸當念云何世尊成就十力如來知是處非處如實而知如來知過去未來現在善業因緣以戒以因若果

報等如實而知如來知至一切處具足如實而知如來知不以一戒種種戒世間如實而知如來知衆生種種欲樂如實而知如來知衆生種種諸根如實而知如來知禪解脫定正受有煩惱無煩惱如實而知如來知宿命如實而知如來知衆生生死如實而知如來知漏盡如實而知以此十力世尊成就云何世尊成就十四佛智慧謂苦智集智滅智道智義辯智法辯智辭辯智樂說辯智諸根智衆生欲樂煩惱使智雙變智大慈悲定智一切智不障礙智以此十四智世尊成就云何世尊成就十八法於過去佛智不障礙未來佛智不障礙現在佛智不障礙隨於佛智遍起身業隨於佛智遍起口業隨於佛智遍起意業以此六法世尊成就欲無退精進無退念無退定無退慧無退解脫無退以此十二法世尊成就無可疑事無誑師事無不分明無有急事無隱覆處無不觀捨無可疑事者無有威儀爲於狡猾誑師事者無急速威儀無不分明者以知無不觸無急事者無威儀以急事無隱覆者心行無有非不憶智無不觀捨者無有不知捨以此十八佛法世尊成就復次世尊以四無畏以四念處以四正勤以四如意足以五根以五力以六神通以七菩提分以八聖道分以八除入以八解脫以九次第定以十聖居止以十漏盡力以餘不一善法世尊成就到自在彼岸如是以此門以此行當念世尊得勝法功德云何當念世尊作饒益世間功德世尊成就一切行到一切功德彼岸爲慈悲衆生所轉法輪世間所

不能轉以密護無内外開醍醐門已作無量天人於沙門果無量衆生得功德分能令功德具足以三種變身變說變教變令世間信已伏邪見諸相呪師已覆惡道已開善趣已往天上得解脫果已安聲聞住聲聞法已制諸戒已說波羅提木叉已得勝利養得佛勝法已得自在遍滿世間一切衆生恭敬尊重乃至天人皆悉聞知安住不動慈悲世間饒益世間所作世尊已作以此門此行當念世尊已作世間饒益功德彼坐禪人以此門此行以此功德現念如來其心成信以信自在以念自在心常不亂若心不亂滅蓋禪分起内行禪成住問何故念佛起内行非安答佛功德者於第一義深智行處第一義事於深智行處心不得安以細微故復次當念不一功德若坐禪人憶念不一功德心種種緣作意共起心成不安是相爲一切外行行處問若念不一功德心既不一外行禪不當成若專一心外行禪成住答若念如來功德及念佛成一心是故無過復說以念佛四禪亦起

念佛已竟

問云何念法何修何相何味何處云何修行答法者謂泥洹及修行至泥洹云何泥洹滅一切行出離一切煩惱滅愛無染寂滅此謂泥洹云何修行至泥洹謂四念處四正勤四如意足五根五力七覺支八正道分此謂修行至泥洹念法出離功德乘功德彼念隨念正念此謂念法彼心住不亂此謂修起功德法爲相擇法爲味解義爲處念佛功德等云何修者初坐禪人入寂寂坐攝一切心以不

亂心念法者善説世尊法現證無時節來見乗無時節來見乗相應智慧人現證可知善説世尊法者離兩邊故名爲善説不異故名爲善説不謬故三種善故名善説滿清淨故名善説令現泥洹及修行至泥洹故名善説現證者次第得道果故名現證作證泥洹及道果故爲現證無時節者不異時得果故名現證來見者汝來我處見我善法性堪教他是名來見乗相應者若人受降伏成入醍醐界名爲乗相應向沙門果名乗相應智慧人現證可知者若人受降伏不受他教起於滅智無生智解脱智是名智慧現證以餘行當念法者是眼是智是安樂是醍醐乗門是出離是方便是至滅是至醍醐無有墮落是醍醐無爲寂寂微妙非相師所行是妙智人所知濟渡彼岸是歸依處彼坐禪人以此門以此行以此功德現念於法其心成信由其信念心住不亂以不亂心滅於諸蓋禪分得起外行禪成住餘如初廣説念法已竟

問云何念僧何相何味何處何功德云何爲修荅僧者聖人和合此謂爲僧現念僧修行功德彼念隨念正念此謂念僧彼念住不亂此謂修令起僧功德爲相心恭敬爲味歡喜和合功德爲處念佛功德等云何修者初坐禪人入寂寂坐攝一切心不亂心念想善能修行世尊沙門衆隨從軟善世尊沙門衆隨從如法世尊聖衆隨從和合世尊聖衆所謂四雙八輩世尊沙門衆堪可恭敬供養堪可合掌無上世間福田於是善修行世尊沙門衆者隨從善説法故名修行隨從爲自他饒

益故名修行隨從至已具足故名修行隨從無怨具足故名修行隨從離二邊中具足故名修行隨從離幻諂故名軟善離身口邪曲惡故名軟善隨從如者八正聖道彼隨從故名如隨從復次如者謂泥洹爲隨從得泥洹故如修行世尊所説四聖諦隨從如智故名如修行隨從和合者隨從沙門和合具足故名隨從和合若如是隨從作和合事成大果大功德如是隨從故名隨從和合四雙八輩者住須陀洹道及住其果故爲一雙住斯陀含道及住其果故爲一雙住阿那含道及住其果故爲一雙住阿羅漢道及住其果故爲一雙此謂四雙者彼住道及道果故名四雙八輩者四向四果此謂八輩沙門者從聞成就故名沙門僧者聖和合衆可請可供養可施可恭敬無上世間福田可請者堪受請名爲可請可供養者於衆施成大果堪受供養可施者若於衆施得大果報名可施可恭敬者堪受恭敬事名可恭敬無上者最多功德故名無上世間福田者是衆生功德處故多世間福田以餘行當念衆生是勝衆眞實衆是名醍醐戒具足定具足慧具足解脱具足解脱知見具足彼坐禪人以此門以此行以現念衆功德如是現念衆功德其心成信由於信念心成不亂以不亂心能滅諸蓋禪分得起外禪成住餘如初廣説念僧已竟

問云何念戒何修何相何味何處何功德云何修行答以功德念清淨戒彼念隨念正念此謂念戒念戒住不亂此謂修令起戒功德爲相見過患怖爲味歡喜無過樂是處若人

修行念戒成得十三功德成尊重師重法重僧重戒學重供養重不放逸於細微過患常見憂怖護自身亦護他從此世怖畏解脫彼世怖畏解脫多歡喜可愛一切戒功德是念戒功德云何修行者初坐禪人入寂寂坐攝一切心不亂心念自身戒無偏無穿無點無垢無雜自在智慧所歎無所觸令起定若無偏是無穿若無穿是不點如是一切可知復次若滿清淨戒是善法住處故名不偏不穿作性稱譽故名無點無垢以斷愛故名爲自在聖所樂故無有過患智慧所歎離戒盜故名無所觸成不退處故令起定以餘行當念戒名戒者是樂無過患是性可貴以財物自在如先所說戒功德如是廣說可知彼坐禪人以此門以此行以此功德現念戒由信念心不亂以不亂心滅於諸蓋禪分成起外行禪成住餘如初廣說念戒已竟

問云何念施何修何相何味何處何功德云何爲修答施者爲利他故樂饒益他爲他人得捨自財物此謂施以念施功德現念捨彼念隨念正念此謂念施彼念住不亂此謂修令起施功德爲相不畜爲味不慳爲處若人修行念施成得十功德如是施隨樂無慳無貪意爲多人念善取他意於衆不畏多歡喜慈悲心向善趣向醍醐云何修行者初坐禪人入寂寂坐攝一切心不亂心自念施以所捨物我有利我善得利世人爲慳垢所牽我住無慳垢心手常施與常樂行施常供給常分布彼坐禪人以此門以此行以此功德現念施彼心成信由信由念故心常不亂以不

亂心滅於諸蓋禪分成起外行禪成住餘如初廣說念施已竟

問云何念天何修何相何味何處何功德云何修行答依生天功德念自身功德彼念隨念正念此謂念天彼念住不亂此謂修令起自身功德天功德等爲相於功德愛敬爲味信功德果爲處若人修行念天成得八功德如是彼人五法增長所謂信戒聞施慧成天人所念愛敬於說功德果報大歡喜踊躍自重其身及天人所貴念戒念施以入其內向善趣向醍醐云何修行者初坐禪人入寂寂坐攝一切心以不亂心念天有四王天有三十三天有炎摩天有兜率天有化樂天有他化自在天有梵身天有天常生以信成就諸天從此生彼我復如是有信如是戒如是聞如是施如是慧成就彼諸天從此生彼我復如是有慧當念其身當念諸天信戒聞施慧彼坐禪人以此門以此行以功德現念天彼心成信以由信由念心成不亂以不亂心滅於諸蓋禪分成起外行禪成住問何故念天功德不念人功德答諸天功德最妙生最妙地成妙處心於妙處修行成妙是故念天功德不念人功德餘如初廣說念天已竟

解脱道論卷第六

音釋

檽盧經切窻隔也　韛蒲拜切吹火韋囊也　胮脹胮匹絳切脹知亮切　藤徒登切藟也又草蔓也　擲直炙切投也　瘀依倨切血氣壅也　潰爛潰胡對切自壞也　膿奴冬切　膖四絳切與肨同　僻芳辟切邪也　啞烏下切不能言也　謇居偃切吃也　竪神羽切立也　麋旻悲切　狡古巧切猾也　獪古外切狡也

解脱道論卷第七

羅漢優波底沙造

梁扶南三藏僧伽婆羅譯

行門品第八之四

問曰云何念安般何修何相何味何處何功德云何修行答曰安者入般者出於出入相彼念隨念正念此謂念安般心住不亂此謂修念令起安般想爲相觸思惟爲味斷覺爲處何功德者若人修行念安般成寂寂成勝妙成莊嚴可愛自娛樂若數數起惡不善法令除滅身成不懈怠眼亦不懈怠身成不動不搖心成不動不搖令滿四念處令滿七覺意令滿解脱世尊所歎聖所住止梵所住止如來所住止云何修者初坐禪人若往阿蘭若若往樹下若往寂寂處結跏趺坐正身在前彼坐禪人念入息念出息若長出息我息長出如是知之若長息入我長息入如是知之若息短入我息短入如是知之若短息出我短息出如是知之我入息如是覺我出息如是覺知喜知樂知心所行令滅心行令歡喜心令教化心令解脱心見無常見無欲見滅見出離如是覺見出離我息出如是覺見出離我息出如是於是現前令學安者謂繫念住於鼻端或於口脣是出入息所緣處彼坐禪人以安念此處入息出息於鼻端口脣以念觀觸或現念令息入現念令息出現於所觸鼻端口脣以念觀知所觸現念令入現念出息如人解材以緣鋸力亦不作意鋸去來想如是坐禪人於入出息亦不作意入出息入時不作意於出時亦不作意是出入息

息想所觸鼻端口脣以念觀知現念令入息現念令出息若坐禪人於出入息作意內外其心成亂若心起亂其身及心成懈怠動搖此是過患若最長息若最短息不應作意若作處最長最短息其身及心皆成懈怠動搖此是過患由出入息種種相故不應作著若如是作心餘緣成亂若心亂其身及心皆成懈怠動搖如是過患無邊起出入息以無邊觸故應作想如是心不亂若心遲緩若心利疾不當精進若作遲緩精進成懈怠睡眠若作利疾精進成起調若坐禪人若與懈怠睡眠共起若與調共起其身及心成懈怠成動搖此是過患彼坐禪人以九小煩惱清淨心現念入息彼相得起名相者如抽綿抽古貝觸身成樂觸如涼風觸身成樂觸如是入出息風觸鼻口脣念作風想不由形色此謂相若坐禪人以修多修相成增長若鼻端增長於眉間於額成多處住成滿頭風從此增長滿身猗樂此謂具足復有坐禪人從初見異相如煙如霧如塵如碎金猶如針刺如蟻所嚙見種種色若坐禪人心不明了於彼異相心作異想成顛倒不成出入息想若明了坐禪人不作異意想念現入息念現出息雖作餘想若如是作意異相即滅是坐禪人得微妙相心不放逸念現入息念現出息彼相自在以相自在欲起修行由欲自在念現入息念現出息起喜已喜自在已欲自在念現入息念現出息起捨於彼已捨自在已欲自在已喜自在念現入息念現出息其心不亂若心不亂諸蓋滅禪分起此坐禪人已得寂滅

勝四禪定如初廣說復次先師說四種修念安般所謂筭隨逐安置隨觀問曰云何名筭答曰初坐禪人從初出息及至入息從一至十過十不筭復說從一至五過五不筭不令意誤是時當筭乃至離筭從入出息事念住此謂名筭名隨逐者攝筭以念無間逐出入息此謂隨逐名安置者或鼻端或於脣是入出息所觸處於彼作風想令念住此謂安置名隨觀者由觸自在當隨觀相於此所起喜樂等法應當隨觀此謂隨觀彼筭爲覺滅令得出離覺隨逐者爲滅麤覺於出入息作念無間安置者爲斷於亂作不動想隨觀者爲受持想爲知勝法若長入息若短出息於短入息如是學之者方便所作過於其性此謂長性者現智短爲現不愚癡事問曰云何不愚癡事答曰初坐禪人得身心猗以入出息念現作住其出入息成細出入息細故成不可取時坐禪人若長息隨觀作長乃至相起住若相已起住以性應作意此謂不愚癡復次當爲心消息有時作長有時作短如是當修復次坐禪人以事令分明相起是事當修知一切身我入息如是學者以二禪行知一切身不愚癡知以事故問曰云何無愚癡知一切身答曰若坐禪人念安般定身心喜樂觸成滿由喜樂觸滿一切身成不愚癡問曰云何以事知一切身答曰出入息者所謂一處住色身出入息事心心數法名身比色身名身此謂一切身彼坐禪人如是以見知一切身雖有身無衆生無命如是學者謂三學一增上戒學二增上心學三增上慧學如實

戒此謂增上戒學如實定此謂增上心學如實慧此謂增上慧學彼坐禪人此三學於彼事以念作意學之修已多修此謂學之令滅身行我入息如是學云何名身行者此謂出入息以如是身行曲伸形隨神動踊振搖如是於身行現令寂滅復次於麤身行現令寂滅以細身行修行初禪從彼以最細修第二禪從彼最細修行學第三禪令滅無餘修第四禪問曰若無餘滅出入息云何修行念安般答曰善取初相故以滅出入息其相得起成修行相何以故諸禪相知喜爲事知我入息如是學者彼念現入息念現出息於二禪處起喜彼喜以二行成知以不愚癡故以事故於是坐禪人入定成知喜以不愚癡以觀故以對治故以事故成知樂我入息如是學者彼現念入息現念出息於三禪處起樂彼樂以二行成知以不愚癡故以事故如初所說知心行我息入如是學者說心行是謂想受於四禪處起彼彼心行以二行成知以不愚癡故以事故以如初說令寂滅心行我息入如是學者說心行是謂想受於麤心行令寂滅學之如初所說知心我入息如是學者彼現念入息現念出息其心入出事以二行成所知以不愚癡以事故如初所說令歡喜心我入息如是學者說令歡喜說喜於二禪處以喜令心踊躍學之如初所說令教化心我入息如是學者彼坐禪人現念入息現念出息以念以作意彼心於事令住令專一心教化以彼心住學之令解脫心我入出息如是學者彼坐禪人現念入息現念出息若心

遲緩從懈怠令解脫若心利疾從調令解脫學之若心高從染令解脫學之若心下從瞋恚令解脫學之若心穢污從小煩惱令解脫學之復次於事若心不著樂令著學之常見無常我入息如是學者彼現念入息現念出息其入出息及入出息事心心數法見其滅生滅學之常見無欲我入息如是學者現念入息現念出息彼無常法彼法無欲是泥洹入息學之常見滅我入息如是學者彼無常法如實見其過患彼我滅是泥洹以寂寂見學之常見出離我入息如是學者彼無常法如實見其過患於彼過患現捨居止寂滅泥洹使心安樂學之如是寂寂如是妙所謂一切行寂寂一切煩惱出離愛滅無欲寂寂泥洹於此十六處初十二處成沙摩他毗婆舍那見初無常後四處唯成毗婆舍那如是以沙摩他毗婆舍那可知復次彼一切四種謂如是修令起觀具足有時見現念入息現念出息此謂修知長短令滅身行令滅心行令心歡喜令教化心令解脫心此謂令起知一切身知樂知心所行知心者此謂觀具足常見無常所初四行此謂有時見復次修者以念安般受持地是修是安般念受持地是受持是有學彼有覺有觀有觀地知喜者是二禪地知樂者是第三禪地知心者是第四禪地復次彼一切成二種謂修及滿於是修行唯彼名滿者十六行不滅修者如種功德因故名滿者猶如花果從相似出故若如是修行念安般成滿四念處修四念處滿七菩提分修七菩提分滿明解脫問曰云何得如此

答曰長出入息所初四處成身念處知起所初成受念處知心所初成心念處見無常所初成法念處如是修念安般成滿四念處云何以修四念處成滿七菩提分修念處時於念成住不愚癡此謂念覺分彼坐禪人如是念住知擇苦無常行此謂擇法菩提分如是現擇法行精進不遲緩此謂精進覺分由行精進起喜無煩惱此謂喜覺分由歡喜心其身及心成猗是謂猗覺分由身猗有樂其心成定此謂定覺分如是定心成捨此謂捨覺分以修四念處成滿七菩提覺分云何以修七菩提覺分成滿明解脱如是多修行七覺分於刹那道成明滿於刹那果成解脱滿如是修七菩提分成明解脱滿問曰一切諸行由地成有覺無覺如是念安般何故説唯念安般爲除覺不説餘耶答曰不依如此説覺不住者是禪障礙是故除覺依此義説何故於風樂觸由樂心著如覺乾闥婆聞聲隨著是故斷覺復次如行堤塘以心專念猗不動故是故説念安般爲除覺念安般已竟

問曰云何念死何修何相何味何處何功德云何修答曰壽命行斷此謂爲死彼念住不亂此謂爲修自壽命斷爲相猒患爲味無難爲處何功德者若修行念死於上善法成不放逸成憎不善法於諸服飾不多受畜心不慳悋見身壽命心不貪著作無常想苦想無我想皆令成滿成向善趣向於醍醐臨命將終心不謬誤云何修行初坐禪人入寂寂坐攝一切心以不亂心念衆生死我入死法向於死趣不過死法如涅底履波陀修多羅中

說若人樂觀死當觀被殺人見死因緣於是念死有四種憂相應驚相應中人相應智相應如喪愛子心生緣念此謂憂相應悲念童子卒暴命終此謂驚相應念如闍維人念離生故此謂中相應念常觀世間心生猒患此謂智相應念於是坐禪人憂相應驚相應中相應不應修行何以故不能除過患唯智相應勤修行能除過患死者有三種等死斷死念念死云何名等死依假衆生此謂等死名斷死者謂阿羅漢煩惱已斷名念念死者諸行念念滅復次死有二種不時節死時節死或自殺或他殺或以病或無因緣中間死此謂不時節死或壽命盡乃至老死此謂時節死應念此二種死復次以八行先師所說修念死如兇惡人逐以無因緣以本取以身多

屬以壽命無力故以久遠分別以無相故以剎那故問曰云何以兇惡逐修行念死答曰如被殺人將往殺處以兇惡人拔刀隨逐彼見兇惡人拔刀隨後如是思惟此人殺我何時我當死我行一一步於何步當死我去必死我住必死我坐必死我眠必死如是坐禪人以兇惡人逐故當修念死問曰云何以無因緣故修念死答曰無因緣無方便以生能念令不死如日月出無因緣無方便能令不沒如是無因緣故修念死問曰云何以本取故修念死答曰彼先多財王大乘王大神力大善見王頂生王等彼一切王皆入死法復次先仙人大神通大神力毗沙蜜多闍摩達梨仙人身出水火復入死法復次先聲聞有大智慧有大神通有大神力舍利弗目揵連

等彼入死法復次諸緣覺人自生無師一切功德成就亦入死法復次諸如來應供正覺無量無上明行具足到功德彼岸亦入死法何況於我少時壽命不當入死法如是以先取故修念死問曰云何以身多屬故修念死答曰以風痰和合成於死法或諸蟲種和合或飲食不調成入死法或毒蛇蜈蚣射蚰蜒鼠囓成入死法或師子虎豹龍牛等殺成入死法或人非人所殺成入死法此身如是多所屬故修念死法問曰云何以壽無力故修念死以二行以壽命無力故修於念死處無刀故依無力故成壽命無力問曰云何處無力故壽命無力答曰此身無自性如水泡喻如芭蕉喻如水沫喻無有真實離真實故如是處無力故成壽命無力問曰云何依無力故成壽命無力答曰此名出入息所縛四大所縛飲食所縛四威儀所縛暖所縛如是依無力故成壽命無力如是以此二行以壽命無力故修念於死問曰云何以遠分別修念死答曰從於久遠一切已生於現在世不過百年皆入死法所謂久遠分別故修念死復次當修我於日夜詎能得活日夜思惟世尊諸法我得大恩如是一日我詎能活或復半日我詎能活或復少時我詎能活或一食時或半食時我詎能活或四五摶我詎能活或入息時我詎能至出息時或出息時我詎能至入息時以久遠分別故修念死問曰云何以無相故修念於死答曰以無有相死無有時以無相故修念於死問曰云何以刹那故修死念答曰以不數過去未來但數現在緣

衆生壽命於一念時住從彼無二念住一切衆生於刹那心沒如阿毗曇中說於過去心無已生無當生無現生於未來心無已生無現生無當生於現在心刹那無已生無當生有現生復如說偈

壽命及身性　苦樂及所有　與一心相應
刹那速生起　於未生無生　於現在有生
心斷故世死　已說世盡故

如是以刹那故修念死彼坐禪人以此門以此行如是現修念死起其猒患由猒患自在以念自在成心不亂若心不亂諸蓋滅禪分成起外行禪得住問曰無常想念死此二何差別答曰陰生滅事名無常想念諸根壞名爲念死以修無常相無我相爲除憍慢以修念死無常相及苦相成住以壽命斷心滅此謂差別念死已竟

問曰云何念身何修何相何味何功德云何修答修念身性彼念隨念正念此謂身念住不亂此謂修令起身性爲相猒患爲味見無實爲起何功德者以修念身成堪耐堪受怖畏堪任寒熱等無常想無我想不淨想過患想彼想成滿成隨意得四禪以分明諸法修令滿足向於善趣向於醍醐云何修者初坐禪人入寂寂坐攝一切心不亂心唯修心性云何修心性所謂此身髮毛爪齒皮肉筋骨髓腦肝心脾肺膽胃肪膏腦膜大腸小腸屎尿膿血痰汗涎淚涕唾不淨初坐禪人於此三十二行初次第上以次第下善哉以口語言應常說常觀善哉以常觀口諸語言是時以一一四行唯以心當覺以色以行以形以

處以分別所起麤相或一或二或多善取相
應彼坐禪人如是以三種覺成起以色以猒
以空若坐禪人以色起相彼坐禪人由色一
切入自在應作意若坐禪人以猒起相彼坐
禪人以不淨應作意若坐禪人以空起相彼
坐禪人以界應作意若坐禪人依一切入起
於四禪若坐禪人依不淨事起初禪若坐禪
人依界事起外行禪於是瞋恚行人以色起
相貪欲行人以猒起相慧行人以界起相復
次瞋恚行人以色當作意貪欲行人以猒當
作意慧行人以界當作意復次以十三行當
念身性如是以種以處以緣以流以次第以
形以蟲種以安處以聚以憎以不淨以處以
不知恩以有邊問云何以種當念身性答如
毒種所生茱萸拘沙多紀等一切生如是此
身從父母不淨生不淨種生此身成不淨如
是以種當念心性問曰云何以處當念身性
答此身不從鬱多羅花生非拘牟陀分陀利
迦花生於母腹生不淨臭穢迫迮處生從生
熟兩藏生從左右脇胞囊所纏依脊骨住是
處不淨身成不淨如是以處當念身性問云
何以緣當念身性答此不淨身若增長住不
以金銀珠等能得增長復不以栴檀多伽羅
沉香等緣能得增長此身從母腹生母所食
噉涕唾涎痰相雜母胎所生臭食流液得增
長住從如是出其所噉食飯乳糜豆涕唾涎
痰共相和雜此身以臭不淨流得增長住如
是以緣當念身自性問云何以流當念身自
性答如皮囊盛滿屎尿以多穿故不淨流出
此身亦然盛滿屎尿如是此身所嘗飲食及

雜涕唾屎尿臭穢種種不淨從九孔流溢以多穿故不成滿故如是以流應念身自性問云何以次第形當念身自性答此身以初業次第立於初七日成迦羅邏二七日成阿浮陀三七日成俾尸四七日成呵那五七日成五節六七日成四節七七日復生四節八七日復生二十八節九七日及十七日復生脊骨十一十日復生三百骨十二七日復生八百節十三七日復生九百筋十四七日復生百肉丸十五七日復生血十六七日生膜十七七日生皮十八七日成皮色十九七日業所生風遍處處二十四七日成九竅二十五七日生一萬七千脉二十六七日成堅身二十七七日有力二十八七日生九萬九千毛孔二十九七日成一切身分具足

復說七七日有體依毋背下頭蹲踞坐四十二七日以業所生風轉脚向上頭向下向産門此時生世說假名人如是以次第形當念身性

問云何以蟲種當念身性答此身八萬尸蟲之所食噉依髮之蟲名髮鐵依髑髏蟲名耳種依腦之蟲名顛狂下顛狂復有四種一名嘔拘霖婆二名濕婆羅三名陀羅呵四名陀呵尸邏依目之蟲名舐眼依耳之蟲名舐耳依鼻之蟲名舐鼻復有三種一名摟扣毋呵二名阿摟扣三名摩那摟毋可依舌之蟲名勿伽依舌根蟲名毋但多依齒之蟲名狗婆依齒根之蟲名優婆狗婆依喉之蟲名阿婆離呵依頸之蟲有二種一名虜呵羅二名毗虜呵羅依毛之蟲名舐毛依爪之蟲名舐爪

依皮之蟲有二種一名兜那二名兜難多依膜之蟲復有二種一名鞞藍婆二名摩訶鞞藍婆依肉之蟲復有二種一名阿羅婆二名羅娑婆依血之蟲復有二種一名婆羅二名婆多羅依筋之蟲復有四種一名賴多虜二名喜多娑三名婆羅婆多羅四名羅那婆羅那依脉之蟲名哥栗俠那依脉根之蟲復有二種一名尸婆羅二名優婆尸婆羅依骨之蟲復有四種一名過褫湯里切毗馱二名安那毗馱三名殆塗履切履柁毗柁四名過褫絚可羅依髓之蟲復有二種一名弭忙比切社二名弭社尸羅依脾之蟲復有二種一名尼羅二名比多依心之蟲復有二種一名死毗多二名優鉢柁死毗多依心根之蟲復有二種一名滿可二名尸羅依肪之蟲復有二種一名哥羅二名哥羅尸羅依膀胱之蟲復有二種一名弭哥羅二名摩訶哥羅依膀胱根復有二種一名哥羅二名哥羅尸羅依胞之蟲復有二種一名沙婆羅二名摩訶沙婆羅依胞根之蟲復有二種一名賴多二名摩訶賴多依小腸之蟲復有二種一名帚賴多二名摩訶賴多依腸根之蟲復有二種一名波二名摩訶死波依大腸根蟲復有二種一名安那婆呵二名博果婆呵依胃之蟲復有四種一名優受哥二名優社婆三名知社婆四名先市婆依熟藏之蟲復有四種一名婆呵那二名摩訶婆呵那三名陀那盤四名粉那毋可依膽之蟲名必多離訶依唾之蟲名纖呵依汗之蟲名髓陀離呵依脂之蟲名弭陀離呵依彊之蟲復有二種一名藪婆呵毋二名社

摩契多依彊根蟲復有三種一名𧈧呵毋珂二名阿虜呵毋珂三名婆那毋珂有五種蟲依於身前食於身前依於身後食於身後依於身左食於身左依於身右食於身右蟲名梅陀死羅脣呵死羅不偷羅等依下二孔有三種蟲一名拘樓拘羅唯喻二名遮羅喻三名寒頭波陀如是以蟲居止當念身性云何以安當念身自性於足骨脛骨安住脛骨於髀骨安住髀骨於髂骨安住髂骨於脊骨安住脊骨於胛骨安住胛骨於臂骨安住臂骨於項骨安住項骨於頭骨安住頭骨於頰骨安住頰骨於齒骨安住如是此身骨節纏裹以皮覆上成此穢身從行業生非餘能造如是以安當念身自性云何以聚當念身自性九頭骨兩頰骨三十二齒骨七項骨十四胷骨二十四脇骨十八脊骨兩髂骨六十四手骨六十四足骨依肉六十四軟骨此三百骨八百節九百筋纏九百肉九一萬七千脉八百萬髮九萬九千毛六十間八萬蟲種膽唾腦各一波賴他梁言重四兩血一阿咃梁言以三斗如是等不可稱計種種形唯是屎聚尿集名身如是二聚當念身自性云何以憎當念身自性彼所重物第一清淨所愛服飾如是花香塗身衣服莊嚴眠坐隱囊枕褥氍毹毾㲪牀帳卧具等種種飲食住止供養心生愛重後成憎惡如是以憎惡當念身自性云何以不清淨當念身自性如是衣物種種服飾已不淨潔可更浣治還得清淨何故以性清淨故此身不淨不能令淨復次以香塗身以香水洗浴不能令淨何以故性不淨故

如是以不清淨當念身自性云何以處當念身自性如花依花池生如果依果處生如是此身從種種煩惱疾患故生如是眼痛耳痛鼻痛舌痛身痛頭痛口痛齒痛患味急氣寒熱腸痛心悶癇狂風病霍亂癩瘻吐血癖瘡疥瘑淋秘寒病等此身有無邊過患如是以處當念身自性云何以不知恩當念身自性其人雖復料理自身以最勝飲食或洗浴摩香眠坐衣被以自莊嚴此毒樹身返不知恩向老向病向死如親友不知恩如是以不知恩當念身自性云何以有邊當念身自性此身或可閹維或可噉食或可破壞或可磨滅此身有邊如是以有邊當念身自性彼坐禪人以此門以此行以自性當念此身以念自在以慧自在成不亂心若不亂心諸蓋滅禪分起隨其所樂成得勝(念身已竟)

問云何念寂寂何修何相何味何處何功德云何修荅寂寂者滅身心動亂已伏斷故此謂寂寂現念寂寂彼念隨念正念此謂念寂寂以念住不亂此謂修令起不動功德爲相不調爲味妙解脱爲處何功德者若修行念寂寂成安眠安覺成寂寂心諸根寂寂心願具足成可愛慚愧具足常爲人所貴重向善趣向醍醐云何修彼者初坐禪人入寂寂坐攝一切心不起亂心如彼比丘諸根寂寂心寂寂樂一處寂寂以相應住彼比丘以身口意若見若聞以寂寂念以寂寂功德如世尊所說彼比丘戒具足定具足慧具足解脱具足解脱知見具足若比丘得見彼比丘我說彼大得大恩若聞彼比丘我說大恩若往彼

我說大恩若往彼說我大恩若親供養彼若念彼若隨出家我說彼大得恩何故如是等諸比丘聞其說法得二離憒閙所謂身離憒閙心離憒閙彼比丘入初禪以寂寂念諸蓋滅若入第二禪念彼覺觀滅若入第三禪念彼喜滅若入第四禪念彼樂滅若入虛空定念色想瞋恚想種種想滅若入識定念彼虛空滅若入無所有定念彼識入想滅若入非想非非想定念彼無所有想滅若入想受滅念彼想受滅若得須陀洹果念見一處煩惱滅若得斯陀洹果念麤婬欲瞋恚煩惱滅若得阿那含果念細煩惱婬欲瞋恚滅若得阿羅漢果念彼一切煩惱滅若入泥洹以寂寂念一切皆滅彼坐禪人以此門以此行如是以功德念寂寂彼心成信以信自在以念自在心成不亂若不亂心諸蓋滅禪分起外行禪成住念寂寂已竟十念已竟

於十念處此散句若念過去未來佛功德此謂修念佛如是念緣覺功德若念善說一法是謂修念法若念一聲聞修行功德此謂修念僧念彼戒此謂修念戒念彼施此謂修念施若欲樂念施施於有功德人當取受相若有人受施未施乃至一摶悉不應食念天者成就信有五法當修念天散句已竟

解脫道論卷第七

音釋

數數並色角切頻也　鋸居御切　額鄂格切額也　嚙五巧切噬也　闥他達切　堤塘堤都奚切防也塘徒郎切隄岸也　揵音乾　詎臼許切豈也　髓息委切　腦乃老切　脾頻眉切土藏也　肺芳吠切金藏也　膽覩敢切肝膽也　胃于貴切穀府也　肪敷房切脂也　膜音莫胲膜也

屎失指切尿奴弔切唾湯卧切茱萸茱慵朱切萸容朱切穢
烏廢切汚也迫迮迫博陌切迮側格切脇虛業切腋下也胞音包液
夷益切粄卜管切米餅也啊烏可切竅苦弔切穴也腠倉奏
切膚理也蹲踞蹲徂尊切踞居御切髑髏髑音獨髏音樓髑髏首骨也
樞烏侯切霖力尋切舐甚爾切餂也鞞騈迷切哿古我切
俠古洽切柁徒可切膀步光切胱古黃切帚止酉切䏶
部禮切股也髂枯駕切腰骨也胛古狎切肩胛也頰古協切面旁也咃
託何切氍毹氍强魚切毹春朱切氍毹毛席之類毾㲪毾吐盍切㲪都
滕切毾㲪毛席也又云毛布瘑苦禾切瘡也

解脫道論卷第八

羅漢優波底沙造
梁扶南三藏僧伽婆羅譯

行門品第八之五

問云何慈何修何相何味何起何功德云何修行答如父母唯有一子情所愛念見子起慈起饒益心如是於一切衆生慈心饒益心此謂慈彼修住不亂此謂修令趣饒益爲相愛念爲味無瞋恚爲起若修行慈成得十一功德安眠安覺不見惡夢爲人所愛念爲非人所愛念諸天守護火毒刀仗不加其身使心得速定面色悅澤命終不亂若未得勝法生梵世云何修行初坐禪人樂修行慈初觀忿恨過患及忍辱功德心應受持忍辱云何當觀忿恨過患若人初起忿恨焚燒慈心令其心濁從此增長面目顰蹙從此增長口說惡語從此增長觀於四方從此增長手捉刀仗從此增長瞋忿吐血從此增長散擲財物從此增長打壞諸物從此增長或殺他或自殺復次若人恒忿恨或殺父母或殺阿羅漢或破僧或惡心出佛身血如是作可畏事如是當觀復次如是當觀我名聲聞者不斷忿恨誠可羞慙我憶鋸喻脩多羅中所說我樂善法若我令忿恨增長誠可憎惡如人樂浴還入不淨我自多聞若未伏忿恨人所棄薄猶如醫師還自霍亂我爲世所貴若我不除忿恨人所棄薄猶如畫瓶內盛不淨而不覆蔽若人有智慧而猶起忿恨如人故食雜毒何以故從此忿恨最可棄薄成苦果報如人爲毒蛇所齧自有毒藥而不肯服彼人可知

樂苦不樂樂如是比丘若忿恨起不速制伏彼比丘可知樂苦不樂樂何故從此忿恨最爲可畏復次當觀忿恨忿恨者爲怨家所歎爲親友慙愧雖有深德復被輕賤本所貴重飜爲輕易若已得稱譽成被譏毀若求樂成苦若不動成令動若有眼成盲若聰明成無智如是當觀忿恨過患問云何觀忍辱功德答忍辱是力是鎧能護身能除忿恨是稱譽智人所歎是樂令不退是守護令護一切具足是曉了令觀諸義是名爲起慙愧復次當觀我已剃頭唯應忍辱是我所愛我已受國施以忍辱心令彼施主有大果報我持聖形飾我此忍辱是作聖行我有瞋恚令無瞋恚我名聲聞令實名聲聞彼檀越施我雜物以此忍辱令彼施主得大果報我有信此忍辱是我信處我有智慧此忍辱是智慧處我有忿恨毒此忍辱是我却毒藥如是觀忿恨過患及忍辱功德令心受持我當向忍辱人有惡罵我當忍辱我當軟無憍慢如是坐禪人向忍辱樂作自饒益入寂寂處不亂心從初其身令滿我復樂樂心不耐苦云何我無怨家無瞋恚樂離諸煩惱閙成就一切功德彼坐禪人制伏其心作軟心作堪受持心若心成軟堪受持事從此應修行慈於一切衆生如其自身若坐禪人修行慈於一切衆生從初不能修慈於怨家中人惡人無功德人亡人處起慈彼坐禪人所貴重人爲起慙愧不爲輕賤不爲所中爲饒益故起慈於彼不起嫉不瞋恚是彼人處初當修慈初當念其饒益功德貴重功德如是以性成就以稱譽成

就以聞成就以戒成就以定成就以慧成就我所貴重如是以施以愛語以利益以同事成就是我饒益如是善念所重功德及饒益功德令起重想及親友想於彼人處當修行慈當作饒益心常覺觀願無怨心無願瞋恚成於安樂願離一切鬧願成就一切功德願得善利願有稱譽願有信願有樂願有戒願有聞慧願有施願有慧願得安眠願安覺願不見惡夢願人所愛敬願非人所愛敬願諸天守護願火毒刀杖等不著身願速得定心願面色和悅願生中國願值善人願自身具足願無疾病願得長壽願恒得安樂復次如是應思惟於彼不善法若未生願令不生若已生願滅斷彼善法未生願生若已生願增長復次彼不愛念法願不生若已生願滅彼可愛念法未生依彼由慈心得信彼坐禪人以信自在取心以取自在令念住以念自在以取自在以信自在成不亂心彼現知不亂以此門以此行於彼人修慈心修已多修彼坐禪人現知不亂以此門以此行於彼人修已多修慈心以軟心受持心次第於愛中人修慈想於所愛人已修慈想次第於中人當修慈想於中人已修慈想次第於怨家當修慈想如是於一切衆生猶如自身令滿作分別若如是修行慈若中人處彼慈不行若坐禪人暫不起慈當作猒患於我不善不可愛我樂得善法信心出家我復說言依大師故饒益衆生起大慈悲於一中人不起慈心何況於怨家若如是猒患瞋恚不滅彼坐禪人爲修慈不應精進以餘方便應修行行於彼

人爲除瞋恚問云何方便除瞋恚答與彼應作周旋應思惟其功德因自業所作負債解脱親族自身罪過不應作意自現業諸根自性念滅和合應當觀空應作攝受彼人雖生瞋恚若有所乞隨宜施與若彼有所施亦隨宜取與常共善語彼所作事亦當隨從如是攝受因彼此瞋恚成滅於功德者若見其功德是功德應思惟不爲非功德如水有草除草取水若彼無功德應起慈此人無功德當向惡趣恩者應思惟彼恩若人作不愛敬令起恩於彼若已作不愛敬應作功德復次已令滅不善是善趣彼怨成作恩可知自業所作者是人所作惡法是人所瞋處於彼惡業當生觀負債解脱者若人罵我害我是初惡業彼負債解脱我今作證以觀當作觀喜親

族者於生死衆生相續是我親族已憶應令起親族想自身罪過者其作我相彼瞋恚從我生爲彼得非功德我成相令起自罪過相不應作意者無瞋恚相不應作意如人不樂見色閉眼苦者爲自苦無障礙應令起相何故如愚癡人以慈不正憶自作苦因得心苦如是現可知於有怨家處從彼應離其處使不見不聞於處當住諸根自性者取可愛非可愛境界諸根自性於此我瞋恚因是不正憶如是當觀念滅者以彼生苦彼得苦此一切法於一心刹那得滅我何故與彼非瞋處我當作瞋如是當觀和合者内外不一分和合故生苦我於一分處不堪作瞋恚心如是當觀空者是人作苦是人受苦彼第一義不可得此身因緣所生無衆生無我界聚草聚

等如是當觀是故世尊說偈

於村林中住　諸苦樂所觸　非從自他撓
依煩惱得觸　若無煩惱心　誰能觸細滑

彼坐禪人如是瞋恚滅方便明了於自親友中人怨家已作分別已得自在心次第起慈想當修住處種類比丘從彼當修住處僧衆從彼當修自住處諸天從彼當修自住處衆生從彼當修自住處外村如是從村至村從國至國從彼當修一方彼坐禪人以慈心已令滿一方從彼二方從彼三方從彼四方從彼四維上下於一切衆生故慈悲一切世間以慈心最大無量無怨無瞋恚令滿彼坐禪人如是修行慈以三種令安禪以攝總衆生以總攝村田以捴攝方以一衆生令安慈禪如是二三衆生乃至衆多於一村田衆生令安慈禪乃至多村於一方作一衆生令安慈禪如是乃至四方於是若依一衆生修行慈若其衆生死其事成失以失事不堪起慈是故應廣修慈心乃至廣行是時成妙修行成大果成大功德問慈者何根何起何具足何非具足何事答不貪爲根不瞋恚爲根不癡爲根欲爲根正作意爲根何起者是根令起何具足者若慈成就殺除瞋恚除不善愛令身口意業清淨此謂具足何非具足者以二因失慈以自朋生怨以不善愛以對治生怨以起瞋恚此謂非具足何事者於衆生爲事問不然第一義衆生不可得云何說衆生爲事答依諸根種於世假說衆生爾時菩薩摩訶薩修慈流於一切衆生遍滿十波羅蜜問何故然答菩薩摩訶薩於一切衆生行慈緣

饒益成攝受衆生施於無畏如是滿檀波羅蜜菩薩摩訶薩於一切衆生行慈依饒益於一切衆生成無害不失法用如父於子如是滿戒波羅蜜菩薩摩訶薩於一切衆生行慈依饒益一切衆生成無貪意出離非饒益向禪向出家如是滿出波羅蜜菩薩摩訶薩於一切衆生行慈依饒益一切衆生成多思惟饒益非饒益如義說方便明了爲除惡爲得善如是滿般若波羅蜜菩薩摩訶薩於一切衆生行慈依取饒益不捨精進一切時堅精進相應如是滿精進波羅蜜菩薩摩訶薩行慈於一切衆生依饒益彼衆生惡語駡詈成忍辱不忿恨如是是滿忍辱波羅蜜菩薩摩訶薩於一切衆生行慈依饒益於一切衆生說實語於實住受持實如是滿實諦波羅蜜菩薩摩訶薩於一切衆生行慈依饒益於一切衆生乃至失命誓不捨願成聖受持誓願如是滿受持波羅蜜菩薩摩訶薩於一切衆生以自相饒益滿慈波羅蜜菩薩摩訶薩於一切衆生修慈於親友中人怨家平等心離瞋恚愛如是滿捨波羅蜜如是菩薩摩訶薩修行慈成滿十波羅蜜明慈滿四受持爾時菩薩摩訶薩修慈已滿十波羅蜜成令滿四受持所謂諦受持施受持寂寂受持慧受持於是諦波羅蜜受持波羅蜜精進波羅蜜令滿諦波羅蜜施波羅蜜戒波羅蜜出離波羅蜜令滿施受持忍辱波羅蜜慈波羅蜜捨波羅蜜令滿寂寂受持慧波羅蜜令滿慧受持如是菩薩摩訶薩已修慈遍滿一滿十波羅蜜令滿四受持令滿二法所謂奢摩他毗婆

舍那於是諦受持施受持寂寂受持令滿奢摩他慧受持令滿毗婆舍那已滿奢摩他令滿一切禪解脫定正受令起雙變定及大悲定已滿毗婆舍那令滿一切神通辯力無畏已滿令起自然智一切智如是菩薩摩訶薩修行慈次第令滿佛地慈已竟

問云何悲何修何相何味何起何功德云何爲修答如父母唯有一子心所愛念見子得苦心起悲惱苦哉如是於一切衆生起慈憐愍此謂爲悲悲住不亂此謂修不現非饒益爲相樂爲味不害爲起與慈等功德云何修者初坐禪人入寂寂坐攝一切心以不亂心見彼得病得老得貧若見若聞如是作意彼衆生得苦云何方便從苦當得解脫復次若見其顛倒爲煩惱纏所縛入於無明或有功德人而不修學若見若聞如是作意衆生得苦當生惡趣云何方便從苦得脫復次若見不善法相應善法不相應以不可愛法相應可愛法不相應若見若聞如是作意彼衆生得苦當生惡趣云何方便從苦得脫彼坐禪人以此門以此行於彼人修行悲心多修行彼坐禪人以此門以此行於彼人已修悲心已多修悲心心成和軟堪能受持彼次第修行於中人從彼修行於怨人餘如初廣說乃至滿於四方問何悲具足何悲不具足答若悲成就除於殺害不起憂惱除不善愛以二因緣失悲以自親生怨以憂惱行以對治生怨以起恐怖問昔者不於一切衆生有不一切時有云何於一切衆生修於悲答衆生已得苦善取相故已取彼相成一切處修悲復

次生死之苦一切衆生共有由彼成一切處修行悲已竟

問云何喜何修何相何味何起何功德云何爲修答猶如父母唯有一子心所愛念見子得樂心生歡喜善哉如是一切衆生心生歡喜此謂爲喜喜住不亂此謂爲修欣悅爲相無怖爲味除無樂爲喜與慈等功德云何爲修者初坐禪人入寂寂坐攝一切心不亂心其人性所敬重見得安樂心生歡喜若見若聞如是作意善哉善哉願彼衆生長得歡喜復次若見與不善法不相應與善法相應與不可愛法不相應與可愛法相應若見若聞如是作意善哉善哉願彼衆生長得歡喜彼坐禪人以此門以此行於彼人修喜心以多修行彼坐禪人以此門以此行於彼人已修喜心已多修行成和軟心堪能受持從彼次第彼行於中人從彼修行於怨人餘如初廣說乃至喜滿四方喜何具足何不具足若喜成就殺除不樂不起不善愛除綺語以二因失喜以自親生怨以戲笑起行以對治生怨以不樂起如初廣說喜已竟

問云何捨何修何相何味何起何功德云何爲修答猶如父母於一子非可念非不可念成捨於彼成中心如是於一切衆生捨護中心此謂捨捨住不亂此謂修無所著爲相平等爲味伏恚愛爲起與慈等功德問云何爲修答坐禪人從初與慈俱起與悲俱起與喜俱起已起第三禪彼坐禪人已得第三禪自在見慈悲喜過患愛恚近故與戲俱起與踊躍歡喜共起以過患對治見捨功德彼坐禪

人如是已見慈悲喜過患已見捨功德從初於非可愛念非不可愛念人已與捨俱起令心滿足已修多修心成和軟堪能受持彼次第於怨人修行從彼於親友人修行餘如初廣說可知乃至滿四方彼坐禪人如是修行與捨俱起第四禪以三種令安已總攝衆生已總攝村田已總攝諸方問若坐禪人現修行捨於諸衆生云何作意答作意所說於慈悲喜是當作意於諸衆生除作歡喜行歡喜作意樂中如人親友久遠別離初見當待心生喜樂共住已後其心成中如是住慈悲喜人後成捨攝受如是作意修行於捨復有人說衆生衆生者如是作意云何捨具足捨不具足若捨成就殺除瞋愛不起無明以二因失捨以自親生怨以起無明以對治生怨以瞋愛起捨已竟

云何無量散句四無量以一衆生事起依餘處修行如毋念子隨其時節如是於畜生於犯戒人於具戒人於猒欲人於聲聞人於緣覺於正遍知歸依勝處成勝無量可知問於慈悲喜何故三禪起非第四禪答衆生憂惱所起瞋恚害不樂彼憂惱以對治與喜俱生心修行慈悲喜是故三禪生非第四禪復次捨地是第四禪以二捨成就故所謂受捨法中捨於捨地住於衆生取饒益成捨由地故是故三無量三禪生非第四禪復說於四無量四禪生如世尊所說於四無量汝比丘當修此定有覺有觀汝當修有覺無觀汝當修無覺無觀汝當修與喜俱生汝當修與樂俱生汝當修與捨俱生問此四無量何故說四

非三非五答若然一切所疑復次爲瞋恚害無樂瞋愛對治故成四無量復說此四唯慈由人多起瞋恚害惱爲除故以四門成勝捨者慈悲喜清淨瞋愛對治故四無量一性種種相可知如是過患對治故衆生事故饒益意故成一相復說對治勝故取事勝故取饒益勝故成種種相如世尊說於黄衣修多羅中清於清淨處慈爲第一於虛空處悲爲第一於識處喜爲第一於無所有處捨爲第一問云何得知答由依彼近故其義可知問何故答修慈心於一切衆生隨從其意以常隨從於青黄一切入現令作意以小方便令心得安是衆生種類事成色界清淨一切入放意彼坐禪人是時色界得第四禪是故說慈於清淨第一彼坐禪人依色界第四禪慈是時得越彼問此義云何答以修慈故心知色界過患何故見衆生苦彼爲色因生慈從此以心知色界過患於色出離現令作意於虛空處以小方便其得心安以得依故是故說悲於虛空第一彼坐禪人依喜越虛空處問此義云何答已修喜故心無所著常取無邊識事何故以此喜於無所著無邊識處安衆生事從此心無所著常取無邊識事離色著於虛空無邊識現令起作意以小方便其心得安種類事故是故說識處爲喜第一問彼坐禪人依捨越識處此義云何答已修捨故心成離著何故不以修捨得著此衆生得樂得苦或由喜或由樂從彼以心離著離無所著無所有處現令心喜以小方便其心成安不著種種事何故於無所有處而不得著或

識或無邊是故説無所有處捨爲第一散句已竟
問云何觀四大何修何相何味何起何功德
云何修荅釋智自相内四大此謂觀四大彼
心住不亂此謂修隨觀四大爲相通達空爲
味除衆生想爲起何功德者成得八功德若
修行觀四大成能堪恐怖樂不樂於可愛非
可愛成平等心除男女意思成大智慧向善
趣向醍醐其所有明分法彼一切成滿修行
云何修彼者初坐禪人以二行取諸大以略
以廣問云何以略取諸大荅彼坐禪人入寂
寂坐攝一切心不亂心此身以四大可稱於
此身一切堅性是地界濕性是水界熱性是
火界動性是風界如是此身唯有界無衆生
無命如是以略取諸界復有説彼坐禪人以
略取諸界以身依膜分別或以色或以形或
以處或以分別彼坐禪人已略取諸界依膜
分別一切身性或以色或以形或以處或以
分別依肉分別此身或以色或以形或以處
或以分別彼坐禪人依肉已分別一切身或
以色或以形或以處或以分別彼坐禪人依
脉分別一切身或以色或以形或以處或以
分別彼坐禪人依脉已分別一切身或以色
或以形或以處或以分別從此復依骨分別
一切身或以色或以形或以處或以分別彼
坐禪人於此四行以此四行伏心令伏作軟
心令心受持彼坐禪人於此四行以四行伏
心已作軟已令受持於此四行有堅性是地
界知之有濕性是水界知之有熱性是火界
知之有持性是風界知之彼坐禪人於此四
禪唯有界無衆生無命以比餘行成住如是

以略取諸界云何以廣取諸界以二十行廣取地界於此身髮毛爪齒皮肉筋脉骨髓腎心肝肺脾胃大腸小腸胞屎腦以十二行廣取水界此身有於膽唾膿血汗脂淚肪水唾涕涎尿以四行廣取火界以是熱以是暖以是温以是平等消飲食噉嘗此謂火界以六行廣取風界向上風向下風依腹風依背風依身分分風出入息風如是以四十二行見此身唯有界無衆生無命如是已廣取諸界

復次先師說以十行當觀四大所謂以語言義以事以聚以散以無所著以緣以相以種類非種類以一義種種義以界釋第一以言語義章問云何以語言分別諸界答二界語言同所謂同言勝言於是四大此同言地界水界火界風界此謂勝言問此四大何義答大生名大有大悲實義令現實義是故名大大者鬼等形名大云何大生名大諸界大生如世尊所說偈

略說地相 有二十萬 四那由他 水四十萬
八那由他 風住虛空 乃九十萬 六那由他
世界所住 亦以火成 世界之中 有諸光炎
上至梵世 乃極七日 如是大生 是故名大

問云何大悲實義令現實義答名大界者非男非女以男女色可見界者非長非短以長短色可見界者非樹非山以樹山色可見如是大悲實義令現爲實義名大云何諸鬼等異形如鬼入人身成其身以鬼形成起四行或身強或屎或熱或輕動如是於身以火界和合成起四行以地界和合成堅以水界和合成流以火界和合成熱以風界和合成輕

動如是鬼形等名大大者是語言義問地界水界火界風界者何義答廣大名地義可飲守護是水義令光明是火義去來是風義界者何義持自相爲義復次地自性是地界水自性是水界火自性是火界風自性是風界云何地自性是堅性強性厚性不動性安性持性此謂地性云何水性濕性澤性流性出性滿性增長性喜性結著性此謂水性云何火性熱性暖性蒸性熟性燒性取性此謂火性云何風性持性冷性去來性輕動性低性取性此謂風性此界義如是以語言義應觀界問云何以事觀界答持爲事是持爲事水界結著爲事火界令熟爲事風界遮爲事復次地界立爲事水界下入爲事火界令上爲事風界動轉爲事復次二界近故成舉初步

復次二界近故成舉後步二界近故成初坐卧復次二界近故成後行立二界近故成初懈怠睡眠二界近故成後精進勇猛二界近故成初重二界近故成後輕如是以事觀四大云何以聚觀四大聚者地界水界火界風界依此界成色香味觸此八法或多共生住不相離此和合名聚彼復成四種地聚水聚火聚風聚於是地聚地界成最多水界火界風界次第成最少於水聚水界成最多地界火界風界次第成最少於火聚火界成最多地界風界水界成最少於風聚風界成最多火界水界地界次第成最少如是以聚觀諸界問云何以散觀四大答觀於地界從於最細鄰空微塵生此地爲水所和故不散爲火所熟成不臭爲風所持成轉如是觀復先師

説中人身地界碎之爲塵成一斛二升是時以水和合成六升五合以火令熟隨風起迴轉如是以散觀諸界問云何以不相離觀四大答地界水所攝火所熟風所持如是三界和合水界者住於地處火所熟風所持如是三界所攝火界者住於地處水所攝風所持如是三界所熟風界住於地處水所攝火所熟如是三界所持於地住三界水所攝三界不散火所熟三界成不臭風所持三界得轉直住不散如是此四界依展轉成住不散如是以不離觀諸界問云何以緣觀諸界答四因四緣爲起諸界云何四所謂業心時食云何業從業所生四果以二緣成緣以生緣以業緣餘界以依緣成緣心者從心所生四界以六緣成緣以生緣以共生緣以依緣以食緣以根緣以有緣成其緣餘界以緣以依緣以有緣於入胎時心諸色以七緣成緣共生緣展轉緣依緣食緣根緣報緣有緣後生心爲初生身以三緣成緣所謂後生緣依緣有緣此時爲時所成四大以二緣成緣生緣有緣餘界以二緣成緣依緣有緣此食從爲食所成四大以三緣成緣生緣食緣有緣餘界以二緣成緣所謂依緣有緣於是從業生四界共生界展轉以四緣成緣所謂共生緣展轉緣依緣有緣餘界以緣成緣所謂依緣有緣如是從心生從時生從食生可知地界者爲餘界住處緣成緣水界者爲餘界作結著緣成緣火界者爲餘界作熟緣成緣風界者爲餘界作持緣成緣如是以緣觀諸界問云何以相觀諸界荅堅相地界濕相水界熱相

火界冷相風界如是以相觀諸界問云何以類非類觀諸界答地界水界一種類以重故火界風界一種類以輕故水界火界非類水界能滅火界令燥是故非類地界風界展轉非種類地界障風界行風界能滅地界是故非種類復次或四界展轉種類以展轉緣故或展轉非種類以自相故如是以種類非種類觀諸界問云何一性種種性觀諸界答從業生四界以從業生所謂一性以相種種性如是從心生從時生從食生可知四因緣地界以相一性以因所謂種種相如是四因緣風界火界風界可知四界以界一性以大一性以法一性以無常一性以苦一性以無我一性以相種種性以事種種性以業種種性以心種種性成種種性以時種種性成種種性以食種種性成種種性以種種性成種種性以起種種性成種種性以生種種性成種種性以趣種種性成種種性如是以一性種種性觀諸界問云何以觀界隸答如巧隸師以林木作人一切身分具足隨逐行走内繩所連外假泥飾形色如人寶衣莊嚴或男或女以人牽繩或行或舞或倚或坐如是此界隸名身以初煩惱爲隸師所作身分具足爲筋繩所連以肉爲泥以皮爲色虛空爲孔竅衣莊嚴名爲男女以其心事爲風界所牽或行或住或去或來或伸或縮或語或説此界隸人與識界共生以憂惱因緣成憂悲苦惱或笑或戲或相拍肩等食者支持界隸命根者受持界隸以命終界隸分散若有業煩惱復更起新界隸如是生界隸其初不可知其

後不可知如是以界隸觀諸界彼坐禪人如是以此門以此行唯觀此身以界隸無衆生無壽命是時觀以界事以生以數法受想行識彼坐禪人已觀名色從彼觀名色是苦是貪愛是苦集觀貪愛滅是苦滅觀八正道是苦滅具足彼坐禪人已廣觀四諦是時見苦過患以無常以苦以無我常思惟不散以慧見苦滅功德以寂寂以妙離彼坐禪人如是現見苦過患見滅功德正安於根力覺分從行相心起證醍醐界觀四大已竟

問云何於食不耐想何修何相何味何起何功德云何爲修答以所噉嘗飲食彼作意悉而耐彼想知正知此謂不耐食想彼想住不亂此謂修於食取過患爲相猒爲味伏氣味愛爲起何功德者成得八功德若修不耐食想知摶食想知五欲具足知色陰知不淨想在身念成修滿從氣味愛縮離彼心向善趣向醍醐云何修彼者初坐禪人入寂寂坐攝一切心不亂心以所噉嘗飲食作不耐意如是種種百味經營清淨人所貴重色香具足所堪大貴如此飲食入身變成不淨成不耐成臭腐成可憎汚以五行修行不耐食想所謂以經營以散用以處以流以聚問云何以經營修行不耐食想此坐禪人見諸衆生爲經營飲食因行種種惡法或殺害或偷盜亦見彼衆生受種種苦知彼所殺害所縛亦見衆生造種種惡事或乞索或欺誑詐現精進見食如是令起猒患以不清淨屎尿流溢飲食爲因彼作惡業如是復見出家人住清淨山林種種花香禽獸吟嘯善人所造或於田

野莊嚴具足樹影林水取他人意平舒淨妙無諸高下人見驚訝無諸喧雜是出家人修菩提處等梵天居如是住處心無貪著常行禪誦樂修善事或於寒熱風塵泥雨諸山嶮處爲經營食因於捉鉢入家乞食彼見如是心起猒患飲食不淨屎尿流出此經營食是彼因故如是當捨求第一樂復次見出家人修行爲乞食或於馬象惡獸中或狗野猪處或惡人所或不淨處踐蹋泥屎於他家門少時默住以衣護身爲得摶食生疑或見彼食猶如狗食於食起猒此經營食最可憎惡何用經營但從他乞如是以經營修行食不耐想云何散用修食不耐想彼坐禪人如是所得經營飲食於彼坐食以濕鮭相雜和糅以手爲皷以口爲臼以脣收聚以齒爲杵以舌翻轉以涎唾痰血共相和合最可猒惡如狗嘔吐不可見故如是以散用修行不耐食想

問云何以處修行不耐食想答如是此食所呑入腹與不淨和合住生熟藏以百蟲種之所噉食以暖所熟成第一猒如人嘔吐置不淨器如是以處修行不耐食想

問云何以流修行不耐食想答此食暖所熟與新故不淨和合如酒置破杯器如是一切身流隨流入於脉胅面目九孔九萬九千毛孔皆悉流滿此食如是流成五分一分諸蟲所噉一分火所銷一分支持身一分成尿一分成體如是修行不耐食想問云何以聚修行不耐食想答此流食成身髮毛爪等令起百一身分若不成流令起百一病惱如是以聚修行不耐食想彼坐禪人以此門以此行

如是修行不耐食想成住猒食以猒自在心成不亂若心不亂諸蓋滅禪分起外行禪成住不耐食想已竟

無所有處及非非想處如初地一切入門所說於是說偈

坐禪人行處　所說唯面形　如人善示道

波利弗多國　略說得知廣　曉了其前後

恒觀如非法　於此已廣說　如是具足相

彼一切功德　如法當分別　解脱道行處

四十八行品已竟

解脱道論卷第八

音釋

顰蹙（顰毗賓切蹙子六切顰蹙愁貌）　譏（居依切誚也）　腎（是忍切水藏也）　蒸（諸仍切炊也）　縮（所六切斂也）　踐蹋（踐在演切履也蹋徒合切蹈也）　鮭（古携切魚名）　簸（補過切揚器也）　杵（敞呂切舂杵也）　嘔（烏后切吐也）　糅（女救切雜也）

解脱道論卷第九

阿羅漢優波底沙造

梁扶南三藏僧伽婆羅譯

五神通品第九

爾時坐禪人如是已作定自在住於第四禪能起五神通所謂身通天耳通他心智通宿命通天眼通身通者變義天耳者越人耳義他心智者了他意義宿命者憶前生義天眼通者過人眼見問幾種變阿誰修變云何應起變答變有三種謂受持變作變意所作變云何受持變彼坐禪人以一成多以多成一以身增長乃至梵世此謂受持變云何作變彼坐禪人捨自性身現童子形或現龍形或現梵王形如是等此謂作變云何意所作變彼坐禪人從此身化作餘身隨意所造一切身分諸根具足此謂意所作變復次變有七種所謂智變定變聖變業果報所生變功德人變明術所造變方便變問云何智變答以現無常爲斷常想成智辯變以阿羅漢道斷一切煩惱成智辯此謂變智辯如長老薄拘羅長老僧吉栗者長老部叱多波羅此謂變智辯問云何變定辯答以初禪斷諸蓋成變定辯以非想非非想定斷無所有變定辯長老舍利弗多長老先時婆長老昆檀若鬱多羅優婆夷沙摩婆底優婆夷此謂變定辯問云何聖辯答若比丘樂於不耐當住非不耐想成住有非不耐想若比丘樂於非非耐當住不耐想成住有不耐想若比丘樂於非不耐及非非耐想當住非非耐想成住有非非耐想若比丘樂不耐及非不耐離二句當住

捨彼念現知成住有捨問云何於不耐住非不耐想答於不愛念處以慈令滿或以界取問云何於非不耐住不耐想答於愛念處以不淨令滿或以無常取問云何於不耐及非不耐住非不耐想答於不愛念及愛念處或以慈令滿或以界取問云何於非不耐及不耐住不耐想答於愛念及不愛念處或以不淨令滿或以無常取問云何於不耐及非不耐離二句住捨念現知答此比丘以眼見色成不歡喜不憂成捨住念現知如是於一切問此謂聖辯問云何從業報生變答一切諸天一切諸鳥有人者有惡趣生者飛行虛空作變問此謂從業報生變問云何有功德人變答轉輪王樹提長者闍提長者瞿師羅長者復說有五大功德人變此謂有功德人變問云何明術所造變答持明術人讀誦明術能飛行虛空或現作象或變作馬或變作車或變作步現種種軍此謂明術所造變問云何方便變答以出離斷貪欲以羅漢道斷一切煩惱如陶師等其業具足於是正方便生故一切事變此謂方便變問云何誰修變辯答於虛空爲九或於虛空爲五一切人以作第四禪自在是其修變辯復說色界第四禪以作勝故是其修變辯復說四禪二自在是其修變辯問云何當起變答此比丘修欲定勝行相應如意足精進定心定慧定亦如是欲者欲樂作變定者心不亂彼坐禪人欲樂變變意修行定受持四種精進未生惡不善法爲不生已生惡不善法爲斷未生善法爲生已生善法爲增長爲不忘爲更起爲修滿

此謂勝行成就者唯彼三法爲滿語言六分成就如意足者爲得如意作道唯彼法如意足復次是欲定勝行成就此謂如意足爲得如意以初義修者修彼法多修此謂修欲定勝行成就如意足彼坐禪人如是現修是其方便或退或住彼以精進令起成精進定勝行成就如意足若彼方便遲若退若驚怖彼心遲作速相意若心退作定心若心驚怖作捨相彼成心定勝行成就如意足彼若無有煩惱心歡喜分別饒益不饒益修行諸法是其修時復此法是不修時彼成分別定勝行成就如意足彼坐禪人修四如意足以作自在心其身隨心其心成隨身彼坐禪人於時安身於心安心於身以由身心變以由心身變以由身心受持以由心身受持或樂想或輕想著於身於著成住彼坐禪人如是現修成最輕其身成最軟最堪受持如鐵丸爲火所燒隨意作物如是以修心成身輕以輕故入第四禪安詳念出能分別虛空以智受持如是於虛空此身當起以智受持於虛空成起如風吹綿縷於是初坐禪人不當速遠行何故其來作觀當起怖畏若有怖其禪成退是故初坐禪人不當速遠行以次第當行最初以一尺漸漸上以觀復依彼相作精進一尋以此方便次第隨其所樂當起問彼坐禪人於虛空或從禪退彼從虛空轉當落地耶答不然是從其先坐處起若遠行退者還至先坐處其見自身如先坐有神通人是其止法彼坐禪人如是次第作觀至受持自在作不一種變以一成多以多成一或現徹過壁

徹過墻徹過山身行無礙猶如虛空於地或没或出猶如在水於水上行猶如行地行於虛空猶如飛鳥手摸日月如是大神通如是大力身乃起至于梵世以一成多者以一令多或一百或一千或一萬等以變入第四禪安詳出次第以智受持我當多成多如小路阿羅漢以多成一者欲轉多爲一以智受持我當轉多成一如長老小路阿羅漢或現或不現徹過壁徹過墻徹過山行不障礙猶如虛空彼坐禪人如是以心修行虛空一切入入第四禪安詳出徹過壁徹過墻徹過山已轉成轉以智受持此當成虛空已成虛空彼坐禪人於虛空徹過壁徹過墻徹過山行不障礙猶如虛空或現者何義開或不現者何義不開彼坐禪人不開令開徹過壁徹過墻徹過山行不障礙此何義於地令作出没猶如在水彼坐禪人如是以心修行水一切入入於第四禪安詳出轉地作隔以智受持此當成水彼坐禪人於地成出没猶如性水於水上行心不障礙猶如行地彼坐禪人如是以心修行地一切入入第四禪安詳出轉水作隔以智受持此當成地已成地彼坐禪人於水行不障礙如行性地行於虛空猶如飛鳥於是三行步行風行心行於是坐禪人得地一切入定於虛空受持道路以步行若得風一切入定受持風如綿縷如風行以心行令滿身心或樂想或輕想以著身身已輕以心行行如飛鳥如是以心行行已手摸日月如是神通如是神力彼坐禪人有禪人有神通得心自在以如是修行心入第四禪安詳

出手摸日月以智受持此當成近手彼成近手彼坐禪人或坐或卧以手摸捫日月起身乃至梵世彼坐禪人有神通得心自在樂行梵世如是四如意足以如是修行心於遠受持近於近受持遠或多受持少或少受持多以天眼見梵天色以天耳聞梵天聲以他心智知梵天心彼坐禪人三行以二行行於梵世是法於一切受持變（受持變已竟）

爾時坐禪人欲起變意如是修四如意足以心得自在安身於心安心於身以由身安心以由心安身以由身受持心以由心受持身或樂想或輕想著於身已著身已著身已著成住如是坐禪人現修其身成最輕最輕堪受持如鐵丸爲火所燒隨意作物如是坐禪人已如是修行心成次堪受持令滿身心彼坐禪人若樂除自形色作童子形入第四禪安詳出次第轉童子形已轉以智受持我當成童子形如是作意成童子形如是龍形鳳凰形夜叉形阿脩羅形帝釋形梵形海形山形林形師子形虎形豹形象形馬形步軍形已轉以智受持我當成步行軍如是作意成步行軍問受持變作變何差別答以受持變不捨形色受持以作變捨形色此謂差別（作變已竟）

爾時坐禪人欲起意所造變如是心得自在修如意足入第四禪安詳出於其身內作意猶如空瓶彼坐禪人如是作意於空自身內隨其所樂爲變化隨其轉已轉以智受持隨其當成如是作意成隨相似以此方便多作變化作變化已成行若坐禪人以所化身欲

向梵世於梵世前即化自身如梵形隨意所造一切身分具足諸根不少若神通人於此逍遥彼所化人亦復逍遥若神通人於此若坐卧現出煙炎若問若答彼所化人亦坐亦卧亦出煙炎亦問亦答是其神通所造變化彼所化人亦以隨作如是等意所造變已竟

云何散句變所造色於至時分別是時彼不現未至時分别於其間樂說彼受持成不現若不作分别時念念不現於化人無壽命根所化飲食事變種智成九事小事大事不可說事過去事未來事現在事内事外事内外事散句已竟

問天耳誰起云何當起答八一切入彼二一切入於第四禪得自在從自性耳起天耳界復說云何色界於四禪得自在是其能起復說於四禪亦起問云何當令起答初坐禪人如是修四如意足以心得自在入第四禪安詳出次第依自性耳界若遠聲作意聲相或近聲作意聲相若大聲作意大聲相若細聲作意細聲相若東方聲作意聲相如是於一切方彼坐禪人如是以修行心清白以耳界清淨令心行增長彼坐禪人以天耳界清淨過人耳聞兩聲所謂天聲人聲或遠或近於是先師說初坐禪人先聞於自身衆生聲從此復聞身外衆生聲從此復聞依所住處衆生聲如是次第作意增長復說初坐禪人不能如是先聞自身衆生聲何以故不能聞細聲以自性耳非其境界初坐禪人遠螺鼓等聲彼聲依自性耳以天耳智應作意作聲相令起天耳智或細聲或大聲或遠聲或近聲

唯天耳應耳於是初坐禪人不應作意於最可畏何以故於可愛聲應說欲愛於可畏聲應說驚怖耳畏智彼成三事小事現在事外事若失自性耳天耳界亦失於是得聲聞自在聞千世界聲從彼緣覺最多如來聞無數天耳已竟

問他心智誰能起云何應起答光一切入於第四禪得自在得天眼起他心智云何應起者初坐禪人如是修四如意足以心得自在清白不動入光一切入於第四禪安詳出從初以光令滿其身以天眼見其自心意色此依色意識起如是知以自心變見色變此色從喜根所起此色從憂根所起此色從捨根所起若與喜根相應心現起意色如酪酥色若與憂根相應心現起成如紫色若與捨根相應心現起成如蜜色若與愛欲相應心現起成如黃色若與瞋恚相應心現起成如黑色若與明相應心現起成如濁色若與信相應及智相應心現起成如清色彼坐禪人如是以自身變分別色變爾時以光令滿他身以天眼見他心意色彼以心變分別色變以色變分別心變如是分別起他心智已起他心智除色變分別唯取心事彼坐禪人如是以修行心清白或有愛心知有愛心或無愛心知無愛心若有瞋恚心知有瞋恚心若無瞋恚心知無瞋恚心如是一切可知他心智者其事八小事大事道事無量事過去事未來事現在事外事彼無漏他心非凡夫境界生無色處眾生心唯佛境界若聲聞得自在知一千世界心從此緣覺最多如來無量他心

智已竟

問憶宿命智誰能起幾種憶宿命智云何應起答八一切入二一切入於第四禪心得自在是其能起憶宿命智復說云何色界處答於第四禪心得自在是其能起復說於四禪得起幾種憶宿命答三種憶宿命一者多持生二者生所造三者修行所成於是多持生者以四行憶宿命智善取彼相故見彼分相故諸根分明故攝彼性故此四行多持生憶宿命於彼最勝彼憶七宿命諸天諸龍諸鳳凰以生所成憶宿命於彼最勝憶十四宿命修行所成者修如意足問云何應起憶宿命答初坐禪人如是修四如意足以信得自在清白至不動從現坐處於一日所作事或以身或以意或以口憶一切事如是於夜所作如是一日二日次第乃至一月憶彼一切事如是二月所作事如是次第乃至一年所作事如是二年三年百年所作事如是乃至初生所作事憶彼一切爾時久遠過去心心數法有後生心心數法現生依初心心數法得生以心相續生現觀因緣憶識流轉兩俱不斷於此世生於彼世生彼坐禪人如是以心修行清白憶宿命不一種如是一生二生三生四生等如是一切初坐禪人於此生已憶一切若坐禪人不能憶彼生彼不應捨精進更重令起禪已起禪善哉令自在如磨鏡法善哉已得自在現憶如初於彼成憶若自從一生出彼心成憶彼最樂已見方便不可憶畜生生及無色生及無想生不可憶無想性故長老輸毗多於彼最勝憶宿命智七種小

大不應説過去内外内外於過去已所得道果或國或村當憶彼成過去想憶宿命智從智憶陰相續憶宿命智從此外道憶四十劫過彼不能憶身無力故聖聲聞憶一萬劫從此最大聲聞從彼最大緣覺從彼如來正遍覺自他宿命及行及處一切餘唯憶自宿命少憶他宿命正遍覺隨其所樂憶一切餘次第憶正遍覺若入三昧若不入三昧若不入三昧常憶餘唯入三昧憶宿命智已竟

問天眼誰起幾種天眼云何能起天眼答光明爲九或光明爲五或光明一切入事於第四禪得自在有眼性是其所能起幾種天眼者答二種天眼業果報所成修行所成於是典藏天眼從果報所成是以得見寶藏或有珠或無珠修行所成者修行四如意足云何能起天眼者初坐禪人如是修四如意足以心得自在清白至不動光一切入入第四禪作意光想及日想受持此月如夜此夜如日以心無礙無所著現修行心成有光明彼坐禪人修行其心成有光明無闇障礙過日光明彼坐禪人如是心修行以光明令滿於内作意色形以智令滿光明彼非天眼以智見内光明色此謂天眼彼坐禪人以天眼清淨過人眼見衆生或終或生或麤或妙或善色或醜色生於善趣生於惡趣如業所作如是一切衆生於是若能起天眼此煩惱彼所應斷所謂疑不正憶懈怠睡眠慢邪喜惡口急疾精進遲緩精進多語種種想最觀色此煩惱以此一一成就若令起天眼其定成退若其定退光明亦失見色亦失是故彼煩惱善

哉應斷若已斷此煩惱若復不得定自在以不自在天眼成小彼坐禪人以小天眼知少光明見色亦小是故世尊説是時我小定是時我小眼我以小眼知少光明我見小色是時我無量三昧是時我無量天眼我以此無量天眼我知無量光明我見無量色於是初坐禪人非可愛色非可畏怖色如初説過天眼五種事所謂小事現事內事外事內外事依天眼生四智未來分智自所作業智如行業智業果報智於是以未來分智於未來色當起知之以自所作業智見他人所造業以此業此人當往彼趣以如行業智見人生趣以此業此人先生此智之以業果報智至此時至此趣至此煩惱至此方便此業應熟此業不應熟此業應多受此業應少受智之於是聲聞得自在見一千世間從此緣覺見最多如來見無量天眼已竟

於是此散句以天眼爲見色於一種修行定唯見色不聞聲若以天耳爲聞聲於一種修行定唯聞聲不見色若爲見聞二俱修行定亦見亦聞若爲見聞知他心修行於定亦見聞知他心若爲見一方修行於定非見餘方不聞不知他心若不少修行於定於一切方亦見亦聞亦知他心五神通世間神通有漏色界繫凡夫共若善神通學人及凡夫共或阿羅漢無記神通五神通不於無色界生解脱道説神通道已竟

分別慧品第十

問云何慧何相何味何起何處何功德慧者何義幾功德爲得般若幾種般若答意事如

見此謂般若復次作意饒益不饒益作意莊嚴此謂般若如阿毗曇中說云何般若是般若是慧是智是擇法妙相隨觀彼觀聰明曉了分別思惟見大易悟牽正智慧鉤慧根慧力慧仗慧殿慧光慧明慧燈慧寶不愚癡擇法正見此謂般若如達爲相擇爲味不愚癡爲起四諦爲處復次了義光明爲相入正法爲味除無明闇爲起四辯爲處何功德者般若無量功德當以略聞此偈

以慧淨諸戒　入禪亦二慧　以慧修諸道
以慧見彼果　般若爲勝善　慧眼最無上
慧退是穢污　慧增長無上　慧破諸外論
非世法所著　有慧人最妙　顯說善語言
此世及彼世　解脫聞苦樂　諸義及精進
勇猛有慧人　悉見此諸法　因緣諸語言
教誡及名色　彼即四諦語　是有慧境界
以慧除衆惡　愛瞋恚無明　以智除生死
除餘不可除

問慧者何義答智義能除爲義幾功德爲得慧者十一功德尋修多羅義多善事清淨居止觀四諦作分明處心停住常在禪無蓋心離無智慧人修行智慧人樂著幾種慧者答二種三種四種問云何二種慧答所謂世慧出世慧於是聖道果相應慧是出世慧餘是世慧世慧者有漏有結有縛是流是軛是蓋是所觸是起是有煩惱出世慧者無漏無結無縛無流無軛無蓋無所觸無起無煩惱三種慧者思慧聞慧修慧於是不從他聞若自作業智若得隨諦相應智於功及用處此謂思慧於此處從他聞得慧此謂聞慧若入三

昧彼慧悉修是修慧復次三種慧來曉了去曉了方便曉了於是現作意此不善法成退善法成增長於是慧此謂來曉了復作意此不善法增長善法成退於是慧此謂去曉了於此一切方便慧此謂方便曉了復次三種慧聚慧不聚慧非聚非非聚慧三地善慧此謂聚慧於四道慧是謂不聚慧於四地及果報於三地事有記慧此謂非聚非非聚慧四種慧者自作業智隨諦相應智道等分智果等分智於是十處正見是謂自作業智若見陰或無常或苦或無我如是相似忍此謂隨諦相似智於四道慧此謂道分智於四果慧此謂果等分智復次四種慧欲界慧色界慧無色界慧無繫慧於是欲界善有記慧此謂欲界慧色界善有記慧此謂色界慧無色界善有記慧此謂無色界慧於道果慧此謂無繫慧復次四種慧法智比智他心智等智於四道及於四果慧此謂法智彼坐禪人以此法智成就過去未來現在智久過去亦知未來亦知此諦智此謂比智知他心此謂他心智除此三智餘慧此謂等智復次四種慧有慧爲聚非爲非聚有慧爲非聚非爲聚有慧爲聚亦爲非聚有慧非爲聚非非爲聚於是欲界善慧是慧爲聚非不爲聚於四道慧爲非聚不爲聚於色界及無色界善慧是慧爲聚亦爲非聚於四地果報於三地事有記慧是慧非爲聚亦非爲非聚復次四種慧有慧有爲猒患非爲達有慧爲達非爲猒患有慧爲猒患非爲達有慧不爲猒患亦不爲達於是慧爲猒欲不爲通達神通及不通達四諦

此謂慧爲猒患不爲達現得猒欲以慧達神通非達四諦此謂般若爲達非爲猒患於四道慧爲猒患亦爲達餘慧非爲猒患亦非爲達復次四種慧義辯法辯辭辯樂說辯於義智此謂義辯於法智此謂法辯於說辭慧此謂辭辯於智智此謂樂說辯於因果智義諸辯於因智法辯於法辯樂說辭辯於智智樂說辯復次於苦及滅智此謂義辯於集及道智此謂法辯於說法辭此謂辭辯於智智此謂樂說辯復次知法者所謂修多羅祇夜闍柯羅界伽陀優陀那伊底跂多伽闍多伽阿浮多達摩鞞佛略此謂法辯知彼此義此所說法是其義此謂義辯說法辭智此謂辭辯於智智此謂樂說辯復次於眼智此謂法辯眼智爲見此謂義辯於說法辭智此謂辭辯於智智此謂樂說辯復次四種慧苦智苦集智苦滅智於是道等分智苦相應智苦智苦集相應智集智苦滅修行相應智具足智道智

解脫道分別慧品已竟

解脫道論卷第九

音釋

縷（力主切線也）摸（末各切捫也）螺（落戈切蚌屬）酪（盧各切）酥（素姑切）緩（合管切遲也）